Anders Roslund & Stefan Thunberg

Made in Sweden

GOLDMANN
Lesen erleben

Anders Roslund & Stefan Thunberg

Made in Sweden

THRILLER

Deutsch von Holger Wolandt
und Lotta Rüegger

GOLDMANN

Die Originalausgabe erschien 2014 unter dem Titel
»Björndansen« bei Piratförlaget, Schweden.

Dieses Buch ist auch als E-Book erhältlich.

MIX
Papier aus verantwortungsvollen Quellen
FSC® C014496

Verlagsgruppe Random House FSC® N001967
Das für dieses Buch verwendete FSC®-zertifizierte Papier
EOS liefert Salzer Papier, St. Pölten, Austria.

1. Auflage

Published by agreement with Salomonsson Agency
Umschlaggestaltung: UNO Werbeagentur, München
Umschlagmotiv: © Arvid Stridh (Trademark registered by
Salomonsson Agency); Eric Thunfors
Satz: Uhl + Massopust, Aalen
Druck und Bindung: GGP Media GmbH, Pößneck
Printed in Germany
ISBN 978-3-442-31403-4
www.goldmann-verlag.de

Besuchen Sie den Goldmann Verlag im Netz

Wenn damals jetzt ist.

Wenn jetzt damals ist.

Prolog

Er sitzt in einem gelben VW-Bus, der nach Schweiß, Farbe und etwas anderem, Unbestimmbaren riecht. Vielleicht stammt der Geruch vom Kaffeebecher auf dem Armaturenbrett oder von den Tabakkrümeln auf dem Beifahrersitz. Oder vom Gips und den Pinseln auf dem Rücksitz, die er im Eisenwarenladen in der Folkungagatan gekauft hat. Oder vom Werkzeug und dem Tapeziertisch ganz hinten, von Dingen, die sich noch in dem verdammten Lagerraum befanden, den sie angemietet hatte. Vier Jahre lang hatten diese Dinge neben seinen Kleidern und dem Bett gestanden, das früher die eine Hälfte ihres gemeinsamen Doppelbetts ausgemacht hat.

Danach riecht es.

Nach Keller, Aufbewahrung, vergangener Zeit.

Die Sonne knallt auf das Seitenfenster, das von einem Film aus Fliegenleichen und Staub überzogen ist. Eine seltsame Hitze, die aus dem Nichts zu kommen scheint. Er kurbelt das Fenster runter, doch statt kühler Luft dringt nur noch mehr Hitze ins Auto. Bruchstücke eines Telefongesprächs schwirren in seinem Kopf herum.

»Ich bin's.«

»Das höre ich.«

»Wie geht es dir, mein Junge? Alles in Ordnung? Ist wirklich alles in Ordnung?«

Drei Autostunden von Stockholm entfernt. Eine Kleinstadt umringt von Industriegebieten und Nadelwäldern. Seit dem frühen Nachmittag hat er das Wohnviertel mit einem Konsum-Supermarkt, einer Imbissbude und einem Fußballplatz langsam umkreist. Sein

Ziel ist ein dreistöckiges Mietshaus aus rotem Backstein, in dem er noch nie gewesen ist.

»Alles okay.«

»Was macht ihr?«

»Nicht viel … gleich gibt's Essen, Mama kocht gerade.«

Nachdem er die Großstadt hinter sich gelassen hatte, waren die Straßen immer schmaler geworden. Es war eine Fahrt durch einen Teil Schwedens, in dem er lange nicht mehr gewesen war. Er hielt an einer Tankstelle am Stadtrand, drehte sich eine Zigarette, zog die Tür der Telefonzelle hinter sich zu und wählte die Nummer, die er auswendig konnte. Sie hob ab, verstummte und reichte den Hörer an ihren ältesten Sohn weiter.

»Und deine Brüder, Leo? Wie geht es denen?«

»Wie immer.«

»Und alle sind zu Hause?«

»Ja, alle sind hier.«

Die letzten Kilometer fuhr er langsam, an der Kirche, an der alten Schule, am Hauptplatz vorbei, wo sich Sonnenanbeter an den Strahlen wärmten, die bald Wolken und Gewitter weichen würden – es herrschte eine drückende Hitze.

»Kannst du den Hörer mal an Felix weitergeben?«

»Du weißt doch, dass er nicht mit dir reden will.«

Er hat sein Auto vor dem dreistöckigen Haus geparkt und starrt auf die Haustür, die zurückzustarren scheint.

»Ich dachte nur … Und Vincent?«

»Er spielt.«

»Mit Lego?«

»Nein, er …«

»Mit seinen Spielzeugsoldaten? Erzähl, was macht er?«

»Er liest. Das mit den Soldaten ist lange her, Papa.«

Das Fenster ganz oben rechts, das muss die Wohnung sein, die ihm sein Vierzehnjähriger so oft beschrieben hat, dass er sie zu kennen meint. Die Küche gleich links, wenn man hineinkommt, der runde braune Tisch mit vier statt fünf Stühlen, geradeaus das Wohnzimmer, eine Tür mit Milchglasscheibe, durch die man nicht hindurchschauen kann. Rechts befindet sich *ihr* Schlafzimmer mit der anderen Hälfte des Doppelbetts, die sie behalten hat, dahinter die Kinderzimmer – wie damals, als sie noch zusammenwohnten.

»Und du?«

»Ich habe …«

»Was machst du gerade, Papa?«

»Ich bin auf dem Weg nach Hause.«

Eine Fünfzimmerwohnung hat ihre ganz eigenen Geräusche. Wenn Mama den Wasserhahn in der Küche aufdreht, ist ein dumpfes Dröhnen zu hören, das auf das metallische Klappern der Besteckschublade und das Klirren des Geschirrschranks prallt. Diese Geräusche kämpfen gegen den Fernseher im Wohnzimmer an. Felix sitzt auf dem Ecksofa und sieht sich kreischende Zeichentrickfiguren an. Aus Leos riesigen Boxen dröhnt Musik, und aus Vincents Walkman-Kopfhörer, der ihm schräg auf dem Kopf sitzt, erklingt eine tiefe Männerstimme, die ein Märchen vorliest. Geräusche, die aufeinandertreffen, sich verflechten und schließlich miteinander verschmelzen.

Die Spaghetti sind fertig, und die Hackfleischsoße ist heiß.

Mama nimmt Vincent den Kopfhörer ab und flüstert ihm »Essen ist fertig!« ins Ohr. Vincent rennt durch die Diele und ruft: »Essen!« Dann noch einmal: »Essen, Essen!«

Der Fernseher wird ausgeschaltet, die Musik verstummt.

Es ist beinahe vollkommen still, als sie sich gleichzeitig auf den Küchentisch zubewegen. Da stört ein Geräusch, mischt sich ein: Es klingelt an der Tür.

Vincent ist bereits auf dem Weg in die Diele.

»Ich mach auf.«

Felix läuft am Fernseher vorbei auf die Wohnungstür zu.

»*Ich* mach auf.«

Sie rennen, liefern sich einen Wettkampf, Vincent, der der Tür am nächsten war, ist als Erster dort, doch es gelingt ihm nicht, das Schloss zu öffnen. Felix steht nur einen Schritt hinter ihm, schiebt Vincents Hand beiseite, beugt sich vor und schaut durch den Spion. Leo sieht, wie Vincent erneut zu öffnen versucht, während Felix zurückweicht und sich umdreht. Ihm steht jene Angst ins Gesicht geschrieben, die schon jahrelang nicht mehr darin zu sehen war.

»Was ist?«

Felix nickt in Richtung Tür.

»Da.«

»Was … da?«

Es klingelt erneut, diesmal länger. Leo geht auf die Wohnungstür zu. Vincent springt hoch, um zu öffnen, doch Felix weigert sich, die Klinke loszulassen.

»Felix, Vincent, macht Platz. *Ich* öffne.«

Hinterher wird sie nicht mehr wissen, ob sie sich wirklich umgedreht hat, ob sie noch die Zeit hatte zu fragen, warum die Kinder vollkommen reglos dastanden, ob sie sich diese Stille eigentlich nur eingebildet hat. Später wird sie sich nur noch an sein lockiges Haar erinnern, das länger geworden war, und an seinen Atem, der nicht mehr nach Rotwein roch.

Und an die Tatsache, dass er sie schlug, aber nicht so wie früher.

Denn wenn er zu fest zugeschlagen hätte, wäre sie einfach umgefallen, und er will ihr in die Augen schauen, während er sie zerstört, wie man jemandem in die Augen schaut, der einen einfach nicht beachtet und den Telefonhörer an den ältesten Sohn weitergibt. Sie soll ihn während ihrer ersten Berührung nach vier Jahren ansehen.

Als Erstes trifft seine rechte Faust ihre linke Wange, dann wandert seine Hand in ihren Nacken, packt zu und dreht ihren Kopf, bis sie sich ansehen. Mit dem zweiten, dritten und vierten Schlag ist es genau umgekehrt: die Knöchel der Linken auf die rechte Wange, *Schau mich an*, kurze, kräftige Schläge, und sie reißt ihre Arme hoch, um sich zu schützen, die spitzen Ellbogen formen einen Helm aus Haut und Knochen.

Eine Hand in ihrem Nacken, die andere in ihrem Haar. Er zwingt sie stehen zu bleiben, obwohl sie sich schwer macht, nach unten will, sich hinlegen, sich schützen. Dann drückt er ihr Gesicht nach unten und schiebt sein Knie hoch. *Spür mich.* Er rammt ihr das Knie ins Gesicht. *Spür mich.* Und gleich noch mal. *Spür mich.*

Diese verdammte Stille. Leo versteht sie nicht. Deshalb dauert es auch so lange, ehe er reagiert.

Papa schlägt Mama mit seinen Fäusten wie mit einer Peitsche ins Gesicht. Er lässt sich Zeit und ist ganz leise. Früher war es immer zu hören, wenn Papa zuschlug. Papa ist Papa und zugleich jemand anderes. Und Mama schreit nicht. Vincent versteckt sich hinter seinem Rücken, und Felix steht immer noch neben der Wohnungstür.

Sie sind noch nicht gleich groß, sonst wäre Leo seinem Vater nicht auf den Rücken gesprungen. Er springt, nachdem Papa sein Knie in Position gebracht hat und Leo begreift, dass er dieses Mal erst aufhören wird, wenn Mama tot ist. Er hängt auf seinem Rücken und schlingt ihm seine Arme um den Hals, bis Papa zupackt und Leo wegreißt.

In diesem Moment müssen Papas Hände Mamas Kopf loslassen.

Leo fällt zu Boden, und Mama taumelt ein paar Schritte zur Seite. Sie schützt ihr stark blutendes Gesicht mit den Armen. Am meisten blutet es am Wangenknochen, den Papas Knöchel erwischt haben. Papa folgt ihr, packt sie nochmals, derselbe Griff wie vorher – sie soll ihn ansehen, während er sie schlägt.

Noch ein Schlag. Eine harte Faust auf Nase und Mund.

Aber nur einer, denn dann richtet sich Leo auf, schiebt sich zwischen sie und hebt *seine* Hände.

Nein, Papa.

Er befindet sich in einem Vakuum zwischen seiner blutenden

Mama und seinem Papa, der wieder zuschlagen will, aber nicht kann, weil ein anderes Gesicht im Weg ist.

Leo hält ihn umklammert.

Nicht seinen Hals, dafür ist Papa zu groß, auch nicht seine Arme, weil er nicht richtig an sie rankommt, aber er umfasst seine Taille und ein Stück vom Brustkorb.

Nein, Papa.

Seine Füße rutschen über den Küchenboden, seine Strümpfe finden keinen Halt, und er stemmt sich gegen das Tischbein und versucht Papa mit zärtlicher Gewalt wegzuschieben. Mit Mühe bringt er ihn dazu, ihr Haar loszulassen.

Mama rennt aus der Küche und zur Wohnungstür, die sperrangelweit offen steht. Sie rutscht auf dem glatten Steinboden des Treppenhauses aus. Das Blut tropft hinab, während sie jammernd wieder auf die Beine kommt. Sie jault und stöhnt bei jedem Schritt.

Jetzt sind nur noch sie beide da.

Leo hält seinen Papa ganz fest, er hat die Arme um seine Taille gelegt, er lehnt sich an ihn, als würde er ihn immer noch umarmen.

»Jetzt bist du dran, Leonard.«

Es riecht nach Essen, nach Spaghetti mit Hackfleischsoße, und nach Mamas Blut. Sie sehen sich an.

»Verstehst du das? Ich werde nicht mehr da sein, jedenfalls nicht hier. Ab jetzt trägst du die Verantwortung.«

Papas Blick hat sich verändert, er weicht nicht aus, sondern ruht auf seinem Sohn, und auch wenn Papa schweigt, sprechen seine Augen Bände.

Nicht dass es eine Rolle spielen würde,
aber dieser Roman ist von einer wahren
Begebenheit inspiriert.

Jetzt

Erster Teil

1

Leo hielt den Atem an. Das grelle weiße Licht der Taschenlampe strich über ihn hinweg. Er vergrub sein Gesicht in feuchtem Moos und stachligem Heidelbeerkraut und drückte sich noch flacher auf die Erde. Aus seinem Versteck im Wald konnte er den immer wiederkehrenden Bewegungsabläufen des Wachmanns mühelos folgen.

Als Erstes strahlte der Mann das Schloss der Stahltür an, um sich zu vergewissern, dass es intakt war. Dann ging er um den Würfel herum und leuchtete die Betonmauern ab. Zuletzt lehnte er sich mit dem Rücken dagegen und gönnte sich eine Zigarettenpause, in der er sich davon überzeugte, dass alles so war wie jeden Abend.

Leo atmete auf. Sieben Abende hintereinander hatte er jetzt schon hier gelegen, ganz in der Nähe eines großen, von Wald umgebenen Kiesplatzes mit einem kleinen grauen Betonwürfel in der Mitte – dem Waffenlager. Die Nacht war ruhig. Nichts war zu hören außer dem Heulen des Windes, einem unablässig schreienden Käuzchen und dem Surren einiger Insekten.

Ein seltsames Gefühl, einen Menschen, der sich vollkommen allein wähnte, aus wenigen Metern Abstand zu beobachten. Einen Mann in Uniform, der tief inhalierte und die Verantwortung für sämtliche Mobilmachungslager im Stockholmer Verteidigungsbezirk 44 trug.

Leo rückte das Mikro an seinem Kragen zurecht, hob den Kopf über das Heidelbeergesträuch und flüsterte:

»Cancerman macht sich auf den Weg.«

Der Graben zwischen dem Wald und dem Kiesplatz war mit Wasser gefüllt, und die Sohle seiner groben Stiefel rutschte ein wenig auf dem Gras, als er Anlauf nahm und mit der schweren Tasche in der einen und der Hartfaserplatte in der anderen Hand hinübersprang.

Von der gegenüberliegenden Seite näherte sich Jasper mit Moos und Kiefernnadeln im Haar und mit einer ebenso schweren Tasche beladen.

Sie schwiegen, Worte waren überflüssig.

Leo legte die exakt sechzig mal sechzig Zentimeter große Hartfaserplatte vor die Tür des Waffenlagers.

Er hatte sich viele Gedanken über diese Wände gemacht. Eine Sprengung wäre dem Wachposten später im Schein seiner Taschenlampe aufgefallen, außerdem wäre es zu laut gewesen.

Daher hatte er das Dach in Erwägung gezogen. Das Blech, das als Regenschutz angebracht war, würde sich leicht entfernen lassen. Dann müssten fünfzehn Zentimeter Beton von oben durchstoßen und das Blech anschließend wieder zurückgelegt werden. Ein gesprengtes Dach würde zunächst unentdeckt bleiben, aber auch dieser Knall wäre zu hören.

Also blieb nur eine Möglichkeit. Der Boden des Waffendepots bot Gegendruck und würde die Explosion zurückwerfen und nach oben lenken. So war weniger Sprengstoff nötig, was auch weniger Lärm verursachen würde.

Leo hob ein halbes Kilo Plastiksprengstoff aus seiner Tasche. Er kniete sich hin und knetete im Schein der beiden Stirnlampen zwölf Bälle.

»Das ist zu wenig«, meinte Jasper.

Er ordnete die Bälle auf der Hartfaserplatte wie auf einem Zifferblatt an, zu jeder vollen Stunde vierzig Gramm Plastiksprengstoff.

»Das reicht.«

»Aber laut Tabelle …«

»Das Militär nimmt immer zu viel. Denen geht es darum, zu töten. Ich habe die Menge halbiert. Wir wollen schließlich nur einbrechen und nicht gleich alles zerstören.«

Jasper klappte den Spaten aus seiner Tasche auf und begann zu graben. Langsam wurde die Grube vor und unter der tresorähnlichen Tür größer.

Ein Stückchen Plastiksprengstoff für jede Stunde. Ein Zeitkreis, zusammengehalten durch eine braune Nitropenta-Zündschnur.

Leo war klar, dass es lächerlich erscheinen mochte, aber Zeit war für ihn etwas Wichtiges, er wusste immer, wie spät es war, auch wenn er keine Armbanduhr trug. Die Zeit tickte in seinem Inneren, so wie sie es immer getan hatte.

»Fertig.«

Schwitzend kniete Jasper vor der Grube. Der Spaten befand sich schon tief unter der Tür und dem Boden des Waffenlagers. Leo kroch zu ihm, und ihre eifrigen Arme stießen aneinander, als sie mit den Händen dort weitergruben, wo der Spaten nicht hinkam.

»Jetzt.«

Sie packten die Hartfaserplatte auf beiden Seiten, schoben sie behutsam vorwärts und achteten darauf, dass die zwölf Sprengstoffbällchen nicht hängen blieben und dass die Zündschnur ordnungsgemäß hervorschaute. Als sie sich sicher waren, die Platte unter der Tür hindurch und unter das Häuschen geschoben zu haben, drückten sie Kies in das Loch, bis es vollständig gefüllt war.

»Gut so?«

»Gut so.«

Stundenlange Berechnungen. Tagelange Materialbeschaffung. Unzählige Waldspaziergänge in Gummistiefeln mit einem Pilzkorb unter dem Arm, um die Waffenlager des schwedischen Militärs zu inspizieren. Sobald er dieses Depot in einer Gegend entdeckt hatte, die Getryggen hieß und etwa dreißig Kilometer südlich von Stockholm lag, war ihm klar gewesen, dass er nicht weitersuchen musste.

Jetzt blieben ihnen nur noch wenige Minuten.

Er klebte die kurze Zündschnur an eine Sprengkapsel und schloss sie an ein Kabel an, bevor er über den Kiesplatz und den Graben in den Wald zurücklief. Dort schloss er das Kabel an eine Motorradbatterie an.

»Felix? Vincent?«, sprach Leo in sein Mikro.

»*Ja?*«, antwortete Felix.

»Freie Sicht dort unten?«

»Freie Sicht.«

»Noch zehn Sekunden.«

Felix und Vincent lagen unter einer mit Laub, Moos und Gras bedeckten Plane. Neben ihnen befand sich ein rot-gelb gestreifter Schlagbaum, an dem ein Blechschild mit der Aufschrift »DURCHFAHRT VERBOTEN« hing.

»Gleich geht's los.«

Vincent umklammerte einen fast anderthalb Meter langen Bolzenschneider.

Felix richtete sich ein wenig auf und schaute auf die Uhr. Er strich mit dem Finger über das beschlagene Glas des Zifferblatts.

»Neun.«

Er rieb, bis er den Sekundenzeiger sehen konnte. Dann nickte er Vincent zu, der kurz und heftig atmete.

»Acht.«

»Alles okay mit dir?«

»Sieben.«

Vincent schwieg und sah seinen Bruder nicht einmal an.

»Sechs.«

Er zitterte so, dass sogar die schwere Plane auf ihrem Rücken vibrierte.

»Fünf.«

»Es kommt niemand, Vincent. Wir sind ganz allein hier.«

»Vier.«

Felix ließ die zitternden Schultern seines Bruders los und ergriff stattdessen die Hände, die den Bolzenschneider umklammerten.

»Drei.«

»Vincent?«

»Zwei.«

»Da oben ist Leo. Er hat alles ganz genau geplant. Es wird alles gut gehen, Vincent. Und so ist es doch besser, oder?«

»Eins.«

»Vincent? Es ist doch wohl besser, dabei zu sein, als ahnungslos zu Hause auf der Couch zu liegen?«

Das Dröhnen der Explosion war lauter, als Leo erwartet hatte. Das Waffendepot wirkte wie der Resonanzkörper einer Gitarre, ein Gehäuse, das die Schallwellen von einem halben Kilo Plastiksprengstoff verstärkte. Und als der Boden des Raumes barst, verstärkte der Resonanzkörper auch das Geräusch der an die Decke geschleuderten Betonsplitter.

Sie hatten vereinbart, fünf Minuten zu warten.

Doch dazu fehlte Leo die Geduld.

Mit dem Klappspaten in der Hand aalte er sich über den nassen Kiesplatz. Ganz gegen seine Art lachte er laut heraus, während er sich hinkniete, den rechten Arm unter die Panzertür des Waffendepots schob und … *nichts* spürte. Tatsächlich, da war ein Loch! Er klappte den Spaten auf, schaufelte Kies beiseite, richtete die Stirnlampe aus und knipste sie an.

»Jasper!«

Er drehte sich zum Waldrand um und rief viel zu laut:

»Komm her und schau dir das an!«

Das Licht erhellte einen fensterlosen Raum. Und als er sich ganz in die Öffnung zwängte, konnte er den ersten Buchstaben ganz deutlich erkennen.

K.

Unglaublich! Nicht zu fassen!

Er schob seinen Kopf tiefer ins Loch – und der nächste Buchstabe war zu sehen.

S.

Wow! Wahnsinn!

Und noch ein Stückchen. Weiße Zahlen und Buchstaben auf grünem Grund: *KSP 58*.

»Felix? Vincent?«

»*Ja?*«

»Das Schlagbaumschloss?«

»*Wir tun unser Bestes.*«

»Gut. Bringt die Autos hoch, sobald ihr fertig seid.«

Schulter an Schulter grub Leo sich mit Jasper zum Loch im Fußboden vor wie durch einen Fluchttunnel. Sie gruben, bis Leo seinen

Kopf, die Schultern und Arme ins Innere schieben konnte. Dann begann er mit einer kräftigen Kneifzange das Netz der Armierungseisen durchzuschneiden, die das Skelett des Betons bildeten. Er bog es auf, drückte seine Hände gegen die Kanten der Öffnung und schob seinen Körper hindurch.

Dann rückte er seine Stirnlampe zurecht, die ihm über die verschwitzten Schläfen gerutscht war, und sah sich um.

Wenn er sich in die Mitte stellte, konnte er mit den ausgestreckten Händen Decke und Wände berühren. Der Raum maß zwei mal zwei mal zwei Meter. An den Wänden entlang waren grüne Holzkisten aufgestapelt.

»Wie viele?«, drang Jaspers Stimme aus dem Tunnel.

»Viele.«

»*Wie* viele?«

Leo zählte laut.

»Ein Zug. Zwei Züge, drei Züge, vier …«

Insgesamt vierundzwanzig militärgrüne Kisten.

»Waffen für zwei verdammte Kompanien!«

Jetzt zwängte auch Jasper seinen langen Körper durch den Tunnel und lachte dabei ununterbrochen. Genau wie Leo konnte er nicht anders. Dann standen sie nebeneinander in dem würfelförmigen Raum und sahen den Staub im Schein ihrer Stirnlampen herumwirbeln.

»Jetzt öffnen? Oder später?«

»Jetzt natürlich.«

Eine vorsichtige Hand auf der Holzkiste. Eine raue, etwas zerklüftete Oberfläche.

Die Splinte waren leicht zu entfernen, und der Deckel ließ sich mühelos aufklappen.

Ein Maschinengewehr. Leo hob es hoch und reichte es Jasper. Dieser ging etwas in die Knie und beugte sich vor, bereit, einen imaginären Rückstoß abzufangen, die üblichen, im Wehrdienst erlernten Bewegungen, die sie beide beherrschten. Sie sahen sich an wie zwei Menschen am Ende einer langen gemeinsamen Reise, denen allmählich dämmert, dass sie endlich angekommen sind.

»Wie viele sind das wohl? Schätzungsweise?«

Leo wollte gerade die nächste Kiste öffnen, hielt aber inne. Hinter Jaspers Schulter hing, teilweise von weißem Staub bedeckt, die Antwort.

»Ich muss nicht mal raten.«

Ein Papier in einer Plastikhülle an einem Haken links neben der verschlossenen Tür. An einer Schnur daneben hing ein Kugelschreiber.

»Erste Reihe: *124 Maschinenpistolen M/45.* Zweite Reihe: *92 Sturmgewehre AK 4.* Dritte Reihe: *5 Maschinengewehre KSP 58.*«

Sie öffneten eine Kiste nach der anderen und überprüften den Inhalt. Die Waffen lagen Seite an Seite da, gut geölt und sorgfältig verpackt.

»Sieh mal hier, Jasper, du wirst es kaum glauben!«

Unter einem gedruckten Text mit diversen Vorschriften und Abläufen stand: »Inspektion erfolgt ...«

Er beugte sich vor, und das Licht der Stirnlampe traf auf das weiße Papier. Neben einer Unterschrift, die er nicht entziffern konnte, war zu lesen: »*... am Freitag, den 4. Oktober.*«

»Und?«

»Das ist weniger als zwei Wochen her!«

»Und das heißt?«

Leo fuchtelte so mit dem Papier, dass es die Decke berührte.

»Die Wachleute öffnen die Sicherheitstür nur alle sechs Monate. Verstehst du? Erst in gut fünf Monaten werden sie merken, was hier passiert ist!«

»*Felix an Leo!*«

Felix' Stimme wurde von einem Knistern begleitet.

»*Ich wiederhole: Felix an Leo! Ende!*«

»Ja?«

»*Es geht ... um das Schloss, wir haben ein Problem.*«

Leo zwängte sich durch den Tunnel auf den Kiesplatz hinaus. Damit hatte er nicht gerechnet. Wenn sich die Schranke nicht öffnen ließ, war alles umsonst gewesen. Er rannte den holprigen Waldweg hinunter zu seinen beiden jüngeren Brüdern. Sie saßen neben einem Schlagbaum, der durch ein Vorhängeschloss mit einem anderthalb Zentimeter dicken Stahlbügel gesichert war.

»Tut mir echt leid.«

Irgendwann im Lauf dieses warmen Sommers hatte Vincent Leo größenmäßig eingeholt. Dennoch unterschied sich der Körperbau des Siebzehnjährigen von dem eines Vierundzwanzigjährigen.

»Leo … es geht nicht. Ich schaff's einfach nicht.«

Vincent zuckte mit den schmalen Schultern und breitete resigniert die Arme aus, die im Vergleich zu seinem übrigen Körper zu lang wirkten.

Sie sahen sich an, bis Vincent beiseitetrat.

»Dann probieren wir beide es, Felix.«

Leo nahm Vincents Platz ein und öffnete den Bolzenschneider, dessen Hebelarme so lang waren wie die Beine eines Menschen. Er packte mit beiden Händen den einen Griff und Felix, der jenseits des Schlagbaums stand, den anderen.

»Jetzt, Bruder.«

Die beiden stemmten sich gegen ihre jeweilige Seite des Bolzenschneiders und zogen dabei den gegenüberliegenden Schenkel an sich. Die Schneiden fraßen sich in das Metall. Sie zerrten wie zwei Ruderer, die die Riemen des Bootes an sich ziehen, sie zogen und zogen, bis Finger, Hände, Arme und Schultern zitterten, sich verkrampften und bis sie laut aufschrien – in diesem Moment trennte der Bolzenschneider den kräftigen Stahlbügel in zwei Teile.

Das erste Netz war zwischen zwei einsamen Birken gespannt worden, das zweite zwischen den dichten Ästen junger Fichten. Sie hatten abends in der Garage in Skogås geübt und dann noch ein letztes Mal draußen in der Dunkelheit am Ufer des Drevviken. Jetzt zogen sie ohne große Mühe die Tarnnetze von den Wagen, rollten sie zusammen und warfen sie auf die leeren Ladeflächen zweier roter Mitsubishi-Pick-ups, die offenbar einem Bauunternehmen gehörten.

Während Leo den Berg hinaufrannte, ließen die beiden anderen die Pick-ups an und fuhren über Moos und Heidelbeergestrüpp zu dem geöffneten Schlagbaum.

Jasper kniete auf dem Boden des Waffendepots und schob eine Waffe nach der anderen in den Tunnel. Leo kauerte vor der Tunnelmündung im Freien und nahm sie in Empfang. Felix stand direkt hinter ihm und Vincent auf der Ladefläche des Pick-ups.

Eine Kette von Händen, die für jede Weitergabe anderthalb Sekunden beanspruchten.

»Zweihunderteinundzwanzig automatische Waffen.«

Jede Waffe, die den Betonwürfel verließ, würde nach sechs Sekunden auf der Ladefläche liegen.

»Achthundertvierundsechzig Magazine.«

Leo schaute auf die roten Zeiger seiner Armbanduhr. Die Aktion würde eine halbe Stunde dauern.

Sie fegten den Schutt zusammen, füllten das Loch mit Kies und traten ihn fest. Dann zogen sie sich blaue Arbeitshosen und Hemden an und dazu schwarze Jacken mit dem Firmenlogo ihres Bauunternehmens. Sie öffneten den Schlagbaum und fuhren hindurch. Felix stieg bei laufendem Motor aus und brachte ein neues, identisches Vorhängeschloss an. Es war wichtig, dass der Schlüssel mühelos ins Schloss glitt, auch wenn er sich anschließend nicht umdrehen lassen würde. Am nächsten Abend, wenn der Wachmann gegen neun in seinem schmutzigen Volvo angefahren kommen würde, um dem Schrei des Käuzchens zu lauschen, seine Zigarette zu rauchen und weiter oben auf dem Hügel das Waffendepot zu umrunden, würde alles wie immer aussehen. Der Liste war zu entnehmen gewesen, dass das Waffenlager erst wieder in gut fünf Monaten geöffnet und überprüft werden würde. Im Inneren würde es allerdings nicht ganz so unverändert aussehen.

2

Leo sang, ohne es selbst zu merken. Er fuhr die Hornsgatan entlang über die Liljeholmsbrücke und dann auf die E 4. Im Regen verließ er die Hauptstadt in Richtung Süden, und erst da fiel ihm auf, dass seine Stimme die Fahrerkabine erfüllte.

Er hatte sich einen Kaffee und ein Sandwich gekauft, bevor er die Straße überquert und als erster Kunde des Tages die Perückenwerkstatt der Folkoperan betreten hatte. Neugierig hatte er den tanzenden Fingern zugeschaut, die immer ein paar braune Haarsträhnen auf einmal auf die Rückseite eines Plastikkopfs tamburiert hatten. Die junge Perückenmacherin hatte ihm erklärt, dass sie nur Echthaar verwendete, das in großen Mengen aus Asien importiert, gebleicht und schließlich eingefärbt wurde. Dann hatte er beim Optiker in der Drottninggatan die bestellten Kontaktlinsen mit der Stärke plus/minus null abgeholt.

Ein Blick in den Rückspiegel. Blaue Augen und blonde Haare. Er hatte der Mutter immer am meisten geähnelt. Ihre helle Haut, ihr rotblondes Haar. Er hatte ihre Nase geerbt, klein, eckig und hart wie Granit. Niemand würde ihn für einen Ausländer halten, nicht einmal für einen Migranten der zweiten Generation. Eine kleine, gerade schwedische Nase fiel immer am wenigsten auf – und wenn die Perückenmacherin und der Optiker den Kunden beschreiben müssten, der an diesem Vormittag seine Bestellungen bar bezahlt hatte, würden ihnen keine besonderen Merkmale einfallen.

In Alby, wo sich drei Spuren zu zweien vereinten, verließ er die Autobahn, passierte die Shell-Tankstelle und dann die schöne Kirche aus dem 12. Jahrhundert. Hochhäuser und Asphalt wichen Wiesen und Wald.

Er drosselte die Geschwindigkeit.

Da.

Der Schlagbaum, an dem Felix nur sieben Stunden zuvor das Vorhängeschloss ausgetauscht hatte und vor dem ein Mann in den Sechzigern in zehn Stunden seinen Volvo parken und seine Zigarette ausdrücken würde, um dann vorbeizuspazieren.

Der Regen, der in der vergangenen Nacht begonnen hatte, wurde immer stärker, die Scheibenwischer verwandelten Tropfen in Rinnsale. Auch auf ihren Kriegstunnel unter dem Beton würde er fallen. Der Cancerman würde in seinen Gummistiefeln auf dem Kies stehen, der das Loch verbarg. Sie hatten es zugeschüttet, festgetreten und geglättet, aber wenn der Regen anhielt, würde die Erde allmählich absacken, und die Vertiefung würde für den Wachposten im Lichtstrahl der Taschenlampe zu sehen sein.

Ich brauche Zeit.

Du sollst das alles nicht jetzt entdecken, weil wir schlechte Arbeit geleistet haben, sondern erst in fünf Monaten, wenn du die Tür öffnest.

Ich brauche Zeit, um eine neue Arbeitsweise einzuführen, die den Gewinn maximiert, ohne das Risiko zu erhöhen. Ich müsste aussteigen, durch den Regen gehen und sicherstellen, dass die Grube nicht zu sehen ist.

Was natürlich ein grober Fehler wäre.

Nur ein Idiot zieht nach monatelanger Planung seinen Coup durch, um wenige Stunden später zum Tatort zurückzukehren.

Er trat aufs Gaspedal.

Die Baustelle hieß unter den Anwohnern das Blaue Haus. Ein großer blechverkleideter Kasten, der früher einmal die Gamla-Tumba-Möbelfabrik beherbergt hatte. Leo parkte an derselben Stelle wie in der Nacht, weit weg von der Durchfahrtsstraße, neben einem verschlossenen, schwarz lackierten Container.

Ungestört und sichtgeschützt von der Schnellstraße und den umliegenden Häusern hatten sie eine Waffe nach der anderen ausgeladen.

Er lauschte durch das heruntergekurbelte Seitenfenster auf die vertrauten Geräusche der großen Baustelle – die laute Musik aus dem Radio mit den Farbklecksen und das Knattern vom Kompressor des Druckluftnaglers. Er knöpfte den obersten Knopf seines blauen Hemds zu, straffte die blauen Hosenträger, streckte sich und stieg aus.

Das Blaue Haus hatte lange leer gestanden, und sie hatten mehrere Wochen gebraucht, um die alte Einrichtung zu entfernen. Dann hatten sie zwei Stockwerke mit Balken stabilisiert und wärmeisoliert, sie hatten Fußböden gelegt, Zwischenwände hochgezogen und das Gebäude so in kleinere voneinander unabhängige Gewerbeeinheiten verwandelt, die ein Makler unter dem Namen Solbo Center zu vertreiben suchte.

»Alles erledigt?«

Bisher hatte er sich noch nie Gedanken über Felix' Gangart gemacht. Während sein drei Jahre jüngerer Bruder über den provisorischen Parkplatz kam, ähnelte er ihrem Vater mit jedem Schritt, den er machte, immer stärker. Er beanspruchte viel Platz mit seinen Füßen, die er beim Aufsetzen nach außen drehte, mit den breiten Schultern und den muskulösen Unterarmen, die er beim Gehen vor dem Körper hängen ließ.

Ich sehe aus wie Mama und du wie Papa.

»Und? Hast du alles erledigt, Felix?«

»Ich glaube, Gabbe will uns um die letzte Rate prellen.«

Felix flößte ihm stets eine unerklärliche Ruhe ein. Dabei hätten ihn seine Gesten und Bewegungsmuster eigentlich beunruhigen, hetzen müssen.

»Er ist da drin und zählt jeden verdammten Nagel.«

»Was ist denn nun? Hast du alles erledigt?«

Sein jüngerer Bruder öffnete das Plastikverdeck des zweiten Firmen-Pick-ups.

»Gabbe und sein verdammtes Gerede. Er will nicht zahlen, wenn wir nicht termingerecht liefern. Angeblich steht das irgendwo im Vertrag.«

»Ich kläre das. Hast du denn deinen Teil erledigt?«

Felix hob das weiße Verdeck an.

»Station 83. Orthopädie, glaube ich. Ich habe ihn einfach rausgerollt. Vincent hatte verdammte Beinschmerzen.«

Eine breite hölzerne Werkzeugkiste mit glänzendem Metallgriff mitten auf der Ladefläche, daneben ein zusammengeklappter Rollstuhl, versteckt unter ein paar gelben Decken mit dem Logo des Krankenhauses.

Sie setzten die beiden Pick-ups etwas zurück und öffneten dann das Vorhängeschloss des schwarzen Baucontainers. Die beiden aufgestellten Türflügel blockierten jegliche Sicht. Unbeobachtet hoben sie die leere Holzkiste von der Ladefläche und trugen sie in den Container.

Am helllichten Tag standen sie mitten in einem Wohnviertel nur wenige Meter von einer stark befahrenen Schnellstraße entfernt und betrachteten einen riesigen Haufen automatischer Waffen.

»Wo zum Teufel bist du gewesen, Leo?«

Die Fistelstimme von Gabbe durchschnitt den Oktobertag. Er war Anfang sechzig und trug einen blauen Trainingsanzug, der früher einmal gut gesessen haben mochte, jetzt aber über dem Bauch spannte. In den Händen hielt er einen Becher Kaffee und eine Tüte mit Zimtschnecken. »Wie wollt ihr das alles heute noch fertigkriegen?«

Langsam näherte er sich dem Container.

»Seid ihr letzte Woche überhaupt hier gewesen?«

Leo holte ruhig Luft und flüsterte dann Felix zu: »Schließ ab, dann kümmere ich mich um ihn.«

Er verließ den Container und ging auf den wütenden Vorarbeiter mit dem hochroten Gesicht zu.

»Leo! Du warst gestern nicht hier! Ich habe dich mehrere Male angerufen! Schon möglich, dass ihr hart arbeitet, aber ganz offensichtlich nicht an diesem Bauprojekt!«

Leo schaute rasch über seine Schulter – Felix schloss die schweren Containertüren. Ein massives Vorhängeschloss schnappte zu.

»Aber jetzt sind wir ja da. Nicht wahr? Und alles wird heute fertig. Wie vereinbart.«

Inzwischen war Gabbe so nahe herangekommen, dass er die Wand des Containers hätte berühren können. Leo legte ihm den Arm um die Schultern und schob ihn mit sanfter Gewalt Richtung Blaues Haus. Und verwehrte ihm so die Sicht auf die Dinge, die ihn nichts angingen.

»Eure übrige Arbeit ist mir scheißegal, kapiert? Du hast einen Vertrag mit mir!«

Gabbe keuchte hörbar, als sie das Gebäude betraten. Im ersten Stock würden ein indisches Restaurant, ein Blumenladen und ein Solarium eröffnen und im Erdgeschoss ein Reifenladen, eine Druckerei und ein Nagelstudio. Jasper und Vincent waren damit beschäftigt, an den Innenwänden einer künftigen Pizzeria Gipsplatten festzuschrauben.

»Siehst du! Ihr seid nicht fertig. Verdammt!«

Diese fürchterliche Stimme. Schrill, übergewichtig, alt und hitzköpfig.

»Das schaffen wir schon.«

»Der erste Mieter zieht morgen früh ein, verdammt!«

»Wenn ich sage, wir schaffen es, dann schaffen wir's auch.«

»Sonst behalte ich die letzte Rate ein. Nur dass du's weißt.«

Leo hätte dem kleinen Vorarbeiter am liebsten eine runtergehauen. Einen einzigen Schlag, direkt auf die Nase. Stattdessen legte er ihm wieder einen Arm um die Schultern.

»Mein lieber Gabbe – habe ich dich je enttäuscht? Habe ich je schlechte Arbeit geleistet? Bin ich je zu spät fertig geworden?«

Entrüstet befreite sich Gabbe aus Leos etwas zu fester Umklammerung und lief weiter.

»Und was ist mit dieser Wand hier? Der Friseursalon? Hier fehlt noch der Putz! Sollen sich die alten Damen etwa ihre Dauerwellen in einem Raum ohne ausreichenden Brandschutz legen lassen?«

Er rannte auf den Parkplatz hinaus. Es regnete.

»Und dieser verdammte Container … der sollte schon längst weg sein. In ein paar Wochen ist das der Kundenparkplatz!«

Gabbe hieb mit der flachen Hand mehrmals gegen den sperrigen Container. Das Geräusch war dumpf, weil er bis zum Rand gefüllt war.

»Jetzt reg dich mal ab. Wir wollen doch nicht, dass du einen Herzinfarkt kriegst, oder?«, meinte Leo.

Das Gesicht des Vorarbeiters war durch die körperliche Anstrengung noch röter geworden, aber jetzt verebbte seine Wut und floss mit dem Regenwasser davon.

»Um Mitternacht ist alles fertig«, fuhr Leo fort. »Du ahnst nicht,

Gabbe, wie wichtig unsere Zusammenarbeit für meine Baufirma ist. Wir sind darauf angewiesen, um … weiter expandieren zu können.«

»Expandieren?«

»Um die Gewinne maximieren zu können, ohne das Risiko zu erhöhen.«

»Ich kann dir nicht folgen.«

»Du kriegst ja fast keine Luft. Ich mache mir richtig Sorgen um dich. Du solltest nach Hause gehen und dich ausruhen. Bis Mitternacht sind wir fertig. Du kannst dich auf mich verlassen.«

Leo hielt ihm seine Hand hin.

»Okay?«

Gabbes kleine, feuchte Hand schlug ein. Leo nickte.

»Gut. Ich halte mein Wort. Und morgen spendiere ich die Zimtschnecken, okay?«

Leo wartete zwischen dem Container und Gabbes Auto, bis dieser endlich ausparkte. Ohne das Geringste zu ahnen, hatte Gabbe mit seinen schmutzigen Händen gegen den Container geschlagen, der bis obenhin mit Waffen gefüllt war. Nächstes Mal würde er womöglich hineinschauen wollen.

Als er sich absolut sicher war, dass der cholerische Vorarbeiter verschwunden war, machte sich Leo auf den Weg zu den Einfamilienhäusern und der Lösung seines Lagerproblems – ein kleines zweistöckiges Haus mit einem eingezäunten Grundstück ohne Rasenfläche, direkt neben der Schnellstraße. Er hatte gesehen, wie die Besitzer es ausgeräumt hatten. Jetzt stand es zum Verkauf. Er folgte dem hohen Maschendrahtzaun zum Tor, betrat das asphaltierte Grundstück und spähte durch das Fenster rechts neben der Haustür – eine leere Küche. Links neben der Haustür lag die leere Diele. Hinter der Hausecke sah er durch das nächste Fenster in einen Anbau mit einem leeren Zimmer. Hinter der nächsten Ecke konnte man auf die Treppe in den ersten Stock blicken.

Zwei Stockwerke, kein Keller. Das ganze Wohnviertel war auf dem Grund eines ehemaligen Sees erbaut worden. Die Häuser standen auf Lehm und ließen sich nach oben erweitern, aber nicht nach unten.

Im Lauf der vergangenen Woche hatte er immer wieder bei der Arbeit innegehalten und zu dem hässlichen kleinen Haus hinübergeschaut, das so nah an der Schnellstraße lag. Jedes Mal hatte ihn der Anblick an die Totenkopfhöhle des Phantoms erinnert, des Superhelden seiner Jugend. Ein kindischer Gedanke, aber auch eine Lösung.

Ein unauffälliges Haus für Leute mit bescheidenem Einkommen.

An der Haustür hing ein Schild mit der Aufschrift »Zu verkaufen«. Er betrachtete das Foto einer lächelnden Maklerin mit Seitenscheitel und Kostüm, angelte einen Stift aus seiner Innentasche und notierte sich die Telefonnummer auf der Rückseite der Perückenquittung.

Die riesige Garage neben dem Haus war ein Traum. Er kletterte auf einen Stapel alter Autoreifen und wischte den Dreck von der Scheibe, um hineinschauen zu können: eine hohe Decke und Platz für vier, vielleicht sogar fünf Fahrzeuge. Bestens geeignet für die Ausbildung eines Teams.

Eine Tür wurde geöffnet und wieder geschlossen.

Er drehte sich zum Nachbargarten um. Ein viel größeres Haus, umgeben von einer Rasenfläche, die mit nassem Laub bedeckt war. Die Apfelbäume standen in einer Reihe da und glichen verwachsenen Skeletten. Eine Frau mit einem kleinen Kind stand auf dem Kiesweg und betrachtete ihn, den neugierigen potenziellen Käufer. Er nickte ihr zu.

Der Lärm von der Baustelle auf der gegenüberliegenden Straßenseite – und Männer in Arbeitskleidung, die nicht weiter auffallen würden. Ein Haus mit Garage – Hauptquartier und Trainingsraum zugleich. Und im nur wenige Kilometer entfernten Wald – die bemerkenswerteste Nacht seines Lebens.

Es war so einfach gewesen.

Drei Brüdern und ihrem Freund aus Kindertagen – alle um die zwanzig, kleine Rotznasen ohne nennenswerte Ausbildung – war es gelungen, den größten Waffenraub aller Zeiten durchzuziehen. Dabei hatten sie sich nur auf gewisse Grundkenntnisse vom Bau verlassen, auf Plastiksprengstoff und einen großen Bruder, der um die Macht des Vertrauens wusste.

3

Sternklarer Himmel, heller als in der vorhergehenden Nacht. Leo und Felix zwängten sich in den Truck und fuhren los. Zurück blieben das fertiggestellte Blaue Haus, ein zufriedener Gabbe und der verschlossene Container, an dem auch am nächsten Morgen unausgeschlafene Menschen auf ihrem Weg zur Bushaltestelle vorbeikommen würden.

In dem Hochhausvorort angekommen stiegen die beiden Brüder aus dem Truck und packten je einen Messinggriff der ramponierten hölzernen Werkzeugkiste auf der Ladefläche.

»Es ist zehn vor zwölf«, sagte Leo.

Die Kiste hatte dasselbe Gewicht, als würde sich Werkzeug darin befinden – trotz des anderen Inhalts, trotz des neuen Lebens, das jetzt begann.

»Noch achtzehn Stunden.«

Vorbei an niedrigen Büschen und spärlichen Blumenbeeten trugen sie die Kiste zum Treppenhaus des Mehrfamilienhauses. Leo öffnete die Haustür. Während sie auf den Fahrstuhl warteten, hörten sie Jasper und Vincent unten im Keller lachen.

Vierter Stock.

Seine Tür. Ihre Tür. DUVNJAC/ERIKSSON. Sie stellten die Werkzeugkiste ab, und Leo suchte seinen Schlüssel. Dann nahm er die Werbeprospekte aus dem Briefkastenschlitz in der Tür und warf sie in den Müllschlucker.

In der Wohnung brannte Licht.

Anneli saß auf einem einfachen Holzstuhl in der Küche. Das Geräusch der Nähmaschine, die ihre Mutter ihr geschenkt hatte, kämpfte gegen die Klänge eines Kassettenrekorders an. Eurythmics, sie hatte ein Faible für die Musik der Achtziger.

»Hallo«, sagte Leo.

Sie war eine Schönheit. Er vergaß das manchmal. Ein Kuss, ein vorsichtiges Streicheln über ihre Wange. Der schwarze Stoff wurde von der Nähmaschine gerafft, gefangen, aufgespießt. Er wandte sich dem Schrank unter der Spüle zu. Sie waren noch da, dort wo er sie versteckt hatte, hinter den Flaschen mit Spülmittel und Fußbodenreiniger. Drei braune Schachteln, nicht sonderlich groß, aber schwer.

»Warte.«

Er war schon wieder auf dem Weg nach draußen.

»Leo, ich habe dich seit Tagen nicht mehr gesehen.«

Am Vorabend war er in die Wohnung gekommen, hatte weder im Bad noch am Kühlschrank innegehalten, sondern sich sofort ins Bett gelegt, das nach ihr gerochen hatte, nicht nach ihrem Parfüm oder ihrem frisch gewaschenen Haar, sondern nach ihr. Er hatte sich dicht neben sie gelegt und sich an ihren schlafenden Körper geschmiegt, während er in seiner Brust noch die Explosion des Waffenlagers gespürt hatte. Der Radiowecker auf dem Nachttisch hatte 4:42 Uhr angezeigt. Sie hatte sich umgedreht, ihr nackter Körper an seinem. Sie hatte gegähnt und sich noch enger an ihn gedrückt.

»Und heute Morgen, als ich aufgewacht bin, warst du nicht mehr da. Du fehlst mir.«

»Nicht jetzt, Anneli.«

»Willst du gar nicht sehen, was ich genäht habe? Die Rollkragen? Du wolltest doch …«

»Später, Anneli.«

Er war schon auf dem Weg ins Wohnzimmer, in dem die anderen mit dem Aus- und Umpacken begonnen hatten, als er die leere Weinflasche und den nassen Korken in der Spüle bemerkte.

»Hast du was getrunken? Du musst doch fahren.«

»Nur ein Glas, gestern Abend … Leo, du warst im Wald, und ich hatte wieder mal keine Ahnung, wie es gelaufen war, ob du überhaupt nach Hause kommen würdest, ob euch jemand gesehen hat und … Ich konnte nicht schlafen! Und jetzt … was ist eigentlich los?«

»Die Baustelle. Wir waren nicht ganz fertig. Jetzt ist es aber geschafft.«

Er hatte die Küche bereits verlassen.

Sie stoppte die Nähmaschine.

Warum zitterten ihre Hände? Schließlich hatte *sie* sich bereit erklärt mitzumachen. *Sie* wollte die Westen nähen, Leo und Jasper maskieren und sie an den Ort des Geschehens bringen.

Leo stellte sich an das Fenster mit Blick auf das Skogås-Shoppingcenter und ließ das Rollo herunter. Das Wohnzimmer sah mit Sofa, Sessel, Fernseher und Bücherregal aus wie jedes andere. Aber das würde sich bald ändern.

Die vier Männer öffneten die Werkzeugkiste, die Adidas-Tasche und die Papiertüten, die Jasper und Vincent aus dem Keller geholt hatten, sowie die drei braunen Schachteln, die unter der Spüle gelegen hatten. Dann reihten sie den Inhalt auf dem Holzboden auf, als handelte es sich um eine militärische Inspektion vor dem Angriff.

Ein mit zwei Handgriffen zusammenklappbarer Rollstuhl aus einem Korridor des Huddinge-Krankenhauses und zwei gelbe Krankenhausdecken, die neben ein paar schlafenden Patienten in einem Stationszimmer gelegen hatten.

Eine Tasche mit zwei Echthaarperücken aus der Werkstatt der Folkoperan und zwei Paar braune Kontaktlinsen vom Optiker in der Drottninggatan.

Zwei AK-4-Sturmgewehre und zwei Maschinenpistolen aus dem schwarzen Container auf der Baustelle. Schuhe, Hosen, Pullis, Jacken, Mützen, Handschuhe. Und Taschenlampen – Vincent würde die kleinere in seine Tasche stecken, und Felix würde mit der größeren Zeichen geben. Zwei Fünfliterkanister Benzin, vier Sporttaschen und vier Hockeyschläger.

Leo nahm im Rollstuhl Platz und rollte über den glänzenden Fußboden Richtung Badezimmer, wendete und rollte zurück. Er drehte mehrere Rollstuhlpirouetten und lehnte sich dabei zur Seite, um die Kipptendenz zu testen.

Er war stabil.

Leo erhob sich, ging zu Anneli in die Küche und strich ihr noch mal über die Wange.

»Wie läuft's?«, fragte er.

»Sie sind fertig.«

Sie hatte die Rollkragen mit zusätzlichem Stoff verlängert. Anneli zog fest daran, doch die Naht hielt und war nicht zu sehen, eine gelungene Eigenkreation.

»Die Rollkragen können als Maske verwendet werden.«

Dann deutete sie auf zwei grüne Westen.

»Die sind genau, wie du sie haben wolltest. Strapazierfähiger Nylonstoff und Taschen für die Magazine.«

Er probierte die Weste an, die er unter seiner Windjacke tragen würde. Sie saß perfekt. Anneli kannte seinen Körper.

Er beugte sich vor und küsste sie.

»Das ganze Zeug auf dem Wohnzimmerfußboden hätte sich jeder Amateur besorgen können. Aber diese Dinge nicht.«

Er deutete auf die Weste und hielt einen der Pullover mit dem verlängerten Kragen in die Höhe.

»Die kleinen Dinge machen den Unterschied. Erst dadurch können wir nahe genug herankommen und uns schnell verwandeln.«

Noch ein Kuss, dann zurück zum Rollstuhl. Er setzte sich hinein, klappte die Beinstütze aus, legte sein rechtes Bein hinein und bemühte sich, die Haltung eines behinderten Mannes einzunehmen. Jasper kniete sich vor ihn hin und öffnete mit transparenten Plastikhandschuhen die erste der drei braunen Schachteln. Sie enthielt Munition im Kaliber 7,62 aus Blei und Stahl. In der zweiten waren Stahlmantelpatronen im Kaliber 9 und in der dritten Leuchtspurmunition mit Phosphor, die mehrere Hundert Meter lange rote Striche in den Himmel zeichnete. Er füllte jedes Magazin mit Patronen und klebte sie paarweise zusammen. Vier Paare für die eben aufgenähten Taschen seiner eigenen Weste, drei Paare für Leos Weste und je ein Paar für Felix und Vincent, die die Magazine in kleinen Taschen auf dem Bauch tragen würden.

»Niemand wagt es, Leute mit ungewöhnlichem Aussehen direkt

anzuschauen. Das machen wir uns zunutze. Ihre Vorurteile und ihre Angst.«

Leo drehte eine weitere Rollstuhlpirouette.

»Und wenn sie doch schauen, dann nur ganz kurz.«

Er bewegte den Rollstuhl, wie er es bei den Behinderten gesehen hatte, die seine Mutter als Krankenschwester betreute. Manchmal hatte sie ihre drei Söhne ins Pflegeheim mitgenommen, wenn sie sie nicht allein zu Hause lassen konnte. Dort war ihnen aufgefallen, dass Erwachsene ihren Blick meist verunsichert abwendeten.

»So ist es doch, oder? Bloß nichts anstarren, was anders aussieht.«

Jasper reichte ihm ein AK 4, und Leo versuchte, es mit seiner rechten Hand unter der Decke auf der Fußstütze zu halten.

»Jetzt übertreibst du aber.«

»Nein, tue ich nicht.«

»Doch. Findet ihr nicht auch?«

Jasper sah Felix und Vincent an. Beide nickten.

»Du trägst zu dick auf, Leo«, sagte Felix. »Damit verdirbst du alles.«

»So haben sie sich aber mit ihren Rollstühlen bewegt. Ihr erinnert euch einfach nicht mehr. Ihr wart zu klein.«

Leo stand auf und sah sich im Zimmer um. Das erste Mal. Bislang war keiner von ihnen an einem größeren Raubüberfall beteiligt gewesen. Aber jeder hatte eine bestimmte Rolle und wusste genau, was er zu tun hatte. Und auf dem Boden vor ihnen lag alles, was sie benötigten.

In weniger als vierundzwanzig Stunden würden sie ihr Erscheinungsbild komplett verändern.

4

18.35 Uhr. Noch fünfzehn Minuten.

Eine Fahrt unter Schweigen.

Alle waren in Gedanken versunken.

Anneli verstellte den Rückspiegel. Sie war größer als ihre wenigen

Freundinnen, aber bedeutend kleiner als Leo, der neben ihr auf dem mittleren Sitz saß, und Jasper, der auf dem Beifahrersitz Platz genommen hatte. Die letzte Ampel vor Farsta sprang auf Rot. Anneli hatte das Gefühl, langsam ins rote Licht hineingesogen zu werden. Je länger sie hineinstarrte, desto mehr erfasste es sie und trug sie davon.

Wann genau sie beschlossen hatte mitzumachen, wann diese Sache in ihr Leben getreten war, wusste sie nicht mehr. Wenn ihr noch vor wenigen Jahren jemand prophezeit hätte, dass sie eines Tages am Überfall auf einen Geldtransporter beteiligt sein würde … Vielleicht war die Entscheidung auch gar nicht zu einem bestimmten Zeitpunkt gefallen, sondern es waren viele kurze Augenblicke gewesen, die irgendwann miteinander verschmolzen waren, ohne dass sie es registriert hatte. Vielleicht hatte jemand erwähnt, dass es im Wald ein Waffenlager gab, ein anderer hatte gemeint, man könne es öffnen und leer räumen, ein Dritter hatte gesagt, mithilfe der Waffen könne man dann ja jemanden ausrauben. Vielleicht wurde man ja allmählich von diesen einzelnen Augenblicken umzingelt und vereinnahmt. Niemand hatte ihr je eine Frage gestellt, die sie mit Ja beantwortet hätte. Das Unnormale war auf einmal normal, die Ideen anderer waren zu ihren eigenen geworden, und plötzlich saß eine Frau und Mutter namens Anneli am Steuer eines Pick-ups und fuhr dem Unvorstellbaren entgegen. Vermutlich trat sie deswegen auch zu schnell aufs Gas, als die Ampel auf Grün sprang, und fuhr ungewöhnlich ruckartig weiter.

Sie zitterte, aber nicht so sehr, dass Leo etwas gemerkt hätte. Er hatte sich schon längst in sich selbst verkrochen. Sie zitterte, weil sie nur ein Mal in ihrem Leben solche Angst gehabt hatte – bei Sebastians Geburt. Damals hatte sie genau wie jetzt eine Grenze überschritten und gewusst, dass ihr altes Leben vorüber war.

»Da.«

Leo deutete auf den Gehsteig. Anneli schätzte, dass es noch zweihundert Meter bis zum Zentrum von Farsta waren.

»Halt da vorn zwischen den beiden Straßenlaternen, wo es am dunkelsten ist.«

Leo schloss seine Augen und verspürte eine Ruhe, die nur in seinem Inneren existierte.

Nur ich weiß, was als Nächstes geschehen wird. Sonst niemand. Ich bin der Einzige, der jeden weiteren Schritt kennt.

Sie warteten auf sein Zeichen, Anneli zu seiner Linken rang nach Luft, Jasper zu seiner Rechten atmete langsam ein und aus, als versuchte er, sich zu entspannen.

Sie hatte den Motor ausgeschaltet, und erst jetzt fiel ihnen auf, wie dunkel dieser Oktoberabend war. Vier Freitage nacheinander hatte Leo allein im Auto gesessen, in einer Parklücke ganz in der Nähe der Bushaltestelle und des U-Bahn-Eingangs, mit Blick auf die Rückseite der Forex-Wechselstube. Er hatte die beiden uniformierten Männer im Geldtransporter beobachtet und jede einzelne Aktion protokolliert, ihre Route, ihre Bewegungsmuster und die Art, wie sie miteinander kommunizierten.

»Noch sechzig Sekunden.«

Ihre Hände begannen wieder zu zittern. Leo ergriff sie, betrachtete Anneli und hielt die Hände, bis sich das Zittern legte und sie eine letzte rasche Überprüfung durchführen konnte.

Als Erstes begutachtete sie die Perücken aus Echthaar. Eventuelle Spuren würden auf Menschen mit kräftigem dunklem Haar hindeuten. Sie überzeugte sich, dass die Perücken ordentlich saßen und die blonden Strähnen der Männer vollkommen bedeckten. Damit es nicht zu perfekt aussah, fuhr sie Leo und Jasper noch einmal durchs Haar.

Dann das Make-up. Wasserfeste Wimperntusche auf den Augenwimpern und Brauen, die sie nach oben gebürstet hatte, damit sie dichter wirkten. Im Badezimmer der Wohnung hatte sie Stirn, Wangen, Nase, Kinn und Hals der beiden Männer gründlich geschrubbt und von Schmutz und verräterischen abgestorbenen Hautzellen befreit. Dann hatten sie Hautlotion und Selbstbräunungscreme aufgetragen.

»Noch dreißig Sekunden.«

Sie forderte die beiden auf zu blinzeln, um zu prüfen, ob die braunen Kontaktlinsen auch richtig saßen.

Dann musterte sie die Jeans und die Stiefel, Leos Windjacke und Jaspers Regenschutz. Gemeinsam hatten sie ein Outfit zusammengestellt, das so aussah, wie es ihrer Meinung nach zu zwei jungen Arabern passte, die erst vor Kurzem nach Schweden eingewandert waren.

Zu guter Letzt die Rollkragenpullover.

»Vorbeugen.«

Ihre Idee, ihr Design.

»Alle beide.«

Sie krempelte die Rollkragen um, zog sie hoch und krempelte sie noch mal um.

»Ihr habt sie zu weit hochgezogen. Damit alles klappt, müsst ihr sie so über das Gesicht ziehen, dass sie nicht rutschen können.«

»Noch fünfzehn Sekunden.«

Er zog seine Weste glatt. Die Reservemagazine scheuerten etwas auf der Brust.

»Noch zehn Sekunden.«

Die dünnen Lederhandschuhe.

»Fünf Sekunden.«

Er beugte sich zu ihr hinüber, um sie zu küssen, und sie zuckte zusammen, als sein angeklebter Schnurrbart, ebenfalls aus Echthaar, ihre Lippen streifte. Er war ein wenig verrutscht, und sie lächelte, als sie ihn mit zwei Fingern gerade rückte.

»Jetzt.«

Anneli stieg aus, öffnete das weiße Verdeck und hob den Rollstuhl und die Decken von der Ladefläche. Dann klappte sie die rechte Beinstütze aus. Mit seinem neuen, verkürzten Kolben ließ sich das AK 4 komplett unter der Decke verstecken. Jasper stützte Leo, während dieser im Rollstuhl Platz nahm, und nickte Anneli zu, die mit dem Pick-up davonfuhr.

Den dunklen Fußweg entlang. Dann den sanften Hang hinunter, der gleich steiler werden würde – die Laderampe der größten Stockholmer Forex-Filiale.

Leo hatte jeden Meter ihrer Strecke genauestens geplant.

»Leo?«

Jasper stoppte den Rollstuhl und machte sich an seinen Schnürsenkeln zu schaffen, um unbemerkt flüstern zu können.

»Du übertreibst schon wieder. Ich habe deine Mutter mit Leuten arbeiten sehen, die … *anders* sind, und die bewegen sich definitiv *nicht* so.«

Jasper erhob sich wieder und schob den Rollstuhl durch die Einkaufsstraße des Vororts, wo alle zielstrebig ihrer Wege gingen. Da entdeckte Leo den Jungen. Er war fünf, höchstens sechs Jahre alt und stand wenige Meter entfernt an der Bushaltestelle, mitten in einer Gruppe von Menschen.

Niemand starrt etwas Andersartiges an.

Die Junge deutete mit dem Finger und zog an der Hand seiner Mutter.

Wer wegschaut, erinnert sich nicht an besondere Merkmale.

Der Junge zeigte mit dem Finger auf ihn – auf den Rollstuhl.

Aber ein Kind sieht die Welt anders als ein Erwachsener.

Jetzt rief der Junge irgendwas.

Ein Kind ist fasziniert, hat noch keine Vorurteile und noch nicht solche Ängste entwickelt.

Der Junge deutete weder auf die Waffe unter der Decke noch auf die zusammengeklebten Magazine in seiner Weste, obwohl es ihm so vorkam.

Ein weiterer Ruf, und die diskret wegschauenden Erwachsenen hätten möglicherweise ihre Blicke auf sie gerichtet und sich vielleicht später sogar an sie erinnert. Also riss Jasper den Rollstuhl herum und eilte von der Bushaltestelle weg an einen weniger gut beleuchteten Ort.

17.48 Uhr.

Sie warteten mit Blick auf den Eingang. Autos, Fahrräder, Fußgänger kamen und verschwanden wieder.

17.49 Uhr.

Nur noch wenige Minuten.

17.50 Uhr.

Vielleicht noch ein paar.

17.51 Uhr.

Bald.

17.52 Uhr.

»Verdammt, wo bleibt er bloß?«

»Er wird kommen.«

»Es ist aber schon ...«

»Er wird kommen.«

17.53 Uhr.

Langsam rollten sie näher und waren jetzt keine zehn Schritte von der Wand entfernt, die die Einfahrt zur Wechselstube abschirmte. Der Fahrer des weißen Geldtransporters würde Zeit benötigen, um bis zum Eingang zu gelangen, und würde dabei weder den Körperbehinderten noch seinen Betreuer bemerken.

17.54 Uhr.

Jasper ging in die Hocke, um nicht länger stehen zu müssen. Er öffnete seine Schnürsenkel und begann sie wieder zuzuknoten.

»Hallo! Wie heißt du?«, rief der Junge. »Warum sitzt du in diesem Ding? Hast du dir wehgetan?«

Der Junge riss sich von seiner Mutter los und rannte auf die interessanten Leute mit dem Rollstuhl zu.

»You go back«, sagte Jasper auf Englisch und bemühte sich um einen starken Akzent.

»Hallo! Wie heißt du? Und was ist mit deinen Beinen passiert?«, fragte der Junge.

Jasper schob die Hand durch das Loch in seiner Jackentasche und packte die Maschinenpistole, die um seinen Hals hing.

»Go back.«

»Goback?«

»Go back.«

»Heißt er so? Goback? Das ist ein schöner Name.«

Er entsicherte und sicherte die Waffe wiederholte Male. Ein unangenehmes Klicken. Leo stieß ihn mit dem Ellbogen an.

Der Geldtransporter, den sie ausrauben wollten, war eingetroffen.

»Go back to your mama!«

Der Junge hatte zwar keine Angst, schien es aber unangenehm zu finden, dass sich Jasper zu ihm hinunterbeugte und ihm etwas ins Ohr zischte. Also verzichtete er auf weitere Fragen und trottete wie angewiesen zu seiner Mutter zurück.

17.55 Uhr.

Freitagabend. Noch zwei Stunden. Samuelson betrachtete Lindén, der jetzt schon seit fast sieben Jahren neben ihm im gepanzerten Geldtransporter saß. Trotzdem kannten sie sich kaum und hatten außerhalb der Arbeit noch nie zusammen eine Tasse Kaffee oder ein Bier getrunken. Manchmal war man einfach Kollegen, nichts als Kollegen. Sie sprachen nicht einmal über ihre Kinder. Er wusste, dass Lindén genauso viele hatte wie er selbst, aber Lindén verbrachte nur noch jede zweite Woche mit ihnen, und sich mit Leuten über ihre Verluste zu unterhalten war noch nie eine gute Idee gewesen.

Die Scheinwerfer des Geldtransporters streiften die Straßenlaternen, als sie den Parkplatz umrundeten. Sie kamen an den wartenden Menschen an der Bushaltestelle vorbei und an Leuten, die mit der Rolltreppe zur U-Bahn hinunterfuhren. Die beiden Wachleute musterten gewohnheitsmäßig die Umgebung: Die Wurstbude neben dem Fahrradständer, drei Frauen mit vollen Einkaufstüten auf einer Bank, ein Mann im Rollstuhl und sein Betreuer, die sich gerade mit einem kleinen Jungen unterhielten, der dann von seiner Mutter weggezerrt wurde, in einiger Entfernung ein Klüngel rangelnder Jugendlicher, die nicht wussten, wohin. Es war wie an jedem anderen Abend.

Sie folgten der scharfen Kurve der Busschleife, dann ein kleiner Schwenk, und schon ertönte das monotone Piepsen, als der Geldtransporter an der Rampe zur verschlossenen Hintertür zurücksetzte.

Lindén stellte den Motor ab, und sie sahen sich an. Ein kurzes einvernehmliches Nicken. Obwohl gerade Feierabendverkehr herrschte, wirkte alles ruhig. Samuelson öffnete seine Tür und war mit einem Schritt an der Hintertür. Die Tageskasse wurde zwei Korridore entfernt im Büro des Sicherheitschefs aufbewahrt: zwei Stoffbeutel auf einem im Übrigen leeren Schreibtisch – Geldscheine, Münzen und eine Quittung in roter Tinte: 1 324 573 Kronen.

In schwedischen Wechselstuben war der Freitag der einträglichste Tag der Woche – und Farsta stellte die letzte Station auf der Route des Geldtransporters dar. Zu diesem Zeitpunkt hatte er die maximale Geldmenge aufgenommen.

17.56 Uhr.

Leo hatte das Objekt, den Zeitpunkt und den Ort des Überfalls sorgfältig gewählt. Er wusste, dass man mit dem Rollstuhl nicht weiter als bis zur Zufahrt der Laderampe gelangen konnte. Er wusste auch, dass sie sich nirgends verbergen konnten und den Wachmann zwischen der Hintertür des Gebäudes und der Beifahrertür des Geldtransporters überwältigen mussten. Und zwar unbeobachtet.

17.57 Uhr.

Sie warteten und behielten dabei die Stahltür im Auge.

Jetzt.

Das kurze Summen des Türöffners.

Jetzt. *Jetzt.*

Leo und Jasper zogen sich die Rollkragen ihrer Pullover über die Wangen und die Nase bis hoch zu den Augen.

Das AK-4-Sturmgewehr und die Maschinenpistole kamen zum Vorschein.

Die beiden schwangen sich auf die Mauer und sprangen dann zum Geldtransporter auf der Laderampe hinunter.

Samuelson lehnte mit einer grünen Geldtasche in der Hand an der Stahltür.

Dann hörte er es – das zweifache Piepsen seines Funkgeräts. Das Okay.

Er öffnete die Tür, trat auf die Laderampe und hörte wie immer das Klicken aus dem Geldtransporter, als Lindén die Tür zum Sicherheitsbereich öffnete.

Lindén saß am Steuer, als er Samuelson mit der Geldtasche aus dem Gebäude treten sah. Er entriegelte per Knopfdruck das innere Schloss und wollte sich gerade zu seinem Kollegen umdrehen, als ihm etwas auffiel. Etwas Undeutliches, Schemenhaftes, das einer Erklärung bedurfte. Als Erstes bemerkte er durch die Windschutzscheibe den Rollstuhl, den er eben noch in der Menge gesehen hatte und der nun umgestürzt und leer auf dem Gehsteig lag. Dann registrierte er in einem der Außenspiegel eine Bewegung, als fiele jemand mit fast unmenschlichem, schwarzem Gesicht von der Mauer auf ihn zu. Im nächsten Moment riss Samuelson die Seitentür auf und schrie: »Fahr schon!«, bevor er in den Wagen hechtete. »Verdammt! Fahr los!« Er ließ sich auf den Boden des Geldtransporters fallen, um Deckung zu suchen.

»Open door!«

Er brauchte nur eine einzige Sekunde, um zu begreifen, was da geschah. Er gab den ersten Code ein. Die Stahlschleuse zum Safe wurde verriegelt und blockierte den Weg zum Geld. Dann zwei Sekunden, um den zweiten Code einzugeben – vier Zahlen am Armaturenbrett, um den Zündschlüssel herumdrehen zu können.

»Jalla! Jalla! Open door!«

Zu spät. Jemand war auf der Kühlerhaube gelandet. Schwarze Maske, durchdringende Augen und eine Maschinenpistole, die auf Lindén gerichtet war.

Er hob weder die Arme noch wandte er sich zur Tür.

Er tat überhaupt nichts.

Der riesige Lauf kam näher, wurde größer.

Sieben Jahre lang hatte er sich diesen Moment ausgemalt. Aber es war alles ganz anders als in seiner Fantasie. Es begann in der Brust, ganz in der Mitte, und stieg dann bis zur Kehle auf. Und er wurde es nicht los, obwohl er laut schrie.

»You open fucking door!«

Da begriff er. Er wurde es nicht los, weil nicht er schrie, sondern jemand anders. Neben ihm. Und da war noch einer – vor seinem Fenster. Noch ein Gesicht mit derselben Maske, schwarzer Stoff über Kinn, Nase, Wangen, bis zu den Augen. Aber mit einer anderen Stimme. Verzweifelt. Nicht gemeiner oder lauter, sondern verzweifelter.

Jemand würde sterben. Das spürte er in seiner Brust. Den Tod.

Die Scheibe zersplitterte, und sein einziger Gedanke war, wie krass es klang, wenn man aus unmittelbarer Nähe beschossen wurde. Er nahm zwei Schüsse wahr, warf sich nach hinten und presste Kopf und Rücken in den Sitz. Die dritte Kugel streifte sein Kinn und seinen Kehlkopf, die vierte schlug ins Armaturenbrett und die fünfte in die Beifahrertür ein, während er reflexartig den Alarm an die Einsatzzentrale auslöste.

»You open door!«

Das Magazin einer Maschinenpistole mit dreißig Patronen zu verschießen dauert drei Sekunden. Die fünf Schüsse durch die Seitenscheibe hatten eine halbe Sekunde beansprucht, die Jasper wie eine Ewigkeit vorgekommen war.

»You open or you die!«

Leo stand auf der Kühlerhaube des Geldtransporters und zielte auf den Wachmann hinter dem Lenkrad, während Jasper mit der Mündung der Maschinenpistole auf das teilweise zerschossene Panzerglas einschlug, bis der zweite, auf dem Boden liegende Wachmann die Hände über den Kopf hob.

Samuelson sah Lindén an. Aus seinem Hals floss Blut. Wie rot doch frisches Blut war. Mit über den Kopf erhobenen Armen stand er auf, öffnete die Tür auf der Beifahrerseite und ließ den maskierten Mann von der Kühlerhaube einsteigen. Dieser richtete die Waffe auf Samuelsons Schläfe und forderte ihn in gebrochenem Englisch dazu auf, den Safe zu öffnen. Er versuchte zu erklären, dass diese Tür jetzt nur noch mit einem Code von der Zentrale geöffnet werden konnte. Er suchte nach Worten, die nicht da waren, während der Maskierte zuhörte und wartete, ruhig und beherrscht, ganz anders als der Mann mit der verzweifelten Stimme. Dieses maskierte Gesicht gehörte dem Mann, der die Entscheidungen fällte, das erkannte Samuelson, während sich die Mündung fester an seine Schläfe presste.

Lindéns lebloser Körper war auf dem Fahrersitz in sich zusammengesunken.

Die Hand des so gelassen wirkenden Maskierten durchsuchte die Taschen von Samuelsons Hose, Jacke und Hemd nach den Schlüsseln und fand sie zu guter Letzt auch.

Währenddessen stieß ihm der andere Mann seine Waffe auf die Brust und schrie ihn an: »*Start engine!*«

Die Mündung der Waffe bewegte sich von seiner Stirn zu seinem Mund und in diesen hinein.

»*You start! Or I shoot!*«

Er spürte den Lauf zwischen seinen Lippen und an der Zunge, als er sich zum Tastenfeld vorbeugte. Vier Zahlen, um den Motor anlassen zu können.

»*I kill I kill I kill!*«

Samuelsons Hand fühlte sich taub an. Seine Finger wollten ihm kaum gehorchen, als er den Code eingab. Dann ließ er den Motor an.

Jasper fuhr langsam die steile Laderampe hinauf, über den Gehsteig auf die Wendeschleife und die Parkplatzausfahrt zu. Niemand hatte die fünf von der Mauer gedämpften Schüsse gehört, die sich gleich im Lärm der Stadt verloren hatten.

In ein paar Metern Entfernung ging das Leben weiter wie immer.

Wenn sie unauffällig und in normalem Tempo weiterfuhren, blieb ihnen genügend Zeit, um den Safe zu leeren und zu verschwinden.

»*Open inner door*«, sagte Leo und gab dem Wachmann den Schlüsselbund. Einer dieser Schlüssel öffnete das Sicherheitskästchen mit sieben weiteren Schlüsseln zu je einem der sieben Schränke mit jeweils mehr als einer Million Kronen in bar.

»*Please, the door is locked. With code. Special code! Can only be opened from headquarter … please, please …*«

»*You open. Or I shoot.*«

Leo warf einen raschen Blick aus dem Fenster. Ein Stockholmer Vorort zog vorbei. Hier drinnen lag ein verwundeter Wachmann und entschwand zusehends in seine eigene Welt. Der andere sprach noch.

»Understand? Please! Only… only open at headquarter.«

Nur noch wenige Minuten, mehr nicht.

Nynäsvägen, Örbyleden, Sköndalsvägen. Mietshäuser, ein Fußballplatz, eine Schule. Und dort, diesen steilen Hügel mussten sie noch passieren. Ein Verfolger würde bis hierher kommen, aber nicht weiter.

Felix atmete langsam.

Ein. Aus.

Seit fünfundzwanzig Minuten lag er in dem hohen, nassen Gras auf dem Hügel, wo sie als Kinder herumgetollt waren, direkt am Ortseingang von Sköndal und nicht weit von dem kleinen weißen Haus entfernt, in dem seine Großeltern früher einmal gewohnt hatten.

Das Gewehr zitterte. *Einatmen, ausatmen.* Mit jedem Atemzug verlor er seinen Rhythmus und musste von vorn beginnen. *Ein, aus,* die eine Hand am Gewehrkolben und den Zeigefinger am Abzug, die andere am Lauf, das Auge am Zielfernrohr.

Der Nynäsvägen lag weit unter ihm, und trotz der Entfernung hatte er beinahe das Gefühl, ihn berühren zu können. Ein verschwommener Streifen von Autoscheinwerfern. Autos auf einer der meistbefahrenen Schnellstraßen Stockholms. Dahinter der Vorort Farsta mit seinen neonbeleuchteten Fassaden. In diese Richtung zielte er voller Angst mit seinem Gewehr, denn von dort würde Leo kommen.

Da. Der weiße Lieferwagen.

Nein. Er war zwar weiß und groß, aber es war kein Geldtransporter.

18.06 Uhr. Zwei Minuten Verspätung. Zweieinhalb.

Das verdammte Gewehr rutschte ab, vibrierte.

Drei Minuten. Dreieinhalb.

Da. Da!

Er konnte das Dach des weißen Geldtransporters ausmachen. Er fuhr über die Brücke und an der scharfen Linkskurve vorbei. Durch das Zielfernrohr sah er auf dem Fahrersitz ein schwarz verhülltes Gesicht, dahinter kniete Leo vor zwei liegenden Männern, von denen der eine seine Hände über den Kopf erhoben hatte.

Und dann entdeckte er ihn. Hinter dem Geldtransporter. Ein Pkw mit zwei Personen.

Entweder verfolgen sie uns in einem Streifenwagen oder in einem Zivilfahrzeug, immer schwarz, immer ein Saab 9-5 oder ein Volvo V70. Dass dieser Wagen schwarz war, sah er, als er den Lauf seines Gewehrs bewegte. Er konnte jedoch nicht erkennen, um welche Marke es sich handelte. *Schau dir die rechte Seite an, dort gibt es immer einen zusätzlichen Außenspiegel. Daran erkennst du die Bullen in Zivil und feuerst ganz entspannt drauflos.*

Er starrte durch das Zielfernrohr.

Felix, hör mir zu. Das Zielfernrohr ist eine Spezialanfertigung, Treffer garantiert, keiner wird zu Schaden kommen. Ein Schuss auf den Motor, und der Wagen steht.

Er war sich nicht sicher. War da ein extra Außenspiegel? Er konnte es nicht erkennen.

Er drückte noch etwas fester, während die Mündung immer noch auf die Kühlerhaube des schwarzen Autos zielte.

Leo ließ den Blick über die Wachleute, über Jasper am Steuer und schließlich über die Umgebung schweifen, als sie an dem Hügel vorbeifuhren. Von dort oben bis zur Brücke war freies Schussfeld. Ein AK-4-Sturmgewehr mit Zielfernrohr traf auf dreihundert Meter alles.

Falls sie verfolgt würden, genügte ein Schuss.

Felix zitterte. Der schwarze Wagen war immer noch da. Zu nahe.

Du wartest so lange, bis wir vorbei sind und du dir sicher bist, dass uns niemand verfolgt.

Der weiße, gepanzerte Geldtransporter bog hinter der Überführung an der Kreuzung links ab. Das schwarze Auto folgte ihm in dreißig Meter Entfernung.

Einatmen. Ausatmen.

Er zielte auf die Frontpartie, den Kühler, und umklammerte den Abzug fester.

Plötzlich scherte der schwarze Wagen nach rechts aus, beschleunigte und verschwand.

Felix' Zittern ging in einen regelrechten Schüttelfrost über. Er atmete heftig.

Zwei Autofahrer auf dem Heimweg waren einen Fingerdruck vom Tod entfernt gewesen, weil sie sich zufällig zur falschen Zeit auf der falschen Straße befunden hatten.

Er erhob sich aus dem nassen Gras, verstaute das Gewehr in seiner Tasche und streifte den Rollkragen nach unten. Dann begann er zu rennen. Den Berg hinunter, durch das Wäldchen und die Schrebergärten. Im Dunkeln stolperte er über einen niedrigen, spitzen Zaun, verlor die Tasche, rappelte sich wieder auf und rannte weiter, bis er den geparkten Wagen am Fuße des Hügels erreichte.

Sie waren am Hügel vorbeigefahren. Felix hatte nicht geschossen.

Sie wurden nicht verfolgt.

Leo starrte die verschlossene Tür an. Dahinter verbargen sich sieben weitere Geldsäcke mit acht, neun, vielleicht auch zehn Millionen Kronen.

Sie hatten ein paar kostbare Sekunden verloren.

Dem Wachmann war es gelungen, den Code einzugeben, und die Stahlwand war herabgeglitten, um den Safe zu schützen. Eigentlich hätten sie vor Erreichen des Treffpunkts alle Fächer öffnen und leeren müssen. Das ging jetzt nicht mehr. Doch nach wie vor blieb Zeit zum Improvisieren.

»*Where … please, please … do you take us?*«

Sie könnten die Schleuse am Treffpunkt zerschießen, was aber zu viel Lärm verursachen würde.

»*What … please, I beg you, please … will you do with us?*«

Vielleicht könnten sie ja jemanden in der Zentrale zwingen, die Schleuse aus der Ferne zu öffnen. Aber das würde zu lange dauern.

»*I have … please please please please … I have children!*«

Der Wachmann, der auf dem Boden lag und nur wenig blutete, schob seine Hand in die Jacke. Leo versetzte ihm einen Stoß mit dem Gewehrkolben.

»*You stay put!*«

Der Mann hatte kurz innegehalten, aber dann zog er doch etwas aus der Jacke und hielt es hoch.

»*My children! Look! Pictures. Please. Please!*«

Zwei Fotos waren zu sehen.

»*My oldest. He is eleven. Look!*«

Ein Junge auf einem Aschefußballplatz. Dünn, blass, mit einem Ball unter dem Arm, verschwitztem Haar und nach unten gerollten blau-weißen Fußballsocken. Er lächelte schüchtern.

»*And this … please, please look … this is … he is seven. Seven!*«

Ein Tisch in einem Ess- oder Wohnzimmer, offenbar eine Geburtstagsfeier, alle Stühle besetzt, alle in ihren Sonntagskleidern, ein weißes Tischtuch und eine große Torte. Ein vorgebeugter Junge mit Zahnlücke, der gerade im Begriff war, die Kerzen auszublasen.

»*My boys, please, two sons, look, look, brothers …*«

»*Turn around.*«

Er schnappte sich die beiden Fotos und ließ sie auf den Boden fallen.

»*Two boys, my boys … please!*«

»*Turn around! On stomach! And stay!*«

Vincent glitt in einem Schlauchboot über das ruhige Wasser des Drevviken. Ein letzter weiter Bogen mit der Hand auf der Pinne des Zweitakters, und schon tauchten hinter dem Wald zu seiner Linken die Lichter von Farsta auf. Vor ihm in der Dunkelheit lag das Sköndaler Ufer. Er schaltete den Motor aus, glitt lautlos zum Steg und zog das Schlauchboot ins Schilf. Die letzten beiden Kilometer hatte er befürchtet, zu spät zu kommen.

Jetzt begriff er, warum Leo diesen Platz gewählt hatte. Die Bucht war geschützt, und in Ufernähe lag das über den Winter geschlossene Freibad, das ihre Mutter früher öfter zusammen mit den ihr anvertrauten behinderten Kindern besucht hatte.

Er stand auf dem leise schaukelnden Steg. Ganz in der Nähe gab es einen weiteren Steg, der kürzer und viel älter war. Er erinnerte sich an den Sommer, in dem ihm Leo das Schwimmen beigebracht hatte. Leo hatte ein Schwimmabzeichen erfunden, das er den »Steg« nannte und das errungen werden konnte, wenn man die zehn Meter vom alten zum neuen Steg schwamm. Er hatte wild mit Armen und Beinen gerudert, und eines Abends, als alle anderen bereits nach Hause gegangen waren, war es ihm schließlich gelungen, die ganze Strecke zurückzulegen, ohne mit den Füßen den Grund zu berühren. Leo hatte applaudiert und ihm die Auszeichnung überreicht, ein großes Stück Holz mit eingeritzten Worten.

Er wippte auf einem Brett, das etwas zu sehr durchhing – selbst der neue Steg wurde inzwischen alt. Es war das Brett, an dem er sich nach dem letzten Schwimmzug festgehalten hatte, dann hatte er sich an Leos Hand festgeklammert, um nicht im kalten Wasser zu versinken. Leos Stimme hatte ihn Zug um Zug begleitet und zur Konzentration ermahnt.

Eigentlich hätten sie längst hier sein müssen. Oder er hätte bei ihnen sein müssen. Alles war besser als diese Ungewissheit.

Er roch schlecht. Vincent spürte, wie er aus seinen Poren drang, ein Gestank, den er noch nie wahrgenommen hatte, stark, beißend, erstickend – seine Angst war zu groß, um in seinem Inneren zu bleiben.

Auf Knien beugte er sich zur spiegelblanken Oberfläche des eiskalten Wassers hinunter und wusch sich das Gesicht.

Das Gewehr drückte auf seinen Rücken, und er schob es an die richtige Stelle zurück. Leo hatte es ihm vor der Abfahrt in der Diele überreicht. »Den Lauf immer nach unten halten, solange du es nicht verwendest«, hatte er ihm eingeschärft, als er ihm die Waffe erklärte. »Sichern, entsichern.« Dann hatte er ihn fest an der Schulter gefasst: »Denk daran, Vincent, du entscheidest, nicht die Waffe.«

18.11 Uhr.

Inzwischen müssten sie wirklich hier sein.

Felix rannte den Hang hinunter durch den Wald und die Schrebergärten zum Auto. Er nahm den schmalen Kiesweg und dann die etwas breitere Teerstraße, bis er zur Überführung gelangte. Sein Puls hatte sich gerade etwas beruhigt, als er die Sirenen hörte.

Dann sah er das Blaulicht.

»Vincent, wo bist du?«

»Immer noch hier. Am Steg. Ich warte.«

Das Handy, das er nur im Notfall verwenden durfte.

»Sie sind noch nicht da«, sagte Vincent mit schwacher Stimme.

Der Ernstfall war eingetreten.

»Fuck … Fuck.«

»Felix?«

»Fuck!«

»Felix, was …«

»Die Scheißbullen sind gerade eben hier vorbeigerast! In ein paar Minuten sind sie bei dir!«

Vincent starrte das Handy mit Felix' Stimme an. Die Angst quoll noch heftiger aus seinen Poren.

In diesem Moment sah und hörte er ihn. Der Geldtransporter hielt, und das Licht der Scheinwerfer fiel auf die Fenster der Umkleidebaracke.

Dann die Stimmen, laut, schreiend.

Leo sah auf die Uhr. 18.12 Uhr.

Niemand war ihnen am Kontrollpunkt gefolgt. Sie hatten immer noch Zeit, die Schleuse, die sie von neun Millionen Kronen trennte, gewaltsam zu öffnen. Als er ausstieg, zerrte Jasper gerade den einen Wachmann ins Freie. Beide waren nervlich am Ende.

»Open! Or I shoot!«

»I … can't. I can't!«

Jasper stieß dem Mann die automatische Waffe in den Mund.

»I shoot!«

Weinend ging der Wachmann in die Knie und versuchte zu sprechen.

»Please! Please please please please!«

Jasper entsicherte und hob die Waffe. Seine schwarzen Stiefel gruben sich ins weiche Gras, während er sich vorbeugte und den Kolben fest an seine Schulter presste. Sein Finger am Abzug, seine Augen unerreichbar.

Vincent hörte Schüsse.

Nicht einen, nicht fünf, sondern zwanzig, vielleicht auch dreißig.

Er wusste, dass er nicht gesehen werden durfte. Es gab nur zwei Täter, und zwar jene beiden, die die Wachmänner gesehen hatten und später beschreiben würden.

Aber Felix hatte angerufen. Die Bullen näherten sich. Ihm blieb keine Wahl.

Jaspers rechte Schulter schmerzte, doch es fühlte sich trotzdem gut an. Obwohl er die Patronen eines kompletten Magazins gegen die verschlossene Tür geschossen hatte, wies diese keinen Kratzer auf. Er zog ein neues Magazin aus seiner Weste.

Dann hörte er Schritte in der Dunkelheit.

Er drehte sich mit schussbereiter Waffe um.

Vincent musste sie warnen. Er rannte über den feinen Sand und den Rasen, auf dem sie als Kinder in der Sonne gelegen hatten, rannte weiter, bis er die Umrisse des Geldtransporters und daneben Leo und Jasper erblickte.

Jasper zielte in die Richtung der herannahenden Schritte.

Ein Gesicht. Er war sicher. In der Dunkelheit.

Er feuerte den ersten Schuss ab.

Auch Leo hatte die Schritte gehört. Er sah, wie Jasper die Waffe anlegte und den Finger krümmte. Dann bemerkte er etwas sehr Vertrautes, ein bekanntes Bewegungsmuster. Mit einem Mal wusste er es.

Er warf sich nach vorn und drückte den Lauf von Jaspers Gewehr in die Luft.

»Felix hat angerufen, er hat gesagt …«

Ein vertrauter Mensch, der eigentlich nicht hier sein sollte und der knapp einem vielleicht tödlichen Schuss entkommen war, presste seinen Mund an Leos Ohr und flüsterte.

»Die Bullen sind auf dem Weg – sie haben den Kontrollpunkt passiert!«

Leo packte seinen jüngsten Bruder am Arm.

Du hättest am Steg bleiben sollen.

»Geh zurück.«

Ich hätte dich verlieren können.

»Und halte das Boot bereit.«

Leo betrachtete Jasper und die unversehrte Stahltür. Vincent setzte sich nur im äußersten Notfall über Anweisungen hinweg.

»Leave, now«, befahl Leo.

Sie hatten ihre neun Minuten von Farsta ans Ufer des Drevviken verbraucht. Er hatte ihnen noch weitere vier zugestanden, mehr Zeit gab es nicht.

»Now.«

Jasper sah das nahende bläuliche Licht über den Bäumen. Sein Magazin war fast voll, fünfunddreißig Schuss. Leo würde warten müssen. Er wollte sich diesen Schweinen entgegenstellen.

»Now!«, schrie Leo.

Jasper setzte sich in Bewegung, aber nicht Richtung Boot, sondern zu den Wachleuten.

»Sharmuta, we know your names.«

Er riss ihnen die Ausweise mit Namen und Dienstnummern von den Jacken.

»If you ever talk …«

Das drei Meter lange Schlauchboot glitt durchs Schilf. Leo vorn, Jasper in der Mitte und Vincent hinten, mit dem Starterseil in der Hand.

Vincent zog daran. Nichts. Er zog erneut. Immer noch nichts.

»Komm schon, verdammt!«

Vincents Finger waren nass und rutschten immer wieder ab.

Selbst als er das Seil endlich richtig zu fassen kriegte, passierte nichts.

»Verdammt, Vincent, der Choke!«, brüllte Leo.

Vincent zog ihn ganz und riss dann fest am Starterseil.

Der Motor sprang an.

Leo musterte seinen jüngsten Bruder. Er war immer so klein gewesen, aber jetzt hatte er selbstständig einen Beschluss gefasst, einen Befehl missachtet und seinen Posten verlassen, um sie zu warnen. Das aufblitzende Blaulicht, das vor dem schwarzen Hintergrund beinahe schön wirkte, verschwand allmählich hinter dem Felsen, während sie mit ihrem Boot das offene Wasser erreichten und von der Dunkelheit verschluckt wurden.

5

John Broncks legte seine Stirn an die kühle Fensterscheibe. Die vor Kurzem noch gelben oder roten Blätter der neu angepflanzten Bäume, die in einer Reihe im Hof des Polizeipräsidiums standen, hatten sich inzwischen braun verfärbt und fielen herab, um platt getreten zu werden.

Zehn vor sieben an einem Freitagabend.

Nicht viel los da draußen. Nicht viel los hier drinnen.

Es war Zeit, nach Hause zu gehen.

Vielleicht sollte er sich wirklich bald auf den Weg machen.

Er ging in den Pausenraum, kochte Wasser auf und goss es in eine der großen Tassen, die jemand gekauft und zurückgelassen hatte. Dann fügte er einen Schuss Milch hinzu. Sein übliches Getränk. Obwohl es nach kaum etwas schmeckte, erfüllte es ihn beim Trinken mit einem behaglichen Gefühl.

Nur in wenigen Büros brannte noch Licht. Bei Karlström, vier Türen weiter, und am Ende des Korridors, bei einem Kriminalkommissar, der fast das Rentenalter erreicht hatte, Sechzigerjahremusik spielte und auf einem braunen Cordsofa übernachtete. Broncks war davon überzeugt, dass er niemals im Präsidium übernachten würde, um einer abgrundtiefen Einsamkeit zu entfliehen. Er musste sich nicht hier verkriechen. Im Gegenteil, er ging gerne nach Hause, wenn er das Gefühl hatte, den Feierabend zu verdienen.

Broncks' Schreibtisch sah aus wie jeder andere. Berge von Akten zu parallel laufenden Ermittlungen. Andere Kollegen schienen darin zu ertrinken, doch auf ihn hatten sie eine ähnliche Wirkung wie klare Herbstluft. Sie erleichterten ihm das Atmen.

Vernehmungsleiter JOHN BRONCKS: Sie lag auf dem Boden?
OLA ERIXON: Ja.
JB: Und dann … haben Sie sie geschlagen?
OE: Ja.
JB: Wie?
OE: Ich hab breitbeinig auf ihrer Brust gesessen. Und mit der rechten Hand zugeschlagen.
JB: Haben Sie sie mehrmals geschlagen?
OE: Normalerweise tut sie nur so.
JB: Sie tut nur so?
OE: Ja, normalerweise tut sie so, als wäre sie ohnmächtig.

Abends, wenn er eigentlich nach Hause gehen sollte, bedrängten sie ihn, die Ermittlungen, die es nicht zuließen, dass er aufbrach und am Leben dort draußen teilnahm.

THOMAS SÖRENSEN: Ich habe ihn in sein Zimmer begleitet und ihn gefragt, ob ihm was auffällt.
Vernehmungsleiter JOHN BRONCKS: Inwiefern auffällt?
TS: Das verdammte Licht brannte, und zwar den ganzen Tag. Ich musste ihm eine Lektion erteilen.
JB: Wie meinen Sie das?
TS: Mit dem Buch. Auf den Hinterkopf. Er muss doch kapieren, dass es Geld kostet. Es war ja nicht das erste Mal.
JB: Dass Sie ihn geschlagen haben?
TS: Dass er die Lampe angelassen hat.
JB: Ihr Sohn ist acht Jahre alt.

(Stille.)
JB: Acht.
(Stille.)
JB: Sie haben weitergemacht? Ihn weiter geschlagen? Mit dem Buch … einem dicken, gebundenen?
TS: Hm.
JB: Und dann? Ich möchte, dass Sie sich die Fotos weiter unten anschauen – Rücken, Oberkörper, Hals, Lendenwirbel.
TS: Sie müssen doch verstehen, dass er es nicht anders verdient hat.

Nacht für Nacht beschäftigte er sich mit diesen Fällen, die sich im Grunde ähnelten. Dabei ging es ihm nicht um die Täter. Oder die Opfer. Er war ihnen vorher nie begegnet, er kannte sie nicht. Sie waren nicht der Grund dafür, dass er blieb, nachdem sich das Gebäude geleert hatte. Es ging ihm um die Tat an sich. Ordner um Ordner, Dokument um Dokument.

ERIK LINDER: Sie hat nicht auf mich gehört.
Vernehmungsleiter JOHN BRONCKS: Was genau meinen Sie?
EL: Ich meine genau das.
JB: Und dann … wie haben Sie reagiert?
(Stille.)
JB: Dieses Foto … laut Aussage des Arztes haben Sie der Verkäuferin als Erstes den Unterkiefer gebrochen.
(Stille.)
JB: Und anschließend den Wangenknochen.
(Stille.)
JB: Hier ist ein Foto ihres Brustkorbs. Sie haben sie mehrmals nacheinander getreten.
(Stille.)
JB: Und Sie möchten sich nicht dazu äußern?
EL: Hören Sie …
JB: Ja?
EL: Hätte ich sie töten wollen, dann hätte ich es getan.

Und trotzdem, obwohl ihm diese Fremden gleichgültig waren, packte ihn jedes Mal, wenn er sich mit Fällen von schwerer Körperverletzung auseinandersetzte, ein gesteigertes Interesse und ließ ihn nicht los, ehe der Täter vier Stockwerke über ihm in Untersuchungshaft saß.

»John?«

Es klopfte. Jemand stand in der Tür, trat ein.

»Du bist ja immer noch da, John.«

Karlström, der Leiter der Kriminalpolizei Stockholm City. *Sein* Chef. In Wintermantel mit vollen Papiertüten in den Händen.

»Wusstest du, dass ich im Schnitt etwa fünfzig Fälle mit schwerer Körperverletzung auf den Tisch bekomme, Karlström?«

»Du bist immer noch da wie jeden Abend.«

Zwei Blätter mit Fotos eines Frauenkörpers. Broncks hielt sie in die Höhe.

»Hör dir das an: *Hätte ich sie töten wollen, dann hätte ich es getan.*«

»Und am Wochenende, John? Arbeitest du da auch?«

Weitere Fotos aus einer anderen Mappe. Er hielt sie ebenfalls in die Höhe.

»Oder hier, Karlström: *Sie müssen doch verstehen, dass er es nicht anders verdient hat.*«

»Wenn du ohnehin hier bist, möchte ich dich bitten, die Blätter mal eben beiseitezulegen.«

Weitere Fotos, teilweise unscharf, wahrscheinlich vom selben Kriminaltechniker in derselben Krankenhausbeleuchtung aufgenommen.

»Warte, hier kommt das Beste: *Normalerweise tut sie so, als wäre sie ohnmächtig.*«

Karlström nahm die Dokumente in Empfang und legte sie unbesehen auf den Schreibtisch.

»John, hast du mich gehört?«

Er deutete auf die Wanduhr.

»Vor einer Stunde und sieben Minuten wurde ein gepanzerter Geldtransporter in Farsta überfallen. Es wurde über eine Million erbeutet. Schüsse aus automatischen Waffen sind gefallen. Das Fahrzeug wurde gekapert und in Sköndal am Wasser geparkt. Weitere Schüsse wurden abgefeuert, als zwei maskierte Männer versuchten, den Safe zu öffnen.«

Karlström nahm die Fotos wieder in die Hand und wedelte damit in der Luft herum.

»Vergiss diese Bilder. Die Ermittlungen wurden eingestellt. Ich möchte, dass du hinfährst und den Fall übernimmst. Und zwar sofort.«

Er lächelte.

»Freitagabend, John. Den ganzen Samstag. Vielleicht sogar noch den Sonntag, wenn du Glück hast.«

Karlström wollte gerade seine Einkäufe nehmen und sich auf den Heimweg machen, da fiel ihm noch etwas ein. Er hob aus der einen Tüte einen lebenden, schwarz gesprenkelten Hummer, dessen Scheren mit Gummibändern umwickelt waren.

»Mein Abend, John. Hausgemachte Ravioli. Ein Basilikumblatt auf jeden Nudelkreis. Frisches Hummerfleisch, Trüffel, Salz und Olivenöl darauf. Dann den Kreis halbmondförmig zusammenklappen. Die Kinder sind ganz wild darauf.«

John lächelte seinen Chef an, der jeden Freitagnachmittag in die Markthalle in Östermalm eilte, um erst das rohe Entrecote zu begutachten und sich anschließend im Café der Trauer darüber hinzugeben, dass die EU Freiland-Maishähnchen verboten hatte.

Der eine Mann mit einem gefesselten Hummer. Der andere mit einem Raubüberfall.

Du bekommst ein Wochenende, wie du es dir wünschst, und ich eines, wie ich es mir wünsche.

Felix fror nicht, obwohl er nackt war. Und auch die Tatsache, dass er nicht auf das schwarze Auto geschossen hatte, ehe es abgebogen war, lag an der inneren Ruhe, die ihm eigen war.

Hätte der drei Jahre ältere Leo, der immer alles als Erster abbekam, auf dem Hügel gelegen, dann hätte er in jedem Fall geschossen – vorsichtshalber. Der vier Jahre jüngere Vincent, der unter behüteteren Umständen aufgewachsen war und ein Kind hatte sein dürfen, hätte ebenfalls geschossen, und zwar aus reiner Panik. Auch Jasper hätte geschossen, einfach, weil sich die Gelegenheit bot.

Felix betrachtete den dunklen Wald und das dunkle Wasser.

Barfuß stand er auf dem feuchten Felsen und schlüpfte in den engen Taucheranzug. Er hielt die nicht ausgeschaltete Taschenlampe in der Hand und musterte die Wasseroberfläche, die sich vor ihm erstreckte, konnte aber nichts als weiße Wellenkämme ausmachen.

Still. Zu still.

Verschluckte der Wind das Geräusch des Schlauchboots mit dem Außenborder?

Er ließ die Taschenlampe drei Mal grün aufblinken.

Das Signal.

Erst kam die sanft geschwungene Bucht, dann die spitze Landzunge und die Hochspannungsleitungen zwischen den beiden Ufern, die sich wie dicke Wäscheleinen über ihren Köpfen spannten. Schließlich tauchten die steilen Felsen auf.

Und dann, dort drüben. Immer noch waren sie recht weit entfernt, und die Bäume am Ufer behinderten die Sicht, aber Leo konnte das grüne, drei Mal aufblinkende Licht erkennen.

»Vincent?«

»Ja?«

»Wir tauschen die Plätze.«

Leo hatte geübt, in dieser Dunkelheit zu navigieren. Das letzte Stück würden sie in Ufernähe zurücklegen, zwischen spitzen Felsen, die nicht zu sehen waren. Er ergriff die Pinne des Außenborders, drosselte die Geschwindigkeit und drehte bei.

»Vincent, verdammt, wir haben es geschafft«, sagte Jasper und legte seinen Arm um Vincent. »Noch nie wurde ein Geldtransporter so perfekt entführt! Mensch, Vincent, was ist los mit dir? Alles in Ordnung?«

»Was mit *mir* los ist? Du hättest mich um ein Haar erschossen.«

»Du hättest im Boot bleiben sollen. Ich konnte doch nicht ahnen, dass du zu uns hochrennen würdest.«

»Wenn ich euch nicht gewarnt hätte, dann …«

»Jetzt seid mal still, und zwar alle beide«, sagte Leo. »Zieh die Perücke aus, Jasper, leg sie in die Tasche und wasch dir das Gesicht.«

Leo verlangsamte nochmals. Der Propeller bewegte sich träge im schwarzen Wasser, als sie erst einen Felsen und dann einen kleinen Hügel in weitem Bogen umkreisten. Drei Lichtblitze. Das grüne Licht wurde heller. Er steuerte darauf zu. Ihr Ziel war ein Felsen mit zwei dürren Kiefern. Dort stand Felix, barfuß in einem Neoprenanzug.

Sie waren angekommen.

Mit drei automatischen Gewehren und der Geldtasche sprangen sie an Land. Felix holte vier identische Adidas-Sporttaschen, die in einiger Entfernung im hohen Gras gelegen hatten und die Jeans, Pullis, Jacken und Hockeyschläger enthielten. Er zog Schwimmflossen und Taucherbrille an, und gemeinsam begannen sie das Schlauchboot mit den großen Steinen zu füllen, die er ans Ufer gerollt hatte. Dann banden sie ein langes Seil um jeden Stein und knoteten diese am Außenborder fest.

Leo, Vincent und Jasper stießen das Boot vom Ufer ab und auf Felix zu, der damit in die Mitte des Sundes schwamm. Dort zog er sich seitlich daran hoch und begann mit einem großen Messer Löcher in das Gummi zu stechen. Zischend entwich die Luft, und das Schlauchboot begann zu sinken.

Langsam verschwand es unter der Oberfläche.

Felix konnte nicht weiter als eine knappe Armeslänge sehen, aber er wusste, dass das Gewässer hier laut Seekarte zehn Meter tief war. Er tauchte dem Boot drei oder vier Meter hinterher und kam dann wieder an die Oberfläche. Als Kinder waren sie hier oft geschwommen und hatten nach imaginären Schätzen getaucht, bis zum lehmigen Seegrund, der das Schlauchboot nie mehr loslassen würde, hatten sie es jedoch nie geschafft.

John Broncks schnappte sich den Polizeibericht, eilte zu seinem Auto in der Tiefgarage des Präsidiums, fuhr über die Västerbron und hielt bei einem 7-Eleven, um sich eine Wurst mit Brot zu kaufen, deren Genuss dieselbe Zeit beanspruchte wie das Vortragen des Hummer-Ravioli-Rezepts. Als er Skanstullen Richtung Süden überquerte, sah er die vielen Menschen, die sich ins Wochenende stürzten und von einem Leben ins andere wechselten – gemäß dem kollektiven Belohnungssystem.

Der Bericht hatte ihn eine Stunde und sieben Minuten nach dem Überfall erreicht. Jetzt saß er schon seit zweiundzwanzig Minuten im Auto. Er wusste, dass die beiden maskierten Entführer des gepanzerten Geldtransporters längst das Weite gesucht hatten.

Während er aufs Gaspedal trat, verweilte er in Gedanken bei den Akten auf seinem Schreibtisch. Bei dem Ehemann, der seine Frau umgebracht und dann auf die Polizei gewartet hatte, der mit seiner Angst vor der Einsamkeit nicht zurechtkam und sich mit jedem Schlag nur noch einsamer gefühlt hatte. Bei dem Vater, der mit seinem Sohn zum Arzt gegangen und ihn zu einer Lüge gezwungen hatte: dass nämlich die Verletzungen, die ihm sein Vater mit einem dicken Buch beigebracht hatte, bei einem misslungenen Skateboardmanöver entstanden seien. Bei dem Mann, der die Fotos der misshandelten Verkäuferin schweigend betrachtet hatte und davon überzeugt gewesen war, dass er jederzeit hätte aufhören können. Broncks hatte sie alle im Laufe dieser Woche vernommen. Alle hatten gestanden.

Er verließ die Schnellstraße und nahm Kurs auf den Stockholmer Vorort Sköndal. Mietshäuser wurden von Einfamilienhäusern abgelöst, und schließlich erreichte er eine Badestelle in einer Bucht, die um diese Zeit normalerweise menschenleer gewesen wäre. Nun standen hier drei Streifenwagen, ein Krankenwagen und ein gepanzerter Geldtransporter mit geöffneten Türen.

Du bekommst ein Wochenende, wie du es dir wünschst, und ich eines, wie ich es mir wünsche.

Ein Hubschrauber schwirrte über ihren Köpfen, und Hunde bellten in der Ferne. Um die Hundeführer würde er sich später kümmern. Erst war der weiße Geldtransporter dran. In der Seitenscheibe waren fünf Einschüsse zu sehen. Der eine Wachmann lag auf der Erde, neben ihm kniete eine Sanitäterin. An Kinn und Hals hatte der Mann geronnenes Blut, die weitaus gefährlicheren inneren Verletzungen waren natürlich nicht zu sehen.

»Noch nicht.«

Eine junge Frau in grüner Uniform nickte erst Broncks und dann dem liegenden Wachmann zu, der mit leeren Augen um sich blickte. Sein Gehirn schien aus Selbstschutz noch auf Sparflamme zu laufen.

»Okay. Wann?«

»Er steht unter Schock.«

»*Wann?*«

»Sie können ihn noch nicht befragen. Kapiert?«

Broncks ging auf den anderen Wachmann zu, der den Geldtransporter unablässig weiträumig umkreiste.

»Hallo. Ich heiße John Broncks, und ich würde Ihnen gerne …«

»Es ist meine Schuld. Ich habe sie reingelassen.«

Er ging noch schneller um die Vorderseite des Transporters herum.

»Sonst hätten sie uns umgebracht. Verstehen Sie? Sie hatten bereits durch die Seitenscheibe geschossen. Die Stahlschleuse … die hatte Lindén ja schon geschlossen, und sie wollten da rein … dann haben sie wieder losgeballert.«

»Welche Stahlschleuse?«

»Zum Safe mit dem übrigen Geld.«

Broncks warf einen Blick in den Geldtransporter. Blut, Glassplitter, Patronenhülsen auf den Sitzen und auf dem Boden. Auf dem Armaturenbrett eine Quittung, »Forex Hauptbahnhof 3001«, unter einer dünnen Schicht Glassplitter.

»Sie wussten, dass da noch mehr Geld ist. Und dann hat er geschossen. Der eine hat richtig verzweifelt gewirkt. Er hat uns angeschrien … er wollte unbedingt da rein.«

Der Wachmann stand hinter ihm, bereit, seine Wanderung wiederaufzunehmen.

»Der eine von den beiden Arabern«, ergänzte er.

»Araber?«

»Ja. *Jalla jalla. Sharmuta.* So was eben. Ansonsten haben sie Englisch gesprochen. Mit Akzent.«

Eine Sporttasche aus Plastik lag zwischen Fahrer- und Beifahrersitz. John hatte diese Taschen schon früher gesehen. Bei anderen Raubüberfällen.

»Wie viel?«

Der Wachmann hatte sich schon wieder in Bewegung gesetzt.

»Entschuldigen Sie … aber wie viel ist da noch drin?«

»Acht Geldsäcke von acht Wechselstuben. Etwa eine Million in jedem. Sie haben einen erbeutet.«

Seine Stimme war brüchig, aber gut verständlich, obwohl der Wachmann ihm den Rücken zuwandte, während er wieder seine Kreise zog. Broncks folgte ihm mit dem Blick, dem Mann, der nicht wusste, wohin er unterwegs war. Da rief ihn die Sanitäterin zu sich.

»Jetzt würde es gehen. Aber nur fünf Minuten.«

John Broncks ging zu dem anderen Wachmann zurück. Er gab ihm die Hand. Die des Mannes auf der Trage war kalt, feucht und schlaff.

»John Broncks, Kriminalpolizei.«

»Jan Lindén.«

Der Mann versuchte aufzustehen, wankte aber und verlor das Gleichgewicht. Broncks hielt ihn fest und half ihm, sich wieder hinzulegen.

»Alles in Ordnung? Soll ich …«

»Der Täter … er hat … sich vorgebeugt.«

»Vorgebeugt – was meinen Sie damit?«

»Es war derjenige, der mir das verdammte … der es mir in den Mund geschoben hat. Er hatte … einen niedrigen Schwerpunkt, als er auf mich gezielt hat. Verstehen Sie, was ich meine?«

Lindén streckte seine Beine und zog sie dann zur Veranschaulichung an.

»Etwa so … Als würde er sein Gewehr hochhalten. Mit gebeugten Knien und einem einsinkenden Stiefel.«

»Was für einem Stiefel?«

Der Wachmann erhob sich erneut. Diesmal gelang es ihm besser.

»Sie haben eben etwas von einem einsinkenden Stiefel gesagt.«

Lindén ging ein paar Schritte und entfernte sich.

»Ich muss jetzt nach Hause«, erklärte er.

Die Sanitäterin und Broncks folgten ihm und packten seine Arme.

»Die haben meinen Ausweis. Die wissen, wo ich wohne«, sagte Lindén und versuchte, sich zu befreien, aber ihm fehlte die Kraft. »Meine Kinder, verstehen Sie denn nicht, ich muss zu ihnen nach Hause!«

Er weinte. Sanft geleitete ihn die Sanitäterin zur Trage zurück.

Broncks war wieder allein. Die Befragung konnte erst am nächsten Tag fortgesetzt werden.

Der Geldtransporter war hell erleuchtet wie eine Freilichtbühne, und ein Kollege von der Kriminaltechnik kroch darin herum. Schwache Lichtkegel strichen am Ufer entlang, wo sich die Kriminaltechniker zwischen den beiden Stegen hin- und herbewegten.

Er kannte die Angst, hatte ihr ins Angesicht geblickt, wusste, wie sie klang. Und er hatte gelernt, dieser Art von Angst nie wieder auszuweichen.

Extreme Gewalt.

Wer verbreitete auf diese Art und Weise Schrecken? Wer machte sich die Angst der anderen zunutze?

Jemand, der sie selbst erlebt hatte.

Jemand, der wusste, wie das funktionierte.

Broncks ging auf das Ufer und die umherschweifenden Lichtkegel zu. Sie waren nach einem ausgefeilten Plan vorgegangen, hatten Ort und Zeitpunkt sorgfältig gewählt. Sie waren schwerbewaffnet gewesen, hatten extreme Gewalt angewendet und waren während der Entführung ganz gelassen geblieben. Sie hatten sich einen abgelegenen Ort ausgesucht. Dies war nicht ihr erster Überfall gewesen. Es handelte sich nicht um Anfänger, sondern um Leute, die früher schon ähnliche Raubüberfälle verübt hatten.

Er näherte sich dem von hohem Schilf umgebenen Steg.

Auch hier war jemand von der Kriminaltechnik mit Taschenlampe zugange.

Mit Ausnahme des Lichtkegels herrschte Dunkelheit, dennoch wusste Broncks, dass sie es war. Nur ein Mensch auf der ganzen

Welt bewegte sich so. Er ging näher. Jetzt konnte er sie deutlicher sehen.

»Benzin.«

Im Gegensatz zu ihm sah sie immer noch jung aus.

»Und hier auf den ersten Holzplanken Gras und Erde.«

Sie ging in die Hocke und beleuchtete die Wasseroberfläche mit den schillernden Benzintropfen.

»Sie haben diesen Weg genommen.«

Das war alles. Sie drehte sich um, ließ ihn stehen und machte sich auf den Weg zum Geldtransporter, wo sie auf dem Boden herumkriechen und ihn mit einer Infrarotlampe absuchen würde.

Sie hatte ihn angesehen, als würden sie sich nicht kennen.

Die ersten Jahre hatte er mehrmals täglich an sie gedacht, sich ein Wiedersehen ausgemalt. Er hatte sich den Kopf zerbrochen, gehofft und geträumt. Später nicht mehr jeden Tag, aber fast. Und jetzt das! Nicht mal ein Gruß oder ein Lächeln.

Ein seltsames Gefühl, nicht zu existieren.

John Broncks kletterte auf den taunassen, glitschigen Steg. Farsta lag jenseits des Wassers hinter den Bäumen, in der anderen Richtung reihten sich die südlichen Vororte aneinander. Für ein kleines Boot gab es Tausende von Anlegemöglichkeiten.

Sie hatte recht.

Sie waren auf diesem Weg entkommen. Eine Gruppe von Kriminellen, die die Brutalität instrumentalisiert hatten, Professionelle, die es nicht zum ersten Mal getan hatten.

Und die es wieder tun würden.

6

Obwohl Anneli fror, wollte sie auf dem Balkon ausharren. Von hier aus hatte sie die schwach beleuchtete Unterführung im Blick, aus der Leo auftauchen würde. Ein wenig wärmten die Zigaretten, die sie unablässig rauchte. Es waren die grünen von der Marke Minden, die nach Menthol und Geborgenheit schmeckten.

Sie hatte den Wagen abgestellt, war die Treppe hochgerannt und hatte die Wohnungstür aufgeschlossen. Im Mantel war sie durch die Diele und das Wohnzimmer auf den Balkon geeilt, wo sie die Sirenen gehört hatte.

Sie hatte keine Ahnung, was gerade geschah. Vielleicht war die Polizei an Ort und Stelle und eröffnete gerade das Feuer. Vielleicht war Leo verletzt und starb, ohne dass sie ihm beistehen konnte.

Monatelang hatten sie sich in ihrem Beisein darüber unterhalten, wie man Waffenlager sprengte und gepanzerte Geldtransporter ausräumte. Anneli hatte sich selten am Gespräch beteiligt, und wenn doch, dann hatte ihr niemand zugehört. Auch Leo nicht. Die vier Männer waren eine verschworene Gemeinschaft, der sie nie angehören würde. Mit Anneli zusammen wirkte Leo immer abwesend, in Gesellschaft seiner beiden Brüder und seines Möchtegernbruders hingegen war er bei der Sache. Sie aßen nicht einmal mehr zusammen. Sie hatte vier Kilo abgenommen, zu viel für eine Frau, die ohnehin schon etwas zu mager war. Leo war es nicht einmal aufgefallen.

Noch eine Zigarette. Sie inhalierte tief, um die Leere in ihrem Inneren auszufüllen.

Die Sirenen nahmen an Zahl und Lautstärke zu. Der Klang hallte in ihrem Kopf wider, obwohl sie sich die Ohren zuhielt. Anneli ging in die Wohnung zurück, schloss die Balkontür, trank eine halbe Flasche Wein und schaltete den Fernseher ein. 19.30 Uhr, *Rapport*. Sie hatte die Nachrichten noch nie gemocht, denn sie betrafen sie nicht, nicht hier, nicht in einer Wohnung in Skogås. Das Intro, das so bedeutungsschwanger klingen sollte, ahmte nur die Sirenen da draußen nach. Und dann die Bilder von Menschen, die mit aufgeblähten Bäuchen auf rissiger, vertrockneter Erde lagen. Männer im Anzug vor elektronischen Börsentafeln, Menschen im Krieg, die vor laufenden Kameras herumrannten und auf andere Menschen schossen.

Eine lächelnde Moderatorin.

»Zwei schwerbewaffnete Männer erbeuteten vor anderthalb Stunden über eine Million Kronen bei einem Raubüberfall auf einen Geldtransporter.«

Ein Mund. Sonst sah sie nichts. Lippen, die sich langsam bewegten.

»Die Wachleute wurden mit Waffengewalt entführt. Der eine erlitt eine Schussverletzung.«

Schussverletzung.

Wer?

Anneli trat näher an den Fernseher und die Frau heran, deren Lippen sich bewegten. *Ich hab es nicht gehört, verstehst du das denn nicht? Wer? Sag es noch einmal! Wer wurde verletzt?* Sie schnappte sich die Fernbedienung.

»Die Polizei hat den Tatort weiträumig abgesperrt. Bislang liegen keinerlei Hinweise auf die beiden Täter und mögliche Komplizen vor.«

Dann begriff sie. *Über eine Million.* Zum ersten Mal in ihrem Leben ging es in den Nachrichten um sie. *Keinerlei Hinweise.* Nur ein verlassener Geldtransporter war zu sehen. Hinter blau-weißem Flatterband, das sich im Wind bewegte. Daneben verschwommen ein paar Leute in Uniform, die miteinander sprachen, nach irgendwas suchten.

Dann war es vorbei.

Eine Ansicht des schwedischen Reichstags wurde von Bildern des UN-Hauptquartiers in New York abgelöst.

Sie hatte keine Ahnung, wie lange es gedauert hatte. Dreißig, vielleicht vierzig Sekunden. Aber es war *genau der* Geldtransporter gewesen, es hatte von ihnen gehandelt.

Sie ging auf den Balkon hinaus, um noch eine Zigarette zu rauchen, und beugte sich über das Geländer, um das Viadukt und die Unterführung besser sehen zu können. Ihre Füße berührten kaum noch den kalten Boden.

Die Sirenen waren verklungen. Jetzt hörte sie nur noch den Wind und leise Musik aus einem Fenster ein Stockwerk tiefer.

Anneli fühlte sich federleicht und beugte sich noch weiter vor. Und wenn sie jetzt fiel? Es würde sehr wehtun.

Die Perücken und die Verkleidung als Araber waren ihre Idee gewesen. Sie hatte die beiden unter viel Gelächter geschminkt und die

Rollkragen entworfen und genäht, die als Masken verwendet werden konnten. Leo fand sie so gut, dass man sie an andere Leute verkaufen sollte, die Überfälle planten.

Da waren sie.

Im Licht der niedrigen Straßenlaternen sah Anneli sie aus der Unterführung kommen. Jeder trug eine Tasche über der Schulter. Hockeyschläger ragten hervor, die Maschinenpistolen und eine Million Kronen lagen unsichtbar darunter.

Jetzt waren sie also zurück.

Ihren Körper erfüllte ein Gefühl von Wärme wie sonst nur beim Sex oder wie damals, als Sebastian klebrig und neugeboren auf ihrem Bauch gelegen hatte.

Sie wollte zur Tür rennen, unterdrückte dann aber diesen Impuls – Leo durfte ihr ihre Besorgnis nicht anmerken.

Jasper trat als Erster ein. Er schien fast zu platzen, so drängte es ihn, ihr alles in immer neuen Versionen zu erzählen. Er marschierte ins Wohnzimmer, legte seine Tasche auf den Fußboden und schaltete Text-TV ein. »Beeil dich, Leo, verdammt, schau dir das an!« Er lachte und sang, offenbar immer noch Nachwirkungen des Adrenalinstoßes. »*Wir!*« Weil er jemandem. »*Haben es!*« Die Mündung einer Waffe. »*Auf!*« In den Mund geschoben hatte. »*Die!*« Jacke und T-Shirt stanken nach Schweiß. »*Titelseite!*« Und er schnürte seine Stiefel auf und zog sich seine Hose aus. »*Geschafft!*« Die Erektion war deutlich durch seine Unterhose zu sehen.

Dann traten Felix und Vincent ein, breit grinsend und mit triumphierend erhobenen Armen. Unter gedämpften Freudenrufen umarmten sie sie nacheinander. Wie Jasper rochen auch sie ziemlich streng nach Schweiß. Stolz und erleichtert ließen sie sich in die Sessel fallen. Endlich hörte sie seine Schritte. Leo.

Sie küsste ihn und flüsterte: »Sie haben keinerlei Spuren gefunden. Ich habe es eben in den Nachrichten gehört.«

»Es ist ihnen gelungen, die Tür zum Safe zu sperren.«

Mit einer Plastiktüte voller Handys ging er an ihr vorbei in die Küche. Dort öffnete er eines nach dem anderen.

»Was für eine Tür?«

Er nahm die SIM-Karten heraus und zerkleinerte sie nacheinander mithilfe einer Zange.

»Die, hinter der das Geld lag.«

Er füllte einen kleinen Topf zur Hälfte mit Aceton und legte die zerschnittenen SIM-Karten hinein, um sie aufzulösen.

»Aber sie haben doch gerade im Fernsehen gesagt, dass ihr eine Million erbeutet habt.«

»Und neun sind uns durch die Lappen gegangen.«

»Durch die Lappen gegangen?«

»Ganze neun Millionen lagen hinter der verriegelten Stahltür. Und es war meine Schuld. Ich war derjenige, der… Das passiert mir nicht noch mal.«

Er legte die geleerten Handys in einen Stoffbeutel.

»Und alles andere?«

»Alles andere?«

Er knotete den Stoffbeutel mit einer Schnur zu.

»Die Kragen, die ich genäht habe?«

»Die waren perfekt.«

»Und das Make-up, wie…?«

»Es hat funktioniert.«

Er nahm einen Hammer aus der Schublade unter der Spüle, legte den Stoffbeutel auf ein Schneidebrett und zertrümmerte die Handys.

»Du hast ganze Arbeit geleistet, Schatz. Als wärst du die ganze Zeit dabei gewesen.«

Er legte ihr eine Hand auf die Wange. Sie sah es ihm an. Er hatte sich das Danach anders vorgestellt und geglaubt, dass er stolz und froh sein würde. Doch nun fühlte er sich leer, erschöpft. Sie wusste, dass er schon unterwegs war zur nächsten Aktion, weg von ihr, obwohl er gerade erst nach Hause gekommen war.

Mit unveränderter Miene saß er neben ihr auf dem Sofa und gab vor, glücklich zu sein. Auf seiner anderen Seite saß Jasper, und ihm gegenüber auf den Sesseln hatten Felix und Vincent Platz genommen. Ohne das Gesicht zu verziehen, sah er Felix dabei zu, wie er einen imaginären Rollstuhl umwarf und über eine Mauer sprang.

Alle lachten, als Vincent ein großes leeres Goldfischglas bis zum Rand mit Geld füllte, und auch als Jasper ihm Aufmerksamkeit heischend um den Hals fiel. »Leo, hast du von der Kühlerhaube aus gesehen, wie er erst dich und dann mich angeschaut hat, hast du seine Augen gesehen?« Dann hob er seine Stimme und ahmte wieder einen der Araber nach: »Sharmuta, we know your names.« Er tat, als würde er den Wachleuten die Ausweise von der Jacke reißen.

In diesem Moment wurde ihr klar, woran sie das alles erinnerte: Es war so, als würden sie sich über einen Film unterhalten. Als wären sie in der Stadt gewesen und hätten sich ohne sie einen neuen Film angesehen. Also schwieg sie und drückte nur Leos Hand, bis ihm auffiel, dass sie sich ausgeschlossen fühlte. Da erhob er sich, ging zum Goldfischglas und wartete, bis alle schwiegen. Dann nahm er Scheine aus dem Glas, Zwanziger, Hunderter und Fünfhunderter, zählte sie ab und reichte dann jedem zehntausend Kronen.

»Soll das ein Witz sein?«

Felix erhob sich aus seinem Sessel und nahm weitere Scheine aus dem Goldfischglas.

»Halt! Felix! Was soll denn das?«, fuhr ihn Leo an. »Jeder kriegt zehntausend.«

»Und ich sage: Soll das ein Witz sein?«

»Zehntausend.«

»Scheiße. Hier liegt über eine Million. Ich werde mich ins Nachtleben stürzen und fünftausend auf den Kopf hauen. Das steht mir zu. Und morgen muss ich meine Miete zahlen. Und …«

»Darüber reden wir morgen.«

»Verdammt. Zehntausend. Das verdient ein Achtzehnjähriger bei McDonald's!«

»Morgen.«

Felix hielt das Geldbündel in der Hand, blickte in die Runde und versuchte, die Entscheidung noch hinauszuzögern. Dann ließ er theatralisch einen Schein nach dem anderen ins Goldfischglas zurückfallen.

»Bist du bald fertig?«, fragte Leo.

Einen nach dem anderen.

»Fertig?«

Bis sie alle wieder dort lagen, jeder einzelne.

Leo holte ein Stück Papier aus der Küche und schrieb etwas darauf, während ihm die anderen zusahen.

»Ja, da liegt eine Million, aber wir hatten mit zehn gerechnet. Natürlich dürft ihr feiern, aber wir müssen uns auch bis zum nächsten Mal über Wasser halten. Außerdem müssen wir das nächste Mal *erfolgreich* sein. Auch dafür bin ich verantwortlich.«

Das Papier lag mitten auf dem Couchtisch neben dem Goldfischglas. Leo deutete mit dem Stift auf die Zahlenkolonnen.

»Draußen auf dem Parkplatz stehen zwei Pick-ups, die unserem Bauunternehmen gehören. Es muss so aussehen, als würden wir jeden Tag zur Arbeit gehen. Pick-ups, Arbeitskleider, Werkzeug. Wir haben Festkosten, die uns Folgendes ermöglichen sollen: Kleider zu verbrennen, einen Waffencontainer zu mieten, das Boot zu versenken. Und das waren nur die Kosten für dieses eine Mal. Die nächste Aktion wird teurer. Wisst ihr, wie Geschäfte funktionieren? Um Geld zu verdienen, müssen wir Geld investieren – bis wir so viel davon beisammenhaben, dass es reicht.«

Felix und Leo starrten sich an. Sie waren wieder zwei Kinder, die ihre Kräfte maßen – jeder bestrebt, die Oberhand zu gewinnen und zu behalten.

Nur war ein Goldfischglas voller Geldscheine noch nie der Anlass gewesen.

»Sind wir uns einig?«

Keine Antwort.

»Sind wir uns einig?«

Felix presste die Lippen zusammen.

»Hm.«

Leo zog ihn an sich und umarmte ihn.

»Du alter Spinner.«

Anneli war ihnen räumlich so nahe und dennoch so fern. Ein derart enges Verhältnis unter Geschwistern war ihr fremd. Sie hatte eine ältere Schwester und einen jüngeren Bruder, und mit ihnen war es ganz anders gewesen. Inzwischen sprachen sie kaum noch miteinander. Diese Brüder hingegen vertrauten einander. Brauchten einander. Und das gefiel ihr nicht. Wenn sich Menschen so nahe waren, fiel es Außenstehenden schwer, in ihren Kreis einzudringen und dazuzugehören.

7

Leo saß auf der Bettkante, der Schweiß lief ihm über Gesicht und Rücken. 3.05 Uhr. Der Regen trommelte auf das Fenstersims. Frierend war er zu Bett gegangen, und jetzt erstickte er fast vor Hitze.

Auf der anderen Seite des Doppelbetts schlief Anneli tief und fest. Sie schnarchte und wimmerte ein wenig. Bei seiner Heimkehr war sie so angespannt gewesen. Dann, als er die Hand nach ihr ausstreckte, hatte ihr Körper sofort nachgegeben, als wollte sie ihm nicht erklären müssen, was sie eigentlich empfand.

Erklärungen waren auch überflüssig.

Er wusste, dass die Zeit, die er auf das neue Projekt der Firma verwendete, einen Keil zwischen sie trieb. Aber er würde sie dafür entschädigen. Wenn man jemanden liebte, gab man zurück, was man genommen hatte.

Leo küsste sie vorsichtig auf die Nasenspitze, hielt sein Gesicht dicht neben ihres. Ihr ruhiger Atem war warm, und jetzt, da ihre Sorge verflogen und sie endlich eingeschlafen war, erkannte er, was er weder am Vorabend noch in der Nacht davor begriffen hatte.

Obwohl ich dich liebe, Leo, kann ich dich verlassen.

Diese Einsicht klang auch nicht besser, wenn man die Worte austauschte.

Obwohl ich dich liebe, Anneli, kannst du mich verlassen.

Es klang so einfach. Doch es machte ihm Angst.

Noch ein Kuss auf die Wange, aber nicht so flüchtig, als wollte er sie aufwecken, ihr etwas zuflüstern.

Wer zusammen eine Bank überfällt, kann nie mehr auseinandergehen.

Er korrigierte sich schnell. Was fällt mir nur ein. Schwierigkeiten dürfen keine Zweifel verursachen, dürfen nicht gegen die Familie gerichtet werden.

Neun Millionen Kronen hinter einer Stahltür – das war der Grund für seine Schlaflosigkeit. Mit Anneli hatte das nichts zu tun, sie gehörten zusammen und würden einander nie betrügen. Schließlich wusste er zur Genüge, welche Folgen es hatte, wenn man jemanden abwies, den man liebte.

Er ging zum Fenster und betrachtete den Vorort, in dem er aufgewachsen war.

Dieselben Hochhäuser, derselbe Asphalt.

Aber jetzt hatte er ein anderes Leben gewählt. Ein Leben als Bankräuber. Und er würde es besser machen als alle anderen. Weil er es besser machen *musste*. Er durfte nicht scheitern und hinter Gittern landen – denn seine Brüder hingen mit drin und wollten letztlich finanzielle Unabhängigkeit erlangen, das war ihr gemeinsames Ziel.

Es war meine Schuld.

Das war der Grund seiner Schlaflosigkeit – er hätte Besseres leisten müssen.

Es wird nicht wieder vorkommen.

Er nahm eine Mappe aus der Kommode zwischen Sofa und Eckschrank, legte sie auf den Tisch und schlug sie auf.

Der Grundriss eines Bankgebäudes.

Vier mögliche Fluchtwege, die in vier Kreisverkehrsplätzen mit je vier Zufahrten mündeten, sodass sich insgesamt vierundsechzig potenzielle Fluchtwege ergaben.

Es klingelte.

Er warf eine Decke über das Goldfischglas und klappte den Deckel der Werkzeugkiste mit den vier Waffen zu.

Es klingelte erneut.

Er stand auf und beobachtete den Parkplatz und die Straße, die nach Skogås führte. Leer. Die Auffahrt zum Haus. Leer. Leise ging er durchs Wohnzimmer, schloss die Tür zum Schlafzimmer und Annelis schweren Atemzügen, begab sich zur Wohnungstür und beugte sich zum Spion vor.

Felix. Erst jetzt spürte Leo, wie angespannt er gewesen war.

»Wolltest du nicht in die Stadt? Um fünftausend auf den Kopf zu hauen, weil dir das zusteht?«

»Wir haben es nicht einmal zum Crazy Horse geschafft. Jasper ist in einem Untergrund-Club hängen geblieben, und Vincent hat eine Schnitte abgeschleppt. Kann ich hier übernachten?«

Leo öffnete die Tür, nickte mit einem Finger an den Lippen Richtung Schlafzimmertür, nahm die Decke vom Goldfischglas und warf sie Felix zu. Der ließ sich auf die Couch sinken.

»Was soll denn das sein?«, fragte er und schnappte sich die Skizze vom Tisch.

»Die nächste Aktion.«

»Wo?«

»Die Handelsbanken in Svedmyra. Aber lass uns jetzt schlafen.«

»Schlafen? Skål, Bruder! Auf die finanzielle Unabhängigkeit!«

»Es geht nicht ums Geld.«

»Und was ist dann mit diesem verdammten Goldfischglas? Es ist randvoll!«

»Wir müssen dafür sorgen, dass uns nie wieder jemand erzählt, was wir zu tun und zu lassen haben. Darum geht es. Nach dieser Sache werden wir nie wieder von anderen Leuten abhängig sein.«

Felix sah seinen großen Bruder an, der, um weitere Fragen abzuwehren, zum Fenster ging, das Rollo etwas anhob und hinausschaute.

»Leo?«

»Ja?«

»Ich begreife nicht, wie du hier leben kannst.«

Leo hörte, dass Felix betrunken war. Aber es schien ihm ernst zu sein.

»Man kennt eben alles, jeden Busch, jedes Treppenhaus«, entgegnete er.

»Das ist es ja gerade!«

»Wir sind hier aufgewachsen.«

»Wir sind hier aufgewachsen, und du bist freiwillig zurückgekehrt!«

Ein Auto setzte auf dem Parkplatz zurück und wendete. Ein Radfahrer kam aus der Unterführung. Im Übrigen war es so friedlich wie immer zwischen der letzten Nachrichtensendung und dem Einwurf der Zeitung.

»Wir werden umziehen.«

»Was ich nicht verstehe, ist, warum du überhaupt zurückgekommen bist.«

»Manchmal bleibt einem nichts anderes übrig.«

»Aber warum ausgerechnet hierher?«

»Danach können wir wegziehen. Anneli wünscht sich ein Haus. Und ich … ich habe schon eines gefunden.«

»Ein Haus?«

»Ja.«

»Einen Rasen mähen? Du?«

»Es gibt keinen. Und auch keinen Keller. Darum geht es ja gerade.«

Es war der erste Raubüberfall von vier Anfängern gewesen: Wegen des Codes einer Stahltür, mit der er nicht gerechnet hatte, war eine Beute von zehn Millionen auf eine Million geschrumpft.

Aber nächstes Mal würde alles perfekt laufen.

Leo verweilte vor dem Wohnzimmerfenster, das von Regentropfen bedeckt war. Da draußen lag Skogås mit seinen Mietskasernen, die so aussahen wie alle anderen, die im Schweden der Sechziger- und Siebzigerjahre gebaut worden waren.

Der Asphalt, der für ihn die Welt gewesen war.

Damals

Erster Teil

8

Später Abend, Winterdunkelheit, der Schnee liegt in großen weißen, braunen und grauen Flecken auf dem Asphalt, und der Atem steht wie Rauch vor seinem Mund, während er seine tiefen Atemzüge zählt.

Er trägt keinen Mantel, und trotzdem friert er nicht. Sie sind jetzt schon eine Weile unterwegs, die Treppen auf und ab, auf und ab. Stirn und Wangen sind schweißbedeckt. Er fährt sich mit den Händen übers Gesicht. Sie werden nass, und er wischt sie sich an seiner Hose ab.

Ein dreistöckiges Gebäude, das wie die anderen aussieht. Loftvägen 15. Fünf Schritte zur Tür. Er dreht den Kopf etwas zur Seite: Loftvägen 17. Dort steht sein Gegner und beobachtet ihn.

Felix, sein siebenjähriger jüngerer Bruder, der bereits die erste Klasse besucht.

Leo hebt leicht den Arm, dem Schein der Straßenlaterne entgegen. Ein hellbraunes Lederarmband und ein Zifferblatt mit hässlichen roten Zeigern. Wenn er einmal genug Geld hat, wird er eine neue Uhr kaufen, eine, mit der er den anderen imponieren kann.

Er wartet. Der Sekundenzeiger rückt zur Neun vor, zur Zehn, zur Elf. Dann hebt er die Hand hoch in die Luft.

»Jetzt!«

Als der Zeiger genau auf der Zwölf steht, beginnt er zu rennen. Er öffnet die Tür von Nummer 15, während Felix die von Nummer 17 öffnet.

Mit einem Packen Papier in der Hand nimmt er zwei Stufen auf einmal. Leo trägt sieben Prospekte von sieben verschiedenen Firmen aus, die sie zu Hause auf dem Wohnzimmerfußboden sortiert haben.

Er öffnet den ersten Briefschlitz und schaut auf den roten Zeiger seiner Uhr. Er hat vierundzwanzig Sekunden gebraucht, um das erste Bündel loszuwerden. Jedes Stockwerk hat vier Briefschlitze, die er mit dem Handballen aufdrückt. Einen nach dem anderen, so schnell er kann. Nach dem Einwurf schnappen sie mit einem Knall zu, und seine schwarzen Schnürstiefel klingen dumpf gegen den Fußboden, während er zur nächsten Tür rennt.

Hier hat er sein ganzes Leben gelebt. Zehn Jahre. Ein Vorort im Süden von Stockholm, der Skogås heißt. Tausende identischer Miethäuser aneinandergereiht.

Alle Türen sehen gleich aus, sind es aber doch nicht ganz. Die Namen, Gerüche und Geräusche unterscheiden sich. Oft ist jemand zu Hause und sieht fern. Manchmal läuft Musik, die Bässe und die hohen Töne dringen aus dem offenen Schlitz. Hin und wieder werden Löcher in die Wände gebohrt, und ziemlich oft schreien sich Leute an. Am schlimmsten sind die Hunde. In diesem Haus erwartet ihn einer im zweiten Stock. Er wirft sich gegen den Schlitz, wenn Leo die Prospekte hindurchschiebt, die von außen nicht zu sehen sein dürfen, falls seine Auftraggeber eine Kontrolle durchführen.

Der Hund bellt schon, als er sich nähert. Der schwere Hundekörper prallt von innen gegen die Tür. Leo öffnet den Briefschlitz einen Spalt und erblickt eine Zunge und scharfe Zähne. Er verliert sechs Sekunden, weil ihn der sabbernde Rachen dazu zwingt, die Prospekte einzeln hineinzuschieben.

Dann ist da noch der Briefschlitz ganz unten, der ihn immer zwölf zusätzliche Sekunden kostet. In Haus Nummer 17 gibt es dort keine Wohnung.

Er überlegt, wie weit Felix gekommen sein mag.

Er nimmt drei Stufen auf einmal, weiß aber, dass er wegen des verdammten Hundes und der zusätzlichen Tür fast anderthalb Minuten für das ganze Haus gebraucht hat. Felix war sicher wieder fünfzehn Sekunden schneller als er und wartet bestimmt schon frech lächelnd auf der Straße.

Richtig, sein kleiner Bruder hat gewonnen – aber er lächelt nicht.

Felix ist nicht mehr allein, er ist in Gesellschaft einer hässlichen blauen Winterjacke. Hasse geht in die siebte Klasse und ist einer von denen, die auch nach dem Klingeln noch in der Raucherecke des Schulhofs stehen. Normalerweise begleitet ihn ein kleinerer Typ, der selbst im Winter immer eine Jeansjacke trägt: Kekkonen, der Finne, der nie friert.

Aber jetzt ist er solo und hat seine Arme von oben um Felix gelegt, sodass dieser sich nicht bewegen kann.

»Was fällt dir ein?«, schreit Leo. Felix ist schließlich sein kleiner Bruder. »Lass ihn los!«

Hasses Siegerlächeln, ein Lächeln, das Felix hätte gehören sollen.

»Sieh an, hier kommt ja schon der nächste kleine Schwule.«

»Lass ihn los, verdammt noch mal!«

»Der kleine schwule Wichser kreischt! Der kleine schwule Wichser kapiert's nicht! Ich hab es euch doch schon letztes Mal verklickert, oder? Dass ich euch umbringe, wenn ich dich und deinen kleinen schwulen Wichserbruder hier noch einmal erwische.«

Leo atmet angestrengt, aber nicht weil er drei Stufen auf einmal genommen hat. Er hat Angst. Er ist wütend. Beide Gefühle hämmern von innen an seine Brust.

»Wir können uns doch nicht aussuchen, wo diese verdammten Prospekte ausgetragen werden sollen!«

Voller Wut und Angst marschiert er auf Hasse zu, der Felix immer noch mit seinen Armen gefangen hält, und je weiter sich Leo nähert, desto breiter wird das Lächeln auf Hasses Gesicht. Trotzdem setzt er seinen Weg fort, allerdings etwas langsamer. Irgendwas stimmt nicht. Hasse hat keinen Grund zu lächeln. Er ist groß, aber nicht stark, er müsste wie Leo verängstigt und wütend sein. Er müsste sich wappnen.

Aber er lächelt und betrachtet etwas, was sich hinter Leo befindet.

Es ist zu spät.

Leo steigt ein muffiger, beinahe vergessener Geruch in die Nase. Von einer dreckigen Jeansjacke, die nur auf Aufforderung des Lehrers ausgezogen wurde. Er erkennt den Geruch, sieht aber nicht die Faust, die auf seinen Nacken und seine Wange trifft. Leo spürt, wie er fällt. Der schneefleckige Asphalt nähert sich seiner anderen Wange und seiner Stirn. Er liegt auf der Erde und sieht nur noch verschwommen. Es steht jemand neben seinem Gesicht, jemand, der kürzer und kantiger ist als Hasse. Kekkonen, der Finne, der nie friert, hat sich im Gebüsch versteckt und Leo von hinten angegriffen, während Hasse ihn anlächelte.

Die Erde ist eiskalt. Die Zeit reicht gerade noch für diese Wahrnehmung, zum Aufstehen reicht sie nicht mehr.

Der erste Tritt erwischt seine Wange, der zweite sein Kinn. Als Letztes fällt ihm noch auf, wie seltsam es aussieht, wenn sich die Dunkelheit in der Straßenlaterne verliert, wie sie von ihr aufgesogen wird und sich weiß färbt. Dann wird alles von der Finsternis verschluckt.

9

Auf der linken Seite, in Rippennähe, ist der Schmerz am größten. Wenn er seinen dünnen Pullover hochzieht und die Haut mit den Fingern abtastet, ist die Schwellung zu spüren.

Leo liegt in seinem schmalen Bett, das so kurz ist, dass er mit den Füßen an die Kante stößt. Der Tag ist noch nicht richtig angebrochen, es ist aber heller als beim Zubettgehen.

Der Schmerz strahlt pochend von einem Punkt in der Mitte seines Kopfes aus, als er Decke und Matratze packt, um sich aufzusetzen. Über seinem Tisch hängt ein Spiegel. Die rechte Hälfte seines Gesichts ist jetzt nicht mehr so rot, sondern eher blau und gelb und so geschwollen wie seine Rippen. Während er es vorsichtig befühlt, nimmt der Schmerz zu.

Barfuß und auf Zehenspitzen geht er durch das Zimmer. Felix regt sich nicht. Mit den Händen unter dem Kopfkissen liegt er auf dem Bauch und murmelt im Schlaf. Leo begibt sich in die Diele, durch die er am Vorabend unbemerkt in sein Zimmer geschlichen ist. Als sein Vater hereinschaute, hat er sein Gesicht zur Wand gedreht und so getan, als schliefe er.

Er schließt die Tür zu Vincents Zimmer, in dem der Dreijährige mit den Füßen auf dem Kopfkissen liegt. Leo setzt seinen Weg fort und schließt im Vorbeigehen auch die Tür zum Elternschlafzimmer. Einen Moment hält er wie immer inne, um die Gerüche aufzunehmen: den Rotweinatem seines Vaters, den Mentholgeruch seiner Mutter, vor allem aber den der riesigen Arbeitshose, die an einem Haken in der Diele hängt und in deren länglicher Tasche ein Zollstock und ein Mora-Messer stecken. Diesen Geruch hat es immer schon gegeben, trocknende Farbe oder Sonne auf der nackten Haut – jetzt erinnert er ihn an Kekkonens Jeansjacke. Behutsam streckt Leo die Hand nach der Hose aus. Die Tischlerhose des Vaters hängt schon seit fast zwei Wochen unberührt hier. So ist es im Winter oft, wenn sich die Pausen zwischen den Aufträgen in die Länge ziehen.

Er hört ein Geräusch.

Durch die geschlossene Tür.

Leo wartet reglos, schließt die Augen, hofft, dass es verschwindet. Ein Ohr an der lackierten Oberfläche des Türblatts. Wieder still. Sicherlich seine Mutter. Sie macht öfter solche Geräusche, wenn sie eben erst nach Hause gekommen und eingeschlafen ist, nachdem sie mehrere Nächte hintereinander im Pflegeheim gearbeitet hat. Er kennt die morgendlichen Geräusche. Es ist gut, solange sein Vater tief und hörbar atmet. Wenn man ihn nicht mehr hört, ist Vorsicht geboten. Leo wartet ein wenig länger, dann geht er in die Küche und nimmt das Weißbrot, das nach Rübensirup schmeckt, den Käse mit den großen Löchern und die Orangenmarmelade. Er verzichtet auf den Toaster, der klappert zu sehr. Dann mischt er Orangensaft in drei Gläsern an, einen Fingerbreit Konzentrat und den Rest kaltes Leitungswasser. Er achtet darauf, an der Spüle nicht an den Topf mit dem eingetrockneten Weinrest zu stoßen, eine dunkle, harte Kruste, die sich nur schwer abwaschen lässt. Auf der Anrichte stapeln sich Lottoscheine mit Kreuzen in verschiedenen Mustern, ein System, das sein Vater schon lange verwendet. Er zählt die Kippen im Aschenbecher. Sein Vater war offenbar lange auf und wird noch eine ganze Weile liegen bleiben. Leo kehrt zu den Kinderzimmern zurück und rüttelt Felix und Vincent mit einem Finger an den Lippen wach. Sie nicken wie immer.

Sie essen schweigend. Süßes Brot, Orangenmarmelade auf Käse, ein Glas Saft. Er rückt vorsichtig seinen Stuhl zur Seite und lauscht Richtung Diele und Schlafzimmer. Er kann den schweren Atem nicht mehr hören. Womöglich hat sich Papa nur umgedreht? Vielleicht haben sie ja auch zu laut gekaut, und er ist aufgewacht? Leo schüttelt die letzte Brotscheibe aus der Plastiktüte, schmiert sie und reicht sie Vincent, der Marmelade an den Fingern, auf den Wangen und im Haar hat.

Die Tür. Er ist sich sicher. Die verdammte, beschissene Tür.

Und das sind Papas Schritte, er geht langsam vom Schlafzimmer zur Toilette – er hört ihn pinkeln, obwohl die Tür geschlossen ist.

Nur noch eine halbe Scheibe Brot. Zwei Schlucke Orangensaft. Da steht er vor ihnen. Sein langer bleicher Oberkörper, seine kräftigen Unterarme, seine Jeans, die nicht ganz zugeknöpft sind, nackte Füße, die kein Ende zu nehmen scheinen. Er steht auf der Schwelle, schaut in die Küche und nimmt den ganzen Türrahmen ein.

Er fährt sich mit der Hand durchs Haar, streicht es nach hinten. Papa hat immer so ausgesehen.

»Guten Morgen.«

Leo kaut. Wer kaut, kann nicht antworten. Wer kaut und nicht antwortet, kann sich außerdem an Felix wenden und ihn anschauen, wobei die Stimme von der Tür nur die linke Gesichtshälfte sieht.

»Ich habe Guten Morgen gesagt, Jungs.«

»Guten Morgen.«

Seine Brüder antworten rasch im Chor, als wollten sie es so schnell wie möglich hinter sich bringen. Papa geht hinter Leo zum Schrank, nimmt ein Glas heraus und füllt es mit Wasser. Es klingt, als würde er es zur Hälfte leer trinken, dann dreht er sich zum Tisch um.

»Ist was passiert?«

Leo schaut ihn nicht an, sondern sieht nur mit seinem gesunden Auge zu ihm hinüber.

»Leo, du schaust mich nicht an.«

Jetzt dreht er seinen Kopf etwas mehr, so weit wie möglich, ohne zu viel preiszugeben.

»Zeig mir dein Gesicht.«

Er ist nicht schnell genug. Felix ist schneller. Der Klang eines Tellers auf dem Tisch und eine laute Stimme.

»Es waren zwei gegen einen, Papa. Sie sind …«

Papa steht jetzt nicht mehr an der Spüle. Ein nackter Oberkörper an Leos Schulter.

»Was ist das?«

Leo wendet sich noch weiter ab.

»Nichts.«

Papa packt sein Gesicht, nicht besonders fest, aber fest genug, und dreht es nach oben. Die verdammte geschwollene Wange ist blau und gelb, und das Auge ist halb geschlossen.

»Was zum Teufel ist das?«

»Leo … hat sich gewehrt. Wirklich. Papa! Er …«

Wieder antwortet Felix, noch ehe Leo ein einziges Wort über die Lippen gebracht hat. Normalerweise hat er so viele Worte, dass sein Mund ganz voll ist. Jetzt sind sie alle weg. Wenn sie kommen, verschluckt er sie.

»Stimmt das?«

Sein Vater sieht ihn an, dann Felix und wieder Leo. Er versucht ihm in die Augen zu schauen, starrt und starrt.

»Leo?«

»Papa, wirklich. Ganz oft. Er …«

»Ich frage Leo.«

Augen, die immer weiter starren. Ein Mund, der immer weiter fragt.

»Nein, ich habe nicht zurückgeschlagen.«

»Es waren zwei, Papa … sie waren groß, dreizehn oder vierzehn, und …«

»Okay. Das ist genug.«

Die großen Hände drehen Leos zerschlagenes Gesicht noch etwas weiter nach oben und befühlen es vorsichtig.

»Jetzt weiß ich Bescheid. Geh in die Schule, Leo. Und wenn du nach Hause kommst, dann kümmern wir uns darum.«

10

Von hier oben sehen sie nicht nach viel aus. Ein etwas Größerer, blond und mit Rucksack, und ein Kleinerer, Dunkelhaariger, mit dem Turnbeutel über der Schulter.

Vermutlich hat er ihnen noch nie zugeschaut. In der ersten Woche hat er Leo in die Schule begleitet, ist neben ihm hergelaufen und hat ihm alles erklärt, hat ihn gewarnt, ihm Anweisungen gegeben. *Das ist eine verdammte Savanne hier. Es gibt nur Jagen oder Gejagtwerden, und das, was dir zusteht, bekommst du nur, wenn du es dir eroberst. Du bist ein Duvnjac, und keiner soll es wagen, sich dorthin zu setzen, wo du sitzen willst.* In der zweiten Woche hat Leo ihn gebeten, ein paar Schritte hinter ihm zu gehen, in der Woche darauf wollte er allein gehen. Bei Felix hat er nicht einmal erwogen, ihn zur Schule zu begleiten, schließlich hatte er Leo, das musste genügen.

Aber es hat nicht genügt.

Sein ältester Sohn kann ja nicht einmal sich selbst verteidigen.

Ivan schiebt zwei Blumentöpfe beiseite und stützt sich mit beiden Händen auf der Fensterbank ab. Die Küche ist nichts Besonderes. Ein schmaler Schlauch, eine Essecke und ein Fenster im siebten Stock, von dem aus sowohl Skogås als auch die beiden Köpfe unter ihm klein wirken. Aber es ist sein Reich. Eine Fünfzimmerwohnung in einem Stockholmer Vorort, der bis vor wenigen Jahren gar nicht existiert hat – bis ein paar Männer in Anzügen einige Zeilen auf ein Stück Papier schrieben und den akuten Wohnungsnotstand zu lösen versuchten, indem sie eine Million identischer Wohnungen bauten.

Er schlägt das erste Ei auf, das zweite, dritte, vierte, immer knusprig gebraten, immer gut gesalzen. Er steht am Herd und verrührt mit einer Gabel die Eier in der Pfanne, aber was er vor sich sieht, ist ein Gesicht, geschwollen, blau, gelb. Ein Gesicht, das nicht verschwindet.

Er versucht sich auf den Kinderstuhl zu konzentrieren, auf dem Vincent sitzt und seinem Vater am Herd zuwinkt. Er füllt ein großes Glas mit Wasser und leert es. Er kocht Wasser im Pfeifkessel und macht sich einen löslichen Kaffee mit mehreren Löffeln Pulver.

Aber das ist nicht genug. Er sieht es immer noch vor sich.

Eine geschwollene Wange, ein zugeschwollenes Auge, ein zerschlagenes Gesicht.

»Nein!«

Sein Teller steht auf dem Tisch, und er hält die Kaffeetasse in der Hand, als sich Vincent vorbeugt, den Kugelschreiber und die Lottoscheine packt und auf einem herumzumalen beginnt, der bereits ausgefüllt ist.

»Die nicht … die gehören Papa. Auf denen darfst du nicht herumkritzeln.«

»Du hast aber ganz viele.«

»Genug, Schluss damit!«

Er sieht seinen Sohn an, der sich weigert loszulassen. Seine kleinen Hände sind viel stärker, als man denken würde. Er ist erst drei, aber sein Gesicht verwandelt sich in das seines zehnjährigen Bruders. Es lässt ihn nicht los, Ivan muss den Kopf abwenden und die Augen schließen. Dann dreht er sich wieder um, aber die Schwellung nimmt weiter zu. Er sieht, wie Leo Prügel bezieht, zu Boden geht, kriecht, die Schläge einsteckt, ohne zurückzuschlagen.

Ein fünftes Ei, eine weitere Tasse schwarzen Pulverkaffee. Ivan sitzt immer noch da, obwohl er schon lange fertig ist. Er sieht aus dem Küchenfenster auf den Fußweg, der zur Schule aus weißen Betonsteinen führt, wo zwei seiner Söhne ihre Tage verbringen. Das einstöckige Gebäude beherbergt die ersten sechs Schulklassen. Hier sitzt ein geschwollenes Gesicht auf einer Bank, beantwortet Fragen und blickt besorgt aus dem Fenster. Sein Sohn sieht sich nach jemandem um, der ihn verprügelt hat. Und der vielleicht draußen wartet, um ihn wieder zu verprügeln.

Plötzlich hat Ivan es eilig.

Er hebt Vincent auf den Boden und sagt ihm, er solle in sein Zimmer gehen und dort warten, ohne Mama zu wecken. Er zieht sich die Schuhe an, die am nächsten stehen: braune Halbschuhe aus Leder, die einmal schön waren, aber jetzt abgenutzt sind und keine Schnürsenkel mehr haben. Dann fährt er mit dem Fahrstuhl in den Keller und geht an den anderen Kellerabteilen vorbei durch den dunklen Gang mit dem defekten Licht.

Die harte Matratze ist aus gekämmtem Rosshaar, diese Qualität gibt es kaum noch zu kaufen, weil heutzutage alle nur noch auf Luft und Daunen schlafen wollen. Es ist die Matratze, auf der sie während ihrer ersten Jahre in der Stadt geschlafen haben.

Sie ist schwer und füllt den ganzen Fahrstuhl. Auf dem Weg in die Küche reißt er in der Diele den Nippes von der Wand und die Mäntel vom Kleiderständer. Die zwanzig Jahre alte Rosshaarmatratze bedeckt den ganzen Fußboden zwischen Kühlschrank und Esstisch. Mit dem linken Knie drückt er sie platt, rollt sie dann ganz fest zusammen, bindet an beiden Enden ein Seil darum, trägt sie in seine Werkstatt, lehnt sie an die Wand und schiebt einen Stuhl in die Mitte des Zimmers. Dann hängt er die große Reispapierlampe ab und befestigt stattdessen die Matratze am Deckenhaken.

»Was ist das?«, lässt sich Vincents kleine Stimme vernehmen.

Ihm ist gar nicht aufgefallen, dass er Publikum hat. Ivan lächelt und hebt seinen Jüngsten in die Höhe.

»Eine neue Lampe.«

Die neugierigen Augen sehen ihn lange an.

»Stimmt gar nicht, Papa.«

»Nein, du hast recht.«

»Was ist es dann, Papa?«

»Ein Geheimnis.«

»Geheimnis?«

»Leos und mein Geheimnis.«

Ivan geht mit Vincent im Schlepptau in die Küche zurück. Er nimmt die Seilenden vom Küchentisch, setzt den kleinen Jungen in den Kinderstuhl und nimmt eine neue Weinflasche vom Flaschenständer unter der Spüle, in der es Platz für neun weitere gäbe. Vranac. Das Etikett gefällt ihm: ein unbezwingbarer schwarzer Hengst, der sich aufbäumt. Er gießt die halbe Flasche in den Topf, tut ein paar

Esslöffel Zucker dazu, erhitzt alles und rührt so lange, bis sich der Zucker aufgelöst hat. Dann gießt er alles in ein Bierglas.

»Donnerhonig, Vincent.«

Er hebt sein Glas in Vincents Richtung, der hebt einen Finger und lässt einen kleinen, deutlichen Fingerabdruck auf dem Glas zurück.

»Donnerhonig, Papa.«

Ivan hebt das Glas an den Mund und schließt die Augen. Während er schluckt, sieht er ein Gesicht vor sich, geschwollen, blau, gelb.

11

Der Tag war nicht lang genug. Leo hat auf dem Pausenhof auf einer der niedrigen Bänke gesessen und auf seinen kleinen Bruder gewartet, der heute später aus hat als Leo. Dann sitzen sie beide auf der Bank und unterhalten sich, warten, unterhalten sich wieder. Über nichts. Sie wissen beide, dass sie nur die Zeit verstreichen lassen. Wenn sie lange genug herumsitzen, ist Papa vielleicht von dem Wein eingeschlafen, wenn sie nach Hause kommen.

Eine Stufe nach der anderen, alle sieben Stockwerke.

Langsam gehen sie die letzte Stufe hinauf.

Ganz langsam.

Ihre Tür sieht aus wie alle anderen Türen. Ein Briefkastenschlitz, der aufgleitet, wenn man ihn nur mit den Fingerspitzen antippt. Eine schwarze Klingel, die ein gedehntes, dumpfes Läuten von sich gibt. Ein Metallschild darüber, auf dem »Hausieren verboten« steht und auf das Papa immer verärgert deutet, wenn Fremde anklingeln.

Die beiden Brüder sehen sich an.

Leo will nicht hineingehen und beugt sich vor, um nach Papas Schritten zu lauschen, wagt es aber nicht, das Ohr an die Tür zu legen.

Sie betrachten das Namensschild an der Tür. Dreimal tief Luft holen. Dann öffnen sie die Tür und treten ein.

»Leo!«

Ein einziger Schritt, und schon hat die Stimme sie erreicht. Ihre Beine verweigern auf der engen Diele ihren Dienst, also bleiben sie einfach stehen.

»Leo, komm her!«

Papa sitzt in der Küche. Er trägt immer noch die Jeans. Neben den Lottoscheinen steht ein leeres Glas. Der Topf auf dem Herd ist leer. Es ist einfacher, auf den Fußboden zu starren und sich auf das gelbe Linoleum statt auf die stechenden Augen zu konzentrieren.

»Ja?«

»Dein Gesicht.«

Er hebt den Blick bis zu den Beinen seines Vaters.

»Ich will dein *ganzes* Gesicht sehen.«

Sein Blick wandert vom Bauch über die Brust zu den Augen. Die Gedanken seines Vaters sind unergründlich.

»Tut es weh?«

»Nein.«

Eine Hand stößt an seine gespannte, schmerzende Haut.

»Lüg nicht.«

»Ein bisschen.«

»Ein bisschen?«

»Ein bisschen mehr.«

»Gehen sie in deine Schule?«

»Ja.«

»Und du weißt, wie sie heißen?«

»Ja.«

»Und du hast nicht zurückgeschlagen?«

»Ich …«

»Ihr geht in *dieselbe* Schule? Du *weißt*, wie sie heißen? Aber du willst … *nichts* unternehmen?«

Papa ragt über ihm auf.

»Du hast Angst. Mein Sohn hat … Angst? Ein Duvnjac? Alle haben Angst! Auch ich. Aber nicht alle laufen weg. Man bleibt stehen. Kriegt die Angst in den Griff. Und wächst.«

Sein riesiger Körper zittert. Dann deutet er zu seiner Werkstatt hinüber.

»Wir gehen da rein.«

»Da?«

»Jetzt.«

Und dann passiert es schon wieder. Wie vorhin in der Diele. Seine Beine gehorchen ihm nicht.

»Jetzt.«

Leo bewegt sich langsam vorwärts, als sich die Schlafzimmertür öffnet. Mama. Ihr Haar ist strubbelig, und sie trägt ein gelbes Nachthemd, das ihr nicht mehr so gut passt.

»Was soll der Lärm ...«

»Geh wieder ins Bett.«

»Was ist los? Ivan? Was hast du jetzt wieder vor?«

»Misch dich nicht ein.«

»Was willst du ... *o mein Gott*, Leo, dein Gesicht, was ...«

»Das geht nur Leo und mich etwas an. Das fällt in mein Ressort.«

Er legt Leo einen Arm um die Schultern und zieht ihn mit, nicht fest, aber eindeutig Richtung Werkstatt.

»Jetzt gehen wir da rein.«

12

Felix steht hinter der geschlossenen Tür und lauscht. Er öffnet sie einen Spalt und hört, wie Mama Papa fragt, was er vorhabe. Papa antwortet, das gehe sie nichts an.

Leos Stimme hört er überhaupt nicht, egal wie sehr er die Ohren spitzt. Das gefällt ihm nicht. Er weiß, das ist ein schlechtes Zeichen. Er hat dasselbe Gefühl wie jedes Mal, wenn dieses Schwein Hasse seine Arme ausstreckt und ihn am Weitergehen hindert. Oder noch schlimmer, wie gestern, als er Leo nicht mehr vor Kekkonens Faust warnen konnte.

Er öffnet die Tür und geht in die Diele. Er muss. Er erträgt es nicht mehr.

Er stößt mit seiner Mutter zusammen.

Sie hört ihn, sieht ihn aber nicht. Ihre Augen sind auf die geschlossene Werkstatttür geheftet. Er steht neben ihr und lauscht ebenfalls.

Ein Geräusch … wie ein Schlag. Noch einer. Vielleicht ein … Hieb. Als würde jemand zuschlagen. Wieder und wieder und wieder.

Wie gestern. Als er nichts tun konnte. Als er in Hasses Armen weinte und schrie.

Er öffnet die Tür, noch ehe ihn Mama daran hindern kann. Was er dort sieht, wirkt seltsam auf ihn.

Papa kniet auf dem Boden. So hat er ihn noch nie gesehen. Er stemmt sich gegen eine große blaue aufgerollte Matratze. Papa umarmt sie förmlich, obwohl er nie jemanden umarmt. Leo trägt jetzt auch kein Hemd mehr. Nackter Oberkörper und Jeans.

Er sieht aus wie Papa.

»Leg dein ganzes Gewicht hinein, so«, sagt Papa. »Dein ganzes Gewicht.«

Jetzt erst sieht Felix, dass die Matratze dort, wo früher die Reispapierlampe hing, an der Decke befestigt ist.

»Du schlägst mit deinem ganzen Körper, nicht mit den Händen, du musst dein ganzes Gewicht in den Schlag legen.«

Es ist Leo, der schlägt, und zwar auf die Matratze, die Papa in den Armen hält. Wieder und wieder und wieder.

»Wenn dich jemand verletzen will, dann zielst du auf die Nase. Ein einziger Schlag. Knöpf dir die Größeren zuerst vor. Wenn du die Nase von einem erwischt hast, dann treten ihm die Tränen in die Augen.«

Jetzt steht Papa auf, tänzelt auf der Stelle, dann macht er ein paar rasche Sprünge und versetzt der hängenden Matratze feste Faustschläge.

Er hält inne und nickt Leo zu. Dieser reibt sich bereits die geröteten, abgeschürften Knöchel seiner Rechten.

»Wenn du die Nase erwischst, dann beugt er sich vor. Diese Idioten beugen sich nämlich immer vor, sobald die Tränen strömen. Das passiert, wenn man die Nase richtig erwischt, da öffnen sich die Tränendrüsen, und dann steht er so da, schau mich an, Leo, und seine Stirn ist ganz nah an deiner.«

Papa beugt sich vor und stößt fest gegen Leos Brust. Wie ein Ziegenbock, der gleich angreift. Da entdeckt er sie. Er sieht Mama, die Fragen stellt, aber keine Antworten erhält. Dann schaut er Felix an.

»Bring uns Wasser. Ein großes Glas. Dein Bruder wird gleich Durst haben.«

Nun stupst er mit seinem Kopf Leos Brust an.

»Und jetzt schlägst du noch mal zu. Aber nie eine Gerade. Denn wenn du das tust, dann triffst du die Stirn, den Schädel, und das ist der härteste Knochen des Körpers, und du musst deine Hände schützen. Ziele als Nächstes hierhin.«

Papa deutet auf seine Wange, etwas oberhalb seines Kinns.

»Der Kieferknochen. Du winkelst deinen Arm an und schlägst schräg von der Seite und von unten.«

Leo schlägt zu. Immer wieder. Versucht seinen Arm anzuwinkeln und so zu schlagen, wie sein Vater es will.

»Wasser? Ich hab dir doch gesagt, du solltest Wasser holen, Felix! Lauf!«

Felix rennt in die Küche zum Wasserhahn, wo das Wasser immer eine Ewigkeit braucht, bis es kalt wird. Er füllt ein großes Glas und trägt es mit beiden Händen in die Werkstatt.

»Gut. Von jetzt an ist das deine Aufgabe. Du bringst uns jede halbe Stunde Wasser und gibst es deinem Bruder. Mach jetzt die Tür zu.«

Papa wendet ihnen den nackten Rücken zu und legt Leo den Arm um die Schultern.

»Du hast ihm auf die Nase gehauen. Er hat sich vorgebeugt. Jetzt schlägst du immer weiter. Bis er zu Boden geht. Selbst wenn es mehr als einer ist, geben sie auf. Einer, zwei oder drei. Spielt keine Rolle. Es ist … als würde man mit einem Bären tanzen, Leo. Du knöpfst dir den Größten vor und haust ihm auf die Schnauze, dann laufen die anderen weg. Um ihn herumtänzeln und zuschlagen, tanzen und zuschlagen! Du machst ihn mürbe, und wenn er verwirrt und verängstigt ist, schlägst du wieder zu. Du kannst einen Bären besiegen, solange du weißt, wie man tanzt und zuschlägt!«

Felix wartet darauf, dass Mama die Tür schließt, aber stattdessen tritt sie in das warme, stickige Zimmer.

»Ivan, was soll das?«

»Ich habe dir doch gesagt, du sollst rausgehen.«

»Ich sehe sein Gesicht, durchaus. Aber das hier …«

»Er muss lernen zu kämpfen.«

Mama hat eine andere Stimme als Papa, denkt Felix. Wenn sie schreit, geht es ihm durch Mark und Bein.

»Aber nicht auf diese Weise! Leo ist nicht wie du. Außerdem hast du am eigenen Leib erfahren, wo das hinführt!«

»Verdammt noch mal! Er muss lernen, wie man sich verteidigt!«

»Lass uns ins Schlafzimmer gehen! Nur wir beide! Jetzt, Ivan! Wir müssen darüber reden!«

Papa schweigt einen Augenblick. Es hat den Anschein, als wollte er zurückbrüllen. Er geht auf Mama zu und schiebt sie aus dem Zimmer.

»Und worüber, Britt-Marie? Wie er sich am besten hinlegt, wenn er das nächste Mal verprügelt wird? Welche Seite er nach oben kehren soll, damit sie noch besser zuschlagen können? Er muss sich verteidigen können! Oder soll er etwa so ein verdammter … Axelsson werden?«

Mama antwortet nicht.

Und als Papa ihnen die Tür vor der Nase schließt, drückt Felix ihre Hand.

13

Der Fuß zittert ein wenig, als Felix die Hand nach dem grünen Verbandskasten auf dem Spiegelschrank ausstreckt. Er bekommt ihn zu fassen und setzt sich auf den Klodeckel, öffnet den Kasten und nimmt Verband und Leukoplast heraus. Dann rennt er damit ins Schlafzimmer, wo der Parkettboden immer kalt ist und knarrt, wenn Papa darauf herumgeht.

Dieser verdammte Finne in seiner dummen Jeansjacke.

Er hat davon gehört, was Hasse und Kekkonen mit ihren Gefangenen anstellen. Sie kratzen ihnen mit scharfkantigen Steinen die Unterarme auf, bis sie bluten, und streuen dann Salz in die Wunden. Er weiß auch, was sie damals, beim Hofkrieg, mit Buddha aus dem dritten Stock gemacht haben, der eine Heidenangst vor Spinnen hatte. Sie haben ihn gefesselt und dann Zitterspinnen gesammelt und in einen Pappkarton getan, den sie Buddha über den Kopf geschoben und am Hals festgeklebt haben. Die Zitterspinnen sind über sein Gesicht in seine Haare gekrabbelt und haben sich in seinen Ohren, seiner Nase und seinem Mund verfangen. Felix hat gesehen, wie Buddha anschließend nach Hause gegangen ist, ein Kriegsgefangener, der nicht wusste, wo oder wer er war.

Leo und er hatten also geradezu Glück gehabt.

Felix tritt auf den Balkon, die kalte Luft schlägt ihm ins Gesicht. Er gibt seinem Vater den Verband und das Leukoplast, dann beugt er sich über das Geländer und betrachtet den Asphalt unter sich. Leo sitzt mit geröteten Wangen auf einem der gestreiften Campingstühle.

»Deine Knöchel werden nach und nach unempfindlich, aber bis dahin müssen wir nachhelfen. Du musst öfter und länger trainieren.«

Papa nimmt Leos Hände, streckt sie aus und wickelt den Verband um die Knöchel.

»Sobald deine Knöchel den Gegner berühren, ziehst du mit dem ganzen Körper nach und setzt damit die Bewegung fort. Und genau dann, in diesem Moment, gehst du hindurch.«

Papa hat den Verband um seine Knöchel gewunden, zwischen Daumen und Zeigefinger hindurch und dann diagonal über sein Handgelenk, einmal, zweimal, viele Male.

»Ball die Hand zur Faust.«

Leo krümmt seine bandagierte rechte Hand zur Faust und wartet, bis sein Vater mit seiner Handfläche daraufschlägt.

»Wie fühlt sich das an?«

»Gut.«

Dann dasselbe mit der linken Hand. Leo boxt mehrere Male vor Felix in die Luft, tänzelt und rennt durch das Wohnzimmer und die

Diele und boxt immer wieder in die Luft. Papa folgt ihm zurück in die Werkstatt, kniet sich wieder hin und boxt die Matratze, bis sie in Bewegung gerät.

»Wie heißen sie?«

»Hasse.«

»Und?«

»Kekkonen.«

Papa boxt auf die pendelnde Matratze ein, dann versetzt er seiner eigenen Schulter einen Schlag.

»So machen dieser verdammte Hasse und Kekkonen das. Ihre Schläge treffen genau hier … und hier. Auf die Schulter! Ihre Bewegungen enden alle hier.«

Er hebt den rechten Arm zur Matratze, kehrt ihr die rechte Seite seines Oberkörpers zu und setzt die Bewegung dann fort.

»So musst du zuschlagen. Du schlägst durch sie hindurch. Du gehst durch sie hindurch.«

Papa bewegt sich mit kleinen Schritten auf Leo zu, bis er direkt hinter ihm steht. Felix sieht kaum mehr als zwei Rücken, wagt sich aber nicht weiter ins Zimmer hinein. Er reckt sich und steht auf der Schwelle. Es sieht so aus, als hielte Papa Leos Arm fest.

»Du zielst auf die Nase, die wie ein riesiger Wasserballon explodiert! Und dahinter liegt ihr Gehirn, schwimmt in einer Flüssigkeit wie ein Goldfisch in einem Goldfischglas! Und wenn du erst die Nase triffst und dann das Kinn … dann hüpft das Hirn. Hasses und Kekkonens verdammte Hirne schwappen an die Wand des Goldfischglases.«

Leo schlägt wieder zu.

»Nase! Kinn!«

Ein weiteres Mal.

»*Nase!* Mit deinem ganzen Gewicht! *Kinn!* Sieh zu, dass du dem Schlag folgst. Das verdammte Gehirn! Es muss hüpfen und schwappen!«

Nach einer Weile schmerzen Felix' Zehen, also legt er sich hin und schaut Leo dabei zu, wie er von unten auf die Matratze eindrischt. Das sieht fast lustig aus, irgendwie unwirklich.

Er liegt immer noch da, als sein Vater über ihn hinwegsteigt und in die Küche zum Herd geht, um sich noch ein Glas Donnerhonig zu holen, ehe er sich die Arbeitskleidung überzieht, die schon viel zu lange unbenutzt in der Diele hängt. Papa muss für einen Auftrag einen Kostenvoranschlag abgeben, um möglicherweise in ein paar Tagen wieder Arbeit zu haben. Felix sieht den Füßen dabei zu, wie sie die Wohnung verlassen, und hört dann die Fahrstuhltür auf- und zugehen. Dann spürt er die Ruhe, die jedes Mal einkehrt, wenn Papa geht. Als wäre plötzlich mehr Platz da.

14

Leo schlägt immer wieder auf die blaue Matratze ein. Er hat sich die Hände selbst so verbunden wie sein Vater, ehe er sich auf den Weg machte, um eine Küche in einem Einfamilienhaus anzustreichen. Leo spürt, dass er ohne die ärgerlichen Schmerzen härter und öfter zuschlagen kann. Er übt jeden Morgen vor dem Frühstück und der Schule, dann läuft er in der Mittagspause nach Hause und trainiert, ohne etwas zu essen, dann den ganzen Nachmittag und Abend und anschließend, wenn er nachts aufwacht und nicht schlafen kann.

Zum zweiten Mal an diesem Nachmittag hört er den Staubsauger.

Und hört auf zu schlagen.

Mama hat schon mehrmals den Kopf zur Tür hereingestreckt. Er kennt diesen Gesichtsausdruck, es gefällt ihr nicht, dass er trainiert.

Er drischt weiter. Nase und Kinn. Hasse und dieses finnische Schwein. Sie können ihm jederzeit und überall auflauern, also hat er sie gemieden, hat sich geradezu vor ihnen versteckt, bis er bereit ist. Nase und Kinn, Hasse und dieser finnische Wichser. Jetzt läuft es fast automatisch, sein ganzer Körper ist dabei. Die Schultern kreisen, schießen nach vorn, folgen dem Schlag und boxen durch sie hindurch.

»Es ist Zeit, das Ding runterzunehmen.«

Mama hat den Staubsauger ausgeschaltet.

»Das ist ein Lampenhaken. Da sollte eine Lampe hängen.«

Sie holt den dreibeinigen Hocker, klettert hinauf und streckt sich Richtung Decke und Haken, während ihr Sohn weiterboxt, ohne sie anzusehen.

»Könntest du vielleicht mal aufhören damit?«

Harte Schläge, viel härter, als sie es sich hätte vorstellen können, zwingen die Matratze nach oben.

»Hast du mich verstanden? Hör auf.«

Noch fester.

»Leo?«

»Nase und Kinn, Mama.«

Er dreht sich um und redet zugleich, ein Schlag pro Silbe. Sie packt die Matratze und hält sie fest.

»Leo, hör mir zu! Wer hat dich so zugerichtet? Wie heißen sie?«

Sie umklammert die Matratze und stellt sich ihm in den Weg, also muss er aufhören.

»Hasse und Kekkonen.«

»Ich will Vor- und Nachnamen.«

»Warum?«

»Weil ich ihre Eltern anrufen werde.«

»Nein, das darfst du nicht! Wenn du sie anrufst … weißt du denn nicht, was dann passiert?«

Er setzt sich auf den Hocker neben die Hausschuhe seiner Mutter.

»Leo … ich kümmere mich drum.«

»Das macht alles nur noch schlimmer! Verstehst du das denn nicht?«

Sie umarmt jetzt nicht mehr die Matratze, sondern ihn.

»Vor- und Nachnamen.«

Er schüttelt den Kopf, und seine Stirn streift ihre Brust.

»Na gut.«

Sie klettert wieder auf den Hocker, hebt die Matratze an und wirft sie auf den Boden.

»Ich kümmer mich schon selber drum! Misch dich da nicht ein!«

»Dann nimm mal diese lächerlichen Bandagen ab.«

»Ich muss üben.«

»Jetzt, Leo.«

»Papa hat gesagt, ich soll trainieren!«

»Und ich sage dir, dass damit jetzt Schluss ist.«

Ab diesem Zeitpunkt spricht er nicht mehr. Kein Wort. Er schweigt, während sie weiter staubsaugt, als Felix nach Hause kommt, als sie am Küchentisch eine Kleinigkeit essen, als sie ihre Söhne auffordert, die Jacken anzuziehen, weil sie Papa abholen werden, um anschließend zusammen einkaufen zu gehen. Wie immer.

Selbst im Auto schweigt er noch.

Er hat auf dem Beifahrersitz Platz genommen, Felix und Vincent auf dem breiten Sitz in der Mitte. Hinten liegen Papas Malersachen. Mama fährt, bringt und holt, und zwar oft. Sie fahren irgendwohin. Für gewöhnlich gefällt es ihm, das Beisammensein im Auto ist vermutlich das Beste überhaupt.

Von der Hochhaussiedlung zum Villenvorort sind es nur wenige Minuten. Sie halten vor einem Haus und laden ein, was Papa vor die Gartenpforte gestellt hat, die ausgewaschenen Pinsel, die nach Nitroverdünnung stinken, Farbroller in Plastiktüten, Farbdosen und Tapetenkleister. Papa wechselt die letzten Worte mit einer älteren Dame, die ihm einen Umschlag in die Hand drückt.

Leo schweigt auch noch, als er sich auf die Rückbank setzt, damit Papa neben Mama Platz nehmen kann. Er küsst sie auf die Wange. Papa ist glücklich und lacht, genauso wie eben noch mit seiner Kundin, die angekündigt hat, im Mai gebe es noch mehr Arbeit, denn dann müsse das ganze Haus angestrichen werden. Papa hat Leo dabei angesehen, und Leo weiß, warum. Für einen großen Auftrag sind noch mehr Arme und Beine erforderlich.

»Deine Hände, Sohn? Wie geht es denen?«

Leo befühlt seine nicht bandagierten Knöchel mit der Handfläche.

»Leo? Ich habe dich etwas gefragt.«

»Sie …«

Mama unterbricht ihn.

»Ich habe das Ding abgehängt.«

Papa dreht sich zu ihr um, ohne eine Miene zu verziehen. »Wie bitte?«

»Ich habe sie abgehängt. Die alte Matratze, auf der wir unsere ersten gemeinsamen Nächte verbracht haben.«

Jetzt. Jetzt vollzieht sich der Wandel. Gestraffte Wangen, zusammengepresste Lippen. Aber vor allem sind es die Augen. Sie sind auf der Pirsch.

»*Was* hast du gemacht?«

»Ich finde nicht, dass wir das im Auto besprechen sollten, Ivan.«

»Was sollten wir nicht im Auto besprechen? Dass unser Sohn zusammengeschlagen wurde und dass er in der Lage sein muss, sich selbst zu verteidigen?«

»Bitte, Ivan, können wir das nicht ein andermal besprechen? Lass uns einkaufen und dann nach Hause gehen und uns freuen, dass Freitagabend ist, und morgen darüber reden.«

Papas Schweigen lässt sie auf der Rückbank näher zusammenrücken. Er riecht nach dem schwarzen Wein, den er sich in seiner letzten Arbeitsstunde genehmigt hat.

»Ich habe genug trainiert, Papa, weißt du …«

»Zeig mir deine Hand.«

Leo streckt ihm die Rechte hin.

»Weich.«

Papa befühlt und drückt sie.

»Viel zu weich.«

Leo schaut nicht Papa an, sondern Mama im Rückspiegel. Die konzentriert sich auf die Autos, die den Parkplatz des Einkaufszentrums von Skogås verlassen, auf den sie gerade einbiegen.

»Aber ich bin jetzt bereit. Papa? Nase und Kinn und dann mein ganzes Gewicht, und …«

»Du bist bereit, wenn ich es sage.«

Alle steigen mit einem mulmigen Gefühl aus. Leo hört laute Stimmen vor dem Eingang des Einkaufszentrums und sieht Papa an. Er weiß, dass Papa diese Stimmen hasst. Er bleibt also etwas zurück.

Sie sitzen an derselben Stelle wie beim letzten Mal. Die lautesten auf den Bänken, die leiseren auf einem niedrigen Geländer, aufgereiht mit grünen Bierdosen in der Hand. Sie sind erwachsen, aber nicht so alt wie Mama und Papa. Oft bleibt Papa direkt vor ihnen stehen und fragt sie, warum sie da herumlungern und nicht arbeiten wie alle anderen. Nach einer Weile beschimpft er sie als Parasiten und starrt sie finster an, insbesondere einen blond gelockten Typen mit schwarzer Steppjacke und einen anderen mit langem braunen Haar und glänzenden Moonboots. Dieses Mal sagt Papa nichts, und Leo hat ein gutes Gefühl im Bauch. Der Typ mit den lockigen Haaren ruft ihnen etwas nach, als Papa nach links zum Spirituosenladen abzweigt. Leo, Felix und Vincent begleiten Mama in den Supermarkt. Bald kommt sie mit sieben Tüten voller Lebensmittel heraus, die sie teilweise mit dem Geld aus Papas Umschlag bezahlt hat, und die Brüder helfen ihr, sie zum Auto zu tragen. Selbst Vincent hält eine große Packung Klopapier in den Armen.

Sie legen die Einkäufe auf Papas Malerwerkzeug. Papa sitzt bereits wieder im Auto. Die Flasche mit dem schwarzen Pferd auf dem Etikett, die er in der Hand hält, ist halb leer. Aus dem Seitenfenster betrachtet er die sieben Typen auf den Bänken und dem Geländer, die Parasiten.

Mama will gerade aus der Parklücke zurücksetzen, als Papa den Zündschlüssel umdreht und den Motor abstellt.

»Leo, steig aus, wir haben noch was vor.«

Mama lässt den Motor wieder an.

»Wir fahren nach Hause.«

»Fang jetzt bloß keinen Streit an!«

Erneut dreht Papa den Schlüssel um.

»Du fährst mit Felix und Vincent nach Hause.«

Er öffnet die Beifahrertür, steigt aus und wartet, bis Leo ebenfalls ausgestiegen ist. Dann beugt er sich durchs Seitenfenster.

»Hör auf mich. Fahr nach Hause, und nimm die Kleinen mit.«

Papa setzt sich in Bewegung. Sie gehen beide los. Zurück zu den Läden. Leo wirft einen letzten Blick auf Mama, aber sie schaut ihn nicht an, sondern lässt den Motor an und setzt aus der schmalen Parklücke zurück.

»Der in der Mitte. Siehst du den? Das ist der Anführer. Der Anführer der Parasiten.«

Papa deutet auf den blond gelockten jungen Mann mit der schwarzen Steppjacke, den vorlautesten von allen.

»Ich glaube, ich werde mich ein wenig mit ihm unterhalten. Was meinst du, Leo?«

Sie bleiben vor ihm stehen, vor ihnen allen.

»Leute, ich will, dass ihr mir jetzt zuhört.«

Wenn sie einfach weitergehen könnten. Oder wenn diese vollen Bänke im Erdboden verschwinden würden. Oder wenn eine Atombombe fiele. Dann müssten sie hier nicht stehen. Leo zieht die Schultern hoch, schließt die Augen. Keine Atombombe explodiert.

»Seht ihr die Pizzeria da drüben? Ich geh da jetzt eine Kleinigkeit essen. Mit meinem Sohn. Das dauert … eine Dreiviertelstunde. Und wenn wir wieder rauskommen, seid ihr hier weg.«

»Das soll wohl ein Witz sein?«

»Ich will eure verdammten Stimmen nicht mehr hören und euch nicht mehr sehen.«

Der Gelockte fuchtelt mit seiner Bierdose herum.

»Du willst uns wohl verarschen? Habt ihr das gehört? Dieser Spaghettifresser macht Witze. Und was tun wir, wenn jemand Witze macht? Wir lachen ihn aus.«

Der Blonde wedelt beim Sprechen mit den Händen in der Luft herum wie ein Dirigent, der sein Ensemble zu lautem Gelächter auffordert.

»Glaubst du wirklich, dass ich Witze mache? Ein kleiner, arbeitsscheuer Parasit soll hier das Sagen haben? Das kann ich nicht glauben. Hör mir mal zu, du Bürschchen. Wenn ihr, du und deine Parasitenfreunde, euch nicht mitsamt euren Bierdosen verpisst habt, wenn ich wieder rauskomme, dann packe ich euch an euren langen Haaren und schmeiße euch in die Büsche.«

Leo stellt sich neben seinen Vater, wendet sich jedoch ab und starrt stattdessen auf die Pizzeria. Vielleicht sieht man ihn dann nicht.

Es sind sieben. Sie tragen Parkas und Jeansjacken und könnten

Hasses und Kekkonens große Brüder sein. Jetzt schreien sie durcheinander, und ganz besonders laut schreit der Gelockte: »Dieses verdammte Türkenschwein!«

Der Bursche in den Moonboots neben ihm zeigt ihnen mit beiden Händen den Stinkefinger und spuckt aus. »Du willst wohl Prügel beziehen, du blöder Grieche, während dein Sohn zuguckt?« Er greift sich einen Brocken Erde aus dem Blumenbeet und wirft ihn auf sie.

»Papa ist kein Türke.«

Leo tritt einen Schritt vor, er ist jetzt etwas besser zu sehen. Es ist ihm wichtig, auf das Gesagte zu reagieren.

»Und auch kein Grieche. Er ist halb Serbe und halb Kroate. Und meine Mama ist aus Schweden. Also bin ich … ich bin ein Drittel Schwede.«

Der Mann, der ausgespuckt und sie mit Erde beworfen hat, stellt seine Bierdose auf die Bank und lacht schallend.

»Du verdammter griechischer Bastard! Ein Drittel Schwede? Krall dir deinen schwachsinnigen Sohn und verpiss dich!«

Es ist kein großes Restaurant. Neun Tische. Über den rot-weiß karierten Tischtüchern hängen funzelige kleine Lampen. An drei Tischen sitzen Männer allein vor einem Glas Bier, an zwei weiteren sitzen junge Paare und essen Pizza, die so groß ist, dass sie über den Tellerrand hängt. Papa geht an die Bar und bestellt bei Mahmoud ein Bier, einen dreifachen finnischen Wodka und eine große Fanta. Dann setzt er sich an den Fenstertisch.

Sie waren schon einige Male hier. Leo ist gerne hier und trinkt mit Papa eine große Fanta in der Abenddämmerung. Jetzt ist es anders. Seine Kehle ist ausgetrocknet, und er würgt an seiner Limo, als gäbe es zwischen Brustkorb und Magen ein Hindernis.

»Du trinkst ja gar nichts? Hast du keinen Durst? Nimm einen Schluck.«

Leo schüttelt den Kopf.

»Ist sie nicht gut?«

Ein Schluck, der in der Nähe seines Herzens hängen bleibt. Wie auch die vorhergehenden.

»Weißt du, wie viel da drin ist, Leo?«

Papas Umschlag mit einem dicken Geldbündel.

»Achttausend Kronen. Ich muss arbeiten, Mama muss arbeiten. Alle brauchen Geld. Und wenn ich arbeite, Leo … dann kann ich dich nicht beschützen. Dann musst du auf dich selbst aufpassen und auch deine Brüder verteidigen können.«

Papa hat die Hälfte seines Biers und den Wodka getrunken.

»Deine Mutter versteht nicht, dass man sich verteidigen muss. Und diese Parasiten da draußen verstehen nicht, dass man arbeiten muss.«

Sein Vater deutet aus dem Fenster. Die jungen Männer dort draußen wirken aufgeregt. Einer steht auf. Der Langhaarige, der Papa einen blöden Griechen genannt hat.

»Sie hocken da zusammen auf dem verdammten Geländer, weil sie sonst nichts zu tun haben. Sie halten sich für Freunde, weil sie zusammen Bier trinken. Brüder, Leo! Familie! Das ist viel mehr! Viel größer! Das bedeutet … dass man zusammengehört. Einander beschützt. Was auch immer geschieht, man hält zusammen. Und diese Loser, schau sie dir nur an! Du schlägst einem auf die Nase, da fallen die anderen auch gleich um.«

Der Langhaarige vor dem Fenster ist mit dem Lamentieren fertig und geht jetzt entschlossenen Schrittes auf die Tür des Restaurants zu. Und die anderen sind auch da. Leo sieht sie zwischen den Häusern auf der gegenüberliegenden Straßenseite herumrennen: Jasper und die Türken, die Jungs vom Kullstigen. Wie immer. Jasper scheint einen Riecher dafür zu haben, wann und wo es Zoff gibt, und kommt immer angerannt, damit er auch ja nichts verpasst. Er scheint sich nicht sattsehen zu können. Aber er hat auch keinen Vater, der eine Matratze an die Decke hängt.

Papa bemerkt die Kinder gar nicht. Er sieht nur den Langhaarigen. Er schiebt das Kinn und die Unterlippe vor, senkt den Kopf und schaut unter den Brauen hervor wie immer, wenn er eine Entscheidung trifft. Jetzt ist alles möglich.

»Schau mich an, Leo. Dein Papa hat die Sache im Griff. Wir sind eine Familie. Wir beschützen einander.«

Die Tür geht auf.

Der Typ in den Moonboots. Er ist jetzt viel größer. Im Sitzen war ihm nicht anzusehen, dass er größer ist als Papa. Und stärker.

Während er auf sie zugeht, bewegt sich sein langes Haar zwischen den Schultern hin und her. Bis er stehen bleibt und Papa betrachtet, der sein Bier abstellt.

»Hast du Feuer?«

Er steht neben dem Tisch. Zwischen seinen Lippen hängt eine Zigarette. Papa sitzt vollkommen reglos da.

»He, Spaghettifresser, hast du Feuer?«

Sein Haar reicht bis zu Papas Bierglas hinunter, und als er sich vorbeugt, hängt es ins Bier. Er bewegt seinen Kopf und tunkt sein Haar ordentlich ins Bier. Dann geht alles ganz schnell. Später, als Leo darüber nachdenkt, ist er sich nicht mehr sicher, ob es wirklich passiert ist.

Die Haare im Glas.

Papa, der sein Mora-Messer mit dem roten Griff aus der Arbeitshose zieht, das Haar packt und es abschneidet.

»Das ist doch …«

Der Langhaarige schwankt zurück und greift mit einer Hand dorthin, wo eben noch seine Haare gewesen waren.

»Du verdammter …«

Schon wieder diese Scheißtür. Drei weitere Männer treten ein, darunter der Blondgelockte. Papa lässt die Haare wie Blütenblätter einer Rose neben den Stuhlbeinen zu Boden fallen. Dann steht er auf und tut das, was er immer mit Leuten gemacht hat, die so mit ihm gesprochen haben. Leo hat es bisher nie ganz begriffen. Jetzt versteht er es. Die rechte Faust trifft die Nase, die linke das Kinn, die Schultern kreisen, und sein ganzes Gewicht schlägt zu. Das Nasenbein bricht, und wieder einmal fällt Leo auf, wie viel Lärm es verursacht, wenn ein Erwachsener umfällt.

Beim zweiten Mal geht es genauso schnell. Ein einziger Schlag auf die Nase des Mannes, der auf dem Geländer saß. Er fällt auf den Tisch neben der Klotür, an dem sowieso nie jemand sitzt.

Der Dritte, der Blondgelockte, steht noch. Als würde er abwarten.

Sobald Papa den nächsten Schritt macht, wendet er das Gesicht ab und hebt die Arme.

»Nein!«

Er steht einfach da.

»Wir werden … uns nie wieder dort hinsetzen, um … wir …«

»*Komm her.*«

Papa rückt den Stuhl beiseite, auf dem er gesessen hat. Die Männer, die eben noch auf dem Weg in das Lokal waren, rennen weg.

»Knie dich hier neben meinen Sohn.«

Der Blonde zögert.

»Auf die Knie!«

Er lässt sich auf die Knie sinken. Der Inhaber Mahmoud scheint es plötzlich eilig zu haben.

»Ivan?«

»Ich bin fast fertig.«

Mahmoud legt Papa eine Hand auf die Schulter.

»Ivan, verdammt, du kannst hier nicht …«

»Ich komme für den Schaden auf. Beruhige dich. Ich zahle. Okay?«

Papa zeigt ihm den Umschlag. Sie sehen sich einen Augenblick an, dann nickt Mahmoud und lässt Papas Schulter los. Papa wendet sich dem Mann auf den Knien zu.

»Du bist kein Anführer.«

Das Mora-Messer. Papa hält es dem Anführer vors Gesicht.

»Ein richtiger Anführer gibt seinem Lieblingsloser nicht den Auftrag, seine Haare in mein Bier zu tunken.«

Er hält das Messer noch näher.

»Ein richtiger Anführer schickt nicht seine Lakaien. Er geht als Erster. Er führt.«

Das Messer berührt Mund und Nase. Der Blonde fängt an zu weinen. Nicht heftig, aber deutlich sichtbar.

»Hast du das gehört, Leo?«

Papa hält dem Blonden das Messer ans Gesicht, sieht aber seinen Sohn dabei an.

»Was?«

»Hör zu!«

»Was, Papa?«

»Ein richtiger Anführer *führt*.«

Der Blonde weicht vor dem Messer zurück, auf dessen Klinge Reste von weißer Farbe kleben.

»Bleib auf den Knien!«

Papa packt das lockige Haar. Der Hals ist schweißbedeckt.

»Leo?«

»Ja?«

»Hast du gesehen? Den ersten Schlag immer voll auf die Nase. Immer mit dem ganzen Gewicht.«

»Ich hab's gesehen.«

Papa zieht an den lockigen Haaren, bis seine Knöchel weiß werden.

»Ein guter Anführer schlägt richtig zu. Er ist fair. Er lässt es nicht zu, dass seine Brüder geschlagen werden. Er übernimmt die Verantwortung. Dieser Loser-Parasit hier hat jemand anderen vorgeschickt! Er hat nicht kapiert, dass ein Anführer immer als Erster geht.«

Das Bierglas steht noch halb voll auf dem Tisch. Papa deutet auf das Fantaglas, das ebenfalls noch halb voll ist.

»Trink aus. Wir gehen jetzt.«

Leo schüttelt den Kopf. Der Punkt zwischen Brust und Magen hat sich verknotet, als hätte jemand an seiner Kehle gezerrt und dann versucht, sie zu reparieren.

»Du bleibst hier!«

Als sie sich vom Tisch erheben, versucht der Blonde ebenfalls aufzustehen.

»Du tust, was ich dir gesagt habe! Du bleibst, bis mein Sohn und ich hinausgegangen sind und du uns nicht mehr sehen kannst!«

Draußen ist es wärmer. Zumindest fühlt es sich so an.

Der Eingang zum Einkaufszentrum ist immer noch da, aber Bänke und Geländer sind leer. Die grünen Bierdosen rollen in der leichten Brise übers Pflaster, ein paar Kippen qualmen noch.

Leo atmet durch. Es fällt ihm jetzt leichter.

15

Sie folgen dem geteerten Weg durch die Hochhaussiedlung und gehen an einer dunklen Schule und einem leeren Parkplatz vorbei. Bis nach Hause müssen sie nur noch einen Abhang hinauf, da bleibt Papa stehen und dreht sich um.

»Hörst du das, Leo?«

Wind. Nur Wind.

»Was?«

»Hörst du das nicht?«

»Nein.«

»Die Stille.«

Papa nickt Richtung Einkaufszentrum.

»Die Bänke, Leo, das Geländer. Noch vor einer halben Stunde saßen diese Parasiten dort und haben herumkrakeelt. Jetzt sind sie weg, weil ich dafür gesorgt habe, dass sie verschwinden.«

Sie stehen an einer Stelle, die an jene erinnert, an der Leo letztens zu Boden gegangen ist. Die Büsche, die Laternenpfähle, der asphaltierte Fußweg zur Haustür. Leo fragt sich, ob Papa das weiß oder ob es ein Zufall ist.

»Willensstärke, Leo. Verstehst du? Darum geht es. Mit genug Willensstärke kannst du alles verändern. Du entscheidest. Sonst niemand! Du entscheidest und ziehst es durch.«

Er rennt die sieben Treppen hinauf, während Papa den Fahrstuhl nimmt. Wer schneller ist, gewinnt. Wenn er zwei Stufen auf einmal nimmt, kann er die braune Wohnungstür öffnen, bevor Papa die Fahrstuhltür aufschiebt. Er geht an der Küche vorbei, in der seine Mutter ihre Hände in die Edelstahlschüssel taucht und ihm den Rücken zukehrt. Es gibt Fleischbällchen oder Frikadellen. Er geht an Vincents Zimmer vorbei. Seine beiden jüngeren Brüder sitzen auf dem Teppich, der eine Stadt aus Stoff darstellt. Die siebenundsiebzig Plastikkrieger, britische Kommandosoldaten und US-Marines, stehen sich exakt gegenüber. Leo flüstert, dass es nicht stimmt, dass sich Briten und Amerikaner nie bekämpft haben, und Felix flüstert zurück, dass er das auch weiß, dass Vincent es aber so haben möchte.

Dann merkt Leo, dass sich sein Vater schnell von hinten nähert und geradewegs in die Werkstatt geht, in der die Matratze an der Wand lehnt. Mit der Matratze in der einen Hand springt er auf den Hocker und hebt sie hoch, während er mit der anderen Hand die Lampe abhängt.

»Ivan?«

Mama steht in der Tür.

»Ich habe dir doch schon erklärt, dass ich diese Matratze da nicht rumhängen haben will.«

»Das ist keine verdammte Matratze, das ist ein Boxsack. Der bleibt da hängen, bis unser Sohn so weit ist.«

Sie wischt sich mit der Hand über die Stirn und merkt nicht, dass sie dabei eine Hackfleischspur hinterlässt.

»Hans Åkerberg. Jari Kekkonen. So heißen die beiden. Sie gehen in die siebte Klasse der Skogås-Schule. Wir werden mit ihren Eltern reden und das Problem auf diese Weise lösen, Ivan.«

»Reden? Ich rede doch nicht mit den verdammten Eltern.«

»Und warum nicht?«

»Weil das nichts bringt! Solche Leute hören erst auf, wenn man sie dazu zwingt. So ist das nun einmal, aber das verstehst du nicht, Britt-Marie.«

Mama wischt sich erneut über die Stirn. Noch mehr Hackfleisch. Jetzt bemerkt sie es, Leo sieht es ihr an, aber momentan ist es ihr egal.

»Du hast doch keine Ahnung, wie Kinder Konflikte austragen. Das hat dich nie interessiert, Ivan. Du hast dich nie für meine Eltern oder für meinen Freundeskreis interessiert. Du willst immer nur Streit anzetteln! Du willst uns als Familie isolieren. Außer dieser verdammten Familie darf es für dich doch gar nichts geben!«

»Sie haben meinen Sohn angegriffen!«

»Wir allein gegen den Rest der Welt.«

»Sie haben ihn von hinten niedergeschlagen, ihn getreten, und du willst, dass ich mit seinem Vater rede? Soll ich ihn etwa zum Abendessen einladen?«

Papa boxt gegen die Matratze, die zu tanzen beginnt.

»Es ist besser, wenn sie das unter sich ausmachen, ohne dass wir uns einmischen.«

Während Leo abwartet, wirft er einen Blick in Vincents Zimmer und betrachtet die siebenundsiebzig Soldaten, die eigentlich auf derselben Seite kämpfen, sich aber trotzdem gegenseitig abknallen, bis alle umgefallen sind und wieder aufgestellt werden können.

Papa steht immer noch in der Werkstatt, Mama ist in die Küche gegangen.

Leo geht auf den Boxsack zu, zieht sich den Pulli aus und stellt sich in Position, wobei er das Gewicht auf das linke Bein verlagert. Dann schlägt er zu.

»Rechte Hand schützt rechte Wange.«

Er hält seine rechte Hand nicht hoch genug. Papa tritt mit einem Pantherschritt auf ihn zu und schlägt mit seiner Hand leicht auf Leos Wange.

»Rechte Hand schützt rechte Wange, Leo.«

Leo beobachtet Papa, ballt seine Rechte zur Faust und schlägt mit der Linken zu. Papa schlägt ihm wieder auf die Wange, dieses Mal brennt es ein bisschen, denn er hält die Rechte immer noch zu niedrig.

Er stellt sich erneut in Position.

16

Leo sitzt in dünner Unterwäsche auf der Bettkante. Seine nackten Sohlen berühren den kalten Fußboden. Hinter ihm auf dem Regal stehen die wertvollen Sachen: Felix' roter VW-Käfer, noch in Originalverpackung, ein silberner Pokal von einer Schulmeisterschaft und sein lauter New-York-Rangers-Wecker, dessen Zeiger aussehen wie Hockeyschläger und auf dem es Viertel vor fünf ist. Hinter dem dünnen Rollo herrscht noch Dunkelheit.

Diese Woche hat er jeden Tag allein trainiert und einmal mit Papa am Abend. Er ist jeden Tag frühmorgens aufgestanden.

Jetzt ist das allerletzte Mal.

Er geht in die Werkstatt und zielt auf Nase und Kinn. *Heute*. Er spürt es ganz deutlich, im Arm, in der Brust, im Bauch und sogar im Schwanz.

Anschließend ruht er sich einen Moment auf dem Balkon aus und betrachtet von oben das Dach seiner Schule. Dann wäscht er sich an der Spüle und deckt den Frühstückstisch. Felix steht auf und weckt Vincent.

»Leo, was ist los?«

»Nichts.«

»Irgendwas ist doch.«

»Es ist nichts.«

»Du bist so komisch. Nicht wie sonst. Du redest auch nicht wie sonst.«

Felix taucht seinen Löffel in den Joghurt.

»Als würdest du hier sitzen, aber nicht mit mir. Sondern allein mit dir.«

»Heute mache ich sie fertig.«

»Wen?«

»Hasse. Und Kekkonen.«

Felix rührt immer weiter in seinem verdammten Joghurt, er ist ihm egal, er will ihn nicht.

»Leo?«

Felix folgt seinem Bruder in die Diele. Der steht vor dem Spiegel, verlagert sein Gewicht auf das linke Bein und boxt mit rechts.

»Leo?«

Dann dreht sich Leo zu den Garderobenhaken um und durchsucht vorsichtig Papas Arbeitsmontur. Sie haben ihn fast nie in anderer Kleidung gesehen, außer als sie ihn mal im Gefängnis besuchten, nachdem er jemanden verprügelt hatte.

»Leo?«

Sie wissen beide, wo das Messer ist. In einer länglichen Tasche an einem Hosenbein. Leo knöpft sie auf.

»Was machst du da?«

Leo hat sich in sich selbst verkrochen, an einen Ort, an dem er unerreichbar ist.

»Habe ich dir doch gesagt. *Heute*. Ich mach sie fertig.«

Nebeneinander folgen sie dem Weg, den der eine fast vier Jahre lang und der andere fast ein Jahr gegangen ist. Es sind nur wenige Hundert Meter, wenn sie die Abkürzung über den Parkplatz und durch die Büsche nehmen und dann die Straße zum Schulhof überqueren.

Sie sprechen nicht miteinander. Sie stehen einfach auf dem Schulhof und warten. Auch als es klingelt. Schließlich kann Felix es nicht mehr ertragen.

»Leo. Das Messer. Du …«

»Es klingelt.«

»Das darfst du nicht …«

»In genau vierzig Minuten klingelt es wieder. Dann musst du nach Hause rennen. Sag Papa Bescheid, und stell dich mit ihm auf den Balkon.«

»Das verstehe ich nicht.«

»Nach Hause. Papa. Balkon. Wenn es das nächste Mal klingelt. Okay?«

Leo sieht seinen kleinen Bruder an, der nicht gehen will.

»Okay?«

Felix nickt zögernd.

»Wenn es klingelt, so wie jetzt, nur dass die Stunde da zu Ende ist.«

Ein langes, hässliches, irritierendes Klingeln. Leo sieht sich um. Der Schulhof der ersten sechs Klassen, eben noch voller Leben, liegt jetzt wie ausgestorben da. Die Kinder, die eben noch herumrannten, herumhopsten, schrien, sich anstießen und lachten und dann wieder herumrannten, sind verschwunden. Sechs Türen haben die verschiedenen Jahrgänge verschluckt wie ein Staubsauger, der sie in vierzig Minuten wieder ausspucken wird.

Leo baut sich neben einer Ziegelmauer auf und beobachtet den Schulhof der Klassen sieben bis neun am Fuß des Hügels. Er ist nicht leer, noch nicht. Dort lassen sie sich mit dem Weg ins Klassenzimmer mehr Zeit. Die beiden Langsamsten gehen Richtung siebte Klasse, der eine trägt eine Jeansjacke, der andere einen blauen

Parka: Hasse und Kekkonen. Leo beginnt so sehr zu zittern, dass sein Rücken an der Ziegelmauer scheuert – vor Angst und voller Erwartung. Hasse und Kekkonen stehen in der Mitte des Schulhofs innerhalb der weiß gestrichelten Linie neben der Fahnenstange, die die Raucherecke markiert. Sie rauchen und rufen den anderen auf dem Weg ins Klassenzimmer hinterher und boxen den Mitschülern, die in der Nähe vorbeigehen, in den Rücken. Selbst auf Abstand wirken sie groß. Aber dieses Mal weiß Leo genau, was er zu tun hat. Dieses Mal ist er derjenige, der ihnen auflauert.

Er drückt sich weiter an die Mauer, bis die beiden gemächlich ins Gebäude schlendern. Er berechnet die Zeit. Jetzt müssten sie ihr Klassenzimmer erreicht haben. Er braucht keine Uhr. Er weiß, wann fünf Minuten um sind. Dann rennt er den Hang hinunter, über den Schulhof und in das Gebäude der Klassen sieben bis neun, in dem er schon einige Male gewesen ist.

Er geht an der langen Reihe der Schülerspinde vorbei. Eine Hand liegt auf dem Messer in seiner Innentasche. Es passt perfekt in seine Handfläche, der Holzgriff ist glatt, als hätte Papas Hand ihn tagtäglich poliert.

Er geht den ersten Korridor entlang, vorbei an den geschlossenen Türen, vor denen die Jacken hängen. Aus dem ersten Klassenzimmer ist ein Musikinstrument zu hören, im zweiten pfeift jemand durch zwei Finger. Dann kommt der nächste Korridor mit weiteren Türen. Er befindet sich bereits im fünften Gang, da entdeckt er endlich, wonach er gesucht hat. Die Tür des Physiksaals. Die Jacken an den Haken daneben. Er bleibt vor dem Parka mit einem Ölfleck auf der Vorderseite und einem Zigarettenloch am Ärmel stehen. Auf der Jeansjacke prangt ein Aufnäher mit einer ausgestreckten Zunge.

Er zittert nicht mehr. Er ist jetzt vollkommen ruhig.

Das Messer liegt glatt in seiner Hand, während er den Rücken der beiden Jacken mehrmals senkrecht aufschlitzt.

Dann entfernt er sich zwanzig Schritte. Das ist genug. Er setzt sich hin und wartet.

Eine Unterrichtsstunde dauert vierzig Minuten. Er vermutet,

dass davon noch fünfundzwanzig Minuten übrig sind. Er beginnt die Sekunden zu zählen. Immer bis sechzig. Dann fängt er von vorn an. Nach fast fünfundzwanzig Durchgängen erfüllt das anhaltende und nervige Klingeln den ganzen Gang. Er steht auf, wendet sich den aufgeschlitzten Jacken zu und stellt sich breitbeinig hin.

Bald. Bald.

Die Tür wird geöffnet.

Die ersten Schüler verlassen das Klassenzimmer. Seine Knie zittern. Einer nach dem anderen geht an ihm vorbei. Er beugt sich etwas vor.

Sie sind die Letzten. Gleichzeitig treten sie durch die schmale Tür. Hasse. Kekkonen.

Sie sehen ihre Jacken.

Die aufgeschlitzten Rücken.

Und sie sehen ihn.

Leo hebt die Hand, winkt. Sie rennen los. Er rennt los. Korridor, Schränke, Eingang, Schulhof.

Er schaut nach hinten. Sie nähern sich.

Den Hang hinauf. Zum Schulhof der Grundschule. Über die Straße und die Steine, durch die Büsche und über den Parkplatz.

Er hört sie hinter sich brüllen.

Felix' Beine bewegen sich schneller, als er es je für möglich gehalten hätte. Die Treppen hinauf bis in den siebten Stock, statt mit dem Fahrstuhl, der nie kommt.

Wenn es wieder klingelt.

In die Wohnung, durch die Diele, in die Küche. Dort sitzt Papa am Tisch.

In genau vierzig Minuten.

Papa sieht müde aus und gießt sich Kaffee in eine Tasse.

Nach Hause rennen. Papa Bescheid sagen. Sich mit ihm auf den Balkon stellen.

»Was … machst du denn hier, Junge? Um diese Zeit?«

Felix antwortet nicht. Er hört die Frage nicht. Er rennt zur Balkontür, die sich erst nicht öffnen lässt, er dreht an dem verdammten

Griff, bis sie endlich aufspringt, und er stellt sich auf Zehenspitzen, um über die Brüstung zu schauen.

Er hört sie schreien.

Aber das Geräusch der nahenden Füße ist stärker.

Leos Atmung füllt seine Lunge von weit unten und dehnt sich nach oben aus. Er hat bislang nicht gewusst, was es heißt zu fliehen. Über den Parkplatz und den asphaltierten Weg entlang zum Hauseingang.

Er hält inne und schaut nach oben.

Dort, er ist sich ganz sicher, streckt Felix seinen Kopf über die Brüstung.

Er dreht sich um und wartet auf seine Verfolger. Seine Knie federn.

Er hebt die Arme. Rechte Hand schützt rechte Wange.

Felix sieht Leo näher kommen, vor der Haustür stehen bleiben, sich umdrehen.

Und dann.

Die beiden Jungen, die ihn jagen und die dieses Mal keine Jacken tragen. Trotzdem weiß er, wer sie sind.

»Papa!«

Felix rennt zurück in die Küche. Papa sitzt immer noch mit einer Tasse in der Hand am Tisch.

»Komm her! Komm her, Papa! Auf den Balkon!«

Ein großer Schluck heißen Kaffee.

»Sofort, Papa!«

Aber Papa bleibt einfach mit der Tasse in der Hand sitzen, während Hasse und Kekkonen da unten bei Leo sind.

»Papa!«

Er umklammert Papas Arm ganz fest, zerrt und zerrt und zerrt.

»Papa! Papa!«

Endlich erhebt er sich, geht barfuß nach draußen und beugt sich wie immer über die Brüstung.

Und er sieht, was Felix sieht.

»Papa! Leo ist da unten.«

»Ja. Leo ist da unten.«

»Und die anderen auch, Papa! Wir müssen …«

»Wir müssen gar nichts.«

»Nein, Papa! Hasse und …«

»Leo muss das selber erledigen. Und das schafft er auch ganz allein.«

Leo hat sich einen Platz neben den Büschen und den Laternenpfählen ausgesucht, der vom Balkon gut einzusehen ist. Hasse schafft es als Erster und atmet ebenso schwer wie Leo. Sie starren sich an. Hasse ohne Jacke. Hasse ist groß und muss nach unten schauen, um ihm in die Augen zu sehen.

Leo breitbeinig mit erhobenen Händen.

Ein letzter Blick auf den Balkon im siebten Stock. Felix springt immer wieder hoch, bis er halb über der Brüstung hängt. Neben ihm steht Papa.

Ein Schlag. Mit der Rechten. Auf die Nase.

Hasse weiß nicht, wie ihm geschieht. Er sinkt auf die Knie, Tränen strömen ihm über die Wangen, Blut läuft ihm in den Mund, übers Kinn und auf den Hals. Wie Leo damals kauert er auf der Erde.

Dann kommt Kekkonen laut keuchend angelaufen.

Er ist viel kleiner als Hasse, aber kräftiger und stärker. Sein erster Hieb verfehlt Leos Wange, und Leos Füße sind so schnell, dass Kekkonen auch beim zweiten und dritten Mal keinen Treffer landet.

Leos erster Schlag trifft, allerdings nicht auf die Nase, sondern auf die Wange. Sein gedrungener Gegner steht noch.

Und schlägt zurück.

Leos Füße und Beine tänzeln wie zuvor, schnell und geschmeidig. Er trifft die Schläfe, dann die Schulter und die andere Wange, bis Kekkonen schwankt und die Augen verdreht – die Augen des finnischen Arschlochs, die ihn eben noch wach und wütend anstarrten, blicken plötzlich abwesend und verängstigt.

Leo will sich gerade dem Balkon, Papa und Felix zuwenden, da verändert sich alles wieder. Er sieht nicht, wie oder warum, aber

Papa beginnt plötzlich zu rufen und zu deuten, als wollte er ihn warnen.

Leo wird von hinten gepackt. Er windet sich. Zieht. Er muss sich befreien! Fast hat er es geschafft …

Da fällt es aus seiner Tasche.

Papas Mora-Messer.

Schnell beugt er sich vor, um es aufzuheben, aber Kekkonen ist schneller und fuchtelt damit vor seinem Gesicht herum.

Wer ein Messer vor Augen hat, sieht eigentlich nur die Klinge.

Besonders dann, wenn sie zusticht.

»Stich zu, verdammt!«, ruft Hasse, der auf dem schmutzigen Asphalt liegt und sich mit beiden Händen die Nase hält, als wäre sie locker.

Der erste Stich trifft Leos Schulter, genauer gesagt seinen dicken Parka. Das Messer reißt ein großes Loch, und weiße, luftige Füllung quillt heraus.

Beim zweiten Stich dreht er seinen Oberkörper ein wenig zur Seite, und das Messer schneidet in die Luft neben ihm. Der dritte Stich erfolgt schneller und gerader und trifft wieder die Jacke am Ärmel, aber der Schnitt ist kürzer.

Hasse brüllt: »Stich zu! Stich zu!« Kekkonen starrt Leo mit seinen dämonischen Augen an und grinst jedes Mal höhnisch, wenn er die Klinge nach vorn stößt. Er zielt auf Leos Gesicht und landet zwei Treffer, ehe hinter ihm die Tür aufgeht.

Leo dreht sich nicht um, denn die Klinge ist zu nah, und er würde dem nächsten Stich nicht entgehen.

Dann hört er es. Weiß Bescheid.

Die Schritte auf dem Asphalt. Barfuß.

Papas Schritte.

Und Papas Atem.

Und Papas Stimme.

»Lass das Messer fallen, du kleiner Mistkerl.«

Kekkonen gehorcht. Es fällt zu Boden und prallt kurz zurück. Dann rennen sie los. Hasse, der sich die Nase hält, und Kekkonen mit vornübergebeugtem, gedrungenem Körper. Sie rennen über den

Parkplatz und dann durch die Büsche. Kaum haben sie die Straße überquert, klingelt es zur nächsten Stunde.

17

Sie stehen dicht beieinander und starren in den beschmierten Spiegel.

Der eine ist einen Meter neunzig groß und hat dunkles, zurückgekämmtes Haar, der andere ist einen Meter fünfzig, sein Haar ist blond und zerzaust.

»Ein Messer.«

Auf Papas ausgestreckter Hand liegt das Mora-Messer mit den Farbklecksen.

»Ein Messer, Leonard!«

Der Aufzug passiert den zweiten, dann den dritten Stock, und Leo versucht das Spiegelbild seines Vaters zu deuten. Es zittert. Papa zittert immer, ehe er seinen gezuckerten Wein trinkt oder wenn er sich über Loser oder Parasiten ärgert. Aber nur äußerlich. Nicht wie jetzt, von innen heraus.

»Ich habe dir beigebracht, wie man kämpft. Mit den Händen! Und du … du nimmst *mein* Messer!«

»Aber nicht, um zu kämpfen.«

»Du brauchst kein Messer!«

»Ich wollte sie herausfordern. Hierherlocken. Damit du zuschauen kannst.«

Papa hält das Messer ganz fest. Er hat so viel Angst, dass es ihn wütend macht.

»Ja, begreifst du denn nicht, dass … du …«

»Aber du hast es ja auch benutzt. Du hast damit die Haare …«

»Ich habe zuerst gelernt, mit den Händen zu kämpfen.«

Sechster Stock. Siebter. Sie sind da, bleiben aber in dem engen Fahrstuhl stehen. Solange sie die Tür nicht öffnen, solange sie sich weiterhin in dem bekritzelten Spiegel anschauen, solange sie in dieser kleinen Welt bleiben …

»Du bist mir vielleicht einer!«

Papas Stimme zittert, und Leo betrachtet ihn im oberen Bereich des Spiegels, wo er etwas weniger verschmiert ist.

»Aber ich habe ihm auf die Nase gehauen, Papa! Nicht schlecht, was?«

Und Papa lächelt. Er lacht, wenn er einen Umschlag mit Geld bekommt, und manchmal, wenn er seinen schwarzen Wein trinkt, aber er lächelt nur selten so wie jetzt.

Jetzt

Zweiter Teil

18

Wochenlang hatte es jeden Tag geregnet. Die steten Tropfen würden die zugeschaufelte Grube vor dem grauen Betonwürfel freilegen. Leo hatte beschlossen, nicht darüber nachzudenken, aber die Unruhe verließ ihn nie.

Wartend saß er im Auto vor dem Shoppingcenter von Skogås, während sich die Windschutzscheibe in eine nasse, undurchsichtige Membran verwandelte. Das Einkaufszentrum hatte sich in eine Shoppingmall verwandelt. Doch dieselben Läden waren an denselben Plätzen geblieben. Neben dem Spirituosengeschäft lag der Supermarkt, links neben dem Eingang befand sich immer noch Mahmouds Pizzeria. Die rot-weiß karierten Tischdecken wiesen vermutlich noch größere Flecken auf als damals, und im Regal hinter der Bar gab es eine größere Auswahl an Biersorten, als Leo es von früher in Erinnerung hatte. Der Inhaber war aber immer noch derselbe und grüßte ihn stets mit einem wiedererkennenden Kopfnicken. Der Himmel war einem Glasdach, die Betonsteine einem Fliesenboden gewichen. Dort, wo die Loser-Bank gestanden hatte, öffnete sich eine automatische Tür, wie jetzt, als sich Anneli ihr näherte.

Nach ein paar Schritten blieb sie stehen, riss die Klarsichthülle von einer Schachtel Zigaretten, zündete sich unter dem Vordach eine an und inhalierte tief wie immer, wenn sie aufgeregt war. Sie war wirklich eine Schönheit. Obwohl sie älter war als er, musste immer sie ihren Ausweis zücken, wenn es darum ging, von Türstehern durchgelassen zu werden. Sie ging nicht, sondern schlenderte, und er fand oft, dass sie ein schönes Paar waren, wenn sie gemeinsam die Straße entlangschlenderten.

»Richtung Süden?«, fragte sie beim Einsteigen.

»Du wirst schon sehen. Überall stehen Häuser zum Verkauf.«

Als er nordwärts Richtung Farsta fuhr, sah Anneli erwartungsvoll aus dem Fenster. Dann bog er nach Westen Richtung Huddinge ab, und Anneli deutete auf die großen Villen, dann ging es wieder Richtung Süden auf Tumba zu. Immer noch wirkte sie hoffnungsvoll, ihre Hand lag auf seiner, mit der er den Schalthebel umfasste. Langsam fuhren sie durch eine sehr vertraute Gegend mit kleinen Häuschen, Hochhäusern und Fabriken, dann kamen wieder etwas größere Häuser. Hier wohnten Handwerker, Arbeiter und Kleinunternehmer. Die Welt am Rande Stockholms.

Er gehörte hierher und nicht in ein Viertel, wie es sich Anneli vorgestellt hatte, als sie auf dem Drevviken entlanggetuckert waren und die Dächer der Villen betrachteten, die zwischen den Baumspitzen hervorragten. Jene Art von Haus, das sich Anneli erträumte.

Im Schritttempo fuhr Leo an einer hundert Jahre alten Villa mit großem Garten vorbei, in dem Apfelbäume und Birnbäume standen. Anneli umklammerte seine Hand noch fester. Aber er hielt nicht. Sie rollten zum nächsten Grundstück weiter: eine Einfahrt mit einem hohen Tor, eine Garage für fünf Fahrzeuge und ein winziges Haus mit einer müden grauen Putzfassade.

»Hier?«

Ihr Blick schweifte umher und versuchte dabei die Pfützen auf dem ungleichmäßig asphaltierten Hof zwischen zwei stark befahrenen Ausfallstraßen auszublenden.

Sie würden eine Wohnung im dritten Stock gegen einen ebenerdigen Bunker eintauschen.

»Es gibt keinen Zaun«, flüsterte sie enttäuscht.

»Doch, es gibt einen.«

Leo stieg aus dem Auto und überquerte den asphaltierten Hof. Sie folgte seiner Zickzackroute zwischen den Pfützen zu einem drei Meter hohen stacheldrahtgekrönten Maschendrahtzaun.

»Früher war hier ein Gebrauchtwagenhändler. Unbefugte hatten keinen Zutritt.«

»Soll das heißen … dass wir … dass wir hierherziehen sollen? Dass wir hier unser gemeinsames Leben einrichten?«

»Anneli …«

»In einer schäbigen, riesigen Garage? Mit einem scheußlichen geteerten Hof? Einem beschissenen Stacheldrahtzaun? So will ich nicht leben! Ich will einen weißen Holzzaun, ich will richtige Bäume und Blumenbeete und eine Wiese und Rhabarberpflanzen und … Leo? Wie das Haus da drüben! Ein Holzhaus mit Kies- und Plattenwegen.«

Sie deutete gerade auf die schöne große Villa nebenan, da ging die Tür des kleinen Hauses hinter ihnen auf, und ein Mann in grauem Nadelstreifenanzug, weißem Hemd und gepunktetem Schlips trat ins Freie.

»Du hast einen Termin mit dem Makler vereinbart?«

»Jetzt komm schon.«

Sie blieb vollkommen reglos stehen. Wasser tropfte von ihren Haaren, ihr Mantel, ihre Hose und Schuhe waren durchnässt.

»Wochenlang hast du mir vorgegaukelt, es würde um ein richtiges Haus gehen. Und dann schleifst du mich hierher?«

Er nahm ihre Hand.

»Wo wir jetzt schon einmal hier sind.«

»Ich will so nicht leben. Verstehst du das nicht?«

Und dann ihre andere Hand.

»Anneli, im Augenblick ist es genau das Richtige für uns.«

»Ich will so nicht leben. Ich will …«

»Wir haben telefoniert, nicht wahr?«, fragte der Makler.

Anzug, Schlips, unaufrichtiges Lächeln. Einer, der beim Händeschütteln zu fest zupackt und sich einbildet, damit Vertrauen zu schaffen. Leo lächelte, und Anneli sah ihn an. *Hast du dich mit dem Makler verabredet, ohne mich vorher zu fragen?* Er erwiderte ihren Blick. *Jetzt, wo wir schon mal da sind, können wir es uns auch anschauen.* Leo nahm die farbige Hochglanzbroschüre in Empfang, während sich der Makler, der zu merken schien, wo sich Widerstand regte, an Anneli wandte.

»Das ist natürlich kein Sommerhaus auf dem Land und auch keine Jugendstilvilla.«

Der Makler deutete auf den Pick-up und auf das Firmenlogo des Bauunternehmens auf Leos Jacke.

»Das Haus ist ideal, wenn Sie in der Nähe Ihrer Firma wohnen wollen – und der Preis stimmt.«

Leo deutete auf das große blaue Gebäude auf der gegenüberliegenden Straßenseite. »Wir haben das Solbo Center renoviert, das Blaue Haus.«

Die Reifenfirma an der Ecke, das indische Restaurant, der Blumenladen, das Solarium und Robban's Pizzeria. Und daneben ein verschlossener Container mit genügend Waffen, um zwei Infanteriekompanien auszurüsten. Der Makler konnte ihn sehen, alle, die vorbeifuhren, konnten ihn sehen.

Und waren vollkommen ahnungslos.

»Nun, Sie sind jedenfalls herzlich willkommen.«

Der durchnässte Makler deutete mit ausschweifender Geste auf den asphaltierten Hof.

»Insgesamt ist das Grundstück 1100 Quadratmeter groß, die Garagen haben fast dreihundert Quadratmeter Fläche und das Haupthaus neunzig Quadratmeter.«

Sie verließen Pfützen und Stacheldraht und betraten die Küche im Erdgeschoss. Der Makler pries die fast neuwertigen Küchengeräte und sprach vom Potenzial des Hauses, von einem großartigen Grundriss und kostengünstigen Heizmöglichkeiten. Sie hörten ihn, ohne ihm zuzuhören. Anneli wollte nichts Genaueres erfahren, weil sie am liebsten ganz woanders gewesen wäre. Leo hörte nicht zu, da er sich bereits entschieden hatte.

Von der leeren Küche gingen sie in die leere Diele. Eine Treppe führte ins leere Obergeschoss. Die Tür zu einem weiteren Zimmer links war geschlossen.

Der Makler öffnete sie weit.

»Ein Anbau. Ein zusätzliches Zimmer.«

Alte Tapeten, alter Fußboden, vielleicht zehn Quadratmeter groß.

»Hier war früher das Büro.«

Leo klopfte die Rigipswände ab, stampfte mehrmals fest auf den PVC-Fußboden, hörte aber vor allem Annelis Schritte, die sich entfernten. Rasch entschuldigte er sich beim Makler und eilte ihr hinterher. Inzwischen nieselte es nur noch. Anneli stand im Freien und rauchte hastig eine Zigarette wie immer, wenn sie enttäuscht war.

»Anneli?«

Sie sah ihn nicht an.

»Hör zu, Anneli. Überleg mal. Dein Sohn … ich meine … Sebastian muss dann nicht mehr auf der Couch schlafen, wenn er zu Besuch kommt.«

»Aber es gibt keinen Platz.«

»Doch, ich zeige es dir. Außerdem kann man auf dem asphaltierten Hof perfekt Fußball spielen. Und an die Garagentür hänge ich einen Basketballkorb. Als ich fünf war, hätte ich mir nichts Besseres vorstellen können.«

»Sechs. Sebastian ist inzwischen sechs.«

»Du wolltest doch, dass er öfter zu Besuch kommt. Jetzt geht es.«

Er umarmte sie.

»In einem Jahr kannst du dir jedes Haus aussuchen, Anneli. Überall. Zu jedem Preis.«

Seine Hand auf ihrer Wange.

»Aber jetzt brauchen wir das hier. Verstehst du? Damit wir uns das andere Haus später leisten können. Für die Baufirma ist es ideal. Ein Büro, ein Platz zum Üben und ein Lager. In einem Wohnviertel auf altem Seegrund. Häuser ohne Keller. Meine Totenkopfhöhle.«

Ihre Haare, Stirn und Wangen waren nass. Vorsichtig wischte er sie mit seinem Hemdsärmel trocken.

Eine Zigarette noch.

»Ein verdammtes Trainingslager.«

Längere, langsamere Züge.

»Und zwar noch mehr als unsere bisherige Wohnung. Deine Brüder werden ständig hier sein.«

Er legte seine Hände auf ihre Schultern. Beide schauten sie in das leere Haus. Dann drehte er sie behutsam um, zog sie an sich.

»Mir ist klar, dass dir etwas anderes vorschwebt. Gib mir ein Jahr, Anneli.«

»Ein Jahr?«

»Ein Jahr.«

»Und dann darf ich mir selber eins aussuchen?«

»Egal, was es kostet.«

Er nahm ihre Hand, und sie gingen durch die Diele in den Anbau.

»Dieses Zimmer bekommt Sebastian, wenn er hier ist.«

»Er kann also öfter zu uns kommen?«

»Dein Zimmer ist oben und meines einen Stock tiefer.«

Der Makler stand abwartend auf den Stufen zum Obergeschoss. Sie gingen die Treppe hinauf in ihr zukünftiges Schlafzimmer und schauten aus dem Fenster auf das Nachbarhaus.

»Ein Jahr?«

Er sah sie an und umarmte sie.

»Ein Jahr, versprochen. Dann sind wir hier fertig.«

19

Leo brachte Anneli zur S-Bahn-Station in Tumba und setzte dann seine halbstündige Fahrt über Nebenstraßen durch Wald und über Äcker fort. Lügen war eigentlich nicht seine Art. Weder ihr noch anderen gegenüber. In seiner Kindheit war es manchmal unumgänglich gewesen, weil die Wahrheit so viel schlimmer gewesen wäre. Aber diesmal hatte er sie angelogen. Vor dem Haus, das sie kaufen würden, hatte er sie in den Armen gehalten und behauptet, er könne nicht in die Stadt fahren, weil er mit Gabbe verabredet sei. Er hatte gelogen, weil ihm selbst nicht klar gewesen war, dass er sich aufgemacht hatte, bei jemandem eine Schuld zu begleichen, dem er eigentlich gar nichts schuldete.

Vor viereinhalb Jahren, als Vater und Sohn noch bei derselben Baufirma beschäftigt waren, hatte er seinen Werkzeuggürtel weggeworfen und war einfach gegangen. »Leo, du hast verdammte 35 000 Kronen Vorschuss gekriegt. Die musst du erst mal abarbeiten.« Es war nicht nur um Geld gegangen. »Das bist du mir schuldig, Leo, du kannst jetzt nicht einfach gehen!« Weder Leo. Noch seinem Vater. Es war darum gegangen, sich loszueisen.

Langsam fuhr er durch die müde Landschaft. Der See zu seiner Linken hieß Malmsjön, ein dünner Nebelschleier hing über der blanken Oberfläche. Weiden mit schwarz-weißen Kühen, dann vier sich jagende Pferde. Ein zweiter See namens Axaren, ebenso glatt.

Wenn du Geld brauchst, kommst du wieder angekrochen! Ohne mich bist du nichts, Leo, du wirst es nie zu etwas bringen!

Es waren nur noch wenige Kilometer, als er vor der stillgelegten Tankstelle mit dem rostigen Caltex-Schild hielt, das im Wind hin- und herschwang. Die Zapfsäule mit mechanischem Zählwerk war für immer und ewig auf 76,40 Kronen stehen geblieben.

Er kurbelte das Fenster herunter und atmete die feuchte Luft ein.

Mehrmals schon war er aufgebrochen und immer wieder heimgekehrt. Obwohl ihn das Gefühl anwiderte, nichts als ein Werkzeug zu sein, eine Requisite in dem Bild, das sich sein Vater von einer Familie machte. Jenes Mal aber hatte er wirklich alles hinter sich gelassen. Im darauffolgenden Jahr hatte sich Felix zu ihm gesellt, ein Jahr später hatte Vincent das Gymnasium abgebrochen, und die drei Brüder waren ein Team geworden.

Familie. Gemeinschaft. *Du hast es versucht, ich hab's geschafft.*

Das letzte Stück, mehr Felder, weitere Gewässer, kleine Straßen. Ein paar Ställe, eine Schule, ein paar Läden. Ösmo – nur eine halbe Stunde von der Stockholmer Innenstadt entfernt, aber trotzdem eine ganz andere Welt.

Leo fuhr jetzt im Schritttempo.

Ein großes Einfamilienhaus aus Backstein, ein gepflegter Garten, das Laub des Vortags ordentlich zusammengeharkt. Er parkte vor dem Briefkasten und betrachtete die erleuchteten Fenster im Erdgeschoss. Um diese Tageszeit war sein Vater normalerweise zu Hause.

Das letzte Stück Zwiebel in einer Hand, das letzte Stück Speck in der anderen, er schluckte und spülte alles hinunter. Der Couchtisch war mit Lottoscheinen übersät. Jeden Tag um 18.55 Uhr gab es eine Ziehung.

Ivan beugte sich vor, griff nach der Fernbedienung und stellte den Fernseher lauter.

Der erste gelbe Ball landete auf der 30, der zweite auf der 40, der dritte auf der 39. Ein Cluster. Vielversprechend. Der vierte Ball landete auf der 61 in der unteren linken Ecke, der fünfte auf der 51, genau darüber. Falsche Seite, falsches Cluster.

Er schaltete wieder leiser, lehnte sich zurück. Die restlichen gelben Bälle interessierten ihn nicht. Das Spiel war vorbei, die 61 kam in seinem System nicht vor, es war seinen Berechnungen nach die seltenste Zahl.

Die meisten Leute begriffen nicht, dass es genau darum ging: die Muster zu erkennen. Es gab keine Zufälle. Muster wiederholten sich. Alles gehörte zusammen.

Die vierzig Lottoscheine, die Ivan ausgefüllt hatte, waren soeben wertlos geworden. Seine Schatzkarte in die Zukunft. Elf Kreuze wiesen den Weg. Er knüllte sie zusammen und warf sie auf den Boden.

Morgen um 18.55 Uhr war die nächste Ziehung.

Er stellte den Fernseher auf lautlos und wollte gerade aufstehen, als er ein anderes Geräusch hörte. Vor dem Fenster. Ein Wagen hielt, und eine Autotür wurde geöffnet. Er zog den Vorhang beiseite.

Der große Pick-up einer Baufirma. Ein junger, ziemlich großer Mann näherte sich dem Haus.

Erst als er mit großen, energischen Schritten die halbe Strecke zurückgelegt hatte, sah Ivan, wer es war. Das Haar war kürzer. Das Kinn eckiger. Breite Schultern, in die er noch hineinwachsen musste. Kein Junge mehr.

Leo.

Ivan sah sich in der Küche um. Er nahm die leere Weinflasche vom Tisch und warf sie in den Mülleimer unter der Spüle. Dann die zerknitterten Lottoscheine hinterher.

Es klingelte.

Rasch schlüpfte er in ein Paar braune Schuhe und streifte ein graues Jackett über sein Malerhemd. Die Spuren seines unveränderten Lebensstils ließen sich nicht so schnell unter den Teppich kehren.

Er öffnete die Tür und sah nach unten, Leo blickte nach oben. Sieben Stufen und viereinhalb Jahre lagen zwischen ihnen.

»Neuer Pick-up?«

»Ja.«

»Der ist ja auf Hochglanz poliert. Hast du nicht genug Arbeit, Leo?«

»Im Unterschied zu dir pflege ich meine Sachen.«

»Der Pick-up eines Handwerkers muss staubig sein, Leo. Viel Arbeit bedeutet viel Staub. In deinem Fahrzeug ist doch gar kein Platz für zusätzliche Helfer. Höchstens für zwei, die zusammenarbeiten. Bist du deswegen gekommen? Oder willst du womöglich Zwerge anheuern? Na, Leo?«

»Ich habe noch zwei von der Sorte. Besser gesagt, *wir* haben noch zwei. Die *unserer* Firma gehören.«

Es war nicht viel. Ein Blinzeln, ein unmerkliches Zucken der Wange, eine vorgeschobene Unterlippe. Aber es entging Leo nicht.

»Also hast du … Angestellte, mein Junge?«

»Drei Stück.«

»Drei? Nimm dich vor der Gewerkschaft in Acht. Die Bauarbeitergewerkschaft. Die mischen sich in alles ein. Wie die Gestapo. Und hör auf mich, Leo, Angestellte machen nur Ärger.«

»Die nicht. Weißt du, Papa, ich habe gerade einen großen Umbau in Tumba fertiggestellt, das Solbo Center, siebenhundert Quadratmeter Geschäftsräume. Gutes Geld. Wir sind soeben fertig geworden.«

»Wir?«

»Ich bin auch nicht gekommen, weil ich … wie hast du das ausgedrückt … zusätzliche Helfer brauche, sondern um dir das hier zu geben.«

Er zog einen Umschlag aus der Brusttasche, dessen Inhalt er mehrmals überprüft hatte, und hielt ihn seinem Vater hin.

»43 000.«

Ivan nahm den weißen, etwas zerknitterten Umschlag in Empfang und öffnete ihn. Fünfhundertkronenscheine, gebraucht, wie sie auch in den Geldsäcken von Geldtransportern zu finden sind.

»Die 35 000, die ich dir deiner Meinung nach schulde, plus 5000 Zinsen.«

Mit nach Zwiebeln riechenden Fingern nahm Ivan einen Schein nach dem anderen aus dem Umschlag und zählte nach.

»Und dann bekommst du noch 3000 zusätzlich«, fuhr Leo fort.

»Wofür?«

»Einen Tausender für jede Rippe.«

Vor vier Jahren hatte Leo den Werkzeuggürtel hingeschmissen und sich zum Gehen gewandt, während ihn sein Vater anbrüllte. Leo erinnerte sich nur noch ganz vage, was dann passiert war, jedenfalls hatte sein Vater ihn gepackt, und er hatte sich umgedreht und zugeschlagen – wie er es gelernt hatte. Allerdings nicht auf die Nase, sondern auf den Oberkörper.

»Ich kann's mir leisten, Papa.«

Er hatte seinem Vater in die Augen gesehen und sein ganzes Gewicht in seine Schulter, seinen Arm, seine Faust verlagert.

»Nimm es einfach. Du kannst es gebrauchen.«

Schon bei der ersten Berührung hatte er gespürt, wie etwas dort drinnen zerbrach. Anschließend hatten sie schweigend dagestanden. Sein Vater hatte sich mit erhobenem rechten Arm geduckt und nicht gewusst, wie ihm geschah, als sein Sohn als Erster zuschlug.

»Ich habe genug Arbeit, verdammt. Du hast mir drei Rippen gebrochen, aber nicht mich.«

Ivan hielt den Umschlag in der einen Hand, mit der anderen stützte er sich an der geschlossenen Haustür ab, um das Gleichgewicht zu behalten. Ihn fröstelte in seiner dünnen Jacke über dem kurzärmeligen Sommerhemd bei zwei Grad plus.

»Aber wenn ich dich richtig verstehe, findest du es noch immer okay, einfach so abzuhauen? Dieses Geld, Leo, mein Geld, war ein Vorschuss, den du nie abgearbeitet hast.«

»Ich habe vier Jahre für dich gearbeitet, und zwar für einen lausigen Wochenlohn.«

»Du hast bekommen, was dir zustand, nicht mehr und nicht weniger.«

»Ich bin nicht gekommen, um mit dir zu streiten, sondern um dir dein verdammtes Geld zu geben. Jetzt sind wir quitt.«

Leo wandte sich seinem Wagen zu.

»Und … wie geht es deinen Brüdern?«

Leo drehte sich wieder um.

»Es geht ihnen gut.«

Also doch noch Fragen.

»Ihr seht euch manchmal?«

»Ja.«

»Und sie wohnen auch noch bei ihr, in … in Falun?«

»Sie wohnen hier in Stockholm.«

»Hier?«

»Ja.«

»Und was … machen sie für eine Ausbildung?«

»Sie arbeiten.«

»Wo?«

»Sie arbeiten bei mir.«

»Bei dir?«

»Bei mir.«

»Und Vincent auch?«

Dieser einundfünfzigjährige Mann ohne Socken in den Schuhen wirkte plötzlich so viel älter. Unterlippe und Kinn waren noch mehr vorgeschoben als sonst, das Gesicht blass, er fror wirklich.

»Ja, Vincent auch.«

Er klammerte sich an das nasse Treppengeländer, als wären seine Beine zu schwach.

»Aber der ist doch erst sechzehn oder siebzehn, oder?«

»Genau wie ich, als ich bei dir angefangen habe.«

»Ich dachte, er würde noch bei … *ihr* wohnen.«

Der Umschlag war im Weg, also schob er ihn in die Brusttasche.

»Ist er groß?«

»Etwa so groß wie du. Und ich.«

»Gute Gene.«

»In zwei Jahren ist er noch größer.«

»Sehr gute Gene.«

Der spärlich bekleidete Körper fror auf einmal nicht mehr. Ivan gewann neue Kraft und ging auf Leo zu.

»Und Felix?«

»Dem geht's besser denn je.«

»Es ist schon so lange her.«

Leo wusste, was jetzt kommen würde.

»Leo, hör mal, kannst du nicht mit ihnen reden?«

»Ich glaube nicht, dass Felix ...«

»Damit wir uns mal wieder sehen können! Wir vier zusammen!«

»... dir jemals wieder begegnen möchte.«

Jetzt stand er vor ihm, nur noch einen Meter entfernt, und Leo registrierte deutlich den verbliebenen Vranac-Geruch vom Vortag.

»Wie wär's, wenn du ...«

»Du kennst ihn doch. Wenn Felix sich einmal etwas in den Kopf gesetzt hat, dann bleibt es dabei.«

»Verdammt, das ist jetzt vierzehn Jahre her!«

»Und du hast dich immer noch nicht entschuldigt.«

»Warum ist er nur so nachtragend! Müsste er nicht langsam darüber hinweg sein?«

»Es ist wie Spucke im Gesicht. Die bleibt.«

»Red halt mal mit ihm. Wie wär's mit einem Treffen?«

Diese Augen. Diese Überzeugung.

»Übrigens habe ich auch ganz gut zu tun. Ein Riesenauftrag. Ein Hotel, fünfundfünfzig Zimmer müssen frisch tapeziert werden, Lackarbeiten und die ganzen Fenster, du weißt schon, mindestens 13 000 Kronen pro Zimmer. Ein enormes Volumen. Da hab ich viel an dich gedacht. Dass wir zusammenarbeiten sollten. Ich, du und jetzt auch noch deine Brüder.«

Diese verdammten schwarzen Augen, die ihn immer eingeschüchtert hatten, mit denen er aufgewachsen und vor denen er geflohen war.

»Hör zu, Papa. Ich bin nicht mehr dein Laufbursche.«

Dieses Mal konnten ihm diese Augen nichts mehr anhaben.

»Du denkst auch nur an dich selbst, weißt du das, Leo?«

Leo betrachtete den Mann, den das Alter geschrumpft zu haben schien. Seine ungebändigten Brauen standen ab wie Antennen, und seine Kleider waren schmutzig. Leo stieg frischer Schweißgeruch in die Nase, der alten Schweiß zum Leben erweckte.

»Das war schon immer so.«

Leo antwortete nicht.

»Wie es sich für einen Verräter gehört.«

»Was soll das heißen?«

»Du kommst hierher und spielst dich auf. Jahrelang kein Wort und dann sowas. Warum kommst du ausgerechnet jetzt mit deinen 43 000? Die du einfach so aus dem Ärmel schüttelst? Und ich soll dir abnehmen, dass du die verdient hast? Ohne mich? Was war denn das für ein Job?«

Ivan zog eine handgedrehte Zigarette aus der Brusttasche und zündete sie an.

»Du tauchst einfach hier auf und erzählst mir was von deinen Brüdern, die ihren Vater nicht treffen wollen. Willst du mir damit den Mund stopfen und so tun, als wärst du besser als ich? Du bist ein Verräter! Ein *potkazivanje!*«

»Ich habe damals kein Wort gesagt, das weißt du ganz genau!«

»Du hast mich verpfiffen.«

Immer das Gleiche. Egal, ob er brüllte oder ihm drei weitere Rippen brach. Es würde immer so weitergehen, nichts würde sich verändern. Leo atmete tief ein, streckte die Hand aus und tippte seinem Vater auf die Brusttasche.

»Jetzt sind wir quitt.«

Er raste durch ein Wohnviertel. *Verräter.* Raste an der Schule, der Schwimmhalle, der Bücherei vorbei. *Verräter.* Dann bremste er abrupt. Papas Stimme, *Verräter*, dieses Mal ließ sie nicht locker.

Leere Parkplätze vor den roten niedrigen Gebäuden im Ortskern von Ösmo. Er hielt an, schaltete den Motor aus und betrachtete die Läden, die Banken, das Café, den Schuster, die chemische Reinigung und den Blumenladen.

Ich habe kein Wort gesagt. Obwohl ich nur zehn Jahre alt war, als mich diese verdammten Bullen verhört haben.

Wenn er an dem kleinen Kiosk etwas weiter in der Ferne vorbeiblickte, konnte er den Ziegelschornstein des Hauses erkennen, in dem sein Vater jetzt saß und in dem sie gewohnt hatten, als sie noch zusammenarbeiteten. Zehn Jahre nachdem der kleine Junge wie angewiesen geschwiegen hatte, warf Leo den Werkzeuggürtel hin, hatte eine fünf Jahre ältere alleinerziehende Mutter kennengelernt und war mit ihr in eine Einzimmerwohnung in Hagsätra gezogen.

Kein Verräter hätte einen gepanzerten Geldtransporter ausrauben können.

Drei Monate später hatten Anneli und er einen gemeinsamen Mietvertrag für eine Vierzimmerwohnung in Skogås unterschrieben. Seine Welt, bis jetzt.

Ist es dir je gelungen, Alter, einen gepanzerten Geldtransporter auszurauben?

Leo stieg aus und ging zu dem kleinen Eckladen. Er legte eine Schachtel Camel auf die Theke und vermied es dabei, Jönsson in die Augen zu schauen. Von dem einst schütteren Haar des Inhabers war nur noch ein kümmerlicher grauer Kranz übrig geblieben.

»Noch was?«

»Nein, das ist alles.«

»Und für deinen Vater? Ein Päckchen Tabak und Blättchen vielleicht?«

»Heute nicht.«

Er zog ein paar gebrauchte Fünfzigkronenscheine von dem Raubüberfall aus der Seitentasche seiner Arbeitshose. Mit mörtelfleckigen Händen reichte er sie Jönsson, der sie in die Kasse legte, die immer einen Spalt offen stand – das Klicken der Feder, wenn die Schublade herausschnellte, verriet, dass es keine Quittung geben würde.

»Ist 'ne Weile her seit deinem letzten Besuch, mein Junge.«

Er war bereits bei den Zeitungen neben der Tür.

»Stimmt.«

»Hör zu«, sagte Jönsson lächelnd. »Grüß deinen Vater von mir.«

Du hast immer Spuren hinterlassen. Und? Habe ich etwa Spuren hinterlassen?

Leo antwortete nicht, sondern nickte nur und ging.

Nein. Sie wissen nichts. Es gibt keinerlei Hinweise.

Leo rauchte hastig, während er auf dem Platz auf und ab ging. Dass es ihm immer noch so nahe ging.

Plötzlich hielt er inne.

Er war schon früher hier gewesen, aber heute schien er diesen Ort zum ersten Mal wahrzunehmen.

Zwei Banken. Nebeneinander. Wie ein Liebespaar.

Sie lagen Wand an Wand zwischen einem Supermarkt und einem Blumenladen. Man konnte vorfahren und dabei den ganzen Platz im Auge behalten.

Zwei Objekte. Der gleiche Ort. Die gleiche Zeit. Das gleiche Risiko.

Jetzt rauchte er nicht mehr hastig – er empfand jene Ruhe, die ihn bisweilen erfüllte und die nicht einmal sein Vater erschüttern konnte.

20

John Broncks versuchte die Regentropfen zu zählen. Anfangs gelang es ihm, dann flossen sie zusammen, und die Welt draußen verschwamm. Seine Kollegen, die sich eilig über den Hof des Präsidiums bewegten, wirkten riesig und unbeholfen. Hinter ihm auf dem Schreibtisch lagen achtzehn parallele Ermittlungen in verschiedenfarbigen Mappen. Es regnete unablässig, seit er den Fall übernommen hatte, der zuoberst lag und der alles andere ausblendete wie die Regentropfen auf der Fensterscheibe.

> MAX VAKKILA: Er hat wie der Mann in dem kleinen Laden geklungen.
> Vernehmungsleiter JOHN BRONCKS: Das heißt was?
> MV: Wie Ali. Er war es nicht, aber er klang genauso wie Ali.

Die Zeugenaussage der einzigen Person, die sich in der Nähe befunden hatte – mit Ausnahme der Wachleute. Ein Junge. Sechs Jahre alt.

JB: Und wie sah der sitzende Mann aus?
MV: Er hat gesabbert.
JB: Du meinst …
MV: Der Mann, der Goback hieß, hatte ein nasses Kinn.
JB: Goback?
MV: Ja, so hieß er.

Ein Kind hatte gesehen, was kein Erwachsener sah.

JB: Und der Rest seines Gesichts?
MV: Braungebrannt. Wie im Sommer.
JB: Gut. Du machst das sehr gut. Ist dir sonst etwas aufgefallen?
MV: Sein Bein.
JB: Ja?
MV: Es hat gefehlt. Oder … es war ausgestreckt. Unter der Decke.
JB: Das hast du gesehen?
MV: Hm. Und zuunterst ein Schuh.

Ein Kind sieht manchmal Unwirkliches, ein Märchen.

JB: Und der Mann, der neben ihm stand?
MV: Von dem habe ich nicht viel gesehen.
JB: Aber ein bisschen schon?
MV: Er war wütend.
JB: Wütend?
MV: Er hat ganz schnell geredet.
JB: Und was noch?
MV: Seine Augen. Die sahen gefährlich aus.
JB: Inwiefern?
MV: Sie waren dunkel. Sehr dunkel. Wie die von Jafar in Aladdin.

Zwei schwerbewaffnete Räuber mit arabischem Aussehen, die wie Araber Englisch sprachen. Weil sie Araber waren? Oder weil sie diesen Eindruck erwecken wollten? Der starke Akzent. Der Gebrauch arabischer Worte wie *jalla, jalla, sharmuta, Allahu Akbar*, die auch er verwenden würde, wenn er wie ein Araber klingen wollte.

Er saß vor Aktenbergen, gähnte, stand auf und ging zum Getränkeautomaten auf dem Flur, um sich eine Tasse heißes Wasser mit Milch zu holen. Am Essensautomaten wählte er wie immer die Siebzehn: ein rundes Brötchen mit Margarine, Käse und einer Tomatenscheibe in der Mitte, die dem Brötchen eine gewisse Schwammigkeit verlieh. Die Tomate warf er immer als Erstes weg.

Du setzt zur Unterwerfung Gewalt ein.

Du drohst mit dem Tod.

Dieser kalkulierte Gewaltexzess war ein Mittel zum Zweck, und er kannte ihn nur zu gut. Die Hand eines Erwachsenen, die wiederholt zuschlug, um Gehorsam zu erzwingen. Gewalt, die funktionierte und Resultate erbrachte.

John Broncks kehrte dem Automaten den Rücken zu, warf nicht nur die Tomatenscheibe, sondern das gesamte Brötchen in den Müll, ging vier Türen weiter zum Büro seines Chefs und klopfte wie immer an den Türrahmen.

»Hast du eine Minute Zeit?«

Karlström klappte sein Buch zu, zumindest sah es wie ein Buch aus, und legte es beiseite. John trat ein, setzte sich auf den freien Stuhl und versuchte den Titel zu entziffern, sah aber nur den Buchrücken. Irgendein französischer Autor. Bocuse.

»Ja?«

»Der Überfall auf den Geldtransporter.«

Broncks legte den Bericht der Kriminaltechnik auf Karlströms Schreibtisch.

»Ich will, dass dieser Fall oberste Priorität erhält.«

»Inwiefern?«

»Ich will mich einige Wochen lang ausschließlich damit beschäftigen.«

Karlström nahm einen Aktenordner aus dem Regal, blätterte darin herum und hielt ihn dann Broncks hin.

»Du hast noch achtzehn weitere Ermittlungen. Andere Fälle. Andere Täter.«

»Ja.«

»Schwere Körperverletzung und Nötigung in der Garderobe des Café Opera. Schwerer Raubüberfall auf einen Juwelier in der Odengatan. Brandstiftung im Ming Garden am Medborgarplatsen.«

»Und?«

»Versuchte Vergewaltigung im Vitabergsparken. Umfassender Drogenhandel in der Regeringsgatan. Beihilfe zur Zuhälterei am Karlaplan. Anstiftung zum Mord, Lilla Nygatan. Schwere …«

Karlström klappte den Aktenordner wieder zu.

»Soll ich weitermachen? Wem, bitte, soll ich deine anderen Ermittlungen übergeben?«

»Das sind routinierte Täter. Die machen das nicht zum ersten Mal.«

»Welchem deiner Kollegen, John, der nicht auch schon achtzehn Fälle auf dem Tisch hat?«

»Und sie werden es wieder tun.«

»Ich …«

»Sie werden es wieder tun und noch brutaler vorgehen als in Farsta.«

Anders als in Johns Büro war die Atmosphäre bei Karlström nicht von der Polizeibehörde dominiert. Hier saß ein Mann, der ein Leben führte, das ihn mit Stolz erfüllte und ihm Sicherheit verlieh. Die Wand hinter Karlström dokumentierte seinen beruflichen Werdegang: das Juraexamen, ein Diplom vom Schützenverein der Polizei, die gerahmte Ernennungsurkunde zum Chef der Kriminalpolizei Stockholm City. Sein Schreibtisch zeugte von privaten Errungenschaften: John blickte auf die Rückseiten dreier Fotografien, auf denen, wie er wusste, Karlströms fünf- oder sechsjährige kolumbianische Adoptivtöchter abgebildet waren sowie seine Frau, über die Johns Chef nie ein schlechtes Wort verlor. Neben den Fotos lagen ein ergonomischer Plastikdelfin, mit dem sich Karlström alle zwanzig Minuten die Schultern massierte, ein Brieföffner von der Polizeigewerkschaft sowie das Buch von Paul Bocuse, dessen Titel, wie John jetzt sah, »French Cooking« lautete.

»Die Täter hatten ein AK-4-Sturmgewehr und eine Maschinenpistole. Waffen aus Militärbestand. Ich bin alle Diebstähle bei der Heimwehr, auf Schießplätzen und in Kasernen durchgegangen. Außerdem habe ich mir ähnliche Delikte angesehen, bei denen sich die Täter auf freiem Fuß befinden. Ein Insiderjob lässt sich mit ziemlicher Sicherheit ausschließen.«

Er war sich nicht sicher, ob ihm sein Chef überhaupt zuhörte. Karlström war mit Gewalt nur im Zusammenhang mit seiner Arbeit konfrontiert worden. John hingegen war mit ihr aufgewachsen, hatte mit ihr gelebt und daraufhin beschlossen, Polizist zu werden, um sich ihr zu stellen.

»Wir haben es mit zwei Kriminellen zu tun, die zielstrebig vorgehen und nicht von ihrem Plan abweichen. Der Geldtransporter wurde entführt und mit normaler Geschwindigkeit von Farsta zum Ufer des Drevviken gefahren. Da sich ein Großteil des Geldes hinter einer verschlossenen Tür befand, haben die Täter versucht, sie mit Schüssen zu öffnen. Ihre Vorgehensweise war diszipliniert und extrem konzentriert. Während des zwanzigminütigen Überfalls sind sie kein einziges Mal aus der Rolle gefallen.«

»Was für eine Rolle?«

»Sie haben mich nicht überzeugt. Im Gegensatz zu den Wachleuten bezweifle ich, dass diese Kriminellen Araber waren und dass ein Behinderter im Rollstuhl gesessen hat. Es könnte sich um gebürtige Schweden handeln, die eine gute Show abgezogen und ihre Waffen wie Werkzeuge eingesetzt haben, weil Gewalt ihr Handwerk ist, das ihnen mit äußerster Brutalität beigebracht wurde.«

John hatte das Gefühl, Karlströms Frau und Kinder, deren Fotos zwischen ihnen aufgereiht standen, zu kennen. Sein Chef gehörte zu den Leuten, die über ihre Familie sprachen. John hingegen tat das nie, mit niemandem.

»Außerdem bezweifle ich, dass sie nur zu zweit waren, es muss Helfer gegeben haben. In dem Fall haben wir es mit einer Bande zu tun, die sich weiterentwickeln wird. Sie mussten neun Millionen Kronen hinter der Stahltür zurücklassen. Das werden sie als Versagen verbuchen. Sie haben nicht bekommen, was sie sich erhofft haben. Nicht dieses Mal.«

»Du hast gesagt … mit Gewalt beigebracht.«

»Nein, ich habe gesagt, mit äußerster Brutalität.«

»Und was meinst du damit?«

»Dass sie mit ihr aufgewachsen sind.«

John Broncks eilte den Korridor entlang. Der Fall hatte soeben höchste Priorität erlangt. Jetzt durfte er sich einen Monat lang einer einzigen Akte widmen. Da ihm der Aufzug zu langsam war, lief er die drei Stockwerke nach unten zum Labor der Kriminaltechniker, schaute erst in die Dunkelkammer und dann in die beiden Labors für die Faseranalysen der Kleidung von Tätern und Opfern. Sanna war nirgends zu sehen.

Sanna, die ihm am Tatort den Rücken zugekehrt hatte, als hätte sie ihn überhaupt nicht erkannt. Sanna, die ebenso plötzlich zum Präsidium zurückgekehrt war, wie sie es damals verlassen hatte. Sanna, deren Blick er ausgewichen war, als sie sich vor einigen Jahren zufällig in der Kungsgatan begegnet waren.

Ihre schwarze Tasche lag auf einem Arbeitstisch im großen Labor neben einer Rolle Gelatinefolie, einer Schachtel Wattestäbchen, Plastikdosen, Reagenzgläsern, Pinzetten und einem Mikroskop. Sanna stand vor einem Metallschrank, der langsam mit Cyanacrylat-Dämpfen gefüllt wurde, um Fingerabdrücke sichtbar zu machen.

»Hallo«, sagte er.

Sie drehte sich um und sah ihn mit undurchdringlicher Miene an.

»Hallo.«

»Ich habe deinen Bericht gelesen, Sanna. Mehrmals.«

Genau das hatte er eigentlich vermeiden wollen: ihrem ungerührten Gesichtsausdruck gegenüberzustehen.

»Ich komme nicht weiter. Aber ich habe gerade mit Karlström gesprochen. Er gibt mir mehr Zeit.«

Sie schrieb etwas in ihr Notizbuch, steckte es dann in ihre Kitteltasche und öffnete die Schranktür, um die restlichen Dämpfe entweichen zu lassen.

»John, wie du weißt, steht alles in dem Bericht.«

»Ich würde ihn aber gerne noch einmal durchgehen. Mit dir.«

Sie gingen die Treppen zur Tiefgarage hinunter, die sich unter dem gesamten Präsidium erstreckte.

Broncks überlegte, ob sie ihn wohl seinerzeit auf der Kungsgatan bemerkt und beim Wegschauen ertappt hatte. Möglicherweise hatte sie ihn erkannt, ohne sein Gesicht zu sehen. Da sie beide beim Zeugenschutzprogramm tätig gewesen waren, wussten sie, dass bei einem Identitätswechsel als Allererstes das Bewegungsmuster verändert werden musste, da es ein Erkennungsmerkmal darstellte, das es einem ermöglichte, jemanden sogar in einer Menschenmenge zu identifizieren.

In einer Ecke der Tiefgarage befand sich ein kleines Gebäude. Es handelte sich um eine Garage in der Garage, in der die von der Kriminaltechnik beschlagnahmten Fahrzeuge geparkt waren. Sanna öffnete das Tor. Mitten im Raum stand der weiße Geldtransporter. Broncks ging hin und stieg ein. Plastikfolie bedeckte die Sitze, Glassplitter, Papiere und Geldsäcke waren verschwunden. Er hatte alle Auto- und Bootsdiebstähle im Raum Farsta und Sköndal aus der Zeit vor dem Überfall auf den Geldtransporter untersucht und wieder verworfen. Die Täter waren vermutlich von einem Helfer mit eigenem Auto zum ersten Tatort gebracht und von einem anderen Helfer mit eigenem Boot vom zweiten Tatort abgeholt worden.

Broncks kletterte in den mittlerweile geöffneten Safe. Im Bericht der Kriminaltechnik waren Blutspuren, Faserreste und Fingerabdrücke der beiden überwältigten Wachleute und von anderen Angestellten der Sicherheitsfirma aufgelistet. Sonst nichts. Keine Spuren von den Verdächtigen.

Sanna öffnete den schwarzen Koffer, den sie immer dabeihatte, und reihte fünf Patronenhülsen vor sich auf.

»Einschusswinkel neunzig Grad.«

Sanna deutete auf die Einschüsse in der linken Seitenscheibe und zeichnete die Geschossbahnen Richtung Beifahrertür nach.

»Daneben fünf deformierte Kugeln, Vollmantelgeschosse Kaliber

9 mm, die von der Seitentür aufgehalten wurden. Sie stammen aus derselben Waffe, einer schwedischen Maschinenpistole M/45.«

Mechanisch. Nach diesem Wort hatte John gesucht. So sprach sie über ihre Arbeit. Er fragte sich, ob ihre Briefings immer auch so klangen oder ob sie sich nur in seinem Beisein um Emotionslosigkeit bemühte.

Hinter dem Geldtransporter stand der Rollstuhl, in dem der eine Verdächtige mit einer Decke über den Beinen gesessen hatte. Der Rollstuhl war aus dem Klinikum Huddinge entwendet worden und trug die Fingerabdrücke sieben verschiedener Personen, die mit den 120 000 Fingerabdrucksätzen im Polizeiregister abgeglichen worden waren. Ohne Treffer.

Der Wachmann hatte ein grünes Uniformhemd getragen, was auf den Fotos nicht zu erkennen war. Sanna schob ihre Finger mit den Plastikhandschuhen vorsichtig durch ein Loch im rechten Kragen.

»Er hat Glück gehabt. Hätte er sich etwas weiter vorgebeugt, hätte die Kugel seinen Wangenknochen durchschlagen.«

»Sie haben ihr Ziel nicht erreicht«, meinte Broncks.

»Sie?«

»Jafar von Aladdin. Und einer, der Goback hieß.«

»Jafar? Go … back?«

»Unser bester Zeuge. Sechs Jahre alt. Wir suchen nach Leuten, die nicht existieren, die ein kleiner Junge und noch ein paar Leute gesehen haben, weil die Täter es so wollten. Ich glaube nicht dran. Ich glaube weder an Jafar noch an Goback.«

Er kannte ihre Bewegungsmuster, wusste, welchem Geruch er in jedem Zimmer unbewusst nachspürte, wie es sich anfühlte, wenn sie lächelte – selbst aus einer Entfernung wie jetzt.

»John, ich befasse mich mit Fasern, Blutspuren, Fingerabdrücken. Mit Fakten. Mit Dingen, die existieren und nachgewiesen werden können. Und, wie du selbst gesagt hast: Jafar und Goback existieren nicht. Nicht wirklich. Genau so, wie es dich und mich nicht mehr gibt. Verstehst du das?«

Dann ließ sie John Broncks in der nach Öl und Staub riechenden, kalten Garage zurück. Während er den leeren Geldtransporter umkreiste, immer und immer wieder, ging er in Gedanken die Vernehmung der beiden Wachleute durch, die von einem gelassenen und selbstsicheren Täter berichtet hatten, der zuhören konnte und die Mündung seiner Waffe mit Präzision an die Schläfe gedrückt hatte.

Waffen als Werkzeuge. Gewalt als Handwerk.

Jafar existierte nicht. Auch Goback gab es nicht.

Mit äußerster Brutalität.

Aber dich gibt es.

21

Wie so oft nach dem Aufwachen lag Leo noch eine Weile auf dem Rücken und lauschte Annelis gewohnt tiefen Atemzügen. Sie gehörte zu den Leuten, die wie ein Murmeltier schliefen. Er hingegen hatte einen leichten Schlaf, war schon immer beim geringsten Geräusch aufgewacht und stand noch vor den anderen auf, um Frühstück zu machen.

Verräter.

Ein Wort, das sich in ihn hineingebohrt hatte, wie es Wörter manchmal vermögen, scharf und spitz. Aber dieses Mal war es nicht ganz so tief eingedrungen.

Neben dem Bett standen Umzugskartons. Er zählte sieben. Im Wohnzimmer und in der Diele standen noch einmal so viele. Bald würden sie in ein hässliches kleines Haus neben einer riesigen Garage verfrachtet werden, in die Totenkopfhöhle, die zugleich die Lösung ihres Lagerproblems darstellte.

Die Nacht und der Morgen waren niederschlagsfrei gewesen. Jetzt prasselte der Regen wieder unablässig vor einer Panzertür auf den Kies, der absinken und einem rauchenden Wachposten auffallen konnte.

Anneli reckte sich und murmelte etwas Unverständliches, drehte sich um und schnarchte weiter. Er würde mit ihr reden, ihr Anweisungen geben. Sie sollte hinfahren. Sie war die Einzige, die das tun konnte, ohne aufzufallen.

Leo stand gerade in der Diele, als er Stimmen vor der Wohnungstür hörte – dann herrschte kurze Stille, ehe es klingelte. Sein stets so besonnener kleiner Bruder.

»Was habt ihr denn heute an, ihr Idioten?«, fragte Leo, als er die Tür öffnete.

Felix trug ein rot kariertes Flanellhemd, abgewetzte, etwas zu weite Jeans und helle Timberland-Boots. Jasper, der hinter ihm stand, hatte eine Lederjacke an, die gut und gerne ihre fünftausend Kronen gekostet hatte, und dazu neue Jeans und schwarze Reebok-Turnschuhe.

»An Wochentagen habt ihr hier in blauer Arbeitskleidung und alten Arbeitsstiefeln zu erscheinen!«

Leo schloss die Schlafzimmertür, während Felix und Jasper in die Küche gingen, aus der es nach frisch aufgebrühtem Kaffee duftete.

»Habt ihr unsere Tarnung vergessen? Den Eindruck, den wir nach außen erwecken wollen? Du siehst ja aus wie ein Geheimagent, der als Bodyguard arbeitet, Jasper! Und du, Felix, siehst aus, als wärst du auf dem Weg nach Sydney, um dir einen gebrauchten Ford Mustang zu kaufen, surfen zu gehen und eiskaltes Bier zu trinken.«

Tage waren zu Wochen geworden, und allmählich hatte sich ein trügerisches Gefühl der Sicherheit eingestellt.

Leo stellte Brot, Butter, Käse, Orangensaft, Joghurt, Teller und Kaffeetassen auf den Tisch.

»Wir sind Bauarbeiter, und so müssen wir auch aussehen. Keiner darf auf den Gedanken kommen: *Die arbeiten doch gar nicht – wo kommt die ganze Kohle her*? Wir haben es nicht nötig, einen einzigen Nagel einzuschlagen, wir tun es aber trotzdem! Hier eine Küchenrenovierung, da ein neues Dach. Wir brauchen die Firma als Tarnung.«

Es klingelte erneut. Kurz, vorsichtig. Dann öffnete sich die Tür.

»Ich bin's«, rief Vincent.

»Wir sind in der Küche. Es gibt Frühstück.«

Vincent blieb in der Tür stehen. Blaue Arbeitskleidung, zerschrammte Stiefel. Schweigend starrten ihn alle an.

»Was ist?«

»Einer hat's begriffen«, sagte Leo.

»Was?«

Leo nahm den Filter von der Kanne und goss Kaffee in vier Tassen. Dann wandte er sich an Jasper und Felix.

»Wenn wir fertig gefrühstückt haben, fahrt ihr beiden mit einem Pick-up nach Hause und zieht euch die gleichen Klamotten an wie unser Junior. Dann holt ihr bei Holz-Kenta hundertfünfzig Quadratmeter Acht-Millimeter-Eichenparkett, bringt es in den Grönlandsgången 32 in Kista und wartet auf Vincent und mich. Wir haben dort einen Auftrag bei einer IT-Firma, den Gabbe uns organisiert hat.«

Jasper stellte seine Tasse auf den Tisch.

»Ist das dein Ernst? Wir sollen … einen Boden verlegen?«

»Von jetzt an nehmen wir regelmäßig kleinere Aufträge an. Okay? Hundertfünfzig Quadratmeter Eichenparkett. Das schaffen wir in zwei Tagen. Und immer …«

»Wieso denn, wir …«

»… zum Festpreis, sodass wir die Arbeit auf mindestens eine Woche ausdehnen können. Größere, aber einfache Jobs, die vier Schreiner schnell erledigen, die sich aber in die Länge ziehen lassen und zu einem Festpreis in Rechnung gestellt werden können. Wir kommen und gehen und sorgen dafür, dass man uns manchmal dort sieht.«

Leo und Vincent fuhren durch Skogås, vorbei an der Schule und dem Haus, in dem sie ihre Kindheit verbracht hatten. Die Wohnung war groß, aber dennoch klaustrophobisch gewesen.

Leo parkte, und sie liefen durch hohes Gras einen Hang hinunter zwischen einem Fußballplatz und der Sporthalle, an der sie damals nach dem Raubüberfall mit identischen Sporttaschen und den sichtbar daraus hervorragenden Hockeyschlägern vorbeigegangen waren.

Sie folgten einem Pfad an dem steilen Hügel vorbei in den Wald. Während der letzten Wochen waren sie mehrere Male hier entlanggegangen, um sich zu vergewissern, dass das versenkte Schlauchboot nicht wieder aufgetaucht war. Sie spazierten auf die Halbinsel hinaus, die in Leos Kindheit viel größer gewesen war und zu der er vom gegenüberliegenden Ufer aus hingeschwommen war. Vorbei an ein paar großen Felsen, niedrigem Dornengestrüpp und etlichen welken, geduckten Farnkräutern. Und dort, hinter diesen Kiefern, an diesen paar Metern Sandstrand, waren sie an Land gegangen. Sie spähten über das Wasser.

»Yes. Es liegt immer noch dort. Auf dem Grund.«

Leo legte Vincent eine Hand auf die Schulter.

»Du hättest dort stehen bleiben und warten sollen.«

Vincent schüttelte die Hand seines Bruders ab.

»Die verdammten Bullen waren im Anmarsch. Ich musste euch warnen, ich …«

Leo lächelte.

»Das hast du verdammt gut gemacht, Brüderchen. Du hast ganz allein im Dunkeln eine Entscheidung gefällt. Für uns. Ich habe dir vertraut, und du hast dich meines Vertrauens würdig erwiesen. Aber nächstes Mal wird alles ganz anders sein. Das nächste Objekt ist kein Geldtransporter, sondern eine Bank mit vielen Menschen in der Nähe.«

»Ich weiß.«

»Und ich will absolut sicher sein, dass du verstanden hast, dass du es dir noch anders überlegen kannst. Und zwar jetzt. Ich werde kein Wort darüber verlieren. Felix und Jasper auch nicht. Das ist dein verdammtes Recht. Und es ist meine verdammte Schuldigkeit, dir das zu erklären.«

Vincent verzog den Mund zu einem schiefen Lächeln.

»Ich will aber mitmachen.«

»Ich bin dein großer Bruder. Ich bin für dich verantwortlich, und ich habe das Sagen. Später gibt es kein Zurück. Jetzt aber schon.«

»Ich weiß. Aber ich will nicht zurück.«

Leichte Windböen, Schaumkronen auf den Wellen, als hätten sie es eilig.

Leo umarmte seinen jüngeren Bruder. Sie waren unterwegs. Zusammen.

»Na dann.«

Seite an Seite folgten sie dem sich dahinschlängelnden Waldweg in derselben Richtung wie damals in der Dunkelheit.

»Du wirst eine schusssichere Weste aus Kevlar anhaben. Die ist besser als die, in denen die Bullen rumrennen. Dazu trägst du eine geladene Maschinenpistole. Mit den schwarzen Stiefeln, dem blauen Overall und der Sturmhaube vor dem Gesicht wirst du größer wirken, und deine mageren Beine werden nicht zu erkennen sein, deine Gangart hingegen schon.«

Leo hielt inne und wartete, bis auch Vincent stehen geblieben war.

»Du bewegst dich wie ein Siebzehnjähriger. Ist dir das bewusst? Und wie du auf die Wachleute und den Geldtransporter zugerannt und plötzlich hinter uns im Dunkeln aufgetaucht bist, da hat Jasper mit dem Gewehr auf dich gezielt … und ich habe ihn gehindert, weil ich dich an deinen Bewegungen erkannt hatte.«

Leo ging weiter, langsam, mit deutlich größeren Schritten.

»Wenn die Sache klappen soll, dann musst du wie ein Erwachsener wirken. Die Bankangestellten müssen davon überzeugt sein, dass sie es mit drei Erwachsenen zu tun haben, wenn wir die Tür aufreißen. Und die Bullen sollen drei Erwachsene sehen, wenn sie die lausigen paar Sekunden auf dem Überwachungsvideo auswerten, das sie schlussendlich in der Hand halten. Bewegungen kann man wiedererkennen und in Erinnerung behalten. Was sie sehen sollen, ist eine professionelle Bande, die Banken ausraubt, als hätte sie sich nie mit etwas anderem beschäftigt. Sie sollen denken: *Wo zum Teufel kommen die denn her? Was sind das für Leute? Was lassen die sich noch einfallen?* Sie sollen sich richtig Sorgen machen. Und das wird uns nicht gelingen, wenn du wie ein Teenager durch die Landschaft stiefelst.«

Der Weg war nicht mehr breit genug für zwei.

»Folge mir.«

Leo marschierte quer über die Wiese.

»Du musst feste Schritte machen und mit dem ganzen Fuß auftreten. Geh mit den Zehen nach vorn und schlendere nicht auf der ganzen Breite des Bürgersteigs herum.«

Leo drehte sich um und musterte seinen Bruder, der sich bemühte, wie ein Mann zu gehen.

»Gut. Gut, Vincent! Stell dir vor, dass du mehr wiegst, schwerer bist und ein Ziel hast. Teenager wissen nie, wo's langgeht.«

Er blieb stehen, und sein kleiner Bruder hielt ebenfalls mitten in einem großen Schritt inne.

»Ein Ziel zu haben und sich auf dem Weg dorthin Platz zu verschaffen ist nicht das Gleiche.«

»Verstehe.«

»Außerdem muss der Schwerpunkt tiefer liegen. Etwa so.«

Leo ging elastisch in die Knie. Vincent beobachtete ihn und ahmte ihn nach. Schließlich legte ihm Leo einen Arm um die Schultern und drückte ihn nach unten.

»Mach keinen Geierhals. Du musst deinen Schwanz absenken, *hierher*, ein paar Zentimeter näher zur Erde. Von jetzt an ist dein Schwanz dein Schwerpunkt, Vincent. Spürst du es?«

Sie standen nebeneinander auf der Wiese und wippten auf und ab.

»Ich spüre es.«

»Sicher?«

»Ja.«

Leo stieß Vincent vor die Brust, ohne dass dieser das Gleichgewicht verlor.

»Du spürst die Festigkeit, oder?«

»Ja.«

»Gut. Noch etwas. Deine Stimme.«

»Meine Stimme?«

»Die darf nicht so klingen, als wärst du mitten im Stimmbruch. Deine Stimme muss tiefer wirken. ›Die Schlüssel.‹ Sprich mir nach.«

»Was soll der Scheiß?«

»Sprich mir einfach nach, Vincent. ›Die Schlüssel.‹«

»Die Schlüssel.«

»Nicht so. Tiefer. Aus der Brust heraus, aus dem Bauch heraus. Als würdest du mir einen Befehl erteilen. Sag es noch einmal. ›Her mit den Schlüsseln.‹«

»Her mit den Schlüsseln.«

»Noch einmal! Tiefere Stimme. Lauter.«

»Her mit den Schlüsseln.«

»Noch einmal!«

»Her mit den Schlüsseln! *Her mit den Schlüsseln!* Her mit …«

»Du musst mehr Nachdruck in deine Stimme legen. Du verfügst eigentlich über ein gutes stimmliches Register – von jetzt an wirst du es einsetzen! Okay?«

Während sie zum Auto zurückkehrten, bemühte sich Vincent, entschlossen und mit federnden Knien zu gehen. Und jedes Mal, wenn er die rechte Ferse aufsetzte, wiederholte er: »Her mit den Schlüsseln!«

Eine IT-Firma in Kista. Leo parkte neben dem zweiten Pick-up, auf dem ebenfalls das Logo der Baufirma prangte, öffnete die Tür und stieg aus. Vincent hatte während der ganzen Fahrt schweigend neben ihm gesessen und blieb jetzt sitzen.

»Komm«, sagte Leo.

»Das ist es also, was wir in Zukunft machen werden?«

»Was?«

»Banken ausrauben.«

Leo betrachtete seinen kleinen Bruder, der immer noch nicht aussteigen wollte. Also setzte er sich wieder ins Auto.

»Vincent?«

»Ja?«

»Das Objekt in der Nähe des Kreisverkehrs ist nur *eine* Bank. Es handelt sich nur um eine Übung. Nächstes Mal überfallen wir zwei. Und zwar gleichzeitig.«

»Zwei? Das ist unmöglich! Sie werden uns schnappen!«

»Du musst mit dem Bären tanzen, wenn du gewinnen willst, Vincent. Du darfst ihm nicht zu nahe kommen, denn dann überlebst du es nicht. Er ist viel größer als du und kann dich in Stücke reißen. Aber du kannst um ihn herumtänzeln. Und abwarten. Bis du einen Treffer landest. Wenn er gut war, kannst du weitertänzeln und dich auf den nächsten Schlag vorbereiten. Und genauso läuft es …«

Die Tür des Bürogebäudes wurde geöffnet. Felix und Jasper. In der richtigen Kleidung. Sie gingen auf den Pick-up zu und öffneten ungeduldig die Abdeckung der Ladefläche.

»Los, weiter geht's!«

Sie entluden die ersten Pakete Eichenparkett. Als Leo und Vincent immer noch nicht ausstiegen, klopfte Jasper an eine der Seitenscheiben.

»Steigt schon aus. Dir war es doch so verdammt wichtig, dass wir diesen Auftrag annehmen!«

»Gleich.«

»Heute Morgen klang das aber anders.«

»Gleich!«

Leo sah seinen kleinen Bruder an, der geradeaus starrte. Er hatte zugehört und war gerade dabei, das Gehörte zu verarbeiten.

»Also, Vincent, und genauso läuft es bei einem Banküberfall. Eine kleine Gruppe, nur einige wenige Leute, können die gesamte Polizei in Schach halten. Du versetzt dem Bären immer wieder einen Schlag, das verärgert und verwirrt ihn. Gib ihm nie Gelegenheit, sich zu erholen, versetz ihm einen Schlag nach dem anderen, bis er verrückt wird. Das ist der Bärentanz, Vincent, zuschlagen, ablenken, verschwinden und dann wieder von vorn, eine Bank nach der anderen.«

Leo steckte seine Hand unter den Sitz, zog eine löchrige Plastiktüte hervor und reichte sie Vincent.

»Hier. Pflichtlektüre.«

Vincent nahm die Tüte und zog ein Buch nach dem anderen heraus.

Boobytraps – Department of the Army Field Manual. Ein Buch über Sprengfallen. Mit solchen Büchern hatte er sich noch nie befasst. *Explosives A – Kitchen Improvised Blasting Caps.* Auch noch nie gehört. *The Anarchist Cookbook.* Die meisten Bücher waren recht dünn. *Homemade C-4 – »A Recipe for Survival«.* Einige auch etwas dicker. *How to Build Silencers – An Illustrated Manual.* Über Schalldämpfer. Alles war auf Englisch. *Explosives B – Kitchen Improvised Fertilizer Explosives.* Wie man Sprengstoff aus Düngemitteln herstellte.

Er blätterte. Lauter Ausdrücke, die er nicht verstand. Illustrationen zur Konstruktion kleiner Bomben. Währenddessen öffnete Leo die Fahrertür.

»Das sind deine Hausaufgaben für diese Woche.«

Vincent sah, wie Leo auf die aufgestapelten Bretter zuging, als wollte er eines der Pakete aufschneiden. Stattdessen packte er Jaspers Hals mit leichtem Griff, um mit ihm zu rangeln, wie so oft, wenn er versuchte, die Stimmung zu heben. Felix ließ sein Paket fallen und warf sich auf die beiden. Es war nicht ganz klar, ob er wirklich kämpfte oder nur so tat, wahrscheinlich wusste er es selbst nicht.

Die beiden älteren Brüder und ihr Freund aus der Kindheit.

Vincent legte die Bücher zurück in die Tüte, die nur noch einen Griff hatte, und lächelte.

Er würde nicht aus der ganzen Sache aussteigen. Er wollte dabei sein. Mitmachen.

22

John Broncks stand ganz außen auf dem Steg – nur ein Schritt trennte ihn vom Wasser. Er erinnerte sich an einen anderen Steg vor vielen Sommern auf einer kleinen Insel im Mälarsee. Beinahe meinte er das Geräusch der Füße auf dem Holz zu hören und seine Mutter, die ihnen zurief, sie sollten zurückkommen. Sam rannte einen halben Schritt vor ihm durch den strömenden Regen vom Sommerhaus zum Wasser. Dann lagen sie auf dem Rücken im Brackwasser und ließen die Tropfen auf ihr Gesicht fallen.

Er ging in die Hocke und hielt seine Hand in das novemberdunkle Wasser, das so viel kälter war als in seiner Erinnerung, vermutlich knapp über dem Gefrierpunkt. In einem Monat oder zwei würde hier brüchiges Eis liegen.

»John? Bist du da?«, rief Sanna.

Der Steg begann zu schaukeln, und er hörte Schritte hinter sich.

»Ja.«

»Und was genau … haben wir hier vor?«

Sie deutete mit dem Kopf zu einem am Steg vertäuten Aluminiumboot mit einem Acht-PS-Außenborder.

»Wir wollen herausfinden, wohin sie geflüchtet sind. Wo sie an Land gegangen sind. An welchem Tisch sie jetzt sitzen und ihren nächsten Raubüberfall planen. So in etwa.«

Wieder dieser unbeteiligte Gesichtsausdruck und ihre mechanische Stimme.

»Und zu diesem Zweck sollen wir also im Regen in einem wackligen Boot auf dem Drevviken herumsitzen? Obwohl du schon mehrmals hier warst?«

»Ich brauche deine Hilfe, um ihre Denkweise verstehen zu können.«

Er setzte einen Fuß in die Mitte des Bootes und behielt den anderen auf dem Steg, als sie mit zwei Regenponchos über dem Arm einstieg. Sie reichte ihm den einen.

»Du wirst ihn brauchen, es soll noch schlimmer werden.«

Er zog zwei Mal am Starterseil, um den Motor anzuwerfen, dann stieß er das Boot vom Steg ab. Widerstandslos glitt es durch herbstlich müdes Schilf aufs offene Wasser hinaus.

Mit einer Seekarte auf den Knien steuerte er an den Inselchen Kaninholmen und Myrholmen vorbei, deren Namen auf der Landkarte nur schwer zu entziffern waren. Er hielt die Pinne locker in der Hand, während sie am Ufer entlangfuhren. Hinter den Kiefern und Föhren waren vereinzelt die oberen Stockwerke von grauen Mietskasernen und die Ziegeldächer der wenigen Einfamilienhäuser zu erkennen, die man errichtet hatte, als die Bebauung in Ufernähe noch erlaubt gewesen war.

Nach und nach wurde der See schmaler, und der Drevviken verwandelte sich in einen Sund. Backbord erstreckte sich das Naturschutzgebiet Flaten mit seinem Mischwald und kleinen Schrebergärten. Auf der Steuerbordseite wechselten sich Straßen, Einfamilienhäuser und Betonklötze ab. Hier war das Gewässer so schmal, dass ein Boot auf der Flucht mit minimaler Kursänderung an dem einen oder anderen Ufer anlegen konnte.

»Welche Seite hättest du gewählt?«

Sanna betrachtete zuerst die Karte, dann die Umgebung und deutete schließlich auf das bebaute Ufer.

»Diese da.«

»Ich auch.«

John steuerte das Boot in die genannte Richtung. Ein Krimineller auf der Flucht wollte möglichst oft die Richtung wechseln und hätte vermutlich in dieser Gegend angelegt, um seinen Weg an Land fortzusetzen.

»Ich habe mich erkundigt. In dieser Umgebung sind keine Boote gestohlen worden.«

»Vielleicht gehört es ihnen ja?«

Sanna betrachtete die Seekarte. »Hier gibt es ... fünf, acht ... fünfzehn Marinas. Mindestens. Falls sie ein Boot besitzen, könnten sie überall hingefahren sein.«

»Diese Burschen haben bestimmt nicht irgendwo angelegt und das Boot einfach zurückgelassen – das ist nicht ihr Stil. Sie beseitigen ihre Spuren.«

Neugierige Möwen näherten sich mit schrillem Kreischen.

»Kriminelle dieses Kalibers beseitigen immer ihr Fluchtgefährt. Falls sie ein Boot benutzt haben, wurde es versenkt. Buchten, Landzungen, Stege, Badeplätze: Jedes Uferstück kommt als Anlegeplatz infrage. Jemand hat auf sie gewartet – mit einem weiteren Fluchtfahrzeug.«

»Oder auch nicht.«

John lächelte. Ihre Gedanken verliefen immer noch in ähnlichen Bahnen. Zumindest was polizeiliche Belange betraf.

»Oder auch nicht. Vielleicht wohnen sie ja hier in der Nähe.«

Er deutete auf einen schmalen Sandstreifen hinter einem gedrungenen Baum, dessen Zweige ins Wasser hingen.

»Es war sieben, vielleicht acht Uhr abends, und es war vollkommen finster. An der Stelle, wo sie angelegt haben, muss ihnen jemand mit einem Lichtsignal den Weg gewiesen haben.«

Zwei aufgeschreckte Hasen rannten über einen Felsen davon.

»Und? Was glaubst du?«

»Was ich glaube?«

»Ja.«

»John, du weißt ganz genau, dass ich grundsätzlich nichts glaube – auf meine verdammt langweilige Art bringe ich einfach zu Papier, was ich mithilfe kriminaltechnischer Verfahren zweifelsfrei belegen kann.«

»Und wenn ich wissen will, was Sanna glaubt, und nicht, was die Forensikerin bewiesen hat?«

»Ich stelle nicht gerne Mutmaßungen an«, erwiderte sie.

»Wir befinden uns in der Mitte eines Sees, und ich bin der Einzige, der dich hören kann.«

»Sanna glaubt, dass die beiden Männer – bislang wissen wir nur von zwei Tätern –, die den Geldtransporter überfallen und ausgeraubt haben, bereits ähnliche Taten verübt haben und dafür verurteilt worden sind. Alles an ihrer Vorgehensweise legt diese Vermutung nahe: die Schüsse, die Brutalität, die Entschlossenheit, die Risikobereitschaft.«

Sie trieben auf das Ufer zu, Steine durchbrachen die Oberfläche, dann steuerte Broncks wieder aufs offene Wasser hinaus.

»Und … Sanna weiß, dass immer über solche Dinge geredet wird. Drinnen, hinter den Gefängnismauern.«

Zum ersten Mal sah sie ihm geradewegs in die Augen. Sie wusste, dass er wusste, wovon sie sprach. Sie war eine der wenigen, der er sich anvertraut hatte.

»Ich bin die falsche Ansprechpartnerin, John. Das weißt du sehr wohl. Fahr hin und rede mit ihm.«

»Nein.«

»Warum nicht?«

»Weil das nichts bringt.«

»Vielleicht musst du …«

»*Nein.*«

Sie tuckerten an Skogås mit seinen Hochhäusern vorbei. Der Kontrast war so augenfällig: die Stille, Schönheit und Zerbrechlichkeit des Sees im Gegensatz zur Ruhelosigkeit, Hässlichkeit und Härte.

»Du hast dich nicht verändert, John.«

»Gleichfalls.«

Jeden Tag hatte sie in seinem Kopf und in seiner Brust gelebt, egal wie sehr er sich bemüht hatte, ihr zu entrinnen. Es gelang ihm nicht, sie wegzudenken. Zehn Jahre lang. Sie waren zwei Jahre zusammen gewesen und hatten eines davon zusammengewohnt. Aber damals war er jung gewesen, und ein Jahr hatte länger gewährt als heute.

»Ich habe mich so gefreut, neulich, als ich mich mit einem der Wachleute unterhalten hatte und dann zum Steg hinunterging und dich entdeckte.«

Er hatte es mit anderen Beziehungen versucht, besonders in den ersten Jahren danach, aber sie hatte immer im Weg gestanden, und die Frauen hatten gespürt, dass sie mit einer abwesenden Person, mit einem verdammten Schatten um seine Gunst buhlten.

»Du hast dich wirklich nicht verändert, John. Verdammt … Hast du mich deswegen in diesem blöden Boot in den Regen gezerrt?«

»Ich denke an dich – jeden Tag.«

»Ich denke nie an dich.«

Er hatte sie verlassen. Und sie war diejenige gewesen, die getrauert hatte. Und nach Beendigung der Trauerzeit hatte sie ihn aus ihren Gedanken getilgt.

»War das alles, John?«

Er schwieg wie ein kleiner Junge, der keine Ahnung hat, wie Leute miteinander reden. Nichts erinnerte an den fähigen, in Kommunikation und Analyse geschulten Detektiv.

»Vielleicht könnten wir uns ja wieder wie Polizeibeamte benehmen? Und vielleicht sogar so tun, als hättest du diesen Bootsausflug initiiert, um die Ermittlung weiterzubringen?«

Broncks antwortete mit einem schwachen Kopfnicken.

»In diesem Fall …«

Sanna griff wieder zur Seekarte.

»Kein Zeuge hat sie an Land gehen sehen. Wir wissen auch, dass du trotz Spürhunden, Hubschraubern, Straßensperren und Kriminaltechnikern keine Spuren von ihnen gefunden hast. Sie müssen sich in dieser Gegend einfach ausgekannt haben, das war der einzige Vorteil, auf den sie zählen konnten.«

Der Sund verbreiterte sich, dann waren sie wieder auf offenem Wasser. Es waren fünfundvierzig Minuten zurück zum Steg. Er sah an ihr vorbei in die Richtung, aus der sie gekommen waren, zum ersten Mal auf der ganzen Tour.

»Du musst dorthin zurückkehren und weitersuchen, John.«

23

Anneli parkte den Mietwagen direkt vor dem Schlagbaum mit dem massiven Vorhängeschloss, nur ein kurzes Stück von der Straße entfernt. Ein roter Volvo 240. Das gewöhnlichste Auto Schwedens.

Sie hatte die letzten Sachen aus den Küchenschränken eingepackt und war dann zwischen den Stapeln von Umzugskartons von einem Zimmer ins nächste gegangen. Ein Umzug stand bevor, aber nicht so, wie sie es sich ausgemalt hatte. Aber er hatte ein Versprechen geleistet. Nur ein Jahr. Ohne ihm davon zu erzählen, war sie seither einige Male in das exklusive Saltsjöbaden gefahren und hatte sich die riesigen Villen angesehen – mit großen Gärten und so vielen Zimmern, wie sie Umzugskartons besaßen. Sie wusste, dass sich Sebastian, sobald sie einmal in einer solchen Gegend wohnten, dafür entscheiden würde, zu ihr zu ziehen. Sie nahm ihr Handy hervor und wählte.

»Hallo, mein Schatz. Was machst du gerade?«

»Ich sitze auf dem Rad.«

»Im Regen?«

»So stark regnet es nicht. Jedenfalls nicht hier.«

Manchmal, wenn ihr danach zumute war, rief sie Sebastian an, und das beruhigte sie.

»Hier regnet es ein wenig.«

»Ach so.«

»Ich bin im Wald … beim Pilzesammeln. Und ich denke an dich, mein Schatz. Und weißt du was? Nächstes Mal, wenn du mich besuchst, hast du ein eigenes Zimmer.«

»Okay.«

»Leo wird für dich einen Basketballkorb auf dem Hof aufhängen.«

»Okay. Ich muss jetzt aufhören.«

»Aber …«

»Papa hat schon seine Schuhe an. Tschüs.«

»Hab dich lieb. Bis …«

Er hatte aufgelegt. Nur noch ein leises Rauschen war zu vernehmen. Das war das Schlimmste.

»… bald.«

Sie war ebenso allein wie zuvor, und der Wald war ebenso düster. Ein endloser Sarg aus Holz, der nach Moder und Erde roch.

Sie knöpfte ihren Regenmantel zu, stopfte ihre Hosenbeine in die Gummistiefel und marschierte mit dem Pilzkorb in der Hand über Moos und nasse Blätter. Sie hatte noch nie Pilze gesammelt. Da entdeckte sie einen braunen und pflückte ihn. Wahrscheinlich ein Steinpilz, dachte sie. Dann noch einen, einen gelben, einen Pfifferling. Diese Sorte kannte sie gut.

Plötzlich hörte sie Gebell.

Ein Hund. Vielleicht auch mehrere. Ganz in der Nähe. Sie war nicht allein.

Sie pflückte noch mehr Pilze, ein paar weiße und einige fast schwarze, denn der Boden des Korbs musste bedeckt sein, wenn sie den Eindruck einer glaubwürdigen Pilzsucherin erwecken wollte, wie Leo ihr mehrfach eingeschärft hatte. Wie sonst seinen Brüdern hatte er ihr detaillierte Anweisungen erteilt. Sie hatte ihm aufmerksam zugehört, um diese genauestens befolgen zu können.

Mehr Gebell. Jetzt noch näher. Ein großer Hund, vielleicht ein Schäferhund, mehr als einer. Sie warnten jemanden.

Ohne dass es ihr aufgefallen wäre, hatte sie sich einem großen Kiesplatz genähert. Weniger Wald, mehr Luft und Licht. Das Waffenlager. Irgendetwas bewegte sich dort draußen. Zwischen den Baumstämmen hindurch erhaschte sie einen Blick auf Leute in grüner Kleidung. Stimmen wurden ihr vom Wind zugetragen.

Sie hatten es entdeckt.

Die Angst, die Leo nachts zum Schwitzen gebracht und wach gehalten hatte, während er glaubte, sie schliefe, war berechtigt gewesen.

Anneli machte ein paar rasche Schritte in die Richtung, aus der sie eben gekommen war. Sie musste ihm Bericht erstatten. Er musste es erfahren. Dann hielt sie abrupt inne. Sie wusste überhaupt nichts. Sie wusste nicht mehr, als dass sich mehrere Leute mit Hunden auf dem Gelände aufhielten. Sie hatte eine Mission, sie war Teil des Ganzen.

Also machte sie wieder kehrt und ging langsam weiter.

Hunde mit scharfen Zähnen bellten und geiferten. Sie erinnerte sich an den Biss in ihre linke Wange, als ein Boxer an ihr hochgesprungen war. Sie war fünf Jahre alt gewesen, und der Besitzer hatte behauptet, der Hund wolle nur spielen. Seither wechselte sie immer die Straßenseite, wenn sie einen großen Hund auf sich zukommen sah. Die Hunde spürten, wie sehr sie sich vor ihnen fürchtete.

Und jetzt sah sie sie.

Durch die Bäume, der Wald lichtete sich mit jedem Schritt … zwei Hunde, vielleicht drei. Und fünf, sechs … sieben Männer in grüner Kleidung. Wenn sie weiterging und den Kiesplatz betrat, würden die Hunde ihre Angst riechen. Aber sie hatte keine Wahl. Falls sie die Grube, den Tunnel, das leere Waffenlager entdeckt hatten, musste Leo informiert werden.

Im Schutz eines ausladenden Baumes ging sie noch näher. Jetzt konnte sie den Betonwürfel deutlich sehen.

Die Tür war immer noch geschlossen, da war sie sich beinahe sicher.

Gerade wollte sie umkehren und sich möglichst leise davonmachen, als sie auf der feuchten Erde ins Schlingern geriet und in den Graben rutschte, der das Moos vom Kies trennte, den Wald vom Militärareal. Ihre Gummistiefel gaben ein schneidendes Quietschen von sich, während die Sohlen über die kleinen Steine glitten.

Die eifrigen Hunde zerrten an ihren Leinen.

Sie hatten sie gehört.

Anneli war fast wieder oben, als sie erneut ausrutschte.

»Brauchen Sie Hilfe?«

Es waren nicht sieben, sondern acht Männer, alle in grünen Uniformen. Die Schäferhunde, sie hatte richtig geraten, behielten jede ihrer Bewegungen im Auge.

»Sind die … auch gut angeleint?«

»Hier ist militärisches Sperrgebiet.«

»Ich hab etwas Angst vor Hunden. Ich …«

Der große Soldat mit dem grau melierten, gezwirbelten Schnurrbart, der offenbar das Sagen hatte, wandte sich an den Hund, der das Leittier zu sein schien und sie keine Sekunde aus seinen kleinen, stechenden Augen ließ.

»Hierher, Kaliber. Sitz.«

Der Mann trug ein Gewehr über der Schulter und sah Anneli freundlich an.

»Vielleicht könnten Sie ihn ja kurz begrüßen.«

Anneli – du musst bis zum Waffenlager gehen.

»Halten Sie ihm einfach Ihre Hand hin, damit er Sie beschnuppern kann.«

Ich muss wissen, ob die Erde absinkt, Anneli.

»Sehen Sie! Er ist nett zu Ihnen, wenn Sie nett zu ihm sind.«

Jetzt lächelte er zum ersten Mal. Anneli betrachtete seinen Helm mit der Aufschrift MP. Militärpolizei. Sie fragte sich, ob der Hund wohl zwischen verschiedenen Arten der Angst unterscheiden konnte. Der unbewussten, instinktiven Angst und der berechtigten Angst.

»Ich … ist es in Ordnung, wenn ich eben den Platz überquere? Rüber zur anderen Seite?«

»Nicht wirklich. Wie gesagt, hier ist militärisches Sperrgebiet.«

»Oh. Okay.«

»Die Militärpolizei führt hier gerade eine Übung durch. Ich muss Sie bitten, sich zu entfernen.«

»Ich wusste nicht …«

»Dort drüben hängt ein Verbotsschild.«

»Das … das habe ich nicht gesehen. Ich bin durch den Wald gegangen, mein Wagen …«

»Und was machen Sie hier?«

»Ich …«

Er bemerkte ihr Zögern. Alle anderen auch.

Sie hatte ihren Korb abgestellt. Jetzt hob sie ihn hoch.

»Pilze.«

»Das sind aber noch nicht viele.«

»Nein, ich …«

»Aber das hier … das ist ein Totentrichterling. Die sind selten. Wo haben Sie den denn gefunden?«

Sie lachte, nervös, gekünstelt, hoffte aber, dass es einigermaßen unbefangen klang.

»Wer verrät schon seine besten Fundstellen? Aber es gibt nicht viele Pilze dieses Jahr, wissen Sie, wegen des ganzen Regens.«

»Hier können Sie jedenfalls nicht bleiben.«

Sie lächelte und legte ihren Kopf ein wenig schief.

»Wenn Sie mich rüberlassen könnten? Dann wäre ich auch schneller wieder weg.«

Er betrachtete sie. Anneli lächelte immer noch, nicht zu viel und nicht zu wenig.

»In Ordnung. Gehen Sie nur.«

Sie ließen sie nicht aus den Augen und überwachten jeden ihrer Schritte. Vor dem Waffenlager blieb sie stehen und drehte sich um.

»Wozu dient dieses kleine Gebäude? Ist das die Hundehütte?«

Sie ging näher, als wollte sie es in Augenschein nehmen.

»Nein.«

»Nein? Es könnte aber …«

»Das ist ein Waffenlager für eine eventuelle Mobilmachung.«

Nur noch wenige Meter bis zur Tür. Sie stand an der Stelle, wo sich vor nicht allzu langer Zeit eine Grube befunden hatte. Fast konnte sie die graue Mauer berühren, hinter der nichts mehr war. Eine leere Hülle, das hatte Leo gesagt. Eine leere Betonhülle.

»Für eine Mobilmachung?«

Sie stemmte den rechten Fuß in den Kies.

»Im Falle eines Krieges können wir mit diesen Waffen eine komplette Einheit ausrüsten.«

Der Boden war weder porös noch weich. Nichts deutete darauf hin, dass hier eine Grube ausgehoben und wieder zugeschüttet worden war.

Anneli setzte ihren Weg fort. Sie sahen ihr nach. Durchdringende Augen in ihrem Rücken.

Sie hatte es geschafft. Trotz der geifernden Hunde, des beklemmenden Gefühls und obwohl ihr unter ihrem Regenmantel der Schweiß über den Rücken gelaufen war.

»Einen Moment noch!«

Sie war so nahe gewesen. Jetzt verfolgte sie seine Stimme.

»Einen Moment noch!«

Sie zögerte. Blieb stehen. Schloss die Augen.

»Ja?«

»Sie pflücken Pilze, nicht wahr?«

»Ja. Zumindest suche ich welche.«

Sie drehte ihren Kopf und sah in ein ernstes Gesicht.

Er weiß Bescheid.

»Sind Sie sich ganz sicher, dass der da nicht giftig ist?«

Sie wissen Bescheid.

»Giftig?«

Sie haben es die ganze Zeit gewusst.

»Der dünne Gelblich-Braune in der Mitte, den sollten Sie nachschlagen.«

»Ich … Sie meinen …«

»Der Trompetenpfifferling. Das könnte auch ein giftiges Grüngelbes Gallertkäppchen sein. Die werden oft verwechselt.«

Er lächelte.

»Seien Sie vorsichtig.«

Sein Lächeln war aufrichtig. Er befahl ihr nicht umzukehren. Er würde sie nicht über die Grube und die gestohlenen Waffen ausfragen.

Sie nickte kurz und winkte. Während sie den Kiesplatz überquerte, verspürte sie das Bedürfnis, sich umzudrehen, nur um mit ansehen zu können, wie der Abstand zunahm. Sie wusste sich jedoch zu beherrschen.

Dann rannte sie durch den Wald, sprang über Wurzeln und Felsen und fuhr schließlich schneller nach Tumba, als sie es je für möglich gehalten hätte.

24

Anneli lachte vor sich hin. Es fühlte sich so gut an. Die Furcht vor all dem, was dem Mann, den sie liebte, zustoßen könnte, hatte sie vollkommen vereinnahmt. Eine Furcht, die sich nur durch eigene Teilnahme bezwingen ließ. Jetzt hatte sie mitgewirkt. Sie hatte eine Mission erfüllt, die keiner der anderen hätte übernehmen können, und zwar mit ungeahntem Erfolg.

Ein Lastwagen stand mit herabgelassener Rampe vor ihrem neuen Zuhause, der Laderaum war leer, alle Umzugskartons befanden sich bereits im Haus. Sie hoffte, dass Felix, Vincent und Jasper da wären, damit alle zuhören konnten, wenn sie Leo die Geschichte erzählte.

Gerade wollte sie die Haustür öffnen, als sie Leo aus der riesigen Garage kommen sah. Sie rannte ihm entgegen.

»Leo, ich bin wieder da.«

Sie hätten ihr zuhören sollen. Felix, Vincent und Jasper.

»Von jetzt an bin ich deine Räuberkönigin!«

Sie umarmte ihn und küsste ihn auf die Wangen und auf den Mund.

»Da waren Leute«, flüsterte sie.

»Leute?«

»Von der Militärpolizei. Acht Mann. Mit Hunden. Aber es war nur eine Übung. Und ich habe deine Anweisungen exakt befolgt.«

Seine Miene veränderte sich.

»Du hast … was gemacht?«

»Ich habe den Kies vor der Tür mit dem Fuß untersucht. Aber sie haben keinerlei Verdacht geschöpft!«

Wie immer, wenn Leo seine unergründlichen Überlegungen anstellte, wirkte er abwesend, nach innen gekehrt.

»Du hast also einen Meter vor dem Waffenlager mit dem Stiefel im Kies herumgescharrt, während dir die Militärpolizisten und ihre Hunde dabei zugesehen haben?«, fragte er.

»Ja, und sie …«

Leo betrachtete erst das Nachbarhaus und dann die Straße, auf der ein Wagen anhielt, woraufhin sich der Verkehr dahinter staute.

»Lass uns reingehen.«

Er packte ihren Arm nicht allzu fest, aber doch so fest, dass sie ihm folgen musste, und schloss dann die Haustür hinter ihnen. In der Diele war es nicht sonderlich hell. Eine nackte Glühbirne hing von der Decke und schwang sachte hin und her, weil Leo mit seinem Kopf dagegengestoßen war.

»Militärpolizisten, die dazu ausgebildet wurden, Dinge zu bemerken, die anderen entgehen. Und du stehst vor ihnen und … scharrst in der Erde herum wie eine Katze im Katzenklo.«

Ein unbehagliches, grelles Licht.

»Leo, ich hab doch nur …«

»Haben Sie dich nach deinem Namen gefragt? Hast du ihnen deinen Namen genannt?«

»Nein, ich …«

»Haben sie den Wagen gesehen?«

»Ich …«

»Wenn sie ihn gesehen haben, können sie ihn ausfindig machen!«

Es war ihm wichtig, keine Wut zu zeigen, nie die Beherrschung zu verlieren, besonnen zu sein. Jetzt verhielt er sich wie sonst nur anderen Männern gegenüber, die ihn provozierten. Das hatte ihr sogar gefallen, sie hatte sich geborgen gefühlt. Aber bislang hatte er weder sie noch seine Brüder so behandelt.

»Nein, sie haben keinen Verdacht geschöpft.«

»Wirklich nicht?«

»Ich verspreche es dir, Leo.«

»Wenn sie entdecken, dass das Waffenlager leer ist, und es ihnen gelingt, dich aufzuspüren, dann werden sie dich verhören. Das ist dir doch klar, oder? Dann sitzt dir so ein Bulle gegenüber und dreht dir jedes Wort im Mund herum, bis du ihm sagst, was er hören will. Was machst du dann? Bist du dann immer noch … meine *Räuberkönigin?*«

»Was soll denn das? Hör auf!«

»Wenn ich dich jetzt schon überfordere, dann bist du einer Vernehmung nie und nimmer gewachsen.«

»Ich würde dich nie verraten«, sagte sie und ergriff seine Hand. »Leo, schau mich an … das weißt du doch, nicht wahr? Ich würde dich *nie* verraten.«

»Solche Verhöre werden dir auch erspart bleiben, wenn du deine Rolle überzeugend spielst.«

Leo schob zwei Kartons und eine Kaffeemaschine beiseite und bahnte sich einen schmalen Gang zur Küche und zum Gefrierschrank. Er öffnete ihn und nahm eine Eiswürfelform heraus.

»Du lebst jetzt zwei Leben, Anneli. Ein offizielles und ein geheimes. Vor sechs Wochen besaß ich einfach nur eine Baufirma. Felix, Vincent und Jasper waren meine Angestellten. Und du warst die Frau, die ich liebe, meine Verlobte, meine Freundin.«

Aus einem Karton neben dem Herd nahm er einen Eiskübel, aus dem Karton darunter ein Handtuch.

»Dann haben wir Waffen gestohlen.«

Er brach die Eiswürfel aus der Form und ließ sie in den Kübel fallen.

»Und anschließend einen Geldtransporter.«

Er öffnete die Kühlschranktür und nahm den einzigen Inhalt heraus, eine Flasche.

»Die Jagd hat begonnen, Anneli, verstehst du? Die Polizei sucht da draußen nach uns.«

Er wickelte ein weißes Frotteehandtuch um die hübsche Flasche und stellte diese in den Kübel.

»Du darfst keine Spuren hinterlassen und dich nie dem Risiko aussetzen, gesehen zu werden. Sie wissen nichts und haben nichts in der Hand. Sie dürfen nur solche Spuren finden, die wir mit Absicht auslegen. Sonst keine. Wir sind fünf Kriminelle ohne Vorstrafen, die zusammenarbeiten. Das ist ein absolutes Novum. Unerbittliche Verbrecher, die schwere Straftaten begehen, aber in keinem Register zu finden sind. Wir sind ihr schlimmster Albtraum – es gibt uns nicht!«

Er packte sie nochmals, behutsamer als vorher, und zog sie an sich.

»Zwei Leben, Anneli. Eines, das unsere Nachbarn sehen dürfen, und ein wirkliches: als Bankräuber, über die die Zeitungen schreiben.«

In einem der sonst leeren Küchenschränke standen zwei Champagnergläser, ganz neu, noch nie benutzt. Leo stellte sie nebeneinander auf die Spüle und ließ dann den Korken knallen. Es klang wie im Film und schäumte ein wenig über, als er einschenkte.

»Skål, Anneli. Auf unser neues Zuhause.«

Er hat seine Brüder nach Hause geschickt, weil er weiß, dass ich mit ihm allein sein möchte.

Er hat eine teure Flasche Dom Pérignon in den Kühlschrank gelegt, weil er denkt, dass ich das romantisch finde.

»Skål.«

Sie hob ihr Glas, sah ihn an, trank. Sie erkannte, was sie so bedrückt hatte. Die Furcht, nicht dazuzugehören. Mit dem Gefühl dazuzugehören war sie aus dem Wald zurückgekehrt, und dieses Gefühl hatte er ihr soeben wieder genommen. Da konnte sie noch so viel lächeln – sie würde es nicht zurückgewinnen.

25

Schon immer war Sanna gerne nackt über die polierten Parkettböden spaziert. Sie hatte ihm beigebracht, nackt zu schlafen, nackt Zähne zu putzen. Dass sein sehniger, bleicher Körper unbekleidet sein durfte. Sie hatten sich an jenem ersten Morgen am Küchentisch gegenübergesessen, als Schüchternheit in Schweigen überging. Sie hatten sich über Nichtigkeiten unterhalten, um sich nicht ansehen zu müssen, und ihre Füße hatten plötzlich die seinen berührt. Mehr war nicht nötig gewesen, und die Nähe und das Vertrauen vom Vorabend waren zurückgekehrt. Obwohl er sehr lange geglaubt hatte, sich keinem Menschen nackt zeigen zu können.

Du weißt, dass ich nicht darüber sprechen möchte. Dass ich … darüber hinweg bin. John? Das ist dir doch klar.

Er zog sich an und verließ seine Zweizimmerwohnung in einem Hinterhaus des Stockholmer Stadtteils Södermalm. Es war zwar November, aber der Morgen war so milde, dass es den Anschein hatte, Herbst und Winter wären eingeschlafen und der Spätsommer gäbe noch einmal ein kurzes Gastspiel. Er überquerte den Innenhof des Jugendstilhauses an der Högalidsgatan. Dort lag auch die imposante Kirche mit den beiden Türmen, die über den Hauseingang wachte. Die Kirchenglocken verkündeten gedämpft jede Viertelstunde, ein Geräusch, das ihn während der ersten Jahre irritiert hatte und das er inzwischen gar nicht mehr wahrnahm.

Er kam an dem stets offenen Fenster vorbei, aus dem in voller Lautstärke Radio Stockholm mit den Verkehrsnachrichten drang. Dann betrat er das Café mit den beiden kleinen Tischen, in dem es nach frischem Brot duftete. Der Bäcker servierte Panini und sang dabei italienische Opern. Er wusste, wie John es mochte: mit Vollkornbrot und ohne Tomate.

Eines Tages, nach zwei Jahren Beziehung, hatte er ihren Teil des Schranks ausgeräumt, ihre parfümfreie Waschlotion und die Zahnpasta, »Das zweite Geschlecht« und »Purple Rain«, all die Dinge, die Leute mitbrachten, wenn sie nach und nach bei jemandem einzogen. Er hatte eine große gelbe IKEA-Tüte auf den Teppich in der Diele gestellt und sie gebeten auszuziehen, und sie hatte sich größte Mühe gegeben, die Situation zu begreifen. Er hatte in diesem Café einen Häuserblock weiter gesessen und so lange Kräutertee getrunken, bis er sich absolut sicher war, dass sie die Wohnung verlassen hatte.

Broncks holte sich ein Glas Orangensaft und einen trockenen Keks, der noch auf einem Blech lag.

Ich denke jeden Tag an dich.

Er hatte sie gebeten auszuziehen, weil sie ihm zu nahe gekommen war und weil er in diesem Augenblick stark gewesen war. Er hatte nicht geahnt, dass sich die Situation zehn Jahre später in einem Aluminiumboot umkehren und sie stark sein würde, während er nur noch Leere empfand.

Ich denke nie an dich.

Die drei Skizzen lagen zuoberst auf einem Stapel Umzugskartons. Leo nahm eine davon in die Hand und betrachtete sie. *Förderband. Drainagepumpe. Zementrohr.* Er hatte jedes Detail der Totenkopfhöhle selbst entworfen.

Er ging mit den Bauzeichnungen in das einzige Zimmer, in dem keine Kartons standen, links neben der Haustür in dem Anbau, das einer der Vorbesitzer als Büro benutzt hatte.

Als Schüler hatte er ganze Pausen damit verbracht, Skizzen der neuen Parkuhren auf seinem Schulweg anzufertigen. Er legte sich zurecht, wie er mit Hammer und Meißel die beiden Nieten auf der Rückseite der Parkuhr entfernen könnte, um dann die Abdeckung abzunehmen und an die Münzen zu gelangen. Einmal hatte er in der letzten Stunde so getan, als müsste er seinen Bleistift spitzen, und dabei das Fenster einen Spalt weit geöffnet. Dann hatte er zu Hause den Wecker gestellt und war mitten in der Nacht mit dem schlaftrunkenen Felix zurückgekehrt, der draußen mit einem schwarzen Müllsack warten musste. Leo kletterte durch das offene Fenster und warf alle Modellbausätze, die die Lehrerin für die Freispielstunden bestellt hatte, nach draußen: Airfix-Flugzeuge aus dem Zweiten Weltkrieg und Revell-Autos, wie sie in dem Film »American Graffiti« gefahren wurden.

Erst Jahre später hatte er den logischen Schluss gezogen, wenn er einfach nur tat, was niemand von ihm erwartete, wenn er seine eigenen Regeln schuf, dann würde er die Welt regieren.

Er hatte beschlossen, im Gegensatz zu seinem Vater keine Reden zu schwingen und sich auch nicht erwischen zu lassen. Genau wie sein Vater würde er seine eigenen Regeln aufstellen, doch er würde sie für sich behalten.

John Broncks saß im selben Büro wie vorher, auch nachdem er die Uniform gegen zivile Kleidung eingetauscht hatte. Jetzt war er nicht mehr der Cop, der mit gezogener Waffe als Erster am Tatort eintraf. Er war der Detektiv, der später in Erscheinung trat und anhand der Spuren, des Echos der bedrohlichen Stimmen, der Hitze eines fluchtbereiten Körpers in geduldigem Tempo die Geografie der Gewalt nachzeichnete.

Er klappte den Ordner auf und blätterte an den Zeugenaussagen, Ermittlungsberichten und Gutachten vorbei, bis er auf einen braunen Umschlag stieß, der vergrößerte Abzüge von Glassplittern auf einem Autositz und Einschusslöchern in einer Autotür enthielt. Broncks drehte und wendete sie, hielt sie weiter weg und dann wieder ganz nahe, bis er schließlich aufgab und sie beiseitelegte. Stattdessen öffnete er das Melderegister. Wie Sanna vorgeschlagen hatte, würde er an den Ort zurückkehren, an dem Jafar und Goback zuletzt gesehen worden waren. Er suchte nach Personen mit Verbindungen zu einer verlassenen Badestelle in Sköndal, nach Personen, die sich zwar bemühten, physikalische Spuren zu verwischen, aber ein klares Verhaltensmuster hinterlassen hatten: den Einsatz extremer Gewalt.

In der zweitobersten Schreibtischschublade lag eine große Landkarte. Er breitete sie aus und markierte das Ufer des Drevviken mit einem roten Filzstift. Dann folgte er mit dem Stift erst einer Straße, dann einer weiteren, bis er immer wieder an dem Punkt anlangte, wo er begonnen hatte und wo sich die Spur verlor. Die rot umrahmte Fläche umfasste ziemlich genau drei Quadratkilometer.

Dann gab er alle Straßennamen dieses Gebiets in den Computer ein, um die Männer herauszusuchen, die dort wohnhaft und wegen schwerer Gewaltverbrechen vorbestraft waren.

»Hallo.«

Die zweite Suche: Vorbestrafte, die nicht in dem markierten Gebiet wohnten, dort aber Gewaltverbrechen verübt hatten.

»John? Hallo?«

Broncks blickte vom Bildschirm auf, er hatte ihr Kommen nicht gehört.

»Habe ich dich geweckt?«

Sanna lehnte am Türrahmen, in der Hand hielt sie einen Papierstapel.

»Alle Patronenhülsen weisen die Ziffern 80 700 auf, womit sich bestätigt, was wir bereits wussten: in Schweden produziert, und zwar fürs Militär.«

Sie sah sich neugierig in seinem Büro um und reichte ihm dann die Akten. Ein Behördenzimmer. An den Wänden aufgestapelte Kartons, als wäre er nie richtig eingezogen.

»Wie lange hast du dieses Büro schon?«

»Seit ich hergekommen bin.«

»Das ist fast zehn Jahre her. Und dennoch gibt es keine einzige Spur von dir. Keinen persönlichen Gegenstand. Kein Foto, nichts.«

»Nein.«

»John … es riecht hier nicht einmal nach dir.«

»Genau so will ich es.«

Er blätterte den Papierstapel durch, ohne sie anzusehen.

»War's das, Sanna?«

Er sah nicht auf, als sie sich zum Gehen wandte.

»Ja, das war's, John.«

Er lauschte jedoch ihren vertrauten Schritten, die auf dem Korridor verklangen.

Dann betrachtete er den Bildschirm mit den Ergebnissen seiner ersten beiden Suchdurchläufe.

Insgesamt siebzehn Treffer.

Leo hielt die Skizze der Totenkopfhöhle in der Hand, als er aus dem einen Fenster schaute und den Pick-up entdeckte. Alle drei saßen auf der Vorderbank.

Pünktlich und korrekt gekleidet parkten sie vor der Haustür neben der kurzen Treppe, die zur provisorischen Veranda führte. Felix öffnete das Verdeck, und Jasper und Vincent hoben den dreißig Kilo schweren Presslufthammer, vier Spaten, vier Schaufeln, eine hölzerne Werkzeugkiste, eine Tüte Atemschutzmasken und Handschuhe und eine Kiste Coca-Cola herunter.

Während sie alles ins Zimmer trugen, erklärte Leo: »Wir haben die Grenzen verschoben und die Regeln geändert. Diese Regeln gelten aber nur bis zu dem Tag, an dem sie die Tür des Waffenlagers öffnen.«

Er reichte Felix das längere Brecheisen aus der Werkzeugkiste, das kürzere behielt er selbst. Als Erstes entfernten sie die schmale Fußleiste, dann den gelben PVC-Fußboden und schließlich die Platten aus Hartfaser und Pressspan. Jasper und Vincent trugen alles nach draußen und stapelten es neben dem Pick-up.

»Jetzt werden wir die Grenze etwas weiter verschieben. Wieder neue Regeln aufstellen, damit wir über ein eigenes Waffenlager verfügen, wenn sie den Diebstahl entdecken.«

Er kniete sich hin und zeichnete mit dem Zollstock und einem Tischlerbleistift ein Rechteck auf den Boden, zwei Meter lang und einen Meter sechzig breit.

»Wir haben einen Vorsprung und werden ihn nutzen. Bald schlagen wir wieder zu. In dreizehn Tagen überfallen wir die Bank am Kreisverkehr.«

Jetzt kam der Presslufthammer zum Einsatz. Leo schaute zu ihnen hoch.

»Und falls irgendwelche Bullen in der Nähe des Tatorts in einem Streifenwagen herumsitzen sollten, müssen sie kapieren, dass wir, ohne zu zögern, mehr Gewalt anwenden werden, als nötig wäre.«

26

John Broncks war sich nicht sicher, ob er jemals an diesem Ort gewesen war. Eine Kirche, eine S-Bahn-Station, eine Schwimmhalle, eine Bücherei. Einer dieser Vororte, die man möglichst rasch hinter sich ließ. Er kurbelte die Seitenscheiben herunter. Draußen war es warm geworden, und der Regen hatte sich in Nebel verwandelt, der die Sicht erschwerte.

Niedrige Gebäude umgeben von Parkplätzen. Der Ortskern von Ösmo. Direkt dahinter ein zweistöckiges Backsteinhaus, sein Ziel.

Siebzehn Treffer auf seinem Monitor, siebzehn Gewaltverbrechen, deren Akten im Archivkeller des Polizeipräsidiums ruhten. Fälle, die schon längst abgeschlossen und vor Gericht verhandelt worden waren. John hatte die Ordner in sein Büro getragen und in Stapeln auf den Fußboden sortiert.

Zwei Täter waren inzwischen verstorben. Drei wohnten nicht mehr in Stockholm, sondern in Göteborg, Berlin und an der Costa del Sol. Ihre Alibis waren von der örtlichen Polizei bestätigt worden. Vier hatten zum Zeitpunkt des Raubüberfalls im Gefängnis gesessen. Fünf waren der Vergewaltigung, der schweren Vergewaltigung oder des Kindesmissbrauchs für schuldig befunden worden. Ihre Taten entsprachen somit nicht dem erstellten Gewaltprofil.

Er hielt vor dem Briefkasten, der so aussah, als hätte ihn der Eigentümer selbst angestrichen. Am Fenster stand jemand und schien ihn zu beobachten.

Drei Ermittlungsakten, die eine persönliche Begegnung erforderten, waren übrig geblieben, und er hatte sie zu seinen Treffen mit den Exkriminellen aus Sköndal mitgenommen, die für den Raubüberfall infrage kamen.

Das erste Treffen hatte nur zwei Blocks vom Präsidium entfernt in der Sankt Eriksgatan stattgefunden. Der vierundvierzigjährige Mann war wegen schwerer Drogenvergehen vorbestraft und sah aus wie achtzig: gebeugt, schütteres Haar, eingefallene Wangen, getrübte Augen. Ein Blick genügte, um ihn als möglichen Verdächtigen des fast zwanzig Minuten währenden Raubüberfalls auszuschließen. Rasch hatte John die Wohnung mit Blick auf den Karlbergskanal verlassen. Erst hinterher war ihm aufgefallen, dass sie fast gleichaltrig waren und dass ihre Rollen, wenn sie jeweils den Weg des anderen gewählt hätten, genauso gut hätten vertauscht sein können. Die Zeit ließ sich nicht nur in Stunden und Sekunden messen.

Ein Backsteinhaus mit einem großen Garten. Nach der Veranda und den Fenstern zu urteilen aus den 1920er-Jahren. Jetzt war er sich ganz sicher. An einem der Fenster saß ein Mann und beobachtete ihn.

Von der Sankt Eriksgatan war er Richtung Jakobsberg gefahren, wo der zweite Treffer seiner Datenbanksuche lebte. Auch diesen Kandidaten hatte er ausschließen können. Ein Siebenundvierzigjähriger, der wegen Totschlags verurteilt worden war. Damals hatten seine Beine noch funktioniert. Der Täter war ein stark übergewichtiger glatzköpfiger Mann, der leise, fast flüsternd, sprach und in seiner Reihenhausküche Kaffee trank. Seit einer mutmaßlichen Vergeltungsaktion verfügte er statt seiner Unterschenkel über Prothesen. Die Ermittlungen waren eingestellt worden, nachdem alle Zeugen ihre Aussagen zurückgezogen hatten.

Am Ende war nur noch der Mann hinter der schmutzigen Gardine geblieben.

Broncks öffnete den Ordner, der fünfzehn Jahre im Polizeiarchiv gelegen hatte. Ein einundfünfzigjähriger Mann, der in den Sechzigerjahren aus Jugoslawien eingewandert war und mehrere Male im Gefängnis gesessen hatte, zuletzt achtzehn Monate in Norrtälje wegen schwerer Körperverletzung. Die Akten enthielten Aufnahmen einer Frau vor einem blauen Hintergrund, die an Schülerfotos erinnerten. Ihr blondes Haar war zu einem Pferdeschwanz zusammengefasst, damit die Verletzungen sichtbar wurden. Das eine Auge war zugeschwollen, und das Stirnbein, dessen tiefe Schnittwunde ein Kriminaltechniker gereinigt hatte, wies eine Fraktur auf. Der Rest des Gesichts sah fast noch schlimmer aus: Die Haut hatte sich in einen einzigen großen Bluterguss verwandelt, geplatzte Blutgefäße waren blau und gelb verfärbt. Die letzten Fotos zeigten die rechte Seite des Oberkörpers. Ein riesiger Bluterguss, der den gesamten Bereich zwischen Armhöhle und Hüfte bedeckte. Der Täter war methodisch vorgegangen.

Broncks drehte den Fotostapel um, aber zu spät. Wie schon so oft brachen plötzlich die Bilder seiner eigenen Mutter über ihn herein, und er fragte sich, ob auch sie so vor dem Kameraobjektiv eines Kriminaltechnikers gestanden hätte, wenn auch mit dunklerem Haar und anderen Schwellungen und Blutergüssen, wenn sie nur Anzeige hätte erstatten können.

Der Regen war wiedergekehrt, nicht mehr als ein Nieseln, aber intensiv genug, um das Haus vor ihm verschwimmen zu lassen. Er erwog, den Scheibenwischer einzuschalten, unterließ es dann aber – wenn er nicht hinausschauen konnte, war er auch für den Mann im Erdgeschoss nicht zu sehen.

Weitere Ermittlungen, weitere Verurteilungen. Stets wegen Körperverletzung oder schwerer Körperverletzung. Gefängnisstrafen in Österåker, Asptuna und Gävle. Körperverletzung eines Poliers auf einer Baustelle in Huddinge, schwere Körperverletzung eines Fahrkartenkontrolleurs auf der Fähre zwischen Slussen und Djurgården, schwere Körperverletzung zweier Männer in einem Club in der Regeringsgatan, mit anschließendem Angriff auf die beiden Polizeibeamten, die ihn festnehmen wollten. Trotz der fürchterlichen Bilder des zerschlagenen Frauenkörpers handelte es sich also nicht um einen Mann, der sich auf häusliche Gewalt beschränkte. Dieser Mann schlug wahllos zu.

In den Unterlagen befand sich ein weiteres Dokument zu einer Ermittlung, die eine gewisse Übereinstimmung mit seinen Suchkriterien aufwies.

Amtsgericht Handen, Urteil im Prozess 301-1
ANGEKLAGTER Duvnjac, Ivan
ANKLAGE Schwere Brandstiftung
STRAFGESETZBUCH Kap. 8, § 6
URTEIL Gefängnis: 4 Jahre

Broncks blätterte in den dicht beschriebenen Seiten, die ein vollkommen anderes Verbrechen schilderten. Schwere Brandstiftung. Ein kleines Einfamilienhaus in Sköndal nur wenige Hundert Meter von der Badestelle entfernt, wo sich die Spur verlor. Die Strafe hatte er in Österåker verbüßt.

Ein Vorbestrafter, der gewaltsam vorging und zudem Verbindungen zu dem markierten Gebiet aufwies, konnte Jafar oder Goback sein.

Broncks stieg aus und öffnete das Gartentor.

Der Mann saß immer noch hinter der Gardine.

Um die Brunnenöffnung herum hatten sie Armierungseisen verlegt und eine neue Bodenplatte gegossen. Dann hatten sie die Wände mit Lecablöcken verkleidet und mit Zement verputzt. Auf dem Grund des Brunnens war eine Tauchpumpe installiert worden, deren Schwimmschalter dafür sorgte, dass ein gewisser Pegelstand nicht überschritten wurde.

Die erste Etappe der Konstruktion, die Wände und der Boden der Totenkopfhöhle, war nun bewältigt.

Leo faltete die Bauzeichnung zusammen, legte sie in seine Werkzeugkiste und nahm die nächste hervor. *Scharniere. Schwarzer Samt. Der Hadak-Tresor.* Sein Entwurf eines Eingangs durch einen ganz normalen, unauffindbaren Tresor. Er verließ das Zimmer mit der nunmehr zwei Meter tiefen Grube und überquerte den Hof auf dem Weg zur Garage.

Bereits auf halber Strecke hörte er das Kreischen eines Trennschleifers, und als er die Tür öffnete, stoben ihm Funken entgegen. Felix, der eine hitzebeständige Schutzmaske trug, beugte sich gerade über einen massiven Safe auf der Werkbank.

»Felix – ich habe ein Datum, eine Uhrzeit und ein Objekt festgelegt.«

Ein letzter Funkenregen, dann löste sich die Rückwand des Tresors vollständig ab.

»Eine Bank in Svedmyra am 11. Dezember. Das ist ein Mittwoch.«

Leo drehte am Kombinationsschloss, öffnete den Safe und sah sich nun, da die Rückwand fehlte, Felix gegenüber.

»Der Überfall auf die beiden Banken am 2. Januar, das ist ein Donnerstag.«

Leo breitete auf der anderen Hälfte der Werkbank ein Stück Samt aus, maß es ab und zog auf der Rückseite Linien mit weißer Kreide. Mit einer frisch geschliffenen Schere schnitt er den Stoff in Stücke.

»Ich habe zwei Banken gefunden, die nur durch eine Wand getrennt sind. Ein kleiner Ort mit einem kleinen Hauptplatz in der Mitte. Man kann buchstäblich bis zur Tür vorfahren.«

»Und der Fluchtweg?«

»Da gibt es zwei Möglichkeiten. Entweder die Autobahn oder viele kleine Nebenstraßen, die alle wieder hierherführen.«

Der Klebstoff war oben ein wenig eingetrocknet. Leo entfernte die harte Kruste und trug dann den milchigen Textilkleber im Inneren des Tresors auf.

»Wo?«

»Ösmo.«

»Ösmo?«

»Ja.«

»Dann schlage ich die Nebenstraßen vor. Über Väggarö und Sunnerby. Oder hintenrum über Sorunda nach Tumba.«

Rechtecke aus Samt wurden auf die Innenwände geklebt.

»Ösmo, Leo? Was hattest du da zu suchen?«

Sie saßen sich gegenüber, einen riesigen Safe ohne Rückwand zwischen sich. Es war schwierig, den Augen des anderen auszuweichen.

»Ich habe mich umgesehen.«

»Du warst dort?«

Felix blickte fragend in die Augen, die er so gut kannte.

»Leo?«

Augen, die seinen Blick nicht recht erwidern wollten.

»Du warst bei ihm? Bei dem Alten?«

»Ja.«

»Warum?«

»Geld. Ich war ihm noch was schuldig. Das habe ich ihm zurückgezahlt. Damit die Sache endlich erledigt ist.«

»Wir schulden ihm einen Scheißdreck, Leo, wann begreifst du das endlich! Du hättest ihm das Geld doch zu jedem anderen Zeitpunkt zurückzahlen können!«

Das letzte Samtstück. Leo klebte es auf die Rückwand des Safes.

»Es ist einfach passiert.«

»Von wegen! Du wolltest ihm von unseren Plänen erzählen!«

»Warum hätte ich das tun sollen?«

»Warum? *Warum?* Ich kenn dich doch, Leo. Ich weiß doch, wie du tickst. Er setzt in deinem Hirn Prozesse in Gang, die dann einfach weiterlaufen.«

»Jetzt reg dich doch nicht so auf. Vergiss es, Felix.«

»Wie du willst. Ich vergesse das alles. Scheiß auf Svedmyra, scheiß auf Ösmo. Ich steige aus. Und zwar jetzt.«

Felix hatte fast schon die Garagentür erreicht, als ihn Leo an der Schulter packte.

»Mensch, Felix, reg dich ab.«

»Leo, kapierst du denn gar nichts? Weißt du denn nicht, dass … dass es nie passiert wäre, wenn ich damals nicht diese Tür geöffnet hätte?«

»Wovon redest du?«

»Ich hab sie geöffnet. Damals. Als unser Alter versucht hat, unsere Mutter umzubringen. Ich hab sie aufgemacht. Ich hab ihn reingelassen.«

»Unsinn.«

»Ich hab sie aufgemacht und …«

»*Ich* habe die Tür aufgemacht.«

»Leo, ich mein's ernst!«

»Ich auch. Warum hättest ausgerechnet du … die Tür öffnen sollen?«

»Vielleicht war mir ja nicht klar, dass er da draußen stand?«

»Du hättest niemals die Tür geöffnet. Du hast dir immer solche Sorgen gemacht, was passieren könnte. Du erinnerst dich falsch. *Ich* war es, der die Tür aufgemacht hat.«

»Du? *Du* bist ihm wie ein kleines Äffchen auf den Rücken geklettert. Du bist dazwischengegangen. Aber ich … ich hab die Tür aufgemacht und ihn reingelassen! Und genau in dem Augenblick habe ich den Entschluss gefasst, Leo! Nie wieder! Hörst du? Du musst es mir versprechen …«

»Was?«

»Versprich mir, ihn nicht wiederzusehen, solange ich das Fluchtauto fahre!«

»Ich …«

»Versprich es mir! Versprich es mir!«

Sie standen lange wie angewurzelt da und starrten sich an. Leo legte Felix auch die andere Hand auf die Schulter.

»Okay. Versprochen. Zufrieden? Ich verspreche dir, nie wieder Kontakt zu dem Alten aufzunehmen.«

Sanft und mit einem vorsichtigen Lächeln zog Leo an den beiden Schultern, die etwas breiter waren als seine eigenen.

»In Ordnung, Felix? Zufrieden? *Nie wieder.*«

»Wenn wir ihn wieder in unser Leben lassen, dann wird er alles kaputtmachen – alles, was wir aufgebaut haben.«

Broncks drückte auf eine lustige kleine blumenförmige Klingel. Er beabsichtigte, wie auch im Gespräch mit dem dicken Mann in Jakobsberg und dem Junkie in der Sankt Eriksgatan, Fragen zu stellen, die sein eigentliches Anliegen verschleierten, ihm aber die gewünschten Informationen lieferten: *Wer sind Sie heute? Was ist Ihnen heute zuzutrauen? Wo waren Sie am 19. Oktober zwischen 17.54 Uhr und 18.14 Uhr?*

Schwere Schritte. Ein Schatten hinter dem Strukturglas in der Tür. Ein Schlüssel wurde im Schloss umgedreht.

»Hallo, ich …«

»Steve ist nicht zu Hause.«

Der Mann war viel größer, als John erwartet hatte. Nicht länger oder stärker, sondern einfach wuchtiger, wie es bei manchen Leuten ist, wenn man ihnen direkt gegenübersteht. Ungewaschenes, dunkles Haar, zurückgekämmt mit buschigen Koteletten, ein langhaariger Elvis Presley.

»Ihm gehört die Bude, ich miete nur die eine Wohnung. Kommen Sie später wieder.«

Die raue Hand des Mannes packte die Messingtürklinke, um die Tür zuzuziehen. Zwei eingesunkene Knöchel deuteten darauf hin, dass er sich zu oft geprügelt hatte.

»Ich möchte nicht mit Steve, sondern mit Ivan Duvnjac sprechen.«

Broncks hielt ihm seine Dienstmarke unter die Nase, und der stämmige Mann warf einen flüchtigen Blick darauf.

»John Broncks von der Kriminalpolizei.«

Er musterte sein Gegenüber und ließ den Blick über die Nachbarhäuser und ihre großen Gärten schweifen.

»In diesem Viertel wurde in den letzten Wochen wiederholte Male eingebrochen. Ist Ihnen etwas Ungewöhnliches aufgefallen?«

»Die Bullen gehen also wieder mal von Tür zu Tür?«

Derselbe Tonfall wie beim Junkie und beim Dicken. Diese Leute waren es gewohnt, dass die Polizei vor der Tür stand, dass sie sich vor Gericht verteidigen mussten, dass sie ins Gefängnis kamen. Immer misstrauisch und immer eine Bezichtigung vorwegnehmend. Broncks hatte keine andere Reaktion erwartet.

»Das könnte man so sagen.«

»Und was wollen Sie?«

»Ich habe Ihnen meinen Ausweis gezeigt, jetzt würde ich gerne Ihren sehen.«

»Ich habe keinen verdammten Ausweis.«

»Nicht einmal einen Pass? Überhaupt nichts?«

»Wozu? Ist das gesetzlich vorgeschrieben? Bin ich verpflichtet, jedem dahergelaufenen Bullen meinen Ausweis hinzuhalten?«

Sie standen einander auf der schmalen Veranda gegenüber. Zu diesem Zeitpunkt etwa hatten der Junkie und der Dicke allmählich seine Fragen beantwortet und einen Ausweis hervorgekramt. Obwohl sie sich zu Unrecht beschuldigt fühlten, wollten sie von der Liste der Verdächtigen gestrichen werden.

»Vielleicht, um Teil der Gesellschaft zu sein?«

»Ich miete hier zwar ein Stockwerk, aber ein Teil der Gesellschaft bin ich noch lange nicht.«

»Und der Wagen da drüben?«

Broncks deutete auf einen rostigen alten Saab in der Einfahrt, auf dessen Rücksitz eine Leiter und ein Farbroller zu sehen waren.

»Ist das Ihrer? Dann müssten Sie ja einen Führerschein besitzen.«

Der Mann fuhr sich mit der Hand durch seine Elvistolle.

»Glauben Sie wirklich, dass ich ein Einbrecher bin?«

»Ich wüsste gerne, wo Sie sich am 19. Oktober zwischen 17.30 Uhr und 18.30 Uhr aufgehalten haben.«

Ein kurzes Lachen.

»Und welcher Einbrecher ist zwischen fünf und sieben aktiv?«

Der stämmige Mann, der so viel Platz beanspruchte, trat noch einen halben Schritt vor.

»Meine Taten lassen sich nicht verleugnen. Ich habe die Kontrolle verloren. Aber ein simpler Einbrecher … glauben Sie wirklich, dass ich in die Häuser anderer Leute schleiche und ihre Sachen klaue? Ich schleiche nicht, ich kämpfe. Das können Sie in Ihren verdammten Akten nachlesen.«

John Broncks regte sich nicht. Erst wollte er einen Ausweis sehen.

Du hast deine Frau geprügelt. Hast Gewalt ausgeübt, um Kontrolle zu erlangen. Ich brauche die verdammten Akten nicht, ich bin bereits im Bilde.

»Okay. Wie auch immer. Aber nur wenn Sie sich anschließend wieder in Ihr blödes Bullenauto setzen.«

Der Mann ließ die Tür offen stehen und verschwand in einem Raum, bei dem es sich vermutlich um die Küche handelte. Auf dem Tisch lag ein Stapel Lottoscheine, daneben standen zwei Weinflaschen. Über einer Stuhllehne hing eine graue Jacke, aus deren Innentasche er eine abgegriffene Brieftasche zog.

»Vielen Dank.«

Broncks nahm das Plastikkärtchen in Empfang. Ein Führerschein. Vor sieben Jahren auf IVAN ZORAN DUVNJAC ausgestellt und noch weitere drei Jahre gültig. Er gab ihn zurück.

»Den hätten Sie mir doch gleich zeigen können.«

»Wozu? Sie stehen hier mit all Ihren Vorurteilen auf der Matte, obwohl Sie wissen, dass ich mir seit zehn Jahren nichts mehr habe zuschulden kommen lassen und dass ich nie wie eine verdammte Ratte in den Häusern anderer Leute herumschnüffeln würde.«

»Gibt es jemanden, der dies bestätigen könnte?«

Sie standen sich ganz nah gegenüber, aber nicht nahe genug. Ivan Duvnjac trat noch ein Stück vor, warf den Kopf zurück, schob das Kinn vor, starrte den Polizisten an. Es war lange her, dass sich Broncks im Dienst auf solche Machtspielchen eingelassen hatte.

»Sie kommen hierher und wollen mich aus dem Gleichgewicht bringen. Vielleicht gelingt es Ihnen ja, wenn Sie so weitermachen.«

»Wollen Sie mir etwa drohen?«

»Denken Sie doch, was Sie wollen.«

»Kann jemand bestätigen, wo Sie sich am Nachmittag und Abend des 19. Oktober aufgehalten haben?«

»Ja, Steve.«

»Steve?«

»Mein Vermieter. Er wohnt im Obergeschoss. Er kann das bestätigen. Rufen Sie ihn an. Er arbeitet auf einer dieser Gotlandfähren.«

Auf dem Weg zur Gartenpforte und zu seinem Auto brauchte Broncks sich nicht umzudrehen. Er spürte die Augen hinter der Gardine in seinem Rücken.

Es waren siebzehn Treffer gewesen, Verurteilte und Entlassene, Kriminelle und Exkriminelle. Er hatte sie überprüft und einen nach dem anderen abgeschrieben. Dieser hier war der Letzte. Und er glaubte ihm. Ivan Duvnjac war ein Schläger, aber kein Einbrecher.

Jafar und Goback musste er woanders suchen.

Erstaunlicherweise knarrten die Treppenstufen nur auf dem Weg nach oben. Ivan ging ins Obergeschoss in die Wohnung seines Vermieters und holte sich die gelesenen Tageszeitungen der letzten Tage vom Hocker neben dem Herd, wo Steve sie immer hinlegte, und ein paar ältere Zeitungen, die unter der Spüle lagen und ins Altpapier sollten.

Was für ein Idiot der Bulle in Jeans und schwarzer Lederjacke gewesen war, der vor der Haustür gestanden und ihm etwas von Kleinkriminellen vorgeschwatzt hatte, die sich wie Ratten in die Häuser anderer Leute gestohlen hatten.

Er ging wieder nach unten und schob die Lottoscheine und die Flaschen beiseite, um die Lokalzeitung und die große Tageszeitung der letzten zwei Wochen durchzublättern. Nicht einmal eine kleine Notiz über Einbrüche in der näheren Umgebung.

Wenn er sich nicht geschworen hätte, nie wieder zuzuschlagen, dann hätte er diesem Scheißbullen eins aufs Maul gegeben. Er hatte nämlich entdeckt, dass es andere Methoden gab, Angst und Schrecken zu verbreiten, ohne eine Gefängnisstrafe zu riskieren. Wenn er seine Stimme erhob und jemanden mit seinem durchdringenden Blick anstarrte, dann knickten die Menschen in diesem verdammten Land ein. Es war, als würde man zuschlagen, obwohl man nur dastand. Die Leute senkten sofort ihre Blicke und gaben auf.

Kein einziger Faustschlag in zehn Jahren.

Trotzdem musste er sich von einem Bullen so behandeln und beschuldigen lassen, als wäre keine Zeit verstrichen und als könnte sich ein Mann nicht verändern.

Die abschüssige Strecke zum Zentrum von Ösmo war lehmig und glatt, und seine abgenutzten Schuhsohlen gaben ihm keinen Halt. Er ging an den Läden, Banken und Lokalen vorbei. Die Klingel über der Tür zu Jönssons Kiosk schrillte beim Eintreten. Wie verkraftete man nur dieses schneidende Geräusch, jedes Mal wenn jemand ein paar Zigaretten brauchte?

Ivan schaute sich um. Zigaretten neben Süßigkeiten und Zeitschriften. Niemand hinter der Theke. Dann hörte er die Wasserspülung der Toilette, die letzten Sommer undicht gewesen war und die er im Austausch gegen eine Unmenge Tabak repariert hatte.

»Ivan.«

Der Vorhang wurde beiseitegezogen, und Jönsson fuhr sich mit den Händen durch sein schütteres Haar, als wollte er daran seine Hände abtrocknen.

»Die Abendzeitungen. Beide.«

»Heute gibt es keine Lottobeilage. Die kommt immer dienstags.«

»Die Abendzeitungen.«

Er nahm einen zusammengefalteten und zerknitterten Umschlag aus der Brusttasche seines Hemdes, blätterte die Fünfhunderterscheine durch und legte einen davon auf die Ladentheke.

»Ich habe es leider nicht kleiner.«

Der Kioskinhaber putzte die Brille, die er nur selten trug, nahm den Schein und hielt ihn gegen die Deckenlampe.

»Na, dir scheint's ja gut zu gehen.«

»Momentan gibt's viel Arbeit.«

»Verdienst du so gut mit Anstreichen und Schreinern? Vielleicht bin ich ja in der falschen Branche. Du hast einen Umschlag voller Geld, und ich habe kaum genug, um dir auf deinen Schein rauszugeben. Wer zahlt denn so gut?«

»Das frage ich mich auch. Und ich werde es bald herausfinden.«

Jönsson legte das Wechselgeld auf den abgenutzten Tresen. Hunderter, Fünfziger, Zwanziger. Ivan zählte nach und stellte sich dann an den Lottotresen, um die Zeitungen durchzublättern.

»Kein Wort.«

»Worüber?«

»Die Einbrüche.«

»Einbrüche?«

»Hier in der Gegend. Mehrere.«

»Das ist mir neu. Obwohl alle hier reinkommen und reden. Ich müsste es wissen.«

Ivan rollte die Zeitungen zusammen und schob je eine in die rechte und linke Jackentasche.

Dieser Bulle war nicht bei den Nachbarn gewesen, sondern hatte nur bei ihm geklingelt. Außerdem war er ohne Begleitung gekommen. Hätte es sich wirklich um eine Nachbarschaftsbefragung gehandelt, wäre er nicht mit dem Auto vorgefahren, sondern hätte es im Zentrum von Ösmo abgestellt. Außerdem kamen sie im Normalfall im Doppelpack, wenn sie mit einem Exkriminellen sprechen wollten, der schon mal einen Bullen verprügelt hatte. Was mochte der wahre Grund seines Besuches sein?

»Hast du beide Zeitungen gelesen?«

»Da stand nichts drin.«

»Dann leg sie zurück. Du musst nichts zahlen. Nimm dir stattdessen ein Päckchen Tabak.«

Ivan zog die beiden Boulevardblätter wieder aus den Taschen und strich sie, so gut es ging, glatt. Dann nahm er sich aus dem untersten Fach ein Päckchen Tabak und wandte sich zum Gehen.

»Dein Sohn war hier.«

Ivan blieb stehen.

»Er ist groß geworden. Er sieht aus wie du, Ivan, von den blonden Haaren mal abgesehen. Arbeitet ihr wieder zusammen?«

Jönsson verlangte eine Antwort. Doch er würde keine bekommen, denn Ivans ältester Sohn betrieb jetzt zusammen mit seinen Brüdern eine eigene Firma.

Fast hätte er gelächelt.

Immerhin eine Sache hatte er seinen Söhnen beigebracht: Dass man gegen alle zusammenhielt – selbst gegen seinen Vater.

Anneli lag angekleidet und bäuchlings quer auf dem Doppelbett. In letzter Zeit schlief sie viel. Leo strich ihr leicht mit dem Handrücken über die Wange, um sie zu wecken.

»Wie spät ist es?«

Sie kniff die Augen zusammen und vermied, ins Licht zu blicken.

»Halb sieben.«

»So früh? Dann will ich weiterschlafen.«

»Am Abend.«

Er nahm ihre Hand und zog behutsam.

»Komm schon.«

Sie sah ihn an, bewegte sich aber nicht.

»Mach schon. Wir wollen doch das Phantom treffen.«

Anneli stand auf, wobei ihre schwachen Glieder beinahe ihren Dienst verweigerten. Verständnislos folgte sie ihm die Treppe hinunter in das Zimmer, das der Küche gegenüberlag und in dem die anderen so viel Zeit verbracht hatten.

»Stell dir vor, Anneli, jemand ist auf der Flucht und versteckt sich hier im Haus, wenn die Bullen kommen.«

Ein normales Zimmer. Fußboden, Wände, Decke. Der Geruch nach frischer Farbe löste bei Anneli beinahe einen Hustenreiz aus. Leo, Felix, Vincent und Jasper sahen sie an und wirkten zufrieden mit sich.

»Ich verstehe nur Bahnhof. Wovon redet ihr?«

Sie standen auf einem dicken Teppich, der einen Großteil des glänzenden schachbrettgemusterten PVC-Bodens bedeckte. Leo ließ ihre Hand los und ging in die Knie.

»Das hier ist dein Zimmer, Anneli, und Sebastians.«

Sie gestattete sich ein schwaches Lächeln. Leo betrachtete sie, mit weiterhin zufriedener Miene, rollte den Teppich auf und deutete dann auf vier Quadrate. Darunter kamen zwei Eisenringe zum Vorschein.

»Die Bullen sind also hier und suchen. Und aus irgendeinem Grund finden sie tatsächlich einige lose Bodenplatten und darunter dann diese Eisenringe, die sich anheben lassen.«

Er packte die Ringe und zog sie ruckartig nach oben. Ein Stück des Zementbodens folgte der Bewegung.

»Jetzt haben sie also auch diese Zementplatte entdeckt und sehen das hier. Einen Tresor, in den Betonboden eingegossen. Die Bullen sind ganz aus dem Häuschen. Jetzt haben sie uns!«

Vorsichtig legte er seine Hand auf das Zahlenschloss.

»Dann gelingt es ihnen mit wahnsinnig viel Glück, die Zahlenkombination auszuklügeln.«

Er drehte noch einmal am Zahlenschloss und öffnete dann die Stahltür. Im Inneren war der Safe nahtlos mit schwarzem Samt ausgelegt. Darin lag ein Plastikmäppchen mit Fünfhundertkronenscheinen. Ein Fotoapparat. Ein paar Patronen. Ein Stapel Papiere, die wie Urkunden und Verträge aussahen. Leo nahm alles heraus und legte es auf den Fußboden.

»Schließlich finden sie das hier. Überhaupt nichts. Ende der Geschichte. Dann setzen sie ihre Suche im nächsten Zimmer fort und sind froh, dass sie ein Versteck mit Bargeld, vielversprechenden Dokumenten und ein paar Gewehrpatronen gefunden haben, die sie in aller Ruhe analysieren können.«

Leo trat an das einzige Fenster des Zimmers. Darüber befand sich eine Verteilerdose. Als er den Deckel abschraubte, kamen ein rotes und ein blaues Kabel zum Vorschein. Leo lächelte Anneli an, hielt die Kabelenden aneinander und schloss einen Stromkreis.

»Geh zum Tresor und schau nach unten.«

Ein Brummen. Vor ihren Augen verschwand ganz sachte die Rückseite des Safes.

»Die Bullen sind wieder weg und haben nichts gefunden, weil alles unter dem Safe versteckt ist.«

Ein rascher Wangenkuss auf dem Weg zur Öffnung im Fußboden, vor der er in die Hocke ging. Dann setzte er seine Füße auf eine Aluminiumleiter, kletterte hinunter und machte Licht. Plötzlich war da ein Raum mit zwei Holzregalen an den Wänden. Auf dem oberen lagen Maschinenpistolen, auf dem unteren AK-4-Sturmgewehre.

»Das Phantom und die Totenkopfhöhle.«

Die fünf Maschinengewehre lagen hinter der Leiter auf dem Fußboden.

»Du weißt schon, der Tresor des Phantoms. In dem er die Nachrichten für die Dschungelpatrouille hinterlegt.«

Barfuß kletterte sie die schmale Leiter hinunter, schwankte, gewann ihr Gleichgewicht wieder und trat dann auf den kalten Fußboden.

»Erinnerst du dich an den Tresor im Polizeirevier? Das Phantom verfügte über einen Geheimtunnel dorthin, konnte den Safe von unten öffnen und dort Nachrichten für die Dschungelpatrouille hinterlassen. Jedes Mal, wenn das Phantom oder der Polizeichef den Tresor öffneten, lag dort eine neue Nachricht. So konnten sie sich austauschen.«

Ein Raum voller automatischer Waffen, der fast so groß war wie das Waffendepot, aus dem sie stammten. Anneli betrachtete die Leiter, die sie gerade heruntergeklettert war.

»Fass mal hier an.«

Leo nahm ihre Hand und hielt sie an die verputzte Wand.

»Trocken, nicht wahr? Keine Feuchtigkeit und kein Wasser.«

Er kniete sich hin und öffnete eine Klappe im Fußboden. In einem großen Zementrohr stand eine Pumpe.

»Dieses Haus steht auf ehemaligem Seegrund und lässt sich daher nicht unterkellern. Aber auf diese Weise können wir den Grundwasserspiegel kontrollieren. Wenn der Wasserspiegel die oberste Markierung erreicht, springt die Pumpe an.«

Leo und Anneli umarmten sich in der unterirdischen Geheimkammer mit dem kalten Fußboden. In zwei Reihen um sie herum waren genau zweihunderteinundzwanzig automatische Waffen aufgestellt – alles, was sie für ihre künftigen Raubüberfälle benötigten.

27

Die Sicht durch die schwarze Sturmhaube war wie der Blick durch ein Fernglas in einem alten Film. Die dunklen Ränder seines Gesichtsfeldes konzentrierten die Wirklichkeit und verstärkten die Farben.

»Noch sechzig Sekunden«, sagte er.

Als Erstes sah er die blauen Ärmel eines Overalls und Hände, die ein graues schweres Maschinengewehr hielten.

»Noch fünfzig Sekunden.«

Wie die anderen kauerte Blue One auf dem Boden eines gebrauchten Dodge-Vans, den sie auseinandergenommen hatten und dessen Sitze jetzt fehlten. Alle trugen eine automatische Waffe, einen leeren Rucksack und einen blauen Overall und Stiefel, und jeder hatte sich eine Sturmhaube über das Gesicht gestreift. Die Stille war mit Händen zu greifen.

»Noch vierzig Sekunden.«

Blue Two, der vollkommen gelassene Fahrer, war auf jede erdenkliche Situation vorbereitet.

»Noch dreißig Sekunden.«

Blue Three, sein Gegenüber, würde die hintere Überwachungskamera zerschießen. Vor Eifer und Ungeduld konnte er schon seit Tagen nicht mehr schlafen.

»Noch zwanzig Sekunden.«

Blue Four neben ihm würde auf den Tresen springen, sich durch das Fenster des Kassierers quetschen und sich die Schlüssel schnappen. Er bemühte sich, sein Zittern zu verbergen, und bezweifelte, in dieser Situation wie ein echter Mann gehen zu können.

»Zehn Sekunden.«

Er betrachtete die anderen durch die runden Löcher im Stoff.

Alle hielten eine Waffe in den Händen und fragten sich vermutlich gerade, ob wohl jemand beim Banküberfall sterben würde. Wenn sie gezwungen waren, ihre Waffen zu gebrauchen, war dies eine logische Folge. Sie hatten ihr eigenes Schicksal in der Hand.

»Fünf Sekunden. Vier, drei, zwei, eins … *Jetzt.*«

Die Seitentür ging auf. Acht Schritte bis zur Bank. Erst in den Eingangsbereich. Schräg über ihm hing die frontale Überwachungskamera, er vollführte eine Drehung und schoss. Kein Ton war zu hören, also brüllte er: »Peng! Peng! Peng!«

Blue Three setzte seinen Weg ins Gebäudeinnere fort, hob seine Waffe, legte sein ganzes Gewicht auf den Kolben und zielte auf die zweite Kamera. Auch diese Schüsse waren lautlos, und mit schriller Stimme schrie er: »PENG! PENG! PENG!«

Blue Four direkt hinter ihm stieg über zwei auf dem Boden liegende Frauen hinweg und lief planmäßig zum Tresen.

»Der Kassierer hat das Fenster geschlossen.«

Blue Four hielt plötzlich inne. Blue One schrie weiter in sein Mikro.

»Blue Four, unternimm was! Das Fenster ist zu!«

Blue Four warf einen Blick auf das Fenster des Kassierers und zögerte.

»Wenn es zu ist, schieß es auf.«

Heftig schwitzend hob Blue Four seine Waffe und zielte auf das heruntergelassene Fenster mit dem dahinter sitzenden Kassierer. Dann schrie er, allerdings leiser und weniger überzeugend: »Peng! Peng! Peng!«

»Okay. Wir machen ein paar Minuten Pause.«

Blue One, Leo, schob sich seine schwarze Sturmhaube in die Stirn. Seit vier Stunden rannten sie jetzt schon in dem imaginären Bankgebäude in der Garage herum, und es unterliefen ihnen immer weniger Fehler. Er legte sein Maschinengewehr und seine Lederhandschuhe auf die Werkbank, nahm das Mikro vom Kragen und steckte es in die Hosentasche.

»Vincent, wie lautet meine Anweisung im Falle eines geschlossenen Fensters?«

Blue Four streifte die Sturmhaube ab.

»Aufschießen.«

»Und dann?«

»Hineinspringen.«

»Wir dürfen nie zögern, okay? Sonst verlieren wir Zeit, und die ganze Planung ist im Eimer. Wir müssen die Zeit im Griff haben, das dürfen wir nicht den anderen überlassen.«

Großflächige, mit Klebeband markierte Rechtecke bildeten auf dem schmutzigen Fußboden die Räumlichkeiten der Handelsbanken in Svedmyra im Maßstab 1:1 nach. Die aufgeklebten Streifen entsprachen den Wänden, und ein Brett diente als Haupteingang. Die Kassen waren aus Vierkanthölzern und Sperrholzplatten zusammengezimmert. Fünf Schaufensterpuppen, die Kunden, standen oder lagen auf der einen Seite des Tresens, und drei weitere, die Bankangestellten, saßen auf Stühlen auf der anderen Seite.

Cowboy und Indianer in einem Jungenzimmer. Oder Schaufensterpuppen in einer Garage, die die Requisiten bei den Proben für einen Banküberfall darstellten.

Das Damals wurde zum Jetzt, und aus dem Spiel wurde Ernst.

Keiner von ihnen hatte die Vorlage dieses Modells je betreten. Leo war zwar wiederholte Male über den kleinen Platz gestiefelt und hatte den Supermarkt und die benachbarte Pizzeria aufgesucht, nicht jedoch die Bank. Ihre Größe, ihr Gewicht, ihr Bewegungsmuster durfte auf gar keinen Fall von den Überwachungskameras aufgezeichnet werden. Anneli hatte sich als Einzige in das Gebäudeinnere begeben und sich den echten Kameras und den Blicken der Bankangestellten inmitten echter Kundschaft ausgesetzt. Bei jedem ihrer Kurzbesuche hatte sie einen weiteren Abschnitt der Räumlichkeiten auf der Rückseite eines Einzahlungsscheins skizziert, bis sich die Fragmente auf dem Küchentisch zu einem vollständigen Grundriss zusammenfügen ließen.

Felix verließ den Fahrersitz seines vor der Bank aus Klebestreifen und Holzresten geparkten Dodge-Vans.

»Vincent, du hast vorhin plötzlich innegehalten. Was war los?«

»Ich hab es doch schon gesagt«, meinte Jasper, der seine Sturmhaube noch trug. »Er packt es nicht. Er hätte das Plexiglas einfach zerschießen sollen.«

Felix nahm eine der liegenden Kundinnen und legte sie neben den Sperrholzschalter.

»Vielleicht ist das Fenster ja offen?«

»Leo hat ihm doch gesagt, die Kassiererin hat das Fenster geschlossen!«, rief Jasper.

Felix lächelte. Er hob nur ungern seine Stimme und klopfte nun auf die mit der Aufschrift »*Kasse 3*« versehene Sperrholzplatte.

»Und was ist das hier? Das Fenster ist auf, wenn mich nicht alles täuscht.«

»Das ist eine Übung, verdammt noch mal!«

»Und du bist ein Schwachkopf, der Gespenster sieht, wo keine sind. Hör endlich auf damit, auf Vincent rumzuhacken.«

»Darum geht es doch gar nicht! Er muss instinktiv reagieren. Ohne zu zögern! Wer seiner Waffe nicht traut, der zögert. Oder, Leo?«

Jasper lief zu den beiden Hartfaserplatten, die an Seilen von der Decke hingen und die von Hand mit »Überwachungskamera 1« und »Überwachungskamera 2« beschriftet waren, und stieß sie mit seiner Waffe an.

»Das sind die Kameras, die wir zerschossen haben. Weißt du, warum?«

»Ich sehe nur zwei Hartfaserplatten, auf die du irgendwas gekritzelt hast.«

Jasper knallte die Mündung seiner Waffe gegen die beiden Platten, die in Schwingung gerieten, dann schüttelte er den Kopf.

»Ein Schuss, der sich im Freien löst, flößt den Leuten möglicherweise Angst ein, weil ein Maschinengewehr einen ziemlichen Lärm verursacht. Aber in geschlossenen Räumen klingt es ganz anders. Schneidend. Als würden Messer an Wände prallen, bis die Trommelfelle platzen und der Pfeifton jegliche Orientierung unmöglich macht. In geschlossenen Räumen werden die Leute nicht nur von Angst gepackt, sie werfen sich zu Boden, und zwar nicht nur zur Deckung. Die Fähigkeit, sich zu orientieren, ist für das Überleben verdammt wichtig.«

Jasper sah Felix und Vincent an. Beide schwiegen. Leo nickte leicht.

»Und am allerwichtigsten ist«, fuhr Jasper fort, »den verdammten Bullen klarzumachen, welcher Gefahr sie sich aussetzen, wenn sie uns bei unserer Arbeit stören. Und wenn sie es doch tun, müssen sie mit den Konsequenzen leben.«

»Jasper hat recht«, sagte Leo. »Wenn sie auf uns zielen, dann zielen wir zurück. Und wenn sie scharf schießen, schießen wir auch scharf. Wenn es um ihr Leben oder unseres geht … versteht ihr?«

Er sah ihnen in die Augen und wusste, dass sie ihm vertrauten. Jetzt ging es darum, ob er ihnen vertrauen konnte: einem Siebzehnjährigen, der nicht einmal seinen Militärdienst abgeleistet hatte, einem Einundzwanzigjährigen, der sich beim Heer verpflichtet hatte, aber dann entlassen worden war, und einem Zweiundzwanzigjährigen, der sich aufführte, als würde er Elitetruppen ausbilden. Ihm selbst fiel die Aufgabe zu, sie zu einem Team zusammenzuschweißen.

»Rein ins Auto. Und zwar alle. Los jetzt. Kommt schon! Der Countdown läuft. Drei Minuten, ab … *jetzt*.«

In sechsundvierzig Stunden würde es bitterer Ernst sein.

28

Sie fuhren im selben Wagen, den sie inzwischen in einen normalen Dodge-Van zurückverwandelt hatten, auf der E 4 Richtung Norden. Es dämmerte. Insgesamt achtundzwanzigmal hatten sie den Angriff auf die imaginäre Bank geübt. Vom Auto zu den Kassen, dann zum Tresorraum und zurück. Ein Muster hatte sich in ihr Bewusstsein eingegraben. Aber sie würden noch mehr üben müssen.

Die Teerstraße wurde schmaler und ging in einen Schotterweg über. Jetzt war es nicht mehr weit.

Ein Klingeln. Das Handy in der Außentasche von Leos Jacke.

»Hallo?«

»Leo … der Briefumschlag.«

Diese Stimme.

»Ich habe momentan keine Zeit.«

»Deine verdammten Schulden, Leo. Das Geld in dem Briefumschlag. Du hattest doch gesagt, du seist mir nichts schuldig, oder?«

»Ich kann jetzt nicht reden.«

»Wenn du also nach all den Jahren mit der vielen Kohle, die du mir angeblich nicht schuldest, bei mir aufkreuzt … kann das doch nur bedeuten, dass du noch viel mehr davon hast. Du würdest mir nie dein letztes Geld geben. Also: Wo hast du die Kohle her?«

Leo legte auf.

»Wer war das?«, fragte Felix.

»Unwichtig.«

»So klang das aber gar nicht.«

»Konzentrier dich aufs Fahren.«

Felix saß wie immer am Steuer. Inzwischen war ihm der Dodge-Van mit seinem Bremsweg, seiner Beschleunigung und seiner Lenkung sehr vertraut. Sie würden diesen Wagen beim Banküberfall verwenden und einen baugleichen, wenn sie später das Fluchtfahrzeug wechselten. Felix hatte die Bauart eingehend studiert. Ihm war die Aufgabe zugefallen, in der Nacht vor dem Bankraub zwei identische Dodge-Vans zu stehlen. Er hatte stundenlang geübt, das Türschloss eines Dodge zu knacken. Inzwischen gelang ihm dies in weniger als zwanzig Sekunden.

Am Ende des Kieswegs lag ein alter Schießplatz. Während sie parkten, hörten sie in der Ferne Schüsse.

»Wir sind nicht die Einzigen«, stellte Vincent fest.

Mit einer Tasche Munition, vier Isomatten und ebenso vielen Sturmgewehren folgten sie einem Kiesweg, der in einen schmalen Pfad mündete. Auf einem Plateau dreihundert Meter von den Zielscheiben entfernt lagen zwei Männer.

Leo hielt inne und lauschte.

»Die sind mit MP 5s ausgerüstet. Das müssen Bullen von der Einsatztruppe sein.«

»Leo, lass uns abhauen. Die suchen uns, verdammt!«, sagte Vincent und zog seinen ältesten Bruder am Arm. »Wir müssen weg.«

»Nein. Hier kannst du was lernen.«

»Leo, verdammt. Wir …«

»Hör zu. Die Bullen suchen zwei Araber.«

Vincent verlangsamte seine Schritte und bildete das Schlusslicht. Er hatte Leo schon früher so erlebt, wenn er kaum ansprechbar war und einen unnötigen Wettbewerb anzettelte, nur um zu zeigen, dass er gewinnen konnte. In diesem Moment erhoben sich die Männer in den schwarzen Uniformen, packten ihre Sachen zusammen und gingen los.

In ihre Richtung.

Als sie sich ihnen vom anderen Ende des schmalen Pfades näherten, wirkten sie mit ihren breiten Schultern und muskulösen Hälsen größer und sehr erwachsen. Nicht einmal Leo konnte sich so bewegen.

»Na, Freunde, Zeit für ein bisschen Waffenpflege und ein paar Schießübungen?«

Der Kies knirschte unter ihren Sohlen, als sie näher kamen, um ihre Waffen in Augenschein zu nehmen.

»Ihr seid von der Heimwehr, hab ich recht?«

Plötzlich rannte Jasper an Leo vorbei auf die Wiese, um stolz sein Gewehr vorzuführen.

»Stimmt genau. Järva-Heimwehrbataillon.«

Mit einem selbstbewussten Lächeln hielt er sein AK 4 wie eine Marmorstatue mit beiden Händen umfasst. Vincent trat noch einen Schritt zurück und zog den Kopf ein. Leo strebte nach Wettbewerb und Sieg, Jasper wollte einfach dazugehören.

»Und ihr habt MP 5s, oder?«, fragte er. »Gehört ihr zur Einsatztruppe?«

Vincent schloss die Augen. Es genügte nicht, die gestohlenen Waffen vorzuführen und damit alles aufs Spiel zu setzen. Jasper erdreistete sich auch noch, die Waffen seiner Gegenüber zu inspizieren. Er genoss es, bewundernde Blicke auszutauschen und sich zu verbrüdern.

»Ja, wir gehören zur Einsatztruppe. Viel Glück auf der Schießbahn. Es ist windstill, ein guter Tag, um ins Schwarze zu treffen.«

Sie nickten zum Abschied. Vincent starrte auf seine Füße und atmete so vorsichtig wie möglich, während sie an ihm vorbeigingen.

»Sag mal, du da.«

Der Wortführer blieb vor Vincent stehen.

»Bist du nicht ein bisschen jung für sowas?«

»Ich …«

Vincent versuchte, seinen Blick zu heben, was ihm allerdings nicht gelang.

»HWJ«, erklärte Leo. »Heimwehrjugend.«

Der Polizist betrachtete Vincent unverwandt.

»In deinem Alter bin ich den Mädchen hinterhergelaufen, statt Nahkampf zu trainieren.«

Vincent brachte ein nervöses Lächeln zustande und hielt dabei die Luft an, bis die Männer mit ihren MP 5s weitergingen. Jasper hatte inzwischen die Isomatten auf dem Kies ausgerollt, und obwohl Leo die Ziele aus der Baracke holte und Felix die Munitionsschachteln öffnete und die Patronen verteilte, konnte sich Vincent erst entspannen, als die beiden Polizeibeamten ihren Wagen angelassen hatten und weggefahren waren.

»Sie haben nicht mal die Waffennummern kontrolliert«, meinte Leo.

Sein Lächeln war glücklich und stolz. Er hatte sich ihnen in der Überzeugung gestellt, gewinnen zu können, was ihm auch gelungen war. Jetzt lud er die Magazine, streifte den Riemen über das Handgelenk, schaltete auf Salven-Automatik, zielte auf einen der Pappkameraden, drückte ab und zerfetzte dessen Gesicht.

»Um ein AK 4 bedienen zu können, musst du erst einmal lernen, wie man dasteht«, sagte er.

Leo lud nach und reichte Vincent die Waffe, nahm seine eigene Hand jedoch nicht weg.

»Du musst den Rückstoß mit deinem ganzen Körpergewicht abfangen. Wenn du dich nicht mit deiner Schulter und der linken Hand gegen die Waffe stemmst, dann schnellt sie hoch, und dein dritter Schuss schlägt einen halben Meter über dem Ziel ein.«

Jetzt überließ er Vincent die Waffe ganz.

Diesem fiel es schwer, normal zu atmen. Mit schweißnassen Händen stemmte er sich gegen den Gewehrkolben, wie Leo es ihm vorgemacht hatte, und verlagerte sein Gewicht wie angewiesen auf das linke Bein. Dann legte er seine Hand auf den Lauf und feuerte. Der Kolben prallte gegen seine Schulter, und der Lauf schnellte nach oben, als hätte jemand mit einem unsichtbaren Seil daran gezogen.

Zwanzig Schuss schlugen in die Sandböschung ein. Der Pappkamerad starrte ihn mit gleichgültigen Augen an.

Jasper sprintete wie bei der Begegnung mit den Burschen von der Einsatztruppe vorwärts und versetzte Vincents linkem Fuß einen behutsamen Tritt.

»Vincent! Konzentrier dich! Beine auseinander. Dann die linke Hand nach unten drücken, wie Leo gesagt hat. Fest drücken, verdammt!«

»Halt's Maul.« Auch Felix hatte wieselflink seine Position verlassen und baute sich zwischen Vincent und Jasper auf. »Wenn du mit meinem Bruder redest, wird weder gebrüllt noch getreten. Kapiert?«

»Weg mit euch. Alle beide«, sagte Leo.

Er wartete, bis sie sich lange genug finster angestarrt hatten.

»Denk an deine Atmung, Vincent.«

Er fasste seinen kleinen Bruder behutsam am Kopf, bis sich ihre Blicke fanden.

»Einatmen, ausatmen. Einatmen, ausatmen. Dann … schießen.«

Den Kolben an die Schulter gepresst, die Linke auf den Lauf gelegt.

Dann schoss Vincent zum zweiten Mal und … traf! Kopf, Hals und Brust des Pappkameraden.

Ein neues Magazin, weitere Schüsse. Bis ein Feind nach dem anderen aufgab und zerstückelt in sich zusammenfiel. Ab und zu, wie auch am Vortag in der Garage, trat Leo ein paar Schritte beiseite und beobachtete seinen kleinen Bruder, den er aus dem Gitterbett gehoben, mit dem er rote und blaue Legostädte gebaut und dem er Marmeladenbrote geschmiert hatte. *Du bist nicht alt genug, um wählen zu gehen oder im Spirituosengeschäft einzukaufen.* Er lächelte stolz. *Aber du kannst ein Sturmgewehr bedienen und wirst in dreiunddreißig Stunden eine Bank ausrauben.*

29

Es war später Abend, als sie wieder auf den Hof fuhren. Leo brachte Anneli ein paar Tüten mit Lebensmitteln ins Haus, während Felix, Vincent und Jasper die Ausrüstung und die Waffen in die Garage trugen. Vincent stellte die Tasche mit den Magazinen und der übrigen Munition auf den Boden und spürte, wie seine Schulter dabei in Erinnerung an den Rückstoß unwillkürlich zuckte.

»Waffenpflege«, sagte Jasper.

Vincent wusste, worum es hier eigentlich ging. Es war schon immer so gewesen. Die äußeren Umstände waren bedeutungslos, solange er nur dazugehörte.

»Felix, Vincent, macht schon!«

Jasper legte seine Waffe auf die Werkbank und zerlegte sie mit raschen Bewegungen Stück um Stück.

»Und jetzt ihr. Zerlegt eure Waffen und reinigt sie. Ich schaue zu.«

Felix legte sein AK 4, mit dem er auf die Pappkameraden gefeuert hatte, vor sich hin, beugte sich vor und flüsterte Jasper etwas zu.

»Jasper?«

»Ja?«

»Warum benimmst du dich so, als hätte dir jemand eine Maschinenpistole in den Arsch geschoben?«

»Wie bitte?«

»Du führst dich auf, als hättest du hier die Befehlsgewalt. Das gefällt Vincent und mir nicht unbedingt.«

»Das ist eine Übung, verdammt noch mal!«

»Und?«

»Bei jeder Nahkampfübung gibt es einen Truppenführer. Aber das kapiert ihr nicht! Weil ihr keinen Wehrdienst abgeleistet habt.«

»Ich sag das zum letzten Mal. Hör auf damit.«

»Womit?«

»Hör auf.«

»Falls es mal brenzlig wird, bist du mir dankbar.«

»Brenzlig?«

»Wer im Kampf zögert, stirbt. So einfach ist das.«

»Hör mir mal zu … wenn es überhaupt zum Kampf kommt, dann ist das deine Schuld.«

Jasper trat auf ihn zu und starrte ihn finster an. Vincent hatte diesen Blick schon früher gesehen, damals, als Jasper sich einen Schlagstock gekauft hatte und nur darauf wartete, dass ihm jemand dumm kam. Schließlich fiel seine Wahl auf Steffe, dem er dann zwei Mal aufs Handgelenk schlug. Das Brechen der Knochen begleitete er mit demselben Gesichtsausdruck wie jetzt. *So einfach geht das, die brechen wie trockene Zweige*. Später am Abend hatte er es dann sehr bereut, aber nicht wegen Steffe, sondern nur, weil er befürchtete, damit seine Zulassung zum Wehrdienst gefährdet zu haben. Jetzt starrte er Felix mit diesen Augen an. Da öffnete Leo die Tür und trat mit einem großen Pappkarton in den Armen ein.

»Was ist hier los?«

Weder Felix noch Jasper sagten etwas, traten aber beide einen Schritt zurück.

»Nichts«, sagte Vincent dann.

»Ich seh doch, dass was ist.«

Zum zweiten Mal legte Jasper seine Waffe auf die Werkbank.

»Sie stellen meine Fähigkeiten infrage, und das habe ich langsam satt!«

»Nicht deine Fähigkeiten – sondern dein Verhalten!«, erklärte Felix.

»Verhalten? Habe ich auf der Baustelle je dein Fachwissen angezweifelt, wenn du mir erklärt hast, ich hielte den Hammer falsch oder hätte ihn in die falsche Kiste zurückgelegt? Ich habe dir zugehört und deine Ansichten respektiert! Also kannst du mir auch zuhören, verdammt noch mal, wenn ich dir etwas beibringen will, womit ich mich gut auskenne!«

Leo stellte sich zwischen die beiden Streithähne und schob sie vorsichtig voneinander weg.

»Jasper? Jetzt hältst du die Klappe.«

»Du hast selbst gesagt, ich soll ihnen alles beibringen, was ich gelernt habe.«

»Halt den Mund und reinige deine Waffe. Und du, Felix, hörst dir an, was Jasper in diesen Dingen zu sagen hat, denn er weiß, wovon er redet. Er weiß, wie man sich schützt. Und er hat euch beschützt! Als dich damals diese Idioten verprügelt haben, Felix. Obwohl sie ihm mit dem Baseballschläger eins übergezogen hatten, ist er geblieben! Er hat weitergekämpft, bis ich da war. Erinnert ihr euch nicht?«

Er wusste, dass sie müde waren. Und nervös.

»Okay?«

Er wartete darauf, dass sie wie gewöhnlich weiterzankten, aber jetzt herrschte Stille, dieselbe Stille wie eben, als er das Zimmer betreten hatte.

»Gut. Dann also noch ein letztes Mal. Und jetzt mit Westen. Voll ausgerüstet.«

Leo öffnete den Karton und reichte allen eine schusssichere Weste. Ihre Ausrüstung bestellten sie nie bei schwedischen Lieferanten. Wenn sich die Bullen in der einschlägigen Branche erkundigten, konnte ihnen eine solche Spur zum Verhängnis werden. American Body Armor, der Lieferant der US-Armee, war in dieser Hinsicht sicherer.

Der zweite Karton hatte schon eine Weile unter der Werkbank gestanden. Vier neue blaue Overalls. Alle identisch.

»Wenn alle gleich aussehen, ist es schwieriger, vernünftige Beschreibungen zu liefern.«

Ein letztes Mal.

Generalprobe. Stürmung des Objekts in voller Montur.

Von einem Dodge in eine Bankkulisse und wieder zurück.

In genau hundertachtzig Sekunden.

Danach würden sich die Kassentresen wieder in Bretter und Tischlerplatten verwandeln, und von den Wänden, Fenstern und dem Tresor würde nur ein Knäuel Klebeband übrig bleiben.

»Komm mit nach draußen, und nimm den Benzinkanister und die Mülltüte mit«, sagte Leo und nickte Jasper dabei zu.

Sie gingen hinter die Garage, wo sie nur eine Mauer vom Nachbarhaus und eine Hecke von der Ausfallstraße trennte. Leo leerte die Mülltüte in ein rostiges Ölfass, und Jasper übergoss den Inhalt mit Benzin.

»Zehn vor sechs. Zehn Minuten vor Ladenschluss. Alle wollen noch rechtzeitig ihre Bankgeschäfte erledigen.«

Zwei Streichhölzer. Skizzen, Zeichnungen, Landkarten, alles fing Feuer.

»Noch was, Jasper – du musst die Lage im Griff behalten.«

»Ich bin doch kein Anfänger, verdammt.«

Die Flammen verzehrten Pläne und Fluchtwege.

»Auch nicht, als du dem Wachmann die Mündung in den Mund gerammt hast?«

Es war entscheidend, nie die Kontrolle zu verlieren. Nie Teil der Gewalt zu werden, sondern sie zu dirigieren. Vor vielen Jahren hatte er den Augen seines Vaters und jetzt auch jenen Jaspers angesehen, dass sie sich von der Gewalt kontrollieren ließen, statt sie selbst zu kontrollieren.

»Oder als du eine Salve auf den Geldtransporter abgefeuert hast, obwohl in der Ferne bereits das Blaulicht auftauchte?«

Jemandem das Nasenbein zu brechen oder ein Haus anzuzünden waren verschiedene Dinge.

»Schau mich an, Jasper. Ich muss mich auf dich verlassen können. Kann ich das?«

Noch neunzehn Stunden und zwölf Minuten.

»Ja. Du kannst dich auf mich verlassen.«

30

Leo sah seinem kleinen Bruder dabei zu, wie er seine schusssichere Weste bis zur Taille aufknöpfte und ein Loch enger schnallte. Sie kauerten hinten in einem der beiden Dodge-Vans, die Felix in der

Nacht zuvor gestohlen hatte. Obwohl sie nicht hinausschauen konnten, wusste Leo, wo sie sich befanden und wie weit sie noch zu fahren hatten.

»Und was ist, wenn ich im Fenster stecken bleibe?«

»In welchem Fenster?«

»Vor der Kasse, wenn ich durch die Öffnung klettere?«

In vier Minuten und zwölf Sekunden würde er seine erste Bank überfallen.

»Du bleibst nicht stecken.«

»Und wenn doch?«

»Vincent, schau mich an. Du bleibst nicht stecken.«

Sie hatten nach einem Dodge-Van mit der Aufschrift eines Handwerksbetriebs auf den Seiten Ausschau gehalten und tatsächlich den perfekten gefunden. Es war ein Lieferwagen mit den riesigen Aufklebern eines Abfluss-Notdienstes, der bis zur Bank vorfahren konnte, ohne dass gleich sämtliche Alarmglocken schrillten. Jeder, der ihn sah, würde ihn später beschreiben können.

Leo hielt sich am hinteren Türgriff fest, als der Wagen beim letzten Kreisverkehr in die Kurve ging. Noch zwanzig Meter, dann ein spürbarer Stoß, als sie vom Handelsvägen über den Gehsteig auf den Svedmyra Torg rollten. Das letzte Stück glitten sie mit bremsenden Reifen und einem schmatzenden Geräusch über nassen Asphalt.

Leo schob den Gehörschutz zurecht und überzeugte sich, dass das Mikro ordentlich am Kragen seines Overalls befestigt war. Er wartete, bis auch Vincent, Jasper und Felix ihren Gehörschutz in Position gebracht und sich die Sturmhauben übers Gesicht gestreift hatten. Aus der Ferne sah es aus, als hätte jemand drei Ausschnitte aus einer Illustrierten direkt auf den Stoff geklebt: Papieraugen und Papiermünder.

»Mickymaus!«, kommentierte Jasper lächelnd und legte seine Hände auf den Gehörschutz, der sich wie zwei schwarze Bälle unter dem schwarzen Stoff abzeichnete. »Mickymaus!«

»Jasper, es reicht«, fauchte Leo.

»Mickymaus, Mickymaus, Mickymaus …«

»Genug jetzt.«

Gerade erst war es Leo gelungen, Vincent zu beruhigen. Jaspers Nervosität war schwerer auszumachen. Ein Mann, der sich auf erwachsene Gewalt vorbereitete, indem er sich wie ein Kind aufführte. Ihr erster echter Banküberfall. Jeder ging auf seine Weise damit um.

»Achtung, Test.«

Der Sender lag in der rechten Tasche seines Overalls. Er presste den Zeigefinger auf den kleinen eckigen Knopf und sagte leise: »Eins, zwei. Eins, zwei.«

Seine Stimme in ihren Köpfen. Die Stimme, die sie bald anführen würde.

»Felix, wie steht's mit dem Polizeifunk?«

Felix hatte den Wagen so geparkt, dass er die Bank im Seitenspiegel im Blick hatte. Im Rückspiegel sah er, wie sich drei Bankräuber darauf vorbereiteten, aus dem Dodge-Van zu springen.

»Schalt auf die richtige Frequenz. Kryptiert, damit wir genau wissen, wo sich die Bullen aufhalten.«

»Gut. Vincent?«

»Ja?«

»Wir überrollen sie.«

»Wir machen sie platt.«

Das Geräusch von vier automatischen Waffen, die durchgeladen wurden, hallte in dem Wagen wider.

»Fünf…«

Es war zehn vor sechs.

»Vier…«

Leo legte seine Hand auf die Griffe der Hintertüren.

»Zwei, eins…«

»Warte!«

Felix drehte am Rückspiegel.

»Ein alter Mann mit Rollator verlässt das Gebäude, gefolgt von einer alten Dame.«

Leo senkte seine Waffe. Der Countdown war gelaufen. Vincent war gelassen geblieben, Jasper hatte sich konzentriert. Es war so weit gewesen.

»Felix, verdammt.«

»Wir haben doch Zeit. Wir warten einfach, bis sie gegangen sind.«

»Es gibt keinen verdammten Alten mit seinem Rollator! Keine verdammten alten Damen! *Ab jetzt existieren sie einfach nicht!* Wir machen sie platt. Da drinnen gibt es nur noch unser Geld!«

»Bist du fertig?«

»Felix, wir …«

»Ein alter Mann mit Rollator. Und eine alte Dame.«

Felix verstellte den Rückspiegel noch ein wenig.

»Jetzt sind sie weg.«

31

Acht Schritte bis zur Glastür der Handelsbanken. Leo als Erster, Vincent einen Schritt hinter ihm, Jasper zwei Schritte.

Es regnete ein wenig, und durch den Stoff der Sturmhauben drang der Geruch des spätherbstlichen Laubes, das glitschig braun am Pflaster des Platzes klebte. Und überall Augen. Die Augen der Leute, die an den Fenstern der Pizzeria saßen und Bier tranken, die Augen des Blumenhändlers und seiner Frau an ihrem Verkaufsstand, und an einem der Kassenschalter die Augen von zwei Bankkunden, die sich gerade umdrehten.

Wirkliche Blätter und wirkliche Augen. Wirklicher Regen. Wirklicher Himmel und wirklicher Wind.

Eine wirkliche Banktür.

Das Training lag hinter ihnen. Jetzt gab es kein Zurück.

Vincent konzentrierte sich auf Leos Nacken. Wenn er immer nur dorthin sah, den Blick nicht abschweifen ließ und in diesem Tempo weiterging, dann würde er es bis zur Bank schaffen und auch hineingelangen.

Wenn es klappen soll, dann müssen sie einen erwachsenen Mann sehen. Verstehst du das, Brüderchen?

Noch sechs Schritte. Fünf Schritte. Vier Schritte.

Da drin sitzen die Schalterbeamten hinter ihren Scheiben. Sie müs-

sen davon überzeugt werden, dass drei erwachsene Männer die Bank betreten.

Die unförmige schusssichere Weste scheuerte gegen den Overall und erschwerte es Vincent, sich normal zu bewegen.

Du musst ganz aufrecht gehen und mit dem ganzen Fuß auftreten.

Die Maschinenpistole hing schräg über seiner Schulter und scheuerte.

Stell dir einfach vor, dass du mehr wiegst, schwer bist und weißt, wo du hinwillst.

Und wie sehr er auch auf Leos Nacken starrte, hatte er dennoch das Gefühl, der Bank kein bisschen näher zu kommen, wenn er mit dem ganzen Fuß auftrat.

Er kam nicht näher …

Er kam nicht …

»Vincent?«

Leo war nur einen Schritt vor der Tür stehen geblieben. Er drehte sich um, legte Vincent eine Hand auf die Schulter und sprach ins Mikrofon, sodass alle seine Stimme in ihrem Gehörschutz hören konnten.

»Du gehst einfach durch sie hindurch.«

Die Stimme eines großen Bruders im Kopf eines kleinen Bruders. Eine Stimme, die immer da gewesen war. Und jetzt bedeckte Leo das Mikro an seinem Kragen mit der Hand, beugte sich vor und zog Vincents Gehörschutz beiseite.

»Vincent?«

Dann flüsterte er.

»Du weißt, dass ich dich liebe.«

Dann wandte er sich der Bank zu.

Leo öffnete die Glastüren, und Vincent folgte ihm in das Gebäude hinein. *Ich liebe dich.* Außer Mama hatte das noch niemand zu ihm gesagt. Während sie den engen Eingangsbereich durchquerten, überlegte er, was Leo eigentlich gemeint hatte. Wollte er damit erreichen, dass sich sein kleiner Bruder entspannte und Schritte wie ein richtiger Mann machte? Oder war Leo schon klar, dass sie dem

Tod entgegengingen, und er wusste nur nicht, wie er es Vincent vermitteln sollte?

Alles war vollkommen still.

Es herrschte Stille, als Leo achtzehn Schüsse auf die Überwachungskamera abfeuerte, die sich daraufhin wie eine Blume öffnete, deren lange, ungelenke Blütenblätter die Linse umrahmten. Es herrschte ebenfalls Stille, als Jasper fünfzehn Schüsse auf die zweite Kamera abgab, die in Einzelteilen zu Boden fiel.

»Blue Four!«

Leo schrie ihn an. Seine Lippen bewegten sich hinter dem schwarzen Stoff, aber er hörte nichts.

»Blue Four!«

Vincent starrte die Leute an, die schutzsuchend die Arme über den Kopf gelegt hatten und vor ihm auf dem Boden kauerten.

»Blue Four – das Kassenfenster!«

Er bewegte sich wieder.

Auf die Schalterbeamten zu. Die Frau in der gelben Winterjacke sah er zu spät – und trat auf ihren Arm, während die Kassiererin das Schalterfenster zuknallte, abschloss und sich hinter dem Tresen zu Boden warf.

Wenn das Fenster geschlossen war …

Wenn er nicht auf den Tresen springen und sich durchzwängen konnte …

Wenn er stecken blieb …

»Sechzig Sekunden!«

Leo rannte an seine Seite, brüllte etwas, dann diese Bewegung, ein weiches Federn in den Knien, als er das Maschinengewehr wieder anhob. Zehn, zwanzig, dreißig, vierzig Schuss.

»Blue Four – jetzt!«

Plötzlich konnte Vincent alles wieder kristallklar hören.

Das Glas hing noch einen Moment lang in der Luft, als hätten die tausend Splitter noch nicht begriffen, dass sie hinunterfallen mussten, und er warf sich dem nun nicht mehr vorhandenen Schalterfenster entgegen – in einer Weste, die ihn nun nicht mehr beengte, und mit einem Gürtel, der nicht mehr scheuerte. Er hörte seine linke Stiefelsohle auf den Glassplittern knirschen, als er Anlauf nahm, ein schneidendes, zischendes Geräusch, als er auf dem Holztresen landete und die Sohle seines rechten Stiefels die Glassplitter ins Holz rammte, als würden Eiswürfel zermalmt. Dann landeten beide Stiefel gleichzeitig auf dem Boden hinter der Theke: Splitter bohrten sich in die Auslegeware.

Er rannte zur Tür, die den Schalterraum vom Bereich hinter der Kasse trennte, um Blue Three reinzulassen, und dann wieder zur Kassiererin zurück. Als er brüllte: *»Gib mir die Schlüssel zum Tresorraum!«*, klang seine Stimme genau so, wie er es geübt hatte. Es funktionierte: Eine Hand mit rotlackierten Nägeln streckte ihm einen Schlüsselbund entgegen.

»Neunzig Sekunden.«

Er stand in der Mitte der Bank, sechs Leute lagen ihm zu Füßen. Die junge Frau in der gelben Winterjacke, die kein Geräusch von sich gegeben hatte, als ihr Vincent auf den Arm getreten war. Ein Mann in Mantel und braunen Halbschuhen, der sich geweigert hatte, sich hinzulegen, bis Leo ihn mit dem Kolben seines Gewehrs dazu gezwungen hatte. Eine ältere Dame, die an den Tresen gepresst dalag und ihm mit den Augen folgte, keineswegs verängstigt, sondern eher so, als wollte sie alles registrieren, was geschah. Zwei Typen in Vincents Alter hinter einer großen Palme in der Nähe des Schaufensters, die später damit angeben würden, dass sie mitten in einen Bankraub hineingeraten seien. Eine Frau mit einer Einkaufstüte, aus der Cornflakes, Brot und Babynahrung gepurzelt waren.

»Hundertzwanzig Sekunden!«

Von seinem Posten in der Mitte der Bank aus konnte Leo Blue Three dabei zusehen, wie er die Tür des Tresorraums öffnete, die Geldbündel in seine Tasche stopfte, den Sicherheitsschrank aufschoss und die darin liegenden Fünfhundertkronenscheine an sich nahm. Unverdrossen ging Blue Four von einer Kasse zur nächsten, warf Stühle um, zog Schubladen heraus und leerte das Geld in seine Schultertasche.

Jasper erledigte alles tadellos. Vincent ebenfalls.

Blieb nur Felix.

»Blue One an Blue Two.«

Er zog das Mikro näher an seinen Mund und schaute durch das Schaufenster auf den Dodge-Van, der mit laufendem Motor auf dem Svedmyra Torg stand.

»Siehst du was?«

»Ja. Im Lokal neben der Bank, weißt du?«

»Hör mal …«

»In der Pizzeria Ameise. Total bekloppter Name, oder?«

»Blue Two – siehst du was?«

»Am Fenster sitzen drei Männer. Jeder mit einem Bier. Sie starren mich an, trinken und …«

»Verdammt, Blue Two! Sirenen, Bullen, siehst du oder hörst du was?«

»Manchmal schauen sie zur Bank hinüber. Sie essen ihre Pizzas mit Dosenpilzen und Schinken und scheinen wirklich ihren Spaß zu haben.«

Felix, der sich oft beschwerte und Dinge infrage stellte, aber auf den er sich immer verlassen konnte. Jetzt plauderte er über Bier und Dosenpilze und drei Männer in einer Pizzeria und beruhigte damit seinen großen Bruder, der in der Bank stand, umgeben von verängstigten Leuten, und die Zeit im Auge behielt.

»Hundertfünfzig Sekunden!«

Zeit, dass Jasper aus dem Tresorraum rannte und Vincent mit den Kassen fertig wurde. Felix musste den Wagen in Bewegung setzen, sobald sie die Bank verließen. Leo würde weiter Sekunden zählen, als Letzter die Bank verlassen und den Weg zum Fluchtwagen sichern.

»Hundertsechzig Sekunden!«

Vincent hechtete über den Tresen, rannte im Zickzack zwischen den liegenden Bankkunden hindurch und stellte sich hinter ihn. Vor dem Fenster ließ Felix den Motor aufheulen. Leo blieb gelassen, beobachtete und zählte die Sekunden. Dann fiel ein weiterer Schuss. Jasper. Er hätte Vincent auf den Fersen sein müssen, war aber noch im Tresorraum geblieben und schoss den nächsten Geldschrank auf, um weitere Fünfhunderterpakete in seine Tasche zu stopfen.

»Hundertsiebzig Sekunden!«

Dann das nächste Schloss.

»Hundertfünfundsiebzig Sekunden!«

Und das nächste.

»Einhundertachtzig Sekunden!«

Sie hatten sich auf eine Methode geeinigt, die den Gewinn maximierte, ohne das Risiko zu erhöhen – und gegen diese Vereinbarung verstieß Jasper. Erneut.

»Raus!«

Leo zielte auf die Decke.

»Raus hier!«

Und schoss.

»Raus, raus, raus!«

Zwei Schüsse in die Decke vor dem Tresorraum. Mörtel und Putz fielen auf die Leute, die ihre Gesichter im Boden vergruben. Plötzlich schien Jasper zu begreifen – er ließ die soeben geleerte Kassette fallen, zog den Reißverschluss seiner Tasche zu und rannte Richtung Ausgang zum Svedmyra Torg, wo der Dodge-Van auf sie wartete.

32

Auf dem Friedhof war es immer kalt. Dennoch strahlte er, wenn er mit Laub bedeckt war, eine gewisse Wärme und Geborgenheit aus.

John Broncks wischte die Regentropfen von einer wackligen Bank und setzte sich.

Eines von dreißigtausend Gräbern auf einem der größten Friedhöfe Schwedens. Lange hatte er es vermieden hierherzukommen. Der Grabstein war schön. Schwarzer, polierter Granit, keine zwanzig Jahre alt. Er beugte sich vor und zupfte an einem kläglichen braunen Pflänzchen, das an Heidekraut erinnerte, und goss es dann ein wenig. Er fragte sich, wer es wohl dort hingestellt hatte. Er selbst hätte das nie getan. Seine Mutter? Warum sollte sie das Grab seines Vaters mit Blumen schmücken?

Er legte seine Hand auf den Rand des Grabsteins. GEORGE BRONCKS. Er war sechzehn gewesen, als der Sarg in die Grube hinabgesenkt wurde. Er erinnerte sich noch, dass er auf der einen Seite viel schwerer gewesen war und beinahe in das Grab gekippt wäre. Seine Mutter hatte neben ihm gestanden und geweint. Alle anderen verschwammen in seiner Erinnerung zu einer schwarzen Menge, Familie, Freunde, Kollegen, Leute, deren Namen John kannte, denen er aber nie begegnet war. Der weiße Schlips hatte ihn gewürgt. Anschließend hatte er ihn ausgezogen und verbrannt und sich geschworen, nie wieder einen Schlips zu tragen.

Seine Mutter wollte schon am nächsten Tag wieder hingehen.

Er begleitete sie im Glauben, sie sei während der Beerdigung nicht ehrlich gewesen und habe befürchtet, die schwarze Menge könne ihr ansehen, was sie wirklich von ihrem Ehemann hielt. Aber das war nicht der Grund gewesen. Sie hatte immer noch nicht begriffen, was geschehen war – sie hatte akzeptiert, jeden Tag geschlagen und überwacht zu werden. Als John sie bisweilen darauf ansprach, schien sie sich an nichts zu erinnern. *Wovon redest du?* Als hätte sie es ganz tief in ihrem Inneren verborgen. *Du weißt, was ich meine.* So tief, dass sie es nicht mehr erreichen konnte. *John, es gefällt mir nicht, wenn du so redest.*

Sie hatten Kränze mit dem üblichen Schleifentext auf das Grab gelegt. John hatte neben ihr gestanden, während sie mit leerem Blick auf den Sandhügel starrte, und plötzlich begriffen, warum sie eigentlich weinte: nicht seines Vaters wegen, sondern wegen Sam, der im Unterschied zu ihr nicht akzeptiert hatte, was der Vater getan hatte. Vermutlich hatte sie in jenem Augenblick beschlossen, sich an nichts mehr zu erinnern.

Noch ein paar Wassertropfen.

Sein Auto erwartete ihn am Eingang, und er verließ die Stille des Friedhofs in gemächlichem Tempo. Auf halbem Weg ins Präsidium hörte er den ersten Alarm.

»Bankraub in Svedmyra.«

Am anderen Ende der Stadt, zu weit weg. Er fuhr weiter Richtung Polizeipräsidium, als die Stimme aus dem Funkgerät erneut zu hören war.

»Schwerbewaffnet.«

Irgendetwas daran kam ihm bekannt vor.

»Armeewaffen.«

Jafar. Und Goback. Er lauschte und bog Richtung Süden ab.

»Fluchtfahrzeug hundertfünfzig Meter vom Tatort entfernt lokalisiert.«

Seltsam.

»Auf einem Parkplatz neben der U-Bahn-Station Svedmyra.«

Bankräuber fahren nicht hundertfünfzig Meter, parken ihren Fluchtwagen, holen ihre Streifenkarte heraus und steigen in die nächste U-Bahn.

»Die Verdächtigen haben das Fahrzeug nicht verlassen.«

John Broncks griff sich sein Funkgerät und sprach ins Mikrofon.

»Hier Broncks von der Kriminalpolizei Stockholm City. Bitte kommen.«

»Die Verdächtigen haben das Fahrzeug NICHT verlassen.«

Was ihm eben schon merkwürdig vorgekommen war, wirkte jetzt noch unsinniger. Sie waren nur wenige Sekunden gefahren, hatten neben der oberirdischen U-Bahn-Station geparkt und waren dann in ihrem Fahrzeug geblieben.

Vor der Kreuzung stand ein Beamter in einer reflektierenden Polizeiweste und winkte ihn an den Straßenrand. Hinter der Kreuzung in unmittelbarer Nähe des Tatorts standen zwei Streifenwagen mit rotierenden Blaulichtern quer auf der Straße.

»Tut mir leid, die Straße ist gesperrt. Sie können entweder wenden oder hier rechts oder links abbiegen.«

Broncks kramte nach seiner schwarzen Brieftasche mit dem Ausweis und der Dienstmarke.

»John Broncks, Kriminalpolizei.«

Ein junges Gesicht, erhellt von dem Licht einer Taschenlampe, prüfte seinen Ausweis und nickte. Broncks war das gewohnt. Bei jeder Passkontrolle musste der Beamte das Foto mehrmals mit der Wirklichkeit abgleichen, ehe er sein alltägliches Aussehen erfasst hatte.

»Offenbar sind sie noch hier.«

»Das habe ich gehört.«

»Schwerbewaffnet.«

»Auch das habe ich gehört.«

Der Streifenpolizist trat zur Seite und rief über die Kreuzung: »Einer von uns, lasst ihn durch!« Broncks kurbelte die Scheibe hoch, ließ das beunruhigte Gesicht des jungen Beamten hinter sich zurück, schlängelte sich zwischen den Streifenwagen hindurch und folgte der komplett ausgestorbenen Straße. Die Schienen, auf denen um diese Tageszeit für gewöhnlich alle zwei Minuten eine Bahn vorbeidonnerte, lagen ebenfalls schweigend da. Das war es, was er eben in den Augen seines jungen Kollegen gelesen hatte. Jegliche Normalität war verschwunden und mit ihr auch ein Gefühl der Sicherheit.

Broncks bremste vor einem Kreisverkehr. Blau-weißes Absperrband flatterte in der Abendbrise vor der Bank am Svedmyra Torg.

Er parkte auf dem Fahrradweg und eilte durch das nasse Gras.

»Wie viel Mann sind in Position?«

Der erste uniformierte Beamte wartete am Rand eines unscheinbaren Parkplatzes im Schutz der hohen Pfeiler. Broncks wandte sich an einen ungefähr gleichaltrigen, hochgewachsenen Polizisten, den er vom Sehen kannte, dessen Name ihm aber entfallen war, einen Kriminalinspektor der Polizei Södertörn.

»Ein Team befindet sich auf dem Bahnsteig, ein weiteres hinter dem Imbiss da drüben. Ein drittes auf dem Fußweg beim Pflegeheim. Ein viertes im Garten des weißen Einfamilienhauses da drüben.«

Der Namenlose deutete in verschiedene Richtungen, und John Broncks fühlte sich beschämt. Er hätte den Namen wissen müssen.

»Und da vorn bereitet sich das Einsatzkommando auf seinen Einsatz vor.«

Der Parkplatz war nicht groß. Zehn zwischen Betonpfeiler eingeklemmte Parklücken. Ein Ort, den man normalerweise kaum wahrnahm, nur schwach von Straßenlaternen erleuchtet. Zwei geparkte Fahrzeuge, ein älterer brauner Ford, dessen Chassis sicher klapperte, sobald er über eine Unebenheit fuhr, und ein gelber Dodge-Van, wenn er die Farbe in der Dunkelheit richtig deutete. Nur die riesigen Lettern auf den Seiten waren deutlich zu erkennen: Abfluss-Notdienst.

»Welcher Irre überfällt eine Bank und wartet dann in der Nähe ab?«

Der Namenlose starrte wie gebannt auf das Fluchtfahrzeug. Wie bereits bei Broncks' Eintreffen schien es eine hypnotische Wirkung auf ihn auszuüben.

»John? Begreifst du diese Dreistigkeit! Eine Bank ausrauben, ins Auto steigen, hundertfünfzig Meter fahren, parken. Und dann … warten.«

John. Er hatte ihn mit seinem Namen angesprochen. Zu spät. Jetzt war Broncks an der Reihe, den anderen mit seinem Namen anzusprechen und ein Wiedererkennen zu signalisieren.

»Nicht zu fassen …«

Schuldgefühle stellten sich ein. Verdammt. Und das bei der Jagd auf brutale Bankräuber? Er hatte das Gefühl, jemanden, der sich an ihn und seinen Namen erinnerte, mit Missachtung zu strafen.

»Bereitschaft.«

Der Namenlose hatte sein Funkgerät an der rechten Kragenseite und eine klare Stimme, die leiser hätte sein müssen, um nicht ins Innere des Wagens zu dringen.

»Fünf, vier, drei, zwei, eins … Zugriff!«

Aus der Dunkelheit tauchten schwarz gekleidete Männer mit Helmen, schusssicheren Westen und entsicherten Waffen auf, acht Körper in synchronen Bewegungen. John Broncks hatte so etwas schon oft gesehen und kannte das Gefühl, sich für eine gewaltsame Konfrontation zu wappnen. Noch nie hatte er einen Bankraub live miterlebt, aber schon oft die Bilder der Überwachungskameras ausgewertet. Fest stand, dass die uniformierten Polizisten, die das Fahrzeug umkreisten, von denselben Motiven geleitet wurden wie die

Maskierten im Wageninneren: die Begegnung mit dem Feind und das Kräftemessen, die Erprobung des eigenen Trainings mit möglichst geringen Verlusten.

Acht Schatten bewegten sich vorwärts.

Einer verharrte bei den Pfeilern und zielte auf den Fahrersitz. Zwei knieten sich hin und nahmen die fensterlosen Seiten des Dodge-Vans ins Visier. Zwei eilten geduckt zur anderen Seite des Weges und zielten auf die Hintertüren.

Broncks spürte nicht einmal mehr den Atem in seinem Nacken. Der Namenlose hielt die Luft an und wirkte wie erstarrt.

Zwei Beamte des Einsatzkommandos näherten sich dem Fahrzeug, hielten dann inne und spähten ins Innere des Wagens. Leer. Wer auch immer sich darin versteckte, saß im Laderaum, auf den jetzt alle Waffen gerichtet waren.

Der achte Beamte des Einsatzkommandos kroch zur Seitentür und beleuchtete sie mit seiner Taschenlampe.

Der Dodge-Van war nicht abgeschlossen.

Vorsichtig legte er seine Hand auf den Griff, riss die Tür auf und warf sich zu Boden.

Kein Mündungsfeuer blitzte in die Dunkelheit.

Keine Schüsse hallten zwischen den Betonpfeilern wider.

Keine Schreie, kein Hass, nur eine Stimme aus dem Funkgerät.

»Der Wagen ist leer.«

33

Leo schüttelte die hübsche Flasche, bis der Korken knallte. Der Pol-Roger-Champagner schäumte in den hohen Gläsern, als sie sich singend in den Armen lagen und auf ihren ersten Bankraub anstießen. Anneli leerte ihr Glas und schenkte sich gleich nach. Vincent, der seit Verlassen der Bank kein Wort gesprochen hatte, hob sein Glas und schüttelte genau wie Felix unter großem Gejohle die Selbstkontrolle ab, die sie zusammenschweißte und aus der sie bei Bedarf Kraft schöpfen konnten. Jasper erzählte immer wieder von Neuem, wie er die Geldschränke im Tresorraum aufgeschossen hatte, dann prostete er den anderen zu.

»Bereitschaft.«

Sie verstummten, beugten sich vor und lauschten dem Polizeifunk. Der Empfänger stand auf dem Wohnzimmertisch zwischen halb vollen Biergläsern und frisch geöffneten Whiskyflaschen.

»Fünf…«

Eine raue Stimme sprach den Countdown, während sich das achtköpfige, schwerbewaffnete Einsatzkommando dem Dodge-Van der Sanitärfirma näherte.

»… vier, drei, zwei, eins…«

Jetzt verstummte die Stimme, so wie die Stimmen im Wohnzimmer verstummt waren, und sie hörten neue Geräusche, keine Worte, doch was sie vernahmen, sprach Bände.

Scharrende Füße.

Keuchende Atemzüge.

Eine quietschende Autotür.

Und dann.

Das gewaltigste, eindeutigste Geräusch.

Stille.

Die Stille einer Gruppe, die dicht beieinandersteht und auf den besiegten Gegner lauscht.

»Der Wagen ist leer.«

Und dann ihr Gelächter, das in feierliche Trinksprüche mit erhobenen Gläsern überging. Also mussten weitere Flaschen geöffnet und geleert werden. Leo sah allen nacheinander ins Gesicht. Er verspürte kein Bedürfnis nach Gelächter. Er hatte jeglichen Vorteil der Polizei zerschossen, und jetzt standen diese Idioten vor dem ersten Fluchtfahrzeug und konnten nicht begreifen, wie es vier Bankräubern gelungen sein mochte zu entkommen.

Hau dem Bären tänzelnd auf die Schnauze, wappne dich für die Angst deines Gegners, ziele ohne Zögern auf die Mitte, wo er am stärksten und deswegen auch am schwächsten ist. Bedien dich der Gewalt, um die Sicherheit des Gegners zu erschüttern und durch Verwirrung zu ersetzen.

Und handle in diesem Vakuum.

Die Sicherheit, in der sich die Menschen wähnten, war nichts als Illusion. Chaos und Ordnung waren zwei ineinander verschlungene Schlangen, die die Plätze tauschten, sobald man eine Grenze überschritt, von deren Existenz man nichts wusste. In diesem Fall hatte die Gewalt dieses Vakuum geschaffen. Für jene Menschen, die in der Bank auf dem Fußboden lagen, und für jene, die über Funk weitergaben, dass die Bankräuber blindlings um sich schossen – für alle diese Menschen war die Zeit für einige Minuten stehen geblieben. So etwas ließ sich nicht begreifen, da es keiner Logik entsprach. Die daraus folgende Verwirrung hatte Leo drei zusätzliche Minuten zum Handeln beschert.

»Vincent?«

Während der Umarmungen und des Champagnerumtrunks hatte er Vincent beobachtet, der seine Gedanken und Gefühle nie in Worte zu fassen schien.

»Ja?«

»Folge mir, Vincent.«

»Wohin?«

»Komm einfach.«

Sie zogen sich mit einer Flasche Whisky und zwei Gläsern, in die sie einige Fingerbreit füllten, in die Küche zurück. Draußen herrschte Dunkelheit, und die Küche des Nachbarhauses glich einer beleuchteten Bühne, auf der eine junge Frau eine Glasschale auf einen runden Tisch stellte, ein junger Mann ein Baby in einen Kinderstuhl setzte, ihm ein Lätzchen umband und ihm einen Löffel in die Hand drückte, da es offenbar darauf bestand, selbst zu essen.

»Erinnerst du dich noch? Du hast den Bananenbrei immer ausgespuckt.«

»So mache ich es auch heute noch.«

»Aber Dosenpfirsiche hast du immer gerne gegessen. Ich habe sie dir in Würfel geschnitten.«

Du warst ein Jahr, und ich war gerade acht geworden. Es ist eine Ewigkeit her.

»Du hast heute gute Arbeit geleistet.«

»Nein, ich habe gezögert.«

»Aber dann. Kein einziger Fehler. Du bist auf den Tresen gesprungen, hast dir die Schlüssel zum Tresorraum geschnappt, hast Jasper aufgeschlossen, hast die Kassen geleert. Alles in der vorgesehenen Zeit.«

»Ich habe innegehalten, gezögert. Alles hätte schiefgehen können.«

»Aber du hast das Problem gelöst. Drei Minuten lang hatten wir die Bank in unserer Gewalt. So musst du die Dinge sehen, Vincent. Im Gegensatz zu allen anderen haben wir uns sicher gefühlt und konnten daher ein ungeplantes Versehen korrigieren.«

Die Familie im Nachbarhaus aß nun Gulasch und Salat. Leo hob sein Glas und wartete, bis Vincent das seine hob. Dann leerten sie ihre Gläser.

»Vergiss es, hörst du? Du hast nicht gezögert. Denk einfach nur daran, wie gut du dich geschlagen hast. Dieses Bewusstsein solltest du dir bis zum nächsten Mal bewahren.«

Sie verließen die Küche und gingen in das Zimmer über der Totenkopfhöhle, in dem sich die Taschen befanden, die Vincent und Jasper vor einer knappen Stunde mit Geldbündeln vollgestopft hatten.

»Über eine Million. Vielleicht anderthalb. Na… wie fühlt sich das an?«

Vincent griff in eine Tasche mit mehreren Hunderttausend Kronen.

»Unwirklich.«

Leo schaute aus dem Fenster auf den Küchentisch im Haus gegenüber. Der Einjährige aß jetzt nicht mehr allein. Sein Vater wischte ihm Essen aus den Haaren und vom Pullover und fütterte ihn dann geduldig mit dem Löffel.

»Ja, stimmt. Wir haben eine Bank ausgeraubt, aber keiner ahnt, wie wir das angestellt haben. Es gibt nur eine Sache, die keinesfalls schiefgehen darf: der erste Fahrzeugwechsel. Die Verwandlung.«

34

Die winzigen Glassplitter sahen in der gleißenden Helligkeit ganz anders aus. Das Licht der Scheinwerfer, die die Kriminaltechniker auf dem kleinen Platz aufgestellt hatten, strömte durch das Schaufenster der Bank und schuf aus Tausenden von Splittern einen glitzernden Nebel.

Broncks ging seiner Wege, ohne sich umzudrehen. Hätte er zurückgeblickt, dann hätte er sich den Mikrofonen und Kameras und weiteren Fragen der Reporter stellen müssen. Auf seinem Weg zum Tatort war er sieben Nachrichtenteams ausgewichen und beabsichtigte, dies auch weiterhin zu tun.

In der Mitte des Schalterraums war der Putz von der Decke auf ein rotes Paket mit Babynahrung gerieselt. Eine Frau hatte ihr Gesicht auf den kalten Steinboden gepresst, und der Inhalt ihrer Einkaufstüte hatte sich auf den Fliesen verteilt. Hinterher hatte sie in einer Ecke gesessen, sich Broncks' Fragen angehört, war aber nicht in der Lage gewesen zu antworten. Er hatte das schon häufig erlebt: der verwirrte Gesichtsausdruck, nachdem laute, widerhallende Schüsse beide Trommelfelle hatten platzen lassen. Zurück blieb ein anhaltendes, intensives Pfeifen im Kopf.

Zwei Kameraleute folgten ihm eilig und riefen ihm etwas hinterher, als er den Gehsteig überquerte, über den auch das Fluchtfahrzeug gerumpelt war. Als er, nach wie vor der Route des Fluchtfahrzeugs folgend, den Kreisverkehr betrat, gaben die Kameraleute auf und rannten zur Bank und anderen potenziellen Interviewopfern zurück.

Er hatte die staubige Packung mit der Babynahrung aufgehoben und dann der Frau mit den geplatzten Trommelfellen gereicht. Es gab insgesamt neun Zeugen, drei Bankangestellte und sechs Kunden, die drei ewig währende Minuten auf dem Boden verbracht hatten. Drei von ihnen standen so sehr unter Schock, dass sie außerstande waren, die Ereignisse wiederzugeben. Die sechs aussagefähigen Zeugen lieferten vernünftige, allerdings nicht unbedingt übereinstimmende Aussagen. Nicht einmal die beiden Teenager, die dicht nebeneinander am Fenster gestanden hatten, konnten sich auf eine gleichlautende Täterbeschreibung einigen.

RICKARD TORESSON: Ich glaube, es waren blaue Overalls, so wie bei Automechanikern.
LUCAS BERG: Nein, keine Overalls, eher so Jacken und Hosen mit aufgenähten Taschen.

Sie waren sich auch nicht darin einig, wer das Sicherheitsglas zerschossen, wer den Tresorraum geleert und wer gezählt hatte.

RT: Sie hatten Sturmhauben an, nur die Augen waren zu sehen.
LB: Nein, nicht alle hatten Sturmhauben. Ich glaube, ich habe einen Mund gesehen.

Jedes Bewusstsein interpretiert solche Ereignisse angesichts von extremer Gewalt ganz unterschiedlich. Der Schrecken verzerrt Eindrücke, Größenverhältnisse, den Verlauf der Zeit.

RT: Ich lag vor seinen Füßen. Er war mindestens einen Meter achtzig groß. Da bin ich mir ganz sicher. Sie waren alle total riesig.
LB: Ich hab auch vor seinen Füßen gelegen, und er war recht klein, keinesfalls größer als ich, und irgendwie übergewichtig.

Nur eine Zeugin hatte zuverlässige Beschreibungen geliefert. Die fünfzigjährige Schalterbeamtin, die an Kasse drei gesessen hatte, als ein maskierter Mann auf ihr Sicherheitsfenster gezielt und vierzig Schuss darauf abgegeben hatte. Ihre Augen waren klein und traurig, als sie Broncks vorführte, wie sie ihre Hand mit den rot lackierten Fingernägeln gehoben und der Stimme entgegengestreckt hatte, die ihr befahl, die Tresorschlüssel auszuhändigen. Dabei waren ihr die Glassplitter aus den Haaren, von der Haut und von den Kleidern gefallen.

INGA-LENA HERMANSSON: Schwede. Kein Dialekt. Kein Akzent. Eine tiefe, etwas angespannte Stimme. Seine Augen schienen über mich hinwegzuschauen oder durch mich hindurch, aber sie haben mich nie direkt angeblickt. Der andere Mann hat in einiger Entfernung gewartet. Er trug eine Weste, wie sie bei Soldaten üblich ist. Alle hatten abstehende Ohren.

Der eine hatte die Schlüssel verlangt, der andere hatte den Tresorraum aufgeschlossen. Beide, da war sie sich ganz sicher, hatten dem Mann, der vor dem Tresen wartete, mehrmals Blicke zugeworfen.

IH: Er hat die Sekunden gezählt. Ohne die Stimme zu heben. Bis zum Ende.

Abstehende Ohren – Gehörschutz. Leise Stimme – ein Mikro.

Der Anführer.

Einer, der befahl und dem man gehorchte.

Broncks stand in der Mitte des Kreisverkehrs und schaute sich um, denn er wollte sich vergewissern, dass ihm niemand folgte, bevor er die Straße überquerte und zum Parkplatz und dem leeren Fluchtauto zurückkehrte. Ein Zug, der mittlerweile wieder in Betrieb genommenen U-Bahn ratterte über seinem Kopf über die Brücke.

Funkgeräte. Kampfmittelweste. Automatische Waffen.

Eine militärische Operation.

Laut der Sanitärfirma war der gelbe Dodge-Van mit der leuchtenden beidseitigen Aufschrift in der vorhergehenden Nacht gestohlen worden. Broncks vermutete, dass dreizehn bis achtzehn Stunden verstrichen waren, ehe er als Fluchtfahrzeug verwendet worden war.

Der namenlose Polizist aus Huddinge lungerte zwischen den Betonpfeilern herum.

»Ein U-Bahn-Eingang, Straßen vor, hinter und neben uns, unendlich viele Fahrradständer. Wir befinden uns hier mitten in einem verdammten Verkehrsknotenpunkt! An dieser Stelle steigen die Pendler von der U-Bahn in den Bus oder vom Bus in die

U-Bahn um, kommen hier an oder setzen ihren Weg zu Fuß oder mit dem Fahrrad fort. Alle sind konstant in Bewegung. Und *niemand* hat gesehen, wie sie aus dem Wagen gestiegen sind!«

Broncks antwortete nicht, sondern betrachtete die Bank, den Platz, den Kreisverkehr. Vier Straßen zur Auswahl. Jede führte nach einem guten Kilometer zum nächsten Kreisverkehr. Vier mal vier mal vier. Vierundsechzig Möglichkeiten. Ebenso viele Straßen wie Felder auf einem Schachbrett und ebenso viele Fluchtwege.

»John?«

Der Namenlose hatte schon wieder seinen Namen genannt. John konnte nicht noch mal antworten und dabei so tun, als würde er sich ebenfalls an seinen Namen erinnern.

»Vor vierzig Minuten haben wir das erste Fluchtfahrzeug geöffnet«, sagte Broncks.

Vielleicht konnte er ja einfach weitersprechen und hoffen, dass ihm der Name des Kollegen plötzlich einfiel.

»Der perfekte Ort für einen Raubüberfall.«

Nein, das ging nicht.

»Das Fahndungsgebiet ist viel zu groß.«

Dieser Kollege, mit dem er schon mehrere Male zusammengearbeitet hatte, versuchte bei jedem Wortwechsel seinen Blick aufzufangen.

»Gib zu, du erinnerst dich nicht.«

»Wie bitte?«

»Erik.«

»Was?«

»Ich heiße Erik.«

Erik ließ diese Mitteilung in der Luft hängen und wandte sich dann wieder mit einer weit ausholenden Handbewegung dem Schauplatz zu.

»Und wenn sie sich getrennt haben? Wenn sie nacheinander den Dodge-Van verlassen haben und abgehauen sind? Der Erste ist vielleicht in die U-Bahn, bevor wir sie gestoppt haben, um nach ein paar Stationen auszusteigen. Der Zweite könnte den Bus 163 in eine der beiden Richtungen genommen haben, lass den Dritten mit einem Rad zu den Mietshäusern dort oben gefahren sein, und der Vierte ist möglicherweise zu Fuß in das Wohnviertel dort drüben spaziert.«

U-Bahn. Bus. Fahrrad. Zu Fuß. Oder vierundsechzig verschiedene Fluchtwege mit dem Auto.

Broncks spähte in den Wagen.

»Erik?«

Sein Kollege schien sich aufrichtig zu freuen, aber Broncks bereitete es ein gewisses Unbehagen, ihn mit einem Namen anzusprechen, den er gerade erst erfahren hatte.

»Die Typen sind hier wie für einen Krieg gerüstet aufgetaucht – niemand kann mit Maschinengewehren, Kampfmittelwesten und Funkgeräten völlig unbemerkt verschwinden.«

Broncks klopfte leicht auf die Seitentür des leeren Dodge-Vans.

»Irgendjemand muss doch gesehen haben, wie dieser Wagen vorgefahren ist. Irgendjemand muss gesehen haben, wie sie ausgestiegen sind. Vier ausgewachsene Männer in schwarzen Masken können doch nicht vom Erdboden verschluckt werden.«

Der kleine Imbiss war zwischen den Pfeilern der hier als Hochbahn verkehrenden U-Bahn eingekeilt. Broncks hasste den ranzigen Geruch von altem Frittierfett, der hinter Leisten und Schränke kroch und sich dort festklammerte. Er bemühte sich, nur durch den Mund zu atmen, während er durchs Fenster den Dodge-Van betrachtete. Der Imbissbesitzer hatte eine gute Aussicht über den spärlich beleuchteten Parkplatz und war möglicherweise der Einzige, der überhaupt etwas gesehen hatte. Der dürre Mann unbestimmbaren Alters, der im Spirituosenladen sicher immer noch den Ausweis vorzeigen musste, obwohl er vier Kinder hatte, trug eine Schürze, die früher einmal weiß gewesen sein musste. Vermutlich war sie auch der Grund, weshalb ihnen der Fettgeruch in die winzige Essecke mit ihren drei Barhockern folgte, die an einem Tresen standen.

»Sie kommen morgens und fahren abends wieder weg«, sagte er und deutete auf den Parkplatz. »Aber der braune Ford in der Mitte ist mittags gekommen. Und der große gelbe Dodge … ist erst seit einer Stunde hier.«

»Und aus dem gelben Dodge haben Sie niemanden aussteigen sehen?«

»Nein.«

Broncks schätzte den Abstand zwischen der Imbisstür und dem Fluchtwagen auf maximal fünfzehn Meter.

»Was nicht weiter ungewöhnlich ist.« Der Imbissbesitzer zuckte mit den Achseln. »Manchmal sitzen sie einfach da. Warten auf jemanden, der mit dem Bus oder mit der U-Bahn kommt. Dann fahren sie wieder.«

»Und heute? Haben Sie alle gesehen, die gekommen und wieder gefahren sind?«

»Ich sehe immer alle. Jeden Tag«, erwiderte er fast beleidigt. »Es gibt nur zehn Parkplätze. Und ich stehe hier … die ganze Zeit.«

Broncks nahm zwei Servietten aus einem Spender und zog einen Kugelschreiber aus seiner Innentasche. Dann zeichnete er zehn Rechtecke und schrieb *braun* in das Rechteck, das dem Parkplatz des alten Ford entsprach, und *gelb* in das des Fluchtwagens.

»Diese Fahrzeuge stehen jetzt hier. Erinnern Sie sich an andere?«

»Andere?«

»Ja. Autos, die im Lauf der letzten Stunden hier geparkt haben.«

»Klar«, antwortete der Imbissbesitzer und deutete durchs Fenster. »Dort drüben stand beispielsweise ein …«

»Schreiben Sie es in eines der Rechtecke.«

»Da … ein Kombi. Ich schreibe einfach nur *Kombi.* An die Farbe erinnere ich mich nicht.«

»Gut.«

»Und da drüben … ein dunkelblauer Dodge, dasselbe Modell wie der gelbe, der jetzt da drüben steht, direkt daneben. Also. Ich schreibe: *dunkelblauer Dodge-Van.*«

»Und auf den anderen Plätzen?«

»Nichts. Jedenfalls nicht am späteren Nachmittag.«

Der Imbissbesitzer schob die Serviette über den Tresen und wollte an seinen Arbeitsplatz zurückkehren.

»Wir sind noch nicht fertig«, sagte Broncks. »Ich will wissen, wer wegfuhr, nachdem der gelbe Dodge dort geparkt hatte.«

»Anschließend?«

»*Nachdem* das Fluchtfahrzeug eingetroffen war.«

»Ich erinnere mich nicht.«

»Versuchen Sie es.«

Mit dem Stift in der Hand betrachtete der Inhaber erst den Parkplatz, dann die Serviette und zuletzt Broncks. Schließlich kreiste er das Rechteck in der Mitte ein: den Kombi.

»Der da.«

»Wann?«

»Keine Ahnung … vielleicht zehn Minuten später.«

»Und das war der Einzige?«

Er schlug mit dem Stift gegen die Kante des Tresens, ein irritierendes Geräusch.

»Dann der andere Dodge. Der dunkelblaue.«

Mehrmals umkringelte er das Rechteck, in dem *dunkelblauer Dodge-Van* stand.

»Vielleicht … na ja … zwei Minuten später. Oder fünf. So in etwa.«

»Der da?«

»Ja. Auf dem Parkplatz neben dem gelben. Direkt daneben.«

Broncks musterte die Serviette. Das Rechteck neben dem gelben Dodge-Van. Dann blickte er von der Zeichnung auf und sah zum Parkplatz hinüber. Das schwache Licht der Straßenlaternen fiel auf den Asphalt.

»Und Sie sind sich ganz sicher? Er hat den Parkplatz direkt danach verlassen?«

»Ich bin mir sicher. Er musste auch nicht zurücksetzen.«

»Zurücksetzen?«

»Alle parken hier vorwärts ein und müssen dann rückwärts ausparken. Bei dem war es genau umgekehrt.«

Zwei Dodge-Vans desselben Modells nebeneinander. Einer mit dem Kühler nach vorn, der andere mit dem Kühler nach hinten.

Broncks knüllte die Serviette zusammen und warf sie Richtung Mülltonne. Er traf.

Es war so verdammt einfach. Zwei ähnliche Autos, die in entgegengesetzter Richtung dicht nebeneinander parkten, sodass der Abstand zwischen den Schiebetüren nur eine Handbreit betrug.

Broncks nickte dem Imbissbesitzer zu, seufzte schicksalsergeben und kehrte in die Dunkelheit und in das sich ständig ausweitende Fahndungsgebiet zurück.

Leo streckte die Arme durch die Öffnung der Totenkopfhöhle nach oben, ergriff die Tasche mit den Fünfhundertkronenscheinen und stellte sie auf ein Regal. Die zweite Sporttasche mit Scheinen in verschiedenen Größen stellte er neben die Munitionskisten.

Mitten in der Hauptverkehrszeit hatten sie – umgeben von Pendlern – schwarz maskiert und mit geladenen Waffen auf dem Parkplatz gehalten. In vollkommener Stille. Vollkommener Reglosigkeit. Die U-Bahn war über sie hinweggerattert. Ein Bus hatte gehalten, und die Fahrgäste waren ausgestiegen. Sie hatten die Stimmen zweier Jungen gehört, die nicht wussten, dass sie nur das Blech eines Dodge-Vans von vier Bankräubern auf der Flucht trennte.

»Gib mir die Westen, Vincent.«

Vincent kniete neben der Luke und öffnete den Reißverschluss einer Tasche: Gewehre, Magazine, Munition, Kampfmittelwesten.

»Nicht die, die andere.«

Der nächste Reißverschluss verhakte sich und musste mit sanfter Gewalt geöffnet werden. Schusssichere Westen, Gehörschutz, die winzigen Mikrofone. Ein Gegenstand nach dem anderen wanderte durch den Tresor in Leos Hände und in das Regal.

Sie hatten sechzig Sekunden auf dem Parkplatz verbracht. Bis Felix die Seitentür geöffnet, zum anderen Wagen hinübergelangt und auch diese Seitentür aufgeschoben hatte. Zwei identische Kastenwagen zu einer Einheit verschmolzen, zwei einander gegenüberliegende Türen, die jeden Einblick verwehrten. Ein kurzer Sprung von einem Fluchtfahrzeug ins nächste. Felix am Steuer, Jasper und Vincent mit je einer Tasche und schließlich Leo, der die beiden

Türen schloss und somit wieder zwei getrennte Einheiten herstellte. Dieselben Bewegungen wie fünf Minuten und dreißig Sekunden zuvor, als sie die Bank betraten. Nur rückwärts.

»Vincent? Die Overalls und Sturmhauben kommen auf einen anderen Stapel. Wir verbrennen alles.«

Ihr erster wichtiger Fahrzeugwechsel. Nur wenige Hundert Meter von der ausgeraubten Bank entfernt. Die Verwandlung. Niemand hatte gesehen, wie sie den gelben Kastenwagen verließen, und niemand wusste, dass sie in einem identischen blauen weitergefahren waren. Der Suchradius vergrößerte sich. Die mathematische Formel, die die Polizei bei jeder Verfolgungsjagd anwendete: die seit der Tat verstrichene Zeit multipliziert mit dem Abstand zum letzten aufgefundenen Fluchtfahrzeug. An diesem Wert ließen sich die Chancen ablesen, die Täter einzuholen.

Zwei Kilometer zum nächsten Fahrzeugwechsel, ein weiterer Parkplatz in einem anderen Viertel, eingeklemmt zwischen einem dreistöckigen Mietshaus und einem Wäldchen. Dreißig Sekunden, um Overalls und Sturmhauben abzulegen und Arbeitshosen und Hemden anzuziehen. Dreißig Sekunden, um die Taschen mit der Beute und der Ausrüstung durch das Wäldchen zu tragen, fünfundzwanzig Sekunden, um in das letzte Fluchtfahrzeug zu steigen, einen ihrer eigenen Pick-ups, der sich bald unter die vielen anderen Firmenwagen mischen würde, die nach Feierabend auf dem Heimweg waren. Felix und Leo saßen vorn, Jasper und Vincent lagen auf der Ladefläche unter der Abdeckung. Zwanzig Minuten später saßen sie im Wohnzimmer und hörten über Polizeifunk mit an, wie die Aktion des Einsatzkommandos ins Leere lief.

»Gebt mir jetzt, was in der anderen großen Tasche ist.«

Leo nahm die beiden Maschinenpistolen und das AK-4-Sturmgewehr in Empfang, wickelte rotes Klebeband um die Läufe und legte sie ins untere Regalfach.

»Leo?«

»Ja?«

Vincent wollte es ebenfalls sagen. Es kostete ihn Mühe. Er hatte es noch nie zu irgendjemandem gesagt.

»Nur damit du's weißt …«

Leo nahm die letzte Waffe, ein großes und schweres Maschinengewehr, markierte auch hier den Lauf mit rotem Klebeband und stellte es neben die beiden anderen Waffen, die nie wieder abgefeuert werden würden. Dann sah er sich um. Es blieben ihnen noch 218 automatische Waffen.

»Was?«

Es fiel ihm schwer, vielleicht würde es ja falsch oder gekünstelt klingen, obwohl er es aufrichtig meinte.

»Ich liebe dich auch.«

35

John Broncks schaltete den Computer ein und klickte auf den Svedmyra-Ordner, der zwei Dokumente enthielt. Er öffnete die erste Datei mit der Bezeichnung »Kamera 1«, womit die Überwachungskamera über dem Eingang gemeint war. Dann folgte er mit dem Cursor der schmalen Zeitlinie bis 17.51 Uhr, als die drei Bankräuber in schwarzen Masken eingetreten waren.

Insgesamt fünf Sekunden. Ohne Ton, ohne Farbe und, wie bei Überwachungskameras üblich, ruckartig.

Ein Hinterkopf wurde als Erstes von der Kamera eingefangen. Ein schwarzer Kopf mit großen Ausbuchtungen über den Ohren.

Broncks klickte von einem Bild zum nächsten.

Der zum schwarzen Kopf gehörige Oberkörper vollführte eine halbe Drehung und suchte nach der Kamera, hob die Waffe, zielte.

Ein Bild nach dem anderen. *Du siehst mich.* Blick für Blick. *Ich sehe dich.*

Und in den Augen keine Wut, keine Angst, kein Stress.

PIA LINDHE: Die Stiefel rochen nach Schuhcreme. Sie wissen schon, Lösungsmittel und Karamell. Sie rochen frisch geputzt.

Die Frau war gerade an den Schalter getreten und hielt eine Plastiktüte in der rechten und einen Nummernzettel in der linken Hand. Dann fielen die Schüsse.

PL: Sie haben geglänzt, die Stiefel. Als ich sie anstarrte, habe ich mich selbst gesehen.

Als fehlten ihr jegliche Knochen und Gelenke, sackt sie in kürzester Zeit in sich zusammen und fällt auf den Boden. Und obwohl sie vor lauter Schreck nicht begreift, was geschieht, schaut sie noch einmal zu dem maskierten Gesicht hinauf, weil sie es einfach wissen will.

John Broncks klickte auf die Zeitlinie und hielt den Film an.

Während der Befragung hatte sie aus einem Ohr blutend vor ihm gesessen und sich mit dem Rücken ans Schaufenster gelehnt. Anschließend war sie weinend vor Erschöpfung zusammengebrochen. Wie ein Erschießungskommando waren sie in die Bank gestürmt und hatten die Exekution durchgeführt, ohne darauf zu achten, wer mit verbundenen Augen vor ihnen stand. Mit Gewalt hatten sie allgemeinen Gehorsam erzwungen.

»John?«

Sanna stand in der Tür. Wie letztes Mal. Trotz der späten Stunde befand sie sich noch im Gebäude.

»Ich habe die Analyse abgeschlossen. Insgesamt wurden im Inneren des Bankgebäudes einundachtzig Schüsse abgefeuert. Rein statistisch handelt es sich um einen der gewaltsamsten Banküberfälle, die Europa je erlebt hat.«

Sie verlagerte ihr Gewicht und lehnte sich nun an den Türrahmen. Offenbar wollte sie eine Weile bleiben.

»Kaliber 7,62, Stahlmantelpatronen, 1980 von der schwedischen Armee in Karlsborg gefertigt.«

»Ja?«

»Es ist mir nicht gelungen festzustellen, ob es sich um dieselbe Waffe und dieselben Täter handelte wie beim Raubüberfall auf den Geldtransporter.«

»Aber du würdest es nicht ausschließen?«

»Ein Ermittler könnte übereinstimmende Muster entdecken, John, aber es gibt keine Beweise.«

»Du meinst, dass zwei verschiedene mit schwedischen Armeewaffen ausgestattete Banden agieren, die in *derselben* Gegend im *selben* Herbst Raubüberfälle begehen?«

»Das meine ich keinesfalls. Aber die forensische Beweislage schließt dies nicht aus.«

»In Farsta, fast vierzig Schüsse. Und jetzt … einundachtzig? Erst durchlöchern sie einen Geldtransporter, dann den Schalterraum einer Bank. Irgendein Schuss muss mit derselben Waffe abgefeuert worden sein!«

»Nein.«

»Nein?«

»Keine Waffe wurde bei beiden Überfällen verwendet. Ich habe alles genauestens untersucht.«

»Es gibt ein Muster. Nämlich ihr Verhalten.«

»Ja. Aber keine Fakten.«

Er sah sie an.

»Und wenn ich mich noch einmal nach Sannas Meinung und nicht nach den Analyseresultaten der Kriminaltechnikerin erkundigen würde?«

»Es gibt wiederkehrende Bewegungsmuster. Kamera 2. Kurz bevor sie zerschossen wurde.«

Während sie sprach, drehte er den Monitor in ihre Richtung.

»Gebeugte Knie, niedriger Schwerpunkt. Die Merkmale decken sich mit der Aussage des Wachmannes, den du nach dem Überfall auf den Geldtransporter befragt hast. Und jetzt – siehst du? Genau so steht der Schütze da.«

Ruckartig und ohne Ton, aber unübersehbar.

»Und dann, sein Finger, wenn du das Bild etwas vergrößerst … er liegt über dem Gewehrbügel parallel zum Lauf – als würde er auf uns deuten.«

Ein paar Bilder weiter stoppte Broncks den Film erneut und zoomte auf eine behandschuhte Hand. Sanna beugte sich vor.

»Disziplin, John. Bring deine Leute nie in Gefahr, jeder Schuss muss sitzen. Dieser Räuber legt seinen Finger erst kurz vor dem Schuss auf den Abzug. Eine Sicherheitsmaßnahme im Umgang mit Waffen. Das heißt, er wurde von Profis geschult. Er hat die Feuerstellung Tausende von Malen geübt. Er wurde gedrillt.«

Nur vier Kilometer zwischen den Tatorten. Nur sieben Wochen zwischen den Überfällen.

Aber die forensischen Beweise ließen einen anderen Schluss zu.

Es konnte sich auch um verschiedene Täter handeln.

Zehn nach fünf. Noch lange bis zur Dämmerung. Wenn er sich bemühte, konnte er Anneli dort oben leise schnarchen hören. Er wusste, dass sie noch viele Stunden schlafen würde. Er selbst mied den Schlaf, um gänzlich absorbieren zu können, was am Vortag geschehen war, und um sich auf die letzte Phase des Raubüberfalls vorzubereiten.

Mit einer dreißig Kilo schweren Tasche über der Schulter überquerte Leo den Hof, auf den der erste Schnee des Jahres gerieselt war. Nur wenige Zentimeter Pulverschnee. Seine Schuhe waren weiß bestäubt, ohne nass zu werden. Ein angenehmes Gefühl breitete sich in ihm aus. Seine tiefen Atemzüge erzeugten Rauchwolken. Mehrere Male war er nachts aufgestanden, um den Teletext zu lesen und die Radionachrichten zu hören. Es gab keine Spur. Sein Plan und die Ausführung waren perfekt gewesen.

Er schloss die Garage auf und machte Licht. Es war kalt, und er zog die beiden Heizlüfter näher zu sich heran. Dann nahm er die Kreissäge und teilte die Sperrholzplatte auf der Werkbank in gleich große Stücke.

Ein Auto hielt auf dem Hof. Das Garagentor glitt nach oben, und einer der Firmen-Pick-ups fuhr mit geöffneten Fenstern herein.

»Jedes Jahr dasselbe!«, brüllte Felix. »Diese verdammten Idioten verwenden keine Winterreifen! Dort draußen herrscht vollkommenes Chaos!«

Felix trug Arbeitskleidung, seine Haare waren zerzaust, und er blinzelte gegen das grelle Licht. Er stieg aus dem Pick-up, ging geradewegs zum Kompressor und Tacker und heftete die fünf gleich großen Tischlerplatten zu einem quadratischen Kasten zusammen.

»Felix?«

Leo kannte diese Verärgerung und die dramatischen Gesten inzwischen sehr gut. Abwarten war normalerweise die beste Strategie. Er öffnete den Kofferraum und nahm drei rot markierte Waffen heraus, zwei aus Svedmyra, eine aus Farsta, und begann, sie in ihre insgesamt achtundvierzig Bestandteile zu zerlegen.

»Na, Felix, wie steht's? Wir haben gestern eine Bank ausgeraubt!«

Felix füllte die Mischmaschine zu einem Drittel mit Wasser und packte dann den plumpen Zementsack mit beiden Händen. Staubwolken stiegen auf, als er den Zement einfüllte.

»Felix? Ich merke doch, dass was los ist?«

»Er muss sich einfach zusammenreißen.«

»Wer?«

»Es ist höchste Zeit!«

»Für wen?«

»Jasper.«

Felix ergriff den Eimer und kippte den frisch gemischten Zement in die eben hergestellten Kästen.

»Er muss endlich aufhören, auf Vincent rumzuhacken. Er kann es einfach nicht lassen. Beim kleinsten Fehler! Wenn er auf dem Schießplatz an der falschen Stelle steht oder ein paar lumpige Sekunden vor der Bank innehält. Und wenn wir hier in der Garage üben, da brüllt er rum wie Ivan.«

Als die Kisten zur Hälfte mit Zement gefüllt waren, schlug Leo eine Gewehrkammer nach der anderen mit dem Vorschlaghammer platt, dann versenkte er sie mit den Kolben und den übrigen Einzelteilen im Zement.

»Wir sind ein Team, und ich versuche es zusammenzuhalten.«

»Er redet nonstop und spielt sich in seiner Fünftausend-Kronen-Lederjacke und den immer gleichen High-Fly-Stiefeln, oder wie die Dinger heißen, auf.«

»Hi-Tec Magnum.«

»Scheißegal! Jedenfalls rennt er in diesen verdammten Bullenklamotten rum und schwafelt von seinem Einsatzkommando …«

»Wie bitte?«

»Kaum hat er zwei Schluck Bier in der Kneipe getrunken, dann erzählt er schon jedem, der es hören will, dass er einer Einsatztruppe angehört und …«

»Mit denselben Stiefeln?«

Der letzte Kasten. Die letzten Waffenteile versanken im Zement.

»Felix? Mit denselben Stiefeln, die er in der Bank und im Geldtransporter anhatte?«

»Mit denselben Stiefeln.«

Leo stellte die schweren Kästen auf die Ladefläche des Pick-ups und schloss das Verdeck. Dann spähte er durch das Oberlicht in den dunklen Morgen. Alles, jede Sekunde, die Verkleidungen, die Bewegungen, die Stimmlagen, die Fluchtfahrzeuge, bis ins kleinste Detail zu planen war einfach nicht genug. Nachdem sie ohne Anweisungen und Regeln in die Normalität zurückgekehrt waren, hatte er sie nicht mehr kontrolliert. *Nur die Spuren, die ich hinterlassen möchte, bleiben zurück.* Er musste sich deutlicher ausdrücken und größere Hingabe fordern.

Die Luft war kühl. Die wenigen Schneeflocken glitzerten.

Sein gutes Gefühl war wie weggeblasen. Er musste es sich zurückerobern.

John Broncks eilte aus dem Haus im westlichen Södermalm, wo er schon so lange die Zweizimmerwohnung im Erdgeschoss bewohnte. Er kannte die Gesichter aller Nachbarn, aber keine Namen. Kalte, feuchte Morgenluft. Er ging an dem italienischen Café vorbei und nickte wie immer dem Besitzer, der gerade Kaffee machte, durch die beschlagene Scheibe zu.

Sieben Wochen zwischen den beiden Überfällen, vier Kilometer zwischen den beiden Tatorten.

Und beide Male militärische Ausrüstung.

Er war noch einmal sämtliche Diebstähle aus dem Arsenal der Armee durchgegangen und hatte dabei auch nach schwererem Geschütz wie dem Maschinengewehr vom Typ KSP 58 geforscht, das auf dem Schwarzmarkt extrem selten gehandelt wurde. Von Diebstählen größerer Waffen wurde die Polizei immer unterrichtet.

Keine Treffer. In keiner der Datenbanken.

Die Fußgängerampel an der Långholmsgatan. Hier fuhren täglich 30 000 Kraftfahrzeuge vorbei. Broncks versuchte immer die Luft anzuhalten, bis er den schneebedeckten Hang auf der gegenüberliegenden Straßenseite erreicht hatte.

Er hatte nur drei Stunden geschlafen und war trotzdem hellwach.

Als er gegen halb vier Uhr morgens nach Hause gekommen war, hatte er sich zwar gleich hingelegt, die Nachttischlampe aber brennen lassen und die beiden fünf und zwölf Sekunden langen Überwachungsvideos der Bank mit den Aufzeichnungen der zwanzigminütigen Entführung des Geldtransporters verglichen. Vor sieben Wochen waren es anscheinend Täter aus dem Nahen Osten gewesen. Gestern hingegen hatte es sich um einen disziplinierten Trupp mit militärischem Auftreten gehandelt.

Erst nachdem er das Licht gelöscht hatte, streifte ihn der Gedanke, dass wohl nur ein einziger Augenzeuge beurteilen konnte, ob es sich um dieselben Täter handelte, und dass dieser Zeuge seine Tage in einer zehn Gehminuten entfernten Wohnung verbrachte.

Er lief den Abhang hinunter, an der dauerroten Ampel vorbei, und überquerte die Brücke nach Reimersholme, einem verschlafenen, vergessenen Eckchen Stockholms. Die Bebauung der Insel stammte aus den 1940er-Jahren und war teilweise direkt am Långholmskanalen gelegen, wo zwei ältere Damen ein paar Schwäne mit altem Brot fütterten. Broncks gefielen die vielen Gesichter der Stadt. Kaum dreihundert Meter von der abgasreichen Ausfallstraße entfernt, an der er lieber die Luft anhielt, dominierte noch die Natur.

Jenseits der Brücke stand ein kleiner Kiosk, dessen stets freundlicher Inhaber ursprünglich aus Kuwait kam. Er pflegte schon frühmorgens zu öffnen. Broncks kaufte sein Frühstück, eine Cola und einen Schokoriegel, und dazu die beiden großen Tageszeitungen.

Während er direkt hinter dem Kiosk abbog, überflog er die Schlagzeilen. *Europas brutalster Bankraub.* Und die Fakten, die der Pressesprecher weitergegeben hatte. *81 Schüsse.* Man musste immer ein wenig preisgeben, um das meiste für sich behalten zu können.

Militärwaffen. Es galt ein Gleichgewicht zwischen der aus ermittlungstechnischen Gründen notwendigen Geheimhaltung und der Transparenz zu finden, die von der Öffentlichkeit gefordert wurde. Schließlich finanzierte sie auch das Polizeiwesen. Beide Blätter lieferten auf den Seiten acht bis elf Theorien, die sich angeblich auf bedeutende Quellen aus dem direkten Ermittlerumfeld bezogen, was oft ganz einfach bedeutete, dass zwei Journalisten gemeinsam Vermutungen angestellt hatten. Es wurde spekuliert, dass es sich bei den vier Bankräubern um Söldner, UNO-Soldaten oder arbeitslose Militärs aus dem ehemaligen Ostblock handele.

Das Haus stand am Ende der Straße, hinter dem sich ein Naherholungsgebiet erstreckte. Die Kanugestelle und ins brackige Wasser ragenden Bade- und Anlegestege waren noch schneebedeckt.

Er trat durch die Haustür eines Mehrfamilienhauses aus den 1940er-Jahren mit zeittypischem Treppengeländer und Fahrstuhl. Fünfter Stock. An der dritten Tür stand LINDÉN.

Er klingelte, wartete.

Über dem Briefkastenschlitz hing ein Bild, das ein Kind mit Wachsmalkreiden und grüner Farbe gemalt hatte. Zwei große Kreise und zwei kleine, Vater, Mutter, Kinder, eine Familie.

Er klingelte erneut.

»Ja?«

Ein Mann Anfang siebzig öffnete. Keines von den Strichmännchen.

»Ich würde gerne mit Jan Lindén sprechen.« Broncks hielt seine Dienstmarke hoch. »Mein Name ist John Broncks von der Kriminalpolizei. Es geht …«

»Ich weiß, worum es geht, aber meinem Sohn geht es nicht gut. Es wäre besser, wenn Sie ein andermal wiederkämen.«

Der Mann hätte vom Alter her sein eigener Vater sein können. Freundliche Stimme, freundliches Gesicht, und dennoch hätte er *niemals* Johns Vater sein können.

»Es dauert nur zehn Minuten. Dann gehe ich wieder. Versprochen.«

Der alte Mann zögerte. »Ich schaue mal, ob er ein Gespräch verkraftet«, sagte er schließlich und verschwand im Wohnzimmer, in dem Broncks einen Fernseher und einen Couchtisch ausmachen konnte. Die Tür des Nebenzimmers stand offen. Vermutlich ein Kinderzimmer – auf einem Plastikstuhl hielt ein silberner Roboter Wache, an den Wänden Kinderbilder, ein Stockbett aus Kiefernholz, die Bettwäsche war mit großen Fischen bedruckt. Laut Vernehmungsprotokoll hatte Jan Lindén während der Entführung zwei Fotos aus seiner Brieftasche genommen. Ein verblichenes Farbfoto eines verschwitzten Kindes mit heruntergerutschten Fußballsocken und das Foto eines Kindes mit Zahnlücke, das Kerzen auf einer Geburtstagstorte ausblies.

»Sie können reinkommen. Aber nur zehn Minuten.«

John Broncks zog die Schuhe aus und wollte bereits das Wohnzimmer betreten, als ihn der alte Mann aufhielt.

»Ich möchte, dass Sie mir das noch einmal bestätigen.«

»Ich gehe in zehn Minuten wieder.«

»Gut, ich hole ihn. Sie können solange hier Platz nehmen.«

Das Sofa war so niedrig, dass er nicht aufrecht sitzen konnte, und das Kunstleder verursachte ein Jucken an seinem Rücken. Die Wände waren das pure Gegenteil seiner eigenen zu Hause. Rote Dalapferdchen aus Holz neben angeblich authentischen afrikanischen Masken, Made in China. Nach einer Weile des Unbehagens erhob er sich wieder. Er hatte kein gutes Gefühl. Nur geladene und herzlich willkommene Gäste sollten auf dieser Couch sitzen.

Langsame Schritte schlurften über die Diele.

»Hallo. Ich heiße John Broncks. Wir sind uns in Sköndal begegnet. Unmittelbar … danach.«

»Danach?«

Ein Mann, der nach zwei Monaten immer noch durch den Tag stolperte, weinte, Tabletten schluckte. Broncks war Leuten wie ihm schon früher begegnet. Einige kamen darüber hinweg, andere erholten sich nie.

»Wir haben uns neben dem Krankenwagen unterhalten.«

Abgrundtiefe Augen, die ihn nicht erkannten.

»Und jetzt würde ich gerne noch einmal mit Ihnen sprechen.«

Der pensionierte Vater stützte seinen vierzigjährigen Sohn. Seine grauen Socken hatten Löcher, der Trainingsanzug schlabberte ihm um die Knie, sein Kinn war stoppelig, und sein dünnes, ungewaschenes Haar hing ihm in die verwirrten Augen, als würde er sich schämen, als wollte er so nicht gesehen werden, der traumatisierte Sicherheitsmann.

»Er … er hat es gesagt.«

Lindén ließ sich auf das Sofa sinken, auf dem Broncks eben noch gesessen hatte.

»Die ganze Zeit. Als er mir den Lauf in den Mund schob.«

»Er hat … was gesagt?«

»Schieß. Erschieß ihn.«

Dunkelheit, die zu Angstzuständen führte, die sich in Schlaflosigkeit verwandelten, die noch größere Dunkelheit verursachte. John Broncks glaubte zu verstehen. Früher einmal hatte auch er so gelebt.

»Hier.«

Ein Umschlag mit zwei Schwarz-Weiß-Fotos, Bilder einer Überwachungskamera. Broncks legte sie auf den Glastisch. Das eine war von oben aufgenommen, Augen und Mund vergrößert, das andere per Weitwinkel, die Feuerstellung der Räuber war deutlich zu erkennen.

»Ähneln die Männer, die Sie gesehen haben, einem dieser beiden Männer?«

Mit zitternder Hand zog Lindén die schwarz-weißen Bilder näher an sich heran.

»Was … ist das?«

»Gestern um 17.51 Uhr wurde eine Bank in Svedmyra überfallen. Wenn Sie diese Personen mit den Männern aus Farsta vergleichen, sehen Sie irgendwelche Ähnlichkeiten?«

Lindén versuchte, die beiden Fotos in die Hand zu nehmen, aber sie entglitten seinen schweißnassen Fingern.

»Gestern?«

Es gelang Lindén auch nicht, die Fotos näher an sich heranzuziehen, denn sie blieben an der gläsernen Tischplatte haften. Also gab er auf und verschränkte die Arme vor der Brust, als wollte er sich schützen.

»Als sie fertig waren, ist einer der Männer noch mal zurückgekommen. Nicht derjenige, der unsere Ausweise genommen hatte, sondern der andere, ruhigere. Er hatte es gar nicht eilig, sondern ist zum Fahrersitz gegangen und …«

»Jan?«

»Er hat mehrere Handbewegungen gemacht, und ich hörte Scherben zu Boden fallen. *Damit Sie sich nicht schneiden.* So hat er sich ausgedrückt. *Damit Sie sich nicht schneiden.*«

»Jan, wenn es dir zu viel wird, musst du nicht darüber reden.«

»Er fegte die Splitter beiseite, damit wir uns nicht verletzen. Verstehen Sie? Erst sagt er: Erschieß ihn! Dann …«

»Jan. Die zehn Minuten sind um. Mehr haben wir ihm nicht zugebilligt.«

»Er hat die Scherben weggefegt. Ich kapier es nicht. Ich kapier es nicht.«

Jan Lindéns Vater drang nicht mehr zu seinem Sohn durch. Also beugte er sich über den Tisch und fegte die beiden Fotos auf den Boden.

»Nehmen Sie die mit, und gehen Sie jetzt bitte.«

»Nur noch eine Frage. Ist der Mann, der die Scherben weggeräumt hat, auf einem der beiden Fotos zu sehen?«

»Genug jetzt!«, rief der Vater. »Das sind keine Filmsequenzen! Begreifen Sie das denn nicht? Das hier ist kein verdammtes Video, das man sich ausleiht und für das man fünfzig Kronen Strafe zahlt, wenn man es zu spät zurückgibt. Das hier ist echt!«

»Dessen bin ich mir bewusst. Ich lebe Tag und Nacht damit. Aber ihr Sohn ist der Einzige, der mir helfen kann, diese Kerle zu fassen, damit nicht noch andere dasselbe durchmachen müssen wie er.«

Beide Fotos lagen mit der Bildseite nach oben neben dem niedrigen Couchtisch.

Jan Lindéns Vater setzte sich zu seinem Sohn auf das Sofa.

»Bitte heben Sie Ihre Fotos auf.«

»Nur noch eine Frage.«

»Heben Sie sie auf.«

Broncks kniete sich hin und klaubte die Fotos vom Teppich.

»Vielen Dank.«

Der alte Mann streckte die Hand aus.

»Darf ich sie noch einmal haben?«

Er hielt seinem Sohn die Fotos vor das Gesicht.

»Jan?«

Jan Lindén hatte ein Weilchen mit geschlossenen Augen dagesessen und war in Gedanken abgeschweift. Jetzt betrachtete er die Fotos in der Hand seines Vaters.

»Schau sie dir an, Jan, mach schon. Sie können dir nichts mehr anhaben.«

Lindén musterte die Fotos eine geraume Weile.

»War es einer von denen, Jan?«

Da hob Lindén einen zitternden Zeigefinger und deutete langsam auf eines der Fotos.

»Der da.«

»Sie erkennen ihn?«

»Das ist der Mann, der auf mich gezielt hat. Ich bin mir sicher. Am Ufer, neben dem Geldtransporter.«

»Sind Sie sich ganz sicher?«

»Er stand genauso da, das Gewicht in die Knie verlagert, und hielt die Waffe genauso und hatte dieselben Augen.«

Nach diesen Worten schlurfte der Sicherheitsmann in gleicher Weise aus dem Zimmer, wie er es betreten hatte.

John Broncks nickte dem Vater dankend zu. Dann verließ er die Wohnung mit dem gebrochenen Mann, der vermutlich nie wieder ohne Tabletten zurechtkommen würde, der nach jahrelanger Krankschreibung in Frührente gehen und dem man irgendwann einmal eine lächerliche Summe Schadenersatz zuerkennen würde. So war das nun einmal. Ein Bankräuber stahl nicht nur Bargeld aus einem Tresor, er raubte den Betroffenen auch das so selbstverständliche Gefühl der Sicherheit. Das war das eigentliche Verbrechen, für das man sie vor Gericht hätte stellen müssen. Die Anklage hätte auf *Entzug der Sicherheit* statt auf *schweren Raub* lauten müssen.

Es schneite immer noch. Leo fuhr auf dem Ringvägen Richtung Süden, und jedes Mal wenn er vor einer Unebenheit im Asphalt bremste, stießen die fünf Holzkästen mit den zerlegten Waffen an die Kanten der Ladefläche. Den ganzen Morgen hatte er versucht, Jasper telefonisch zu erreichen. Ohne Erfolg. Also beschloss er, ihn zu Hause aufzusuchen.

Zuerst ging die Fahrt jedoch nach Svedmyra. Dieser Umweg würde ihn zwar zehn Minuten kosten, aber das ließ sich nicht ändern. Als er schließlich dort angekommen war, fuhr er zwei Runden im Kreisverkehr.

Wie anders doch alles bei Tageslicht aussah.

Der Parkplatz war geschlossen und das Fluchtfahrzeug abgeschleppt worden. Absperrbänder der Polizei umgaben den Platz und die Bank. Einige Personen betraten gerade die nahe gelegene Pizzeria, ansonsten war kein Mensch zu sehen.

Er fuhr an den kleinen Häusern am Sockenvägen vorbei, bis er zu den älteren Mietshäusern in Bagarmossen gelangte, die an das große Naturschutzgebiet grenzten.

Er betrat Jaspers Haus und klingelte an seiner Wohnung im zweiten Stock. Das Geräusch klang so gedämpft, als hätte Jasper die Metallschelle abgeschraubt. Er klopfte laut, rüttelte am Briefkastenschlitz und rief in die Wohnung.

Es dauerte einige Minuten, bis ein verschlafener Jasper in weißer Unterhose die Tür öffnete, glücklich und stolz wie immer bei Leos seltenen Besuchen.

Eine schmale Diele. Schwere Stiefel in zwei Reihen übereinander, aber nicht das Paar, das er beim Bankraub und in der Bar getragen hatte. Jasper ging in die Küche und kochte Kaffee.

»Mit einem Schuss Milch, so wie du es magst«, sagte er und hielt Leo eine dampfende Tasse hin.

Eine Zweizimmerwohnung zur Untermiete. Ein schwarzer Vorhang vor dem Wohnzimmer mit einer Couch, einem Tisch und einem Fernseher. Und dem Altar.

Suppressors Vol One Ruger MK I and Standard Model Auto Pistol.

Suppressors Vol Two Ruger 10/22.

Dünne Bücher, Bedienungsanleitungen und Broschüren standen ordentlich auf einem Tisch aufgereiht.

Suppressors Vol Three AR-7 Survival Rifle neben *Suppressors Vol Four UZI Semi Auto & SMG. Hayduke Silencer Book, Home Workshop Silencers* und *American Body Armor.*

Die andere Hälfte des Unterrichtsmaterials, das Vincent noch nicht erhalten hatte. Neben den Büchern lagen ein Bajonett und ein grünes Barett mit einem goldenen Abzeichen, das jenem ähnelte, das Leo einmal verliehen worden war – einer der Gründe, warum sich Jasper zwei Jahre später bei demselben Regiment beworben hatte, um dort seinen Militärdienst abzuleisten. Auf dem Tisch stand außerdem ein Foto mit Goldrahmen: Jasper in schneeweißem Overall mit einem geladenen Gewehr unter dem Arm.

Jaspers Hausaltar. Eine Welt, die ihm so viel bedeutete, obwohl er dort keinen bleibenden Eindruck hinterlassen hatte. Es war sein höchster Wunsch gewesen, eines Tages Offizier zu werden, doch man hatte ihm nicht die nötigen Führungsqualitäten zugetraut und ihm daher eine Abschlussnote gegeben, die eine militärische Laufbahn vereitelte.

Sein glühender Eifer hatte ihm nichts genützt.

Auf dem Küchentisch lag die *Dagens Nyheter*, die dem Svedmyra-Bankraub eine Doppelseite widmete. Große Fotos zeigten schockierte Zeugen auf dem Platz vor der Bank. Links von der Zeitung standen die schwarzen Stiefel. Rechts davon Lumpen und Schuhcreme.

»Ich habe die ganze Nacht gewartet, aber es gab kein einziges Foto von der Überwachungskamera, die ich zerschossen habe«, meinte Jasper.

Leo betrachtete ihn. Er musste sich deutlicher ausdrücken.

»Jasper, der Erfolg stellt sich nur ein, wenn man alles gibt. Die besten Künstler sind auch dann noch Künstler, wenn sie abends nach Hause gehen. Die bedeutendsten Börsenmakler machen nicht einfach um fünf Uhr Feierabend. Du bist jetzt Bankräuber. Und zwar durchgehend. Auch jenseits der Straßensperren bist du ein Bankräuber. Sie fahnden nach uns.«

Er drehte die Stiefel um, zwei Ferseneinlagen aus Silikon fielen heraus.

»Du musst wie ein Bankräuber denken und atmen, und zwar die ganze Zeit.«

»Die Einlagen, verdammt, pass auf!«

»Du kannst diese Stiefel nicht mehr tragen, Jasper. Okay? Nie wieder. Wir müssen sie verbrennen und neue kaufen.«

»Hast du sie nicht mehr alle?«

»Du hast sie in Farsta getragen. Und gestern auch. Außerdem bist du mit ihnen in irgendwelche Bars spaziert. Mensch, Jasper! Alles, was wir anhaben, wird anschließend zerstört! Das weißt du ganz genau!«

Jasper kniete sich hin und holte die Einlagen unter dem Tisch hervor.

»Du weißt doch … dass ich diese Stiefel schon eingetragen habe!«

Ein Mensch, der sein wollte, was er nie werden würde. Wie das Barett auf dem Hausaltar klammerte er sich an Dinge, die ihm niemand geben wollte.

»Ich weiß, dass du sie magst. Aber wenn sie irgendwo einen Abguss machen und dann deine Stiefel finden, ist alles vorbei.«

Leo hielt die Stiefel in der einen Hand und begann mit der anderen eine Küchenschublade nach der anderen herauszuziehen.

»Ich nehme sie mit und verbrenne sie. Dann bleibt dir das erspart. Hast du irgendwo eine Plastiktüte?«

»Ich mach das selbst.«

»Nein.«

Jasper knüllte die Einlagen mit der Faust zusammen. Er zog eine Plastiktüte aus einer Schublade, nahm die Stiefel und legte sie hinein. Dann knotete er die Tüte zu und überreichte sie Leo.

»Du eignest dich gut, Jasper, verdammt gut.«

»Bitte?«

»Für Überfälle. Du zögerst nie. Ohne dich könnten wir das alles nicht durchziehen.«

Das Lächeln, mit dem er Leo die Tür geöffnet und den Kaffee mit der richtigen Menge Milch serviert hatte, kehrte zurück.

»Nur noch eine Sache.«

Das stolze Lächeln wurde unsicher.

»Was, Leo, sag schon? Ich tue alles, das weißt du.«

»Wenn ich Stopp sage, musst du aufhören.«

Jasper vermochte nicht, die Gewalt zu kontrollieren, sondern ließ sich von ihr beherrschen. Nach wie vor hegte er seinen Traum von einer Soldatenkarriere, und obwohl er den Anforderungen nicht genügt hatte, versuchte er noch immer zu beweisen, dass sie unrecht gehabt hatten.

Jasper besaß keinen Aus-Knopf, und wenn es Leo nicht gelang, ihm in dieser Hinsicht zu helfen, würde Jasper irgendwann nicht mehr nur auf Tresore und Überwachungskameras, sondern auch auf Köpfe schießen.

»Leo, verdammt. Ich habe diese Geldschränke für uns alle aufgeschossen! Es ist mir zu verdanken, dass wir mit der gewünschten Beute abgezogen sind. Die Probleme hätten sich vermeiden lassen, wenn Vincent nicht wie ein Vollidiot stehen geblieben wäre. Er hat mich aufgehalten!«

Jasper zog einen Küchenstuhl heran und setzte sich.

»Ich überlege die ganze Zeit, wie wir besser und effizienter werden und mehr Geld erbeuten können.«

Sein Blick war traurig und verärgert zugleich.

»Das ist jetzt mein Leben. Du, Felix und Vincent. Ich teile alles mit euch.«

Leo setzte sich auf den Stuhl gegenüber.

»Und wie ich dir schon gesagt habe, brauchen wir dich. Ohne dich ginge es nicht. Das weißt du.«

Schweigend saßen sie eine Weile da. Bis sich Leo mit der Stiefeltüte erhob. Nun lächelte Jasper wieder.

»Hör zu … ich habe mir ebenfalls Gedanken gemacht.«

»Und?«

»Nächstes Mal, in Ösmo. Auf der Heimfahrt nach dem doppelten … da könnten wir eigentlich noch eine überfallen.«

»Noch eine?«

»In Sorunda.«

Sorunda. Leo wusste genau, welche Bank gemeint war. Nur neun Kilometer von den beiden Banken in Ösmo entfernt und einer der vielen Orte, die er ausgekundschaftet hatte, ehe seine Wahl auf Svedmyra gefallen war. Aber damals war er auf der Suche nach einem einzelnen Ziel gewesen, die Idee eines Doppel- oder gar Dreifachüberfalls war ihm erst später gekommen.

»Das wäre ein Riesending, Leo, aber durchaus durchführbar.«

Jasper sah, dass ihm Leo tatsächlich zuhörte, und hob die Stimme.

»Ich weiß, dass es möglich ist! Solange wir nur sicherstellen, dass die verdammten Bullen woanders sind. Wir müssen sie woanders *hinschicken.*«

36

So viele schöne Villen. Äppelviken, die Apfelbucht. Selbst der Name war schön. John Broncks hatte zwar sein ganzes Leben in Stockholm verbracht, war aber noch nie hier gewesen. Eine Fahrt von nur wenigen Minuten brachte ihn in eine ganz andere Wirklichkeit, in eine Gegend, die von einem unsichtbaren Zaun umgeben schien.

Die Straße folgte den schmalen Gleisen der Nockeby-Bahn. An der Schule bog er ab und fuhr auf kleinen Wegen Richtung Wasser. Broncks las die Namen und Hausnummern auf den Briefkästen und hielt schließlich vor einem Haus, das direkt am Mälaren lag. Eine dünne Schneeschicht bedeckte den Rasen, und er nickte einem Gartenzwerg zu, der Wache zu stehen schien. Er war von Fußspuren umgeben, die von einem Erwachsenen und zwei Kindern stammten. Vielleicht war der Zwerg mit dem erstarrten Lächeln ja erst kürzlich aufgestellt worden.

Broncks drückte auf die Klingel. An der Tür stand: *Willkommen.* Es roch nach Essen.

»Hallo.«

Ein kleines Mädchen, vermutlich die sechsjährige Tochter, stand vor ihm. Wie viele kleine skandinavische Mädchen trug sie an diesem Tag ein weißes Gewand und hatte eine Krone mit Kerzen auf dem Kopf – zu Ehren der heiligen Lucia.

»Hallo! Ist dein Papa zu Hause?«

Sie strich eine Schärpe aus Glanzpapier glatt.

»Ich bin Lucia. Und wer bist du?«

»Hm, dann bin ich wohl ein Weihnachtswichtel. Also, ist dein Papa zu Hause?«

Sie musterte ihn von Kopf bis Fuß.

»Du bist gar kein Weihnachtswichtel, das bin nämlich ich.«

Nun war auch die jüngere Tochter erschienen. Vier Jahre alt, in einem glitzernden Schlafanzug.

»Du siehst ja nicht mal aus wie ein Wichtel«, sagte sie.

Dann verschwanden beide, und Broncks hörte die laute, entrüstete Stimme der jüngeren Tochter. »Papa, da draußen ist einer, der lügt total.« Dann näherten sich schwerere Schritte.

»John?«

Sein Chef Karlström stand in einer karierten Schürze vor ihm.

»Können wir reden? Nur zehn Minuten. Dann bin ich wieder weg, versprochen.«

Eine Diele mit großen und kleinen Kleidungsstücken auf Bügeln und Haken. Große und kleine Schuhe auf dem Fußboden. Lucia und der Wichtel saßen vor einer Dose mit Pfefferkuchen auf dem Wohnzimmerfußboden. Karlström geleitete Broncks zur Treppe.

»Oben ist es ruhiger.«

In Karlströms Büro standen ein alter Schreibtisch, übervolle Regale und ein Gästesessel, in den sich Broncks sinken ließ.

»Vor acht Wochen wurden über eine Million Kronen gestohlen und vierzig Schüsse abgefeuert.«

Das Fenster bot eine wunderschöne Aussicht über den zugefrorenen See Richtung Stockholm.

»Vor zweiundzwanzig Stunden wurden fast zwei Millionen erbeutet und einundachtzig Schüsse abgegeben – in derselben Gegend und mit denselben Waffen. Dieselbe Truppe taucht ganz plötzlich auf und verschwindet dann wieder spurlos.«

Von unten drang Musik herauf. Weihnachtslieder.

»Vermutlich benötigen sie für die Vorbereitung des dritten Überfalls ebenso wenig Zeit. Ein paar Wochen? Vielleicht einen Monat? So viel Zeit bleibt uns, um herauszufinden, was das für Leute sind, damit wir sie dann zu Hause, auf dem Weg zur Arbeit, im Fitnessstudio oder nach dem Einkaufen vor dem Supermarkt festnehmen können. Wir sollten verhindern, dass ihnen beim nächsten Überfall ein Fehler unterläuft. Denn ihr Verhaltensmuster legt nahe, dass sie im Falle einer Konfrontation ohne Zögern von ihren Waffen Gebrauch machen.«

»Papa?«

Eine kleine Hand öffnete die Tür, und das als Lucia verkleidete Mädchen trat ein.

»Ja?«

»Was machst du?«

»Ich arbeite.«

»Was denn?«

»Jemand hat etwas … Gemeines getan.«

»Und zwar?«

»Etwas, was nur Erwachsene tun.«

»Und was ist das?«

»Geh wieder zu Mama zurück. Ich komme auch gleich runter.«

Kinder. Familie. Eine andere Welt. Broncks war sich nicht ganz sicher, aber es kam ihm vor, als hätte ihm die Lucia beim Gehen zugezwinkert.

»Ich habe heute Morgen einen Mann getroffen, der seiner Menschenwürde beraubt wurde. Ich will das nicht noch einmal erleben müssen.«

Er sah Karlström an.

»Er ist erst vierzig, aber kann nicht einmal ohne Hilfe stehen. Sein Vater muss ihn stützen.«

Dann betrachtete er den hübschen Schreibtisch. Wenn man aus dem Fenster sah, bot sich ein Anblick, der einen diametralen Gegensatz zu all den Entscheidungen darstellte, die sein Chef jeden Tag zu fällen hatte: einige Gartenzwerge mit Christbaumbeleuchtung.

»Dieselbe Bande?«

»Dieselbe Bande.«

»Und wie …«

»Ich war mir eigentlich schon sicher, aber jetzt gibt es eine eindeutige Identifizierung.«

Karlström seufzte nie, das war nicht seine Art.

»Ab morgen legst du alle anderen Ermittlungen beiseite, John«, sagte er. »Du bleibst dran, bis sie keine Banken mehr überfallen.«

Broncks nickte und machte sich auf den Weg zur Tür.

»Aber erst ab morgen, wie gesagt.«

Sein Chef kannte ihn zu gut. John Broncks würde zum Polizeipräsidium fahren und den Abend dort verbringen.

»Ich habe mir dein Anliegen angehört und dir erlaubt, dich voll auf diesen Fall zu konzentrieren. Aber nur unter einer Bedingung. Du musst auch etwas für mich tun.«

»Und das wäre?«

»Du musst zum Abendessen bleiben. Riecht das nicht lecker, John? Thymian, Sellerie, Schalotten und ein schwerer Rotwein.«

Wenig später saß Broncks mit seinem Chef, einem Weihnachtswichtel, einer Lucia und der Frau seines Chefs, der er vorher noch nie begegnet war, am Esstisch. Sie gehörte zu den Leuten, die über eine Art sozialen Radar verfügen, bei einer Party nach wenigen Minuten die Namen aller Gäste kennen und jedem ein Gefühl der Wichtigkeit vermitteln. Bei ihm funktionierte es leider nicht. Es bereitete ihm derart große Mühe, so zu tun, als gehörte er zur Familie, dass er kaum einen Bissen herunterbekam. Es fiel ihm schwer, sich den Bericht über die Luciafeier im Kindergarten anzuhören und die Frage der beiden Mädchen zu beantworten, wie lange er ihren Vater schon kannte. Nachdem er einen Cognac ausgeschlagen hatte, bedankte er sich für den Abend, stand auf und ging erleichtert in Richtung Haustür.

»John?«

Karlström legte Broncks eine Hand auf den Arm, was diesem nicht gefiel.

»Du arbeitest immer bis spätabends.«

»Ja.«

»Immer auf der Suche.«

»Ja.«

»In all deinen Ermittlungen geht es um extreme Gewalt.«

»So sieht die Welt nun einmal aus.«

»Wenn ich Feierabend mache, dann klappe ich die Ordner zu und schließe sie weg. Erst am nächsten Tag überlege ich mir, ob ich sie wieder zur Hand nehmen soll. Aber du schaust sie dir lieber noch einmal an, ehe du gehst, Fotos von Knochenbrüchen und blauen Augen, und dann liest du stundenlang weiter.«

»So ist es eben.«

Die Hand lag schwer auf seinem Arm, drückte ihn nieder und hinderte ihn am Gehen.

»Du vertiefst dich nicht in die Akten, um die Fälle zu lösen, oder?«

»Ich weiß nicht, wovon du redest.«

»Du willst *ihm* näherkommen.«

»Vielen Dank für die Einladung. Das war wirklich nett.«

Broncks öffnete die Tür, aber Karlström ließ nicht locker.

»Ich bin noch nicht fertig.«

Die Hand seines Chefs hielt seine Schulter fest.

»John, die Leute in diesen Akten sind dir gleichgültig, ihre Namen, ihr Leben. Du versuchst einfach nur … zu verstehen.«

Die geöffnete Haustür trennte die Wärme von der Kälte, die unter die Jacke und ins Familienleben kroch.

»Es wird dir nie gelingen, wenn du ihn nicht besuchst. Irgendwann. Hab ich nicht recht, John? Vielleicht wäre der Zeitpunkt jetzt günstig, du hast noch ein paar Wochen Vorsprung. Fahr hin.«

Er schüttelte Karlströms Hand ab. Das ging zu weit. Karlström war sein Chef, nicht sein Kumpel.

»Es reicht.«

Broncks trat ins Freie. Inzwischen schneite es stärker.

Fahr hin.

Er wusste, dass sein Chef recht hatte.

37

Der Schnee knirschte unter den Reifen, als Leo durch den düsteren Wald fuhr und nach etwa zwei Kilometern im Naturschutzgebiet Nacka hielt, einem der größten Stockholmer Waldgebiete. An dieser Stelle ging der Weg in einen Pfad über. Er öffnete die Abdeckung der Ladefläche und trug die fünf schweren Kästen auf einen Felsen, der steil zum Ufer abfiel.

Im spärlichen Licht der Scheinwerfer warf er die Kästen nacheinander auf das Eis, das sich auftat. Die Kästen versanken. Bald würde die schützende Membran über den zersägten, in Zement versenkten Waffenteilen wieder zufrieren. Im Frühjahr würden Algen auf der harten Oberfläche wachsen, womit die Kästen nicht mehr vom Seegrund zu unterscheiden waren. Sie würden die grüne Farbe des Aquariums annehmen, das früher zwischen seinem und Felix' Bett gestanden hatte und nie gereinigt worden war.

Dann schob er mit seinen Schuhen den tiefen Schnee beiseite, grub mit einem Klappspaten eine Grube und stellte Jaspers Stiefel hinein. Er tränkte sie mit Brennspiritus und zündete sie an. Glänzendes Leder und dicke Gummisohlen verschmolzen, und der schwarze Rauch biss in seiner Nase und seinen Augen.

Nicht einmal Felix und Vincent wussten, wo er die Sachen entsorgte, denn sie sollten nicht Gefahr laufen müssen, als Verräter bezeichnet zu werden. Ihnen sollte erspart bleiben, einem dicken Bullen gegenübersitzen zu müssen, der immer wieder die gleichen Fragen stellte.

Ich habe dich nicht verraten. Ich habe nicht mich selbst gerettet, sondern dich.

Er verließ das Naturschutzgebiet und fuhr durch die klirrend kalte Stadt. Sie erwarteten ihn schon, als er bei sich zu Hause auf den Hof fuhr. Kurz zuvor hatte er Felix angerufen und sich mit ihm verabredet.

»Was ist denn so verdammt wichtig?«

Leo hörte den Alkohol in Felix' Stimme mitschwingen und konnte wie immer abschätzen, wie viel er getrunken hatte.

»Das besprechen wir in der Garage.«

Ein Taxi wartete mit laufendem Motor.

»Das Taxi geht auf deine Rechnung, Bruder. Wenn ich ins Haus mitkommen soll, wird es noch teurer, wir wollen nämlich gleich in die Bar zurück.«

»Geh schon mal vor«, meinte Leo.

Er klopfte ans Taxifenster und reichte dem Fahrer zwei Fünfhunderter. Kaum war die Scheibe wieder oben, leuchtete das Frei-Zeichen wieder auf, und das Taxi verschwand.

»Du kannst ein Neues bestellen, wenn wir fertig sind.«

In der Garage war es dunkel und kalt. Leo machte Licht und warf den Heizlüfter an. Vincent folgte ihm, Felix hingegen blieb demonstrativ draußen stehen, bis Leo eine Landkarte von Stockholm und den südlichen Vororten ausbreitete. Dann erst beschloss er, ebenfalls einzutreten. Mit einem roten Stift zog Leo einen Kreis um ein Gebiet, das an einer großen Landstraße und in der Nähe des offenen Meeres lag.

»Hier.«

»Hier was?«

»Ösmo in etwa zwanzig Tagen.«

»Ist das dein Ernst?«

»Noch nie wurden zwei Banken gleichzeitig ausgeraubt.«

»Das wissen wir doch schon, verdammt! Mussten wir deswegen den Fenstertisch aufgeben und eine Dreiviertelstunde in einem blöden Taxi sitzen, nur um uns das anzuhören?«

»Felix, hör zu.«

»Nein, jetzt hörst du mir mal zu! Heute ist Lucia, wir sitzen in einer Kneipe, essen gemütlich zu Abend, trinken ein paar Bier … und jetzt sollen wir in einer eiskalten Garage rumstehen? Bald ist Weihnachten! Wir wollen auch mal ein paar Tage frei haben!«

»Du kannst nächstes Jahr feiern.«

Leo strich die Landkarte glatt.

»Noch nie wurden zwei Banken gleichzeitig ausgeraubt. Darum überfallen wir gleich drei.«

Leo markierte den winzigen Ort Ösmo westlich der L 225 mit

einem roten Kreis, dann malte er um das noch kleinere Sorunda einen weiteren roten Kreis.

»Unser Heimweg führt hier vorbei. Eine kleine Bankfiliale, vollkommen ungeschützt.«

Felix betrachtete erst seinen lächelnden großen Bruder, dann die Landkarte mit den roten Kreisen.

»Wer hat hier eigentlich getrunken, ich oder du?«

Er schnappte sich Leos Stift und malte einen neuen größeren Kreis.

»Von hier gibt es keine Fluchtwege, oder? Du bist also der Ansicht, wir sollten ihnen unsere Position gleich noch mal liefern? Und uns dann von ihnen umzingeln lassen?«

Leo holte sich den Stift zurück und malte ein Kreuz neben die Landkarte – direkt auf die Werkbank aus Holz.

»Was ihnen allerdings nicht gelingen wird, wenn keine Beamten verfügbar sind.«

Er blickte in die Runde und dann auf das Kreuz.

»Das hier ist der Hauptbahnhof im Zentrum von Stockholm, knapp fünfzig Kilometer entfernt. Sie werden vollauf damit beschäftigt sein … eine Bombe zu entschärfen.«

38

Eine flache Landschaft. Weiß wie Kreide. Er hatte Stockholm bei Dunkelheit verlassen, doch inzwischen blendete ihn die vom Schnee reflektierte Sonne, während er die 230 Kilometer zum Hochsicherheitsgefängnis in Kumla zurücklegte.

Die Hand seines Chefs war noch immer auf seiner Schulter zu spüren. Er wusste, dass er diese Fahrt nicht Karlström zuliebe unternahm, er war jedoch davon überzeugt, dass sein Chef recht hatte.

Genauso wie Sanna recht gehabt hatte.

Sie hatten alle ihre Kontakte zur Unterwelt genutzt, ohne Ergebnis. Doch es gab noch einen Kontakt, und über den verfügte er allein.

Die graue Mauer, sieben Meter Beton und Stacheldraht jenseits der Äcker. Seit seinem letzten Besuch waren einige Jahre verstrichen, aber das Gefühl, mit dem er sich näherte, war dasselbe geblieben: Gab es jenseits dieser Mauer wirklich Menschen, die herumgingen, grübelten, schliefen und aßen und den Großteil ihrer Zeit damit verbrachten, sich einfach nur wegzusehnen?

Er parkte in der Nähe des Tors, stieg aus und klingelte.

»John Broncks, Kriminalpolizei Stockholm City.«

Der Lautsprecher neben der Tür funktionierte nicht.

»John Broncks, Kriminalpolizei …«

»Ich habe Sie schon beim ersten Mal gehört.«

»Besuch für Sam Larsen.«

»Sie haben keinen Termin vereinbart.«

»Ich vereinbare ihn jetzt.«

»Sechs Stunden im Voraus. Das gilt auch für Polizeibeamte.«

»Das hier ist kein Besuch. Ich führe eine Ermittlung durch.«

Ein Klicken verkündete das Öffnen des Tors. Mit wenigen Schritten erreichte er den Empfangsschalter. Der uniformierte Beamte saß auf seinem Posten, umgeben von anstaltsgemäßer Adventsdekoration – ein Plastikstern hing im Fenster, und auf einem der Monitore, die Bilder von den achtundfünfzig Überwachungskameras empfingen, saß ein hässlicher Weihnachtsbock aus Stroh.

Broncks zeigte seinen Ausweis und erhielt ein Besucherkärtchen, das er auf der Brust tragen sollte, aber in die Tasche steckte. Ein Wärter begleitete ihn in den Besucherbereich und ließ ihn in einem Zimmer zurück, das ein Doppelbett mit einem PVC-Matratzenschoner enthielt, einen schlichten Tisch mit zwei ebenso schlichten Stühlen, ein Waschbecken mit tropfendem Wasserhahn und die vergitterte Aussicht auf eine Mauer. Von Weihnachten und besinnlicher Zeit war nichts zu spüren, denn hier lebten Menschen, deren Tage nicht zählten.

Fünfzehn Minuten später wurde die Tür geöffnet, und zwei Gefängniswärter brachten einen Häftling, verließen dann wieder den Raum und schlossen die Tür hinter sich. Der Mann war zwei Jahre, drei Monate und fünf Tage älter als John Broncks und drei Zentimeter größer. Mittlerweile war er auch dreißig Kilo schwerer. Früher hatten sie denselben Körperbau gehabt, aber achtzehn Jahre tägliches Gewichtheben, die Struktur einer sonst strukturlosen Existenz, hatten ihre Spuren hinterlassen.

»Hallo«, sagte Broncks.

Sie musterten einander. Der eine in Jeans, Sakko und Winterstiefeln. Der andere in einer formlosen Hose, einem abgetragenen T-Shirt mit dem Logo der Gefängnisverwaltung und Badelatschen.

»Ich habe Hallo gesagt.«

Broncks setzte sich an den wackeligen Tisch. Sam stellte sich an das vergitterte Fenster und sah hinaus.

»Wie geht's?«, versuchte er es noch einmal.

Während der ersten Jahre von Sams lebenslanger Haftstrafe, erst in Hall, dann in Tidaholm, hatte er ihm noch vereinzelte Besuche abgestattet. Damals war ihm noch nicht bewusst gewesen, dass jemand, der die Zeit aus seinen Gedanken verbannen muss, weder Zukunft noch Hoffnung kennt. Als Broncks schließlich einsah, dass diese Art von Leben einen Menschen verändert, wurden seine Besuche spärlicher und endeten schließlich ganz. In diesem Besuchszimmer war er vermutlich noch nie gewesen.

»Hör zu … vor dem nächsten Besuch musst du einen Termin vereinbaren, verdammt noch mal«, sagte Sam. »Wie jeder andere auch. Wie alle Leute, die zufällig keine Bullen sind. Nächstes Mal will ich keine Fragen beantworten müssen, wenn ich zu meiner Arbeit in der Küche zurückkehre. Der grundlose Besuch eines Bullen ist so ziemlich das Schlimmste, was einem hier drinnen passieren kann!«

Sam stand immer noch mit dem Rücken zu Broncks am Fenster.

»Ich habe dich gefragt, wie es dir geht.«

»Wie es mir geht?«

»Ja.«

»Seit wann interessiert dich das denn?«

Er drehte seinen breiten Körper und sah Broncks an.

»Und da du diese Frage nicht beantworten kannst – was zum Teufel willst du hier?«

John Broncks schob ihm den zweiten Stuhl hin. Es lief besser, als er zu hoffen gewagt hatte. Immerhin sprachen sie miteinander.

»Zwei große Raubüberfälle. Svedmyra und Farsta. Dieselben Täter.«

Sein großer Bruder zog es vor, stehen zu bleiben.

»Mama war letzte Woche hier.«

»Schwerbewaffnet, ausgezeichnet geplant.«

»Ich habe ihr Marmorkuchen angeboten. Du erinnerst dich doch, wie der schmeckt, John?«

»Könnte es jemand sein, der mit dir gesessen hat? Ihr habt doch sicher …«

»Das Mal davor gab es Muffins.«

»… darüber geredet, nicht wahr?«

Wütend lehnte sich Sam über den Tisch.

»Du warst seit drei Jahren nicht mehr hier, verdammt noch mal! Und jetzt kommst du her und glaubst, dass ich dir was erzähle! Dass ich dir bei deiner verdammten Ermittlung helfe!«

Sam zitterte, als er auf die Tür zuging und die Hand nach der roten Klingel ausstreckte.

»Der Teufel soll dich holen, John!«

»Sam, du weißt, dass ich dich sehen will. Du bist mein Bruder.«

»Selbst wenn ich etwas wüsste, würde ich dir nichts erzählen! Aber ich weiß nichts. Niemand weiß was! Niemand hat je von ihnen gehört! Kannst du mir folgen, Brüderchen? Diese Burschen sind vollkommen unbekannt. Sie haben nie gesessen, und trotzdem wissen sie ganz genau, was sie tun.«

Sam starrte John mit unergründlichem Blick an. Dann drückte er den roten Knopf und beugte sich zum Mikrofon vor:

»Der Besuch ist vorbei.«

»Aber Sie haben doch noch über eine halbe Stunde.«

»Wie deutlich muss ich mich ausdrücken? Ich will zurück in meine Abteilung.«

Wie damals als Kinder, wenn sie sich stritten.

»Mama war also hier?«

Marmorkuchen. Muffins. Die Häftlinge, die lange Strafen verbüßten und die als gefährlich galten, durften vor den Besuchen immer backen. Broncks lächelte schwach.

»Weißt du, Sam, dass du sie öfter triffst als ich?«

Draußen waren Schritte zu hören. Dann wurde die Tür geöffnet. Sam drehte sich noch einmal um, ehe er den Raum verließ.

»Du solltest sie besuchen«, sagte er. »Sie wird alt.«

Broncks sah den breiten Rücken seines älteren Bruders zwischen zwei hageren Uniformierten den Gang entlang verschwinden. Er gab seinen Besucherausweis zurück, ging am Empfangsschalter vorbei, trat durch die Pforte nach draußen und setzte sich in sein Auto, ohne den Motor anzulassen.

Sieben Meter hohe Mauern. 463 der gewalttätigsten Kriminellen Schwedens verbüßten hier lange Haftstrafen. Einer von ihnen war zum Sprecher ernannt worden, einer, mit dem alle redeten.

Sein eigener Bruder.

Und nicht einmal Sam hatte etwas gehört. Die gesuchten Männer waren auch innerhalb der Gefängnismauern vollkommen unbekannt.

Er ließ den Motor an und fuhr los. Die Sonne glitzerte immer noch auf dem Schnee.

39

In der Umgebung des Gefängnisses waren die Straßen weiß und sauber gewesen. Zweihundertdreißig Kilometer später, als die E 4 in den Essingeleden und zu guter Letzt in die Einfahrt zur Tiefgarage neben dem Polizeipräsidium überging, gab es nur noch braunen Schneematsch.

Auf dem Weg zum Fahrstuhl vernahm er Geräusche aus der Garage, in der die Forensiker die beschlagnahmten Fahrzeuge untersuchten, und ging hinein. Wie beim letzten Mal traf er auf Sanna. Sie lag in einem Kastenwagen mit der Aufschrift »Abfluss-Notdienst« und leuchtete ihn mit einer Infrarotlampe aus.

»Das erste Fluchtfahrzeug, ein Dodge-Van.«

Sanna kroch heraus, ging zum nächsten Fahrzeug und nahm eine UV-Lampe in die Hand.

»Das zweite Fluchtfahrzeug. Ebenfalls ein Dodge-Van.«

Dieselbe mechanische Stimme. Broncks fragte sich, ob sie sich dessen bewusst war oder ob ihre Stimme vielleicht nur so klang, wenn sie mit ihm sprach.

»Älteres Baujahr, gestohlen in der Nacht vor dem Raubüberfall.«

Sie hielt ein längliches Werkzeug in die Höhe, eine Metallschlaufe an einem Holzgriff. Sie zielte auf ein quadratisches Stück Klebestreifen unter der Seitenscheibe.

»Damit geht es genauso schnell wie mit dem Schlüssel.«

Damit war alles gesagt. Broncks erkannte es an der Art, wie sie ihm den Rücken zuwandte, um nicht mit ihm reden zu müssen. Sie öffnete den Laptop, der auf der Kühlerhaube stand. Nicht einmal ein Tschüs. Er sagte Tschüs, aber sie hörte ihn nicht, und er hatte beinahe wieder den Fahrstuhl erreicht, als sie ihn zurückrief.

»John? Ich war noch nicht fertig.«

Er hielt inne und drehte sich um.

»Nicht?«

»Eine Sache noch.«

Sie drehte den Bildschirm in seine Richtung und wartete darauf, dass er näher kam.

»Dieses Bild. Schau es dir bitte noch einmal an.«

Kamera 2. Zwölf Sekunden nach Start. Schräg von oben. Bankräuber in blauen Overalls, schwarzen Stiefeln, mit schwarzen Masken.

»Sein Mikro. Ich wollte herausfinden, welche Marke es ist, und habe es vergrößert. Dabei habe ich mich auf den Kragen konzentriert, wenige Sekunden, ehe sie hineingehen.«

Sie spulte zurück und hielt den Film an.

»Vier Sekunden nach Beginn, fünfzehn Bilder pro Sekunde. Ich will, dass du dir jedes einzelne anschaust.«

Sie war näher getreten, und ihre Stimme klang jetzt angeregter. Der vertraute Geruch. Wie seltsam. Als befänden sie sich in einer anderen Zeit, und als könnten sie nun einfach in die gemeinsame Wohnung aufbrechen. Als würden nicht zehn Jahre zwischen ihnen stehen.

»Hier.«

Der erste Bankräuber war nur einen Schritt von der Tür entfernt.

Dann hielt er inne.

»Seine Hand.«

Sie vergrößerte das Bild.

»Siehst du es?«

John nickte. Er war deutlich zu erkennen.

Der Anführer, der als Erster die Bank betreten hatte, blieb stehen, drehte sich um, senkte die Waffe und legte seine Hand auf den Kragen und das Mikro. Er beugte sich vor und hob den Gehörschutz seines Komplizen mit der Rechten ein wenig an.

»Die Bewegung … da!«

Eine Hand auf dem Mikro. Die andere auf dem Gehörschutz. Und dann, Broncks war sich sicher, flüsterte er etwas.

»Ich verstehe nicht, was das soll«, sagte Sanna.

Sie zoomte auf den Mund und die schmalen Lippen, zwei helle Striche unter dem dunklen Stoff, die Worte bildeten.

»Die Hand. Das Geflüster. Was soll das nur?«

Sanna betrachtete John, der so dicht neben ihr stand wie der Anführer auf dem Monitor neben seinem Komplizen.

»Intimität. Er legt seine Hand aufs Mikro und hebt dann fast liebevoll den Gehörschutz an. Siehst du? Sekunden später schießt er scharf.«

Zwei Monate ununterbrochener Ermittlungen hatten ihm keinerlei Erkenntnisse beschert. Er wusste nichts über die Täter. Mit Ausnahme dieser Sequenz. John Broncks sah und spürte, dass er der Lösung näher kam. Er war sich noch nicht sicher, inwiefern, aber zum ersten Mal, seit er diesen Schatten hinterherjagte, war er auf Menschen aus Fleisch und Blut gestoßen. Und für zwei gewalttätige Bankräuber standen sie ungewöhnlich dicht beieinander.

Irgendetwas kam ihm bekannt vor.

»Kannst du das Foto wieder auf die ursprüngliche Größe verkleinern und die Sequenz noch einmal abspielen? Die ersten vier Sekunden? … Stopp. Und jetzt vergrößern. Sein Gesicht. Genau da.«

Drei Männer auf dem Weg in eine Bank. Broncks deutete auf den Mann in der Mitte.

»Siehst du? Er schließt die Augen.«

Mit dem Cursor auf der Zeitleiste klickte sie von Bild zu Bild.

»Er zögert. Er ist beunruhigt.«

Die Augen hinter der Maske blieben geschlossen.

»Er hat Angst, und das hier … das sieht aus wie eine Umarmung, oder? Der Anführer mit dem Mikro beschützt ihn. Sie gehören zusammen.«

40

John Broncks mied den Fahrstuhl. Manchmal musste er sich einfach bewegen, damit sein Herz schneller schlug und seine Atmung sich beschleunigte.

Er rannte förmlich die Treppen hoch.

In seinem Büro riss er die Fenster auf. Die feuchte Kälte aus dem Innenhof des Präsidiums prallte auf die Hitze drinnen.

Sie hatten so vertraut gewirkt. Bankräuber sollten nicht so wirken. Der Anführer hätte Kommandos geben sollen, aber das Zögern des anderen war ihm wichtiger gewesen.

Da war etwas, was Broncks wiedererkannte.

Einer war größer, der andere etwas kleiner. Einer hatte breitere Schultern, der andere befand sich noch im Wachstum. Einer war älter, der andere jünger.

Vertrautheit. Vertrauen.

Das hatte Broncks wiedererkannt. Das Band zwischen ihnen. Jemand, der immer in der Nähe gewesen war, der ihn abends in den Armen gehalten hatte, der gesagt hatte, dass alles in Ordnung kommen würde, und später ins Schlafzimmer der Eltern geschlichen war und dem Vater das Messer zwischen die Rippen gestoßen hatte.

Ein großer Bruder, der ihm beruhigende Worte zugeflüstert und direkt anschließend eine Gewalttat begangen hatte.

Einige tiefe Atemzüge am offenen Fenster. Jetzt wusste John Broncks Bescheid.

Zum ersten Mal seit Beginn dieser Ermittlung hatte er etwas herausgefunden. Die Täter waren nicht mehr vollkommen gestaltlos. Sie nahmen Konturen an.

Vertrautheit. Vertrauen.

Sie waren Brüder.

41

Leo stand am weihnachtlich dekorierten Fenster und sah in die graue, neblige Morgendämmerung hinaus. Das Wetter war im Lauf der letzten Wochen umgeschlagen. Heiligabend war der Schnee geschmolzen, und der erste Weihnachtsfeiertag brachte anhaltenden Regen, der ein schmutziges Gemisch aus Eis, Schnee und Streusand zur Folge hatte. Genau darauf hatte Leo gehofft, eine graue Weihnacht mit schneefreien Straßen. Er wünschte, dass die Wetterlage anhielt, trockene Straßen vereinfachten die Flucht nach dem Banküberfall.

Zwei Blumentöpfe auf der Fensterbank, dazwischen ein Porzellanengel, dessen weiße Farbe weitgehend abgeblättert war und der nur noch ein Auge besaß. Es hatte ihn schon in Annelis Kindheit gegeben, und jetzt stand er jedes Jahr ein paar Wochen lang in ihrer Küche neben dem Weihnachtsstern. Nach und nach tauchten immer mehr Gegenstände auf. Ein übergroßer Plastikweihnachtsmann neben dem Kühlschrank, ein fast ebenso großer unter der Hutablage in der Diele, ein paar kleinere auf der Treppe ins Obergeschoss und ein weiterer unter dem Weihnachtsbaum im Wohnzimmer. Dinge, die sie in sein Leben gebracht hatte und die ihr etwas bedeuteten. Er sah ihr Glück, ihre Vorfreude, als sie den Weihnachtsschmuck aufstellte und herumrückte, bis sie zufrieden war.

Ein ramponierter Porzellanengel und ein Haufen Plastikweihnachtsmänner, dachte Leo. Dabei war es doch nur ein Datum, das nicht mehr bedeutete als der 25. November oder der 25. Oktober. Vielleicht musste sie die verstreichende Zeit an etwas festmachen können: Silvester, Ostern, Mittsommer, das waren einfach nur Kalenderdaten. Irgendjemand hatte Entscheidungen getroffen und benutzte den Kalender, um das Leben der Menschen zu kontrollieren. Von Belang war nur, was man selbst entschied und tat. Er hatte seinen eigenen Kalender geschaffen. Am 2. Januar würde der erste dreifache Bankraub in der schwedischen Geschichte stattfinden. Der 17. Februar, der 11. März und der 16. April, das waren die Daten, die er für die anderen Raubüberfälle gewählt hatte und die dadurch Bedeutung erlangten.

Er drehte den Porzellanengel um, versuchte den Stempel auf der Unterseite zu deuten und stellte ihn dann wieder hin.

Erwartungen.

So zerbrechlich. Behutsam hatte er ihre Erwartungen heruntergeschraubt, indem er ihr erklärte, dass es dieses Jahr kein ordentliches Weihnachtsfest geben werde, dass sie aber nächstes Jahr, wenn alles vorüber war, richtig feiern würden. Genau wie die Nachbarn jenseits des Zauns, denen sie immer vom Küchenfenster aus zuschaute. Heiligabend war sie wiederholte Male ans Fenster getreten. Sie hatten Schinken, Rotkohl, Fleischbällchen und Janssons Versuchung gegessen, den Kartoffelauflauf mit Anchovis, und er hatte ihr ein Weihnachtsgeschenk für ihren Sohn gegeben, zu dem sie gleich nach den Feiertagen gefahren war. Sie hatten sogar Kerzen angezündet und sich den traditionellen Weihnachtstrickfilm mit Donald Duck und seinen Freunden angesehen, bis es einfach genug war und er sich in die Totenkopfhöhle zurückgezogen hatte, um die Arbeit an seinem eigenen Kalender fortzusetzen.

Mit einer Plastiktüte und einem Tablett voller Essen in der Hand begab er sich in den dunklen, feuchten Morgen. Seine Halbschuhe waren im Nu vom Schneematsch durchnässt. In der Garage war es hingegen warm und trocken. Die Heizlüfter summten freundlich, und die starken Lampen erhellten den Raum. Vincent, Felix und Jasper erwarteten ihn bereits auf Hockern, die um eine aufgebockte

Sperrholzplatte herum standen. Auf dem Tisch lag die ausgebreitete Landkarte.

»Kaffee und belegte Brote«, sagte Leo und verteilte Tassen und Käsebrote.

Quer über die Karte eine rote, fast gerade Linie. Sie begann im Stockholmer Polizeipräsidium, dem Herzen des schwedischen Polizeiwesens mitten in der Hauptstadt, und führte bis zum knapp fünfzig Kilometer entfernten Ösmo, wo zwei Banken Wand an Wand lagen. Die Linie durchschnitt Stockholm, Huddinge, Haninge und Nynäshamn und war für die Ablenkung der verfolgenden Polizei und das Entkommen vom Tatort von entscheidender Bedeutung.

»Objekt 1.«

Eine Zehnkronenmünze auf Leos Handfläche. Er platzierte sie auf einem der grauen Rechtecke am Ende der roten Linie, die Orte kennzeichneten.

»Objekt 2.«

Eine weitere Zehnkronenmünze auf der ersten.

»Und hier.«

Direkt vor den Fenstern der beiden Objekte stand das Fluchtauto. Ein Spielzeugauto, ebenso rot wie die Linie.

»Das bist du, Felix.«

Die Tüte enthielt noch andere Dinge. Eine Pappschachtel, die sie alle kannten. Drei olivgrüne Plastiksoldaten, die in ihrer Kindheit auf dem Fußboden der Wohnung in Skogås gestanden hatten. Sie waren wenige Zentimeter groß und rochen immer noch wie damals.

»Das hier ist Vincent, das ist Jasper … und hier komme ich.«

Er schob die goldfarbenen Münzen auseinander und stellte die letzte Figur auf das eine Geldstück.

»Objekt 1. Leo öffnet die Tür. Objekt 2. Jasper und Vincent öffnen die Tür. Es ist 14.50 Uhr.«

Jetzt das Spielzeugauto. Ein roter Volkswagen 1300, ein Käfer, den sie immer noch in der Originalschachtel aufbewahrten, weil sie es nie übers Herz gebracht hatten, sie wegzuwerfen. Leo hatte ihn für Felix in einem Spielwarenladen in Skogås geklaut.

»Genau wie in Svedmyra kümmert sich Felix um das Auto.«

Eine größere Kiste mit Plastikfiguren, allerdings braune mit runderen Helmen als die Amerikaner und anderen Waffen.

»Russische Soldaten.«

Leo kippte eine Handvoll Plastiksoldaten auf die rote Linie und stellte sie dann in eine Reihe. Einige platzierte er an drei anderen, weiter entfernten Plätzen.

»Bullen. Die meisten arbeiten bei der Polizei Stockholm City. Dann gibt es einige in Huddinge und in Handen und noch ein paar in Nacka.«

Er vergewisserte sich, dass sie alle am richtigen Platz standen, dann schob er sie mit seinem Arm zu dem Punkt, an dem alle Straßen, Schienen und U-Bahnen zusammenliefen, zu der grauen Fläche, die das Zentrum von Stockholm repräsentierte.

»Und alle werden hierherströmen, zum Hauptbahnhof.«

Er sah Jasper an und nickte.

»Weil wir hier eine Bombe platziert haben, eine echte Bombe in einem Schließfach.«

Vincent hatte bislang geschwiegen, wie es seine Art war. Jetzt knallte er seine Kaffeetasse auf die Tischplatte, sodass auch die letzten Soldaten umfielen.

»Vincent, verdammt …«

»Sind wir jetzt auch noch Terroristen?«

»Sie wird nicht explodieren. Aber sie müssen feststellen, dass sie echt ist.«

Leo legte einen Haufen Soldaten auf den Hauptbahnhof.

»Unser erstes Ablenkungsmanöver ist die Schließung des Hauptbahnhofs. Dort versammeln sich die Bullen und entschärfen eine echte Bombe, und wir rauben währenddessen in fünfzig Kilometer Entfernung zwei Banken aus.«

Es half nicht. Vincent schob die eine Hälfte der Soldaten Richtung Polizeipräsidium, die andere Hälfte Richtung Altstadt.

»Und was dann? Was bedrohen wir als Nächstes? Das Schloss? Das Polizeipräsidium? Oder etwas noch Größeres?«

Mit einer Mischung aus Verärgerung und Stolz lächelte Leo seinen jüngeren Bruder an und schob die Soldaten dann geduldig zurück zum Hauptbahnhof.

»Unser zweites Ablenkungsmanöver: zwei rote Autos.«

Leo schob den VW-Käfer, der auf dem Bord über Felix' Bett gestanden hatte, über die Landkarte – von den Banken weg auf kleine Nebenstraßen.

»Wir verwenden ein Auto, das alle wiedererkennen. Eines, das die wenigen Bullen, die südlich der Stadt noch übrig sind, hier finden werden.«

Er verschob das Spielzeugauto von der Straße, die sie als Fluchtweg nehmen wollten, auf die Schnellstraße hinter den Banken.

»Es wird hier stehen, und die Bullen werden deswegen die Straße sperren, weil sie denken, dass wir in diese Richtung geflüchtet sind.«

»Das verstehe ich nicht«, sagte Vincent.

»Vincent …«

»Ich verstehe nicht, wie du mir einen Stapel Bücher mit der Erklärung in die Hand drücken konntest, dass wir Banken überfallen würden.«

»Ach?«

»Bomben bauen ist nicht dasselbe wie Banken überfallen.«

»*Falls* wir eine Bombe bauen und sie auch einsetzen sollten, wird sie nicht explodieren. Okay?«

»Ich verstehe es immer noch nicht.«

»Vincent, kannst du nicht …«

»Ich kapiere nicht, warum wir eine verdammte Bombe bauen und uns dann selbst in eine Falle begeben müssen, indem wir das erste Fluchtfahrzeug auf der Schnellstraße zurücklassen, wo alle es sehen können!«

»Weil sie genau das glauben sollen! Wir befinden uns zu diesem Zeitpunkt nämlich schon längst auf einer der kleinen Nebenstraßen auf dem Weg zur dritten Bank.«

Eine dritte Zehnkronenmünze fuhr auf der Landkarte die Landstraßen entlang bis zum kleinen Ort Sorunda.

»Ich begreife es immer noch nicht.«

Mit gewissem Stolz nahm Leo ein weiteres Auto aus der Tüte.

»Wisst ihr, wie schwierig es war, diesen Wagen zu finden? Ich habe alle Spielwarenläden der Stadt abgeklappert, dann habe ich ihn bei einem Trödler am Ringvägen entdeckt.«

Eine exakte Kopie des Fluchtfahrzeugs, ein roter VW-Käfer 1300. Leo stellte ihn neben die dritte Zehnkronenmünze.

»Wir werden in diesem Wagen auf der Landstraße unterwegs sein.«

Er deutete auf die andere Seite der Landkarte.

»Und zur gleichen Zeit steht derselbe Wagen umgeben von Straßensperren auf der Schnellstraße.«

Leo betrachtete Vincent, der zumindest an diesem Morgen keine weiteren Einwände vorbringen wollte.

»Zauberei, Freunde. In vier Tagen ist es so weit.«

Jedes Mal, wenn Felix das Lenkrad des Käfers einschlug, stieß er mit der Schulter an die Fahrertür, und obwohl er den Sitz ganz zurückgeschoben hatte, kam er beim Schalten mit den Knien ans Armaturenbrett.

Das Auto besaß weder viele PS noch sonderlichen Fahrkomfort, aber andere Auswahlkriterien hatten Vorrang gehabt: Jeder, der den Wagen sah, würde ihn sofort wiedererkennen und beschreiben können.

Er wartete, bis sich das Garagentor geöffnet hatte, dann fuhr er hinein. Die Werkbank mit der Landkarte wurde von dem grellen Scheinwerferlicht erhellt. Jasper, Vincent und Leo saßen weiter hinten an der zweiten Werkbank und waren damit beschäftigt, vier Kartons und vier in dünnes Plastik verpackte Pakete zu öffnen.

Jasper erhob sich und ging auf den Wagen zu.

»Was soll das, Felix? Ein Käfer? Das waren doch nur Spielzeugautos. Hast du wirklich geglaubt, Leo hat das ernst gemeint?«

»Gut gemacht, Jasper«, erwiderte Felix.

»Wie zum Teufel sollen wir …«

»Du hast keine Ahnung von Autos, aber trotzdem hast du dieses Modell erkannt. Also wird es auch allen anderen Menschen in Ösmo gelingen.«

Leo verließ seinen Platz an der Werkbank und baute sich in der Lücke zwischen Jasper und Felix auf, die vor einigen Wochen entstanden war und die nicht noch größer werden durfte. Dann klopfte er aufs Dach des Wagens.

»Wir brauchen zwei von dieser Sorte. Ausführung, Baujahr und Farbe müssen übereinstimmen. Wir fangen bei unserer Suche hier im Süden an, jeder für sich. Und wenn wir in dieser Gegend nicht fündig werden, dann sehen wir uns im nördlichen Teil Stockholms um. Uns bleiben noch drei Tage.«

Es handelte sich im Grunde genommen um eine einfache, rein mechanische Konstruktion. Ein langer, schmaler, zur Hälfte mit Nägeln, Schrauben, Muttern und Plastiksprengstoff gefüllter Metallkasten, an dessen Schmalseite ein mit der Zündschnur verbundener Schlagzünder befestigt war. Die Öffnung an der Schmalseite löste die Zündung aus, der Inhalt des Kastens explodierte und tötete alles Lebende in der näheren Umgebung. Eine simple Kettenreaktion.

Leo saß an der Werkbank und hielt einen roten Stahldraht in der Hand, von dem er genau zehn Zentimeter abknipste. Felix bohrte ein kleines Loch in den Deckel des Metallkastens, der die Nägel und den Sprengstoff verbarg.

Es klopfte an der Garagentür.

Leo öffnete. Mit Vincent drang klare, kalte Luft ein. In der Ferne ertönte der Knall eines Feuerwerkskörpers.

»Zwanzig vor zwölf. Du bist spät dran.«

»Es gab kaum Taxis.«

Leo schloss die Tür hinter Vincent ab, umarmte seinen kleinen Bruder, trat einen Schritt zurück und pfiff anerkennend. Vincent trug einen dunklen Anzug und ein weißes Hemd mit offenem Kragen.

»Verdammt, du siehst ja fast erwachsen aus.«

»Zweitausend Kronen. Heute gekauft.«

Vincent reichte Leo die Tüte, die er mitgebracht hatte, und trat an die Werkbank.

»Ist das die … Bombe?«

Leo leerte die Tüte und faltete sie zusammen. Zwei Flaschen Bollinger. Sie passten gerade noch neben die drei Champagnergläser auf der Werkbank.

»Ja.«

»Okay. Vermutlich sind wir jetzt *Terroristen*.«

Vincent starrte auf den grau-schwarzen Kasten und hörte, wie Felix Klebeband abriss.

»Stell dir vor, Mama stellt ihre Tasche ins Schließfach neben der Bombe!«

»Ich dachte, das Thema wäre abgehakt.«

»Für dich vielleicht, Leo. Für mich nicht.«

»Wir legen sie doch nicht ins Schließfach, um jemanden umzubringen, sondern damit sie die Sache ernst nehmen. Wenn wir eine Attrappe verwenden, durchschauen sie uns sofort.«

»Und wenn sie jetzt … versehentlich explodiert?«

Leo beugte sich vor und roch die Fahne seines Bruders.

»Vincent? Du hast doch gar nicht auf ein Taxi gewartet.«

Er schnupperte mehrmals vielsagend.

»Du hast zu Hause gesessen und gesoffen.«

Leo versuchte, seinem kleinen Bruder in die Augen zu sehen, aber ohne Erfolg, denn Vincents Blick war auf den Kasten mit dem roten Draht gerichtet, der aus einem Loch im Deckel ragte.

»Vincent? Wenn du mir was sagen willst, dann spuck's einfach aus. Wir sind Brüder! Du brauchst dich nicht vorher zu betrinken.«

»Ich hab dir doch schon erzählt, dass mir das Ganze nicht geheuer ist.«

»Was soll das heißen, nicht geheuer?«

»Ich hab kein gutes Gefühl dabei, und wenn sich das nicht ändert … dann steig ich aus.«

»Vincent, hör zu.«

Leo hob den Deckel an, und mehrere Schichten Nägel, Schrauben und Plastiksprengstoff kamen zum Vorschein.

»Wenn der gesichert ist …«

Er deutete auf den schwarzen, rohrförmigen Schlagzünder.

»… dann explodiert er nicht.«

Leo schob den Zeigefinger in die rote Stahldrahtschlaufe am anderen Ende des Zünders.

»Wenn ich also noch ein klein wenig hier ziehe …«

Er deutete die Bewegung an und betrachtete Vincent, der den Draht musterte.

»… dann genügt ein Millimeter, und alles ist aus. Aber *nur*, wenn ich am Sicherungsring ziehe.«

Vorsichtig zog er seinen Finger wieder aus der Schlaufe.

»Kein Mensch ist in Gefahr, Vincent. Niemand wird sterben. Nicht einmal die alte Dame, die ihre Tasche in das Schließfach neben der Bombe legt.«

Felix verschloss den Deckel mit einem Streifen Klebeband und klebte sicherheitshalber ein zweites Klebeband drauf. Er stand zwischen seinen beiden Brüdern und hörte zu, ohne Partei zu ergreifen. Er kannte die Situation, obwohl sie so noch nie da gewesen war. Zum ersten Mal protestierte Vincent, so wie er sonst immer protestierte. Es endete, wie es zu enden pflegte. Der große Bruder, den er so gut kannte, ließ sich nicht umstimmen, konnte aber alle anderen mit seiner Energie überzeugen. Wenn eine andere Richtung eingeschlagen werden musste, dann blieb das den jüngeren Brüdern überlassen.

»Dann sind wir uns einig?«

Vincent nickte leicht.

»Gut. Denn es ist schon zehn vor zwölf. Zeit, die Korken knallen zu lassen.«

Er knöpfte seine Jacke zu, nahm die Gläser und die Flaschen und ging auf das Garagentor zu.

»Noch etwas«, sagte Felix und beugte sich über die Werkbank zu Vincent. »Ich meine, wo wir unseren kleinen Bruder schon einmal hier haben. Wer hat eigentlich die Tür geöffnet?«

Vincent sah ihn verständnislos an.

»Damals … als Papa aufgetaucht ist.«

»Mensch, Felix, das ist doch Schnee von gestern«, sagte Leo. »In acht Minuten ist Mitternacht. Los jetzt.«

Felix schüttelte den Kopf.

»Nein. Das wird jetzt geklärt. Vincent, wer hat die Tür geöffnet, als der Alte bei uns auftauchte und Mama umbringen wollte?«

»Wovon redest du eigentlich?«

»Als Papa aus dem Gefängnis entlassen wurde! Nachdem wir nach Falun gezogen waren.«

»Felix, hör schon auf, Vincent war erst sechs. Ist er jetzt etwa im Zeugenstand?«

Vincent war sehr still geworden.

»Sieben, ich war sieben, als er Mama umbringen wollte.«

Felix verhielt sich so wie sonst immer Leo. Er legte Vincent die Hände auf die Schultern.

»Vergiss, dass wir deine großen Brüder sind. Erzähl mir, was du gesehen hast. Habe ich die Tür geöffnet oder Leo?«

Leo deutete mit einer Champagnerflasche auf seine Armbanduhr.

»Genau. Erzähl uns, woran du dich erinnerst. Dann ist Felix zufrieden, und wir können endlich hinausgehen.«

Er stand da und Felix neben ihm, die Hand auf der Türklinke. Leo war auf dem Weg zu ihnen.

»Komm schon, Vincent! Was hast du gesehen? Wer war's, ich oder Leo?«

Er sprang hoch, aber nicht hoch genug.

»Ich war's«, sagte Vincent.

Und dann schaffte er es doch und drehte den Schlüssel um.

»Ich habe die Tür geöffnet.«

Leo lachte, weder laut noch fröhlich.

»Das war aber eine diplomatische Antwort«, bemerkte er.

Felix lachte nicht einmal.

»Ich war's wirklich«, wiederholte Vincent. »Ich erinnere mich ganz genau. Ich stand da, habe den Schlüssel umgedreht, die Klinke hinuntergedrückt und die Tür geöffnet.«

Felix errötete. Wie konnte es nur sein, dass sie alle vor dieser Tür gestanden hatten und jeder von ihnen überzeugt war, sie geöffnet zu haben?

»Und wo zum Teufel war ich? War ich etwa nicht da? Leo ist ihm auf den Rücken gesprungen, du hast die Tür geöffnet, und ich …

Hab ich etwa auf einem Stuhl in der Küche gesessen? War ich auf dem Klo? Vielleicht gab es mich ja gar nicht? Vielleicht wart ihr es ja auch, die Mama ins Gesicht gespuckt haben? Wer von euch war es denn?«

»Ist das denn so wichtig?«

»Mir ist das verdammt wichtig.«

Vollkommene Stille in der großen Garage.

Draußen wurde der Lärm von den Feuerwerkskörpern immer lauter.

»Du *warst* derjenige, der sie angespuckt hat. Aber das … das war etwas ganz anderes.«

Leo nickte Felix zu.

»Es spielt wirklich keine Rolle mehr.«

Drei Champagnergläser in Leos Hand und noch dreißig Sekunden bis Mitternacht. Er öffnete das Garagentor, und vor ihnen tat sich ein Nachthimmel voller Sternschnuppen auf. Leo entfernte die Goldfolie vom Flaschenhals und ließ den Korken knallen.

»Skål.«

Drei schäumende Gläser.

»Skål. Auf Getryggen, Farsta und Svedmyra.«

Er hob sein Glas zum Himmel, wo die Farben explodierten, die Feuerwerkskörper aufblühten und wieder erloschen.

»Aufs neue Jahr und auf Ösmo – in zwei Tagen.«

42

Er umklammerte den Griff der Reisetasche. Nägel, Schrauben, Muttern und Plastiksprengstoff hingen schwer an Arm und Schulter. In normalem Tempo ging er an Menschen vorbei, die Bockwürste aßen, die Abendzeitung lasen, Kaffee aus Pappbechern tranken und ab und zu einen Blick auf die elektronische Anzeigetafel warfen, die über dem Ausgang zu den Gleisen hing. Die Reisetasche aus Nylon wog etwa zehn Kilo. Er hielt den Arm angewinkelt, damit es aussah, als enthielte sie nur Kleider und vielleicht noch einen kleinen Kulturbeutel. Dinge eben, die Reisende für gewöhnlich über den Marmorboden des Hauptbahnhofs trugen.

Der Hauptbahnhof einer Hauptstadt war eine Welt für sich mit ihrer eigenen Sprache. Ein Ort, der Menschen trennte und zusammenführte. Seine Aufgabe war es, nicht aufzufallen und so auszusehen, als wäre er unterwegs von oder nach Stockholm. Ein Reisender in schwarzer Wollmütze und einem Wintermantel, der wie jeder andere Wintermantel aussah.

Aber keiner dieser Menschen war wie er. Ein Schatten mit dem Ziel, ein Schließfach zu finden, die Tasche hineinzustellen, abzuschließen und zu gehen.

Soweit Leo wusste, war der Kurzzeitparkplatz unter der Brücke gegenüber vom Sheraton-Hotel der einzige nahe gelegene Ort, der von den auf den Dächern montierten Überwachungskameras nicht erfasst wurde. Vor einigen Minuten war Jasper durch den Haupteingang verschwunden. Mit laufendem Motor saß Leo am Lenkrad eines Firmenwagens. Wenn Jasper zurückkehrte, würden sie Felix und Vincent an der stillgelegten Tankstelle abholen und dann südwärts Richtung Ösmo weiterfahren.

Sein Handy klingelte. Das war nicht vorgesehen. Nur sechs Leute hatten diese Handynummer. Jasper, der sich im Bahnhofsgebäude aufhielt, Felix und Vincent, die auf ihn warteten, Anneli zu Hause in Tumba. Sie alle wussten, dass der Zeitpunkt ungünstig war. Außerdem Mama, die um diese Tageszeit immer schlief, weil sie nachts arbeitete.

»Leg nicht wieder auf.«

Und … Papa.

»Ich muss mit dir reden.«

»Ich habe dir doch schon letztes Mal gesagt, dass ich keine Zeit habe.«

Leo hörte ihn genervt durch die Nase atmen, als würde die Luft seine wichtigen Worte behindern.

»Der Umschlag. Ich möchte ja nicht über dieses verdammte Geld streiten, aber ich mache mir schon meine Gedanken …«

Dichter Verkehr auf der Vasagatan. Ein Taubenschwarm auf dem Dach des Hauptbahnhofs. Eine Gruppe japanischer Touristen mit Kameras und Namensschildern vor dem Sheraton. Aber immer noch kein Jasper.

»Wenn du mir so viel Geld geben kannst, obwohl du mir deiner Meinung nach gar nichts schuldest, heißt das ja, dass du noch mehr Geld haben musst. Wo hast du es her? Auch ich arbeite im Baugewerbe, und zwar schwarz, aber solche Summen kommen da nie zusammen. So viel Geld, Leo … das muss woanders herkommen.«

»Du weißt doch rein gar nichts über meine Arbeit.«

»Da hast du recht.«

»Und jetzt reicht's. Ich will mit dir nicht darüber sprechen.«

»Du hast eine Firma mit deinen Brüdern … mit meinen *anderen* Söhnen, Leo! Das bedeutet, dass auch deine Brüder in die Sache verwickelt sind. Du bist für sie verantwortlich. Falls ihr etwas Illegales unternehmen solltet, trägst du die Verantwortung, Leo!«

Wieder dieses schwere Atmen direkt in den Hörer, das so klang, als drehte sein Vater sich um, weil er sich vergewissern wollte, dass ihn niemand belauschte.

»Falls du Probleme hast, Leo …«

»Verantwortung?«

»Falls du Probleme hast, Leo, kannst du dich jederzeit an mich wenden. Ich habe dir auch früher schon geholfen.«

»Ich habe keine Probleme.«

»Ich bin dir siebenundzwanzig Lebensjahre voraus, Leo.«

»Hast du nicht gehört, was ich gesagt habe?«

»Ich habe ein bisschen mehr Lebenserfahrung, Leo, und sehe Dinge, die du nicht immer siehst.«

»Du?«

»Ja?«

»Du, Papa?«

Erneutes Schnaufen in der Leitung. Sein Vater wartete.

»Ja?«

»Ich übernehme Verantwortung. Sie vertrauen mir. So läuft das. Wer Verantwortung übernimmt, dem vertrauen die Leute. Siebenundzwanzig Jahre? Was heißt das schon? Zeit! Wenn man nichts mit ihr anfängt, dann ist es einfach nur … Zeit. Mach dir keine Gedanken über Vincent und Felix. Sie haben es gut bei dem *Verräter*.«

Er musterte die Menschenmenge vor dem Haupteingang des Hauptbahnhofs.

»Und dich werde ich ganz sicher nie um Hilfe bitten.«

Eine wichtige Voraussetzung war, dass sich das Schließfach in der Mitte der Haupthalle und in Brusthöhe befand. So würde die Polizei den gesamten Bahnhof räumen lassen müssen und das Fach mit ihrem Bombenroboter mühelos erreichen. Rechts neben Jasper schloss eine Frau die Tür ihres Schließfachs, warf eine Münze ein und drehte den Schlüssel herum. Sie war bereits wieder auf dem Sprung.

Jasper kehrte ihr sicherheitshalber den Rücken zu, während er das Schließfach 326 öffnete. Das Klappern ihrer Absätze auf dem Marmorboden verlor sich in der Ferne, als er die Tasche behutsam in den Schrank schob. Dann sah er sich um. Kein Mensch schien ihn zu beachten. Nicht einmal die uniformierten Männer mit ihren grün glänzenden Baretten und den Seesäcken über der Schulter, die nur wenige Meter hinter ihm vorbeigingen.

Plötzlich gehorchte ihm sein Arm nicht mehr, es gelang ihm nicht, die Tür zuzuklappen, und sein Herz begann wie wild zu klopfen. Der goldene Dreizack leuchtete ihm entgegen, der Mut, Kraft und Geschicklichkeit symbolisierte. Küstenjäger. Fünf Männer mit Kurzhaarschnitt auf dem Weg zum Zug Richtung Norden.

Sie gehen an mir vorbei. Ihre rasierten Schädel drücken so viel Selbstsicherheit aus. Sie sehen mich nicht. Aber ich sehe sie.

Ich war einer von euch.

Die Tasche lag im Fach, aber der Reißverschluss war nicht ganz zugezogen, sondern hatte sich einige Zentimeter vor dem Ende verklemmt. Jasper wollte ihn gerade zuziehen, als ihm die rote Schlinge aus der Nylontasche entgegenleuchtete. Der Sicherungsring.

Die Barette befanden sich hinter ihm und saßen so perfekt auf den Köpfen.

Und da überwältigte es ihn. Ein Gefühl der Abscheu.

Die Abscheu angesichts von Männern, die nicht wussten, dass es andere Bündnisse gab, die einen willkommen hießen und die genauso professionell planten, angriffen, sprengten und schossen und die überdies wahre Freunde waren, Brüder. Die Abscheu Leuten gegenüber, die keine Ahnung hatten, warum er hier stand.

Ich gehöre nicht mehr zu euch.

Ein Finger durch die Öffnung im Reißverschluss und durch die Drahtschlinge.

Die Sicherung.

Wenn ich daran ziehe, muss man den Metallkasten nur noch um Haaresbreite verschieben.

Die Kurzgeschorenen waren inzwischen in der Menge verschwunden.

Ich bin so viel besser als ihr.

Sieben Minuten. Jasper hätte schon längst fertig sein müssen.

Leo hielt immer noch sein Handy in der Hand. Jahrelang kein Anruf und dann zwei innerhalb weniger Wochen. Die Stimme in seinem Kopf, fordernd. Sie versuchte, sich mit einem nicht mehr vorhandenen Schlüssel Einlass in sein Gehirn zu verschaffen.

Ich hätte nicht zu ihm fahren dürfen.

Ich hätte ihm weder die 43 000 geben noch den Pick-up vorzeigen oder ihm von der Firma erzählen dürfen.

Ich hätte ihm die Tür zu unserem Leben nicht öffnen dürfen.

Jetzt. Dort. Im Rückspiegel. Die schwarze Wollmütze. Mit ausgreifenden, energischen Schritten verließ Jasper den Bahnhof – ohne Tasche. Er lächelte. Leo kannte dieses Lächeln von dem Vorfall mit dem Schlagstock und dem gebrochenen Handgelenk und ähnlichen Vorkommnissen.

»Du hast dir Zeit gelassen«, sagte Leo, als Jasper einstieg.

»Ich wollte sicherstellen, dass mich niemand sieht.«

Leo setzte zurück und fuhr dann die Vasagatan Richtung Brücke. Die Menschen auf dem Bahnhofsvorplatz verwandelten sich im Rückspiegel in graue Punkte.

»Leo?«

»Ja?«

»Danke für dein Vertrauen.«

Über die Brücke, an der Altstadt vorbei, dann in den Tunnel, der unter dem Stadtteil Södermalm hindurchführte.

»Drei Minuten. Okay?«, sagte Leo.

»Drei Minuten.«

»Felix wartet draußen im Auto. Ich nehme Objekt 1, du und Vincent nehmt Objekt 2.«

Das Taxi vor ihnen bremste so abrupt, als wüsste der Fahrer nicht recht, wohin er unterwegs war. Leo, der zu dicht aufgefahren war, musste ebenfalls bremsen und wechselte auf die Überholspur.

»Meinem kleinen Bruder darf nichts zustoßen, hast du verstanden? *Nichts.*«

43

Jasper stand in einer Telefonzelle am Gullmarsplan und drückte den kalten Hörer ans Ohr.

»Hier ist die Polizei.«

»Hören Sie?«

»Ja, ich höre.«

»In der Haupthalle des Hauptbahnhofs im Schließfach 326 liegt eine Bombe.«

Jasper hörte weitere Stimmen im Hintergrund der Notrufzentrale.

»Ich wiederhole. In der Haupthalle des Hauptbahnhofs. In einem Schließfach. Mit folgender Nummer …«

Er verstellte seine Stimme, ohne dass sie zu gekünstelt klang, sondern ernst, bedrohlich und gedehnt. Sie gefiel ihm, da sie der kontrollierten und klaren Stimme Leos glich. Gebrüll war nicht sonderlich furchteinflößend. Leo erhob nur selten die Stimme, aber wenn er es tat, dann merkten alle auf.

»… drei … zwei … sechs. 326. Der Sprengsatz wird um fünfzehn Uhr explodieren – unwiderruflich.«

Er legte auf und verließ die Telefonzelle.

Leicht vorgebeugt, die Hände tief in den Jackentaschen vergraben, ging er auf den Pick-up zu. Der Motor lief, und Leo hatte den Empfänger für den Polizeifunk auf den Knien.

»Es wurde jetzt schon mehrmals durchgegeben. Bombendrohung am Hauptbahnhof. Die ersten Streifen sind bereits unterwegs.«

Sie achteten darauf, nicht zu schnell, aber auch nicht zu langsam Richtung Süden zu fahren. Der erste Streifenwagen kam ihnen entgegen, dann ein weiterer, schließlich drei auf einmal. Alle fuhren mit Blaulicht und in hoher Geschwindigkeit Richtung Zentrum. Schweigend lauschten sie den aktuellen Meldungen aus dem Autoradio (»Der Stockholmer Hauptbahnhof ist soeben wegen einer Bombendrohung abgesperrt worden«), während aus dem Polizeifunk die Stimme des Einsatzleiters drang: »Sprengstoff positiv.« Unterdessen sperrten die herbeiströmenden Beamten den Bahnhof ab. Teile des U-Bahn-Betriebs, der S-Bahn und des Fernverkehrs wurden eingestellt.

Alles war genau nach Plan verlaufen, aber die Stimme seines Vaters machte Leo nach wie vor zu schaffen.

Falls du Probleme hast, Leo, kannst du dich jederzeit an mich wenden. Ich habe dir auch früher schon geholfen.

Er beschleunigte und merkte gar nicht, dass Jasper ihn wiederholte Male bat, das Tempo zu drosseln. Aus dem Polizeifunk erfuhren sie, dass das Bombenräumkommando das Schließfach öffnen wollte.

Nur noch knappe zehn Kilometer bis zur Abfahrt. Er fuhr mit siebzig auf der Überholspur.

Ich bin vierundzwanzig, nicht mehr zehn.

Hundertzehn Stundenkilometer.

Du hast keine anderen Söhne, aber ich habe zwei Brüder!

Hundertvierzig.

Du hast versagt, aber ich habe Erfolg!

Erst als Jasper an seinem Arm zerrte und ihm ins Ohr brüllte, er solle gefälligst langsamer fahren, drosselte er abrupt das Tempo.

Beinahe hätte er die Abfahrt verpasst. Er hatte für einen kurzen Moment die Kontrolle über das Auto verloren, und der Polizeifunkempfänger war Jasper vom Schoß gefallen.

Sie befanden sich auf einer schmalen, kurvenreichen Straße, die durch Wälder und an ein paar Seen vorbeiführte. Die Äcker waren nicht mehr weiß, sondern braun – nach einer Woche mit Temperaturen über dem Gefrierpunkt. Ein schmutziger, unsymmetrischer Flickenteppich. Die Tankstelle befand sich an der einzigen Geraden dieser Straße. Nach dem Bau der nahe gelegenen Schnellstraße war sie geschlossen worden. Leo verlangsamte und fuhr auf den Platz hinter dem Gebäude, der nicht einzusehen war. Die gelben Jalousien waren heruntergelassen, und auf der Anzeige stand noch immer ein Benzinpreis von 76,40 Kronen. Er parkte den Pick-up neben dem gestohlenen Mercedes, in dem Felix und Vincent warteten.

Sie brachen das Vorhängeschloss an der rostigen Metalltür mit einem Bolzenschneider auf und ersetzten es durch ein neues. Dann legten sie die gesamte Ausrüstung auf einen zerkratzten Tresen neben eine halb geöffnete Kasse. Schweigend und begleitet von dem einsamen Quietschen des verblichenen Caltex-Schildes im Wind wechselten sie ihre Arbeitskleidung gegen die Bankräubermontur. Leo half Vincent dabei, die schusssichere Weste über seiner mageren, nackten Brust festzuschnallen.

Es wird sich nie ändern, dachte Leo. Und wenn wir noch so viele Banken ausrauben. Der Körper, dem er jetzt eine schusssichere Weste anlegte, war derselbe, der früher einmal einen grünen, bis zum Kinn geschlossenen Schneeoverall getragen hatte. Und erst nachdem Felix zum dritten Mal gefragt hatte, was zum Teufel eigentlich los sei, und er zum dritten Mal »Nichts« geantwortet hatte, ließ er von den Riemen ab.

Leo hatte die beiden Armbanduhren eng am rechten Handgelenk befestigt, damit der glatte Stoff des Overalls nicht verrutschen konnte. Die alte Uhr mit den hässlichen roten Zeigern hatte er mit einem neuen Armband aus hellem Leder versehen. Die andere Uhr hatte er sich als Erwachsener gekauft: eine Rolex aus Edelstahl mit

Leuchtzeigern und einem Uhrwerk, das so laut tickte, dass er die einzelnen Sekunden hören konnte.

Leo musste gemäß seinen eigenen handschriftlichen Notizen sechs verschiedene Zeitpläne im Auge behalten.

Phase 1. 12 Minuten. Kleiderwechsel.
Doppelter Fahrzeugwechsel. Anfahrt zu Bank 1 und Bank 2.

Diese Phase war die am wenigsten riskante. Von ihrer Arbeitskleidung zur Bankräubermontur in einer stillgelegten Tankstelle und der erste Fahrzeugwechsel zum Mercedes. Neuneinhalb Kilometer zum zweiten Fahrzeugwechsel mit dem gestohlenen VW-Käfer. Mit diesem zwei Kilometer nach Ösmo.

Phase 2. 3 Minuten. Doppelter Raubüberfall.
Phase 3. 7 Minuten. Fahrt zu Bank 3.

Dieser Teil war am riskantesten, nach zwei Banküberfällen. Sie würden sich auf kleinen, wenig befahrenen Straßen von Ösmo in Richtung Sorunda bewegen, erst in einem gestohlenen Käfer, den die Zeugen sehen würden und den die Polizei identifizieren konnte, anschließend in einem gestohlenen Mercedes. Allerdings würde zu diesem Zeitpunkt ein Sprengsatz große Teile der Polizei an den Stockholmer Hauptbahnhof knapp fünfzig Kilometer entfernt binden.

Phase 4. 3 Minuten. Bank 3.
Phase 5. 6 Minuten. Kleiderwechsel, Fahrzeugwechsel.

Während der vierten und fünften Phase war das Risiko zwar erhöht, aber tragbar. Von der dritten Bank würden sie zu ihrem Ausgangspunkt, der stillgelegten Tankstelle, zurückkehren, wo sie ihre Bankräubermontur ablegen und wieder ihre Arbeitskleidung anziehen würden, um dann mit dem Pick-up davonzufahren. Die alte Uhr brauchte Leo, um den Gesamtverlauf, die 31 Minuten, während der sie gefasst werden konnten, im Auge zu behalten.

Beide Uhren zeigten jetzt 14.51 Uhr an. Von der Phase 1 verblieb noch eine Minute. Sie fuhren an Einfamilienhäusern, Reihenhäusern, Mehrfamilienhäusern vorbei ins Zentrum von Ösmo. Ein Stück entfernt saß ein einsamer alter Mann und aß Zwiebeln und Räucherspeck.

Der Käfer nahm die letzte Kurve an der Bücherei und der Schwimmhalle vorbei und bog dann auf den Parkplatz vor dem U-förmigen Einkaufszentrum ab.

»Köpfe runter«, sagte Leo. »Noch zwanzig Sekunden.«

In Nahkampfausrüstung und schusssicherer Weste, mit einer schweren Waffe auf den Knien, zog Leo sich eine Sturmhaube über den Kopf und rückte die Löcher vor den Augen zurecht.

»Noch zehn Sekunden.«

Langsame Atemzüge.

»Fünf Sekunden.«

Eine Bordsteinkante, und der Käfer rollte über den Platz auf die Schaufenster und die nebeneinanderliegenden Banken zu.

»Genau drei Minuten. Beide – gleichzeitig. Dann treffen wir uns wieder hier.«

Vergehen: Raubüberfall Zeuge: Hansen, Tomas Tatort: Handelsbanken Ösmo	Vergehen: Raubüberfall Zeugin: Lindh, Marit Tatort: SE-Banken Ösmo
Ein schwerbewaffneter Einzeltäter in Sturmhaube stürzte herein und schrie: »Runter! Auf den Boden!« Er feuerte mehrere Schüsse auf die Überwachungskameras an Decke und Wand ab.	Zwei Männer in schwarzen Sturmhauben stürmten herein und brüllten: »Auf den Boden legen!« Beide feuerten etwa zwanzig Schüsse auf zwei Überwachungskameras ab.

Hansen stand mit anderen in der Kundenschlange. Eine Frau kreischte, sie wolle die Bank verlassen, und rannte zur Tür. Der Bankräuber hielt sie an der Jacke fest.

Die Frau schrie weiter, während der Bankräuber sie zu Boden stieß. Einer der Bankangestellten forderte sie auf, still zu sein und ruhig liegen zu bleiben.

Nach einem Moment - so Hansens Aussage - erhob sich die schreiende Frau. Sie sah den Bankräuber und einen Bankkassierer in den Tresorraum gehen, während ein weiterer Bankräuber vor dem Fenster stand und auf den Angestellten zielte.

Lindh sah, wie einer der Bankräuber über den Kassentresen sprang und fragte: »Wer hat die Schlüssel zum Tresorraum?«

Lindh nahm den Schlüssel von ihrem Schreibtisch, betätigte den Türöffner und öffnete den Tresorraum.

Während sich die Bankräuber im Tresorraum aufhielten, hörte Lindh ein Summen. Die Geldfächer wurden geöffnet. Sie leerten eines nach dem anderen. Lindh wurde aufgefordert, liegen zu bleiben. Bei dieser Gelegenheit fiel ihr auf, dass die Bankräuber identische Stiefel trugen.

Als der Einzeltäter den Tresorraum verließ, trug er eine große Tasche über der Schulter. Er ging an der Frau vorbei. Soweit Hansen sich erinnert, schrie sie die ganze Zeit und war außer sich vor Angst.

Eine laute Stimme sagte: »Noch fünf Sekunden. Los, raus!« Dann verschwanden die beiden Bankräuber. Lindh fügt noch hinzu, dass sie während des gesamten Überfalls sowohl die Schüsse als auch die Schreie aus der Bank nebenan hören konnte.

Nach 170 Sekunden rannte Leo hinaus in die schneelose Winterkälte. Ihm blieben noch zehn Sekunden. Die angsterfüllten, panischen Schreie einer Frau verfolgten ihn. So hätte seine Mutter damals schreien sollen.

Warum hatte sie nicht geschrien?

Leo warf seine Tasche in den Kofferraum und nickte Felix zu, der vor dem Auto wartete.

Er hatte sechs Schüsse auf jede Kamera abgegeben, blieben ihm also noch acht.

In diesem Augenblick kam alles zum Stillstand.

Als Erstes bemerkte er die verängstigten, aber faszinierten Blicke der Kunden hinter der Fensterscheibe des Supermarktes, dann das panische Bellen eines Schäferhunds, der in der Mitte des Platzes an einem Laternenpfahl festgebunden war und sich hin- und herwarf. Blicke und Geräusche, die ihm wie die Blicke und Schreie der Frau so sehr zusetzten, dass er fast keine Luft bekam.

Hätte sie sich nicht einfach nur hinlegen und still sein können?

Er hatte mit idiotischen männlichen Kunden oder Angestellten gerechnet, die sich zum Helden aufspielen würden, oder mit einem Schusswechsel mit der örtlichen Polizei. Er war bereit, scharf zu schießen, um zu beweisen, dass er keinerlei Gewalt scheute. Er hatte sich manchmal eine Situation vorgestellt, bei der es um Leben und

Tod ging und er sich schwerbewaffneten Polizisten gegenübersah. Aber mit dem Nervenzusammenbruch einer Frau, die schrie und nur noch wegwollte, hatte er nicht gerechnet.

Eine Frau, die sich vor einem gewalttätigen Mann fürchtete.

»Zwei Minuten und 55 Sekunden! 56!«, brüllte Felix neben dem Käfer. »58! 59! Und raus … raus … raus!«

Jasper und Vincent rannten aus der anderen Bank, warfen ihre vollen Taschen in den Kofferraum und kletterten auf die Rückbank. Felix warf sich hinters Steuer, trat die Kupplung durch und ließ den Motor aufheulen.

Vollkommen erstarrt stand Leo auf dem Platz vor den Banken. Er hörte Felix' Rufe nicht.

»Black One! Die drei Minuten sind um!«

Er war umzingelt, alles stürmte auf ihn ein. Die Waffe um seinen Hals. Die Schreie in der Bank, die Schreie, die jene ersetzten, die er als Kind nie gehört hatte, weil sie ausgeblieben waren.

Ein beiläufiger Blick auf ein Dach in der Ferne.

Er begann zurückzugehen.

Felix trat noch mal aufs Gas und rief ihm zu: »Black One, es ist Zeit, verdammt!«

Aber Leo setzte seinen Weg fort.

Seine schwarze Gestalt verschwand in der Bank.

Leos Hände waren ruhig, während er zielte.

Als er in den Kassenraum feuerte.

Acht Schüsse.

Mit extremer Genauigkeit traf er sein Ziel.

Als das Magazin leer war, senkte Leo seine Waffe, ging zurück zur Tür und verließ die Bank.

Es war still. Genauso still wie damals.

Nichts bedrängte ihn.

Kein unablässiges Geschrei mehr.

Er hörte auch nicht das Kind, das verängstigt vom Zigarettenkiosk auf der gegenüberliegenden Seite des Platzes weglief, oder den am Laternenpfahl festgebundenen knurrenden Hund, die Vögel, die auf dem Dach des Einkaufszentrums landeten, oder seine eigenen Stiefel auf dem Asphalt.

Er bewegte sich in vollkommener Stille.

Jetzt empfand er wieder die Gelassenheit von vorhin, die Ruhe spendende Atmung aus seinem tiefsten Inneren.

44

John Broncks rannte durch die schäbigen Korridore und dunklen Treppenhäuser, über gelbe PVC-Beläge und graue Betonböden zur hellgrünen Stahltür, die in die Tiefgarage führte.

Um 14.52.15 Uhr hatte ein Zivilbeamter in der riesigen Bezirksnotrufzentrale den Notruf wegen eines Überfalls auf die Handelsbanken in Ösmo entgegengenommen.

Um 14.52.32 Uhr empfing ein Telefonist einige Tische weiter den Alarm der SE-Banken desselben Ortes.

Um 14.53.17 Uhr trat Karlström, ohne zu klopfen, bei Broncks ein, um ihm mitzuteilen, dass seine Befürchtungen sich bestätigt hätten. Vier Bankräuber mit schwarzen Masken. Ausgiebiger Waffengebrauch. Schwedische Armeewaffen. Genau drei Minuten.

Ihr seid es.

Broncks rannte durch die Tiefgarage. Im Laufe des vergangenen Monats waren drei Banküberfälle in der Region Stockholm verübt worden, und er hatte sich jedes Mal zum Tatort begeben. Die Sparbanken in Upplands Väsby, drei Männer in einem Opel mit einer Axt, die noch am selben Abend in einem illegalen Casino festgenommen wurden. Föreningsbanken am Norrmalmstorg, ein bewaffneter Mann Mitte vierzig, der bereits eine Stunde später in seinem ehemaligen Kinderzimmer im Haus seiner Eltern festgenommen wurde und die gesamte Beute und eine aufgebohrte Startpistole unter dem Bett versteckt hatte. Ein Geldtransporter auf dem Weg zum Postzentrum Tomteboda – zwei Männer mit Schrotflinten, noch flüchtig.

Keiner von diesen Überfällen hatte ihm dieses Gefühl des Wiedererkennens vermittelt.

Ihr seid es.

Er ließ den Motor an und kam an der Abteilung für Kriminaltechnik vorbei, wo er vor einigen Wochen auf einem Bildschirm etwas gesehen hatte, was auf den ersten Blick seltsam gewirkt hatte, nämlich einen Bankräuber, der flüsterte, seinen Kollegen beschützte, Verantwortung zeigte, ehe er einen der gewalttätigsten Banküberfälle der europäischen Geschichte verübte.

Die Garagentür öffnete sich automatisch, und Broncks fuhr die Rampe hoch, auf die Schranke zu und ins Tageslicht.

Zwei Brüder.

Jetzt hatten sie wieder zugeschlagen. Dieses Mal in zwei Banken gleichzeitig. Sie riskierten immer mehr und würden noch mehr riskieren.

Jeder Banküberfall bringt mich näher zu euch.

Die Körpertemperatur von vier Erwachsenen in einer kalten Metallhülle legte sich wie ein milchiger Nebel auf die Scheiben, denn alle um Felix herum atmeten schwer und rasch durch ihre Sturmhauben.

»Was sollte der Scheiß?«, fragte Felix Leo, ohne den Blick von der Straße zu nehmen, und umklammerte dabei das Lenkrad mit beiden Händen. Er hielt Tempo achtzig.

»Das hast du doch gesehen.«

»Nein, habe ich nicht! Was war da los, zum Teufel?«

Auch Leo starrte geradeaus. Er betrachtete die Bäume, die hier, wo die Bebauung spärlicher war, immer zahlreicher wurden.

»Du bist derjenige mit den beiden Scheißuhren am Handgelenk und den sechs verschiedenen Zeitplänen! Du predigst doch dauernd, wir müssen uns an die Zeitvorgaben halten!«

Leos und Felix' Schultern stießen aneinander, als der Käfer auf eine noch kleinere Straße einbog, kaum breiter als ein Feldweg. Leos Knie knallten bei jedem Schlagloch ans Armaturenbrett. Sein Overall war schweißgetränkt, als sie vor einem Steinhaufen am Ende des schneefreien Weges hielten.

»Ich hatte genug Zeit.«

Sie kannten das Vorgehen. Aussteigen, den Kofferraum öffnen, die Taschen mit dem Geld herausnehmen.

»Du bist noch mal umgekehrt!«

Dann zum anderen Wagen, dem Mercedes.

»Du bist in die Bank zurückgegangen und hast wie ein Idiot rumgeballert. Du hast uns alle gefährdet!«

Kofferraum öffnen. Drei Taschen hineinwerfen. Einsteigen. Den Feldweg zurück auf die Landstraße.

»Wir sitzen doch alle hier, oder etwa nicht, Felix? Wenn du rumjammern willst, dann heb dir das auf, bis wir wieder zu Hause sind.«

Leo drehte sich um.

»Und jetzt runter mit den Sturmhauben.«

Die Sturmhauben wurden abgestreift und enthüllten vier junge Männer mit schweißnassem Haar. Ein Auto kam ihnen entgegen, in dem eine junge Frau mit einem Baby in einem Kindersitz saß. Sie fuhr vorbei, ohne aufzumerken.

Jasper beugte sich vor, tippte Leo auf die Schulter und flüsterte: »Hauptschlagzeile.«

Felix drehte sich ruckartig um, wobei das Auto leicht ins Schleudern geriet, und brüllte: »Schnauze dahinten!«

Leo starrte unverwandt geradeaus, die Waffe auf den Knien und die Sturmhaube in der Hand.

Fünf Kilometer bis zur nächsten Bank.

Die beiden Autos vor John Broncks bewegten sich keinen Zentimeter. Er fuhr auf den Gehsteig, um sich einen besseren Überblick zu verschaffen. Der *gesamte* Verkehr stand still und blockierte jeden Meter Asphalt vom Rathaus bis zum Hauptbahnhof.

Er kurbelte das Fenster herunter, suchte mit der Hand unter seinem Sitz und zog ein Blaulicht hervor. Der Magnet saugte sich auf dem Dach fest, und das blaue Licht begann sich zu drehen, als die Sirene zwischen den Häusern widerhallte. Broncks drängte sich zwischen den stillstehenden Fahrzeugen hindurch, schrammte an Stoßstangen entlang, überquerte eine durchgezogene Mittellinie, fuhr im Zickzack durch den entgegenkommenden Verkehr und versuchte sich durchzuschlängeln, wo es keinen Platz gab.

Die gesamte Stockholmer Innenstadt war aus dem Lot geraten. Die Straßen in Bahnhofsnähe waren entweder gesperrt oder mit umgeleitetem Verkehr verstopft. Über Funk erfuhr er, dass man eine Bombe im Herzen Stockholms erst für eine Attrappe gehalten hatte, jetzt aber von einem scharfen Sprengsatz ausging. Das Bombenräumkommando mit Sprengstoffspürhunden und einem ferngesteuerten Bombenroboter war gerade eingetroffen. Mit dem Mikrofon in der einen Hand fuhr Broncks am Rathaus vorbei auf die ebenfalls verstopfte Zentralbrücke.

»Ich fahre Richtung Ösmo. Wie viele Streifen sind vor Ort?«

»Eine.«

»Eine?«

»Eine weitere ist aus Nynäshamn unterwegs.«

»Zwei. *Zwei* Streifenwagen?«

Die kurze Zentralbrücke war mehrspurig, aber die Gegenfahrbahn lag hinter einer Betonrampe, und er war trotz Blaulicht und Sirene gezwungen, langsamer zu fahren, während ihm ein Fahrzeug nach dem anderen auswich.

»Mehr stehen momentan nicht zur Verfügung.«

»Das ist nicht genug. Wir brauchen das Einsatzkommando, Hunde, Hubschrauber … Schließlich geht es hier um einen Doppelbankraub.«

Altstadt, Slussen, irgendwo im Söderledstunnel floss der Verkehr dann wieder.

»Haben Sie mich verstanden?«

Die Stimme des Beamten aus Nynäshamn ließ sich wieder vernehmen.

»Ich habe Sie verstanden. Und wer sind Sie, wenn ich fragen darf? Und was führt Sie ausgerechnet zu uns?«

»Ich bin John Broncks von der Kriminalpolizei Stockholm City.«

»Das erklärt nicht, wer Sie sind oder warum Sie auf dem Weg in ein Revier sind, in dem Sie nichts zu suchen haben.«

»Die Bank in Svedmyra, der Geldtransporter in Farsta … es

ist dieselbe Bande. Seit fast drei Monaten ermittele ich in dieser Sache.«

Im Tunnel war weniger Verkehr. Broncks beschleunigte ein wenig und fuhr auf das Tageslicht und die lange Brücke in der Ferne zu.

»Sie sind schwerbewaffnet und schrecken nicht davor zurück, ihre Waffen zu gebrauchen. Zwei Streifenwagen? Das reicht nicht!«

»Es gibt nicht mehr. Unsere restlichen Leute drängen sich dort, wo Sie gerade herkommen. Sie wissen ja, warum. Wir haben aber aus den Nachbarbezirken Unterstützung angefordert.«

Tageslicht. Die Johanneshovsbrücke. Ein eigentümlicher Anblick. Das Wasser weit unten von schimmernd blauem Eis bedeckt. Auf der parallel verlaufenden Brücke lag der U-Bahn-Verkehr lahm. Auf dem Fußgängerweg zwischen den Gleisen und der Straße waren Hunderte, vielleicht auch Tausende Menschen in beiden Richtungen unterwegs. Mäntel, Jacken und Beine verschmolzen vor seinen Augen, verschwammen zu einem Insektenstrom von Leuten, die auf keinen Zug mehr hofften.

Am anderen Ende der Brücke lag der Gullmarsplan mit Bahnsteigen und Treppen und weiteren stillstehenden Zügen und Menschenmassen, die auf die eilig angeforderten Busse des Schienenersatzverkehrs zuwälzten. Er hatte gerade das Fußballstadion erreicht und wollte aufgrund des spärlicheren Verkehrs gerade Gas geben, als eine neue Stimme die Stille unterbrach.

»Sie ist explodiert!«

Es kam nicht oft vor. Die professionellen Stimmen, die tagtäglich über diese Frequenzen kommunizierten, waren schwer auseinanderzuhalten, sie bedienten sich derselben Betonungen, derselben Lautstärke, derselben Distanziertheit.

»Das ganze verdammte Ding ist in die Luft gegangen. Und unser Roboter ist Schrott!«

Nur selten, wenn etwas Unerwartetes geschah, wenn Bedrohung und Gefahr spürbar wurden, klangen diese Stimmen aufrichtig, gegenwärtig.

»Es hat einen von unseren Leuten erwischt!«

Die Polizeifunkstimme schnitt durch die Stille wie das Messer, das Leos Jacke aufgeschlitzt hatte, aber Vincent war damals zu klein gewesen, um sich noch daran zu erinnern.

»Es hat einen von unseren Leuten erwischt!«

Die verängstigte, gejagte, wütende Stimme aus dem Polizeifunkempfänger erklärte, ein Sprengkörper sei explodiert und der Beamte, der den Roboter gesteuert habe, sei von der Druckwelle und einem Splitter getroffen worden.

Dann verstummte er. Keine weiteren Informationen darüber, ob der Beamte überlebt hatte oder nicht.

»Sie sollte doch nicht explodieren!«, schrie Vincent und beugte sich zu Leo vor. »Das hast du mir versprochen, verdammt noch mal!«

Leo drehte leiser, und das monotone Piepen verschwand. Vor ihnen ein blaues Schild am Straßenrand: Sorunda 3 km. Sie waren fast da.

»Das lässt sich jetzt auch nicht ändern.«

»Und wenn er tot ist?«

»Wir wissen nicht, was passiert ist. Wir wissen nicht, warum dieser Sprengsatz explodiert ist. Aber ich werde der Sache schon noch auf den Grund gehen. Später. Wenn wir die nächste Bank geschafft haben.«

In der Ferne stand ein Traktor mit einem Anhänger vor einer schneebedeckten Scheune. Vereinzelte Bauernhöfe, an deren Holzwänden Kinderfahrräder und Skier lehnten. Ein Sattelschlepper auf einem Rastplatz, dessen Fahrer hinter einen Baum pinkelte.

Felix verstellte den Rückspiegel, um Jasper auf dem Rücksitz durchdringend anzusehen. Dieser wich seinem Blick aus.

»Hast du etwa den Sicherungsring rausgezogen?«

»Was soll denn diese Scheißfrage?«

»Jasper, schau mich an, verdammt noch mal! Hast du diese verdammte Bombe entsichert?«

Jasper sah Felix an.

»Natürlich nicht.«

Er starrte so lange, dass es unbehaglich wurde.

»Jemand ist verletzt worden. Er könnte sterben!«, sagte Vincent.

»Und was geht mich das an?«

Felix hielt das Tempo, obwohl er ständig in den Rückspiegel schaute.

»Ich sehe dir doch an, dass du lügst, Jasper!«

Leo hatte bislang geschwiegen.

»Hört auf!«

»Ich habe an dem verdammten Ding mitgebastelt«, sagte Felix. »Ich weiß, dass es auf gar keinen Fall …«

»Fahr, verdammt noch mal.«

Die Konturen verschwanden im Dämmerlicht, aber Vincent konnte dennoch erkennen, wie sich Felix' Augen im Rückspiegel veränderten. Leo hob nur selten die Stimme, das wussten alle, aber es kam noch seltener vor, dass Felix jemanden bezichtigte, wenn er sich seiner Sache nicht absolut sicher war.

Die Abzweigung nach Sorunda, einem kleinen Ort mit einer einzigen Bank, ihrem dritten Objekt. Felix fuhr einfach geradeaus weiter.

»Was soll denn das …«

»Wie du gesagt hast, Leo. Wir fahren nach Hause und gehen der Sache auf den Grund.«

»Diese Straße führt nicht nach … du bist zu weit gefahren!«

Die Landstraße war so schmal, dass die entgegenkommenden Fahrzeuge verlangsamen mussten, um einen Zusammenstoß zu vermeiden. Felix gab sogar noch Gas, als sich das nächste Auto näherte, und fuhr nun über hundert Stundenkilometer.

»Du musst wenden!«

»Wenn du weitermachen willst, gerne, aber ohne mich.«

Felix' Nacken war von einer Röte überzogen, die sich jetzt auch auf Wangen und Schläfen ausbreitete. Vincent wusste, was das bedeutete. Felix strengte sich maximal an, um seine Wut zu beherrschen. Vincent hätte sich eigentlich Sorgen machen müssen, aber alles, was er spürte, war die Hitze in seiner Brust. *Ich hab kein gutes Gefühl dabei, und wenn sich das nicht ändert … dann steig ich aus.* Er hatte das ernst gemeint. Und trotzdem fühlte er sich jetzt völlig gelassen. Denn wenn sie alle in der nächsten Kurve an einen Baum fuhren und starben, wenn der Beamte im Hauptbahnhof bereits tot war, wenn der Sprengsatz explodiert war, weil jemand es so wollte… Dann war es egal. Vollkommen egal. Zum ersten Mal in seinem Leben verstand Vincent, wohin Leo verschwand, wenn er sich in sich selbst zurückzog. In eine Stille, in der keine Zeit, keine Zukunft und keine Vergangenheit existierte und in der es deswegen auch keine Sorgen gab. Nur das Jetzt zählte. Das Einzige, worauf er Einfluss nehmen konnte, war das Hier und Jetzt in diesem Auto zusammen mit seinen Brüdern.

Zwei Banken zusammengeschossen.

Ein Sprengsatz, der im Herzen Stockholms explodiert war.

John Broncks hatte dreißig Kilometer auf der Autobahn zurückgelegt, zwanzig lagen noch vor ihm. Der letzte südliche Vorort zog an seinem Fenster vorbei. Dann wurde die Landschaft flacher mit vereinzelten Baumgruppen auf weitläufigen Weiden.

Laut Einsatzleitung am Hauptbahnhof hatten die Sprengstoffexperten erklärt, die Position des Sicherungsrings habe bei der geringsten Bewegung unweigerlich zur Explosion des Sprengsatzes führen müssen. Dies ließ nur einen Schluss auf Sinn und Zweck zu: Verstümmelung und Tod.

Zwei Vorfälle innerhalb von neun Minuten, die irgendwie zusammenhingen.

Die Dämmerung nahm mit jedem Kilometer zu, bald würde es dunkel sein.

»Broncks?«

Das Funkgerät. Der Beamte aus Nynäshamn klang jetzt freundlicher.

»Wo sind Sie?«

»Acht Kilometer entfernt.«

»Wir haben das Fluchtfahrzeug gefunden. Einen roten VW. Kennzeichen GZP 784. Auf der Straße, auf der Sie sich befinden, bei der Abfahrt. In wenigen Minuten werden Sie den VW und einen unserer Streifenwagen erblicken.«

Einen der beiden einzigen Streifenwagen.

»Wann haben Sie es gefunden?«

»Um 15.09 Uhr.«

John Broncks dachte an den Suchradius, der mit jeder Minute zunahm. In Farsta und Svedmyra hatte er sich rapide vergrößert und war schließlich zu sehr ausgeufert.

»Gibt es Straßensperren?«

»Zwei Streifen aus Handen haben die Straße nach Norden abgesperrt und eine aus Nynäshamn Richtung Süden. Die Küstenstraße sperren wir ganz. Weitere Streifen sind aus Huddinge und Södertälje unterwegs. Diese Orte wurden Richtung Westen und Norden abgeriegelt.«

Broncks rechnete rasch.

14.56 Uhr – ein VW mit vier maskierten Männern verlässt den Tatort.

14.58 Uhr – der Wagen wird in drei Kilometer Entfernung abgestellt.

14.59 Uhr – sie setzen ihre Flucht in einem anderen Fahrzeug fort.

Das Suchgebiet wurde nicht mehr größer – zum ersten Mal waren sie einander nahe.

Die Abfahrt nach Ösmo. Ein paar Hundert Meter weiter eine Baumreihe, ein Wäldchen und roter Lack, der zwischen den nackten Stämmen hervorleuchtete. Hier war die Luft kälter und feuchter als in der Stockholmer Innenstadt. Eine Kälte, die auf Wangen und Hals brannte und die Hände erstarren ließ.

Broncks ging durch den Schnee auf den verlassenen Wagen zu und mied die vorhandenen Spuren. Ein roter VW-Käfer war so nah vor einer Kiefer abgestellt, dass er die Rinde beinahe berührte.

»Zeugen?«

Der junge Mann hatte Flaum auf der Oberlippe, der gerne ein Schnurrbart gewesen wäre. Er trug Uniform und begrüßte Broncks mit Handschlag. Auch seine Hände waren kalt.

»Kein Mensch hat jemanden kommen oder wegfahren sehen.«

»Und das hier?«

»Wir sind ganz sicher, dass es sich um den Wagen der Täter handelt. Dasselbe Modell und dasselbe Kennzeichen wie das Fahrzeug, das mehrere Zeugen vor der Bank gesehen haben.«

Das hintere Nummernschild.

GZP 784.

Broncks ging um den Käfer herum und schaute durch das Seitenfenster. Auf dem Boden eine Bierdose und eine Hamburgerschachtel. In dem herausgezogenen Aschenbecher drei oder vier Kippen. Um vorwärtszukommen musste er sich durch dichtes Unterholz kämpfen. Hier war es noch kälter, die dünne Schneekruste gab nach, und Schnee rieselte in seine Schuhe.

Er sah es, sobald er die Vorderseite des Wagens erreicht hatte, obwohl der Baumstamm das halbe Nummernschild verdeckte.

BGY 397.

Ein anderes Kennzeichen.

Eines für Betrachter von vorn, ein anderes für Betrachter von hinten.

Der Mercedes bremste abrupt hinter der verlassenen Tankstelle. Dabei wurde der rechte Scheinwerfer beim Zusammenprall mit dem rostigen Geländer in der Nähe des Eingangs zertrümmert, und der rechte Außenspiegel schlug gegen einen aus der Wand ragenden Wasserhahn.

Felix rannte mit gezückter Taschenlampe auf die Metalltür mit dem Vorhängeschloss zu.

»Felix.«

Leo holte ihn ein und packte ihn am Oberarm.

»Wir haben immer noch Zeit!«

Zwei Kilometer hinter ihnen. Die Abfahrt. Felix war vorbeigefahren und hatte verhindert, dass aus dem doppelten Raubüberfall ein dreifacher geworden war.

»Wir hatten Zeit. Jetzt aber nicht mehr. Die Zeit ist abgelaufen.«

Leo zog fester an Felix' Arm.

»Wir fahren zur Bank in Sorunda, und zwar *jetzt*.«

»Meinetwegen, aber ohne mich.«

Die Taschenlampe unter den Arm geklemmt, das Licht auf die Metalltür gerichtet, den gezückten Schlüssel vor dem Vorhängeschloss. Das alte Caltex-Schild über der Zapfsäule quietschte im Wind, wie so oft.

»Felix, verdammt, was soll denn das?«

Leo packte die Hand mit dem Schlüssel.

»Lass mich los. Ich geh da jetzt rein und ziehe mich um, und dann fahre ich nach Hause.«

»Steig wieder ein! Eine Bank ist noch übrig!«

»Mir reicht's. Du hast zwanzig Sekunden damit vergeudet, umzukehren und rumzuballern. Zwei Banken und drei Kilo Geldscheine sind genug für heute.«

Zwei Schatten im Licht eines einzelnen Scheinwerfers wurden zu dreien, als Jasper sich zwischen sie stellte.

»Wir haben diesen verdammten Raubüberfall wochenlang geplant!«

In der Hand hielt er seine schwarze Sturmhaube. Dann streifte er sie über sein Gesicht.

»Hör mir jetzt gut zu, Felix. Wir ziehen das jetzt durch und holen uns noch die restliche Kohle!«

Felix hielt den Schlüssel für das Vorhängeschloss in der Hand und kramte jetzt auch noch die Autoschlüssel hervor und überreichte sie Jasper.

»Dann fahr halt du.«

»Ist das dein Ernst? Du willst uns im Stich lassen? Und was ist mit unserer Abmachung?«

»Unsere Abmachung lautete, keine Bombe zu sprengen.«

Felix richtete seine Taschenlampe auf die Augenlöcher in der Sturmhaube.

»Ich weiß, dass du das warst.«

Jasper hob den Arm und kniff die Augen zusammen.

»Du weißt einen Scheißdreck.«

»Ich weiß, dass du das warst.«

Jasper schlug Felix die Taschenlampe aus der Hand, und das Licht erlosch, als sie auf die Erde fiel.

»Muss ich mir diesen Scheiß wirklich anhören? Leo? Ich…«

»Ein Hubschrauber!«

Keiner von ihnen hatte Vincent bemerkt. Nicht, als er die Autotür öffnete, und nicht, als er mit dem Polizeifunkempfänger in den Händen auf sie zurannte.

»Sie setzen einen Hubschrauber ein!«

»Broncks?«

»Ja?«

»Sie kriegen Ihren Hubschrauber.«

Es wehte. John Broncks hielt das Mikro dicht vor den Mund und schützte es mit der hohlen Hand. Die Kronen der hohen Kiefern schwankten heftig hin und her. Der Schnee hatte seine dünnen Socken durchnässt und war in die Sohlen seiner Schuhe eingedrungen.

»Die elfte Hubschrauberdivision hat sich freiwillig gemeldet. Sie sind unterwegs.«

Die optimistische Stimme des Einsatzleiters in Nynäshamn erfüllte Broncks mit neuer Hoffnung.

»Sie werden ihn in ein paar Minuten hören, er fliegt in Ihre Richtung und wird sich auf das Gebiet um die Landstraße herum konzentrieren.«

»Gut! Ich…«

»Broncks, einen Moment bitte. Ich erhalte gerade eine Mitteilung von einem Kollegen.«

Er stand mitten in einem Wäldchen und sah in der Ferne den schwachen Schein von Straßenlaternen. Im Hörer herrschte Stille, aber wenn er sich konzentrierte, waren leise Stimmen und Schritte zu vernehmen, dann griff jemand zum Mikrofon.

»Es mag seltsam klingen, aber das Fluchtfahrzeug ist ein weiteres Mal gefunden worden.«

»Ein weiteres Mal?«

»Dasselbe Modell, dasselbe Kennzeichen. Allerdings am anderen Ende des Ortes… an einer Landstraße.«

»Wie soll ich das verstehen?«

»Ein VW 1300. Rot. Mit dem Kennzeichen GZP 784. Er steht am Ende eines Feldwegs neben einem Geröllhaufen, etwa so weit vom Ort in westlicher Richtung entfernt wie Sie gerade in östlicher Richtung.«

Broncks warf einen Blick auf das hintere Nummernschild. GZP 784. Dann ging er ein zweites Mal durch den Tiefschnee, um sich durch die Zweige zu zwängen. Das vordere Kennzeichen war BGY 397.

»Haben Sie jemanden vor Ort?«

»Ja.«

»Bitten Sie ihn, um den Wagen herumzugehen.«

Er hörte eine halblaute Unterhaltung und wartete, bis das Knacken und die Stimme zurückkehrten.

»Vorn ist ein anderes Kennzeichen.«

»BGY 397?«

»Ja.«

Sie hatten zwei identische Fahrzeuge gestohlen und die Kennzeichen vertauscht. Zwei identische Autos mit identischen Nummern vorn und hinten, die Zeugen sehen und aufschreiben konnten.

Aus einem Suchgebiet waren plötzlich zwei geworden.

Jetzt mussten sie die Zahl der Straßensperren verdoppeln, die Zahl der angrenzenden Gebiete, die Zahl der Wachbezirke.

Der Wind nahm zu, obwohl die Baumwipfel nicht mehr so schwankten wie noch vorhin. John Broncks schaute sich in dem immer spärlicheren Dämmerlicht um. Dann sah er ihn. Nicht der Wind hatte zugenommen, sondern Rotorblätter durchschnitten die Luft.

»Der Hubschrauber!«

»Ja?«

»Er muss den Kurs ändern! Weg von der Küste und der großen Landstraße. Er muss Richtung Nordwesten abdrehen und die Nebenstraßen im Hinterland absuchen!«

45

Rotorblätter. Erst nur schwach zu hören, dann lauter, näher. Leo schaute in den Himmel, der schwarz hätte sein müssen, und auf den Suchscheinwerfer, der die Dunkelheit über den Bäumen durchschnitt.

»Felix! Vincent!«

In Kleidern, in denen sie gerade zwei Banken ausgeraubt hatten, standen sie vor der verschlossenen Tür der Tankstelle. Mit drei Kilo Geldscheinen. Die Stockholmer Polizei verfügte über zwei Hubschrauber, die im Gebiet der Bombendrohung im Einsatz waren. Aber mit diesem Militärhubschrauber hatte Leo nicht gerechnet.

»Die Plane über die Autos!«

Wenn sie aus der Luft entdeckt wurden, dann gab es nur eine Lösung. Das Feuer zu eröffnen. Aber Militärhubschrauber waren gepanzert, Panzerstahl schützte das Triebwerk und die Besatzung. Es war fast unmöglich, ihn abzuschießen, bevor die Besatzung Bericht erstattet hatte.

Felix war beim Pick-up angelangt, klappte den Fahrersitz nach vorn und suchte nach der zusammengefalteten Plane. Leo rannte auf den Mercedes zu, raffte die vier Sturmgewehre von den Sitzen und vom Boden zusammen, hängte sich eines um den Hals und reichte ein weiteres an Jasper.

»Behalte den Hubschrauber im Auge.«

Jasper lehnte sich mit der Schulter an die Wand des Tankstellenhäuschens, sank in die Knie, nahm Feuerstellung ein und zielte auf das Licht.

»Deckt die Autos ganz zu!«

Die olivgrüne und zerknitterte Plastikplane raschelte. Braunes Laub aus dem Wald beim Waffendepot fiel heraus.

»Der Hubschrauber nähert sich!«, brüllte Jasper, aber seine Stimme ging im Lärm des Motors unter.

Ein Ruck, und die Plane lag auf den beiden Fahrzeugen.

»Rein ins Gebäude – alle!«, brüllte Leo und rannte auf die abgeschlossene Tür zu. »Macht schon!«

Der Schlüssel zum Vorhängeschloss. Felix suchte in seinem Overall, Brusttaschen, Gesäßtaschen, vordere Taschen, Beintaschen. Nichts.

Er suchte weiter. Das verdammte Knattern aus der Höhe kam immer näher.

Er hatte den Schlüssel in der Hand gehalten, als Leo sein Handgelenk gepackt und Jasper ihm die Taschenlampe aus der Hand geschlagen hatte.

»Ich kann den Schlüssel nicht finden!«

»Felix, verdammt!«

»Ich kann ihn nicht finden! Aber im Pick-up liegt unter dem Beifahrersitz der Bolzenschneider, ich …«

»Keine Zeit!«

Das schreckliche Knattern. Das verdammte Licht.

»Soll ich, Leo?«

Jasper kniete neben ihnen und zielte auf das Licht, das über die teilweise schneebedeckte Erde strich.

»Leo, ich bin bereit! Gib mir den Befehl, und ich schieße!«

Leo wartete. Der Scheinwerferkegel des Hubschraubers glich einem langen, silbernen Auge, das nur noch wenige Hundert Meter entfernt war. Sobald er »Feuer!« rief, würde Jasper schießen. Wenn Jasper nicht traf, war alles vorbei.

»Unter die Autos!«

Er rannte auf die Plane zu und klappte die Seite wie die Öffnung einer Höhle hoch.

»Rein mit euch!«

Vincent kroch unter den Pick-up, Felix ebenfalls.

»Du auch!«

Jasper erhob sich, rannte ein paar Schritte mit dem Sturmgewehr im Arm, warf sich zu Boden und rollte sich unter den Pick-up. Leo folgte ihm, während sich der Suchscheinwerfer des Hubschraubers der Tankstelle, dem asphaltierten Vorplatz und der Plane näherte.

Bäuchlings, die Rücken an der Auspuffanlage und der Ölwanne.

Er war da. Über ihnen.

Die Rotorblätter drückten Luft auf die Plane, die ins Zittern geriet und dann in einem ungleichmäßigen Rhythmus zu flattern begann. Das grelle Licht sickerte zu ihnen durch und tauchte alles in ein durchdringendes Grün.

Hinterher lagen sie da und atmeten die Stille ein. Leos Schulter drückte an die von Felix. Er wusste, was sein kleiner Bruder dachte.

Wenn Felix ihn nicht aufgehalten hätte … wenn sie auch noch die dritte Bank ausgeraubt hätten …

Der Hubschrauber wäre vor ihnen eingetroffen und hätte sie gefunden.

Auge, Auge, Nase.

Etwas weiter unten fünf Löcher in einem Halbkreis.

Ein Mund, der lächelte.

John Broncks zählte. Acht Schüsse. Abgefeuert auf das Sicherheitsglas über dem Kassentresen.

Er stand in der leeren Schalterhalle – Kunden und Angestellte waren von der örtlichen Polizei in den warmen, gemütlichen Lesesaal der Bücherei auf der gegenüberliegenden Seite des Platzes geleitet worden, wo die Vernehmung in aller Ruhe stattfinden würde. Eine junge Frau lag im Krankenhaus. Sie schwieg, obwohl sie während des Überfalls unablässig geschrien hatte. Der ausgekugelte Arm und ein paar Schrammen würden bald verheilen, die Schreie würden wiederkehren.

Überwachungskameras und Glassplitter lagen auf dem Boden. In der Bank nebenan sah es genauso aus.

Ein doppelter Bankraub im Laufe weniger Minuten und ein Fluchtfahrzeug, das wenig später an zwei Orten gefunden wurde.

Straßensperren, die ebenso wenig gebracht hatten wie der Einsatz des Militärhubschraubers.

Und ihr befindet euch jetzt außerhalb des Suchgebiets.

Das Sicherheitsglas an einem der Schalter weist Einschusslöcher in Form eines Gesichts auf. Die genauen Abstände sind der Anlage zu entnehmen.

Broncks trat näher und hob langsam seine Hand in Richtung der acht Einschusslöcher.

Auge. Auge. Nase. Mund.

Er starrte das Gesicht an, und das Gesicht starrte zurück.

Es blinzelte nicht, bewegte nicht die Lippen. Leere Augen, ein Mund mit einem erstarrten Lächeln, die Nase etwas zu weit in der Mitte. Die Risse des geborstenen Sicherheitsglases rund um die Einschusslöcher erinnerten an Haut mit hässlichen Falten.

Broncks drehte sich zum Eingang um.

Du hast dein Ding durchgezogen und das Gebäude wieder verlassen. Dann bist du umgekehrt und hast Schuss um Schuss dieses Lächeln in die Scheibe gehämmert.

Ein Zeichen.

Was zum Teufel soll es bedeuten? Warum lächelst du mir zu? Weil ihr wieder spurlos verschwunden seid? Weil ihr Schwedens ersten doppelten Bankraub verübt habt? Weil ihr etwas noch Größeres plant?

Es war später Nachmittag, aber draußen bereits dunkel. Selbst aus der Ferne waren Vincent und Felix mühelos zu erkennen, als sie von der Küche ins Wohnzimmer gingen, das nur vom bläulichen Flimmern des Fernsehers erleuchtet war.

Leo und Jasper waren draußen geblieben.

Der Wind hatte ihre heißen Wangen gekühlt, und die Anspannung ließ allmählich nach. Sie hatten die Overalls abgelegt und ließen jetzt den Schweiß verdunsten.

Nachdem der Lärm der Rotorblätter verklungen war und sich das Licht des Scheinwerfers verloren hatte, waren sie wieder hervorgekrochen und hatten die Plane entfernt. Dann hatten sie das Vorhängeschloss aufgebrochen, hatten sich umgezogen und waren im Pickup weggefahren. Felix am Steuer und Leo, Vincent und Jasper unter der Abdeckung auf der Ladefläche, hinter einem Stapel Isoliermaterial. Kein Wort war gefallen. Acht Schüsse in ein Panzerglas und ein explodierter Sprengsatz standen zwischen ihnen.

»Ich schwöre.«

Unruhig trat Jasper von einem Fuß auf den anderen.

»Die Sicherung war intakt, als ich das Schließfach abgesperrt habe. Ehrenwort, Leo!«

Jenseits des Zauns herrschte der abendliche Berufsverkehr.

»Ich habe die Bombe konstruiert, Jasper.«

Leo betrachtete das Haus. Felix stand mit der Fernbedienung in der Hand im Wohnzimmer.

»Ich habe sie entworfen und gebaut. Zusammen mit Felix. Er hat recht. Sie konnte nicht von sich aus explodieren.«

»Verdammt, Leo … kannst du dir vorstellen, wie es mir geht?«

Jasper schüttelte den Kopf und schlug sich mehrmals mit der Faust auf die Brust.

»Wenn du vor mir stehst und mir nicht glaubst? Das tut verdammt weh!«

Jetzt setzte sich Felix auf die Couch, und Vincent nahm neben ihm Platz.

»Dann erklär mir mal bitte, wie die Bombe hochgehen konnte!«

»Wenn ich das wüsste, Leo. Aber ich hab die Bombe ja nicht gebaut. Ich hab nur getan, was ich tun sollte. Ich schwör's!«

Der Berufsverkehr würde eine ganze Weile anhalten und vielleicht sogar zunehmen. Es würde noch einige Stunden dauern, bis die meisten Leute zu Hause waren. Aber *er* war jetzt da, ging durch den Flur ins Wohnzimmer, während Jasper in der Küche verschwand.

Leo nahm die Treppe nach oben. Felix und Vincent saßen noch immer auf der Couch vor dem runden Tisch, auf dem der Polizeifunkempfänger zwischen Gläsern und Flaschen stand. Genau wie nach dem Überfall in Svedmyra, aber dieses Mal wurde weder gelacht noch durcheinandergeredet. Schweigend tranken sie Whisky aus großen Wassergläsern statt sprudelnden Champagner.

»Schalt den Polizeifunk ein«, sagte Leo.

»Nein.«

»Felix? Ich will hören, was sie sagen.«

»Die Nachrichten fangen gleich an.«

Leo ließ sich in einen der Sessel fallen und goss ein paar Fingerbreit Whisky in ein Glas.

»Hört auf zu schmollen. In diesen Taschen sind über zwei Millionen Kronen.«

Felix antwortete nicht, sondern richtete die Fernbedienung auf den Fernseher und schaltete lauter.

»Jetzt reg dich mal ab.«

»Ich soll mich abregen?«, erwiderte Felix und leerte sein halb volles Whiskyglas in einem Zug. »Du bist umgekehrt. War das geplant oder einfach nur so eine blöde Idee?«

»Das war keine blöde Idee. Ich fand, es hat einfach … gepasst.«

»Mir hat es aber ganz und gar nicht gepasst! Du warst auf dem Weg zum Auto. Wir waren auf der Flucht.«

Aus dem Fernseher war jetzt eine gedämpfte Titelmelodie zu hören.

»Kannst du etwas lauter stellen?«

Jasper kehrte mit acht Bierflaschen aus der Küche zurück.

Ein Sprengsatz in einem Schließfach auf dem Stockholmer Hauptbahnhof explodierte kurz nach drei Uhr, als er mithilfe eines Roboters entschärft werden sollte.

Vincent beugte sich vor, um besser sehen und hören zu können. Gedehnte Kamerasequenzen aus dem Hauptbahnhof. Ein gedämpfter Knall. Dann ein rascher, wackliger Zoom auf den schwarzen Rauch, der aus der Haupthalle drang, nach oben stieg, sich verflüchtigte.

Aber das war es nicht, wonach er Ausschau hielt und was ihn beschäftigte. Er suchte nach verletzten Menschen, nach Blut auf einem weißen Laken oder Flecken auf schwarzem Asphalt. Nach einer Trage oder einem Sanitäter. Nichts. Die Nachrichten brachten nur Bilder von Trümmern auf den Treppen, in der Haupthalle und auf den Wartebänken, von Straßensperren und von Reisenden, die nicht weiterfahren durften.

Ein Polizeitechniker wurde von einem Bombensplitter leicht verletzt und ins Krankenhaus Sabbatsberg gebracht.

Jetzt. Endlich. Das Bild eines Krankenwagens.

Erleichtert sank Vincent auf das Sofa zurück. Der Beamte war nicht tot.

Er lachte ein wenig. Alles war so seltsam. Alles, die ganzen letzten Monate kamen ihm vollkommen unwirklich vor. Wie ein Film, über den sie sich anschließend unterhielten. Aber jetzt wusste er, dass es Wirklichkeit war.

Felix füllte sein Glas zur Hälfte mit hellem Single Malt Whisky nach und leerte es erneut.

»Bist du jetzt stolz, Jasper? Eine Bombe. Im Herzen der Stadt. Na, geht's dir jetzt gut?«

»Ich kann weiß Gott nichts dafür, dass ihr sie falsch konstruiert habt.«

»Ich weiß, dass du das warst!«

Felix sprang auf, packte Jasper am Hemd und riss ihn hoch.

»Lass los!«

Ein Hemdknopf fiel zu Boden. Schwere Atemzüge. Jasper umklammerte Felix' Hände, die sich nur noch fester in seinem Hemd verkrallten.

»Setzt euch hin, ihr Idioten!«, rief Leo und schob sie mit beiden Händen auseinander. »Was soll denn das? *Setzt euch hin!*«

»Ich weiß, dass er lügt!«

»Setz dich.«

»Dieser Arsch ist unausstehlich!«

Felix ließ das Hemd los, und auch Jasper löste seine Umklammerung und knöpfte sich stattdessen die verbliebenen Knöpfe zu.

»Felix – sei still.«

Leo betrachtete seinen kleinen Bruder mit dem hochroten Hals und der verbissenen Miene.

»Ich glaube Jasper«, sagte er beruhigend. »Er hat mir in die Augen geschaut und sein Ehrenwort gegeben.«

»Ach, du glaubst ihm also?«

»Ich glaube ihm.«

»Auf den ist doch überhaupt kein Verlass. Erst schiebt er dem Wachmann die halbe Waffe in den Mund, dann hat er in Sköndal und Svedmyra beim Überfall ziemliche Alleingänge hingelegt, und heute … das scheint irgendwie ansteckend zu sein, Leo. Ich traue ihm jedenfalls nicht mehr über den Weg, dabei müssen wir uns aufeinander verlassen können!«

»Wenn Jasper sagt, er hat es nicht getan, dann glaube ich ihm.«

»Du bist genauso ein Idiot wie er!«

Felix warf einen Sessel um und marschierte in die Diele.

»Hört mal bitte zu, und zwar alle!«, rief Vincent. »Es ist doch im Grunde völlig egal.«

Als Vincent drei Tage zuvor zum ersten Mal die Bombe gesehen hatte, da hatte er sich gegen den Mann aufgelehnt, der ihm früher einmal das Laufen beigebracht hatte. Vermutlich hatte er damit die ganze Auseinandersetzung eingeleitet.

»Es spielt keine Rolle mehr, Felix. Niemand ist ums Leben gekommen.«

Er hatte den Streit angezettelt. Vielleicht konnte nur er ihn auch beenden.

»Vergesst es, Schwamm drüber, und ihr zwei, hört auf, euch zu streiten.«

Er betrachtete Felix, der in der Tür stand, dann Leo, der den Sessel aufrichtete, und schließlich Jasper, der von den fehlenden Knöpfen so genervt gewesen war, dass er sich das Hemd kurzerhand ausgezogen hatte.

»Vincent hat recht«, sagte Leo und deutete auf den Fernseher. Die chaotischen Szenen vom Hauptbahnhof wurden von Bildern einer Kleinstadt südlich von Stockholm abgelöst. Flatterband und Schaulustige vor zwei Banken mit Einschüssen und geöffneten Tresoren.

»Es ist mir egal«, fuhr er fort. »Worauf es ankommt, ist, dass wir hier zusammensitzen und dass die da draußen immer noch nicht wissen, wer wir sind und was wir als Nächstes vorhaben.«

Ein schwarzes Pferd mit dichter, wehender Mähne. Während es sich aufbäumte, sah es ihn an. Vranac. Das Etikett einer Weinflasche.

Dieses Pferd war frei und ließ sich nicht zähmen. Er konnte es sehen. Da mochten andere ruhig der Meinung sein, einfach nur einen erschwinglichen Rotwein zu trinken, der nach Pflaumen und Erde schmeckte.

Ivan saß am Küchentisch, fast schon den ganzen Tag. Das kam manchmal vor, wenn es draußen kalt war und er zu viel Zeit hatte. Seine Hand umklammerte den Schraubverschluss der Weinflasche. Die Hälfte des Inhalts hatte er in einen Topf gefüllt, zusammen mit zwei Esslöffeln Zucker, den er langsam schmelzen ließ. Dann kippte er das Gebräu in eine große, fast saubere Kaffeetasse. Ein Tag wie immer. Aber nicht ganz.

Nach zehn Lottoscheinen, einer ganzen Flasche Rotwein und der ersten Zigarette hatte er seinen Ältesten angerufen. Zum zweiten Mal seit Jahren. Ohne Adressbuch war er sich nicht einmal sicher, ob er die richtige Nummer gewählt hatte.

Doch, die Nummer stimmte. Aber die Stimme hatte nicht so geklungen wie sonst, sondern gereizt und kurz angebunden. *Ich habe keine Zeit*. Später hatte er im Rundfunk eine Sondermeldung über einen Sprengsatz in einem Schließfach gehört, der beim Entschärfen explodiert war. Eine Bombe in der Stockholmer Innenstadt. Er wohnte jetzt schon seit drei Jahrzehnten in Schweden. Bomben explodierten woanders, an Orten, die er hinter sich gelassen hatte.

Zwanzig weitere Lottoscheine, eine halbe Flasche Wein und etliche Zigaretten später hatte Radio Stockholm von einem, nein, zwei Banküberfällen in Ösmo berichtet, fünfhundert Meter von seinem Fenster entfernt. Ein Tag wie immer. Aber nicht ganz.

Ein schwarzes Pferd bäumte sich auf. Er erinnerte sich an ein weißes Pferd, das ihm der achtjährige Leo zu seinem fünfunddreißigsten Geburtstag geschenkt hatte. Ein liegendes weißes Porzellanpferd. Sein Sohn hatte das Etikett auf den Weinflaschen so oft gesehen, dass er glaubte, sein Vater sei ein Pferdenarr.

Noch ein paar Schlucke. Erde und Pflaume. Hitze, die von seiner Kehle in seine Brust wanderte.

Durchs offene Fenster waren keine Schüsse zu hören gewesen. Er kannte das Geräusch, es ließ sich mühelos vom Knallen eines Feuerwerkskörpers unterscheiden. Ein Schuss verhallte viel schneller. Eventuelle Schüsse hätte er hören müssen.

Über dem schmalen Heizkörper in der Küche hingen vier Socken, die er von Hand gewaschen hatte. Der Wein hatte den Schmerz in seinem Knie besänftigt und half jetzt auch gegen die Feuchtigkeit der Socken, als er in seine abgetragenen Halbschuhe schlüpfte.

Zwei Jacken in der Garderobe. Eine hellgraue und eine dunkelgraue. Er wählte die hellgraue.

Ivan schob die Hände in die Jackentaschen. Der Stoff spannte am Rücken. Er trat ins Freie und öffnete die Gartenpforte. Die Brusttasche seines Hemds ließ sich wegen des Umschlags mit den Scheinen immer noch nicht zuknöpfen, obwohl das Kuvert dünner geworden war. Taschengeld. Von den 43 000 Kronen waren noch 29 500 Kronen übrig. Tabak, Blättchen, Weinflaschen und eine Menge Lottoscheine.

Eine verschlafene Straße mit Einfamilienhäusern und Reihenhäusern, dann den Hügel hinunter und vorbei an der Bushaltestelle vor der Bücherei. Dort stand der erste Streifenwagen. Auf dem abgesperrten Platz stiefelten Polizisten in ihren Uniformen und mit ihren albernen Mützen herum. Sie unterhielten sich mit jedem, der mit ihnen reden wollte – und all das unter der lächerlichen Weihnachtsbeleuchtung in Form von Schneeflocken, Weihnachtsmännern und Christbäumen. Scheißweihnachten. Diese Völlerei. Leute, die sich immer fetter fraßen. Tote Schweine, die an lebende verfüttert wurden. Künstliche Freude. Alle lachten, bis die Kinder anfingen zu brüllen.

Ausnahmsweise erfüllte die Weihnachtsbeleuchtung einen Zweck, denn sie erhellte den Tatort. Der größte Weihnachtsmann leuchtete am hellsten, und sein Licht fiel auf wichtigtuerische Gesichter von Leuten, die eine einzigartige Geschichte zu erzählen hatten und dadurch für einen kurzen Moment ebenfalls einzigartig waren.

Ivan hob den Kopf und konnte die beiden Bankfilialen und Menschen darin deutlicher erkennen.

Der wichtigtuerische Bulle.

Da war er also. Einer von ihnen. Ivan war sich sicher.

Der Wichtigtuer, der Leo seine Marke unter die Nase gehalten und unterstellt hatte, Ivan Duvnjac sei eine kleine Ratte, die sich in die Häuser anderer Leute schlich.

Er bahnte sich einen Weg durch die Schaulustigen und sah dem kleinen Wichtigtuer dabei zu, wie er in der Bank herumging und die zerstörten Überwachungskameras, die umgefallenen Stühle und die geleerten Geldkassetten betrachtete. Neben ihm kniete eine Frau in einem weißen Plastikoverall und sammelte mit Plastikhandschuhen Patronenhülsen auf. Ivan blieb stehen, bis sich der Wichtigtuer zu ihm umdrehte und die Leute musterte, die ihn anstarrten.

Du müsstest mich wiedererkennen. Du hast mich aufgesucht, mich provoziert. Und jetzt betrachtest du mich, als gäbe es mich nicht. Du bist nicht gekommen, um dich über ein paar läppische Einbrüche zu unterhalten.

Dann trat der Wichtigtuer hinter den Tresen und verschwand, vermutlich im Tresorraum. Jetzt konnte Ivan auch feststellen, was sich der Bulle so lange angeschaut hatte, ohne sich einen Reim darauf machen zu können.

Acht Einschüsse in der Trennscheibe.

Zusammen bildeten sie ein … Gesicht. Zwei Augen, eine Nase und ein lächelnder Mund.

Ein verdammt höhnisches Lächeln. Jemand machte sich über den Wichtigtuer und seine Kollegen lustig.

Ivan stand vor der Bank und betrachtete ein Gesicht inmitten von Glassplittern und Patronenhülsen. Er versuchte die Stimmen der Leute auszublenden, die unablässig davon redeten, was sie gesehen hatten. Die Geschichte veränderte sich bereits und wurde aufgebauscht. Er sann über die Cluster nach. Vorfälle, die augenscheinlich nicht zusammengehörten, aber dennoch verbunden waren, wie die Ziffernfolge auf einem Lottoschein. Er dachte an den Wichtigtuer, an den Umschlag in seiner Brusttasche, an die beiden Banken, die nur fünfhundert Meter von seiner Wohnung ausgeraubt worden waren, und an ein Hohnlächeln, das an die Verfolger, aber auch an die Schaulustigen, also an ihn, gerichtet war.

Während er die Menschenmenge wieder verließ, verstärkte sich mit jedem Schritt sein Gefühl, beobachtet zu werden. Zwei tief liegende Augen starrten ihm unverwandt ins Genick.

Damals

Zweiter Teil

46

Reglos stehen sie in dem winzigen Fahrstuhl. Die Beleuchtung schmerzt in den Augen. Sie betrachten einander in dem schmalen Streifen ganz oben am Spiegel, wo das Graffiti etwas dünner aufgetragen wurde. Ab und zu, aber nur ganz kurz, damit es nicht auffällt, wirft Leo einen Blick auf das Mora-Messer, das sein Vater so fest umklammert, dass seine Knöchel weiß hervortreten.

»Nicht zu fassen. Du hast es getan!«

Papas Stimme zittert von innen heraus, dann schluckt er. Genau wie Leo es zu tun pflegt.

»Ich hätte dich verlieren können.«

»Papa, alles wird gut. Ich hatte alles geplant. Sie sind mir bis hierher gefolgt. Und du hast alles sehen können. Ich habe ihm voll auf die Nase gehauen, und zwar so …«

»Mach die Tür auf.«

»Willst du es nicht sehen? So, voll rein …«

»Machst du endlich die verdammte Tür auf?«

Papas Stimme klingt schon fast wieder normal. Innerlich zittert er nicht mehr so sehr.

Leo öffnet erst den Fahrstuhl und dann die Wohnungstür.

Er weiß, es ist dieselbe Fünfzimmerwohnung im siebten Stock mitten in Skogås, die er vor Kurzem verlassen hat. Natürlich weiß er das. Trotzdem kommen ihm die Zimmer kleiner vor.

Beengt. Beengend.

Er hat das Gefühl, den Kopf einziehen zu müssen, um nicht an die Decke zu stoßen, als ihn sein Vater auffordert, die Jacke und den Pullover auszuziehen. Ihm ist so kalt, dass er vom Bauch bis zum Hals eine Gänsehaut bekommt, als sein Vater erst den Riss im

Jackenärmel und dann das Loch in der Schulterpartie inspiziert. Anschließend betrachtet er den Kratzer an Leos Schulter. Er blutet nicht mehr. Papa streicht mit dem Finger über die trockene, unebene Oberfläche.

»Es tut nicht weh, Papa. Es hat mich kaum gestreift.«

Papa ist bereits in der Küche. Er schaltet den Herd an und macht sich seinen heißen Wein mit Zucker. Dann setzt er sich an den Küchentisch und gießt sich ein halbes Glas ein.

Leo beobachtet seinen Rücken. Er würde sich gerne neben ihn setzen und ihm den Kratzer noch einmal zeigen, das geronnene Blut, das er nicht mehr spürt. Er geht durch die Diele, die ihm früher so viel länger vorgekommen ist, und bleibt an der offenen Tür stehen.

Vincent hat alle Soldaten nebeneinander aufgestellt. Gerade kriecht er unters Bett und holt einen neuen Tennisball zwischen den Staubflocken hervor. Dann sieht er Leo lächelnd an.

»Siehst du, Leo, eine Bombe. Alle fallen gleichzeitig um.«

Vincent lässt den Ball immer wieder auf die Soldaten fallen, bis sie alle auf dem Boden liegen.

»Wir nehmen ihn runter, Leo«, flüstert Felix, der dicht hinter ihm steht. »Den Boxsack. Wir gehen da rein und machen einfach die Tür hinter uns zu.«

Felix schiebt den dreibeinigen Hocker in die Mitte des Büros, klettert hoch und streckt die Arme zum Haken an der Decke aus, ohne ihn zu erreichen.

»Hier gehört die Lampe hin, die Papa damals abgehängt hat. Wenn sie noch da wäre, hätte Kekkonen nie mit Papas Messer auf dich eingestochen und du wärst nicht fast gestorben.«

»Nichts ist passiert. Hörst du, Felix? Ich hab's ihnen gezeigt. Beiden.«

»So was ist nie okay. Nie! Hörst du mich?«

Felix versucht es erneut. Auf Zehenspitzen und mit zitternden Armen steht er auf dem Hocker. Es gelingt ihm, den Haken mit den Fingerspitzen zu berühren, aber er schafft es nicht, den Boxsack abzuhängen. Er setzt sich auf den Hocker und beißt sich auf die Lippen, wie so oft, wenn niemand sehen soll, dass er weint.

»Bist du traurig?«

Er ist sieben Jahre alt. Mit sieben kann man keine verdammten Matratzen abhängen.

»Nö.«

Ein abgehacktes Nein.

»Ich merk das doch.«

»Es ist nicht wegen mir, sondern wegen diesem dummen Sack und dem blöden Haken an der Decke.«

Felix steht auf und schlägt gegen den Boxsack. Er boxt immer wieder, bis er sich müde geboxt hat. Dann sieht er Leo dabei zu, wie dieser die Matratze anhebt, bis sie vom Haken rutscht und zu Boden fällt. Felix reicht ihm die Lampe, und es gelingt Leo beim ersten Versuch, sie aufzuhängen.

Sie verlassen das kleinste Zimmer der Wohnung, das jetzt noch kleiner wirkt – zu klein, um es jemals wieder zu betreten.

Vincents Zimmer ist größer. Sie setzen sich jeder in eine Ecke des Teppichs, auf dem eine Stadt abgebildet ist, und sehen zu, wie ihr kleiner Bruder wieder alle Soldaten aufstellt und dann aus jeder Hand einen Tennisball fallen lässt. Zwei Bomben gleichzeitig.

Nach einer geraumen Weile ist ein vertrautes Geräusch zu hören: das Klingeln des Eiswagens.

»Kommt!«

Vincent lässt seine aufgereihten Soldaten stehen, rennt zum Fenster und klettert auf die Lego-Kiste.

»Leo! Felix! Kommt!«

Sie stellen sich neben ihren kleinen Bruder und schauen aus dem Fenster. Der Eiswagen hat vor Haus zwei gehalten. Hier wohnt Jasper, dessen Vater Kondome vom Balkon wirft, die wie weiße Blätter in einem Baum hängen bleiben. Dann hält der Eiswagen vor Haus vier. Hier wohnt Marie, die Leo fast einmal geküsst hätte, dann vor Haus sechs mit der türkischen Familie, deren Kinder Faruk, Emre und Bekir heißen. Dann bimmelt es ein letztes Mal, als sich der Eiswagen ihrer Haustür nähert, wo er stehen bleiben wird, bis keine Kunden mehr kommen.

»Jungs!«

Das verdammte Bimmeln. Deswegen haben sie die schweren Schritte in der Diele überhört.

»Meine Jungs!«

Schwer zu sagen, ob Papa wütend ist oder nicht. Seine Stimme klingt unverfänglich, aber in seinen Augen ist dieser ganz bestimmte Blick.

»Meine Jungs haben sich ein Eis verdient! Holt eure Jacken!«

Vincent rennt wieder los, durch die Diele zur Wohnungstür. Felix geht zwar langsamer, aber in dieselbe Richtung. Leo bleibt, wo er ist, bei den Soldaten zu seinen Füßen und mit den Tennisbällen in den Händen. Er lässt sie los, und die Soldaten fallen um. Alle.

Dann hilft er Vincent mit den Schuhen, die einmal seine eigenen waren, und dem Overall, den Felix früher so geliebt hat. Er knöpft ihn ganz zu und setzt Vincent die Mütze auf, die ihm ganz allein gehört hat, während Papa den restlichen Wein in zwei kleine Limoflaschen mit schwarzen Johannisbeeren auf dem Etikett abfüllt.

Als Leo vor knapp einer Stunde neben seinem Vater im Fahrstuhl stand, war beinahe Winter. Jetzt öffnen sie die Haustür, und es ist Frühling mit Vögeln, Bäumen, Sonne. Und genau dort, wo vorhin noch ein Mora-Messer lag, steht der Eiswagen.

»Jungs, sucht euch aus, was ihr mögt!«

Papa hält einen Hundertkronenschein in der Hand. Irgendwie sieht er anders aus als sonst. Er hat seinen schwarzen Wein getrunken, aber daran liegt es nicht. Er zittert wieder, obwohl er lächelt. Obwohl er sich ein paar Schlucke aus einer der beiden Limoflaschen genehmigt, zittert Papa innerlich.

»Das da.«

Sie überlegen.

»Oder vielleicht das da.«

Zu guter Letzt entscheidet Vincent.

»Nein. Das da.«

Eine ganze Schachtel grünes Eis am Stiel mit Birnengeschmack.

»Los jetzt, Jungs! Wir essen Eis und gehen spazieren!«

Papa ist groß, auch im Vergleich zu anderen Vätern. Als er Vincent auf die Schultern nimmt, schwebt dieser in ziemlicher Höhe.

Leo geht neben ihnen her, Felix bleibt ein paar Schritte zurück. Alle halten ein grünes Eis in der Hand, und Papa trinkt inzwischen aus der zweiten Limoflasche. Sie gehen über einen großen Parkplatz auf eine Wiese und einen Fußballplatz mit neuen Toren und Netzen zu und schließlich zur Bucht hinunter, auf der das Eis gerade knackend aufbricht.

47

Sie befinden sich auf einer Halbinsel, einem Stück Land, das in den See ragt und die Uferlinie aufbricht. Hier liegen riesige Felsbrocken aufeinander, ein Puzzle, das nicht recht aufgeht. Nur zwei Bäume stehen auf der Landzunge, zwei gedrungene Kiefern, deren unterste Äste von der Feuchtigkeit des rasch schmelzenden Schnees dunkel verfärbt sind.

Der Drevviken ist fast dreihundert Meter breit. Nächsten Sommer wird Leo auf die andere Seite schwimmen. Er hat es schon letztes Jahr versucht. Eines Abends, als die Wasseroberfläche spiegelglatt war, ist er bis in die Mitte geschwommen. Bestimmt hätte er es auf die andere Seite geschafft. Aber er musste kehrtmachen, als Felix und Vincent ihn vom Felsen aus laut schreiend dazu aufforderten, weil er gerade gegessen habe und wie ein Stein sinken werde. Manchmal überlegt er, ob das wirklich möglich wäre. In der Mitte ist der See tief.

Mit dem Boot ist es von hier nur eine halbe Stunde nach Sköndal, wo seine Großeltern leben. Wenn er größer ist, kann er vielleicht die ganze Strecke bis zu ihrem Haus schwimmen, wenn er in Ufernähe bleibt, wo die Wellen nicht so hoch sind, und wenn er vorher nichts isst. Trockene Kleider kann er in einer zugeknoteten Plastiktüte mitnehmen.

Papa sitzt unter einer Kiefer und schluckt hörbar. Wenn Papa Geräusche macht, weiß man, was Sache ist. Nur wenn man ihn nicht hört, wird es gefährlich.

Auch die zweite Limoflasche ist jetzt fast leer, nur ein paar Tropfen sind übrig. Papa stellt die Flasche neben sich ab, und sie rollt die Böschung hinunter auf das Eis zu und den schmalen Streifen offenen Wassers direkt am Ufer.

»Sammelt die Eisstiele ein.«

Leo sucht im welken Gras und braunen Laub nach den Eisstielen. Sie haben so viel Eis gegessen, dass sein Bauch ganz voll ist.

»Alle! Und dann kommt ihr mit den Stielen hierher.«

Sie zählen elf Stück und gehen dann auf die beiden Kiefern zu, wo Papa steht. Er streckt die Hand aus.

»Gebt sie mir.«

Sie sitzen um ihren Vater herum wie drei Indianer um ihren Häuptling.

»Gut. Jetzt bekommt jeder einen zurück.«

»Jeder einen?«

»Einen für jeden von euch.«

Sie sitzen mit ihren Eisstielen in der Hand da und warten.

»Jetzt zerbrecht sie.«

Sie haben alle gehört, was Papa gesagt hat, verstehen es aber nicht.

»In der Mitte. Zerbrecht sie.«

Zerbrechen. Kaputt machen. Einen Eisstiel?

»Leo?«

Papas Stimme klingt ungeduldig, verärgert. Dieser Tonfall bedeutet, dass alles Mögliche geschehen kann.

Einatmen, ausatmen.

Der Stiel liegt wie eine Brücke zwischen Leos Händen. Er drückt von beiden Seiten und zerbricht ihn in kleine Stücke. Mühelos.

Felix macht es ihm nach – in jeder Hand ein Ende. Es tut weh, als er das Hölzchen in immer kleinere Stücke bricht.

»Felix?«

Felix drückt erneut und ignoriert den Schmerz, als sich das Holz tief in seine Hand drückt. Holzfasern ragen aus den Enden heraus.

»Vincent?«

Der Körper eines Dreijährigen, getragen von den Beinchen eines Dreijährigen auf dem Weg ans Wasser, Wind im dünnen Haar. Er kniet sich hin, hebt etwas am Ufer auf, und kommt dann mit einem Stein zurück, der fast zu groß für seine Hand ist. Er legt den Eisstiel auf die unebene Oberfläche des Felsens. Dann hebt er seine dreijährigen Arme hoch über den Kopf und lässt den Stein auf das Holz sausen. Er wiederholt dies mehrere Male.

Zumindest an der einen Kante ist das Holz anschließend etwas abgesplittert.

»Und, wie geht's?«

Sie bilden einen Kreis, Leo und Felix halten ihrem Vater ihre zerbrochenen Hölzer hin.

»Sind sie zerbrochen?«

»Ja.«

»Ganz und gar?«

»Ja.«

»Gut. Leo, du bist der Stärkste, du nimmst jetzt diese fünf Stiele und brichst alle zusammen durch.«

»Mit den Händen?«

»Genauso wie eben.«

Leo sieht seinen Vater an, der nicht mehr innerlich zittert. Er verfolgt ein bestimmtes Ziel, sagt aber nicht, welches.

Fünf Stiele. Eine viel dickere Brücke zwischen seinen Händen. Leo spannt alles an: Schultern, Arme, Finger. Doch es gelingt ihm nicht. Seine Hände schmerzen noch von vorhin, als er einen Eisstiel zerbrochen hat.

Er schafft es nicht.

»Es …«

Er wagt nicht, seinen Vater anzusehen. Er kann diesen Blick nicht ertragen, mit dem Papa damals den blond gelockten Parasiten und seinen langhaarigen Kumpel vor dem Einkaufszentrum bedacht hatte.

»… geht nicht.«

Fünf dünne Hölzchen. Leo lässt sie fallen, und sie prallen vom Felsen ab. Er schließt seine Augen. Papa berührt ihn mit einer Hand, die sich nicht wütend anfühlt, sondern leicht auf seiner Schulter liegt.

»Das hier, Jungs, ist unsere Familie. Unser Klan.«

Papa hebt die fünf Hölzchen wieder auf und hält sie ihnen nacheinander hin.

»Dieser Stiel ist Vincent, das ist Felix, der hier ist Leo und der Mama. Und der hier bin ich, euer Papa.«

Dann schiebt er die Stiele übereinander.

»Ein Klan hält immer zusammen.«

Jetzt liegen die Hölzchen zwischen seinen riesigen Händen.

Vincent. Felix. Leo. Mama. Papa.

»*Wir* sind ein Klan. *Ihr* seid mein Klan.«

Er versucht mehrere Male, sie zu zerbrechen. Ohne Erfolg. Nicht einmal er schafft das.

»Ein Klan, der zusammenhält, wird nie zerbrechen. Mama versteht das nicht immer. Sie versteht nicht, was wirkliche Solidarität ist.«

Sie sitzen jetzt dicht beieinander. Sein Atem riecht nach dem Wein aus den Limoflaschen.

»Ein Klan ist zwar klein, kann aber nie zerstört werden. Ein Klan hat einen Anführer, der die Zügel in der Hand hält, bis er seinen Nachfolger auserwählt. Versteht ihr das?«

Sie nicken ihrem Vater zu, der sie alle anschaut, insbesondere aber Leo.

»Hast du verstanden, Leo?«

Papas Augen blicken wie vorhin im Fahrstuhl, jetzt allerdings ohne Spiegel.

»Große Armeen haben versucht, kleine Klans zu vernichten. Ohne Erfolg, denn ein Klan besteht aus Familienmitgliedern, die immer zusammenhalten!«

Er sieht sie an, und ihnen ist klar, dass er etwas Wichtiges gesagt hat.

Sie versuchen zu antworten.

»Wie … Indianer?«, fragt Felix.

»Nein, nein, nein, nein! Indianerstämme sind wie … normale Gemeinschaften. Ich spreche von Klanen, von Familienbanden wie bei Dschingis Khan oder bei den Kosaken.«

Papa erhebt sich und steht schwankend an der Felskante.

»Die Kosaken haben kein Land … nur ihre Familie und ihre Freunde. Sie sind Nomaden ohne Heimat. Sie können überallhin ziehen, weil sie immer einander haben.«

Er verschränkt seine Arme über der Brust, legt sich die Hände auf die Schultern, geht wie ein Frosch in die Knie und streckt die Beine abwechselnd nach vorn. Jetzt ist er kein Frosch mehr, sondern erinnert eher an eine Heuschrecke. Er singt. Es klingt wie *Kalinka*. Er wirft die Beine nach vorn, bis er stolpert und kein Kosak mehr ist, sondern ein riesiger Körper, der nach hinten kippt und mit dem Kopf auf dem Felsen aufschlägt. Dabei lacht er jedoch laut, was sonst selten der Fall ist.

»In einem Klan, einem richtigen Klan, schaden wir uns nie gegenseitig.«

Nach einer Weile setzt er sich wieder auf.

»In einem richtigen Klan verraten wir einander nie.«

Seine Weinfahne vermischt sich mit dem Schweißgeruch seines engen Arbeitshemds.

»In einem richtigen Klan beschützen wir uns immer gegenseitig.«

Leo weiß, dass es vermutlich nicht stimmt, aber er hat trotzdem das Gefühl, als würde Papa nur zu ihm sprechen.

»Denn sonst … verlieren wir alles.«

48

Sie bleiben noch eine geraume Weile. Leo hat es schon immer seltsam gefunden, wie Papa im einen Moment tanzen und *Kalinka* singen kann, um sich im nächsten Augenblick vollkommen in sich selbst zu verkriechen. In solchen Momenten äußert er Dinge, die Leo nicht versteht und die von seiner Kindheit, seiner Jugend und seiner Übersiedelung nach Schweden handeln.

Im Gänsemarsch folgen sie dem schmalen Waldweg. Am Nachmittag ist es etwas kälter geworden, und Leo zieht seine gefütterte

Jacke etwas enger. Sie kommen nicht sonderlich schnell voran, Vincent ist unvermittelt stehen geblieben, hat seinen Kopf bittend zur Seite gelegt und wird nun von Leo getragen. Papa bildet das Schlusslicht und singt ein wortloses Lied. Er ist wieder aus sich herausgekrochen, und sein Schweigen ist während ihres Marsches vom Ufer des Drevviken durch den Wald und am Fußballplatz vorbei bis zu ihrer Haustür kein einziges Mal zurückgekehrt.

Es gibt immer eine neue Flasche.

Das Weingestell unter der Spüle ist zwar leer, aber dahinter liegt immer noch eine letzte Flasche, damit sie nie auf dem Trockenen sitzen. Papa nimmt diese Flasche, geht ins Schlafzimmer und legt sich auf das ungemachte Bett. Leo wartet, bis er eingeschlafen ist, dann schließt er die Tür. Es ist wichtig, dass Papa schläft, damit wieder Ruhe einkehrt und sie sich ein Weilchen entspannen können.

Sie hängen ihre Jacken auf drei Haken in der Diele. Felix mustert die großen Löcher in Leos Jacke. Er fährt mit Mittel- und Zeigefinger über die ausgefransten Kanten. Die weiße Füllung kommt zum Vorschein. Er versucht sie zurückzudrücken, aber sie quillt immer wieder hervor.

Wenn er das Schulterloch zur Wand dreht, wird dafür der Riss im Ärmel sichtbar.

Mama kann jeden Augenblick nach Hause kommen und darf nicht merken, dass die Jacke kaputt ist.

Leo geht auf Zehenspitzen an seinem schnarchenden Vater vorbei in die Küche. Er nimmt eine Tesarolle aus der Küchenschublade und reißt kurze Stücke ab, um damit die Löcher zuzukleben, aber sie werden dadurch nur größer. Felix findet ein paar Nähnadeln, aber keinen Faden in der richtigen Farbe, egal wie viele Schachteln und Glasschälchen er auf dem Boden der Diele ausleert. Dann entdecken sie eine eingetrocknete Klebstofftube auf dem Schreibtisch, aber es gelingt ihnen nicht, etwas herauszudrücken, obwohl sie es versuchen, bis ihnen die Fingerspitzen schmerzen.

»Es geht nicht, Leo.«

»Wir drehen die Löcher zur Wand … so.«

»Sie wird sie trotzdem sehen!«

»Dann sagen wir ihr halt, ich hätte mich im dornigen Gestrüpp verfangen.«

»So eine blöde …«

»Wir sagen, Faruk hat seinen Fußball in einen Dornenbusch gekickt. Ich habe mich vorgebeugt und ihn rausgeholt. Der Ärmel hat sich verfangen und ist an zwei Stellen aufgerissen. Klingt das gut?«

Mama kommt nach Hause.

Schweigend sitzen sie in der Küche und lauschen. Sie stellt ihre Tasche auf einen Stuhl und die Einkaufstüte auf den Fußboden, dann hängt sie ihren Mantel in die Garderobe.

An Leos Jacke geht sie vorbei, ohne hinzuschauen, und bemerkt die vom Messer verursachten Löcher gar nicht.

Als sie Papa im Schlafzimmer schnarchen hört, kommt sie in die Küche und fragt, was sie zu Mittag und zu Abend gegessen haben. Noch ehe Leo antworten kann, ruft Vincent laut aus seinem Zimmer: »Eis!« Leo ergänzt, sie hätten anschließend noch Pfannkuchen gegessen, und einen Augenblick lang scheint sie ihm das sogar zu glauben.

»Pfannkuchen?«

Sie sucht mit dem Blick nach der Bratpfanne, die weder auf dem Herd steht noch auf dem Abtropfgestell liegt. Teller mit Marmeladeklecksen sind auch nicht zu sehen.

»Ja«, sagt Leo und kommt damit Vincent zuvor.

»Ja?«

»Ja.«

Sie ärgert sich nur selten, aber jetzt ist so ein Moment. Jedes Mal, wenn Papas abruptes, trunkenes Schnarchen durch die Schlafzimmertür in die übrige Wohnung dringt, ist es nicht zu übersehen.

»Ich habe gespült und alles weggeräumt, alles, die Bratpfanne und die Teller.«

Sie öffnet einen der Schränke, aber nicht den mit den Pfannen oder Tellern, sondern den unter der Spüle. Sie zieht den Mülleimer heraus, und alle können es sehen. Die leeren Flaschen und das ebenso leere Flaschengestell.

Sie ärgert sich, aber nicht über ihn oder seine Lügen.

»Okay. Was wollt ihr zu Abend essen?«

Sie legt ihre Hand auf Leos Wange. Ihre Haut ist immer so weich.

»Was haltet ihr von Pfannkuchen?«

»Okay.«

Er hilft ihr, indem er ihr Mehl, Eier, Milch und Salz bringt. Außerdem Papas Speck, den dieser mit einem Küchenmesser in dicke Scheiben schneidet und mit Zwiebeln isst.

Ofenpfannkuchen.

»Wann hat sich Papa hingelegt?«

»Als wir nach Hause gekommen sind.«

»Von wo seid ihr gekommen?«

Vom Eiswagen. Von zwei Limoflaschen, in denen früher mal Schwarze-Johannisbeeren-Sprudel war. Von Eisstielen, die sich nicht zerbrechen lassen – genauso wenig wie ihre Familie.

»Woher?«

»Aus der Schule.«

Sie legt ihm eine Hand auf die Wange.

»Woher?«

Er bringt kein Wort über die Lippen, deswegen entwischt er in die Diele, als es klingelt. Jeder Vorwand ist ihm recht, um seiner Mutter keine weiteren Lügen auftischen zu müssen.

»Ist deine Mutter oder dein Vater zu Hause?«

Den Mann im Treppenhaus hat er noch nie gesehen.

»Wer sind Sie?«

Er ist groß, fast so groß wie Papa. Aber er hat kurzes Haar und freundliche Augen.

»Na, sind deine Eltern zu Hause?«

Es sieht nicht wie ein Vertreter aus, er ist aber auch nicht der Hausmeister, der sich darüber beschweren will, dass sie laut im Keller herumtoben oder die Beleuchtung auf dem Parkplatz zerstört haben. Vielleicht will er über Jesus reden und bunte Broschüren mit Bildern von Kindern verteilen, die mit Löwen spielen.

»Mama ist zu Hause.«

Nein. Er will nicht über Jesus reden und hält auch keine Broschüren in der Hand. Solche Leute kommen meist zu zweit.

Leos Magen schmerzt ein wenig, tief drinnen hinter den Rippen. Zum Glück schläft Papa, denn dieser Mann will sicher darüber reden, was Leo, Felix oder Papa getan hat. Da ist es schon besser, wenn Papa gar nicht erst wach wird.

»Danke.«

Leo geht in die Küche und lauscht. Papa schnarcht noch. Er sieht zu, dass er mit dem Rücken zum Schlafzimmer steht, als er Mama Bescheid sagt, die mit einem Schneebesen in einer Plastikschüssel den Pfannkuchenteig anrührt.

»Da will jemand mit dir reden.«

»Wer?«

Leo zuckt mit den Achseln.

»Jemand halt.«

Sie hält ihre Hand unter warmes Wasser, trocknet sie mit dem Handtuch ab, das vor der Ofentür hängt, und geht dann durch die Diele zur Wohnungstür.

»Hallo.«

Der Mann hält ihr die Hand hin.

»Hallo. Ich bin Hasses Vater.«

Hasse? Hasse und Kekkonen? Die beiden, die meinen Sohn grün und blau geschlagen haben?

»Ich bin Leos Mutter«, sagt sie und gibt ihm die Hand. »Ich bin froh, dass Sie gekommen sind. Ich wollte Sie auch schon anrufen.«

Der große Mann seufzt und nickt.

»Das ist mir klar. Und ich weiß es auch zu schätzen. Denn das alles ist einfach … unakzeptabel.«

Mama nickt und seufzt und öffnet dann die Tür ganz.

»Kommen Sie rein, dann brauchen wir uns nicht im Treppenhaus zu unterhalten.«

Hasses Vater tritt ein, bleibt aber in der Diele stehen. Sie sieht sich mit seinen Augen um. Ihre Wand und Ivans, als wären es zwei getrennte Räume. Ihre Seite mit den Weidenkörben und den Bildern, die Felix für sie gemalt hat, Ivans mit langen Reihen alter Werkzeuge und einem Säbel, der immer zurechtgerückt werden muss, damit er exakt in der Mitte hängt.

»Sie müssen verstehen, dass ich nicht hier bin, um Ihnen irgendwelche Vorwürfe zu machen.«

Als er mit ihr spricht, zieht er den Kopf etwas ein, um kleiner zu wirken.

»Ich will nur sicherstellen, dass *Sie* mit *Ihrem* Sohn reden.«

Mama verlagert ihr Gewicht auf beide Beine, als wollte sie sich wappnen. Dies geschieht unmerklich für Außenstehende, aber Leo, der sie so gut kennt, entgeht es nicht. Er weiß, dass sie ihre Kräfte mobilisiert.

»Und *ich* würde auch gerne sicherstellen, dass *Sie* mit *Ihrem* Sohn reden.«

»Das habe ich getan. Wir hatten heute … eine Menge Zeit. Vier Stunden in der Notaufnahme.«

»Notaufnahme?«

»Ja, dort haben sie gesagt …«

»Heute?«

»Ein Trümmerbruch, hervorgerufen durch extreme Gewalt, hieß es.«

Mama wendet sich an Leo, in dessen Gesicht sich die dunkelblauen starken Schwellungen inzwischen in mäßig geschwollene, gelbbraune Flecken verwandelt haben. Ihr Blick spiegelt die Erkenntnis, dass sich soeben die Lage verändert hat. Aus *vor einer Woche* ist *heute* geworden und aus *Ihrem* Sohn *mein* Sohn.

Leo schaut zu Boden, lauscht und stellt fest, dass das Schnarchen aufgehört hat. Die Schlafzimmertür wird geöffnet.

»Ein Nasenbeinbruch. Wenn ich heute nicht zu Hause gewesen wäre und ihn sofort in die Notaufnahme gebracht hätte, dann hätte Hasse womöglich bleibende Schäden davongetragen.«

Die schweren Schritte nähern sich.

»Sie mussten das Nasenbein anheben und die Nasenscheidewand begradigen.«

Mama wendet sich wieder Leo zu, und erst jetzt entdeckt sie Ivan.

»Es tut mir wirklich sehr leid. Ich werde sofort mit Leo reden und die Sache klären. Wir könnten zu Ihnen kommen und gemeinsam darüber reden. Ihr Sohn und Sie und mein Sohn und ich.«

Die schweren Schritte.

»Was soll hier geklärt werden?«

Papa. Mit zerzaustem Haar steht er da.

»Natürlich klären wir das!«

Er geht an Leo und Mama vorbei und stellt sich zwischen sie und den Besucher.

»Nicht wahr, Britt-Marie?«

Der Besucher ist auf dem Weg nach draußen, seine Hand liegt bereits auf der Klinke, und die Tür ist halb geöffnet, da tritt Papa noch einen Schritt näher an ihn heran.

»He, Sie wollen doch nicht etwa gehen, oder? Kommen Sie! Hereinspaziert! Wir klären das jetzt sofort.«

Er zwinkert Mama zu.

»Oder ist es Ihnen lieber, wenn wir Sie zum Abendessen einladen? Britt-Marie? Wir haben einen Gast zum Abendessen. Hasses Papa!«

Der Besucher wirkt verwirrt.

»Nein … das ist wirklich nicht nötig, ich wollte mit Ihnen nur darüber reden …«

Mama bedenkt ihn mit einem schwachen Lächeln. Ihn, aber nicht Papa.

»Hör mal, Ivan, Hasses Vater und ich haben schon über diese Sache gesprochen. Ich erkläre es dir später. Wenn Hasses Vater gegangen ist.«

Papa lächelt.

»*Ich* bin aber noch nicht fertig. Leo ist auch *mein* Sohn. Also, kommen Sie ruhig wieder herein, Hasse-Papa.«

Er schließt die Wohnungstür und deutet mit dem Arm Richtung Küche.

»Sie wollten diese Sache doch klären.«

Wenig später sitzen sie am Küchentisch. Papa wie gewöhnlich auf seinem Platz neben dem Aschenbecher und den Lottoscheinen. Hasses Vater sitzt auf Mamas Stuhl.

»Ja.«

»Und was genau soll geklärt werden? Dass sich unsere Söhne geprügelt haben? Dass mein Zehnjähriger dieses Mal Ihren Dreizehnjährigen verprügelt hat? Dass die beiden jetzt quitt sind?«

Hasses Vater sucht mit dem Blick nach Mama, die aber nicht mit in die Küche gegangen ist.

»Quitt? Wenn Sie es so nennen wollen. Mein Sohn ist heute Morgen mit ernsten Verletzungen nach Hause gekommen. Seine Nase ist gebrochen, und er …«

»Warten Sie.«

Papa hebt Einhalt gebietend die Hand und nickt Richtung Diele, wo sich jemand an den Türrahmen drückt.

»Leo?«

Leo tritt über die Schwelle.

»Komm her.«

Er macht einen Schritt in die Küche, wagt sich aber nicht bis zum Tisch vor.

»Leo, mein Sohn. Das hier ist Hasses Papa. Er behauptet, du hättest Hasse auf die Nase gehauen. Stimmt das?«

So laut hat der Kühlschrank noch nie gebrummt.

»Ja.«

»Ein Mal?«

»Ja.«

Aus der Küche ist ein Gerichtssaal geworden, und die beiden Geschworenen sehen ihn an. Der eine lächelt, der andere nickt ernst. Dann zieht der Lächelnde einige Geldscheine aus der Tasche.

»Hier.«

Er reicht Leo einen Fünfzigkronenschein.

»Das nächste Mal, wenn du eine Rechnung begleichen willst, schlag zwei Mal zu. Dann gebe ich dir einen Hunderter.«

Fünfzig Kronen von Papas Geld. Leo nimmt den zerknitterten Geldschein und streicht ihn glatt.

»Du kannst jetzt gehen, Leo. Geh zu deinen Brüdern.«

Dann zwinkert Papa Hasses Vater zu, so wie er Mama zugezwinkert hat.

»Jetzt sind sie quitt. Ihr Sohn hat meinen Sohn zuerst geschlagen. Dann hat mein Sohn Ihren Sohn geschlagen. Die Sache ist erledigt.«

Er nimmt einen Stift in die Hand und zieht einen Lottoschein zu sich heran.

»Aber *wir* sind noch nicht fertig miteinander«, fährt er fort und beginnt kleine Kreuze zu machen.

»Denn Sie sind hergekommen, zu mir, und haben *meinem* Sohn die Schuld an der ganzen Sache gegeben. Dabei hat *Ihr* Sohn angefangen, der kleine Gangster! Und deswegen, das ist Ihnen doch sicher auch klar, müssen wir beide diese Sache zu einem Ende bringen. Hier an diesem Küchentisch. Ich verspreche Ihnen, ich garantiere Ihnen ... dass jedes Mal, wenn Ihr kleiner Gangster von jetzt ab jemanden verprügelt, egal wen, dann werde ich *Sie* finden und *Sie* verprügeln. Jedes Mal.«

Hasses Vater steht abrupt auf.

»Wollen Sie mir etwa drohen?«

»Darauf können Sie Gift nehmen.«

»Ich dachte, wir könnten uns über diese Dinge unterhalten.«

»Das tun wir doch auch, zumindest im Moment.«

Hasses Vater steht schweigend und mit hochrotem Gesicht da.

»Sie bedrohen mich. Ist Ihnen klar, dass ich Sie anzeigen kann?«

Papa lacht leise, jedenfalls sieht es so aus.

»Gut. Dann zeigen Sie mich an.«

Jetzt lacht er lauter. Das Lachen ist echt.

»Die verdammten Bullen werden mir danken. Denn dann werden sie erfahren, dass Ihr Sohn ein kleiner Gangster ist.«

Dann geht alles so schnell wie damals im Restaurant mit dem Bierglas. Papa steht auf, packt Hasses Vater beim Kragen und drückt ihn zwischen dem brummenden Kühlschrank und der Tür an die Wand.

»Denken Sie dran. Jedes Mal, wenn Ihr kleiner Gangster jemanden verprügelt, dann verpasse ich Ihnen eine. Jedes Mal!«

Papa ist laut geworden, und die Tür zu Vincents Zimmer geht auf. Felix und Vincent spähen heraus, als Papa Hasses Vater an die Wand drückt und dann die Diele entlang zur Wohnungstür schleift.

»Auf Wiedersehen, Hasse-Papa. Grüßen Sie Hasse von mir. Und geben Sie ihm von Leo, von *Ivans Sohn*, einen ordentlichen Nasenstüber.«

Britt-Marie steht noch in der Diele, nachdem die Tür geschlossen wurde und die Schritte im Treppenhaus verklungen sind. Ihre Knie geben nach, und sie wäre am liebsten auf dem Boden zusammengesunken, weil sie einfach keine weinselige Aggression mehr verkraftet. Aber sie beschließt, nicht nachzugeben.

»Leo, Felix, Vincent, geht auf eure Zimmer.«

»Warum sollten sie das tun?«

»Weil ich mit dir reden will, Ivan. Allein.«

»Du? Weißt du, was dein Sohn heute getan hat?«

Papa hält Leos Jacke hoch und hebt den Schal an, der über der einen Schulter hing. Das Loch ist jetzt noch größer, selbst Papas Finger passen hindurch.

»Er hat sich und uns verteidigt. Unsere Ehre. Leo wurde mit einem Messer bedroht! Er hat es unseretwegen getan. Rede ruhig, Britt-Marie. Tu das! Aber dann rede mit uns allen. Wir sind eine Familie. Wenn du glaubst, dass dein Sohn heute etwas falsch gemacht hat, dann sag ihm das. Im Beisein aller.«

»Leo hat nichts falsch gemacht, Ivan.«

Ihre Knie werden nicht nachgeben, weil sie das so entschieden hat.

»*Du* hast etwas falsch gemacht.«

»Ich?«

Papa lässt die Jacke fallen, lässt die Hand aber erhoben.

»Ich habe unserem Sohn beigebracht, sich zu verteidigen!«

»Und wenn Hasses Vater dich anzeigt?«

Er kommt näher, mit erhobener Hand.

»Aus welchem Grund sollte er das tun?«

»Weil du ihn bedroht hast, Ivan.«

»Dafür gibt es keine Zeugen, oder?«

Er sieht erst sie, dann ihre drei Söhne an.

»Hat hier etwa jemand gehört, dass ich Hasses Papa bedroht habe? Irgendjemand? Oder ist meine Frau die einzige Polizistin?«

Seinen Ältesten sieht er am längsten an.

»Leo, hast du etwas gehört?«

Er wartet, bis er eine Antwort erhält.

»Nein, Papa, ich habe nichts gehört.«

»Aber *ich* habe es gehört, Ivan.«

Mama steht ganz dicht vor Papa, vor seiner Hand, aber das ist ihr gleichgültig.

»Ich habe gehört, wie du ihn bedroht hast. Und ich kann es wortwörtlich wiederholen.«

»Willst du mich etwa verraten?«

Er bewegt seine Hand, bis sie ihr Gesicht beinahe berührt.

»Mich verraten? Willst du das?«

»Nein, Papa!«

Felix rennt auf Papa und Mama und die zitternde Hand vor ihrem Gesicht zu.

»Papa! Nein! Papa!«

Er schreit und zerrt an Papas Hosentaschen, bis dieser die Hand sinken lässt.

»Du wirst dich nie wieder gegen meine Familie stellen!«

Dann scheint plötzlich alles in Bewegung zu sein.

Leo sieht, wie sein Vater durch die Küche auf den Balkon geht und sich über die Brüstung lehnt. Mama reibt sich die Augen, geht ins Bad, schließt die Tür hinter sich und dreht den Wasserhahn an. Felix klopft an die Tür, will, dass sie ihn reinlässt. Vincent rennt in sein Zimmer, packt die Bälle, die Bomben sind, und lässt sie laut schluchzend fallen.

Alles ist in Bewegung.

Nur Leo rührt sich nicht.

Er ist der Einzige, der reglos stehen bleibt und weder schreit noch weint.

Jetzt weiß er es.

Papa zittert in einer Wohnung, die noch kleiner geworden ist. Aber dieses Mal zittert er sowohl äußerlich als auch innerlich.

49

Eigentlich mag sie die Dunkelheit. Die langen Nächte im Pflegeheim, die Stille, das vereinzelte Husten besonders betreuungsbedürftiger Bewohner. Mal muss jemand gewendet werden. Mal erwacht jemand aus einem Albtraum und muss mit einem weiteren Kopfkissen, einer behutsamen Umarmung oder einem Glas Wasser beruhigt werden.

Doch die Dunkelheit vor ihrem Schlafzimmerfenster ist anders und verfolgt sie. Sie hat sich lange hin und her gewälzt und liegt jetzt da und betrachtet ihn. Nur eine Liebkosung oder Ohrfeige von ihr entfernt schnarcht er vor sich hin. Sein Haar und der Kissenbezug sind schweißnass. Nach einigen Stunden unruhigen Schlafes wird er erwachen, sie ansehen und wortlos um Verzeihung bitten.

Vor dem Schlafzimmer hört sie Schritte, wenige Augenblicke später wird die Wohnungstür geöffnet und wieder geschlossen. Sie setzt sich auf die Bettkante, ertastet mit den Füßen ihre Hausschuhe und geht dann in die Diele.

Niemand ist da.

Küche, Wohnzimmer, Büro, Vincents Zimmer. Alles wie immer, bis sie Leos und Felix' Zimmer betritt und ein leeres Bett entdeckt.

Sie eilt durch die Küche auf den Balkon. Wer die Treppe hinuntergegangen ist, müsste das Haus durch die Haustür verlassen.

Ganz Skogås scheint zu schlafen. Die Tür unten ist noch geschlossen, kein Schatten huscht unter den Straßenlaternen entlang.

Sie geht zurück und lässt sich auf die verlassenen Laken sinken. Auf dem Boden liegt die Tagesdecke, neben den drei Kissen.

Felix.

Er war es, der seinen Vater angeschrien hat, seine Hand von ihrem Gesicht zu nehmen, er war es, der panisch an die Badezimmertür hämmerte. Nicht zum ersten Mal hat er sich verdrückt, nachdem sich Worte in Drohungen verwandelt hatten. Aber noch nie mitten in der Nacht. Vielleicht zittert sie ja deswegen, obwohl es gar nicht so kalt ist. Und sie spürt auch nicht die Hand auf ihrer rechten Schulter, obwohl sie schon eine geraume Weile dort liegt.

»Mama?«

Sie zuckt zusammen. Leo. Er ist aufgewacht.

»Du musst schlafen, Kleiner.«

»Ich geh ihn suchen.«

Sie nimmt ihn in die Arme. Er ist groß geworden.

»Du musst schlafen. Papa und ich sollten …«

»Ich weiß, wo er ist.«

»Er ist nicht durch die Haustür gegangen.«

»Ich weiß, er ist hinten raus.«

Ihr Ältester greift sich seine Kleider, die in einem unordentlichen Haufen auf dem Stuhl liegen, Jeans, Pullover, Jacke, Schuhe. Wenig später schlägt die Wohnungstür zum zweiten Mal in dieser Nacht zu.

Ganz allein steht sie in der Küche. Die runde Uhr tickt zu laut und verschlingt die Sekunden – in welchem Teil der Wohnung sie sich auch befindet. Sie schiebt den vollen Aschenbecher und die Lottoscheine beiseite und starrt an die Wände eines Zuhauses, das auch einmal ihres war.

Das Bett eines schnarchenden, unruhigen und verschwitzten Mannes.

Das leere Bett von jemandem, der auf der Flucht ist.

Das leere Bett von jemandem, der sich auf die Suche gemacht hat.

Und das leere Bett einer Frau, deren Ellbogen schwer auf dem Küchentisch ruhen und die sich fragt, ob Felix weggelaufen sein mag, weil er gehört hat, wie sie kurz vor Mitternacht mit ihrer Mutter telefoniert hat, zwar flüsternd, aber mit einer Schärfe und Deutlichkeit, die ein Entschluss häufig mit sich bringt.

50

Es ist fast Vollmond, und das Licht, das den klaren Himmel erhellt, dringt sogar hinter das siebenstöckige Mietshaus in dem Stockholmer Vorort.

Leo atmet tief ein und aus. Vor ihm liegt ein steiler Hügel, auf dem sie gerne spielen und der das Wohnviertel von einem Wäldchen trennt, das mit jedem Jahr schrumpft.

Er nimmt Anlauf wie immer, drückt sich mit dem Rücken vom rauen Putz des Hauses ab, dann gibt er Vollgas und rennt auf den Felsen zu. Unter seinen Füßen spürt er die Spalten, Baumstümpfe und Vorsprünge, an denen er sich festklammert, um höher zu klettern. Sein Herz pocht gegen die Rippen. Einatmen, ausatmen. Noch ein Spalt, ein Baumstumpf, ein Vorsprung, dann ist er oben. Die Felsen gehen in eine Verteidigungsmauer über, die für irgendeinen Krieg gebaut wurde. Hier oben spielen sie oft. Die Mauern sind hoch und haben höhlenartige Einbuchtungen. Er bewegt sich rasch an der Mauer entlang, die sich wie eine Schlange durch den dunklen Wald windet. Hier oben gibt es noch Schneeflecken.

Jedes Mal, wenn er eine Öffnung passiert, hat er hundert Meter zurückgelegt. Hier verstecken sich Leo, Felix, Jasper und Buddha mit ihren Spielzeugpistolen, wenn sie gegen die Jungs aus den Reihenhäusern Krieg führen. Jasper gewinnt immer, er kann sich am besten tarnen. Einmal hat er sich sogar die Haare abgeschnitten und gelbes, vertrocknetes Gras auf den Kopf geklebt.

Nach vierhundert Metern kommt ein Hohlraum, durch den man in das Wäldchen mit den krummen Bäumen gelangt, wo sich Gregers Vater erhängt hat. Nach sechshundert Metern kommt der Felsen, von dem der kleine Billy letzten Sommer abgestürzt ist. Danach machte seine Mutter ihren Friseursalon dicht und geisterte nur noch ziellos durch Skogås. Leo kann sich gut an den Anblick des toten Billy erinnern, obwohl er sich bereits damals geschworen hat, nie wieder daran zu denken.

»Felix?«

Dort drüben direkt am Abgrund. Er geht näher, bleibt stehen, lauscht.

»Brüderchen? Wo bist du?«

Sein kleiner Bruder sitzt an der Kante.

»Felix! Ich kann dich sehen.«

Noch ein Schritt. Näher wagt er sich nicht heran. Im Mondschein sieht Felix größer aus.

»Ich will allein sein.«

»Du kannst nicht hierbleiben, Felix. Es ist mitten in der Nacht. Du musst nach Hause kommen.«

»Nein.«

»Mama ist wach. Sie macht sich Sorgen.«

»Ich gehe nicht nach Hause.«

Leo macht einen Schritt nach dem anderen, kleine Schritte, damit Felix ihn nicht bemerkt. Dann steht er fast hinter ihm.

»Warum?«

Ein winziger Schritt, und er würde wie der kleine Billy auf die harten Felsen dort unten stürzen.

»Weil es ganz schlimm wird.«

»Schlimm?«

»Ich habe Mama gehört.«

»Und?«

»Sie hat gesagt, sie will abhauen.«

Leo setzt sich. Nicht zu dicht, aber sehr nah.

»Das kann ich mir nicht vorstellen.«

»Ich hab es aber gehört.«

Dunkelheit. Stille. Etwas knackt und bricht, wie das Eis am Vortag. Der Wind in den nackten Ästen und im feuchten Laub.

»Was genau hast du gehört?«

»Sie hat telefoniert. Wir waren schon im Bett. Sie hat gedacht, wir schlafen.«

»Und?«

»Sie hat mit Oma gesprochen.«

Leo spürt, wie die Kälte des grauen Felsens in ihm aufsteigt und dann durch die Löcher in seiner Jacke wieder austritt.

»Sie hat immer wieder gesagt: ›Es geht nicht mehr.‹«

»Das hat sie früher auch schon gesagt und ist trotzdem immer zurückgekommen.«

»Ich hab's aber gehört! Sie kommt nicht zurück! Dieses Mal nicht.«

Das Krachen ist jetzt laut und wird durch den zunehmenden Wind verstärkt. Aber da ist noch ein anderes Geräusch. Die Autos, die auf der anderen Seite des Waldes den Gamla Nynäsvägen entlangfahren. Leo hat noch nie darüber nachgedacht, wie viele Leute nachts unterwegs sind.

»Es ist kalt, Felix.«

»Nein.«

»Du hast weder Mütze noch Handschuhe.«

»Weil es nicht kalt ist.«

Leo kramt in seiner Jackentasche nach seiner rot-weiß-blau geringelten Mütze und streift sie Felix über.

»Du verlierst achtzig Prozent deiner Körperwärme über den Kopf.«

»Was?«

»So ist es einfach.«

Felix schiebt die Ringelmütze zurecht. Dann sitzen sie Schulter an Schulter und betrachten den leuchtenden Vollmond.

»Leo?«

»Ja?«

»Ich denke an Papa.«

»Und?«

»Er weiß es ja nicht.«

»Und?«

Felix' Beine baumeln über dem Abgrund.

»Sollen wir ihm erzählen, dass Mama weggehen will?«

Jetzt

Dritter Teil

51

Den April hatte er schon immer gemocht. Wenn das Leben um ihn herum erwachte. Dann sehnte er sich danach, im Heidelbeerkraut oder auf einem moosbedeckten Felsen zu sitzen und sich die Sonne durch die Baumwipfel auf Stirn und Wangen scheinen zu lassen.

Er lehnte sich an das Auto, das ihn jetzt schon seit vielen Jahren hierherbrachte, einen gebrauchten Volvo-Kombi, der so verrostet war, dass er schon fast auseinanderfiel. Dies würde vermutlich der letzte Frühling des Wagens sein. Mit etwas Glück hielt er auch noch den Sommer durch. Dann war es Zeit für den Schrottplatz und den Abschied.

Ein kurzes Stück unbefestigte Straße führte von der scharfen Kurve zum geschlossenen Schlagbaum. Hier parkte er jede Nacht, genehmigte sich eine Zigarette und wartete vorschriftsgemäß fünf Minuten lang.

Heute stand die halbjährliche Kontrolle an.

Da kamen sie auch schon. Ein grüner Lieferwagen mit zwei uniformierten Sicherheitskräften des Verteidigungsbezirks 44, die ihn immer mit etwas zu langem Handschlag begrüßten. Einer der Sicherheitsoffiziere deutete mit dem Kopf auf seine Linke und die brennende Zigarette, die fast den Filter erreicht hatte.

»Ich dachte, Sie hätten aufgehört?«

»Stört es Sie?«

»Nein, aber hatte Ihre Frau nicht …«

»Hören Sie, ich rauche, wann es mir passt.«

Er inhalierte tief und drückte die Zigarette dann auf derselben Stelle aus wie jede Nacht, über dem B des Schildes »DURCHFAHRT VERBOTEN«.

»Okay, okay, schon verstanden«, sagte der Sicherheitsoffizier und lächelte ausnahmsweise. »Und wo wohnen Sie jetzt?«

»Vermutlich in einer ähnlich tristen Einzimmerwohnung wie Sie.«

Der andere ging auf das schwere Vorhängeschloss am Schlagbaum zu, das allen Schlössern, die die Zufahrten aller Waffendepots sicherten, zum Verwechseln ähnlich sah.

Der Schlüssel ließ sich nicht umdrehen.

Der Offizier probierte es nacheinander mit allen Schlüsseln.

»Das Schloss lässt sich mit keinem davon öffnen.«

Sie untersuchten sowohl die Schlüssel als auch das unbeschädigte Schloss. Nichts daran wirkte auffällig.

Der Offizier probierte noch einmal alle sechzehn Schlüssel aus.

»Dann müssen wir eben zu Fuß gehen.«

»Das mache ich jede Nacht. Hundertfünfzig Meter hin, hundertfünfzig Meter zurück. Bei zehn Waffendepots ergibt das einiges an Bewegung.« Der Wachposten tätschelte seinen Bauch, der trotz seiner sechzig Jahre ziemlich straff war, und marschierte dann los.

Schon nach wenigen Gehminuten durch den Wald waren die beiden zwanzig Jahre jüngeren Männer vollkommen erledigt. Kurz bevor sie den Hügelkamm erreichten, schritt er noch mehr aus, damit die beiden zwar noch mithalten konnten, aber komplett außer Atem gerieten.

Als der Wachposten den Betonwürfel mit den gut zweieinhalb Meter dicken Mauern erreichte, blieb er vor der tresorähnlichen Tür stehen. Er hob den Schlüsselbund in die Höhe, fand nach einigen Sekunden den richtigen Schlüssel und drehte ihn im Schloss um.

»Der hier funktioniert jedenfalls problemlos.«

Die Tür schwang nach innen auf, der erste Sicherheitsoffizier trat ein – und hielt abrupt inne.

»Was zum Teufel …?«

Sein Kollege gesellte sich zu ihm und blieb wortlos stehen.

»Was ist los?« Der Wachmann versuchte an ihren breiten Rücken vorbeizuschauen und drängte sich schließlich vor.

Jetzt sah er es auch.

Direkt hinter der Schwelle befand sich ein großes Loch im Boden mit einem Durchmesser von etwa einem halben Meter. Durchtrennte, aufgebogene Armierungseisen erinnerten an einen zerschmetterten Brustkorb.

Einer der Uniformierten packte von einem Stapel neben der Tür eine Holzkiste mit der Aufschrift *KSP 58* und klappte den Deckel hoch. Leer. Die nächste. Ebenfalls leer. Die Kiste darunter. Auch. Sein Kollege untersuchte einen anderen Stapel. Alles leer.

Insgesamt vierundzwanzig leere Kisten.

»Alles … alles weg!«

Jetzt sahen sie den Wachmann an.

»Sie waren doch seit der letzten Inspektion jede Nacht hier.«

Plötzlich wünschte er sich eine Zigarette.

»Ich …«

»Jede Nacht!«

Der Wachposten war nicht gerade furchtsam veranlagt. In seinem Alter vermochte ihn kaum etwas zu erschrecken. Aber jetzt hatte er Angst, denn er konnte nicht begreifen, was da geschehen war.

»Von außen wirkt das Depot vollkommen intakt. Das sehen Sie doch selbst! Und gestern …«

»Irgendetwas muss Ihnen doch aufgefallen sein!«

»Aber wir sind doch gemeinsam hier eingetroffen, und Sie waren ja genauso überrascht wie …«

»Irgendjemand hat sich Zutritt verschafft und sämtliche Waffen mitgenommen! Waffen für zwei Kompanien … einfach *weg*!«

Der Wachposten setzte sich auf eine der leeren Kisten und sah sich in dem engen Raum um.

»Es muss gestern spätnachts passiert sein. Ich habe …«

Mit ausdrucksloser Miene kniete sich der eine Offizier hin, beugte sich über das Loch, schaufelte die porösen Betontrümmer und den Sand weg und untersuchte eines der Armierungseisen. Er fuhr mit dem Daumen über die Stelle, an der es durchtrennt worden war. Rost rieselte zu Boden.

»Das Ganze ist schon länger her.«

52

Seit Jahresbeginn war alles nach Plan verlaufen.

Februar: ein Auftrag über eine Wohnungsrenovierung in Gamla Stan, anderthalb Wochen, 37 000 Kronen zuzüglich Materialkosten. Dann ein Banküberfall in der Kleinstadt Rimbo, knapp sechzig Kilometer nördlich von Stockholm, der sich von den vorhergehenden unterschied. Sie trugen Jeans, billige, helle Jacken, Turnschuhe mit Klettverschluss, und über den Kopf hatten sie schwarze Nylonstrümpfe gezogen. Die Waffen waren Attrappen, und nur Leo und Vincent hatten die Bank betreten. Der Überfall war ein Versuch, ihre Identität zu wechseln und die bisherigen Muster zu durchbrechen – eine Generalprobe für den Fall, dass sie irgendwann ihre Verhaltens- und Vorgehensweisen verändern müssten. Er hatte ihnen 556 000 Kronen eingebracht.

März: Installation einer Fußbodenheizung und Verlegen eines Parkettbodens in einem Keller in Älvsjö, eine Woche, 10 000 Kronen. Dann ein Bankraub in Kungsör, einer mittelgroßen Stadt, die 140 Kilometer westlich von Stockholm lag. Vierunddreißig Minuten nach ihrer Flucht war es der Polizei gelungen, ihr Fahrzeug auf einem Forstweg zu lokalisieren. Dort verlor sich jede Spur, denn die vier waren mit Kompass und Landkarte im Dunkeln zu ihrem Unterschlupf gegangen, einer Grube, die sie vorher gegraben und mit Schlafsäcken und Lebensmitteln ausgestattet hatten. Sie war mit Latten, Styropor und Plastikfolie befestigt und anschließend mit Erde und Moos abgedeckt worden, damit sie sich in die umgebende Flora einfügen und nicht von den Wärmebildkameras der Hubschrauber entdeckt werden würde. Am nächsten Tag waren sie zu einer Tankstelle spaziert, hatten sich ein Auto gemietet und waren nach Aufhebung der Straßensperren mit 812 000 Kronen nach Hause gefahren.

Der jüngste Auftrag, ein Haus aus den 1930er-Jahren, lag nur wenige Kilometer von Leos Haus in Tumba entfernt. Leo hatte einen Kostenvoranschlag eingereicht, der alle anderen Firmen unterbot. Gabbe hatte sich vermutlich gewundert, aber kein Wort darüber verloren. Der Auftrag brachte wenig Geld ein, aber darum ging es ja auch gar nicht. Mit jedem weiteren Banküberfall wurde ihre Tarnung wichtiger.

Die beiden Banküberfälle hatten ihnen 1 368 000 Kronen für die Finanzierung ihres nächsten und bislang größten Coups eingebracht.

Jetzt war der 4. April, der Tag der Inspektion, dem Leo seit jener Nacht entgegengefiebert hatte, die er zwischen Moos und Heidelbeerkraut verbracht hatte, jener Nacht, die alles verändert hatte.

Die Polizei würde das fehlende Puzzleteil entdecken, das eine ganze Reihe von Banküberfällen miteinander verknüpfte. Von nun an war klar, dass die Bande über ein Waffenarsenal verfügte, das das aller anderen Banden zusammen weit übertraf.

Langsam fuhr Leo an Weiden vorbei, die die Sonne nach dem Winter nun endlich ausgetrocknet hatte. In den Gräben wuchs bereits frisches Gras, das in wenigen Wochen alles Gelbe und Leblose überwuchern würde.

Nach einer gedehnten Kurve erreichte er das militärische Sperrgebiet mit dem geschlossenen Schlagbaum.

Leo verlangsamte das Tempo ein wenig, dann sah er ihn: den Kombi, den er mehrere Nächte hintereinander beobachtet hatte, den klapprigen Volvo des älteren Wachpostens, der immer ein paar Zigaretten im Dunkeln rauchte. Daneben stand ein Lieferwagen mit Militärkennzeichen.

Jetzt wusste er Bescheid.

Sie waren vor Ort. Sie würden die Tür öffnen und etwas entdecken, was sie in Angst und Schrecken versetzte.

Kurz nach zehn, ihm blieb noch viel Zeit. Der Zug aus Falun fuhr erst um 10.37 Uhr ein.

53

Sechsunddreißig schwere Raubüberfälle in ganz Schweden im Lauf dreier Monate, zweiundzwanzig Banken, elf Geldtransporter, zwei Wechselstuben und ein Pfandhaus. Einen so dramatischen Anstieg von Überfällen hatte es so noch nie gegeben, wobei sicher nicht alle davon der Bande zuzuschreiben waren, die Broncks dingfest zu machen versuchte.

John Broncks stand in einem gut beleuchteten Korridor und kramte Münzen aus seiner rechten Gesäßtasche, die immer ergiebiger war als erwartet.

Durchschnittlich zwölf Raubüberfälle pro Monat lösten in einem kleinen Land einen Zustand permanenter Unruhe und Angst aus. Wenn sich nichts änderte, so befürchtete man, würde diese Krankheit, diese Überfallspandemie, immer weiter um sich greifen. Ab Mitte Februar versah die Polizei alle Geldtransporter mit Begleitschutz, aber die Banken waren viel zu zahlreich und zu weit verstreut, um gegen diese Infektion immunisiert werden zu können. Die Arbeit der Polizei bestand nur noch darin, auf den nächsten Alarm und die nächste Ermittlung zu warten.

Broncks warf eine Münze nach der anderen in den Automaten.

Eine Pandemie hatte immer einen Ursprung. In diesem Falle acht Einschüsse in einer Trennscheibe aus Sicherheitsglas, die ein Smiley bildeten. Nach wie vor gab es keinerlei Spuren mit Ausnahme unzähliger Patronenhülsen, die keinen Waffen zugeordnet werden konnten, und eine Vielzahl verwundeter Seelen, die niemals vollständig verheilen würden.

Auf die Zeit der Veränderung war eine Zeit der Verwirrung gefolgt – wie immer bei Einführung eines neuen Konzeptes, wenn ein System unterging und durch ein neues ersetzt wurde. Dieses neue Modell hatte sich in Windeseile unter Leuten ausgebreitet, die bereit waren, Risiken einzugehen, und die nichts zu verlieren hatten. Die vier vermummten Bankräuber hatten nicht nur den polizeilichen Objektschutz von Grund auf verändert, sondern auch die Verhaltensmuster der Unterwelt. Andere Ganoven, die das verdammte

Smiley bewunderten, Zeitung lasen und sich die Nachrichten ansahen, ließen sich zu Nachfolgetaten inspirieren, begingen weitere Überfälle mit immer größerer Gewaltanwendung, die eine reichere Beute garantierte.

Die Situation eskalierte zusehends, und die Gewalt machte jegliche Moralvorstellungen in den kriminellen Kreisen zunichte. Wenn wir uns bewaffnen, müsst ihr euch bewaffnen, und dann brauchen wir noch mehr Waffen, um euch in Schach zu halten. Zehn oder zwanzig Jahre später würden Forscher feststellen, dass dies der Zeitpunkt gewesen war, an dem die Banken sich gezwungen gesehen hatten, ihre Handhabung von Bargeld zu verändern. Zugleich war Rücksichtslosigkeit zu einem bewunderten Werkzeug geworden, da war sich Broncks ganz sicher.

Er drückte auf die quadratischen Knöpfe und sah zu, wie die Edelstahlspirale das erste mit Schokolade überzogene Marzipanteilchen nach vorn schob. Dann ein weiteres. Tagsüber heißes Zuckerwasser mit Milch und abends eine Pizza aus dem Pappkarton. So sah seine Verköstigung seit Beginn seiner Suche aus, die nirgendwohin führte. Auf langen, ziellosen Spaziergängen streifte er frühmorgens und spätabends durch Stockholm, um zumindest einen Teil seiner Ruhelosigkeit und Energie loszuwerden. Dann nach Mitternacht ein Besuch des Fitnessraums im Präsidium. Ganz allein in dem großen Saal reagierte er sich um drei Uhr nachts an Hanteln, Gewichten, Laufbändern und Boxsäcken ab, statt sich an richtigen Menschen zu vergreifen. Er riss die Plastikverpackung auf, schob das grüne Schokomarzipan in den Mund und schluckte mit zunehmendem Widerwillen den süßlichen Brei hinunter. Doch es blieb ihm keine Wahl, er musste einfach diesen Hohlraum in seinem Inneren füllen, um sein hageres, bleiches, drahtiges Spiegelbild in Schach zu halten.

Eine homogene, zusammengeschweißte Gruppe ohne Verbindungen zur Unterwelt und damit auch zu keinem der Informanten, mit denen Broncks und seine Kollegen zusammenarbeiteten. Die vier Bandenmitglieder waren nicht vorbestraft. Daher blieben sie anonym, solange sie keine Fehler begingen, und das taten sie nicht.

Der frisch gebohnerte Linoleumboden glänzte in dem grellen Licht, das durch die Fenster ins Büro fiel. Seine Rastlosigkeit und seine Übermüdung hatten zur Folge, dass er hellwach war, als er auf den Ausgang und den zweiten Spaziergang des Tages zusteuerte, obwohl es erst Vormittag war. Er schloss den Reißverschluss seiner gefütterten Lederjacke. Angesichts der Frühlingssonne war sie zu warm, aber er hatte noch nicht die Zeit gefunden, eine dünnere Jacke vom Speicher zu holen.

Im Lauf der letzten Wochen hatte eine Wut von ihm Besitz ergriffen, die er so noch nicht erlebt hatte. Fast täglich, einige Sekunden lang, hatte er ihn auf den ruckartigen, schwarz-weißen Überwachungsvideos beobachtet: den Anführer, der die Sekunden zählte, ein Smiley in eine Trennscheibe schoss und extreme Gewalt anwendete, um seine Wünsche durchzusetzen. Darum ging es vermutlich. Um seine Wut. Es handelte sich nicht nur um Gewalt mit einer verspielten Komponente, die Broncks rätselhaft erschien. Der Mann auf diesen Bildern ging die Probleme eines Erwachsenen mit den Methoden eines Kindes an, und das war sein Erfolgsrezept. Indem er sich vollkommen neuer Ideen bediente, gelang es ihm, ihre Straßensperren zu umgehen, als handelte es sich um die Tricks aus dem Zauberkasten eines Kindes. Die Polizei wusste, wie erwachsene Kriminelle anzupacken waren, doch dieser Erfindungsreichtum war ebenso faszinierend wie unerfreulich.

Wie gerne hätte er in dieses Gehirn hineingeschaut, mit ihm kommuniziert, es verstanden.

Er ging die Treppe hinunter, öffnete vier verschlossene Türen mithilfe seiner Magnetkarte und schließlich das Tor mit einem Schlüssel. Im Freien war es heller, als Broncks erwartet hatte, und so schloss er die Augen und atmete die milde Frühlingsluft ein. Dann ging er ostwärts, Richtung Innenstadt.

Er hatte die sechsunddreißig schweren Überfälle, die seit dem doppelten Bankraub in Ösmo verübt worden waren, eingehend analysiert. Zwei davon waren ihm ganz besonders aufgefallen: Der eine entsprach ganz genau dem Modus operandi der Gruppe, der andere wich vollkommen davon ab.

Der Überfall, der in Kungsör stattgefunden hatte, einer verschlafenen Kleinstadt, etwa eine Autostunde von Stockholm entfernt, schien wie aus dem Lehrbuch. Der Anführer, den Broncks im Stillen *Big Brother* nannte, betrat die Bank immer als Erster und schoss auf die Überwachungskamera über der Tür, dann kam *Little Brother*, mit einer Maschinenpistole bewaffnet, sprang über den Tresen oder umrundete ihn, um die Kassen zu leeren. Der Dritte, den er als *Soldat* bezeichnete, nahm die Feuerstellung ein, als wäre er der Teilnehmer einer militärischen Übung zum Thema Nahkampf in bebautem Gebiet, in der ihm diese bestimmte Aufgabe zufiel. Der Soldat zerschoss mit seinem Sturmgewehr die zweite Kamera und begab sich dann zum Tresorraum. Der Vierte, den Broncks den *Fahrer* nannte, brachte die Bande zum Objekt, bewachte es von außen und verfügte laut Zeugenaussagen über einen sehr beherrschten Fahrstil.

Nach der ersten Lektüre der Vernehmungsprotokolle des zweiten Banküberfalls in Rimbo nördlich von Stockholm sowie des dazugehörigen Berichts der Kriminaltechnik hatte Broncks die Akte beiseitegelegt, weil die Tat zu untypisch für die von ihm gesuchte Bande wirkte. Nur zwei Männer im Schalterraum. Jeans und Jacken. Nylonstrümpfe über den Köpfen. Keine Schüsse auf die Kameras. Somit ließ sich der gesamte Bewegungsablauf der Täter von Anfang bis Ende mitverfolgen. Sie verhielten sich ruhig, zeigten sich den Angestellten gegenüber sehr höflich und hoben ihre Stimmen nie. Sie betraten die Bank, zeigten ihre Waffen, nahmen das Geld und verließen den Tatort in einem gestohlenen Opel Kadett. Nichts erinnerte an die Überfälle der Ösmo-Bande.

Erst nachdem Sanna ihm eine kurze Filmsequenz von einer Kamera vor der Bank vorgespielt hatte, holte er die Akte wieder hervor. Unmittelbar vor Betreten der Bank drehte sich der erste Mann noch einmal um, als wollte er sich vergewissern, dass mit seinem Kollegen alles in Ordnung war, legte ihm die Hand auf die Schulter und sagte einige Worte, denen ein langer Blickwechsel folgte. Der beschützende Anführer. *Big Brother*. Der beschützte Befehlsempfänger. *Little Brother*.

»John!«

Broncks näherte sich der Scheelegatan, als er rasche Schritte hinter sich hörte. Er kniff im grellen Sonnenlicht die Augen zusammen.

»Warte.«

Er hatte seinen Chef noch nie rennen sehen. Und hier schon gar nicht. Sie sahen sich täglich, aber nur auf den Korridoren des Präsidiums und gelegentlich an einem Tatort, von dem einen Besuch in Karlströms wunderbarer Villa in Äppelviken einmal abgesehen.

»Einhundertvierundzwanzig Maschinenpistolen vom Typ M/45!«, sagte Karlström atemlos und triumphierend. »Zweiundneunzig AK-4-Sturmgewehre! Und fünf Maschinengewehre vom Typ KSP 58!«

»Und?«

»Eine ganze Menge, oder?«

»Kommt ganz auf den Krieg an.«

»Und wenn man damit Banken und Geldtransporter überfällt?«

Broncks, der gerade einen Spaziergang unternehmen wollte, um überschüssige Energie loszuwerden, machte unverzüglich kehrt.

54

Der Forstweg stieg einige Hundert Meter steil an und ging dann auf der Hügelkuppe in einen Kiesplatz über, auf dem schon etliche Leute standen: Streifenbeamte, Soldaten in grüner Uniform, einige Zivilisten und eine Kriminaltechnikerin, deren weißer Overall in der Sonne leuchtete. Dann sah er es. Ein kleines würfelförmiges Gebäude.

Broncks begrüßte die Kollegen aus dem Präsidium, aus Huddinge und von der Militärpolizei sowie einen älteren Mann, der nach Zigaretten roch und sich als der zuständige Wachmann für die Anlage vorstellte und dessen besorgte Augen auf ihm ruhten, als er sich dem Gebäude näherte.

Die Kriminaltechnikerin im weißen Overall, die vor einer massiven Stahltür kniete, hörte seine Schritte im Kies und drehte sich um.

»Hallo«, sagte Broncks.

»Hast du das Schloss am Schlagbaum gesehen?«, fragte Sanna.

»Ja.«

»Unbeschädigt. Zumindest auf den ersten Blick. Das ursprüngliche Schloss wurde entfernt und durch eine Kopie ersetzt. Sogar die Seriennummer stimmt überein. Der Schlüssel passt, lässt sich aber nicht umdrehen.«

Vor Sannas Füßen befand sich eine große Grube.

»Auch hier sah alles intakt aus.«

Sanna nickte in Richtung des Wachmannes mit den besorgten Augen.

»Er hat das Depot jede Nacht überprüft, und ihm ist nichts aufgefallen.«

Sie öffnete die schwere Sicherheitstür und trat dann beiseite, damit Broncks hineinschauen konnte.

»Die Täter sind durch einen Tunnel eingedrungen, den sie anschließend komplett zugeschüttet haben. Wir haben ihn gerade wieder ausgehoben.«

Sie betrat das Waffendepot, und Broncks folgte ihr in den engen Raum.

»Die haben ja ganze Arbeit geleistet.«

Geöffnete Holzkisten standen aufeinandergestapelt an den Wänden. Auf dem unbeschädigten Teil des Fußbodens lagen die Deckel. *AK 4, M/45* und *KSP 58* stand in schwarzer, spitzer Schrift darauf.

»Sie haben versucht, ihre Tat vollkommen zu verbergen, und es ist ihnen gelungen.«

»Hier hat es angefangen«, erwiderte Broncks. »Das ist die unbekannte Variable.«

»Wie bitte?«

Broncks kniete sich in den Zementstaub.

»Farsta. Svedmyra und Ösmo. Rimbo und Kungsör.«

»Was für eine Variable, John?«

Er legte seine Hände auf den Rand der Grube. Hier hatte alles begonnen. Die späten Abende, die frühen Morgen, die langen Wochenenden. Er war ihnen ständig hinterhergerannt und war immer zu spät gekommen. Nun schob er seinen Arm in die Grube aus feuchtem Kies und war wütend und beeindruckt zugleich.

»Wenn du Straftaten begehen willst, aber nie im Knast warst und weder über Waffen noch über Kontakte zu Kriminellen verfügst, die dir Waffen beschaffen können – was tust du dann? Ganz einfach. Du plünderst ein Waffendepot.«

»Wenn du nie im Knast warst? Hast du ihn besucht, John?«

John Broncks antwortete nicht. Das war auch nicht nötig. Sie kannten einander so gut, dass sie so etwas ohnehin nicht voreinander hätten geheim halten können. Dann lächelten sie sich rasch an, ehe er sich umdrehte und den Betonwürfel verließ.

In den Berichten der Kriminaltechnik über die fünf schweren Raubüberfälle stand, dass sämtliche Waffen nur ein Mal benutzt worden waren. Broncks hatte angenommen, dass die Waffen nach jedem Banküberfall verschrottet und durch neue ersetzt worden waren, sodass es für die Straftaten nie forensische Beweise geben würde. Falls sie die Täter fassen würden, könnten sie ihnen nur einen Raubüberfall nachweisen.

Jetzt hatte er die fehlende Variable. Sie lautete 221. Falls sie bei jedem neuen Überfall weiterhin im Schnitt zwei automatische Waffen verwendeten, dann würden sie noch 105 Banküberfälle verüben können.

Sofern sie nicht vorher jemand schnappte.

Ein wunderschönes Deckengewölbe, das die Gedanken auf die Unendlichkeit lenkte. Immer wenn Leo in einer großen gewölbten Halle wie der des Hauptbahnhofs stand, überkam ihn das Gefühl, dass alles immer so weitergehen würde.

Unter dem Gewölbe der Bahnhofshalle begab er sich zu Gleis sieben, wo die Züge aus dem Norden ankamen. Schon immer hatte er sich in großen Gebäuden wohlgefühlt, wo es hallte und weite, offene Flächen gab. Dort blieb er oft stehen, legte den Kopf in den Nacken und schaute nach oben, was andere Leute nur selten taten. Dabei dachte er jedes Mal an seinen ersten Besuch in der Storkyrkan in Stockholm. Ihre Mutter hatte ihnen die berühmte Plastik des heiligen Georg mit dem Drachen zeigen wollen, aber ihm war gleich das Deckengewölbe der Domkirche aufgefallen. Er stellte sich auf die Zehenspitzen, um sie zu berühren, während seine Mutter auf den riesigen Sockel mit dem Heiligen zeigte, der in glänzender Rüstung und mit erhobenem Schwert auf seinem Pferd saß, unter dessen Hufen sich die brüllende Bestie wälzte. Der für alle Ewigkeiten gebannte Augenblick. Der Augenblick vor dem Ende, in dem der Drache immer noch eine Chance hatte, sich dem Feigling, der sich hinter seiner Rüstung verbarg, zu entwinden und ihn vom Pferd zu reißen.

Auch er hatte einen Augenblick zum Erstarren gebracht.

Hier auf dem Hauptbahnhof hatte er die Zeit angehalten. Reisende mussten hinter Absperrungen warten, während ein Großteil der Stockholmer Polizeikräfte Straßensperren errichtete und den Bombenroboter überwachte. Ein Augenblick, der mehrere Stunden gewährt hatte. Das System war vor und nach der Explosion, die nie hätte stattfinden sollen, zum Stillstand gekommen.

Er war sich nicht sicher, ob Jasper nicht doch den Sicherungsring entfernt hatte, fragte aber nicht mehr danach. Er wollte nicht riskieren, die falsche Antwort zu erhalten. Die Kluft, die Felix und Jasper trennte, durfte sich nicht vertiefen. Er war dazwischengegangen und würde wieder dazwischengehen. Leo hatte eingegriffen und sie gezwungen, ein Minimum an Professionalität zu wahren. Gleichzeitig ließ er sie möglichst wenig zusammenarbeiten.

Er sah den Zug einfahren und dann halten. Die Türen der Waggons wurden geöffnet, und die Fahrgäste strömten mit Koffern und Kinderwagen heraus. Da entdeckte er sie. Eine Frau von Mitte fünfzig mit rotblondem, etwas ergrautem Haar, die sich nicht mehr ganz so leichtfüßig bewegte. Er wartete und beobachtete sie. Einen Moment lang sah sie sich suchend um, wobei ihr Blick auch auf ihn fiel. Aber statt auf ihn zuzugehen, zog sie ihr Handy aus der Tasche. Dann klingelte seines.

»Wo bist du?«, fragte sie.

Er lächelte.

»Ich stehe hier. Genau vor dir.«

»Ich kann dich nicht sehen.«

Ein paar Leute trennen uns noch, aber ich stehe hier. Ich kann dich sehen. Und du kannst mich sehen.

»Ich winke.«

Er hob seine Hand, bis sie ihn entdeckte, das Handy sinken ließ und auf ihn zukam. Sie umarmten sich. Dann trat sie einen Schritt zurück, um ihn zu betrachten.

»Meine Güte, wie komisch! Ich habe dich nicht erkannt.«

»Es ist doch nur ein Jahr her.«

»Irgendwie habe ich dich erkannt, aber trotzdem nicht gesehen. Es war, als hätte ich nach jemand anderem gesucht.«

»Mama.«

Er umarmte sie wieder, und sie musterte ihn erneut.

»Du siehst älter aus.«

»Ich *bin* älter.«

»Das war nicht negativ gemeint. Es ist nur … ich weiß nicht recht … vielleicht ist das einfach der Lauf der Zeit.«

Er wollte ihr die Tasche abnehmen, aber sie hielt sie in die Höhe, um ihm zu bedeuten, dass sie allein zurechtkam. Dann verließen sie den Bahnsteig und betraten die Haupthalle.

»Hier war das, oder?«

Sie blieb vor der langen Reihe mit Schließfächern stehen.

»Ich hab's im Fernsehen gesehen. Absperrbänder quer durch die Halle und Leute, die auf ihre Züge warteten.«

Sie sah ihn an und fühlte sich an andere Absperrbänder erinnert, die einst vor einem viel kleineren Haus nach der Detonation einer ganz anderen Bombe geflattert waren. Ein Keller, in dem ihr Vater hin- und hergerannt war, als die Flammen immer höher züngelten, während ihr damals zehnjähriger Sohn sie mit schreckerfülltem Blick durch das Fenster angesehen hatte.

»Verdammte Idioten.«

Sie legte Leo eine Hand auf den Arm. Er brachte es nicht über sich, sie anzuschauen, und schnappte sich ihre Tasche, die sie endlich losließ.

»Die Idioten hatten Glück, Mama. Es gab keine Toten.«

Der Firmen-Pick-up erwartete sie unweit des Haupteingangs mit einem Strafzettel unter dem Scheibenwischer. Leo zerriss ihn und ließ die Schnipsel auf den Gehsteig fallen. Seine Mutter ging um den Wagen herum und betrachtete stolz das Logo der Baufirma.

»Du hast das Unternehmen aufgebaut, Leo. Nur du. Erst hast du dir Arbeit besorgt und dann Felix und Vincent ins Boot geholt.«

Dann umarmte sie ihn nochmals.

Sie fuhren in südlicher Richtung durch Stockholm. Er zögerte einen Augenblick und fuhr dann hinter Hallunda von der Autobahn ab und auf die alte Landstraße. Vor dem Schlagbaum würde er sein Tempo verlangsamen und dann gemächlich vorbeifahren.

Der klapprige blaue Volvo und der Lieferwagen mit dem Militärkennzeichen standen immer noch da. Daneben vier Polizeifahrzeuge, drei Streifenwagen und ein ziviles Fahrzeug. Blau-weiße Absperrbänder bildeten ein zweites Gatter, das von zwei bewaffneten Polizeibeamten bewacht wurde.

»Hier muss etwas passiert sein.«

Seine Mutter hatte bemerkt, wie er zu den Polizisten hinüberstarrte, und deutete jetzt durch die Seitenscheibe.

»Leo, siehst du das Absperrband? Das bedeutet doch, dass was passiert ist.«

Leo beschleunigte wieder. Autos, Uniformen und auch das Absperrband der Polizei verschwanden aus seinem Rückspiegel.

Jetzt wussten es also alle.

Broncks betrachtete die wachsende Menschenmenge, die vor allem aus Polizeibeamten und Soldaten bestand.

»Der Typ da drüben in Zivil, Sanna, wer war das noch gleich?«

»Der Wachposten. Er hat jede meiner Bewegungen beobachtet, als nähme er diese Sache … persönlich.«

Broncks schlängelte sich zwischen den Uniformierten zu dem Mann durch und hielt ihm die Hand hin.

»John Broncks. Kriminalpolizei Stockholm City.«

»Joachim Nielsen. Verteidigungsbezirk 44. Ich weiß, was Sie denken.«

Je näher Broncks ihm kam, desto stärker wurde der Zigarettengeruch.

»Und was denke ich?«

»Dass ich es hätte sehen müssen.«

»Und, was sagen Sie dazu?«

»Ich habe alle Anweisungen genauestens befolgt.«

Er verstummte. Aus dem Wald kamen eine Frau und ein Mann mit einem Fotoapparat auf sie zu. Broncks erkannte die Frau, eine Journalistin, sogar eine ziemlich gute. Sie mussten die Absperrungen in weitem Bogen umgangen haben. Aber sie hatten hier nichts zu suchen, denn für die Presse war es noch zu früh.

»So viel zum Thema Geheimhaltung.«

»Wie bitte?«

»Es gibt immer Leute, die Journalisten einen Tipp geben, um mal eben Zehntausend zu verdienen.«

Sie sahen zu, wie die Journalistin und der Fotograf freundlich, aber bestimmt des Platzes verwiesen wurden.

»Also, wer war's? Wer hat die Waffen geklaut?«

Broncks schüttelte den Kopf.

»Ich weiß nicht, wer es war, aber ich weiß, wozu sie verwendet wurden.«

Das Gewimmel nahm weiter zu. Vier Männer hatten den steilen Hügel erklommen, zwei Männer in Anzügen vom Reichskriminalamt und zwei Uniformierte vom Sicherheitsdienst des Generalstabs. Sie nickten dem Wachmann zu, den dies zu beruhigen schien, als hätte er sie sehnlich erwartet.

Broncks verabschiedete sich von Nielsen, dem man vermutlich umgehend eine andere Aufgabe zuweisen würde, und ging zurück in das leere Waffendepot mit seinem Geruch nach Schießpulver.

Irgendwann zwischen dem 4. und dem 19. Oktober, zwischen der letzten Inspektion und der Entführung des Geldtransporters in Farsta, waren sie eingebrochen.

Vor fast sechs Monaten.

Wo zum Teufel konnte man über einen so langen Zeitraum Waffen für ein ganzes Regiment verstecken?

Das Licht des späten Vormittags fiel in die geräumige Garage. Der Boden war öl- und farbverschmiert, und auf der großen Werkbank, auf der sie einen Tresor zersägt und eine Bombe gebaut hatten, lagen jetzt Schachteln mit Nägeln, Werkzeug und einige Meter Fußbodenleisten. Leo ließ seiner Mutter den Vortritt. Sie folgte einem hellen Lichtstreifen in dem nicht enden wollenden Raum.

»Hier üben wir.«

»Üben?«

»Ja, Konstruktionen, Modelle, solche Dinge.«

Sie sah stolz aus.

»Ich freue mich so über deinen Erfolg und dass du dich um Vincent und Felix kümmerst. Gehört das alles dir?«

»Es gehört uns. Wir brauchen viel Platz, Mama, denn die Firma expandiert.«

Sie schob die Leisten beiseite, ergriff erst einen Hammer, den sie hin- und herdrehte, dann einen Schraubendreher und einen verstellbaren Schraubenschlüssel und schließlich das, was darunter gelegen hatte: eine Schachtel Zigaretten.

»Was ist das?«

»Das siehst du doch.«

»Rauchst du etwa?«

»Gelegentlich.«

»Aber Vincent doch hoffentlich nicht?«

Er lächelte und legte seine Hand an ihre Wange.

»Schön, dich zu sehen, Mama.«

Sie hörten einen Pick-up auf dem Hof, dann fuhr Felix in die Garage und parkte neben ihnen. Auf der Ladefläche lagen eine Rolle Isoliermaterial und ein paar Farbeimer.

»Noch ein Firmenwagen?«

»Ich habe doch gesagt, dass wir expandieren, Mama.«

Felix sprang aus dem Wagen und lief mit ausgebreiteten Armen auf seine Mutter zu.

»Mama!«

Er hob sie hoch und drehte sie zwei Mal im Kreis. Gelber Farbstaub löste sich aus seiner Arbeitskleidung.

»Hör auf, Felix!«, rief sie lachend.

Leo fand es schön, wenn seine Mutter so lachte, dass man am liebsten gleich einstimmen wollte.

Felix ließ sie los, und ihr Jüngster stieg aus dem Pick-up.

»Und da ist Vincent!«

Sie umarmte ihn ein wenig länger als die anderen beiden. Vincent wirkte betreten und versuchte dies mit einem Lächeln zu kaschieren.

»Du bist so … groß geworden!«

»Ich bin achtzehn.«

»Du bist noch siebzehn.«

»Aber bald werde ich achtzehn.«

Sie trat einen halben Schritt zurück, ohne ihn loszulassen.

»Vincent – du riechst nach Zigaretten.«

»Mama, ich bin der Raucher, nicht Vincent«, sagte Felix.

»Du, Felix?«

»Jetzt deckt ihr ihn also alle beide«, sagte sie und betrachtete Leo mit einem Lächeln, von dem man nicht so recht wusste, ob es aufrichtig war.

»Manchmal ist es besser, wenn Mütter nicht alles wissen, oder?«, meinte Felix.

Die warme Frühlingssonne schien jetzt nur noch auf den Hof. Auf dem Weg zum Haus blickte ihre Mutter sich um. Vielleicht fragte sie sich, ob es noch einen Garten gab, aber sie sagte nichts, sondern hakte sich bei Felix unter.

»Wie lange bleibst du?«, fragte er.

»Ich fahre morgen früh zu Oma. Ihr könntet doch mitkommen? Alle miteinander? Nach Sköndal. Wie weit ist das von hier, Leo?«

Vor nicht allzu langer Zeit waren sie dort gewesen. Einer von ihnen war in einem entführten Geldtransporter an dem kleinen Haus der Großeltern vorbeigefahren, einer hatte mit einem entsicherten Gewehr auf einem Hügel gelegen, und einer hatte mit dem Fluchtschlauchboot am Steg angelegt.

»Das geht nicht, Mama. Zu viel zu tun, weißt du.«

»Ich verstehe schon. Ihr *expandiert*. Wollen wir reingehen?«

Anneli hatte sie durchs Küchenfenster beobachtet, wie sie in der offenen Garage gestanden hatten. Sie hatten sich umarmt und gelacht, eine Gemeinschaft, die keine Außenstehenden duldete.

Leo ging als Erster aufs Haus zu, wie eine Art Ersatzpapa, der die Verantwortung für alle übernahm. Dann kam Felix, der in Gesellschaft seiner Mutter immer ein paar Jahre jünger wirkte und sie zum Lachen bringen konnte, eine Rolle, die ihnen beiden wichtig zu sein schien. Vincent folgte ihnen dicht auf den Fersen. Er würde immer das Nesthäkchen bleiben, ganz gleichgültig, wie sehr er sich anstrengte.

Wenn die Mutter nur wüsste …

Die Haustür wurde geöffnet, und Anneli begrüßte die Frau, mit der sie nie richtig warm geworden war. Sie unterhielten sich zwar, redeten aber nie über Wesentliches. Leos Mutter sprach nie aus, was sie wirklich dachte. Um Antworten zu bekommen, musste Anneli viele Fragen stellen und fühlte sich dabei von Leos Mutter durchschaut, als hätte sie etwas falsch gemacht. Leo war seiner Mutter in dieser Hinsicht manchmal ähnlich. Beide prüften jede Frage daraufhin, ob vielleicht eine verborgene Absicht dahintersteckte, als befürchteten sie, verletzt zu werden.

»Könntest du dich um Mama kümmern und ihr das Haus zeigen?«

Leo wollte zum Fernseher im Wohnzimmer, wo seine Brüder waren. Er wollte wissen, ob die Nachrichten über das leere Waffendepot berichten würden.

»Mir wäre es lieber, wenn du bei der ersten Hausbesichtigung dabei wärst.«

Also schloss er sich ihnen an und versuchte die Begehung zu beschleunigen, aber sie zog sich in die Länge, weil seine Mutter in jedem Zimmer stehen blieb, um Fragen zu stellen, wobei Anneli immer wieder betonte, dass es sich um ein Provisorium handele. »Ich weiß, Britt-Marie, der Hof ist wirklich nicht besonders schön, aber in einem Jahr wird alles besser.« Anneli erklärte, dass sie sich dann ein viel größeres Haus kaufen würden.

Endlich waren sie am Ende der Besichtigung angekommen, im Schlafzimmer im oberen Stock, von wo aus man auf die Apfelbäume und den Rasen des Nachbarn blickte, und er konnte sie sich selbst überlassen. »So was wie das Haus da drüben stelle ich mir vor, Britt-Marie«, hörte er Anneli sagen, während er nach unten ging.

Felix und Vincent saßen an je einem Ende des Wohnzimmersofas und warteten auf eine Sondersendung, die gerade beginnen sollte.

»Wissen sie schon Bescheid?«, fragte Felix.

»Ja. Ich bin eben vorbeigefahren«, antwortete Leo. »Ein Haufen Leute war dort.«

Den Moderator kannten sie schon seit ihrer Kindheit. Er berichtete mit gleichbleibend gelassener Stimme und neutraler Miene – egal, ob es um Börsennachrichten oder Todesfälle ging.

»Heute früh wurde der größte Waffendiebstahl der schwedischen Geschichte entdeckt: in einem militärischen Waffendepot in Botkyrka knapp zwanzig Kilometer südlich von Stockholm.«

Kurze Sequenzen von einem waldumstandenen Kiesplatz mit einem kleinen grauen Gebäude wurden eingeblendet, dann ein grell erleuchteter, enger Raum. Das Bild wackelte, verlor an Schärfe, und schließlich war das große Loch im Boden zu sehen. Die Kamera schien nach vorn zu kippen und in dem schwarzen Loch zu verschwinden.

»Den Polizeiberichten zufolge wird nach Tätern gefahndet, die militärtaktische und sprengstofftechnische Kenntnisse besitzen.«

Leo spürte, wie sich Ruhe und fast so etwas wie Glück in ihm ausbreitete.

»Leo, sieh mal … da sind wir doch vorhin entlanggefahren!«

Mama. Unbemerkt hatte sie das Zimmer betreten.

»Wie ich vorhin gesagt habe: Jedes Mal, wenn sie diese Absperrbänder anbringen, ist etwas Schreckliches passiert!«

Sie nahm auf dem Sofa zwischen ihren beiden Jüngsten Platz. Felix spürte ihre Schulter an seiner, sagte aber nichts. Er war es, der sie immer zum Lachen brachte. Jetzt wusste er nicht, was er sagen sollte. Natürlich wusste sie nichts, aber sie hatte ihn angesehen, als wäre sie im Bilde, ein Blick, der alles verzieh, sogar seinen fürchterlichen, schon Jahre zurückliegenden Verrat. Er griff zur Fernbedienung und stellte den Ton leiser, bis der Fernseher verstummte. Vielleicht hätte er jetzt sagen sollen: »Mama, *wir* haben diese Gewehre gestohlen. Und dann haben wir fünf Banken überfallen.« Vielleicht würde sie ihn daraufhin in die Arme nehmen.

»Felix? Was ist los? Sag schon.«

Weitere Bilder von dem leeren Waffenlager. Alle außer seiner Mutter wussten, dass sich alles, was dort hätte liegen müssen, unter ihren Füßen befand.

»Ich frage mich, ob ich nicht … aus der Firma ausscheiden sollte.«

Leo hatte sich nicht gerührt, seit seine Mutter das Zimmer betreten hatte. Jetzt aber zuckte er zusammen.

»Du willst … *was*?«

Felix sah nicht ihn, sondern nur seine Mutter an.

»Weil ich mir nicht sicher bin, ob ich auf Dauer im Baugewerbe arbeiten will, weißt du.«

»Ach?«

»Ich glaube, ich würde gern studieren, Mama.«

Felix war klar, dass sein großer Bruder gern ein paar Fragen gestellt hätte, doch er tat, als bemerkte er nichts, und konzentrierte sich ganz auf seine Mutter, die ihn anlächelte.

»Das ist aber schön, Felix, natürlich sollst du studieren.«

Sie umarmte ihn und wandte sich dann an Leo.

»Nicht wahr, Leo? Das klingt doch gut.«

Die Garage in der Garage. John Broncks klopfte an die Tür und wartete ab, bis Sanna ihn hereinbat.

»John, du musst nicht anklopfen. Das hast du doch früher auch nie getan. Komm rein.«

»Die Militärliga. So wird sie jetzt genannt.«

Sobald Kriminelle Verbrechen begingen, die einem bestimmten Muster folgten, erhielten sie bei der Polizei einen Spitznamen, der sie besonders charakterisierte. Armeewaffen, Kampfmittelwesten, Stiefel, Präzision, Kommunikation. Seit Veröffentlichung der ersten Bilder des leeren Waffendepots stand der Name fest.

Auf der Werkbank der Forensiker lag ein rußgeschwärztes Puzzle aus Plastik- und Hartfasersplittern.

»Was du vor dir hast«, erklärte Sanna, »ist die Platte, auf der die Bombe montiert war. Der Plastiksprengstoff aus zwölf mit Nitropenta-Zündschnur verbundenen Klumpen. Um ein Loch von sechzig Zentimeter Durchmesser zu sprengen, müssen sie etwa ein halbes Kilo Sprengstoff verwendet haben.«

»Das muss ganz schön geknallt haben.«

»Der Sprengstoff lag unter dem Fundament, und der Knall wurde von dem Gebäude gedämpft, das ja außerdem mitten im Wald liegt.«

Von einem langen Arbeitstag erschöpft betrachtete ihn Sanna mit jenen Augen, in die Broncks sich einst verliebt hatte. Sie holte ihre Jacke, die über der Stuhllehne hing.

»Wenn du mich ein Stück begleitest, können wir uns unterwegs unterhalten.«

Schweigend gingen sie durch das nächtliche Präsidium und traten schließlich auf die menschenleere Straße. Es fehlten noch ein paar Stunden bis Mitternacht, und die Temperatur war weiter gefallen.

»Big Brother. So nenne ich ihn. Den Anführer. Banküberfälle sind seine Droge. Für seinen Kick oder Rausch braucht er immer aufregendere Settings. Den Überfall auf den Geldtransport in Farsta hat er im Rollstuhl sitzend eingeleitet. Das war ihm damals noch genug. In Svedmyra sind sie mit dem Dodge-Van vorgefahren. Das hat ihm zu diesem Zeitpunkt gereicht. Aber dann musste er die Dosis immer weiter erhöhen. Also wurden daraufhin zwei Banken gleichzeitig überfallen, die eine hat er selbst übernommen, die andere seine beiden Partner.«

Am Ende der Hantverkargatan deutete Broncks fragend auf die Brücke an der Mündung des Riddarfjärden. Sanna nickte und folgte ihm.

»Nächstes Mal muss er sich also weiter steigern. Vielleicht noch mehr Banken ausrauben oder mehr Schüsse abfeuern. Für seinen Kick muss der Einsatz ständig erhöht werden. Für diese Art von Sucht ist nur ein einziges Ende möglich. Der Tod.«

Das Gewässer zu ihrer Rechten lag glatt und ruhig da, die Mälarseedampfer würden erst am nächsten Tag wieder verkehren, und auch auf den Gleisen zu ihrer Linken herrschte Stille.

»Big Brother?«, hakte Sanna nach.

Er blieb stehen, lehnte sich an die Bank in der Mitte der Brücke und betrachtete sie. Sie kannte ihn besser als die meisten anderen. Oder glaubte es zumindest.

»Ich weiß, was du denkst, aber so verdammt einfach ist es auch wieder nicht. Wenn du denkst, dass ich einem Täter den Charakter meines Bruders aufdränge, dann irrst du dich. Sie sind nicht … sie haben andere Beweggründe.«

»Woher willst du das wissen? Beides sind große Brüder, die Gewalt anwenden.«

»Aber er tut es … um sich zu bereichern.«

»Willst du damit sagen, dass dein Bruder zugunsten eines anderen gemordet hat?«

Er bedachte sie mit einem kühlen Blick.

»Sanna?«

»Ja?«

»Manchmal begreife ich nicht, wovon du eigentlich redest.«

Schweigend gingen sie über den Riddarholmen, ein Inselchen mit alten Palästen, in denen niemand mehr wohnte, und strebten auf das vor ihnen aufragende Södermalm zu. Sie erklommen die Treppe, die zum Aussichtspunkt mit dem wunderbaren Blick über die Stadt führte, die bald schlafen würde. Schulter an Schulter schauten sie über die Dächer und Gassen, und ihre Stimme klang nicht mehr so unpersönlich wie sonst. Das war schon den ganzen Tag so.

»Wir sind uns einmal … kurz begegnet«, sagte sie. »Hast du es gemerkt, John? Auf der Kungsgatan.«

Sie sah ihn an, so wie er es sich erhofft hatte.

»Ich habe dich gesehen. Aus der Ferne.«

Ich habe dich gesehen.

»Es war im Sommer an einem Samstag vor ein paar Jahren. Jede Menge Leute auf der Straße. Ich wollte deinen Blick auffangen, John, als wir aneinander vorbeigingen, doch du hast weggeschaut.«

Du hast mich gesehen. Und ich habe weggeschaut.

Während der vergangenen zehn Jahre hatte er sich dieses Gespräch mehrmals täglich ausgemalt. Sanna war ständig bei ihm gewesen, von morgens früh bis abends spät. Wie gerne hätte er ihr erklärt, warum er sie damals gebeten hatte, in seiner Abwesenheit ihre Sachen zu packen. Er hätte ihr erzählt, wie ihm schon auf dem Heimweg der Gedanke an die Leere in der Wohnung den Hals zugeschnürt hatte. Verzweifelt hatte er um jeden Atemzug gekämpft. Dann diese entsetzliche Wanderung durch die Räume mit den kahlen Wänden, die Panikattacke, das Herzrasen, sein Kollaps in der Diele und der zweitägige Krankenhausaufenthalt.

Und jetzt stand sie zum Berühren nahe vor ihm. Wenn er sich bewegte, wäre der Bann dieses Moments gebrochen. Da beugte sie sich vor und küsste ihn, und er erwiderte ihren Kuss, als er davon überzeugt war, dass er von Herzen kam.

Er weinte.

Weinend hielt er sie in seinen Armen und konnte nicht aufhören. Nicht einmal bei der Beerdigung seines Vaters hatte er geweint, denn man kann nicht um jemanden weinen, dem man nicht vergeben hat.

»Ich habe dich auch gesehen«, sagte er.

»Wie bitte?«

»Damals, auf der Kungsgatan. Ich habe dich gesehen, aber …«

»Du hast mich gesehen und dir nichts anmerken lassen?«

Eigentlich hätte er sich jetzt nach ihrem Leben erkundigen müssen und danach, wie es ihr eigentlich ging.

»Wie du dir auch damals, als wir zusammenlebten, nichts hast anmerken lassen?«

Er hätte nach ihrer Schwester fragen müssen, ob sie sich inzwischen ihr Traumhaus gekauft hatte, und wieso sich Sanna bei der Kriminalpolizei Stockholm City beworben hatte. Und ob ihr ein anderer Mann so nahegekommen war wie John.

»John, erinnerst du dich … an das letzte Mal?«

Sie schreit.

»Nein, ich kann mich nicht mehr erinnern.«

Sie schreit: »Du bist so hart!« Dann noch einmal: »Du bist so wahnsinnig hart!« Dann schließt sie die Tür und verschwindet.

»Kannst du dich nicht erinnern, wie du alle meine Sachen in eine blaue IKEA-Tasche gepackt hast? Du … du hast dich kein bisschen verändert! Du bist immer noch wie damals, obwohl du dich an nichts erinnerst. Du bist unnahbar.«

Sie weinte nicht. Er weinte. Sie ging auf den Taxistand und die Bushaltestelle zu. Dieses Mal drehte er sich nicht um, denn er wollte sie nicht verschwinden sehen.

Leo stand am Fenster und betrachtete die Pfützen auf dem Hof. Hinter ihm auf dem Bettsofa saß seine Mutter in einem Nachthemd, das sich sehr von denen unterschied, die Anneli trug. Sie schob die Zierkissen auf den schachbrettgemusterten Boden.

Er ließ das Rollo herunter, drehte sich um und schob seine Mutter behutsam vom Bettsofa.

»Ich mach das schon. Ist ein bisschen tricky.«

Er drückte die eine Ecke nach unten und packte gleichzeitig die Stoffschlaufe, dann zog er. Die Matratze gab nach, er klappte sie auf und zog sie in voller Länge aus. Das Bettsofa erstreckte sich über vier PVC-Platten, zwei weiße und zwei schwarze, die ihrerseits den Tresor und den Eingang zum Waffenlager verbargen. Er löste die Bänder, die die Decke hielten, und strich dann das Laken mehrere Male glatt.

»Ehrlich gesagt hat es mich nicht erstaunt, Leo.«

»Was denn?«

»Dass du dich um Vincent gekümmert hast, als er nach Stockholm gezogen ist.«

Sie streichelte seine Hand, und trotz der Vertrautheit dieser Geste erschauerte er – wie am Morgen, als sie zusammen durch die Bahnhofshalle gegangen waren.

»Vincent kommt auch gut allein zurecht.«

»Ich weiß doch, dass das nicht stimmt. Zumindest nicht ganz. Du hast dich immer um ihn und um Felix gekümmert. Ja, sogar um mich und deinen Vater.«

Abwehrend schüttelte er den Kopf.

»Mama …«

»Leo, wenn du nicht eingegriffen hättest, wäre ich gestorben. Er hätte einfach nicht aufgehört.«

Sie sah seinen schuldbewussten Blick, ignorierte ihn aber.

»Ich bin so stolz auf dich. Du bist immer bereit, Verantwortung zu übernehmen. Du drückst dich nie.«

»Mama, bitte hör auf.«

Sie ergriff jetzt seine andere Hand.

»Dir ist geglückt, was ihm misslungen ist. Du hast eine Firma gegründet, die gut läuft und auch deine Brüder mit Arbeit versorgt. Du bist ihnen ein besserer Vater, als er es jemals war. Dabei war er eigentlich wie du. Fürsorglich, liebevoll, zumindest am Anfang.«

Sie schwieg ein Weilchen. Dann fuhr sie mit härterer Stimme fort: »Wir sind uns ähnlich, weißt du? Wir können beide eine Menge einstecken, Leo. Das ist dir vielleicht nicht so bewusst, aber wir sind von gleichem Schrot und Korn.«

Bald würde sie ihn durchschauen und erkennen, dass das, was sie für Schuld hielt, in Wirklichkeit Scham war. Also lächelte er und umarmte sie.

»Gute Nacht, Mama.«

Ohne sich noch einmal umzudrehen, schaltete er die Deckenlampe aus, als er das Zimmer verließ.

Sie glaubte, dass ihr Bett auf einem stabilen Holzfußboden stand, den ihre beiden jüngeren Söhne verlegt hatten. Die Wahrheit darüber, was sich darunter verbarg, hätte sie niedergeschmettert. Sie glaubte, ihr ältester Sohn betreibe ein Bauunternehmen, bei dem er seine Brüder angestellt hatte. Sie dachte genau das, was alle denken sollten. Und sah genau das, was alle sehen sollten.

Und trotzdem war ihm nicht wohl dabei.

Er betrachtete das Küchenfenster und entdeckte darin das Spiegelbild des Menschen, der ihrer Meinung nach große Ähnlichkeit mit ihr hatte und der Verantwortung übernahm.

Langsam atmete er aus, bis die Scheibe beschlug und sein Spiegelbild verschwand.

Nur noch einmal. Der letzte und bislang größte. Ein dreifacher Bankraub. Fünfzehn Millionen Kronen. Dann würde er die restlichen Waffen verkaufen und Felix' Studium finanzieren. Danach würde er wieder wie sie sein. Wenn sie danach aufhörten, würde nie jemand etwas erfahren.

55

Nichts durfte auf dem Couchtisch liegen, wenn seine Lieblingssendung begann – mit Ausnahme eines nagelneuen Notizblocks mit leeren weißen Seiten. Er hatte ihn zusammen mit den Zeitungen in Jönssons Kiosk gekauft. Eigentlich las er nur selten die Zeitung, aber in der letzten Woche war er jeden Tag gegen vier Uhr nach unten zum Ortskern gelaufen, um die Tageszeitungen und die Abendzeitungen zu kaufen, die jetzt auf dem Sofa lagen. Schneidebrett, Messer, Aschenbecher, Wein, Tabakkrümel, die roten Ringe von den Weingläsern – alles war weggeräumt und weggewischt.

Er rutschte näher an den Zeitungsstapel heran und blätterte darin, ohne recht zu wissen, wozu, denn er hatte jeden Artikel bereits mehrmals gelesen. Aber die Fernsehsendung, deren Ende er abwartete, zeigte immer neue Bilder aktueller Verbrechen, die noch nicht in die Zeitungen gelangt waren, und lieferte Informationen, die die Polizei in der Bevölkerung verbreiten wollte. Die Bullen schienen sich wichtig zu nehmen, obwohl sie kaum mehr als Kulisse waren.

Ivan war nicht besorgt, sondern ungeduldig. Ein so starkes Kribbeln hatte ihn befallen, dass er nicht still sitzen konnte. Als er seine Lesebrille aus der Brusttasche ziehen wollte, blieb sie am Umschlag mit den 19 000 Kronen in Fünfhundertern hängen. Er war bedeutend schmaler als an jenem Herbsttag, als Leo ihn zum ersten Mal nach viereinhalb Jahren aufgesucht hatte, um ihm 43 000 Kronen zu überreichen, obwohl er ihm nichts schuldig war.

Ivan legte die oberste Zeitung beiseite. Die Titelseite des nächsten Blattes zeigte einen schwarz gekleideten Bankräuber mit angelegter Waffe. In der zermürbenden Schlange des Ösmoer Supermarktes war sein Blick auf die Abendzeitungen und das Wort »Militärliga« gefallen. Als er schließlich zur Kasse vorgerückt war, hatte er Näheres erfahren. Die aus dem Militärdepot entwendeten Waffen waren bei einem Raubüberfall in Sköndal eingesetzt worden, was ganz in der Nähe eines Sommerlagers für Behinderte lag, in dem Britt-Marie etliche Jahre gearbeitet hatte, und für zwei Banküberfälle knappe fünfhundert Meter von seinem Haus entfernt.

Sköndal. Ihre Gegend. Laut Angaben der Polizei so entlegen, dass nur ein Einheimischer diesen Ort hatte wählen können.

Ösmo. Seine Gegend. Acht brutale Schüsse in Form eines Smileys wurden besonders hervorgehoben.

Im Zuge dieser Gedanken schwand sein Interesse für den Text, und er konzentrierte sich stattdessen auf die Fotos. Zwei Schwarz-Weiß-Fotos von dem sogenannten Anführer waren in allen Zeitungen erschienen. Etwas unscharf zwar, aber trotzdem. Breite Schultern. Augen hinter der Vermummung, als stünde sie da und sähe ihn an. Ein Mund mit schmalen, zusammengepressten Lippen, der seinem eigenen glich.

Ivan legte den Block zurecht und hob den Bleistift.

Jetzt begann die Sendung.

TÄTER GESUCHT. Laut Programmvorschau würde die heutige Sondersendung von den Taten der Militärliga handeln – vermutlich in der Hoffnung auf sachdienliche Hinweise.

Ivan strich die Seiten seines Blocks glatt und betrachtete den Moderator, der vor den Bullen stand und vom größten Waffendiebstahl in der schwedischen Geschichte und von den sechs schweren Raubüberfällen berichtete, die möglicherweise denselben Tätern zuzuschreiben waren.

Sechs Raubüberfälle, notierte Ivan. In den Zeitungen war nur von vieren die Rede gewesen.

Bilder von Schalterhallen mit Einschusslöchern. Glasscherben auf dem Boden, geöffnete Tresortüren. Ein Geldtransporter in Farsta. Die Handelsbanken in Svedmyra, die Handelsbanken und die SE-Banken in Ösmo. Die Sparbanken in Rimbo und die SE-Banken in Kungsör.

Er schrieb weiter. Neue Informationen.

Rimbo. Kungsör.

Dann ein Kameraschwenk durch die Halle des Stockholmer Hauptbahnhofs, in der eine Bombe explodiert war. Entsetzte Leute drängten sich hinter einer Absperrung.

Bombe?

Er notierte sich das Wort, konnte sich aber nichts Konkretes darunter vorstellen. Er kannte sich mit Waffen aus und konnte auch Überfälle nachvollziehen, aber das Wort Bombe passte nicht zum übrigen Muster.

Jetzt beschrieb der Moderator die Mitglieder der Bande. Ihre militärische Ausbildung. Ihren athletischen Körperbau. Er erwähnte, dass sie dialektfreies Schwedisch sprachen und wahrscheinlich nicht vorbestraft waren.

Schwedisch ohne Dialekt.

Nicht vorbestraft.

Und dann ganz neue, bewegte Bilder.

Derartiges war bislang noch nicht ausgestrahlt worden. Sequenzen verschiedener Überwachungskameras, kurz bevor sie zerschossen wurden. Diese Filmschnipsel währten manchmal nur wenige Sekunden. Der Anführer wurde als 180 bis 185 Zentimeter groß und 80 bis 85 Kilo schwer beschrieben.

Ivan ließ den Stift fallen und hörte ihn über den Tisch auf den Fußboden rollen. Dabei musste er doch genau diese Dinge aufschreiben. Größe. Gewicht. Alles, was er noch nicht wusste. Alle neuen Angaben. Zu diesem Zweck hatte er den Block gekauft.

Aber das war jetzt überflüssig.

Obwohl die Sequenz nur wenige Sekunden dauerte, erkannte er das Muster, das sich von der kleinsten Zelle bis zum gesamten Bewegungsablauf wiederholte.

Ivan streckte die Hand nach der bislang unangetasteten Weinflasche auf dem Fußboden aus. Er öffnete sie und trank so lange, bis er Atem holen musste.

Jetzt wusste er es.

56

Sie fuhren sechs Stunden durch Schweden, um zum Ausgangspunkt ihres letzten Raubüberfalls zu kommen, und schlugen zwei Kilometer außerhalb der Kleinstadt Ullared ihr Lager auf. Der Ort hatte zwar nur knapp tausend Einwohner, war aber gleichzeitig Standort des größten schwedischen Outlet-Warenhauses, das Kauflustige aus dem ganzen Land anzog. Der Umsatz erreichte seinen Höhepunkt in den Schulferien, wie jetzt zu Ostern. Das Warenhaus lag gegenüber von den drei Bankfilialen, deren Tresorräume momentan mit Sicherheit gut gefüllt waren.

Mit Isomatten, Schlafsäcken, gefriergetrocknetem Essen und Wasser, das sie mit einem Gaskocher erhitzten, hatten sie sich in einem Wäldchen häuslich eingerichtet. An dem Fahrzeug, das sie vor einer Woche angemietet hatten und mit dem sie hergefahren waren, hatten sie bereits die nötigen Veränderungen vorgenommen. So hatten sie in den Laderaum des Kleinlasters eine Wand eingezogen. Nach Einbruch der Dunkelheit fuhren sie in die nächste größere Stadt, Varberg, um dort den Lieferwagen zu stehlen, den sie für den Überfall benötigten.

In der folgenden Nacht hielten sie abwechselnd Wache, während die anderen schliefen oder es zumindest versuchten. Felix lag wach und starrte in den blauschwarzen Sternenhimmel, während die Feuchtigkeit durch die Isomatte in seinen Körper kroch. Irgendetwas stimmte nicht. Die nächtliche Stille im Wald wurde nur von gelegentlichem Hundebellen unterbrochen, das auf einen Hundezwinger schließen ließ.

Um fünf Uhr morgens standen sie auf und nahmen ein Frühstück aus Kaffee und belegten Broten zu sich.

Sie füllten den Tank des gestohlenen Lieferwagens mithilfe von vier mitgebrachten Benzinkanistern auf. Anschließend nahmen sie wieder auf ihren Isomatten Platz, breiteten die Luftaufnahmen der Gegend auf dem Boden aus und besprachen ihr Vorhaben noch einmal Schritt für Schritt. Leo würde Bank 1 allein überfallen, Vincent und Jasper Bank 2 und schließlich alle gemeinsam Bank 3.

Während des gesamten Ablaufs würde Felix die Zufahrtsstraßen der Stadt durch ein Loch im Dach des Lieferwagens im Auge behalten. Soeben war er damit beschäftigt, die kreisrunde Öffnung zurechtzusägen, wobei ihm der Schweiß in die Augen lief.

»Vincent? Kannst du mir helfen?«

Sein kleiner Bruder öffnete die quietschende Tür, stellte sich auf den Sitz und drückte das schon locker sitzende Blech nach oben. Mit vereinten Kräften lösten sie es ganz und warfen es in den Graben.

»Felix?«

»Ja?«

»Das kann nicht gut gehen.«

Vincent empfand offenbar dieselbe Besorgnis, die Felix wach gehalten hatte.

»So ein ungutes Gefühl hatte ich noch nie.«

»Ich sitze am Steuer, und solange ich da bin, geht auch alles glatt. Okay?«

Er wollte gerne daran glauben, aber es gelang ihm nicht.

Ein letztes Mal.

Dies war ihr Ziel gewesen. Drei Banken gleichzeitig. Zehn, fünfzehn, vielleicht sogar zwanzig Millionen. Dann hatten sie genug. Der Antrieb war, genug Geld zu erbeuten und außerdem etwas noch nie Dagewesenes durchzuführen.

»Ein letztes Mal, Vincent. Dann verschwinden wir. Und niemand wird je wieder etwas von der Militärliga hören.«

Hier in Ullared, auf dem Parkplatz vor den drei Banken, herrschte ein anderes Licht. Im Wald war es gedämpfter, grüner gewesen, aber das Tageslicht, das nun durch das Loch im Dach des Lieferwagens fiel, erschien Felix schärfer, kontrastierender, deutlicher. Es war, als sähe er das Maschinengewehr jetzt zum ersten Mal. Obwohl es über ein halbes Jahr lang in ihrer Waffenkammer gelegen hatte, war er ihm bislang noch nie so nahe gekommen. In seinen Händen hielt er eine elf Kilo schwere Waffe, mit seitlich herabhängenden Patronengürteln, die alles zerreißen würde, was ihr in die Quere kam.

Das Sturmgewehr, das während der bisherigen Überfälle im Fluchtfahrzeug auf seinen Knien gelegen hatte, wirkte verglichen damit zierlich, fast unscheinbar. Das Maschinengewehr hingegen war eine Bestie, ein großer weißer Hai anstelle eines Hechts.

Er klappte das Stativ aus und setzte sich dann in dem engen Laderaum zurecht, um die unhandliche Waffe zu packen, über seinen Kopf durch die ausgesägte Öffnung zu schieben und aufs Dach zu legen. Die Patronengürtel rasselten wie ein Kettenpanzer, und er versuchte das Geräusch mit den Unterarmen zu dämpfen.

Er kam sich vor wie in einem Kriegsgebiet aus den Fernsehnachrichten, wie in einem dieser Bürgerkriege, in denen ein Guerillakämpfer auf einem Hügel lag und auf ein Dorf hinunterfeuerte. Jetzt war er also derjenige, der seinen Kopf durch ein Loch schob und mit einem Gewehr auf die Leute in einer typischen schwedischen Kleinstadt zielte.

Drei benachbarte Banken am Hauptplatz. Ganz rechts hatten Jasper und Vincent bereits die SE-Banken betreten. Felix hörte Jaspers Anweisungen an die Kunden und Angestellten, sich verdammt noch mal auf den Fußboden zu legen. Die Schalterbeamtin der mittleren Bank, der Handelsbanken, hatte die Schüsse gehört und sah aus dem Fenster. Ihr Blick fiel auf Felix, der die Zufahrtsstraßen mit einem Maschinengewehr in Schach hielt. Als sie sich weiter umsah, entdeckte sie einen schwarz vermummten Mann, der die Nachbarbank betrat. Also schloss sie die Tür ab und ging hinter dem Tresen in Deckung.

Im Vorbeigehen hörte Leo, wie die Tür der Bank, die sie in genau 180 Sekunden ausrauben wollten, abgeschlossen wurde. Doch vorher wollte er sich die links daneben liegenden Sparbanken ganz allein vorknöpfen.

»Alle mal herhören!«, rief er, als er die Tür öffnete. »Dies ist ein Überfall. Legen Sie sich alle mit ausgestreckten Armen auf den Bauch. Wer meinen Anweisungen folgt, darf in fünf Minuten wieder aufstehen und nach Hause gehen.«

Er sah sich um und erkannte, dass eine Bank wie die andere war.

Vorn die Kasse, weiter hinten der Tisch des Kundenberaters, der die Kreditanträge bearbeitete, ganz hinten im Personalbereich der Tresorraum. Die einzige Unwägbarkeit war die Anzahl und Reaktion der im Schalterraum anwesenden Personen.

Er zählte drei Kunden – zwei junge Frauen in Annelis Alter und einen älteren Mann in einem grauen Mantel, wie ihn sein Großvater im Frühling immer zu tragen pflegte. Außerdem vier Angestellte, drei hinter dem Tresen und eine, die sich gerade eine Tasse Kaffee geholt hatte.

Alle befolgten seine Anweisungen.

Sie legten sich hin und schauten auf den polierten Steinfußboden.

»Sie da, mit dem Kaffee!«

Die Kassiererin hatte ihre dampfende Tasse sorgfältig auf dem Schreibtisch abgestellt, ehe sie sich auf den Boden legte.

»Nehmen Sie die Tasche und füllen Sie sie mit dem Geld aus den Kassen. Beeilen Sie sich, aber keine Sorge, es geht mir nur ums Geld. Anschließend führen Sie mich in den Tresorraum. Sobald die Tasche voll ist, verschwinde ich, und Sie sehen mich nie wieder.«

Zum zweiten Mal raubte er nun ganz allein eine Bank aus. Es war vollkommen still. Nicht einmal Atemzüge waren zu hören, nur die Klimaanlage. Im Gegensatz zu Ösmo, wo eine Frau unablässig geschrien hatte, lief es hier perfekt. Er hatte jede verstreichende Sekunde voll im Griff.

Die Kassiererin war eine gute Wahl gewesen. Systematisch leerte sie das Geld aus den Kassen in die Tasche. Ihr Blick, der Leo streifte, war unvoreingenommen. Er bewahrte die Ruhe, also blieb auch sie gelassen. So einfach war das.

»Gut machen Sie das. Sie bringen die Leute hier drinnen nicht unnötig in Gefahr. Das weiß ich zu schätzen.«

Seite an Seite gingen sie zum Tresorraum. Auf ihrem Namensschild stand ihr Vorname, Petra. Während sie aufschloss, prüfte er, wie viel Zeit ihm noch blieb.

»Petra?«

Sie sah ihn an, während sie die Safetür öffnete.

»Alles läuft nach Plan. Lassen Sie sich Zeit.«

Auf den Regalen lagen zweieinhalb, vielleicht drei Millionen. Weniger, als er gehofft hatte. Aber der Ertrag der beiden anderen Banken würde das schon ausgleichen. Petra füllte die Tasche mit Geldbündeln.

Ein letzter Blick in den Schalterraum.

Alle lagen mit ausgestreckten Armen auf dem Boden.

Wie im Fernsehen – so hatte Felix die Überfälle immer von außen wahrgenommen. So auch jetzt, als er auf ein Bankgebäude nach dem anderen zielte. Ein Fernsehbericht über einen Krieg, drei Fernseher mit drei verschiedenen Sendern. Drei rechteckige Bankfenster, aus denen schwaches, gelbliches Licht nach außen drang. Drei Fernseher, in denen sich parallele Szenen abspielten.

Auf dem Bildschirm links war die Sparbanken zu sehen: Ein schwarz vermummter Mann, Leo, folgte einer Kassiererin, die eine Tasche mit Scheinen füllte. Der rechte Bildschirm zeigte die SE-Banken: zwei vermummte Männer in Schwarz, Vincent und Jasper, von denen der eine die Kassen ausräumte, während der andere mit vorgehaltener Waffe einen Angestellten zum Tresorraum begleitete. Auf dem mittleren Bildschirm sah man die Angestellten der Handelsbanken, die sich so weit wie möglich in den hinteren Bereich des Gebäudes zurückzogen.

In Svedmyra, Rimbo und Kungsör hatte es nur einen Bildschirm gegeben, in Ösmo zwei. Hier hingegen spielte sich die Show seines Bruders auf drei Geräten ab.

Doch plötzlich verwandelte sich die unwirkliche Show in krasse Realität, denn die drei Filme wiesen eine unerwartete neue Handlung auf. Neue Dialoge, neue Szenen, neue vom Drehbuch nicht vorgesehene Darsteller. Drei zufällige Unterbrechungen, die die Illusion zerstörten. Was Felix nun mit ansah, ließ sich nicht mehr auf ein Fernsehdrama reduzieren. Menschen aus Fleisch und Blut traten aus dem Bild heraus. Wirkliche Menschen, die verwundbar waren. Und hier stand er selbst mit einem echten Maschinengewehr in der Hand, das achthundert tödliche Schüsse pro Minute abfeuern konnte.

Als Erstes stieg ein älterer Herr in Tarnjacke und Basecap mit Reflektorstreifen aus seinem Auto. Während seine Frau auf dem Beifahrersitz wartete, öffnete er den Kofferraum und hob einen Koffer mit einem Jagdgewehr heraus. Dann ging er entschlossen auf das Maschinengewehr zu, mit dem Felix auf ihn zielte, und baute sich vor ihm auf.

»Was soll der Unsinn?«

Felix behielt ihn im Visier seines Maschinengewehrs.

»Verschwinden Sie!«

Aber der alte Mann blieb einfach stehen, schaute trotzig in den Lauf und entsicherte sein Jagdgewehr.

Er oder der alte Mann. Ihm blieb keine Wahl.

Sie zielten aufeinander, und Felix wusste, dass er schießen musste. In diesem Augenblick stieg die Frau aus dem Auto, schrie ihren Mann an und zerrte an seiner Jacke.

»Bitte, Bengt, hör auf. Komm jetzt mit!«

Beinahe wäre es geschehen, und zwar in *Wirklichkeit*.

Dann verließ Leo die Bank. Seiner Haltung war zu entnehmen, dass er alles im Griff hatte … bis er abrupt innehielt.

Die Tasche in Leos Hand explodierte. Eine rote Farbwolke stieg aus dem geöffneten Reißverschluss auf, verfärbte seine dünnen Lederhandschuhe und drang in seinen Mund, seine Nase und seine Augen.

Eine verdammte Farbbombe.

Zwei Millionen Kronen, vielleicht sogar mehr, waren zerstört.

Ich hatte die Bank im Griff. Wir hatten eine Abmachung. Und sie hat alles ruiniert.

Während er die rauchende Tasche wie eine Bombe vor sich hochhielt, trat er die Glastür auf und stieg über die Kunden hinweg, die sich immer noch auf den Boden drückten.

»Habe ich nicht gesagt, dass alle wieder nach Hause dürfen, wenn meine Anweisungen befolgt werden?«

Er wusste genau, wo sie sich befand – unter dem Tresen der Kasse 2.

»Petra!«

Die Kaffeetasse stand immer noch dort.

»Petra! Kommen Sie raus!«

Sie gehorchte und sah ihn dabei an – jetzt waren ihre Augen voller Verachtung.

»Sie haben mir eine Farbbombe untergejubelt! Ich habe Ihnen vertraut, und Sie haben dieses Vertrauen missbraucht!«

»Ich habe nur meine Arbeit getan.«

Obwohl Angst in ihrer Stimme mitschwang, sprach sie ohne Zögern.

»Sie waren für das Leben aller Anwesenden verantwortlich! Das ist jetzt Ihre Schuld!«

Dann begann er um sich zu schießen. Wahllos, bis das Magazin leer war. Schutzscheiben, Stuhllehnen, Wände, Decken. Unverwandt sah sie ihn an. Weinend. Sie war davon überzeugt, dass sie sterben würde.

»Ihre verdammte Schuld!«

Daraufhin trat er mit der Tasche ins Freie, während sich der rote Rauch allmählich verflüchtigte. Noch eine Bank.

Felix hatte seinen Bruder noch nie so erlebt, zumindest nicht in einer Situation, die totale Selbstbeherrschung erforderte. Er war ausgerastet und hatte in blinder Wut um sich geschossen. Wie Ivan, dachte Felix, hatte auch Leo die Kontrolle verloren, als er sich von einer Frau verraten fühlte, und war umgekehrt, um sie zu bestrafen. Vom Dach des Lieferwagens war nicht zu erkennen gewesen, ob jemand getroffen worden war, aber Felix bezweifelte es. Die Realität, die in Gestalt des alten Mannes mit dem Jagdgewehr über ihn hereingebrochen war, war nicht mehr zu leugnen.

Dann kam sein kleiner Bruder.

Vincent erreichte die mittlere Bank mit ihrer inzwischen verschlossenen Tür als Erster. Er zertrümmerte das Schaufenster mit dem Gewehrkolben, wobei der Bildschirm in die Brüche ging, rannte ins Gebäudeinnere und befahl den Anwesenden, sich hinzulegen. Alle mit Ausnahme einer älteren Dame befolgten seine Anweisung.

Die Frau ging mit ausgestreckter Hand auf ihn zu, als wollte sie sich mit einer Bitte an ihn wenden. Eine ausgestreckte Hand, die falsch interpretiert wurde. Felix sah, wie Vincent sich umdrehte und seine Waffe anlegte, ehe ihm bewusst wurde, dass die alte Dame keine Bedrohung darstellte. Während das Gewehr auf sie zielte, begann sie so laut zu flehen, dass es bis zum Fluchtfahrzeug zu hören war.

»Nicht schießen! Bitte! Nicht schießen!«

Um Haaresbreite hätte sein kleiner Bruder einen Mord begangen. Noch nie war die Realität gegenwärtiger gewesen als in diesem Moment, als Vincent mit seiner Waffe auf den Boden zielte und zu begreifen versuchte, was er beinahe getan hätte.

Plötzlich kehrten die drei parallelen Filme zu ihrer vorbestimmten Handlung zurück. Die Bankräuber verließen die dritte Bank durch den zerbrochenen Bildschirm, rannten zum Lieferwagen, rissen die Seitentür auf und warfen die Taschen hinein, während Felix das Maschinengewehr vom Dach nahm und sich ans Steuer setzte.

Sekunden später schlängelten sie sich im Zickzack zwischen den Fahrzeugen hindurch, die in Schreckstarre angehalten hatten.

Vincent nahm an, dass sie mit etwa hundertzwanzig Stundenkilometern die schmale Landstraße entlangrasten. Kalte Luft strömte durch das Loch in den Wagen, und das ganze Dach klapperte. Leo saß vor ihm und wühlte wutentbrannt in einer Tasche mit roten Geldscheinen.

»So eine verdammte Scheiße! Zwei Millionen! Alles rot!«

Vincent hallte das Flehen der alten Frau in den Ohren nach, und er spürte noch immer die Anspannung seines Zeigefingers auf dem Abzug.

Er fand sie sehr mutig. Ebenso die Kassiererin, die dem Bankräuber trotz ihrer Angst eine Farbbombe in die Geldtasche geschmuggelt hatte.

»Diese verdammte Schlampe! Alles rot!«

Leo tobte sich aus, während Vincent durch das Loch im Dach die Baumwipfel betrachtete. Der Wald wurde dichter, und es waren nur noch wenige Kilometer bis zu dem Waldweg, auf den Felix bald einbiegen würde.

»Und ihr beiden? Wie viel habt ihr erbeutet?«

»Keine Ahnung«, erwiderte Jasper.

»Mensch, schätz doch mal.«

»Höchstens … vierhunderttausend. Insgesamt. Der Tresor in der ersten Bank war ganz leer.«

Falsche Antwort.

Die Tasche prallte an der Rückwand ab, als Leo sie nach hinten warf.

»Nur lausige vierhunderttausend!«

Beim Verlassen der Landstraße hatten sie das Tempo verlangsamt, aber als der Wagen über die Unebenheiten rumpelte, beschleunigte Felix wieder. Der Waldweg zog sich in die Länge und begann anzusteigen. Auf halber Höhe hörten sie den ersten Knall. Vincent hörte ihn nicht nur, sondern spürte ihn auch. Ein eindeutiger Knall. Der nächste noch kräftigere schien von einem Holzhammer herzurühren. Auf einmal verloren sie an Geschwindigkeit, und er wusste sofort, was geschehen war.

Er verspürte das unzweideutige Gefühl eines verendenden Motors.

Felix zog die Handbremse an und stieg aus.

»Da tut sich … nichts! Der Motor springt nicht mehr an!«

Mit einer Taschenlampe in der Hand kroch Felix unter den Lieferwagen.

»Die Benzinleitung, Leo. Sie ist abgerissen!«

»Sicher?«

»Ja.«

»Zuerst die Farbbombe und jetzt das hier! Scheiße! Scheiße! Scheiße! Wir müssen den Wagen nach oben schieben und dann rollen lassen. Das letzte Stück gehen wir zu Fuß, dann hinken wir dem Zeitplan um mindestens zwanzig Minuten hinterher!«

Acht junge Arme schoben den schweren Lieferwagen den Berg hinauf, und mit jedem Meter verringerte sich die ihnen noch verbleibende Zeit. Als sie den Kamm erreicht hatten, sprang Felix hinters Steuer und lenkte den Wagen, kurz bevor er gänzlich zum Stillstand kam, in den Wald. Bis zu dem wartenden Fahrzeug waren es noch zwei Kilometer. Sie begannen zu rennen.

Der Kleinlaster stand wie noch vor einer knappen Stunde auf einem Wendeplatz umgeben von Bäumen, Felsbrocken und aufgestapelten Baumstämmen. Hätte ein neugieriger Spaziergänger die Türen geöffnet, hätte er nichts anderes als Ballen aus kratzigem, rauem, flockigem Isoliermaterial gesehen. Vincent, Leo und Jasper erklommen die Ladefläche und zwängten sich zwischen den Ballen bis zur herausnehmbaren Wand vor der Fahrerkabine durch, die sie in ihrer Garage in Tumba eingebaut hatten. In der dahinter liegenden Geheimkammer würden sie sich auf ihrer Fahrt nach Göteborg bis zum nächsten Fahrzeugwechsel verstecken.

»Siebenundzwanzig Minuten Verspätung«, sagte Leo.

Inzwischen war es der Polizei vermutlich gelungen, Straßensperren zu errichten.

Felix war beinahe bereit. Er hatte seine Bankräubermontur gegen seine Arbeitskleidung getauscht und würde nun seinen Platz am Steuer einnehmen.

»Zweimaliges Klopfzeichen, wenn wir die Waffen entsichern sollen. Okay?«

Felix nickte und schob die Zwischenwand wieder an ihren Platz zurück.

In dem winzigen Raum herrschte vollkommene Dunkelheit.

Es war sehr eng, und Vincent saß dicht neben Leo, fast schon auf ihm, als sie vom Waldweg auf die Landstraße rumpelten. Jasper saß auf Leos anderer Seite, genauso nah. Sie waren von vollkommener Schwärze umgeben, einer organischen, lebendigen Dunkelheit, die einem Gewebe gleich aus der Wand in ihr Versteck zu wuchern schien.

Jedes Mal wenn Leo in kurzen, angestrengten Atemzügen ausatmete, spürte Vincent, wie der warme Hauch über seine Wange strich. Und jedes Mal, wenn der Kleinlaster seine Geschwindigkeit verlangsamte, wurden sie von der Dunkelheit förmlich aufgesogen, und die Bewegungen des Wagens pflanzten sich in seiner Brust fort.

Aber nicht dieses Mal.

Felix hatte tatsächlich angehalten.

Sie hörten das erste Klopfen, dann das zweite.

Vincent spürte, wie sich Leo zur Seite drehte, um seine Waffe zu entsichern. Jasper folgte seinem Beispiel. Das Klicken hallte in dem engen Raum wider. Vincent wurde bewusst, dass er die ganze Nacht und den ganzen Tag auf genau diesen Moment gewartet hatte.

Das kann nicht gut gehen.

Er wusste, wie eine Straßensperre aussah. Zwei Streifenwagen mit Blaulicht. Vier Beamte. Einer hielt ein Schild mit der Aufschrift *Polizei* in die Höhe und stoppte so die Fahrzeuge.

Auch Felix hatte kaum ein Auge zugetan. Obwohl er niemandem davon erzählt hatte, konnte Vincent es an seinen müden Augen erkennen. Er war seit dreißig Stunden wach.

Felix kurbelte das Fenster runter, und sie konnten alles durch die dünne Wand mithören.

»Ihren Führerschein, bitte!«

Eine junge Stimme, kaum älter als Leos. Dann Stille. Felix verwahrte sein Portemonnaie immer in der Brusttasche und zog es vermutlich gerade hervor.

»Wo kommen Sie her, und wohin sind Sie unterwegs?«

»Wo ich herkomme?«

»Ja, wo waren Sie?«

»Ist was passiert?«

Es wurde wieder still. Vincent stellte sich vor, wie der Beamte Felix' Führerschein überprüfte, während sein Kollege einige Schritte entfernt wartete.

»Ich habe gefragt, wo Sie herkommen und wo Sie hinfahren.«

»Zu einem Sommerhaus in Tylösand. Der weiße Strand an der Küste ist wunderschön. Ich bin der Vermieter. Die ersten Gäste kommen in einem Monat aus Stockholm. Sie zahlen richtig gut. Ich will vorher nur noch eines der Zimmer isolieren. Das Material liegt hinten drin.«

»Würden Sie bitte aussteigen?«

Die Tür wurde geöffnet, und ein dumpfes Geräusch war zu hören, als Felix mit beiden Füßen auf der Straße landete.

»Bitte öffnen Sie den Laderaum.«

Schritte waren neben dem Kleinlaster zu hören. Die von Felix erkannte er mühelos. Die des Beamten waren leichter, vielleicht war er nicht sonderlich groß. Dann gingen die Türen auf. Der Polizist konnte jetzt direkt auf die Ladefläche schauen.

Spärliches Licht rieselte durch einen Spalt am oberen Ende der Geheimwand. Sie sahen den Schatten des Polizeibeamten.

Vincent hielt den Atem an, schloss die Augen und versuchte sich auf Felix' Wortwechsel mit dem anderen Beamten zu konzentrieren.

Wieder sah er vor seinem inneren Auge ihre grauen Haare, das Gesicht mit den vielen Falten, die an Jahresringe erinnerten und bestimmt Klugheit verhießen, und die flehentlich ausgestreckte Hand.

Die Isolierballen jenseits der Wand wurden beiseitegeschoben. Die Plastikverpackung schrappte über den Fußboden. Der Beamte war jetzt ganz nahe. Seine Jacke verfing sich, als er sich umdrehte, und streifte die Wand.

Jetzt konnte alles Mögliche geschehen. Wenn die Polizei sie entdeckte, würde Jasper schießen. Leo auch. Vincent hingegen hatte seine Waffe nicht entsichert. Noch nicht.

Irgendjemand lehnte sich an die Geheimwand. Durch den oberen Spalt drang noch mehr Licht. Leo und Felix hatten die Wand gebaut. Normalerweise leisteten sie ganze Arbeit. Aber was, wenn …? Wenn sie jetzt unter dem Gewicht des Mannes nachgab?

»Wonach suchen Sie eigentlich?«

»Es hat einen Raubüberfall gegeben.«

»Einen Raubüberfall?«

Steig schon aus.

»Es war ein Bankraub, und zwar genau genommen nicht einer, sondern drei.«

Weg von der Wand. Sofort.

»Allmählich nervt das«, sagte Felix.

Vincent öffnete die Augen. Er konnte sich vorstellen, wie Felix den Kopf schüttelte.

»Ich meine, warum können sich diese Verrückten nicht einen Job suchen wie alle anderen?«

Der Beamte lehnte nicht mehr an der Wand. Vincent hörte, wie er sich entfernte und von der Ladefläche sprang. Dann wurden die beiden Türen wieder geschlossen.

Die Dunkelheit umhüllte sie erneut und erwachte wie zuvor zum Leben. Draußen ertönten wieder leichte, kaum hörbare Schritte. Dann lobte Felix die gründliche Arbeit der Beamten. Die Wirklichkeit war ein paar Minuten lang zertrümmert worden, Millionen Scherben waren hinter Vincents Augenlider gefallen. Jetzt setzte er sie Stück für Stück wieder zusammen, aber sie ließen sich nicht mehr aneinanderfügen.

Der Motor wurde angelassen.

Die Scherben passten nicht mehr zusammen.

Davon war er überzeugt. Das war seine einzige Gewissheit. Er spürte, wie der Wagen beschleunigte.

57

Vincent trank so langsam, dass der Inhalt seines Glases schließlich lauwarm und schal schmeckte. Er achtete darauf, nüchtern zu bleiben. Ein paarmal wäre er beinahe eingeschlafen. Wegen der schlaflosen Nacht war von seiner extremen Konzentration und Angst fast nichts mehr übrig geblieben. Ein bisschen musste er noch durchhalten, dann würden sie mit dem Zug nach Hause fahren. Das Rumpeln der Eisenbahnschwellen würde ihn in den Schlaf wiegen und die Bilder des dreifachen Bankraubs verwischen – und von jenem Augenblick, als er fast von einem Räuber zu einem Mörder geworden wäre. Dieser kurze Moment hatte die Realität zerrissen – in zwei grundverschiedene Alternativen.

Durch das Fenster des Pubs betrachtete er die Rückseite des Göteborger Hauptbahnhofs.

Gerade trat Jasper mit federnden Schritten aus dem 7-Eleven auf der gegenüberliegenden Straßenseite, obwohl auch er keinen Schlaf bekommen hatte. In den Händen hielt er verschiedene Zeitungen mit reißerischen Schlagzeilen wie: »Dreifacher Bankraub – die Militärliga schlägt wieder zu!« Ein Überwachungsfoto zeigte einen schwarz maskierten Jasper, kurz bevor er die Überwachungskamera zerschoss. Mit gerötetem Gesicht warf er die Zeitungen auf den Tisch und ging zur Bar, um sein drittes Bier zu holen. Den Jägermeister kippte er noch am Tresen.

»Schau mal, die Spätausgabe der Zeitung!«

»In zehn Minuten geht der Zug.«

»Drei Banken, Vincent, kannst du dir das vorstellen? Die sind doch vollkommen verrückt!«

Er hielt die Zeitungen in die Höhe, redete zu laut und sah sich um, ob ihm auch alle zuhörten.

»Jasper, hör auf«, flüsterte Vincent.

Doch Jasper, der zu viel Alkohol in zu kurzer Zeit konsumiert hatte, lachte angetrunken. Er nahm eine Zeitung in die Hand und deutete auf ein großes Foto.

»Schau dir mal diesen Typen an!«, rief er.

»Da draußen wimmelt es von Bullen. Ich habe sie am Bahnhof gesehen. Halt endlich die Klappe!«

Vincent hatte keine Lust, mit Jasper in diesem Pub herumzusitzen. Er hätte viel lieber mit seinen Brüdern geredet. Mit Leo, der mit dem Lastwagen irgendwo auf der E 4 unterwegs war, oder mit Felix, der von Landvetter aus fliegen und eine Dreiviertelstunde später in Stockholm eintreffen würde. Er brauchte sie. Hier und jetzt.

Die Trennung nach dem Überfall war eine Maßnahme gewesen, um nicht aufzufallen. Jasper tat das genaue Gegenteil, indem er mit seiner provozierenden Aggression um sich warf, als hätte er den Überfall noch nicht hinter sich gelassen und müsste sich abreagieren.

»Hör zu … alle reden davon. Was denkst du, was die Oma da drüben gerade liest? Oder der Typ, der sich gerade heimlich seinen Smirnoff in den Kaffee gekippt hat? Alle haben die Berichte im

Fernsehen gesehen. Warum nicht auch wir? Also, entspann dich, Brüderchen.«

Brüderchen.

»Hast du Leos Augen gesehen? Als er erkannte, dass die Beute zur Hälfte rot war? Ich habe die Scheine gesehen. Ich weiß genau, wie er sich gefühlt hat. Leo und ich ... wir haben diesen Coup gemeinsam ausgeklügelt. Und dann legt ihm die verdammte Schaltertusse diese Farbbombe in die Tasche! Alle Scheine sind verfärbt und wertlos und müssen verbrannt werden!«

»Jasper, halt den Mund.«

»Wir hätten viel mehr Geld erbeutet, kleiner Bruder, wenn du nicht so viel Zeit damit verschwendet hättest, dich wie eine Memme mit den Angestellten zu unterhalten! Ein richtiger Bankräuber verhätschelt nicht die Opfer! Wir hätten ein paar Millionen mehr erbeuten können.«

Verhätscheln!

Das saß.

Vincent sehnte sich nur noch nach draußen, also stand er auf, zog die Tasche unter dem Tisch hervor und hängte sie sich über die Schulter, wobei er die Kante eines Gewehrs an seiner Hüfte spürte. Dann machte er sich auf den Weg zum Bahnhof und dem Gleis, von dem die Züge nach Stockholm abfuhren. Jasper folgte ihm dicht auf den Fersen.

»Das Brüderchen, das die Opfer verhätschelt.«

»Immerhin habe ich die Schlüssel gekriegt, oder etwa nicht?«

»Die kriegt man nicht, die holt man sich. Du drückst ihnen den Lauf an die Stirn, bis sie dir aus der Hand fressen.«

Er hatte sich provozieren lassen. Aber egal wie lange dieser Idiot jetzt noch weiterredete – er würde sich jedenfalls auf die Sitze legen und schlafen. Mit Jasper konnte und wollte er sich nicht mehr unterhalten.

»Hör zu. Leo hat ja erklärt, dass wir eine richtige Firma sind. Und in diesem Fall ist er der Geschäftsführer, und ich bin mehr so etwas wie dein Vorarbeiter, Vincent, und du bist einfach nur ein kleiner Trainee, ein Praktikant, deswegen verhätschelst du die Leute auch so. Leo ist sich dessen bewusst. Deswegen hat er mich beauftragt, diese Dinge zu erledigen und mit Strenge durchzugreifen. Also greife ich durch, im Gegensatz zu dir, Brüderchen.«

Vincent stieg in den Zug und ging den schmalen Gang entlang, während er die Tasche dicht an seinem Rücken hielt, um nicht versehentlich einen Mitreisenden mit seinem Gewehr anzustoßen. Er suchte sich eines der wenigen Einzelabteile, zog die Vorhänge und die Tür zu, hob die Tasche auf die Gepäckablage und ließ sich der Länge nach auf drei Sitze sinken.

Bald darauf hatte sich das Rumpeln der Eisenbahnschwellen in seinem Körper ausgebreitet, und er wurde von den rhythmischen Lichtblitzen und Farbtupfern hinter seinen Lidern in den Schlaf gewiegt. Zehn Minuten später erschien der Schaffner, um die Fahrkarten zu kontrollieren, dann stellte sich Jasper auf seinen Sitz, hob seine Tasche herunter und stieß Vincent eine stahlkappenversehene Stiefelspitze in die Rippen.

»Du auch?«

Jasper stellte die Tasche auf den Boden, entnahm ihr eine Bierdose und öffnete sie. Biertropfen spritzten Vincent ins Gesicht.

»Bitte nicht in mein Gesicht.«

Jasper schaute in die Tasche. Der zusammengeklappte Gewehrkolben und die mit rot verfärbten Geldscheinen gefüllten Plastiktüten waren deutlich zu erkennen. Er nahm eine weitere Dose heraus und bot sie Vincent an, aber der schüttelte nur den Kopf.

»Warum musst du mich so hassen, Brüderchen?«

»Wir sind keine Brüder.«

Er hatte schon wieder geantwortet, was Jasper sichtlich befriedigte. Aber sein Kopf war so schwer …

»Ich nenne dich Brüderchen, soviel ich will. Du bist doch der Jüngste, oder etwa nicht? Darum hast du auch keine Ahnung, was Leo und ich früher so alles getrieben haben, weil du damals noch eine kleine Rotznase warst.«

Vincent konnte beim besten Willen keinen klaren Gedanken mehr fassen, seine Augen brannten, und die Haare in seinem Nacken fühlten sich an, als wären sie elektrisch aufgeladen.

»Jeder Überfall, Brüderchen, wird von Leo geleitet. Ich komme als Letzter, und du bist immer in der Mitte, weil das für dich am sichersten ist. Wir beschützen dich. Leo und ich haben das so vereinbart.«

Jasper drückte auf seiner leeren Bierdose herum, was ein irritierendes Geräusch verursachte.

»Wir ballern immer wie wild herum, heben aber immer ein paar Patronen auf, falls ein verrückter Bulle plötzlich die Verfolgung aufnehmen sollte. Hast du dich nie gefragt, wo die ganze Munition herkommt, Brüderchen?«

Die Delle in der Dose. Rein. Raus. Wie das Ticken eines Sekundenzeigers. Jasper hielt die Dose näher an Vincents Ohr.

»Wenn du wüsstest, wie viel ich für dich getan habe, Vincent. Jeden Tag, sechs Jahre lang. Und du liegst hier rum und spielst dich auf. Pfui Teufel!«

Jasper wollte ihn provozieren. Er wusste es, er spürte es.

»Sechs Jahre … wovon redest du eigentlich?«

»Wovon ich rede? Weißt du eigentlich, wo wir den Plastiksprengstoff und die Nitropenta-Zündschnur für das Waffendepot herhatten?«

Alle Knochen schmerzten. Vincent wollte nur noch schlafen.

»Von der Armee. Erst hat Leo in seiner Wehrdienstzeit die nötigen Dinge besorgt, und ein paar Jahre später habe ich dasselbe getan.«

Während er zuhörte, schienen Vincents Kräfte allmählich zurückzukehren.

»Die Abschlussübung beginnt damit, dass eine Lastwagenladung plombierter Kisten neben der Straße im Schnee abgeladen wird, Brüderchen. Waffen. Sprengstoff. Munition. Nach einer Weile verliert man den Überblick, aber Leo und mir war klar, dass die Bestandsaufnahme immer erst nach Abschluss der Übung erfolgt.«

Je lauter der verdammte Idiot sprach, desto sicherer war sich Vincent, dass sie nie wieder zusammen eine Bank überfallen würden.

»Als wir eines Nachts Wache schoben, Brüderchen, hatten wir schwarze Mülltüten dabei. Wir hatten drei Stunden Zeit, um Patronen, Nitropenta-Zündschnur und Handgranaten aus den Kästen zu nehmen. Die Müllsäcke haben wir einfach eingebuddelt, bevor wir in die Kaserne zurückgekehrt sind.«

Vincent sah nur noch Jaspers Mund, der über seinen großen Bruder sprach, als wäre Leo Jasper und Jasper Leo.

»Wir wussten, dass nach der Übung eine ausgiebige Inventur stattfinden würde und dass sie anschließend das ganze verdammte Regiment auseinandernehmen würden.«

Als wäre Leo Jasper und Jasper Leo.

»Es war wie eine Hausdurchsuchung, kein Stein blieb auf dem anderen. Aber sie haben nichts gefunden, Brüderchen, gar nichts.«

Du bist nicht mein Bruder.

»Leo und ich haben die Aktion sechs Jahre lang geplant, Brüderchen, verstehst du? Obwohl du sein kleiner Bruder bist, kenne ich ihn besser als du. Wenn wir eine Bank betreten, dann verbindet uns ein Band, das es zwischen euch nicht gibt. Wir wissen genau, was der andere als Nächstes tun wird.«

Vincent erhob sich abrupt und baute sich mitten im schwankenden Waggon auf. Er wollte diese Lippen zum Schweigen bringen und die letzten Kräfte einsetzen, die noch in seinen müden Gliedern steckten.

»Leo und ich. Wir sind unbezwingbar. Wir haben den ganzen Polizeiapparat mithilfe einer kleinen, beschissenen Bombe lahmgelegt. Überleg dir mal, wozu wir sonst noch fähig sind!«

»Mithilfe einer Bombe, die du entsichert hast, Jasper!«

Seine Fingernägel gruben sich in die Handflächen.

»Ich weiß, was du getan hast! Felix und ich haben es die ganze Zeit gewusst!«

Jasper schüttelte den Kopf – wie immer, wenn dieses Thema aufkam, doch dann schien er sich eines anderen zu besinnen und lächelte.

»Ich wusste, dass die Polizei einen Bombenroboter einsetzen würde.«

»Du gibst es also zu?«

»Ich weiß, was ich tue, Brüderchen. Es bestand doch gar keine Gefahr.«

»Du hast den Sicherungsring rausgezogen! Obwohl du das die ganze Zeit abgestritten hast!«

»Niemand ist ums Leben gekommen, oder?«

»Du hast gelogen! Du hast Leo angelogen! Er hat dir vertraut! Aber du verstehst das nicht, weil du … allein bist, weil du keine Brüder hast!«

Vincent setzte sich hin und streckte die Finger aus, deren Spitzen ganz weiß geworden waren. Endlich herrschte Stille im Abteil, und er verspürte eine gewisse Erleichterung.

»Ich bin … allein?«

»Ja.«

Mit ausdrucksloser Miene starrte ihn Jasper an und öffnete dann den Reißverschluss, um ein weiteres Bier aus der Tasche zu nehmen. Plötzlich hielt er eine Maschinenpistole in der Hand.

»Und ich habe … keine Brüder?«

»Nein.«

Jasper klappte den Kolben aus und strich mit der Hand über den Lauf.

»Weißt du, was ich jetzt tun könnte, Brüderchen? Etwas, wozu nur einsame Leute ohne Brüder fähig sind.«

Er stand so rasch auf, dass Vincent erst begriff, was geschehen war, als ihm Jasper den Lauf der Waffe an die Schläfe hielt. Vincent lehnte den Kopf zurück.

»Ich will dir mal was erklären, Brüderchen. Hör mir gut zu. Mit dieser Waffe kann ich tun, was ich will.«

Noch nie hatte sich Vincent dem Tod so nahe gefühlt.

Ihm wurde bewusst, dass er jetzt der Wachmann in einem Geldtransporter oder der Bankkassierer hinter einem Tresen war. Sie hatten die Plätze getauscht.

»Jasper, du musst …«

Jasper presste die Mündung so fest an seine Schläfe, dass es zu bluten begann.

»Ich habe Leo nicht angelogen, kapiert?«

Auf dem Gang gingen Leute vorbei. Jenseits der dünnen Wand wurde gelacht und gesprochen.

»Kapiert, Brüderchen?«

Vincent fühlte sich wie gelähmt, versuchte aber unter Aufbietung aller Kräfte zu nicken. Jasper ließ die Waffe mit derselben Gelassenheit sinken, mit der er sie gehoben hatte, klappte sie wieder zusammen, legte sie in die Tasche zurück und zog den Reißverschluss zu.

Noch immer waren vor dem Abteil Schritte und Stimmen zu hören.

Vincent verharrte regungslos.

Neun Überfälle. Und erst jetzt erkannte er die simple Wahrheit: Wer die Waffe in der Hand hält, hat das Sagen.

58

Ein paar Häftlinge saßen im schneidenden Aprilwind auf dem kiesbedeckten Hof und rauchten. Eine kurze Pause vom Fließband in der Gefängniswerkstatt, an der für elf Kronen in der Stunde Holzgegenstände ausgesägt und zusammengeschraubt wurden. Die Männer trugen schlecht sitzende Winterjacken aus einem festen Stoff, die Broncks an alte Filme aus dem Gulag erinnerten.

Hier werdet ihr sitzen, nachdem ich euch erwischt habe.

Broncks sah sich um. Obwohl er allein lebte, fühlte er sich nirgends so einsam wie hier. Es gab nichts Trostloseres, als in einer Besucherzelle zu warten. Abgeschnitten. Bei Besuchen im Gefängnis ging es nicht um Freude, sondern um Kontrolle und Sicherheit.

Ein Klingeln, schrillend und metallisch wie in jener Wohnung, in der sie ein Zimmer geteilt hatten. Zwei Betten nebeneinander, bis er vierzehn war. Eine Selbstverständlichkeit für John, obwohl alle seine Freunde eigene Zimmer hatten. Dann das Klappern eines Schlüsselbunds und ein doppeltes Klicken der Riegel, die zurückgeschoben wurden.

Badelatschen, blaue Shorts, weißes T-Shirt mit dem Logo der Gefängnisverwaltung auf der Brust und einen halben Schritt hinter ihm ein Wärter.

Sam war breiter geworden. Noch mehr seiner Wut hatte sich in Muskeln verwandelt. Sein lebloses Gesicht verriet nichts. Am schwierigsten war es, in der Gegenwart zu leben, ohne es sich bewusst zu machen.

Hier werdet ihr bleiben, so werdet auch ihr euch verhalten. Und so wird es auch dir ergehen, Big Brother.

»Du hast dich angemeldet«, meinte Sam.

»Ja, ich …«

»Ich habe trotzdem kein Gebäck mitgebracht. Schließlich ist es kein Besuch.«

Beide lehnten an der gelben Wand. Dennoch hätte der Abstand kaum größer sein können.

»Ich habe unterwegs gegessen.«

Jetzt nahm John auf einem Stuhl Platz.

»Bei unserem letzten Gespräch hatten sie erst einen Geldtransporter und eine Bank überfallen. Inzwischen sind weitere sieben Banken hinzugekommen. Außerdem haben sie im Hauptbahnhof eine Bombe gezündet und sind im Besitz von über zweihundert automatischen Waffen.«

Sam lächelte schwach. »Sie scheinen recht erfolgreich zu sein … Wie nennt ihr sie noch gleich? Die Militärliga?«

John stützte sich mit den Ellbogen auf dem wackligen Tisch ab.

»In diesem Gefängnis verbüßen 463 Häftlinge lange Haftstrafen. Während deiner achtzehn Jahre hier hast du sie alle kennengelernt, Sam. Und sie kennen wiederum die ganze Unterwelt.«

»Hör mir mal gut zu. Wir haben schon über dieses Thema gesprochen. Wenn ich etwas wüsste, dann würde ich es bestimmt keinem Bullen erzählen.«

»Aber die Lage hat sich verschärft, Sam. Jetzt geht es nicht nur um Banküberfälle. Bevor diese Bande in Aktion trat, fehlten der Armee nur dreizehn automatische Waffen. Jetzt sind genug davon im Umlauf, um jede kriminelle Organisation deiner Mitinsassen auszustatten. Jeder unbedeutende Möchtegerngangster kann demnächst mit seinem eigenen Maschinengewehr unterwegs sein. Dann wird nicht nur auf Überwachungskameras geballert, sondern jede Menge unschuldiger Menschen geraten in die Schusslinie. Nicht einmal ein Bullenhasser kann sich ein solches Szenario wünschen.«

Das ironische Lächeln verschwand, und Sams Gesichtszüge schienen sich zu glätten.

»Ich kann es nicht akzeptieren, dass Unschuldige zu Schaden kommen, Sam.«

Sams Milde währte nur ganz kurz.

»Mir will nicht in den Kopf, wieso du dich in diese Sache so hineinsteigerst.«

»Ich hab's dir doch erklärt. Ich kann es nicht akzeptieren, wenn Konflikte mit Gewalt gelöst werden. Obwohl ihnen ein Wachmann Fotos von seinen Kindern gezeigt hat, haben sie ihm den Lauf ihrer Waffe nur noch tiefer in den Mund gerammt.«

»Ein Wachmann. Na und? Wer diesen Beruf wählt, geht bewusst ein Risiko ein. Es kommt nun mal vor, dass Geldtransporter überfallen werden.«

»Und was ist mit der Schalterbeamtin, die zu Boden gestoßen wurde und sich die Wange aufgeschürft hat? Sie wird nie wieder ohne Tabletten einschlafen können. Du hättest ihre Augen sehen sollen. Wie die unserer Mutter damals.«

Endlich begab sich auch Sam zum Tisch, an dem John saß. Die Venen seiner Unterarme glichen Flüssen auf einer Landkarte, und er stützte sich mit einer solchen Kraft auf die Rückenlehne, dass sie zu zerbrechen drohte.

»Es war ihre Entscheidung, in einer Bank zu arbeiten. Sie wusste, dass Banken überfallen werden.«

Zum Zeitpunkt seiner Verurteilung war Sam kein Krimineller gewesen, doch inzwischen hatte das Gefängnis einen aus ihm gemacht.

»Du findest ihr Verhalten also in Ordnung?«

»Ich sitze jetzt schon seit achtzehn Jahren. Was denkst du?«

Sam lockerte seinen Griff, und seine Hände nahmen wieder ihre normale Farbe an.

»Du sitzt auf dem verdammten Besucherstuhl, ich sitze lebenslänglich. Du hast ihm die Hand gehalten, ich habe mich gewehrt.«

Sam sah ihn auf die altbekannte Weise an, ohne Ironie, Verachtung, Hass oder Schuldgefühle.

»Sie wollten mich einmal wöchentlich zum Therapeuten schicken. Damit ich mir von so einem Idioten erzählen lasse, ich hätte meinen Vater erstochen, weil meine Kindheit so schrecklich war. Und dass es nicht … meine Schuld war.«

Endlich setzte er sich gegenüber von seinem Bruder hin und legte seine muskulösen Unterarme auf den Tisch.

»Was soll der Scheiß? Ich habe mich entschieden, ihn umzubringen, und jetzt sitze ich hier. Die Vergangenheit wiederzukäuen ist so, als würde man sich immer wieder dieselbe Kassette anhören. Er wird immer da sein, egal wie wir sind oder wie wir uns verhalten. Kein Psychologe kann daran etwas ändern. Damit musst du dich abfinden.«

Plötzlich verspürte John das Bedürfnis, diese Arme zu berühren und seine Hände daraufzulegen, aber sie hatten schon seit vielen Jahren keinen Körperkontakt mehr gehabt.

»Ich bin nicht hier, um über ihn zu reden.«

»Nein, du bist hier, damit ich jemanden verpfeife.«

Er erinnerte sich an das letzte Mal, als er Sam behutsam die Hand auf die Schulter gelegt hatte. Sam war zurückgeschreckt, als hätte er ihn geschlagen.

»Ich habe gehört, dass du bei ihm warst.«

»Und du sitzt hier, Sam.«

»Du hast seine Hand gehalten.«

»Du weißt bestimmt etwas über diese Leute.«

»Mama hat mir erzählt, dass du neben der Trage gesessen und ihm die Hand gehalten hast. Die Hand dieses Arschlochs … die Hand, die dich geschlagen hat.«

»Sam, du musst doch etwas gehört haben. Einen Namen. Ein Waffenversteck. Irgendjemand plaudert immer. Du bist mein Bruder, ich würde niemandem davon erzählen, das weißt du, oder?«

»Du hast ihm die Hand gehalten und glaubst trotzdem, dass ich die Leute für dich aushorche, *Bruder*?«

Sam drückte den Knopf an der Wand, mit dem man die Wärter verständigte.

»Der Besuch ist vorbei.«

»Schon?«

»Ja.«

Wie beim letzten Mal. Nach mehreren Monaten waren sechzig Minuten zu viel Zeit. Es wurde still. Sie sahen aneinander vorbei, bis John genug hatte.

»Sie sind Brüder, zumindest zwei von ihnen.«

Zwei Wärter erschienen, um Sam aus dem Besucherzimmer zu eskortieren. Als sie beinahe die Treppe erreicht hatten, drehte sich Sam noch einmal um.

»John? Ich will dich nie wieder sehen.«

59

Vorsichtig zog Leo fünf tropfende Fünfhundertkronenscheine aus der Flüssigkeit und hängte sie auf die Wäscheleine, die er zwischen zwei Wänden in der Garage aufgespannt hatte. Das schwere, nasse Papier würde mit einem Knick in der Mitte trocknen, der später glattgebügelt werden musste.

Die Wäscheleine verlief im Zickzack durch die geräumige Garage, eine Zwischendecke aus baumelnden Scheinen, die nun nicht mehr wertlos waren.

Die Plastiktüte, die er vor fünfzehn Stunden hergebracht hatte, war mit wertlosen Papierschnipseln gefüllt gewesen. So hatte er zumindest geglaubt.

Doch wenn er sich mit der Tatsache abgefunden hätte, dass die zwei Millionen rot verfärbten Kronen unbrauchbar waren, dann wäre ihm nie eine Lösung eingefallen. Beinahe hätte seine Wut über die Bankbeamtin, die ihnen eine als Münzrolle getarnte Farbbombe untergejubelt hatte, seine Kreativität erstickt.

Er hatte mit den Fünfhundertern angefangen. Rote Farbe auf dem Gesicht eines toten Königs. Er hatte mit dem Daumen darübergerieben, doch die Farbe war auf dem Papier geblieben.

Dann hatte er seinen Daumen betrachtet: Er war schwach gerötet.

Farbe.

Und zwar Einkomponentenfarbe. Wie jeder weiß, der auch nur über minimale Kenntnisse im Bauwesen verfügt, hatte eine solche Farbe im Gegensatz zur Zweikomponentenfarbe nicht mit einer weiteren Komponente reagiert und war daher nicht beständig.

Zunächst hatte er versucht, nicht an die zwei Millionen Kronen zu denken, doch dann hatte er den Metallschrank für brennbare Flüssigkeiten geöffnet, die Flasche mit dem Benzol herausgenommen und ein paar Tropfen auf den Geldschein gespritzt, woraufhin sich das Rot sofort aufgelöst hatte. Nach ein paar Sekunden hatte sich der Druck auf dem Geldschein ebenfalls aufgelöst. Es war also möglich. Die rote Farbe verschwand. Jetzt musste er nur noch das richtige Lösungsmittel finden.

Renol, Methanol, Ethanol. Er experimentierte auch noch mit Essigsäure und stellte dann fest, dass die Chemikalie, die am einfachsten zu beschaffen war, auch am besten funktionierte: Aceton. Wie das Benzol löste Aceton die rote Farbe und den ultravioletten Sicherheitsdruck auf. Allerdings nicht so schnell und nicht so umfassend. Er musste die genaue Sekundenzahl ermitteln. Er testete das Verfahren mit kleinen Scheinen, mit Zwanzigern und Fünfzigern.

Die richtige Zeitdauer. Das richtige Verhältnis von Aceton und Wasser in den Schalen.

Aceton gab es überall zu kaufen. Leo bat Anneli, loszufahren und fünfzig Liter zu besorgen, aber in verschiedenen Geschäften. Zweihundert Milliliter hier, zweihundert Milliliter im nächsten Laden – so würde es nicht auffallen. Währenddessen experimentierte er weiter.

Schließlich hatte er Erfolg. Nach 114 400 ruinierten Kronen hielt er den ersten perfekten Schein in der Hand. Mithilfe von Aceton, Wasser und Zeit würden sich zwei Millionen Kronen in verfärbten Geldscheinen reinigen lassen.

Er hängte gerade die letzten Fünfhunderter auf, als es klopfte.

»Hier riecht es ja wie in einer Farbenfabrik«, sagte Vincent.

»Du musst lüften, Leo, das kann nicht gesund sein«, stimmte Felix zu, der hinter Vincent in die Garage trat.

Leo trug klebrige Plastikhandschuhe. Die Ärmel des Sweatshirts waren nass, und so musste die Umarmung warten, mit der sie sich sonst immer begrüßten.

»Ich habe das Problem gelöst! Stellt euch das mal vor!«

Auf der Werkbank lagen stapelweise rote Scheine, davor standen drei große Edelstahlwannen, die zur Hälfte mit einer klaren Flüssigkeit gefüllt waren.

»Erst ein kurzes Bad in reinem Aceton.«

Mit seinen gelben Handschuhen packte Leo ein Bündel Scheine.

»Fünfhunderter. Immer zwanzig auf einmal.«

Das Rot löste sich, während Leo auf seine Uhr schaute. Fünf Sekunden. Dann legte er die Scheine rasch in die nächste Wanne.

»Aceton und Wasser, halb und halb. Hier liegen die Scheine zehn Sekunden.«

Die Flüssigkeit nahm eine blassrosa Färbung an, als das restliche Rot verschwand. Jetzt kamen die nassen Banknoten in die letzte Wanne.

»Klares Wasser zur Stabilisierung. Drei Minuten.«

Schweigend warteten sie und betrachteten den Text, der durch das Wasser schimmerte, *Sveriges Riksbank.* Leo fischte einen Schein heraus und hielt ihn Vincent und Felix hin.

»Nicht schlecht, oder?«

Nach dem Wasserbad wurden die Scheine zum Trocknen aufgehängt.

»Ist Jasper da?«, fragte Vincent, und Leo hörte, dass er aus irgendeinem Grund besorgt war.

»Nein.«

»Kommt er her?«

»Warum sollte er herkommen?«

Leo sah seinen kleinen Bruder forschend an.

»Was ist los?«

»Nichts.«

»Nichts?«

Da war mehr als nichts, er würde ihn später fragen.

Leo trat einen Schritt zurück. Eine Garage voller Geldscheine war ein schöner Anblick. Er hatte es geschafft, weil nur er entschied, wann etwas vorbei war. Es hatte ihn 114 400 Kronen gekostet, das Problem zu lösen, aber die nur leicht rosa verfärbten Scheine in dem Eimer ließen sich sogar noch verwenden.

Felix zeigte auf die hellrosa Banknoten.

»Es wäre idiotisch, die hier wieder in Umlauf zu bringen, weil sie früher oder später bei den Bullen landen.«

»Im Gegenteil, dann begreifen sie nämlich, dass sie uns nicht bremsen können. Nicht einmal mit Farbbomben.«

Er musste kichern, leicht vom Lösungsmittel berauscht, wie er war.

»Und Jasper, dieser Idiot, kommt also nicht?«, hakte Felix nach und sah dabei Vincent an.

Leo streifte die Plastikhandschuhe ab.

»Was habt ihr bloß? Nein, er kommt nicht. Zufrieden?«

»Nein, bin ich nicht. Und Vincent auch nicht. Aber klar, wieso sollte sich dieser Idiot auch hier blicken lassen? Bestimmt hat er einen wahnsinnigen Kater, weil er im Zug so viel gesoffen hat.«

»Hat er gesoffen?«

»Ja.«

Leo wandte sich an Vincent.

»Stimmt das?«

»Ja.«

»In Anwesenheit anderer Reisender?«

»Ja.«

»Verdammt … wir saufen *hier*! Und zwar hinterher. Nicht in Gesellschaft anderer Leute. Wir wollen doch nicht auffallen.«

»Er ist bestimmt aufgefallen, nicht wahr, Vincent?«

Seine Worte drängten auf Bestätigung.

»Hab ich recht, Vincent?«

Vincent wich den Blicken seiner älteren Brüder aus.

»Ich weiß nicht, wovon du redest. Hör schon auf.«

Leo wartete ab, aber Felix schwieg. Später würde er schon darauf zurückkommen, davon war Leo überzeugt.

Er goss den Inhalt der drei Wannen in den Ausguss, spülte sie aus und füllte sie erneut.

»Ich habe über den nächsten Überfall nachgedacht«, sagte er dann.

»Den nächsten Überfall? Wir wollten doch aufhören«, erwiderte Felix.

Leo hatte sich die gelben Handschuhe wieder übergestreift. Er nahm eine Handvoll roter Scheine von der Werkbank.

»Stimmt. Aber die Beute entsprach nicht ganz unseren Erwartungen. Die Scheine, die hier gewaschen werden, und das Geld in der Waffenkammer reichen bei unseren Ausgaben höchstens ein paar Jahre.«

»Dann suchen wir uns eben Arbeit wie alle anderen auch.«

Felix gelang es immer wieder, ihm einen Hieb zu versetzen.

»Das ist nicht nötig, wenn wir nach bewährtem Muster vorgehen.«

»Was soll das heißen?«

»Ullared. Wir überfallen die gleichen drei Banken noch einmal. Eine Wiederholung, aber ohne die Fehler. Wir erwarten zehn bis fünfzehn Millionen!«

Das erste Bad. Zehn Fünfhunderter und zehn Hunderter.

»Das ist mein voller Ernst. Die Planung ist bereits erledigt. Wir schlagen in ein paar Monaten zu. Kein Bulle wird damit rechnen, dass wir uns dieselben Banken vornehmen.«

Fünf Sekunden. Jetzt mussten die Scheine in die nächste Wanne.

»Sie haben uns an einer Straßensperre aufgehalten«, wandte Felix ein.

»Und du hast die Lage bestens gemeistert!«

»Stell dir vor, sie hätten die Ballen rausgenommen und die Wand entdeckt?«

»Haben sie aber nicht.«

»Und wenn doch?«

»Dann hätte ich ihnen in die Beine geschossen.«

»Aber wenn du die Beine verfehlt hättest, dann …«

»Mensch, Felix. Wir sind bewaffnete Bankräuber mit scharfer Munition. Wenn sie ihre Waffen ziehen, kann durchaus jemand zu Tode kommen, und ich werde dafür sorgen, dass es keiner von uns ist.«

»Und wenn uns doch etwas zustößt, Leo? Dir, Vincent oder mir?«

»Dann stürmen wir ein Krankenhaus oder kidnappen einen Arzt.«

Die dritte Wanne. Er hatte wieder viel Zeit.

»Sag mal, Leo, ist dir das Aceton zu Kopf gestiegen?«

»Vor jedem Überfall such ich mir die Adressen von Chirurgen heraus, die in der Nähe der jeweiligen Bank wohnen. Das werde ich auch das nächste Mal tun.«

»Chirurgen?«

»Wenn einer von uns verletzt wird, können wir ja wohl kaum ein Krankenhaus aufsuchen, oder? Also holen wir uns einen Arzt und werfen ihn mitsamt der nötigen Medikamente und Verbandsmaterialien in den Kofferraum. Nadel, Faden und Desinfektionsmittel haben wir sowieso immer dabei.«

Die Scheine hatten ihr ursprüngliches Aussehen wiedererlangt. Perfekt. Leo reichte Felix die Wanne.

»Ich bin nicht hier, um Geld aufzuhängen. Vincent auch nicht. Wir steigen aus.«

Leo hielt Vincent die Wanne hin, aber dieser schüttelte ebenfalls den Kopf.

»Was soll das heißen?«

»Wir steigen aus. Wir machen einfach nicht mehr mit«, sagte Felix.

»Wovon redest du?«

»Während des ersten Überfalls habe ich auf einem Hügel auf der Lauer gelegen. Ich hatte keinerlei Erfahrung im Umgang mit Waffen, trotzdem habe ich auf den Wagen hinter dem Geldtransporter gezielt und hätte beinahe zwei Leute erschossen, die zufällig in die falsche Richtung fuhren.«

»Aber es ist doch nichts passiert.«

»Und in Ullared habe ich am helllichten Tag mit einem Maschinengewehr Wache gehalten! Alle konnten mich sehen. Ich war bereit, jeden zu erschießen, der mir in die Quere kommt.«

»Aber es ist nichts passiert.«

»Und Vincent? Unser Brüderchen? Fast hätte er eine alte Dame erschossen, die einfach nur Hilfe brauchte!«

»Hat er aber nicht.«

»Wir alle stehen am Rand eines Abgrunds, und der nächste Schritt könnte ins Leere gehen. Wenn die Bullen hinter die Ballen geschaut und euch entdeckt hätten … Verstehst du, was ich meine?«

»Felix? Schau mich an, sprich mir nach: Die Bullen haben nicht nachgeschaut.«

»Unsere Glückssträhne ist vorbei. Nächstes Mal ist es so weit. Dann trifft die Kugel – uns oder die anderen.«

Leo hielt vier tropfnasse Geldscheine in der Hand, aber Vincent verstellte ihm den Weg.

»Leo, wir … also Felix und ich … ziehen nach Göteborg.«

Nur selten hatte ihn Vincent mit diesem entschlossenen Gesichtsausdruck angeschaut.

»Wir haben eine Wohnung gemietet.«

Leo wartete darauf, dass Vincent weitersprach, aber Felix ergriff das Wort.

»Du bist mit dem Kleinlaster nach Stockholm gefahren. Vincent musste mit diesem Idioten, auf den ich später noch einmal zurückkomme, im Zug sitzen. Und ich bin von Landvetter geflogen, habe mir aber vorher noch ein paar Wohnungen aus der *Göteborgs-Posten* angeschaut. Die Wohnung ist wahnsinnig teuer, außerdem muss man drei Monatsmieten im Voraus zahlen. Aber sie liegt sehr zentral und hat zwei Zimmer, für jeden von uns eines.«

Um Leos Schuhe herum entstand eine Pfütze, dann hängte er endlich die letzten Scheine auf.

»Mir ist es vollkommen egal, wie viele Zimmer es gibt.«

Während er die Scheine aufhängte, konnte er ihnen den Rücken zukehren.

»Und was wollt ihr in Göteborg machen?«

»Studieren. Ich gehe an die Technische Hochschule, und Vincent macht das Abitur nach.«

»Das ist nicht euer Ernst, oder?«

»Dieses Wochenende ziehen wir um.«

»Alle beide? Ihr wollt mich wohl verarschen?«

»Wir meinen es ernst, du kannst jetzt also wie geplant weitermachen.«

»Was soll das heißen?«

»Du kannst dem Militär jetzt die Waffen verkaufen. Das hattest du doch vor, oder? Dann bist du den Plunder los, hast jede Menge Kohle, und alles ist bestens.«

»Aber das wollten wir doch gemeinsam tun! Unser Finale!«

»Zu spät.«

»Ihr … habt mich also hintergangen? Ist es das? Ich dachte, wir vertrauen einander und erzählen uns immer alles. Und ihr organisiert alles hinter meinem Rücken und verliert kein Wort darüber. Dann stellt ihr mich vor vollendete Tatsachen. Wenn ich … wenn ich nichts mehr unternehmen kann.«

Vincent schaute zu Boden.

»Du hättest dich … eingemischt. Uns wieder überredet.«

»Eingemischt?«

»Ja.«

»Eingemischt? Wenn das so ist … Ach, macht doch, was ihr wollt! Hintergeht mich ruhig! Was wollt ihr noch hier? Ihr müsst doch packen, oder etwa nicht? Und ich muss noch eine ganze Million Kronen waschen.«

Ein neues Bündel Scheine. Fünfziger und Zwanziger.

Er hörte sie nicht gehen.

60

Anneli hielt ihr Handy in der linken und die Zigarette in der rechten Hand. Es gefiel ihr, im Freien zu telefonieren und sich dabei die Sonne ins Gesicht scheinen zu lassen. Wenn sie sich an die Wand lehnte, konnte ihr der Wind nichts anhaben. Aber jedes Mal nach Ende des Gesprächs war da wieder diese verzehrende, hallende Leere.

Er fehlte ihr so.

Anneli inhalierte tief, spürte die Ruhe und wusste, dass alles gut werden würde, wenn sie nur genug Geduld aufbrachte. Genau wie damals im Krankenhaus, als sich der Sauerstoffschlauch, der ihren neugeborenen Sohn versorgen sollte, aus der Wandhalterung gelöst hatte. Die Hebamme war mit dem Jungen, dessen wassergefüllte Lunge nicht selbstständig atmen konnte, aus dem Zimmer gerannt. Anneli war überzeugt gewesen, dass er nicht überleben würde. Während der langen Wartezeit hatte sie auf dem Krankenhausbalkon neben einem überquellenden Aschenbecher gestanden und geraucht.

Später war die Hebamme auf den Balkon getreten. Sebastian hatte zum ersten Mal richtig geschrien und seine ersten Atemzüge getan, das Wasser in der Lunge hatte sich verflüchtigt. Am Abend hatte er in einem mit Sauerstoff gefüllten Kasten neben ihr gelegen. Sie hatte ihn angesehen und war sich ziemlich sicher gewesen, dass er ihren Blick erwiderte.

Sebastian war ihr Ein und Alles gewesen, und jetzt hatte sie ihn im Stich gelassen. Sie telefonierten dreimal wöchentlich und trafen sich jedes zweite Wochenende.

Sie hatte einen viel jüngeren Mann kennengelernt, einen Einundzwanzigjährigen, der all das besaß, was Sebastians Vater fehlte: Energie, verrückte Ideen und Stärke. Leo war ein Mann, der die Träume anderer Menschen wahr werden ließ.

Sie hatte sich verliebt und liebte ihn immer noch. In einem Jahr würden Sebastian und sie wieder zusammen sein. Alles würde so werden wie früher. Wenn diese Sache ausgestanden war, würden sie wieder eine richtige Familie sein. Sie musste Geduld haben.

»Hallo.«

Die Frühlingssonne blendete sie. Die Nachbarin stand im Garten und betrachtete Anneli durch den Maschendrahtzaun. Ihr Baby saß in einiger Entfernung auf der Wiese. Sie hatten sich noch nie unterhalten, aber Anneli sah ihr oft vom Fenster zu, wenn sie Blätter zusammenharkte oder ihrem Kind einen großen gelben Ball zuwarf.

Genau wie sie selbst früher mit Sebastian gespielt hatte.

Sie trat ihre Zigarette aus und ging auf die Frau zu, die ihr Kind hochhob. Anneli hätte ihm durch den Zaun hindurch über die Wange streichen können.

»Ich heiße Stina.«

»Anneli.«

»Ich habe dich schon öfter auf dem Hof gesehen. Wollt ihr nicht mal zum Abendessen zu uns kommen? Schließlich sind wir direkte Nachbarn.«

Manchmal braucht es nicht viel, um die Laune zu heben. Dies war so ein Moment. Weder der asphaltierte Hof noch der stacheldrahtgekrönte Maschendrahtzaun konnten die Sicht trüben. Die Frau, die Anneli gegenüberstand, führte ein normales Leben und wollte sie daran teilhaben lassen. Vielleicht würden sie ja Freundinnen werden und sich über alles Mögliche unterhalten. Rauchen war auf einmal nicht mehr nötig – die Gelassenheit fand sich auch so ein. Wenige Sekunden später war ihr nach Tanzen zumute. Nein, sie war hier nicht eingesperrt, sondern sie wohnte aus freien Stücken in diesem kleinen hässlichen Haus. Sie hatte sich dafür entschieden, um ihm nahe zu sein, und sie war willens, auf *ihr* normales Leben zusammen mit ihm zu warten. In der Zwischenzeit eröffneten sich unerwartete Perspektiven. *Was macht dein Mann beruflich? Er ist Lehrer. Aha, meiner ist Bankräuber.*

Aber es war möglich. Schließlich wusste niemand davon. Leo war in der Baubranche tätig. Sie konnte sich als Künstlerin oder als arbeitslos ausgeben. Vielleicht hatte sie ja auch einen kaputten Rücken und war Frührentnerin. Sie würden zusammen zu Abend essen. Dann ab und zu Kaffee trinken. Sie konnte ihre Kinder hüten. Ein ganz normaler Alltag.

Anneli lief zur Haustür, öffnete sie mit Schwung, rannte in die Küche und umarmte Leo. Seine Kaffeetasse schwappte über, aber das war ihr gleichgültig.

»Wir sind zum Abendessen eingeladen.«

Gedankenverloren sah er sie an.

»Siehst du die Frau dort drüben?«, fuhr sie fort. »Sie hat uns zum Abendessen eingeladen. Am Freitag.«

»Zum Abendessen?«

»Ja.«

»Anneli … Nachbarn mit Kinderwagen und Hunden sind mir egal. Ich bin aus einem anderen Grund hier … Weißt du überhaupt, wie sie heißen?«

»Sie heißt Stina, der Sohn heißt Lucas, und der Mann …«

»Das ist mir vollkommen egal.«

Er wusste, wie verletzend das klang. Aber er wollte Dinge zu Ende bringen, nicht in Angriff nehmen.

»Sie haben uns eingeladen. Du hältst dich ja ständig in der Garage auf. Ich muss auch mal Leute treffen!«

»Anneli? Schau mich an. Stina wird Verständnis haben. Wenn ich fertig bin und alles Nötige erledigt habe, dann können wir uns überlegen, ob ich mit Leuten zu Abend essen will, die mir vollkommen egal sind.«

Anneli ließ ihn los.

Sie betrachtete den Mann, der ihr den Rücken zuwandte, und wünschte sich, sie säßen im Auto auf dem Weg nach Farsta und hätten nie eine Bank überfallen. In diesem Moment erkannte sie, dass sie damals eine Grenze überschritten hatte und dass es kein Zurück mehr gab.

»Soll ich gleich rübergehen? Was soll ich sagen? Dass wir nächsten Freitag nicht kommen können, weil mein Mann noch ein kleines Problem lösen muss, da seine Brüder keine Banken mehr überfallen wollen. Deine Brüder, deine verdammten Brüder … immer geht es nur um sie!«

Sie hatte die Grenze überschritten, weil sie glaubte, dass es besser sei dazuzugehören, Bescheid zu wissen. Aber ihre Angst hatte keineswegs abgenommen, im Gegenteil. Jedes Mal, wenn eine Sache überstanden war, gingen sie neue Risiken ein.

»Sag mal, verstehst du mich denn gar nicht? Ich habe keine Freunde und treffe niemanden mehr.«

»Ist das wirklich meine Schuld?«

»Ich kann niemanden hierher einladen. Nicht mal meinen eigenen Sohn.«

Er kannte sich mit Angst nicht aus, trug sie nicht wie alle anderen mit sich herum. Vielleicht ließ er sie auch einfach nicht an sich heran. Sie erinnerte sich, wie sie einmal Sebastian auf dem Sergels Torg, dem größten Platz Stockholms, aus den Augen verloren hatte. Eben noch war ihr kleiner Sohn neben ihr hergegangen, und dann war er plötzlich weg gewesen. So schnell konnten Zeit und Raum außer Kontrolle geraten. Sie hatte gezittert, war hin- und hergerannt, hatte seinen Namen gerufen und sich vorgestellt, wie Sebastian angefahren wurde oder an der Hand eines Fremden davonging. Und sie war überzeugt gewesen, dass sie ihren Sohn nie wiedersehen würde.

»Ich mache immer alles für dich, Leo! Auch Dinge, die mir nicht unbedingt Spaß machen. Deinetwegen!«

Leo hatte in dieser Situation ganz anders reagiert. Er hatte sie mitten in der Menschenmenge festgehalten und gesagt: »Du gehst in diese Richtung, ich gehe da lang. In fünf Minuten treffen wir uns hier und beginnen von vorn.« Er verwandelte seine Angst in Handlung, statt sich wie sie von ihr vereinnahmen zu lassen. Jedes Mal. Aus diesem Grund fehlte ihm vermutlich das Verständnis für ihren Wunsch, mit den Nachbarn zu Abend zu essen. Für ihn stellte das normale Leben nur eine Fassade dar. Er hatte einfach keine Zeit dafür, ebenso wenig wie für die Angst.

»Ich habe dich nie zu etwas gezwungen.«

»Ich möchte, dass du diese Einladung annimmst, mir zuliebe!«

»Wenn dir etwas nicht gefällt, Anneli, dann sag es mir einfach oder lass es bleiben. Das mache ich ja genauso.«

»Hast du mich jemals gefragt, ob ich in diesem Haus wohnen will? Ich hasse es! Ich hasse dieses hässliche Haus und diese verdammte Baracke, in der ihr den ganzen Tag eure Banküberfälle übt und …«

Sie weinte nur selten. Aber jetzt verwandelte sich ihre Wut in Tränen.

»Du hast dieses Haus ausgesucht, weil es *deinen* Anforderungen entspricht, nicht *unseren*! Der Hohlraum unter dem Gästezimmer stinkt nach Waffenöl, und in dieser Küche finden mehr Lagebesprechungen als Mahlzeiten statt! Das einzig Positive an diesem verdammten Haus ist der Zaun, weil auf der anderen Seite eine normale Familie wohnt, die uns zum Abendessen eingeladen hat, weil sie uns gerne kennenlernen möchte! Verstehst du das denn nicht?«

Weinend stand sie vor ihm, und er hätte sie trösten müssen, konnte es aber nicht. Nicht jetzt. Felix war nach Göteborg gezogen. Vincent würde ihm folgen. Jasper konnte jeden Augenblick auftauchen. Er würde sie später trösten.

Er küsste sie auf die Stirn und verließ das Haus. Die Nachbarin hielt sich immer noch im Garten auf. Leo nickte ihr zu, denn das war unter Nachbarn nun einmal so üblich.

Langsam ging er auf die Garage zu, denn er wollte Jasper an einem Ort empfangen, wo er die Tür schließen konnte.

Wenn ich diesen Idioten noch mal sehe …

Das waren Felix' Abschiedsworte gewesen. Als hätte er seine Wut an seinen großen Bruder weitergeben wollen. Vincent war ins Haus gegangen, um sich von Anneli zu verabschieden, während sie auf dem Hof warteten. Da hatte Felix Leo flüsternd von Vincents Eisenbahnfahrt erzählt.

Wenn ich diesen Idioten noch mal sehe, bring ich ihn um.

Felix hatte seine Wut an Leo weitergegeben und war gegangen. Jetzt hatte Leo sie geschultert und würde sie ebenfalls weitergeben.

Er nahm den Werkzeugkasten hervor. Zwischen Hämmern und Schraubendrehern lag ein Stück von der Aluisomatte, auf der er in der Nacht vor Ullared im Wald geschlafen hatte. Er hatte zehn Prototypen hergestellt, sie getestet und war zu dem Schluss gelangt, dass die Aluisomatte den Schall am besten dämpfte. Man wickelte einfach einen langen Streifen um den Lauf der Waffe. Das war zwar nicht perfekt, musste aber genügen.

Ein Schalldämpfer.

Er legte die Waffe auf die Werkbank und wartete.

Es klopfte, erst zögernd, dann nachdrücklicher.

Leo schob das Garagentor hoch.

Jasper sah müde aus, mitgenommen, dann lächelte er entschuldigend, aber auch so, als wüsste er, was ihm vorgeworfen wurde.

»Du wolltest … mit mir reden?«

»Komm rein.«

Weiterhin lächelnd betrat Jasper die Garage. Leo schloss wortlos das Tor hinter ihm.

»Mensch, Leo, du hast die Farbe tatsächlich wegbekommen!«

Jasper blieb unter der Wäscheleine stehen und strich mit der Hand an den Fünfhundertern entlang. Er lachte, als würden sie ihn kitzeln, und setzte dann eine bewundernde Miene auf.

»Leo, du bist ein Genie.«

»Du hast dir zehntausend in sauberen Scheinen unter den Nagel gerissen.«

»Ja, aber …«

»Erzähl, wie kann man in vier Tagen zehntausend Kronen verprassen?«

Jasper schien aufzuatmen. Jetzt wusste er, warum er hier war. Es ging um Geld.

»Ach, Leo, du weißt doch, wie das ist. Man spendiert einer Braut an der Bar ein paar Drinks, das sind schon mal dreihundert, anschließend Vorspeise, Hauptgericht und eine Flasche Wein, macht einen Tausender. Dann in den Club. Taxi. Und …«

»Gut, dann kannst du gleich noch mehr mitnehmen.«

Er reichte Jasper eine leere Plastiktüte.

»Nimm dir deinen Anteil!«

Jasper wirkte gar nicht mehr belustigt.

»Wir teilen den Rest durch vier«, fuhr Leo fort.

»Aber … das nächste Mal? Die Planung kostet, und …«

Dieses Mal wurde er nicht unterbrochen, hielt aber trotzdem inne, als er den Gegenstand in Leos Händen entdeckte.

Ein AK 4. Aber es war nicht so sehr das Gewehr, das seine Aufmerksamkeit weckte, sondern das, was um den Lauf gewickelt war. Ein Streifen von der Aluisomatte.

»Scheiße … hast du weiterexperimentiert?«

»Es funktioniert. Wenn ich hier drinnen schieße, hört nicht mal die Nachbarin da draußen etwas.«

Leo deutete auf eine Sperrholzplatte, die an der Wand lehnte.

»Ich führ's dir vor. Ein Schuss. Damit du weißt, wie es sich anhört.«

Er entsicherte, zielte und feuerte. Der Knall, der sonst ohrenbetäubend gewesen wäre, wurde von dem hausgemachten Schalldämpfer verschluckt.

»Ich weiß, dass du den Sicherungsring rausgezogen hast.«

»Wie bitte?«

»Die Bombe, Jasper!«

Schon wieder dieses sinnlose Lächeln, das um Entschuldigung zu heischen schien.

»Nein, Leo. Nein.«

»Ich habe sie konstruiert. Und wie du schon sagtest, habe ich herausgefunden, wie man die Geldscheine entfärbt, wie man einen Schalldämpfer konstruiert, wie man ein Waffendepot sprengt und wie man eine Geheimkammer baut. Denkst du etwa, ich baue eine Bombe, die jeden Augenblick hochgehen kann, um dann einen von uns damit zum Bahnhof zu schicken? Erst lügst du, und jetzt beleidigst du mich auch noch.«

Leo hob das Gewehr ein wenig, hielt den Lauf aber immer noch nach unten gerichtet.

»Leo, hör zu, ich dachte … ich dachte … Verdammt, Leo, du musst doch verstehen …«

Jasper hielt inne, aber Leo bedeutete ihm fortzufahren.

»Ich dachte, dass ein noch größeres Chaos entsteht, wenn wir alles, was uns zur Verfügung steht, auch verwenden. Verstehst du? Extreme Gewalt, Leo! Normalerweise findest du …«

»Hast du mir sonst noch was zu sagen?«

Jasper betrachtete das Gewehr mit dem Schalldämpfer.

»Sonst noch was?«, wiederholte er.

»Ja. Zum Beispiel, was im Zug aus Göteborg vorgefallen ist.«

»Da gibt es nichts zu sagen.«

Leo schlug Jasper mit der offenen Hand ins Gesicht, ein Schlag, der weniger schmerzte als demütigte. Jasper, der nicht mit Schlägen von demjenigen gerechnet hatte, dem er vertraute, strauchelte und stützte sich mit Arm und Schulter an der Wand ab. Noch bevor er das Gleichgewicht ganz wiedergewann, traf eine Hand seine andere Wange. Er stürzte und schlug mit dem Hinterkopf auf dem Boden auf.

»Macht es dir Spaß, andere Leute zu demütigen, Jasper?«

Jasper lag auf dem Boden und versuchte nicht aufzuschauen. Seine Miene drückte Verwirrung und Enttäuschung aus. Hass. Trauer. Ein Tier, das zubeißen wollte, dessen Kehle jedoch entblößt war.

Leo wartete, bis sich Jasper ein zweites Mal aufrappelte. Dann hob er die Waffe, wendete sie gegen sich selbst und reichte sie Jasper, der sie verständnislos entgegennahm. Nicht einmal, als Leo den Lauf packte und sich die Mündung an die eigene Stirn und die dahinter aufsteigende Wut drückte, begriff Jasper, was gerade geschah.

»Du hast Vincent gedemütigt, mein Brüderchen!«

Jasper wollte seine Arme senken, aber Leo packte seine rechte Hand und schob den Zeigefinger auf den Abzug.

»Leo, hör auf!«

Leo ohrfeigte die Wange, die bereits breite rote Streifen aufwies.

»Wenn du meinen Bruder bedrohst, dann bedrohst du mich!«

Er drückte sich die Mündung an die Stirn, trat einen Schritt vor und zwang Jasper zurückzuweichen.

»Du demütigst Vincent, und du demütigst mich!«

Jaspers Rücken stieß an die Wand. Getrocknete Geldscheine trennten ihre Gesichter.

»Wenn du ihn umbringen willst, musst du zuerst mich umbringen!«

Der Blick, der eben noch von Enttäuschung, Hass und Verwirrung erfüllt gewesen war, veränderte sich und wurde durch etwas ersetzt, was aus seinem Inneren aufstieg und ganz fremd war: Schrecken.

»Es tut mir leid, Leo … Es tut mir leid.«

Lange standen sie sich so gegenüber.

Bis Leo losließ.

»Jetzt nimm dein Geld und verschwinde.«

Er nahm Jasper die Waffe aus den verkrampften Händen und sicherte sie.

»Leo … Leo … es tut mir leid! Ich verspreche es dir, es wird nie wieder passieren, ich werde nie …«

Der letzte Schlag erfolgte nicht mit der flachen Hand. Jasper fiel nicht sofort, sondern wurde von der Wand aufgefangen und rutschte an ihr abwärts.

»Ich schwöre … verdammt …«

Blut und Speichel zwischen den Lippen.

»Alles, was wir übereinander wissen, bleibt in diesem Raum«, sagte Leo. »Und wir werden einander nie wiedersehen.«

Er wartete, bis sich das Garagentor wieder geschlossen hatte. Er war wieder allein.

Jetzt hätte Schluss sein können.

Aber es war nicht vorbei.

Noch nicht. Nicht für ihn. *Noch nicht.*

Er gegen sie, gegen jeden verdammten Bullen. Er würde den gesamten Polizeiapparat herausfordern und sie alle besiegen. Jetzt würde *er* die Forderungen diktieren, und *sie* würden ihm zuhören und ihm die erwünschten Antworten geben.

61

Dinge, die ihm wichtig waren, ließ John Broncks nie auf sich beruhen. Dazu war er einfach nicht fähig. Weder wenn es Menschen noch wenn es Ermittlungen betraf, und auch sonst nicht. Manchmal war es von Vorteil, nie auf- oder nachzugeben und mit einem Motor in der Brust herumzulaufen, der nie aussetzte. Es konnte aber auch die Hölle sein, alles in sich aufzunehmen und mit sich herumzutragen, ohne je etwas abzuladen.

Jetzt stand er trotzdem kurz davor. Wochen und Monate waren ins Land gegangen, doch noch immer wusste er rein gar nichts.

Sie existierten nicht.

Unzählige Male war er auf dem Weg zu Karlström gewesen, um ihm mitzuteilen, dass er aufgeben werde. Jedes Mal hatte er auf dem Korridor kehrtgemacht. Irgendwo dort draußen waren sie.

Jetzt wollte er seinem Chef wenigstens vorschlagen, der Militärliga eine weniger hohe Priorität zu geben, damit er andere Ermittlungen in Angriff nehmen und neue Kräfte sammeln konnte.

»Hallo«, sagte Sanna.

Sie blieb nicht mehr auf der Schwelle stehen, um sich am Türrahmen festzuhalten. Sie betrachtete ihn nicht mehr distanziert, erwähnte aber auch mit keinem Wort jenes Ereignis, an das er stets denken musste, sobald er sie sah: ein langer Spaziergang mit einem Kuss, der einen Neuanfang hätte einleiten können.

»Hast du eine Minute Zeit?«

Er nickte, und sie setzte sich ihm gegenüber auf einen der immer noch nicht ausgepackten Umzugskartons, um mit ihm den wöchentlichen Bericht der Kriminaltechnik zu besprechen. Sie hielt zwei Klarsichthüllen und einen braunen Umschlag in der Hand und legte alles auf seinen Schreibtisch.

»Dieser Brief lag in deinem Postfach, und das hier sind 14 400 Kronen.«

Sie schob den Umschlag beiseite und konzentrierte sich auf die obere Klarsichthülle, die schwach rosa verfärbte Fünfhunderter und Hunderter enthielt.

»Alle diese Scheine stammen von Tankstellen. In anderen Geschäften wären sie unbrauchbar gewesen, aber Automaten merken nichts.«

Broncks hatte schon oft von Farbbomben eingefärbte Scheine gesehen. Meist waren sie intensiv rot.

»Ich bin mir sicher, dass sie aus Ullared stammen«, fuhr Sanna fort. »Wir haben die Farbe analysiert, und sie stimmt mit dem Inhalt der Farbbomben überein, die noch in der Filiale liegen. Zum Vergleich haben wir einige ausgemusterte Scheine gefärbt, die uns die Zentralbank zur Verfügung gestellt hat. Die Farbe stammt von demselben Hersteller, aus derselben Lieferung.«

Vor ihr lagen drei oder vier Dokumente. Ordentlich und übersichtlich wie immer wurden darin die Analysen und Ergebnisse präsentiert.

»Aber ganz besonders interessant ist, dass alle Scheine Spuren von Aceton aufweisen. Das gab es noch nie. Reines Aceton! Ich habe es selber ausprobiert. Mit der richtigen Mischung aus Aceton und Wasser lässt sich die rote Farbe komplett auflösen, John!«

Broncks öffnete die zweite Klarsichthülle, nahm die Geldscheine heraus, betrachtete und befühlte sie. Die Scheine waren echt und wiesen keine besonderen Merkmale auf.

»Diese Banknoten haben wir vor ein paar Tagen mithilfe einer Farbbombe eingefärbt. Jetzt sieht das Geld wieder vollkommen normal aus. Falls es den Bankräubern ebenfalls gelungen ist, die richtige Mischung zu finden, dann halten sich ihre Verluste sehr in Grenzen. Die Banken werden sich etwas Neues einfallen lassen müssen. Wieder einmal.«

Nachdem sie ihren Bericht beendet hatte, wollte sie wie immer möglichst rasch das Büro verlassen. Als wäre nichts passiert.

»Du?«

Sie blieb in der Tür stehen.

»Ja?«

»Wie wär's mit einem Spaziergang? Einem Bier?«

»Nein.«

»Nein? Aber letztes Mal …«

»Letztes Mal?«

»Du weißt, was ich meine.«

»Das war nur ein Kuss.«

»Es war alles andere als nur ein Kuss.«

»Manchmal, John, ist es einfach nur ein Kuss.«

Sie drehte sich zu ihm um, und ihre Wangen röteten sich wie immer, wenn sie Kraft ganz von innen sammelte.

»John?«

So hatte sie ausgesehen, als sie ihm ihre Liebe erklärte.

Und so hatte sie ausgesehen, als er sie gebeten hatte zu gehen.

»Ja?«

»Du weißt, dass auch ich all die Jahre an dich gedacht habe. Aber jetzt, nachdem wir uns wiederbegegnet sind … Inzwischen sind es einfach nur Erinnerungen. Jetzt ist es, als hätte ich dich nie gekannt, als wäre nie etwas gewesen, ich erinnere mich an gar nichts mehr. Haben wir zusammengelebt? Haben wir uns angefasst, zusammen gefrühstückt, Möbel zusammengeschraubt … miteinander gelacht und geweint? Du bist wie ein Foto, John. Manchmal wenn ich ein altes Foto von mir sehe, glaube ich, es wäre jemand anderes. Und jedes Mal, wenn ich dich sehe, John, wird dieses Gefühl stärker. Du bist jemand, den es nicht gibt.«

Ihm fiel auf, dass sie zitterte, wie nach einer großen Anstrengung.

»Der Kuss war nicht geplant, es ist einfach passiert. Ist dir klar, dass wir unsere Beziehung nie richtig beendet haben? Wenn du geblieben wärst, bis alles vorbei war, dann würde ich dir auch nicht fehlen. Du hättest irgendwann einfach loslassen können.«

Er spürte, dass er kaum mehr verkraften konnte. Ihre Stimme wurde lauter, während sie auf die beiden Umzugskartons zuging. Beinahe sah es so aus, als wollte sie darauf einprügeln.

»Wir sollten unsere Beziehung zu den Akten legen, genau wie den Inhalt dieser verdammten Kartons, an denen du dich festklammerst. Ich bitte dich, John. Lass uns einen Strich unter die ganze Sache ziehen. Ich lebe mit jemandem zusammen und bin jetzt auf dem Weg zu ihm. Zu jemandem, der in der Gegenwart existiert.«

Er blieb noch lange an seinem Schreibtisch sitzen. Hellrosa Geldscheine lagen neben sauberen Banknoten. Der 41-seitige Bericht über den Waffendiebstahl auf der einen, die 3109 Seiten Akten über die Militärliga auf der anderen Seite. Dazu der braune Umschlag, den Sanna ihm mitgebracht hatte.

John Broncks sank in sich zusammen, stützte sich mit seinen Füßen von der Schreibtischkante ab und rollte mit dem Bürostuhl rückwärts, bis er an die Wand stieß.

Die Banknoten, die Ermittlung und der Brief waren ihm gleichgültig und auch, dass sie mit jemandem zusammenlebte, der im Hier und Jetzt existierte. Zum ersten Mal, seit er das Präsidium betreten hatte, wollte er es vor Einbruch der Nacht verlassen – ehe er sich selbst die Genehmigung dazu erteilte. Er machte die Schreibtischlampe aus, hielt dann aber noch einmal inne. Auf dem braunen Umschlag, der in seinem Postfach gelegen hatte, stand unter dem Empfänger *Kriminalinspektor John Broncks* der Vermerk *Persönlich*.

Nichts in diesem verdammten Gebäude war persönlich.

Rasch riss er den Umschlag mit dem Zeigefinger auf und begann zu lesen.

Sehr geehrter Herr Broncks,
nachdem wir zu den nach Ihren Maßstäben zwanzig gefährlichsten Verbrecherbanden des Landes Kontakt aufgenommen haben und dabei auf großes Interesse an unserem Lager gestoßen sind, haben wir beschlossen, auch Ihrer Organisation die Möglichkeit zu bieten, unsere Waren käuflich zu erwerben.
Es ist uns ein Vergnügen, Ihnen folgende Ausrüstung anzubieten:
Maschinenpistolen M/45 – 124 Stück
Sturmgewehre AK 4 – 92 Stück
Maschinengewehre KSP 58 – 5 Stück

Broncks suchte in seiner Schreibtischschublade nach Plastikhandschuhen und streifte sie über. Dann setzte er die Lektüre dieses äußerst überraschenden Schriftstücks fort.

Wir erinnern noch einmal an einige nur Ihnen und uns bekannte Details unserer Werbekampagne, die große Beachtung gefunden hat:
Svedmyra am 12.11. Sieben nach oben auf die Eckkamera gerichtete Schüsse aus einem Maschinengewehr des Typs KSP 58. Die Tür des frei stehenden Panzerschranks klemmte, nur das oberste Fach wurde geleert.
Ösmo am 1.2. Zwei identische Fluchtfahrzeuge zwecks erschwerter Verfolgung. Eine der Kassen in der Handelsbanken konnte aufgrund eines Zeitschlosses nicht geleert werden.

Sechs Monate lang hatte er sie gesucht, gejagt und mit ihnen gelebt, ohne eine einzige Spur zu entdecken. Und jetzt das. Ein direkter Kontakt zum Ermittlungsleiter.

Wir haben eine Warenprobe für Sie hinterlassen, die Sie finden, wenn Sie der folgenden Beschreibung folgen:
Nehmen Sie den Gamla Södertäljevägen.
Halten Sie vor dem Schlagbaum, gehen Sie sieben Meter nach rechts, und folgen Sie dem Pfad fünfunddreißig Meter aufwärts.
Auf dem Gipfel liegen fünf aufgehäufte Steine neben einer kleinen Fichte.
Unter der Fichte finden sich die Warenproben.
Mit freundlichen Grüßen
Ihre Anna-Karin

Broncks übertrug die Wegbeschreibung rasch in sein Notizbuch und schob dann Brief und Umschlag vorsichtig in eine Klarsichthülle.

Vor wenigen Minuten hatte er beschlossen aufzugeben. Jetzt hatten sie sich mit ihm in Verbindung gesetzt. Er würde ihnen also auch weiterhin seine ungeteilte Aufmerksamkeit widmen.

Irgendwo da draußen trieben sie ihr Unwesen.

Und er würde nicht ruhen, ehe er sie geschnappt hatte.

62

Joachim Nielsen, der Wachposten des Waffendepots, der vor dem gelb-roten Schlagbaum stand und eine Zigarette rauchte, wirkte jetzt ruhiger und schien sogar eine gewisse Kraft auszustrahlen. Die Zeit heilte viele Wunden.

»Das Schlimmste ist, dass sie mich wochenlang beobachtet haben müssen.«

Noch ein Zug an der Zigarette.

»Können Sie mich dorthin bringen?«, fragte Broncks und hielt ihm die Seite seines Notizbuches mit der Wegbeschreibung hin.

»Warum?«

»Wir werden ein wenig graben.«

Nielsen zuckte mit den Achseln und begann die ersten sieben Meter in den Wald abzuschreiten. Dann hielt er inne und las die weiteren Anweisungen.

»Fünfunddreißig Meter. Ich weiß, wo's hingeht. Ein kleiner Hügel.«

Ein Pfad führte sie tiefer in den dunklen Wald.

»Sie wussten, wann und wo ich unterwegs war, und haben auf diese Weise sicherstellen können, dass ich nichts bemerke.«

Seine Verzweiflung ist verflogen, dachte Broncks, aber er kann das Grübeln nicht lassen. Und obwohl er kein Opfer unmittelbarer Gewalt geworden war, würde ihn dieses Erlebnis für den Rest seines Lebens beschäftigen.

Sie kletterten über einen umgestürzten Baum und hörten den Schrei einer Eule.

»Hier.«

Fünf Steine neben einer jungen Fichte. Broncks klappte seinen Spaten auf und entfernte das Moos. Vor nicht allzu langer Zeit war hier gegraben worden. Er stieß den Spaten fest in die Erde und stieß auf Metall. Rasch zog er ein neues Paar Gummihandschuhe aus der Jackentasche, kniete sich hin, grub mit den Händen in der lockeren Erde und bekam schließlich eine schwarze Mülltüte zu fassen.

»Bislang haben sie alles richtig gemacht«, sagte Broncks.

Mit dem Messer aus seiner anderen Jackentasche schlitzte er den Müllsack auf.

»Sie wollen verhandeln, also muss etwas vorgefallen sein.«

Er reichte dem Wachmann eine Waffe und nahm die nächste heraus.

»Offenbar wollen sie keine Banken mehr ausrauben.«

Er hatte ein größeres Aufgebot, mehr Polizisten und vielleicht sogar Leute von der Kriminaltechnik erwartet.

Leo stellte die Schärfe seines Feldstechers ein und rutschte ein wenig zur Seite, um besser sehen zu können, denn ein paar dicke

Kiefern verstellten die Sicht. Sie hatten zu graben begonnen. Er lag im weichen Moos hinter Büschen und zwei Felsblöcken am höchsten Punkt des Waldes. Sowohl die Stelle, an der er die Waffen vergraben hatte, als auch seinen Beobachtungsposten hatte Leo mit Sorgfalt ausgewählt.

Broncks kam ihm zehn bis fünfzehn Jahre älter als er selbst vor. Fünfunddreißig, höchstens vierzig. Er bewegte sich energisch und war vielleicht einmal Leistungssportler gewesen. Seine Kleidung glich der von Leo: Jeans, Lederjacke, Halbschuhe, ein Bulle in Zivil mit ungeeigneter Kleidung für Waldspaziergänge und Grabungsarbeiten.

Er wusste, dass sein Verhalten riskant war, empfand aber dennoch eine erstaunliche Gelassenheit. Er beobachtete, ohne gesehen zu werden. Er plante, ohne jemanden einzuweihen. Und dieser Bulle, der die Waffen ausgrub und bald die nächsten Anweisungen lesen würde, brachte die Verhandlungen einen Schritt weiter.

Drei Sturmgewehre und zwei Maschinenpistolen, gut geölt und in Plastikfolie verpackt.

Broncks wusste immer noch nicht, ob das Angebot ernst gemeint war oder ob sich jemand einen Spaß mit ihm erlaubte.

»Da ist noch was.«

Der Wachmann hatte die letzte Waffe in die Hand genommen und drehte sie um. Am Gewehrbügel war mit Bindfaden ein Umschlag befestigt, der dem ersten glich, den Broncks erhalten hatte. Dieses Mal war er jedoch mit Herzen und Blumen bemalt, und die Adresse war von einem roten Kreis umrahmt.

Broncks öffnete ihn und las.

Sehr geehrter Herr Broncks,
es freut uns, dass Sie sich unsere Warenproben angesehen haben. In Anbetracht der enormen Konsequenzen, die der Verkauf unseres Bestandes an andere potenzielle Interessenten für Sie haben würde, haben wir uns erlaubt, den Preis für den gesamten Bestand auf 25 Millionen schwedische Kronen festzusetzen.

Falls Sie unser Angebot annehmen, teilen Sie uns dies bitte mit, indem Sie am 4. Mai in Dagens Nyheter *unter der Rubrik* Persönliches *eine Kleinanzeige mit dem folgenden Text aufgeben: »Du fehlst mir, Anna-Karin.«*

»Anna-Karin«, murmelte Broncks. »Diese Burschen haben Humor.«

»Humor?«

»Gestern ist meine Exfreundin endgültig aus meinem Leben verschwunden. Jetzt habe ich offenbar eine neue.«

»Anna-Karin!«, sagte der Wachmann und lächelte plötzlich. »Genial!«

»Wieso?«

»In manchen Kompanien wird das AK 4 als Anna-Karin bezeichnet.«

John Broncks beschlich das seltsame Gefühl, beobachtet zu werden. Er drehte sich um seine eigene Achse und hielt Ausschau, aber er nahm nichts anderes wahr als Bäume und den Schrei eines Käuzchens.

63

Weit und breit war keine Menschenseele zu sehen. Leo stand auf einer kleinen Lichtung in einem wunderbaren Wald zwischen den Kleinstädten Sala und Avesta hundertvierzig Kilometer nordwestlich von Stockholm. Vor einer halben Stunde hatte er die letzten Anzeichen menschlicher Bebauung, ein paar verfallene Sommerhäuser, hinter sich gelassen und hatte in einem Schlauchboot einen See überquert. In diesem Wald würde ihm die Polizei 25 Millionen Kronen übergeben.

Leo presste seine Nägel in die Rinde, was müheloser ging, als er es erwartet hatte. Sie saßen so fest, als hätte der Baum sie eingesaugt. Er trat einen Schritt ins weiche Moos zurück und betrachtete den verbogenen Metallbehälter mit den Schrauben und dem mit Tesakrepp umwickelten Plastiksprengstoff, aus dessen Unterseite ein kurzes Kabel ragte.

Eine selbst gebastelte Landmine, die aus einem halben Kilo Schrauben und Sprengstoff bestand. Fünfzehn davon hatte er in der Garage gefertigt und in der Totenkopfhöhle gelagert.

Er sah sich erneut um. Die Bäume durften weder zu dicht noch zu licht stehen. Seine Signalrakete musste vom Hubschrauber aus erkennbar sein. Der langsam herabsinkende Leuchtkörper würde den Piloten auf vier weitere Lichtsignale am Boden aufmerksam machen, zwischen die die Tasche mit dem Geld abgeworfen werden sollte.

Die Bullen hatten den letzten Brief mit seinen Anweisungen noch nicht erhalten und konnten daher keinen Gegenzug einleiten. Erst wenn er die 25 Millionen in Händen hielt, würde er das Waffenversteck preisgeben.

Der Hubschrauber würde eine zweihundert Kilometer lange, kreisförmige Route fliegen, die er auf der Landkarte eingezeichnet hatte. Fünf Landebahnen, auf denen der Hubschrauber nachtanken konnte, befanden sich in unmittelbarer Nähe. Leo würde die Abflugzeit und die Fluggeschwindigkeit vorgeben und so wissen, wann der Hubschrauber seinen Standort passierte.

Sie schwebten in Ungewissheit darüber, wann und wo der Abwurf erfolgen sollte, aber er setzte voraus, dass sie jeden verfügbaren mittelschwedischen Bullen entlang der Flugroute postieren würden. Sobald er die Signalrakete abschoss, würden sich alle in seine Richtung bewegen.

Die Sonne fiel durch die Baumwipfel, und die durchsichtige Angelschnur funkelte, als er sie vorsichtig um den Schlagzünder wickelte. Jetzt war die Mine scharf. Sachte bewegte er sich rückwärts und wickelte dabei die Schnur ab. Nach zehn Metern blieb er stehen und spannte sie. Er war vollkommen allein. Aber in Gesellschaft einer Waffe, die zehn, zwanzig, vielleicht sogar dreißig Menschen töten konnte.

Drei Nächte lang hatte er unter den Sternen geschlafen, drei Tage lang mit niemandem gesprochen oder gelacht. Keiner von seinen Brüdern hatte die Spannung mit ihm geteilt.

Er zog ein wenig an der Leine, und der Zünder widersetzte sich wie ein Fisch, der angebissen hat.

Morgen würde die Zeitung erscheinen. Mit der Antwort. Der Feind mit dem alltäglichen Gesicht und dem Namen John Broncks würde seiner Sehnsucht nach einer gewissen Anna-Karin Ausdruck verleihen.

Er war davon überzeugt, dass sich die Polizei auf den Deal einlassen würde. Und zwar nicht nur aus Angst, dass er irgendwelche Kriminellen mit Waffen ausstatten könnte, sondern weil es noch einen weiteren Köder gab – ihn selbst.

Sie würden alles Erdenkliche tun, um ihn endlich zu fassen. Also wappnete er sich für jede mögliche Situation.

Die Polizei würde ihre besten Leute schicken. Die Elite, die Antiterrortruppe.

Zwanzig bestens ausgebildete Jaspers.

Die er mit einem Geflecht aus Angelleinen schlagen würde.

Er setzte einen Gehörschutz auf und zog leicht an der Leine der Testmine, die an einer zehn Meter von ihm entfernten Kiefer hing. Der plötzliche Knall war ohrenbetäubend und zerriss vom Waldboden einen Meter aufwärts alles Lebende. Selbst eine Birke am Rand der Lichtung kippte mit klagendem Geächze um. Die Explosion war noch vernichtender, als er erwartet hatte.

Jetzt liegt es an dir, Broncks, ob Frieden oder Chaos entsteht.

Leo sah sich ein letztes Mal in dem riesigen Wald um, der bereits eine Explosion verschluckt hatte. Vogelgezwitscher und ein leichtes Lüftchen umfingen ihn. Es war Zeit, nach Hause zu gehen und seine Tarnkleidung gegen Jeans, Jacke und ein Hemd mit Kaffeeflecken zu vertauschen. Die typische Kluft eines nächtlichen Taxifahrers.

Er überquerte die Lichtung und machte sich auf den Weg zu jenen, die nie schliefen, in deren Gesellschaft er das Erscheinen der Kleinanzeige abwarten wollte.

64

Um vier Uhr morgens schläft fast ganz Stockholm. Die letzten Nachtschwärmer sind auf dem Weg nach Hause, und die Pendler liegen noch im Bett. In dem rund um die Uhr geöffneten Café am Gullmarsplan, wo sich hauptsächlich Taxifahrer aufhalten, herrscht jedoch reger Betrieb. Laute Unterhaltungen, Kaffee in Plastikbechern, von Druckerschwärze verfärbte Finger, die in den taufrischen Tageszeitungen blättern.

Leo saß an einem der Ecktische und breitete die *Dagens Nyheter* vor sich aus. Politik, Feuilleton und Sport interessierten ihn nicht. Nur die Kleinanzeigen. Er überflog rasch die Annoncen für Autos, Häuser und Kinderwagen und beugte sich dann so tief über die Zeitung, dass er das frische Papier riechen konnte. Dort, die Mitteilungen. Und etwas weiter unten: *Persönliches.* »Inger und ihre Kinder Fanny und Mia. Meldet Euch umgehend. Anita.« Und noch eine Anzeige: »Ich warte an der Fähre auf Dich. B.«

Eine Frau namens Anita und eine Person, die eine andere an einer Fähre treffen wollte.

Das war alles! Sonst nichts!

Er zerriss die Zeitung.

Keine Brüder. Keine Bande. Keine weiteren Überfälle. Ein Haus, das Anneli hasste, mit über zweihundert Waffen im Keller.

Und dieser verdammte Kerl hatte nicht geantwortet!

Er rannte an den blau uniformierten Fahrern von Taxi Stockholm vorbei aus dem Café und in die kühle Morgendämmerung. Wenig später betrat er die Telefonzelle, von der aus sie die Bombendrohung durchgegeben hatten und die er nie wieder hatte benutzen wollen. Er wählte eine Handynummer. Es klingelte sechs Mal, dann sprang die Mailbox an. Er versuchte es ein zweites und ein drittes Mal.

»Hallo?«

»Die Warenprobe.«

»Bitte?«

»Hat sie Ihnen nicht gefallen?«

»Wer … sind Sie?«

Die wehrlose Stimme eines Schlaftrunkenen.

»Die Frau Ihres Lebens.«

John Broncks setzte sich auf, stellte seine Füße auf den kalten Fußboden und ging zum Fenster. Er wollte sicher sein, dass ihn niemand beobachtete.

»Wer?«

»Ihre kleine Anna-Karin.«

Eine Männerstimme. Nicht alt, aber altersmäßig schwer einzuordnen. Weder hoch noch tief, sondern dazwischen.

»Und was wünschen Sie … *Anna-Karin*?«

»Die Zeitung von heute. Sie haben nicht geantwortet.«

»Ich lese keine Kontaktanzeigen.«

Broncks trat vom Fenster zurück, eilte in die Diele, zog ein kleines Aufnahmegerät aus der Innentasche seines Jacketts und verband es geräuschlos mit seinem Handy.

»Wenn Sie sie nicht kaufen, um sie aus dem Verkehr zu ziehen, gibt es andere Interessenten.«

»Ich habe Ihre Warenprobe ausgegraben und untersucht. Sie stammt aus dem Waffendepot Getryggen südlich von Stockholm. Woher soll ich wissen, dass Sie sie gestohlen haben?«

»Wenn Sie unseren Bestand nicht kaufen, dann wird er in andere Hände geraten. In die Hände anderer Krimineller. Die vielleicht nicht ganz so … diszipliniert sind wie meine kleine Truppe. Sie wissen schon, das organisierte Verbrechen, über das Sie immer so gerne reden. Stellen Sie sich mal bis an die Zähne bewaffnete Hells-Angels-Banden vor.«

»Die Warenprobe beweist aber nicht, dass Sie im Besitz der übrigen Waffen sind.«

»Sie zeigt, dass ich das Vorhängeschloss des Schlagbaums durch eines mit identischer Seriennummer ersetzt habe. Sie zeigt, dass ich die am 4. Oktober vergangenen Jahres datierte Inventarliste gesehen habe, die noch sechs Monate hängen geblieben ist, weil ich so gute Arbeit geleistet hatte, dass der sechzigjährige Wachmann in seinem schrottreifen blauen Volvo nichts gemerkt hat. Brauchen Sie noch mehr Details, die nur die Person kennen kann, die die Waffen gestohlen hat?«

Broncks warf einen Blick auf die Küchenuhr. 4.10 Uhr. Er würde nicht wieder zu Bett gehen.

»Gut, Anna-Karin, dann hätte ich gern etwas gewusst.«

»Vierundzwanzig Stunden.«

»Ich wüsste gern, was Sie zu diesem Schritt veranlasst.«

»Sie haben einen Tag, wenn Sie die Waffen zurückkaufen wollen.«

»Sind Sie sich auch ganz sicher, dass Sie keine Verwendung mehr für sie haben?«

»Fünfundzwanzig Millionen.«

»Sie haben einen schrecklichen Fehler begangen, liebe Anna-Karin. Sie hätten sich nicht mit mir in Verbindung setzen dürfen. Sie hätten diese Waffen stattdessen auf einem Acker begraben oder in einen See werfen sollen. Dann wäre es Ihnen vielleicht gelungen, das, was Sie bislang erbeutet haben, zu behalten und vielleicht sogar davonzukommen.«

Wie gewöhnlich klemmte der Kaltwasserhahn ein wenig. Broncks ließ das Wasser laufen, bis es richtig kalt war.

»Und noch was, wenn Sie Anna-Karin heißen …«

»Was machen Sie da eigentlich?«

»Ich gieße mir ein Glas Wasser ein. Wenn Sie Anna-Karin heißen, wie heißt dann Ihr kleiner Bruder?«

Er trank, füllte das Glas ein weiteres Mal und trank es halb leer.

»Ihr Bruder. Sie wissen schon, der, mit dem Sie die Banken ausrauben.«

»Eine Antwort in den nächsten vierundzwanzig Stunden. Eine Kleinanzeige, die mit *Liebe Anna-Karin* beginnt.«

»Ich habe auch einen Bruder. Selbst in einem Schwarz-Weiß-Film einer Überwachungskamera erkenne ich die Bewegungsmuster von Geschwistern. Und Sie … Sie sind der Ältere. Sie flüstern Ihrem kleinen Bruder aufmunternd zu, bevor er zum ersten Mal in eine Menschenmenge schießt.«

»In der Anzeige soll außerdem stehen: *Du fehlst mir, und ich will Dich wiedersehen.*«

Ein grauer Kapuzenpulli hing über einem Stuhl in der Diele. Der Frühlingsmorgen war kühl, und Broncks streifte ihn über seinen nackten Oberkörper.

»Hören Sie zu, Anna-Karin. Ich habe etwas gegen Gewalt.«

»Diese Mitteilung wird Anna-Karin mit einer Anzeige beantworten, aus der hervorgeht, wie sich unsere Beziehung weiterhin erfreulich gestalten wird. Wie die Zahlung zu erfolgen hat und wohin wir die restliche Ware liefern.«

»Und wissen Sie auch, warum ich Gewalt verabscheue? Weil ich damit aufgewachsen bin. Ich weiß, wie sie funktioniert. Entweder hasst man sie, oder man wendet sie selbst an, habe ich nicht recht?«

»Vierundzwanzig Stunden.«

»Das ist wenig.«

»Mehr kriegen Sie nicht.«

»Dann bekommen Sie nichts von uns. Ich muss die Einwilligung des Reichspolizeichefs einholen.«

John Broncks ging in seiner kleinen Wohnung auf und ab und lauschte in die Stille. Noch war die Leitung nicht tot. Er hörte eine Straße und ferne Atemzüge. Gedanken wurden abgewogen, verworfen oder geändert.

»Okay.«

Die Stimme am Telefon klang auf einmal sonorer, artikulierte deutlicher.

»In einer Woche, am 11. Mai. In der *Dagens Nyheter*. Wenn Sie Anna-Karin dann immer noch nicht sehen wollen, bricht die Hölle los.«

Dann wurde es still. Der Unbekannte hatte aufgelegt.

65

John Broncks gähnte. Er hatte sich nicht wieder hingelegt, sondern war barfuß in seine kalte Küche gegangen, hatte sich einen Tee gekocht und anschließend einen Spaziergang am Söder Mälarstrand und um die Insel Långholmen unternommen.

Es war klug gewesen, Anna-Karin nicht zu erzählen, wie sehr sie ihm fehlte, sondern sie so zu behandeln, wie er früher einmal Sanna behandelt hatte. Es hatte funktioniert. Sogar besser als erhofft. Zum ersten Mal war es zu einem direkten Kontakt gekommen.

Jetzt blieben ihm sieben Tage, bis er seine nächste Entscheidung treffen musste.

Aus diesem Grund stand er jetzt in der riesigen, feuchten Tiefgarage des Präsidiums und wartete auf Karlström. Er wollte ihn nicht noch einmal zu Hause aufsuchen und auch nicht darauf warten, bis er wieder in seinem Büro war. Er kannte die Gewohnheiten seines Chefs. Wochentags fuhr er seine jüngere Tochter in den Kindergarten, seine ältere Tochter in die Schule und schließlich seine Frau zur Arbeit. Ein langsamer Abschied von der Familie, die er wenige Stunden später wiedersehen würde. Er traf nie vor 8.15 Uhr und nie später als 8.45 Uhr auf seinem Stellplatz ein.

Broncks versteckte sich nicht, aber Karlström sah ihn nicht neben dem Betonpfeiler warten und zuckte daher überrascht zusammen, als Broncks die eine Hintertür des Wagens öffnete und einstieg.

»Big Brother hat mich heute früh angerufen.«

Broncks brauchte zehn Minuten, um seinem Chef detailliert Bericht zu erstatten. Es verstrich eine weitere Minute, bis Karlström etwas sagte.

»Wann genau hast du diese fünf Waffen ausgegraben?«

»Vor acht Tagen.«

»Und erst jetzt steigst du in meinen Wagen, um mir alles zu erzählen?«

»Ich wollte mich in aller Ruhe in ihn hineinversetzen. Wenn ich dich früher unterrichtet hätte, dann wären weitere Ermittler hinzugezogen worden. Wir wären ihm nicht so nahe gekommen. Verstehst du? Jetzt hat er sich persönlich mit mir in Verbindung gesetzt. Jetzt ist es eine Sache zwischen uns beiden.«

Karlström starrte an die graue Wand mit seinem Namensschild.

»Okay. Und warum wendest du dich ausgerechnet jetzt an mich? Welche Art der Unterstützung erwartest du von mir?«

Fünfundzwanzig Millionen Kronen.

»John, hast du meine Frage gehört?«

Gib ihm das Geld. Sorge dafür, dass Big Brother keine Waffen mehr hat. Sorge dafür, dass der gewalttätigste Bankräuber Schwedens keine Überfälle mehr begeht. Gestatte ihm außerdem und trotz monatelanger Fahndung, auf immer zu verschwinden und gesichtslos in die skandinavische Kriminalgeschichte einzugehen.

»John, womit kann ich dir behilflich sein?«

Oder gib ihm kein Geld, zwing Big Brother, weiterzumachen, weitere Banken zu überfallen, weitere Menschen zu verletzen. Und gib uns damit die Möglichkeit, ihn irgendwann zu fassen.

»Mit etwas, was nur Leute mit eigenen Parkplätzen liefern können.«

»Und das wäre?«

»Fünfundzwanzig Millionen in bar.«

66

»Du bist nicht mein Papa.«

Leos schlaftrunkene Reaktion war Fassungslosigkeit, dann verwandelte sich seine Fassungslosigkeit in ein altbekanntes Gefühl des Schreckens. Die Worte fraßen sich in ihn hinein und ergriffen von ihm Besitz wie das schrille Pfeifen eines entgleisenden Zuges oder das Heulen einer Sirene.

Aber was er tief in seinem Inneren hörte, war weder ein Pfiff noch eine Sirene, sondern eine Stimme, die ihm über all die Jahre hinweg ganz deutlich zurief:

»Du bist nicht mein Papa.«

Er hätte diese Worte nie aussprechen dürfen, damals. So etwas sagte man nicht zu seinem eigenen Vater. Ekel stieg aus Leos Magen auf und zwang ihn in die Gegenwart zurück und zu der Erkenntnis, dass das, was er erlebte, der Vergangenheit angehörte.

Vor ihm stand nicht Ivan, und es waren auch nicht seine Worte. Die Person vor ihm hatte nicht Ivans dunkles Haar, sondern war blond und erinnerte eher an einen Engel, der Tonfall war eher verspielt als vorwurfsvoll.

»Du bist nicht mein Papa!«

Sebastian.

Das Gefühl des Ekels und des Schreckens verwandelte sich in Ärger. Fünf Tage hatte er im Wald mit der Planung von Fluchtwegen und dem Auslegen selbst gebastelter Landminen verbracht. Die ganze Woche hatte er nur drei Stunden pro Nacht geschlafen, und jetzt wurde er von diesem Kind geweckt.

»Du bist nicht mein Papa!«

»Nein … aber ich könnte dein Bonuspapa sein«, sagte Leo und setzte sich benommen auf.

»Nein!«

»Doch! So nennt man Leute, die man nur alle sechs Monate sieht, du kleiner Gangster!«

Leo hob ihn hoch und warf ihn über die Schulter. Sebastian lachte und schüttelte so heftig den Kopf, dass seine Locken ganz zerzaust waren.

»Hat dir deine Mama nicht erklärt, dass du nur Haferbrei kriegst, wenn du König Leo ohne Erlaubnis weckst?«

»Ich hasse Haferbrei!«

Die Treppe hinunter in die Küche. Sebastian kreischte, dass er keinen Brei wolle, bis ihn Leo absetzte. Da rannte er in die Diele und versteckte sich in einer von Leos Jacken und tat so, als befürchtete er, man könne ihm trotzdem Brei vorsetzen.

»Sebastian?«

Anneli saß bereits mit einer Tasse Kaffee am Küchentisch und rauchte eine Zigarette.

»Hör auf deine Mama, Kleiner. Zeit zum Anziehen. Dann können wir endlich los.«

Anneli drückte die Zigarette in dem fast vollen Aschenbecher aus, zündete sich die nächste an und sah Leo an.

»Was ist los?«

»Nichts«, antwortete er.

»Leo, ich sehe doch, dass etwas nicht stimmt.«

»Ich brauche nur eine Tasse Kaffee, dann ist alles okay.«

Der Rest in der Kanne reichte gerade noch für eine Tasse. Die letzten Tropfen flossen über die Porzellankante.

»Wir haben es eilig, zieh dich an.«

»Hast du mir deswegen den kleinen Gangster geschickt? Damit er mich weckt?«

»Ich mag es nicht, dass du ihn so nennst.«

»Und ich mag es nicht, wenn du im Haus rauchst.«

Er nahm ihr die Zigarette aus dem Mund und warf sie aus dem offenen Fenster.

»Insbesondere jetzt. Musst du wirklich rauchen, wenn Sebastian ausnahmsweise mal da ist?«

Leo riss auch das andere Fenster auf.

»Ich glaube nicht, dass ich dich heute begleiten kann.«

Anneli sah wie erwartet enttäuscht aus. Sie sah verstohlen zur Diele hinüber und flüsterte:

»Du hast es versprochen, und jetzt zieht er sich auch an.«

»Tut mir leid.«

»Ist etwas passiert? Du bist gestern wieder so spät nach Hause gekommen. Wo warst du? Was ist los?«

»Ich habe gearbeitet.«

»Und warum kannst du mich jetzt nicht begleiten?«

»Weil ich noch zu arbeiten habe.«

»Schon wieder? Begreifst du denn nicht, wie enttäuscht er sein wird?«

»Verdammt noch mal … er ist dein Sohn. Ich bin ihm egal.«

Leo wühlte in seiner Hosentasche und zog einen Tausender hervor – von der Sparbanken in Ullared, die er allein überfallen hatte.

»Ich habe einfach keine Zeit.«

Sebastian stand fertig angezogen und erwartungsvoll an der Haustür. Leo drückte ihm das Geld in die kleine Hand.

»Viel Spaß heute.«

Anneli war verärgert und machte kein Hehl daraus. Leos Verhalten war fast schon eine Beleidigung, ein Gefühl, das er ihr nur selten vermittelte.

»Das reicht für alle Karussells, kleiner Mann!«

Leo fuhr ihm durch sein blondes Haar, und Sebastian betrachtete den Tausender in seiner Hand.

»Für alle?«

»Super, oder? Du kannst den ganzen Tag tun und lassen, was du willst, ohne dass sich irgendein langweiliger Erwachsener einmischt.«

Leo spürte Annelis finsteren Blick im Nacken. Sebastian nickte verständnislos, und Anneli flüsterte:

»Du hast es versprochen.«

»Mir ist was dazwischengekommen. Arbeit.«

»Was für ›Arbeit‹?«, sagte sie und zeichnete die Anführungsstriche in die Luft.

Leo hasste diese Geste, was sie ganz genau wusste. Das war was für Idioten, die nicht wussten, was sie eigentlich sagen wollten, und sich mit Gebärden zu retten versuchten.

»Die ›Arbeit‹, die mir das ›Geld‹ für dein ›Traumhaus‹ einbringt«, ahmte er sie nach. Seine Verärgerung über das Telefongespräch hatte sich immer noch nicht gelegt.

»Wenn Sie Anna-Karin heißen …«

Das Schwein wusste etwas, was er nicht wissen durfte.

»… wie heißt dann Ihr kleiner Bruder?«

Und obwohl Leo kein Wort zu viel gesagt hatte, hatte ihm Broncks zu viele Worte entlockt. Er hatte seine Brüder verraten und diesen verdammten Bullen in seiner Auffassung bestärkt. Wenn sie ihn je erwischten, dann würden sie auch seine Brüder festnehmen.

Leo hörte, wie die Tür ohne weitere Abschiedsworte geschlossen wurde. Dann zog er seinen Blaumann an, weil es ihm wichtig war, dass nach außen hin alles ganz normal wirkte.

Noch eine Tasse Kaffee, und er spürte, wie sein Ärger allmählich verflog. Dieser verdammte Kriminalinspektor war genauso wie der fette Bulle, der damals an ihrem Küchentisch gesessen hatte. Solchen Männern musste man einfach einen Bleistift in die Hand rammen – nicht einmal von einem Kind konnte man verlangen, dass es sich alles gefallen ließ.

Denn das, was man nicht bekam, musste man sich nehmen.

Zurückholen.

Und nie wieder loslassen.

67

In der Cafeteria des Präsidiums saßen Beamte in kleinen Grüppchen zusammen und sprachen hauptsächlich von dem, was sie verband, nämlich von ihrer Arbeit. John Broncks aß nur selten hier. Unterhaltungen, die im Rahmen einer Ermittlung mühelos dahinflossen, pflegten an den langen Tischen ins Stocken zu geraten. Er goss heißes Wasser in eine Tasse.

Karlström saß an einem kleinen Tisch in Fensternähe mit Blick auf den Innenhof. In der rechten Hand hielt er eine Gabel, mit der linken blätterte er in einem Aktenordner. Ein ungewöhnlicher Anblick, denn Broncks' Chef konzentrierte sich sonst immer voll und ganz auf sein Essen.

»Hallo.«

Ein Teller matschiger Pommes und ein zähes Steak – eine eher untypische Wahl für Karlström, der jetzt den Kopf hob und einen Schluck Eiswasser trank. In dieser Hinsicht war er sich treu geblieben: Er sprach nie mit vollem Mund.

»John. Freut mich, dass du kommen konntest.«

Broncks nahm Platz, und Karlström wischte sich mit einer Papierserviette die Hände ab.

»Es ist erledigt. Hinter meinem Schreibtisch steht eine schwarze Tasche mit 25 Millionen Kronen. In bar. Gebrauchte Scheine.«

Ein paar Tische weiter wurde gelacht. Die Kollegen von der Notrufzentrale. Sie wirkten erleichtert, momentan keine Anrufe entgegennehmen zu müssen.

»Jetzt steht dem Austausch nichts mehr im Wege. Waffen gegen Geld. Aber das genügt leider nicht.«

»Ach nein?«

»Ich musste mir sowohl vom Reichspolizeichef als auch vom Justizminister grünes Licht geben lassen. Die Waffen aus dem Verkehr zu ziehen reicht ihnen nicht. Sie fordern eine Festnahme.«

»Als ob ich je etwas anderes gewollt hätte!«

»Die Waffen. Und eine Festnahme. Verstanden? Außerdem will ich, dass du mich ständig über alle Ereignisse auf dem Laufenden hältst.«

»Natürlich. Über alles.«

»Ich muss also darüber informiert werden, wann, wo und wie der Austausch stattfindet.«

»So weit sind wir noch nicht. Bislang wird nur verhandelt.«

»Und wenn sie ihre Forderungen stellen und dir Anweisungen erteilen, dann musst du klarstellen, wie deine Bedingungen lauten, damit wir unseren Gegenschlag planen können.«

»Ich bin mir nicht sicher, ob das klappen wird.«

Broncks betrachtete seinen Chef. Nach zehnjähriger Zusammenarbeit kannten sie sich gut, zumindest in beruflicher Hinsicht. Karlström war bewusst, dass sie möglicherweise in unterschiedliche Richtungen strebten, das konnte Broncks aus seinem Gesicht ablesen.

»Doch, doch, John, wenn wir uns gründlich genug vorbereiten, wird es klappen.«

»Diese Burschen sind im Besitz von Bomben und Gewehren und schrecken nicht vor Gewaltanwendung zurück. Sie gehen äußerst durchdacht vor. Ein einziger Fehler bei der Übergabe könnte Menschenleben in Gefahr bringen.«

»Deswegen müssen wir sie ja endlich fassen.«

»Wenn sie unsere Kollegen abschlachten und dann entkommen, wissen wir kein bisschen mehr über sie als jetzt. Niemand kennt sie! Sie sind unsichtbar. Und sie werden alles unternehmen, damit das so bleibt.«

Jetzt war es Karlström, der Broncks musterte, während sich sein Gesicht verfärbte. Der Kripochef wurde nur selten wütend, das war einfach nicht seine Art. Aber jetzt verlor er die Beherrschung.

»John?«

»Ja?«

»Du weißt sehr wohl, wie das alles funktioniert. Vertrauen wird über lange Zeit aufgebaut. Insbesondere die Art von Vertrauen, die es einem ermöglicht, um einen Gefallen zu bitten. Die Anzahl solcher Möglichkeiten ist jedoch begrenzt. Man muss sich also ganz genau überlegen, wie man sie einsetzt. Ich habe dir deine 25 Millionen besorgt und riskiere damit, dass ein paar beschissene Kriminelle die Regierung erpressen, was später durchaus an die Öffentlichkeit gelangen könnte. Die höchsten Beamten des Landes sind mir dabei behilflich, weil ich mir ihr Vertrauen erworben habe. Ich habe für diese Sache um einen der wenigen Gefallen gebeten, die sie mir schuldig sind. John, verdammt, ich will wirklich nicht, dass alles umsonst war.«

Broncks beugte sich vor.

»Karlström, sie haben kein Netzwerk. Das weiß ich. Sie sind nicht vorbestraft. Wenn sie den Versuch unternehmen, die Waffen zu verkaufen, dann hören unsere Spitzel davon. Also werden sie sich hüten. Nicht weil sie Angst haben, sondern weil sie schlau sind.«

»Und da bist du dir vollkommen sicher?«

»Ich weiß nur eines mit Sicherheit: Wenn wir sie zwingen, weitere Banküberfälle zu begehen, dann steigen unsere Chancen, sie zu fassen. Wenn wir uns nicht mit ihnen in Verbindung setzen und die Waffen nicht zurückkaufen, Karlström, werden sie aus reiner Verzweiflung weitere Banken überfallen. Wer sich in einer Zwangslage befindet, begeht Fehler.«

Karlström schob das Besteck auf seinem Teller hin und her. Erst ein lausiges Essen und dann diese Diskussion.

»Verdammt, John, wann hat dich dieser Gedanke … Wann hast du diesen Beschluss gefasst? Nicht zu zahlen?«

»Schon gleich nach dem ersten Brief.«

»Ich habe also ganz umsonst um das Geld gebettelt?«

»Nein. Ich muss die Gewissheit haben, dass es verfügbar ist. Ich will nicht lügen müssen. Big Brother darf keinerlei Zweifel hegen. Er muss meiner Stimme anhören, dass 25 Millionen auf meinem Schreibtisch liegen. Er soll sich meinetwegen auch Fotos davon anschauen können.«

Broncks schob seinen Stuhl nach hinten, um sich zu erheben.

»Falls ich mich irren sollte, aber nur dann, setze ich das Geld ein. Falls es die einzige Möglichkeit ist, das totale Chaos zu verhindern.«

Broncks wollte schon gehen, da streckte Karlström die Hand aus und legte sie ihm auf den Unterarm.

»John? Interessiert es dich, wie ich darüber denke?«

Broncks wehrte sich wie schon beim vorigen Mal gegen den Impuls, die Hand abzuschütteln, und nickte.

»Ich denke, eine Übergabe kann zu einer Festnahme führen. Wir sind ihnen in vielerlei Hinsicht überlegen. Am allerwichtigsten ist, diesen Irrsinn zu beenden. Wir müssen allen zeigen, dass wir sie geschnappt haben, sobald sich uns eine Möglichkeit geboten hat, und zwar nicht rein zufällig. Danach wird es weniger Banküberfälle und weniger Opfer geben.«

Wie beim letzten Mal ließ ihn Karlström einfach nicht los.

»Noch etwas.«

Broncks beschlich wieder dieses Unbehagen.

»Wenn diese Sache ausgestanden ist, will ich, dass du dir freinimmst. Kapiert?«

»Ja, ja.«

»Hast du mich verstanden, John? Keine weiteren Ermittlungen, sondern Urlaub!«

»Ja, ja, später. Aber vorher muss ich noch einiges erledigen. Unter anderem werde ich zum ersten Mal in meinem Leben eine Kontaktanzeige aufgeben.«

68

Eine Woche hatte der Junge nun schon bei ihnen zugebracht, aber Leo war kaum zu Hause gewesen. Er wusste, dass Anneli enttäuscht war. Schließlich besuchte ihr Sohn sie nur selten. Aber sie würde Verständnis aufbringen, auch das wusste er.

Wenn alles vorüber war.

Anneli und Sebastian schliefen noch, als Leo an diesem wunderbaren, warmen Maimorgen das metallische Klappern des Briefkastens hörte. Die Zeitung war gekommen und mit ihr der Anfang vom Ende. Er goss sich eine große Tasse Kaffee ein und stellte sie auf dem Küchentisch ab.

Seine gesamte Planung hatte auf diesen Moment abgezielt. Er ging nach draußen zum Tor, wo der Briefkasten hing. Später würde er den Bullen den Brief mit seinen Anweisungen für den Austausch schicken.

Dann war alles ausgestanden.

Noch vor der Haustür schlug er die Zeitung auf, blätterte und überflog die Seiten.

Plötzlich hielt er inne. Seine Wut verwandelte sich in einen Eiszapfen, der von seinem Scheitel tropfte und sich in seine Brust fraß.

Er konnte nicht ins Haus mit der dampfenden Kaffeetasse zurückkehren. Er würde ins Auto steigen und durch die Gegend fahren, während der Tag erwachte.

Er hasste diesen verdammten Bullen.

John Broncks hatte nicht geschlafen, hatte es gar nicht erst versucht. Das Bett war noch gemacht und die Schlafzimmertür geschlossen.

Drei Tassen Kaffee am Küchentisch, obwohl er sonst nie Kaffee trank. Die Schwärze und der bittere Geschmack passten zu einer durchwachten Nacht.

Das Telefon neben der Seite mit den Kleinanzeigen klingelte zum ersten Mal. Dann, während er las, klingelte es nochmals. Und wieder.

Anna-Karin, Du bist mir vollkommen egal, und ich will Dich nicht mehr wiedersehen.

Er betrachtete das Handy, das jetzt ein viertes, dann ein fünftes Mal klingelte. Es wurde still, während Broncks wie ein Kind die Sekunden zwischen dem Zucken des Blitzes und dem dumpfen Donner zählte.

Sieben Sekunden. Dann klingelte es wieder.

Dieses Mal ließ er es drei Mal klingeln.

»Hallo … Anna-Karin.«

»Sie haben einen Riesenfehler begangen, verdammt!«

So klang seine Stimme also, wenn er gestresst war. Weder unbezwingbar noch schwach, nach wie vor ohne Akzent oder Dialektfärbung. Sie passte gut zu der schwarzen Vermummung, die er sich so oft angesehen hatte.

»Finden Sie?«

»Hören Sie mir zu, Sie …«

»Herrscht viel Betrieb auf dem Gullmarsplan? Ich habe Ihren letzten Anruf zurückverfolgen lassen. Wenn Sie möchten, schicke ich Ihnen einen Streifenwagen vorbei.«

»Unser Gespräch hat vor fünfzehn Sekunden begonnen, mir bleiben also noch dreißig, ehe Sie den Anruf zurückverfolgen können. Bevor ich auflege, möchte ich Ihnen mitteilen, dass Sie einen Krieg begonnen haben. Sie haben die Waffen des Staates in die Hände von Kriminellen gelegt.«

Broncks versuchte sich auf die Hintergrundgeräusche am anderen Ende der Leitung zu konzentrieren. Doch da war nur Stille. Entweder hielt er die Sprechmuschel zu, wenn er gerade nicht sprach, oder die Telefonzelle stand an einem verkehrsfreien Ort.

»Big Brother … Sie wissen genauso gut wie ich, dass das Unsinn ist. Sie sind nicht vorbestraft. Obwohl Sie möglicherweise der gefährlichste Bankräuber sind, mit dem ich es je zu tun hatte. Wie ist Ihnen das gelungen? Sie sind ein kluger Kopf. Aus diesem Grund werden Sie sich hüten, Kontakt zu anderen Kriminellen aufzunehmen.«

»Halten Sie die Schnauze, und hören Sie mir mal gut zu! Um meine Waffen unter die falschen Leute zu bringen, brauche ich keine Kontakte! Ich vergrabe einfach ein paar Kisten und schicke einen Brief mit roten Herzen und einer Wegbeschreibung ab. Kommt Ihnen diese Methode nicht irgendwie bekannt vor? Vierzig Sturmgewehre in jeder Kiste. Eine für die Hells Angels, eine für die jugoslawische Mafia, eine für die Verrückten in den Vorstädten … und Sie allein sind daran schuld, weil Sie mir meine Beute nicht abgekauft haben!«

»Hören Sie? Auf meinem Schreibtisch im Präsidium steht eine

Tasche mit 25 Millionen. Ihr Geld – wenn mir nicht klar geworden wäre, dass mir das alles zu blöd ist.«

Es wurde still.

»Das Einzige, was Sie wirklich gut können, Big Brother, ist Banken auszurauben. Und Sie werden wieder zuschlagen! Einmal und dann noch einmal, hab ich nicht recht, Anna-Karin? Sie werden wieder eine Bank überfallen, Sie Idiot!«

»Broncks, Sie übersehen eine Kleinigkeit. Sie wissen nicht, wer ich bin und wie ich aussehe. Aber ich weiß, wer Sie sind und wie Sie aussehen.«

Dann trat eine andere, geräuschlose Stille ein. Big Brother hatte aufgelegt. Als Broncks das Telefon auf den Tisch legte, fiel ihm auf, dass er, ohne es zu merken, während des Gesprächs aufgestanden war.

Jetzt musste er auf Big Brothers nächsten Schachzug warten.

Es war erst acht Uhr, als Leo wieder auf dem Hof parkte. Ein Kaffee in einem der wenigen bereits geöffneten Cafés und einige Stunden ziellose Fahrerei durch die Vororte hatten ihm nicht geholfen, die gewohnte Ruhe wiederzuerlangen. Das Gefühl, abgrundtief versagt zu haben, ließ ihn nicht los.

Er stieg aus und ging auf die Garage zu. Seine schlechte Laune verbesserte sich nicht, als er das Geräusch eines auf- und abhüpfenden Balles hörte. Sebastian war schon aufgestanden und schien gerade Profifußballer zu spielen. Dabei kickte er den Ball immer wieder gegen das Garagentor und kommentierte jeden Schuss auf Kauderwelschenglisch.

»Hallo, Bonuspapa. Was machst du?«

»Wieso bist du nicht im Bett?«

»Willst du mitspielen? Ich könnte einen guten Torwart gebrauchen.«

Leo öffnete die Tür neben dem Garagentor.

»Sebastian? Geh zu deiner Mama.«

Dem Sechsjährigen gelang ein unerwartet kräftiger Schuss, der das Garagentor zum Beben brachte.

»Die schläft doch die ganze Zeit.«

Leo packte den nur halb aufgeblasenen Ball und kickte ihn über den großen Hof zum Haus hinüber.

»Spiel da drüben weiter.«

Sebastian warf ihm einen enttäuschten Blick zu, bevor er dem Ball hinterherrannte. Sein Bonuspapa betrat unterdessen die Garage, machte das Licht an und schloss die Tür.

Die Schreibmaschine stand immer noch unter der Werkbank. Er stellte sie wieder auf ihren Platz.

Dann ging alles ganz schnell. Ein paar rasche Schritte zur Wand, wo der Vorschlaghammer stand. Er schwang ihn hoch über den Kopf und zerschlug das stabile Eisengehäuse und die schlanken Typenhebel. Jeden Schlag begleitete er mit einem lauten Schrei.

»Was machst du da?«

Das verdammte Balg hatte die Tür geöffnet.

»Verschwinde!«

»Du machst so einen Krach.«

»Na, wird's bald!«

Leo holte wieder aus und drosch auf die Schreibmaschine ein, während Sebastian die Garage verließ und die Tür hinter sich zumachte. Er gab erst auf, als nur noch Metall- und Plastiksplitter übrig waren. Sie würde sich nie mehr verwenden lassen. Kein Bulle würde je beweisen können, dass die Erpresserbriefe auf dieser Maschine geschrieben worden waren. John Broncks trug die Schuld an allem, und Leo wollte ihm das Leben erschweren, indem er sich ein weiteres Mal in Luft auflöste.

69

Vor sieben Monaten war der Umschlag blütenweiß gewesen und hatte sechsundachtzig Fünfhunderter enthalten. Jetzt hatte er Flecken, weil er so oft geöffnet worden war, und es waren nur noch vier Scheine übrig. Nach vierjähriger Sendepause war Leo zu ihm nach Hause gekommen und hatte mit dem dicken Umschlag gewedelt.

Ich habe gerade einen großen Umbau in Tumba fertiggestellt, das Solbo Center, siebenhundert Quadratmeter Geschäftsräume. Gutes Geld.

Kaum war sein Sohn wieder in den glänzenden Firmenwagen gestiegen, hatte Ivan eilig einen Stift unter den Lottoscheinen hervorgeklaubt und sich notiert, was er nicht vergessen wollte. Schon damals waren ihm die 43 000 Kronen, die ihm wie Monopoly-Geld ausgehändigt wurden, suspekt gewesen.

Die 35 000, die ich dir deiner Meinung nach schulde, plus 5000 Zinsen. Und dann bekommst du noch 3000 zusätzlich. Einen Tausender für jede Rippe.

Ivan lehnte den Umschlag an das Bierglas auf dem Tisch, der wie der Stuhl, auf dem er saß, aus gelbem Plastik war. Aus dem Pizzaofen drang trockene Hitze. Er nahm noch einen kleinen Schluck, nicht zu viel, denn er wollte nüchtern sein, wenn er ging.

Ein Blick aus dem Fenster. Über der stark befahrenen Straße flimmerte die Frühsommerwärme. Er war umgeben von Hitze.

Zwei Mal hatte er seinen Sohn inzwischen angerufen, um herauszufinden, ob er vielleicht Dinge tat, die man besser bleiben ließ, aber er hatte keine Antwort erhalten. Bis vor Kurzem hatte noch die minimale Möglichkeit bestanden, dass er sich irrte. Bis zu dem Augenblick, als der cholerische fette Mann sein Bier ausgetrunken und die Pizzeria verlassen hatte. Er war Vorarbeiter und hieß Gabbe. Nach vielen Telefonaten hatte Ivan herausgefunden, dass dieser Vorarbeiter namens Gabbe die Arbeiten auf der Baustelle geleitet hatte, die er sich damals auf dem Umschlag notiert hatte. Ivan hatte sich gegenüber Gabbe als Tischler mit eigener Firma vorgestellt und ihm erklärt, er benötige zwecks eventueller Zusammenarbeit Auskünfte über Leo Duvnjac.

Die Unterhaltung hatte vielversprechend begonnen.

Der Vorarbeiter bestätigte mit schriller Stimme, dass er Leos Firma als Subunternehmer beschäftigte. Das Geld aus dem Umschlag konnte also durchaus von einem Bauauftrag stammen.

Nach einem halben Glas Bier hatte sich der Vorarbeiter vorgebeugt und ihm einen Rat gegeben:

»Passen Sie auf, wenn er einen Kostenvoranschlag abgibt. Ich will ganz offen sein. Er hat Dumpingpreise. Mir ist das recht, weil er für mich arbeitet, aber wenn Sie mit ihm zusammenarbeiten wollen ... Die Jungs haben so niedrige Preise, dass mir schleierhaft ist, wie sie davon überleben.«

Jetzt wusste er es also. Sein Misstrauen war berechtigt gewesen. Gabbe hatte mit seiner Aussage nur das bestätigt, was Ivan schon seit Langem befürchtete. Dass es sich bei dem maskierten Bankräuber im Fernsehen um seinen ältesten Sohn handelte.

Auf der gegenüberliegenden Straßenseite befand sich ein kleines Haus mit einer großen Garage.

Der Vorarbeiter hatte es ihm gezeigt.

Leos Haus.

Ivan trank aus und legte einen Fünfzigkronenschein auf den Tisch. Alles würde so kommen, wie er es sich in den langen schlaflosen Nächten vorgestellt hatte, in denen ihm der Wein nicht mehr schmeckte. Als Erstes würden Leo und er eine kleine Vater-Sohn-Firma gründen und diese dann nach und nach vergrößern. Dann würde er seine Probleme mit Felix lösen und Vincent kennenlernen, der kaum wusste, wer sein Vater war. Am Ende würden sie abends zusammensitzen und sich unterhalten.

Alle vier. Sie würden zusammenarbeiten und ein Familienunternehmen aufbauen. Einen Klan.

Er überquerte die Straße und ging auf das seltsame, festungsähnliche Haus mit dem massiven Stacheldrahtzaun zu.

Als er seine Hand auf die Brusttasche legte, glaubte er, den Umschlag in der Pizzeria vergessen zu haben. Nein, er steckte doch noch dort, ganz nahe an seiner Brust, und erinnerte ihn ständig an die letzte Begegnung mit seinem ältesten Sohn. Wie schon seit Monaten lag der Umschlag an seinem angestammten Platz direkt über seinem Herzen.

Der Gedanke, Leo zu treffen, erfüllte ihn mit Nervosität, obwohl er sonst nie Angst vor irgendwelchen Begegnungen hatte.

Über die verkehrsreiche Ausfallstraße auf eine schmale Seitenstraße und um ein protziges Einfamilienhaus herum. Der Schweiß lief ihm zwischen den Schulterblättern hinab, und sein Hemd war schon vollkommen durchnässt. Er ging an dem Nachbarhaus vorbei und trat durch eine Öffnung im Zaun, die ihn an ein kleines Gefängnistor erinnerte, auf einen fast komplett asphaltierten Hof. Die Arbeit war schlecht ausgeführt, der Belag war uneben und knirschte unter den Sohlen.

Auf dem Weg zum Haus kam er an der Garage vorbei. In diesem Moment ging das Garagentor auf. Jemand, dessen Rücken er erkannte, stand vor einem laufenden Betonmischer. Er hatte ihn schon in einem schwarzen Overall im Fernsehen gesehen.

»Leo?«

Er spähte in die dunkle Garage, bis die Mischmaschine abgestellt wurde und sich die Gestalt umdrehte.

Ein einziges Zusammentreffen in den letzten viereinhalb Jahren. Dennoch schien sein Sohn nicht überrascht zu sein, fast war es so, als hätte er ihn erwartet.

»Hallo, Papa.«

»Leo – wir müssen reden.«

Sein Sohn sah bedeutend älter aus als bei ihrem letzten Treffen, obwohl es noch kein Jahr zurücklag. Aber seitdem hatte er neun schwere Raubüberfälle verübt.

»Klar, rede ruhig.«

»Können wir reingehen?«

Ivan nickte in Richtung des Hauses, das er noch nie von innen gesehen hatte. Leo drückte einen Knopf an der Wand, und das Garagentor glitt herunter. Ivan trat rasch ein, ehe sich das Tor ganz schloss.

»Leo?«

»Ja?«

»Wir gehören zusammen. Weil wir keine Geheimnisse voreinander haben.«

Er wartete auf eine Antwort, die jedoch ausblieb. Also fuhr er fort: »Ich will dir nur sagen, dass ich Bescheid weiß.«

»Und zwar worüber?«

»Über dich und deine Brüder.«

»Was weißt du über meine Brüder und mich?«

Es bereitete ihm erstaunliche Mühe, die richtigen Worte zu finden. Warum nur war es so schwer, seinem eigenen Sohn in die Augen zu schauen, seinen Spruch aufzusagen und dann abzuwarten?

»Dass ihr die Leute seid, nach denen die Bullen fahnden … die Militärliga.«

Die Reaktion blieb aus. Leos Gesicht verriet nichts.

»Es spielt keine Rolle, ob du dich vermummst. Ich sehe durch jede Maske hindurch. Ich erkenne deine Bewegungen, Leo, ich bin dein Vater, verdammt noch mal.«

»Du weißt gar nichts über mich und noch weniger über meine Brüder.«

»Denkst du etwa, du kannst mir etwas vormachen? Den Bullen vielleicht, aber nicht mir!«

Immer noch diese ausdruckslose Miene.

»Wenn du das glaubst, Papa, kannst du uns ja verpfeifen.«

Plötzlich fiel die Nervosität von ihm ab.

»Wie bitte?«

»Geh doch zur Polizei, Papa, und zeig uns an. Erzähl ihnen, dass du glaubst, deine Söhne seien die Militärliga.«

Auf der Werkbank stand ein selbst gezimmerter Holzkasten, so groß wie eine Bananenkiste. Leo kippte den Inhalt eines Plastikeimers hinein. Erst einen schwarzen walzenähnlichen Gegenstand, dann längliche Eisenstäbchen mit Buchstaben an einem Ende. Die Einzelteile einer Schreibmaschine.

»Zahl's mir heim, verpfeif mich halt. So wie ich angeblich dich verpfiffen habe damals.«

Die kleinen Räder des Betonmischers quietschten, als Leo ihn zur Werkbank schob, um die graue Masse auf die Schreibmaschinentrümmer zu kippen, bis diese vollkommen darunter verschwanden.

»Du behauptest also, dass wir zusammengehören und keine Geheimnisse voreinander haben. Genau wie damals, als du mir genau erklärt hast, wie viel Benzin ich in die Flasche füllen soll, oder, Papa?«

Leo ließ das Garagentor hochgleiten und trat ins Freie. Ivan folgte ihm, während sich das Tor ein zweites Mal hinter seinem verschwitzten Hemdrücken schloss.

»Ich würde nie zu den Bullen gehen, das weißt du.«

Leo ging auf das Haus zu. Ivan hatte Mühe, mit ihm Schritt zu halten.

»Leo, hör mir zu.«

Doch sein Sohn ging unverdrossen weiter.

»Tu es nicht noch einmal.«

Ohne den Mann zu beachten, der neben ihm ging und mit ihm sprach.

»Falls du meine Hilfe brauchst, Leo, dann lass es mich wissen. Wir könnten wieder zusammen auf dem Bau arbeiten. Wir lassen die Vergangenheit hinter uns und schauen nach vorn.«

Da drehte Leo sich um und sah seinen Vater an.

»*Du* willst *mir* helfen?«

Er ging die Stufen hinauf und öffnete die Haustür, ohne sich umzudrehen.

»Du hast hierhergefunden, also findest du auch wieder zurück.«

Damals

Dritter Teil

70

Sie liegt dicht neben ihm und nimmt den Duft seiner Haare wahr. Er atmet ruhig, und sie betrachtet seinen nackten Körper, der sich bewegt, sich umdreht. Sie legt ihm eine Hand auf die Wange, liebkost und küsst sie.

Vincents Wange. Haut, die erst seit drei Jahren Wind, Kälte und Sonne ausgesetzt wird und immer noch glatt und weich ist.

Erst hat sich Britt-Marie in Felix' leeres Bett gelegt. Ihr Sohn, der gegen die erhobene Hand seines Vaters angeschrien und an die verschlossene Badezimmertür gehämmert hat, um das laufende Wasser zu übertönen. Der aus ihrer Wohnungstür geschlichen und in die Dunkelheit geflüchtet ist. Dann hat sie sich in Leos leeres Bett gelegt. Er ist zwar erst zehn Jahre alt, hat aber in diesem Augenblick die Rolle eines Erwachsenen übernommen und ist seinem Bruder in die Dunkelheit gefolgt.

Vincents Bett beschert ihr eine gewisse Ruhe. Sie kann zwar nicht schlafen, aber ihr Herz schlägt immerhin etwas langsamer.

Sie hat ihre Nase in Vincents dünnem Haar vergraben, als die Wohnungstür aufgeht.

Sie sind zurückgekommen.

Dann hat sie wieder dieses ganz besondere Gefühl – wie immer, wenn etwas zurückkehrt, was größer ist als sie und was sie zu verlieren drohte. Sie schwebt. Sie singt. Sie lacht.

Vorsichtig zieht sie ihren Kopf zurück, rollt sich behutsam ab, steht auf, schließt die Tür hinter sich und steht dann vor der Tür des Elternschlafzimmers, hinter der immer noch stoßweise geschnarcht wird.

Leo und Felix, ihre geliebten Söhne. Sie umarmt sie ganz fest in der schmalen Diele, und ihr Ohr wird ganz feucht, als Felix sich an sie presst und ihr zuflüstert:

»Ich weiß, dass du weglaufen wirst.«

Leo hört ihn genauso deutlich wie sie, und er flüstert nicht: *Und ich weiß, dass du bleibst, nicht wahr, Mama?*

Sie nimmt sie beide gleichzeitig in die Arme.

»Alles wird gut.«

»Aber ich habe gehört, wie du mit Oma geredet hast. Wann, Mama? Wann gehst du weg?«

Sie blickt in seine Augen, die den ihren gleichen.

»Ich bin doch noch da, Felix, oder etwa nicht? Jetzt geht euch waschen. Ich mache Frühstück. Gleich fängt die Schule an.«

Sobald die Jungen mit dem Fahrstuhl unterwegs sind, öffnet sie die Abstellkammer in der Diele. Ganz hinten steht ein hellbrauner Lederkoffer, der halb mit Strumpfhosen, Slips, Kleidern, Hosen und Blusen gefüllt ist. Vom letzten Mal, als sie schon einmal beschlossen hat wegzugehen, es dann aber unterlassen hat. Bruchstücke eines Lebens. Dann geht sie in Vincents Zimmer und füllt die andere Hälfte des Koffers mit seinen Sachen. Dann hört sie es. Wasser läuft in der Küche. Ivan ist wach. Sie erstarrt.

Ein Wasserglas wird in die Spüle gestellt. Er geht ins Schlafzimmer zurück. Die Tür wird geöffnet und dann wieder leise quietschend geschlossen.

Sie wartet, lauscht. Stille.

Mit dem Koffer in der Hand schleicht sie in die Diele und stellt ihn neben den Schuhschrank. Dann geht sie in Vincents Zimmer und hebt den Jungen vorsichtig aus dem Bett.

Die Hand in der Jackentasche. Wo sind die Autoschlüssel?

In der Küche, drüben auf dem Tisch.

Mit Vincent in den Armen eilt sie darauf zu, ihre Schuhe verursachen ein leises Geräusch. Die Schlüssel liegen neben dem Aschenbecher. Sie schnappt sie und dreht sich um.

»Was soll das sein?«

Ivan. Er steht mit ihrem braunen Koffer in der Türöffnung.

»Was soll das?«, flüstert er, während er den Koffer umdreht und ausleert. Ein weißer Unterrock liegt zuoberst auf dem Kleiderhaufen zwischen Diele und Küche. Er beugt sich vor und hebt ihn mit zwei Fingern auf, als wäre er schmutzig. Dann wirft er ihn hinter sich, ohne das, was vor ihm liegt, aus den Augen zu lassen.

»Was hast du mit meinem Sohn vor?«

Ein kleines rotes T-Shirt für einen Dreijährigen.

»Du bringst meinen Sohn in sein Zimmer zurück und legst ihn wieder ins Bett, ohne ihn zu wecken. *Sofort.* Hörst du mich, Britt-Marie?«

Er steht auf der Schwelle und flüstert noch immer. Sein riesiger Körper füllt den Türrahmen aus. Als sie auf ihn zugeht, rückt er ein wenig beiseite. Sie drängt sich an ihm vorbei, legt Vincent auf sein Bett und deckt ihn zu. Er bewegt sich unruhig, als sie sein Kissen zurechtschiebt.

In der Diele kniet sie sich auf den Fußboden und sammelt ihre Kleidung wieder ein. Ein Slip und ein grünes Kleid mit gelb gestreiften Ärmeln sind die letzten Teile, die sie in den Lederkoffer legt. Sie drückt die Tasche an sich, während sie auf die Wohnungstür zugeht.

»Wo willst du hin?«

Er überholt sie und baut sich vor ihr auf. Dann breitet er seine Arme aus, eine Geste, die einfängt, einengt und zerstört.

»Wir gehen jetzt in die Küche zurück und setzen uns an den Tisch, den wir zusammen gekauft haben.«

Und zerstört.

»Wir reden. Nur ein bisschen.«

»Es gibt nichts zu bereden.«

»Natürlich müssen wir reden, Britt-Marie. Du und ich.«

»Hörst du schlecht, Ivan? Verstehst du nicht, was ich sage? Es gibt nichts zu bereden.«

Wie am Vorabend hebt er die Hand und schüttelt sie vor ihrem Gesicht.

»Wir haben drei Söhne, nicht wahr? Drei großartige Söhne! Und ich habe eine gute Arbeit. Und du hast eine gute Arbeit. Und wir … Britt-Marie, wir haben das hier. Wir leben … hier.«

Seine raue Hand streicht über ihre Wange.

»Du bist es, die mich nicht versteht, Britt-Marie. Es ist mir wichtig, dass sich unsere Söhne verteidigen können, Liebling.«

Er fährt ihr mit der weicheren Rückseite seiner Hand über die Wange.

»Was willst du eigentlich? Ich verstehe dich nicht, Liebling. Was soll ich tun? Warum willst du das alles … zerstören?«

»Ich bin nicht diejenige, die alles zerstört, Ivan.«

Behutsam schiebt er ihr langes Haar hinter das Ohr.

»Vielleicht bin ich gestern etwas zu weit gegangen. Aber du verstehst doch, warum. Oder etwa nicht? Du weißt, worum es mir geht. Ich liebe unsere Söhne. Ich liebe Leo. Ich liebe … *unseren* Sohn.«

Sein Flüstern verwandelt sich in eine Art Zischen.

»Ich war so verdammt wütend! Hasses Vater, der auf der Matte stand … und Forderungen gestellt hat. Dass ausgerechnet wir uns entschuldigen sollen! Du verstehst doch, dass mich das in Rage gebracht hat, oder?«

Er streicht mit seinem Zeigefinger über ihre Lippen.

»Nächstes Mal bleibe ich gelassener, Liebling, und reiße mich zusammen. Versprochen.«

Sie schaut ihm in die Augen.

»Ich …«

Sie umklammert ihren kleinen braunen Lederkoffer etwas fester.

»… gehe jetzt.«

»Wie meinst du das?«

Sie schließt die Wohnungstür auf.

»Und was ist dann? Wenn du gehst? Was wird dann aus meiner Familie? Meinen Jungs?«

»Es ist zu spät.«

»Liebling … ich …«

»Ich gehe jetzt, Ivan. Du musst dich damit abfinden.«

Schlagartig verändert sich alles. Er packt ihren Arm, zerrt ihre Hand von der Türklinke und greift sie mit seinen Worten an.

»Bildest du dir etwa ein, dass du einfach so verschwinden kannst? Und auch noch Sachen mitnehmen darfst? Nichts da. Das bleibt alles hier!«

Er zerrt an ihrem Arm und stößt sie an die Wand. Während er sie mit einer Hand festhält, durchsucht er mit der anderen ihre Jackentaschen. Dann hält er ihr die funkelnden Autoschlüssel vor die Nase.

»Das Auto bleibt hier. Verstanden! Du nimmst es nicht mit, weil dir nichts von alldem gehört. Rein gar nichts!«

Die andere Tasche. Ihr Portemonnaie. Er leert Scheine und Kleingeld aus.

»Das ist nicht dein Geld«, sagt er.

»Die Hälfte gehört mir.«

»Dir gehört überhaupt nichts!«

»Das halbe Auto und das halbe Geld gehören mir.«

Ivan lässt sie los, und sie sackt ein wenig in sich zusammen. Dann rennt er zu seiner Wand, an der die Werkzeuge hängen. Er nimmt den Säbel von seinem Ehrenplatz und zieht die glänzende Waffe.

»Die Hälfte?«

Die Klinge glitzert wie die Autoschlüssel, als er damit herumfuchtelt.

»Wie war das noch, die Hälfte?«

Er dreht sich zum Korb an ihrer Wand und durchtrennt ihn mit der Klinge. Zwei Paar Handschuhe und eine Mütze fallen zu Boden.

»Dann wollen wir mal. Wenn du uns verlässt, teilen wir alles.«

Er hält den Säbel vor sich in die Höhe und rennt barfuß durch die Diele, am Schlafzimmer vorbei und in Vincents Zimmer.

»Die Hälfte.«

Noch hat sie nicht ganz verstanden. Aber sie spürt die Bedrohung und rennt ihm hinterher.

»Wir teilen alles.«

Er reißt Vincents Decke vom Bett und wirft sie zu Boden. Ein nackter Dreijähriger dreht sich zur Seite, zieht die Beine an, kratzt sich Nase und Wange, gähnt.

»Alles.«

Eine erhobene Klinge über dem Dreijährigen. Über ihrem Vincent.

»Wenn du uns verlässt, Britt-Marie, zwingst du mich, alles zu teilen.«

Sie spürt seinen Atem, heftig und ungleichmäßig, angsterfüllt und voller Aggression.

»Eine Hälfte für dich und eine Hälfte für mich.«

»Du flüsterst.«

»Wir teilen alles, Britt-Marie, ganz wie du willst, es ist deine Entscheidung.«

»Du flüsterst, Ivan. Warum wohl? Weil du ihn nicht wecken willst? Wenn du ihn wirklich in zwei Stücke hauen wolltest, würdest du nicht flüstern.«

Er schwitzt, zittert, die Klinge ruht auf Vincents nackter Haut.

»Du bist barfuß nach draußen gerannt, Ivan, als du das Messer gesehen hast. Du hattest Angst, einen deiner Söhne zu verlieren.«

Ihr Blick ruht nicht mehr auf Vincent, der gähnt und sich auf die andere Seite dreht. Ihr Blick ruht auf jemandem, der noch viel kleiner ist.

»Du wirst es nicht tun, Ivan, weil ich weiß, dass du ihn liebst.«

Er schwitzt und zittert noch stärker, dann lockert sich sein Griff.

Ohne ihn anzusehen, verlässt sie das Zimmer, die Wohnung, das Haus. Sie hört nicht, wie Ivan langsam zu Boden sinkt, wie ihm der Säbel aus der Hand fällt und wie er weint – wie jemand, der noch nie in seinem Leben Tränen vergossen hat.

71

Leo sitzt auf einer langen Holzbank, den Rücken an die Ziegelmauer der Viertklässler gelehnt. Er kaut auf einem Fruchtgummi mit Himbeergeschmack herum, während er in der Tüte nach einem dieser gelben Weingummis sucht, die erst sauer und dann süß schmecken. Dann wühlt er nach einer braunen Salzlakritze, die beim Kauen immer leckerer wird.

Wie schon in den ganzen letzten Wochen hält er Ausschau. Wie ein Indianer auf einem Gipfel, der das unter ihm liegende Tal in Augenschein nimmt, späht er auf den Schulhof der Siebten bis Neunten mit der Fahnenstange und der Raucherecke. Trotz des kühlen Märzwindes stehen dort einige Schüler ohne Jacken, Siebtklässler, drei Mädchen und drei Jungen. Er kennt sie nicht. Die beiden, nach denen er eigentlich Ausschau hält, stehen schon eine ganze Weile nicht mehr dort.

Hasse und Kekkonen.

Er fragt sich, ob Hasses Vater immer noch zittert. Papa hatte innerlich gezittert, bis Hasses Vater auf der Bildfläche erschienen war. So war das nun einmal, das Zittern wurde weitergereicht.

Das hässliche Klingeln ertönt, das einfach nicht enden will.

Leo streicht sich den Ziegelstaub von der Jacke und schafft es nur knapp, obwohl er schnell geht.

Die Tür der Erstklässler wird aufgerissen, und sein kleiner Bruder stürmt heraus.

»Felix! Warte doch!«

Sie sehen sich nur kurz an, dann rennt Felix weiter, über den Schulhof und über die Straße. Er ist zwar schnell, aber nicht so schnell wie Leo, der ihn auf der anderen Seite des Parkplatzes einholt.

»Sie ist noch da, Leo.«

Er geht zu Mamas und Papas rot-weißem Dodge-Van, lässt seinen Turnbeutel fallen und springt hoch, um durch das Fenster auf der Fahrerseite zu schauen.

»Sie hätte doch den Wagen genommen, oder nicht?«

Er sieht seinen großen Bruder zum ersten Mal richtig an und wartet auf das Nicken, das bedeutet: Du hast recht, sie hätte den Wagen genommen.

»Du kannst dir was aussuchen.«

Leo hält ihm die Tüte mit den Süßigkeiten hin. Fruchtgummi, Salzlakritze, weiße Mäuse und Marshmallows.

Aber er nickt nicht.

Felix rennt weiter, durch die Dornenbüsche, den Gehsteig entlang und zum Fahrstuhl. Leo holt ihn ein, als sich die Tür gerade schließt.

»Nimm dir was aus der Tüte. Was du willst. Ich habe die Süßigkeiten von dem Fünfziger gekauft, den Papa mir zur Belohnung gegeben hat.«

Leo lächelt, als er Felix scherzhaft einen Nasenstüber versetzt, und reicht ihm dann die Tüte.

»Felix?«

Eine Tüte mit Süßigkeiten, und er schaut sie nicht mal an.

Sie verlassen den Fahrstuhl und betreten die Wohnung. Felix bleibt vor der Garderobe stehen und springt hoch, wie er eben vor dem Dodge-Van hochgesprungen ist. Mamas Mantel, ihre Handschuhe und das dünne Tuch, das sie sich auf der Reise nach Åland gekauft hat und das sie sich oft um den Kopf knotet – alles ist verschwunden.

»Mama?«

Die Küche ist voll von schmutzigem Geschirr, auf dem Herd stehen aufgerissene Zuckerpackungen und leere Flaschen. Im Schlafzimmer sind die Betten nicht gemacht und die Rollos unten.

»Mama!«

Im Arbeitszimmer hängt die Reispapierlampe, und Felix' und Leos Zimmer sieht aus wie immer.

»Mama!«

Vincent sitzt zusammen mit Papa auf dem Teppich in seinem Kinderzimmer. Sie sind umgeben von Spielzeugsoldaten und Bergen von Lego und scheinen gerade etwas zu bauen. Papa hält eine Zigarette in der einen Hand und reicht Vincent mit der anderen die Legosteine, die Vincent in einer langen Reihe auf einer viereckigen Platte festdrückt.

»Jungs?«

Papas langer Arm schneidet durch den dicken Zigarettenrauch und fächelt ihnen etwas frische Luft zu, die sich atmen lässt, aber bald wieder verraucht ist.

»Kommt rein, Jungs, setzt euch zu mir.«

»Wo ist Mama?«

»Setzt euch.«

»Ich will das aber wissen.«

»Wenn du dich gesetzt hast, Felix.«

Er macht eine ausholende Handbewegung und wirft die letzten aufrechten Soldaten und ein Legohaus um.

»Sie ist nicht hier.«
»Wo ist sie?«
»Sie wohnt nicht mehr hier.«
»Wo, Papa?«
»Ich weiß es nicht.«
»Wo ist Mama?«
»Sie versteckt sich.«

Er nimmt sie in den Arm, legt ihnen seine muskulösen Oberarme um den Hals, wie er es immer nur dann tut, wenn er seinen gesüßten Rotwein getrunken hat.

»Wisst ihr vielleicht, wo sie sich versteckt? Hat sie was gesagt, bevor ihr in die Schule gegangen seid? Hat sie euch etwas erzählt?«

Felix wendet den Kopf ab und starrt auf den Teppich.

»Felix? Weißt du was?«

Felix, der »Nein, Papa!« geschrien und verzweifelt an die Badezimmertür gehämmert hat.

»Du darfst mich nicht anlügen, Felix. Das ist dir klar, oder? Es zahlt sich nie aus, seinen Papa zu belügen. Und ich sehe dir an, dass du etwas weißt.«

Die ersten Tränen.

»Wein jetzt nicht, Felix, nicht jetzt.«

Das macht es nur noch schlimmer.

»Schau mich an, Felix. Sie hat mich verraten. Mama hat mich verraten!«

Die Tränen fließen, obwohl er es nicht will.

»Sie hat uns verlassen. Verstehst du? Also weinen wir nicht. Weil sie diejenige ist, die weinen sollte. Also, erzähl mir, wo sie ist, dann holen wir sie nach Hause. Du und ich und Leo und Vincent. Alle miteinander.«

Leo überrascht sich selbst am allermeisten, als er den Mund öffnet, aber er kann Felix' Verzweiflung einfach nicht mehr ertragen.

»Sie ist zu Oma und Opa gefahren.«

72

Papa setzt sich mit fahrigen und unkoordinierten Bewegungen ans Steuer und fährt erst ohne Vincent los, der noch auf dem Parkplatz steht. Nach einem Augenblick der Verwirrung begreift er, warum seine anderen Söhne »Stopp, Papa!« schreien, und er legt schnell den Rückwärtsgang ein.

Während der Fahrt wird geschwiegen, denn niemand will riskieren, dass sie auf die Gegenfahrbahn geraten. Sie schweigen auch, als Papa in Farsta anhält, dort in den Spirituosenladen geht und sich wenig später eine Flasche mit dem schwarzen Hengst öffnet. Dann ist es nicht mehr sonderlich weit, über die Brücke und an dem Hügel vorbei, der Indianern eine gute Aussicht bietet, den langen Hang hinunter und an dem Schild vorbei, auf dem *Stora Sköndal* steht.

Dann halten sie endlich.

Papa kurbelt die Seitenscheibe herunter, der Wind bläst ihm ins Gesicht, dann leert er die Flasche und wirft sie auf das Schild, dass es nur so knallt. Endlich öffnet Leo wieder die Augen. Die Fahrt ist vorüber. Papa starrt auf die leere Flasche in dem hohen Gras. Felix und Vincent haben ihre Augen immer noch fest geschlossen. In fünfundzwanzig Meter Entfernung stehen ein paar kleine Häuser mit Gärtchen. Ihre Fenster sind mit Spitzengardinen und Blumentöpfen geschmückt.

Das Haus von Oma und Opa liegt in der Mitte, hinter einer dreigeteilten Hecke aus Himbeerbüschen. Leo mag dieses Haus sehr. Dort wird er nie angeschrien, im Radio läuft der Nachrichtensender oder klassische Musik, in den Räumen riecht es nach Kerzen, und Krümel auf dem Tisch werden aufgewischt.

Zwischen Papas Beinen vor dem Gaspedal liegt eine Plastiktüte mit einer weiteren Flasche. Papa öffnet sie und trinkt drei, vier, fünf, sechs Schlucke.

»Wenn sie nicht mitkommen will, weißt du, was du zu tun hast.«

Er verstellt den Rückspiegel und sieht Felix auf dem Rücksitz durchdringend an.

»Weil … Leo das nicht kann. Verstehst du? Er ist zu groß. Und Vincent ist noch zu klein. Also musst du es tun.«

Felix starrt zurück, bis er nicht mehr kann, dann lässt er den Kopf sinken.

»Schau mich an.«

Wenn er einfach nur auf die Fußmatte starrt, muss er die Worte seines Vaters vielleicht nicht hören.

»Felix?«

Papa wartet, bis sich die Fußmatte in eine Kopfstütze und dann in einen Vater verwandelt.

»Du musst sie ansehen, so wie ich dich jetzt ansehe. Dann sollst du ihr die Frage noch einmal stellen. Man muss den Leuten immer eine letzte Chance geben. Und dann, Felix, gehst du ganz nah an sie heran und tust es.«

Papa schnalzt mit den Fingern. Niemand kann das so laut wie er.

»Wenn du es nicht genau so machst, wie wir es besprochen haben, versteht sie nicht, dass wir zusammengehören.«

Er dreht sich zur Rückbank um.

»Hab ich recht, Leo?«

Leo reagiert nicht.

»*Habe ich recht*, Leo?«

Augen, die nie aufgeben, nie nachgeben. Bis Leo nickt.

Zehn, elf, zwölf weitere Schlucke, dann öffnet Papa die Autotür und steigt aus.

Über seine Tischlerhose hat er ein kariertes Hemd gezogen, aus einer der vielen Taschen ragt der rote Griff des Mora-Messers, aus einer anderen der Zollstock. Er rutscht mit seinen braunen Halbschuhen aus, als er über die Straße torkelt und seinen Söhnen mit winkenden Armbewegungen bedeutet, ihm dicht auf den Fersen zu bleiben. Sie überqueren den Straßengraben, gehen in den Garten, am großen Kirschbaum vorbei, in dem Leo immer so gerne klettert, und dann zwischen den Himbeerbüschen hindurch, die noch keine Blätter haben.

»Ich bleibe hier.«

Papa hält sich an ein paar dünnen Zweigen fest, die jedes Mal abbrechen, wenn er das Gleichgewicht verliert.

»Und ihr geht weiter.«

Vincent klammert sich an Leos Hand, Felix zieht den Kopf ein.

»Leo! Felix! Vincent! Los jetzt. Ihr wisst, was wir ausgemacht haben.«

Das Haus ist weiß. Fünf Treppenstufen führen zur Haustür mit dem kleinen Milchglasfenster und einem Messingschild, das Opa dort festgeschraubt hat und auf dem AXELSSON steht. So hieß Mama früher. Die Klingel ist freundlicher als die meisten anderen, zwei Töne, die wiederholt werden, anders als die Pausenglocke, die einem durch Mark und Bein geht.

Niemand öffnet. Vincent hält sich an Leos Hand fest. *Sie ist nicht da.* Felix' heftiger Atem ist in seinem Nacken zu spüren. *Sie ist nicht da!*

Sie rennen die Stufen wieder hinunter, aber Papa fuchtelt im Himbeergebüsch mit den Armen, dass sie umkehren und noch einmal klingeln sollen.

Niemand öffnet. Sie klingeln. *Niemand öffnet …* Immer wieder dieselben zwei Töne. *Niemand …*

Dann wird die Tür geöffnet. Opa. Seine Augen sind nicht so glücklich wie sonst immer.

»Ist … Mama da?«

Opa späht über ihre Köpfe hinweg.

»Wo ist euer Papa?«

Er tritt ins Freie.

»Er ist im Auto, Opa.«

»Im Auto?«

»Wir wollen mit Mama reden.«

Opa sieht sich um und flüstert:

»Kommt doch rein.«

»Hier draußen, bitte, Opa.«

Opa versteht es genauso wenig wie sie selbst. Er mustert Leo, den Ältesten, der zu sagen versucht, was Papa ihm aufgetragen hat. Dann Vincent, der die Hand seines großen Bruders festhält und noch kleiner wirkt, als er sich an ihn drückt. Felix steht, die Hände in den Jackentaschen vergraben, ein paar Schritte hinter ihnen und starrt zu Boden.

»Bitte, Opa.«

»Gut, dann hier draußen. Wartet eine Sekunde.«

Er geht hinein und schließt sorgfältig die Tür hinter sich. Die Zeit verstreicht langsam. Eine Stunde. Noch eine Stunde.

Leo schaut auf die hässlichen Zeiger seiner Armbanduhr.

Zwei Stunden. So kommt es ihm vor. Zwei Minuten.

Dann hört er es.

Jemand kommt langsam die Treppe aus dem Keller herauf, wo das Zimmer mit dem Gästebett liegt, das so breit ist, dass sie normalerweise alle drei darin schlafen. Glatte Treppenstufen, die hohl klingen, wenn man sie betritt.

Mama. Sie lächelt. Glücklich und verängstigt zugleich. Genau wie Opa sieht sie sich um und tritt dann ins Freie.

»Er ist nicht hier, Mama.«

Sie umarmt sie nacheinander.

»Mama?«

Leo konzentriert sich auf die Worte, die Papa ihm aufgetragen hat. Damit sie nicht hört, wie es ihm die Kehle zuschnürt.

»Ja?«

»Komm zurück nach Hause.«

Sie schüttelt den Kopf, und ihr blondes Haar fällt ihr in die Stirn und in die Augen.

»Ich kann nicht.«

»Bitte.«

»Jetzt nicht. Alles wird wieder gut. Später.«

»Bitte, bitte, bitte, Mama.«

»Leo? Hör mir zu. Alles wird wieder gut. In ein paar Tagen sind wir wieder zusammen. Verstehst du?«

Sie ist in die Hocke gegangen und hält Leo und Vincent lange in den Armen. Felix aber nicht. Denn er ist zurückgetreten, sodass sie ihn nicht erreichen kann. Er ist der Einzige, der es tun kann, weil Leo zu groß und Vincent zu klein ist.

Er rennt zu seiner Mama, die die Arme ausbreitet, räuspert sich, sieht sie an …

Und spuckt.

Er weint und spuckt wieder. Die warme Spucke, die sich lange in seinem Mund gesammelt hat, läuft von ihrer Stirn über die Wange und dann den Hals hinunter.

Felix steht vor ihr und schließt die Augen. Er zittert und weint. Und sie umarmt ihn. Er hat ihr zwei Mal ins Gesicht gespuckt, und trotzdem umarmt sie ihn, bis er sich losreißt, weg von der Spucke in ihrem Gesicht, auf ihrem Kinn. Er hört Leo und Vincent davonrennen. Die Holzschuhe seines Bruders klappern über die Straße auf das Auto und Papa zu, der dasitzt und aus dem Fenster starrt.

73

Es ist Nacht, zumindest kommt es Felix so vor. Vor dem Fenster hängen weder Vorhänge noch ein Rollo. Das ist auch nicht nötig: Im siebten Stockwerk kann ohnehin niemand hereinschauen. Im Winterhalbjahr ist der Himmel schwärzer, und der Mond und die Sterne leuchten heller. Im Bett hat Felix das Gefühl, ihnen ganz nahe zu sein und nur das Fenster öffnen zu müssen, um sie berühren zu können.

Felix mag den Blick in den Himmel, aber sich selbst kann er nicht leiden.

Es gefällt ihm auch nicht, dazuliegen und nicht einschlafen zu können, zu schwitzen und schwer zu atmen. Am allerwenigsten gefällt ihm, immer noch Mamas Arm zu spüren, der ihn festhält. Sie hat ihn umarmt, obwohl sie ihn hätte schlagen sollen! Er schlägt auf seinen Körper ein und stellt sich vor, dass es Mamas Arme sind, die ihn noch immer umfangen. Er spürt nicht den geringsten Schmerz und kratzt sich die Unterarme mit seinen scharfen Fingernägeln auf. Er ist in einem Zustand zwischen Wachen und Schlafen, hört aber trotzdem Stimmen aus der Küche. Papas Worte sind schwer zu verstehen. Gelegentlich antwortet Leo kurz angebunden.

Felix kriecht aus dem Bett, schleicht durch die Diele und späht in die Küche.

Papa sitzt mit dem Rücken zu ihm auf einem Stuhl. Leo kehrt ihm seine linke Seite zu. Alle Lampen brennen, selbst die grelle Beleuchtung über dem Herd und der Spüle.

Auf dem Küchentisch stehen ein zugeschraubter, kotzgrüner Benzinkanister und zwei leere Weinflaschen, daneben liegen ein Trichter und ein Feuerzeug.

Diese Gegenstände hat Felix noch nie auf dem Küchentisch gesehen, jedenfalls nicht gleichzeitig. Er kriecht näher und stützt sich mit den Ellbogen auf der Schwelle ab, um besser sehen zu können.

Da erhebt Papa sich plötzlich und kommt auf ihn zu.

Felix zieht sich in die dunkle Diele zurück und drückt sich mit angehaltenem Atem an die Wand. Papa geht an ihm vorbei, ohne ihn zu sehen.

»Leo?«, ruft sein Vater über die Schulter.

Felix reckt sich. Im Schlafzimmer nimmt Papa den Bezug von Mamas Kopfkissen.

»Leo, der Plastiktrichter? Hast du zugehört?«

Papa atmet den Geruch des Kopfkissenbezugs ein. Mama hat ihre Initialen in eine Ecke gestickt. Papa atmet tief durch und merkt nicht, dass er beobachtet wird.

»Du schiebst ihn, so weit es geht, in den Flaschenhals.«

Papas große Füße treten beinahe auf die von Felix, als er zum Küchentisch zurückkehrt. Er nimmt die Flasche in die Hand und demonstriert Leo mit seinen typischen, weit ausholenden Gesten, was er meint.

»Als ich klein war, haben wir das nicht mit Flaschen, sondern mit Gänsen gemacht. Meine Brüder und ich haben ihnen das Futter in ihre verdammt engen Vogelhälse gestopft, bis sie groß, fett und schmackhaft waren.«

Felix stößt mit dem Ellbogen gegen die Schwelle, dass es in der ganzen Wohnung widerhallt. Wie vorher hält er den Atem an und schließt die Augen. Papa müsste sich jetzt umdrehen, aber er tut es nicht.

»Du hast von solchen Sachen keine Ahnung, Leo, aber ich kenne mich aus, und ich werde es dir erklären. Vor viertausend Jahren haben die Juden als Erste Gänse gezüchtet. Sie waren Sklaven und arbeiteten für einen Pharao in Ägypten, der Gänseleber liebte. Er wollte immer nur Gänseleber, Gänseleber, Gänseleber. Sie mussten also eine Methode entwickeln, um die Gänse möglichst schnell zu mästen. Also haben sie damit begonnen, ihnen das Futter in den Hals zu stopfen. Sie haben es mit richtig langen Stöcken hineingedrückt. Weil dieser Pharao unersättlich war. Es gibt aber auch einen Spanier, der seine Gänse liebt. Er spricht mit ihnen und gibt ihnen Obst aus seinem Garten. Ein richtiges Gänseparadies! Und jeden Herbst, wenn sich die anderen Gänse auf den Weg nach Afrika machen, oder wo immer sie hinfliegen, veranstalten seine Gänse ein richtiges Spektakel. Quak, quak, quak! Und die Gänse in der Luft halten inne, wirklich, Leo, und landen im Gänseparadies.«

Papa schraubt unbeholfen den Benzinkanister auf und hält ihn an den Trichter, der in der leeren Weinflasche steckt.

»Er schenkt ihnen seine Zuneigung. Genau wie ich. Er bildet einen Klan. Denn dann bleibt man.«

Sofort breitet sich ein durchdringender Benzingeruch aus.

»Halt die Flasche ordentlich fest, Leo. Mit beiden Händen.«

Leo hält die Flasche in beiden Händen, und der schwarze Hengst auf dem Etikett bäumt sich auf, während Papa vorsichtig Benzin einfüllt.

»Nie mehr als halb voll. Das ist wichtig.«

Papa prüft, ob genügend Benzin in der Weinflasche ist. Er schnuppert wieder an Mamas Kopfkissenbezug, dann packt er den Bezug mit beiden Händen und zerreißt ihn in Streifen, die er auf einen Haufen wirft. Den Streifen mit Mamas Initialen faltet er zu einem Quadrat und befeuchtet ihn mit Benzin.

»Stell dir vor, es ist so ein verdammt schmaler Gänsehals. Jetzt musst du drücken. In der Gänsehölle wird kein Widerspruch geduldet.«

Papa schiebt stückchenweise Stoff nach, bis er das Benzin berührt.

»Siehst du das? Nie bis ganz nach unten. Denn wenn du dann anzündest …« Papa deutet mit den Händen eine Explosion an und ahmt einen Knall nach. »… dann explodiert es zu früh. Du hältst die Flasche in der Hand, wenn der Stoff schon brennt, und zwar aufrecht. Dann wirfst du sie aus der Schulter heraus nach vorn, als würdest du jemandem eine runterhauen.«

Papa umkreist den Küchentisch zwei Mal, während er die Flasche mit ausgestrecktem Arm vor sich hinhält. Er spricht zischend, mit erhobenem Kinn und vorgeschobener Unterlippe, wie so oft, wenn er betrunken und ein wenig weggetreten ist.

»Wir sind nämlich keine Axelssons.«

Dann wäscht er sich die Hände, zündet sich eine filterlose Zigarette an und öffnet eine weitere Weinflasche – diesmal, um den Inhalt zu trinken.

»Ist dir das klar? Du wirst nie ein verdammter Axelsson!«

Er trinkt noch schneller als sonst.

»Ich werd dir mal was erzählen. Als ich deine Mutter kennenlernte, wollte ich sie gar nicht. Sie war eine Schönheit, das schon, aber ich habe zu ihr gesagt: ›Ich will dich nicht. Liebe ist nichts als Verrat.‹«

Papa hält die geöffnete Flasche in der einen und den Benzinkanister in der anderen Hand, als er dicht an Felix vorbei auf die Garderobe in der Diele zugeht.

»Weißt du, was sie geantwortet hat, Leo? Sie hat gesagt: ›Ich werde dich nie verraten, Ivan.‹«

Die Jacke hing an einem der Haken, die Schuhe standen auf der Fußmatte.

»Das hat sie gesagt. Wortwörtlich! Ich wollte von ihr wissen: ›Wie kannst du dir da so sicher sein?‹ Und weißt du, was sie geantwortet hat, Leo?«

Leos Jacke hängt am nächsten Haken, und Papa wirft sie auf den Küchentisch, an dem Leo immer noch sitzt.

»Sie hat gesagt: ›Sollte ich dich je verraten, Ivan, kannst du mich umbringen.‹«

74

Leo zählt die Sekunden. Sechs Sekunden vom abrupten Abbremsen bis zum Schalten in den falschen Gang, zwölf Sekunden zwischen Papas Wutgebrüll, weil das Auto vor ihnen zu langsam fährt, und der Kurve, die enger als in Papas Erinnerung ist, neun Sekunden zwischen dem ungeduldigen Gehupe und dem Ausscheren ihres Hintermannes auf die linke Spur.

Sie halten an derselben Stelle wie am Nachmittag. Und obwohl es dunkel ist, kann Leo den gedrungenen Schornstein auf dem Haus seiner Großeltern ausmachen, das unter den Zweigen des Kirschbaums so klein wirkt und hinter den wuchernden Himbeerbüschen fast verschwindet. Sie sitzen schweigend nebeneinander und schauen sich um, als hätten sie einen Hügel erklommen und würden nun ins Tal hinabblicken.

Die Plastiktüte liegt auf seinen Knien.

Sie ist nicht sehr schwer, aber er muss reglos dasitzen, damit die Flasche aufrecht stehen bleibt.

Am schlimmsten ist der Gestank. Benzindämpfe dringen in seine Nase und sein Gehirn. Bislang hatte er nicht gewusst, was ein Molotowcocktail ist.

Jetzt hat er das Zittern übernommen. Wie an Hasses Vater hat Papa es auch an ihn weitergereicht.

»Egal, was passiert, Leo, du sollst wissen, dass ich dich liebe.«

Das Zittern, vor dem er solche Angst hat.

»Papa?«

»Ja?«

»Müssen wir?«

Leo verkneift sich das Blinzeln, bis seine Pupillen wehtun.

»Ja.«

»Aber wenn …«

»Wir reden zuerst mit ihr.«

»Und wenn sie nicht reden will?«

»Dann ist das, was geschehen wird, ihre Entscheidung.«

Papa steigt aus. Er taumelt, erwischt gerade noch den Rückspiegel und gewinnt das Gleichgewicht zurück. Er wartet, dass Leo ebenfalls aussteigt.

Doch der bleibt sitzen.

Und starrt auf die Uhr mit den hässlichen Zeigern. Sechzehn Minuten und 24 Sekunden nach eins. Er weiß, wie das funktioniert, wie man die Zeit im Griff behält und die Uhr anstarrt. Dann spürt man nicht so viel. So macht er es immer, wenn Felix und er mit den Werbeprospekten in den Treppenhäusern um die Wette laufen. Er zählt die Sekunden, um die Erschöpfung in Schach zu halten.

Papa sagt nichts. Das ist auch nicht nötig. Er streckt den Arm aus, bis Leo endlich aufsteht und dabei die Plastiktüte an die Brust gepresst hält. Er hat nicht mehr gewusst, dass Papas Hand tatsächlich so rau ist, denn er hat sie schon seit Jahren nicht mehr gehalten.

Der Weg zum Haus kommt ihm weit vor. Papas Bewegungen sind genauso ruckartig wie sein Fahrstil. Er schwankt. Trotzdem erreichen sie die Rückseite des Hauses. Der Weg zwischen den Himbeerbüschen liegt im Dunkeln. Auf diese Himbeeren ist Opa stolz, weil sie größer sind als andere Himbeeren und von einem wärmeren Rot, eine alte, besonders süße Sorte.

»Britt-Marie.«

Papa drückt Leos Hand und vertreibt die Stille, aber nicht die Dunkelheit.

»Britt-Marie!«

Leo hält seinen linken Arm in den Schein der Lampe über der Haustür und betrachtet die hässlichen Zeiger seiner Uhr. Neunzehn Minuten und 52 Sekunden nach eins. Im Schlafzimmer seiner Großeltern wird zuerst Licht gemacht. Dann geht das Licht im Wohnzimmer an, die Stehlampe mit dem geblümten Lampenschirm.

»Verschwinde!«, ruft Opa, der ein Fenster geöffnet hat. »Ivan, es ist mitten in der Nacht, geh nach Hause!«

Opa mustert erst Ivan und dann Leo, bis dieser wegschaut.

»Britt-Marie! Komm raus, Britt-Marie! Du gehörst nicht hierher!«

»Ich rufe die Polizei, Ivan.«

»Du? Ein verdammter Axelsson?«

»Natürlich – wenn du nicht endlich verschwindest!«

»Britt-Marie kommt mit. Sie kehrt nach Hause zurück, zu ihrer Familie.«

»Ich mache jetzt das Fenster zu, und wenn du nicht gehst, dann rufe ich sie. Hast du gehört, Ivan? Ich rufe die Polizei.«

Opa schließt das Fenster und macht das Licht aus. Papa lässt Leos Hand zum ersten Mal los und droht Opa und seinem Haus mit erhobener Faust.

»Britt-Marie! Sitz nicht rum wie eine Axelsson! Komm raus! Komm zu *deiner* Familie! Zu deinen Kindern! Zu mir!«

Das Fenster bleibt geschlossen, im Haus ist es dunkel. Papa nimmt Leo die Plastiktüte ab und hebt die Flasche heraus.

»Komm raus, sonst verbrenn ich dich! Und ich brenne die ganze beschissene Hütte nieder!«

Papa will Leo die Flasche reichen, aber die Arme des Jungen hängen kraftlos nach unten.

»Leo ... du musst auf das Kellerfenster zielen.«

Die Arme bewegen sich immer noch nicht. Er nimmt die Flasche nicht in Empfang und sieht seinen Vater nicht an, sondern starrt auf die Wiese.

»Wir werden sie mit dem Feuer aus dem Haus treiben. Verstehst du?«

Er nimmt ein Feuerzeug aus seiner Brusttasche und bewegt die Flamme zum Flaschenhals, in dem der benzingetränkte Stoffstreifen steckt. Er wurde durch den Flaschenhals gedrückt wie das Futter durch den mageren Hals einer Gans, die gemästet werden soll.

Die Stoffblüte leuchtet gelb und orange auf.

»Britt-Marie! Das ist deine Entscheidung! Es ist ...«

Papas Bewegungen sind langsam, und Leo weiß, dass er sich immer an sie erinnern wird, obwohl sie in diesem Moment mit den nackten Ästen des schwankenden Kirschbaums verschmelzen.

Papa trifft das Fenster des Kellerraums, in dem sie normalerweise übernachten – bei ihren Besuchen, von denen sich Leo wünscht, dass sie nie zu Ende gehen. Fast eine Minute verstreicht, da ist sich Leo ganz sicher, denn er zählt die Sekunden: vom Zersplittern der Fensterscheibe, bis sich das Feuer ausbreitet. Dieses dumpfe Brausen. Die kleinen Flammen, die sich vereinen und alles verschlingen.

Papa schreit nicht mehr. Er bewegt sich nicht. Er zittert nicht einmal.

Das Kellerzimmer ist jetzt hell erleuchtet. Ein anderes Licht als das der Lampen, gelber. Feuer verschlingt die Stühle und das Bett.

Dann geht die Kellertür auf.

Opa wirft einen großen Teppich auf die Flammen und dann noch einen. Oma und Mama hantieren mit grünen und blauen Eimern und kippen Wasser auf die Flammen.

»Los geht's, Leo.«

Da drinnen rennen sie immer noch hin und her. Sie füllen die Eimer in der Waschküche.

»Jetzt.«

Zwei hässliche Zeiger. Vier Minuten und 44 Sekunden sind vergangen, seit Leo aus dem Auto gestiegen und zwischen den Himbeerbüschen hindurchgegangen ist, über die Papa gerade stolpert. Vorher hat er sich schon Wange und Kinn an einer Wäscheleine aufgerissen. Aber das spielt alles keine Rolle.

Leo schließt die Augen, als sie wegfahren, und hält sie geschlossen. Der Rückweg kommt ihm sehr weit vor, als wären sie unterwegs ans andere Ende Schwedens.

75

Papa parkt ein, und sobald Leo die Augen öffnet, sieht er den Streifenwagen.

Vor der Haustür. Schwarz und weiß. Quer vor dem Mehrfamilienhaus, deutlich sichtbar unter der Straßenlaterne.

Leo hat noch nie einen Streifenwagen so dicht vor dem Haus gesehen. Normalerweise parken sie weiter weg oder auf dem Parkplatz. Nie direkt vor dem Haus, als wollten sie den Eingang blockieren.

»Alles wird gut.«

Leo kauert sich noch mehr auf dem Rücksitz zusammen.

»Wir sind eine Familie, oder etwa nicht? Und wie alle Familien halten wir zusammen, dann wird alles gut.«

Fahrer- und Beifahrertür des Streifenwagens gehen gleichzeitig auf. Sie sind zu zweit. Ein älterer Mann, sogar älter als Papa, und eine jüngere Frau. Leo hat noch nicht viele Polizistinnen gesehen. Sie kommen direkt auf den Wagen und auf Papa zu.

»Ivan Duvnjac?«

Ihre Stimmen sind deutlich zu hören, obwohl alle Fenster geschlossen sind. Sie klopfen an die Seitenscheibe, bis Papa sie herunterkurbelt.

»Ja?«

»Sie müssen mitkommen.«

»Was soll denn das?«

»Sie wissen genau, weshalb wir hier sind.«

Papa schüttelt den Kopf und bemüht sich, deutlich zu artikulieren.

»Nein. Keinen blassen Schimmer.«

Er dreht sich um.

»Weißt du, warum, Leo?«

Papa lehnt sich zu ihm nach hinten. Seine Fahne ist ebenso durchdringend wie der Gestank nach Benzin und Rauch, den der Jackenärmel ausdünstet.

Die Polizisten entdecken Leo.

»Nein, Papa. Ich weiß nicht, wovon sie sprechen.«

Der ältere Polizist nickt Ivan zu und sagt:

»Denken Sie an Ihr Kind.«

Die Frau geht um den Wagen herum. Sie hält Handschellen in der Hand.

»Kommen Sie schon mit. Freiwillig.«

Sie wartet, bis Papa nach einer Ewigkeit mit den Achseln zuckt.

»Leo?«

»Ja?«

»Geh hoch, und kümmer dich um deine Brüder.«

»Papa, ich …«

»Mach schon! Geh nach Hause. Kümmer dich um deine Brüder.«

Die Beamtin mit den Handschellen öffnet die Fahrertür, und Papa hält ihr seine Hände hin. Die beiden Uniformierten flankieren ihn, während er auf den Streifenwagen zugeht und hinten einsteigt. Als das schwarz-weiße Fahrzeug wegfährt, dreht er sich noch einmal um. Sie sehen sich an, nicht lange, aber lange genug.

76

Leo drückt die Klinke behutsam nach unten, zieht die Schuhe aus und schleicht, ohne Licht zu machen, in die Wohnung. Wie so oft liegt Vincent verkehrt herum im Bett, murmelt etwas Unverständliches und schläft wieder ein. Aber Felix wacht auf. Vielleicht war er auch schon wach.

Es lässt sich – zumindest mitten in der Nacht – schwer erklären, dass Mama nicht nach Hause kommt. Und es fällt Leo ebenso schwer zu sagen, dass auch Papa nicht nach Hause kommen wird. Leo versucht es trotzdem, und Felix hört ihm zu. Als er fertig ist, ruft Mama an und will wissen, ob ihre drei Söhne da sind. Leo bejaht, und sie erklärt, dass sie es sich anders überlegt habe und sofort nach Hause kommen werde.

Er läuft in die Küche, öffnet den Schrank und nimmt zwei Papiertüten heraus.

Mama ist gleich da, dann muss der Küchentisch wieder wie ein Küchentisch aussehen.

Der Benzinkanister, die Reste des Kissenbezugs, die beiden Weinflaschen.

Kippen, Lottoscheine, Zuckertüten.

Leo räumt einen Gegenstand nach dem anderen weg und stellt die Tüten dann unter die Spüle.

Wenn der Kanister, der Kissenbezug und die Flaschen weg sind und der Küchentisch wieder ein Küchentisch ist, brauchen sie nicht darüber zu sprechen.

Er wischt ein zweites Mal mit dem Schwammtuch über den Tisch und spült dann den Topf ab. Er riecht daran und spült ihn ein zweites Mal, bis der Weingeruch verschwunden ist. Kurz danach trifft Mama ein. Und das ist ein gutes Gefühl. Doch als er auf sie zuläuft, sieht er zwei weitere Personen.

»Leo, das sind … zwei Polizeibeamte.«

Da es sich nicht um eine Frage handelt, erwidert er nichts.

»Sie wollen sich unsere Wohnung ansehen, und dann wollen sie sich ein wenig mit dir unterhalten.«

In unserer Wohnung gibt es nur uns.

»Ich bin müde.«

Vincent, Felix, Mama, Papa und ich wohnen hier.

»Das verstehe ich, mein Schatz, es dauert auch gar nicht lange.«

Die zwei … gehören nicht dazu.

»Danach gehen sie wieder, okay, Leo?«

Sie sind überall. In der Diele, in der Küche, in Vincents Zimmer, in dem von ihm und Felix, im Arbeitsraum, im Wohnzimmer und sogar im Bad und auf dem Balkon. Sie öffnen Schränke, Schubladen und Abstellkammern und schieben Schuhe, Spielzeugsoldaten, Bilder und Blumentöpfe hin und her. Sie untersuchen den selbst gebastelten Boxsack und den goldenen Griff des Säbels, der in seiner blauen Samtscheide unter einer Sammlung unmoderner Werkzeuge hängt. Leo steht die ganze Zeit auf der Schwelle zwischen Diele und Küche. Auch als sie den Schrank unter der Spüle öffnen und die beiden Papiertüten mit dem zerrissenen Kopfkissenbezug herausnehmen, der immer noch nach Mama riecht.

»Hallo, Leo«, sagt der größere der beiden Beamten und versucht ihm aufmunternd zuzulächeln. »Wie deine Mutter schon sagte, bin ich Polizeibeamter und möchte mich einen Augenblick mit dir unterhalten.«

Leo ist noch nie einem Polizeibeamten begegnet, der keine Uniform anhat. Der hier trägt einen langen Mantel wie Papa, aber in einer helleren Farbe. Er deutet auf den kürzlich abgewischten Küchentisch.

»Ich tu dir nichts, versprochen. Nichts von dem, was passiert ist,

ist deine Schuld, Leo. Ich will nur ein paar Fragen stellen. Ich will wissen, was geschehen ist, als du mit deinem Vater durch die Gegend gefahren bist.«

Er zieht sich einen Küchenstuhl heran, Papas Stuhl, und nimmt darauf Platz. Dann legt er einen Spiralblock und einen Bleistift auf den Tisch.

»Sag mal, Leo, du hast doch im Auto gesessen, und dein Vater ist gefahren. Wo ist er denn hingefahren?«

»Das sage ich nicht.«

»Und … warum nicht?«

»Weil ich es nicht will.«

»Versuch es doch mal.«

»Ich will aber nicht.«

»Leo? Ich rede mit dir.«

»Ich will nicht.«

Leo sieht auf den Fußboden, bis der fürchterliche Bulle in die Diele geht und mit seiner Winterjacke zurückkommt. Er legt sie auf den glänzenden Küchentisch. Leo fallen die großen Hände des Polizisten auf, aber er weiß auch, dass es ihnen trotzdem nicht gelingen würde, fünf Eisstiele zu zerbrechen.

»Die Jacke riecht nach Rauch. Merkst du es auch?«

Das hier gehört alles uns.

»In der einen Papiertüte befindet sich ein Benzinkanister, in der anderen liegen leere Weinflaschen und Stoffstreifen.«

Nicht euch.

»Weißt du, was man daraus machen kann?«

Wir wohnen hier.

»Weißt du, was dein Papa daraus hergestellt hat?«

Nicht ihr.

»Einen Molotowcocktail. So nennt man das. Eine mit Benzin gefüllte Flasche. Wenn man sie zerschlägt, flammt das Benzin auf, und die Flammen breiten sich aus, verwüsten und töten. Brandbomben, wie sie im Krieg verwendet werden.«

Wir sind ein Klan.

»Dein Opa hat dich und deinen Vater vor dem Haus gesehen,

als es gebrannt hat. Deine Oma auch. Und deine Mutter und fünf Nachbarn. Alle haben dich gesehen, und alle haben deinen Vater gesehen.«

Ein Klan hält immer zusammen.

»Dein Opa hat gesehen, dass du eine Tüte gehalten hast. Was ist dann passiert? Hast du die Flasche geworfen? Oder war es dein Vater?«

Ein Klan lässt sich nicht zerbrechen.

»Leo?«

Egal, was passiert.

»Ich will, dass du mir jetzt gut zuhörst.«

Mitglieder eines Klans, eines richtigen Klans, verletzen einander nie.

»Deine Mutter hätte sterben können und deine Oma und dein Opa auch. Sie hätten alle sterben können.«

Mitglieder eines Klans, eines richtigen Klans, verraten einander nie.

»Schau mich an, Leo. Begreifst du, was dein Vater getan hat?«

Mitglieder eines Klans, eines richtigen Klans, beschützen einander immer, immer, immer.

»Du brauchst deinen Vater nicht zu beschützen. Er ist es, der etwas falsch gemacht hat. Er ist derjenige, der sich um dich kümmern soll.«

»Ich bin kein Eisstiel.«

Das kommt so plötzlich, dass er selbst ganz überrascht ist.

»Hören Sie zu. Ich bin kein Eisstiel!«

»Jetzt erzähl mir bitte ganz genau, was dein Vater getan hat. Um deiner Mutter und deiner Brüder willen, Leo, ja? Sag es mir.«

Ihm ist gar nicht aufgefallen, dass seine Mutter weint. Vielleicht hat sie gerade erst angefangen? Sie ist irgendwo hinter ihm, und er kann ihre Augen nicht sehen, aber er kann sie hören. Sie weint nicht wegen der jüngsten Ereignisse, sondern seinetwegen. Weil ihr Sohn vor einem Kripobeamten steht und Fragen beantworten soll, die niemanden etwas angehen. Deswegen weint sie.

»Ich bin kein verdammter Eisstiel, der einfach so zerbricht!«

Der Bleistift liegt noch auf dem Spiralblock, als er auf den Tisch zustürzt und die graue Spitze mit all der Angst und Wut, die sich in seinem zehn Jahre alten Arm angesammelt hat, in die riesige Hand des Polizisten rammt.

Dann rennt er weg, gejagt von dem laut stöhnenden Polizeibeamten und von Mama, die ihn zu packen versucht. In der Diele stößt er fast mit dem anderen Polizisten zusammen. Leo schließt Vincents Zimmertür von innen ab. Sein Bruder liegt immer noch verkehrt herum im Bett und schläft. Felix sitzt auf dem Fußboden neben einem Berg Lego.

»Leonard!«

Mama hämmert an die Tür.

»Komm da raus! Hörst du mich! Du *musst* mit ihnen reden!«

Kaum zu fassen, dass Vincent bei dem Lärm einfach weiterschläft.

»Mach die Tür auf!«

Und dass Felix zwischen Hunderten von Legosteinen auf dem Fußboden sitzen bleibt.

»Leo? Hör auf deine Mutter. Mach sofort auf, und komm raus«, ruft der große Polizist.

»Was ist passiert?«, flüstert Felix und deutet auf die Tür. »Hat er …«

»Er hat geschrien. Seine Hand ist verletzt«, antwortet Leo.

Laute Stimmen. Er hört sie nicht. Wenn man beschließt, nichts zu hören, dann hört man auch nichts. Er tut das hin und wieder, er geht in sein Zimmer und schließt die Tür ab. Sein Zimmer ist noch kleiner als dieses. Dann gibt es nur ihn, seinen Körper, und alles existiert in seinem Inneren, und außerhalb gibt es nichts.

»Leo? Du weißt, dass wir diese Tür auch ohne deine Hilfe öffnen können, nicht wahr? Leo? Deine Mutter möchte das nicht. Also, mach auf!«

Dann wacht Vincent auf. Zerzaustes Haar, müde Augen.

Leo hebt ihn aus dem Bett und geht mit ihm zwischen Tür und Fenster auf und ab.

»Vincent? Es gibt sie nicht.«

Er bleibt vor der Tür stehen und vor der lauten Stimme, die ihn anbrüllt, er solle aufmachen und rauskommen.

»Es gibt sie nicht?«

Die müden Augen sind jetzt nicht mehr müde. Sie betrachten ihn aufmerksam.

»Hörst du das, Brüderchen?«

»Ja.«

»Es gibt sie nicht. Und wir … gehen einfach durch sie hindurch.«

»Ja.«

»Es gibt sie nicht. Und wir … gehen einfach durch sie hindurch.«

Der Dreijährige versucht zu verstehen. Und dann lächelt er.

»Durch sie hindurch?«

»Durch sie hindurch.«

Mama und die beiden Beamten stehen immer noch vor der Tür. Papa wird in einem Streifenwagen durch die Nacht gefahren.

Lange geht er im Zimmer auf und ab, ein großer Bruder, der seinen kleinen in den Armen hält, hinter einer verschlossenen Tür.

Wahrscheinlich war er noch nie so ruhig wie jetzt. Zusammen mit Felix und Vincent. An einem Ort, wo er entscheidet, wer existiert und wer nicht.

Jetzt

Vierter Teil

77

Während Leos fünfhundert Kilometer langen Fahrt Richtung Westen durch eine weihnachtlich geschmückte Landschaft wechselte der Dezember sein Gewand. Eis auf dem Mälarsee und eine Hauptstadt, in der die Menschen mit gesenktem Blick durch die Straßen hasteten, wurde von Göteborg, einer Stadt mit herbstlich gekleideten Flaneuren, abgelöst. Leo folgte ihrem Beispiel: Er knöpfte seine Jacke auf und schlenderte durch die Straßen.

An einem Kiosk kaufte er eine Flasche Mineralwasser und gegenüber der Kunsthochschule Valand eine Bockwurst. Hier musste er von der Avenyn abbiegen und den Straßenbahnschienen zum Vasaparken folgen. Dann war es nicht mehr weit zur Erik Dahlbergsgatan. Zu ihnen. Zu seinen Brüdern. Seit ihrem Umzug hatte er sie nicht mehr gesehen. Im Herbst war es ihm nicht so sehr aufgefallen, weil er seine Sehnsucht einfach beiseitegeschoben hatte. Jetzt aber, mit zunehmender Nähe, spürte er, wie seine Erwartung stieg.

Damals hatte er beschlossen, sie in Ruhe zu lassen. Trotzdem fühlte er sich, als hielten sie ihn auf Abstand. Früher waren sie immer in Verbindung geblieben, hatten einander nie verurteilt, waren einander nie in die Quere gekommen und hatten nie um Hilfe betteln müssen. Jetzt telefonierten sie höchstens drei Mal im Monat, oberflächliche Gespräche über das Wetter, Taxipreise oder sehenswerte neue Filme. Der misslungene Waffenverkauf war mit keinem Wort erwähnt worden. Er hasste das. So war es auch bei seiner Mutter und ihren Geschwistern: Sie unterhielten sich wie Leute, die nichts miteinander gemein hatten.

Seine kleinen Brüder waren in eine Mietwohnung in einem wunderschönen Haus aus den Zwanzigerjahren gezogen. Auf der Liste der Bewohner im Eingangsbereich klebte ein Zettel mit ihrem Namen, der einen anderen Namen überdeckte. Dritter Stock. Er klingelte und klopfte danach zur Sicherheit. Der Klang der Schritte verriet, dass sich Felix näherte.

Sein Haar war länger als sonst, was ihm aber gut stand. Sie umarmten sich an der Tür, als wäre alles ganz normal.

»Hast du Hunger?«

Es roch nach Essen. Leo folgte Felix die schmale Diele entlang in die Küche. Vincent stand neben dem Kühlschrank. Er wirkte älter und stärker, sein Körper glich jetzt mehr dem eines Mannes, und seine immer noch intensiven Augen blickten durchdringender und selbstsicherer. Eine weitere Umarmung. Leo war sich nicht sicher, ob die Distanz und Kühle nur in seinem Kopf existierte, ob er sie sich nur einbildete.

»Die Einrichtung gehört euch also nicht?«

»Nein.«

Ein Tisch und Stühle, die er nie zuvor gesehen hatte. Auch die Mikrowelle, der Toaster und das Radio wirkten fremd. An der Wand hing ein Salvador-Dalí-Plakat. Leo fragte sich, ob seine Brüder überhaupt wussten, wer das war.

»Wie früher, als ihr klein wart und alle meine abgelegten Sachen bekommen habt«, sagte Leo.

»Alles secondhand. Die Möbel und die Küchengeräte. Sie haben uns sogar Shampoo dagelassen. Mama hat es gefallen.«

»Sie hat erzählt, dass sie hier war.«

Auf dem Herd ein Topf mit Hackfleischsoße. Felix kochte.

»Sie hat gemeint, dass es an der Uni und auf der Schule gut läuft. Und sie war so stolz auf dich, Vincent, dass du schon den ganzen Stoff des ersten Oberstufenjahrs geschafft hast.«

Er war ungeduldig, konnte das nicht verbergen und war davon überzeugt, dass Felix es bemerkte.

»Du solltest sein Zeugnis sehen. Lauter tolle Noten. Stell dir vor, Leo, unser kleiner Bruder ist erst achtzehn und kann bald machen, worauf er Lust hat.«

Felix zwinkerte Vincent zu, der schüchtern zurücklächelte. Zumindest in dieser Hinsicht hatte er sich nicht verändert. Dann stellte Felix Teller, Gläser und eine Flasche Wein auf den Tisch.

»Wie lang bleibst du?«

»Der Zug fährt in vier Stunden.«

»Vier Stunden? Ich dachte, du würdest eine Weile bleiben.«

Leo erwiderte nichts. *Dieser herablassende, sture kleine Bruder.* Aber er war hier, um Brücken zu bauen, nicht, um sie einzureißen.

»Ein einfacher Bankraub, um alles weitere zu finanzieren. Alles ist vorbereitet. Eine kleine Bank in Heby. Am Tag vor Heiligabend. Ein paar Millionen.«

Die Soße war fast fertig. Das Wasser auf dem Herd kochte.

»Dann haben wir genug Geld für ein richtig großes Ding. Und anschließend … könnt ihr studieren, was ihr wollt.«

»Aber das tun wir doch schon längst«, erwiderte Felix und warf ein Paket Spaghetti in den Topf. »Ich dachte, das wüsstest du. Dass wir studieren, was wir wollen.«

»Ich brauche euch.«

»Wir sind ausgestiegen, Leo.«

Leo hatte sich vorgenommen, unter allen Umständen die Ruhe zu bewahren. Aber dieser Vorsatz hielt nicht lange vor. Leo schlug mit der Hand auf den Tisch, dass Besteck und Teller klirrten.

»Glaubt ihr etwa, bloß weil ihr die Schulbank drückt, seid ihr auf einmal normal?«

Felix füllte das Weinglas seines großen Bruders bis zum Rand.

»Ich studiere nicht, um normal zu sein. Ich studiere, weil es mir wichtig ist, eine Ausbildung zu haben.«

Leo nippte am Wein.

»Und was ist mit dir, Vincent?«

Sein jüngster Bruder wich seinem Blick aus.

»Vincent, verdammt!«

»Es war eben einfacher mitzumachen«, erwiderte Vincent. »Dann weiß man wenigstens Bescheid, wenn alles zum Teufel geht.«

Leo lachte, aber nicht herzlich. Er trank noch einen Schluck Wein.

»Zum Teufel? Vincent, nichts geht zum Teufel. Komm schon, setz dich zu mir.«

Vincent gehorchte und nahm Leo gegenüber Platz.

»Und wenn doch?«

»Nein, warum denn auch?«

»Was ist, wenn wir wieder an einer Straßensperre hängen bleiben und sie dieses Mal die richtigen Schlüsse ziehen? Dass du es bist? Das wir es waren?«

Noch ein Schluck. Der Wein sah nicht nur billig aus, er schmeckte auch billig.

»Ist es das, womit ihr euch hier die Zeit vertreibt? Den Teufel an die Wand zu malen?«

»Hör ihm doch endlich mal zu!«, brüllte Felix.

Die Spaghetti waren in dem kochenden Wasser zusammengesunken. Etwas zu energisch rührte Felix mit einer Plastikgabel darin herum.

»Leo, kapier doch endlich, was er dir sagen will!«

»Er? Oder du?«

»Okay, okay, Leo. Wozu das Ganze?«

»Was?«

»Die Banküberfälle.«

»Damit *wir* finanziell unabhängig sind.«

»Du hast die Waffen. Verkauf sie einfach. Das hattest du doch vor.«

»Damals wäre es mir auch gelungen. Ich bin genau nach Plan vorgegangen. Ich habe Kontakt zu den Bullen aufgenommen, habe mir einen Platz für die Übergabe ausgesucht, habe fünfzehn Landminen gebaut. Alles war bereit, und fünfundzwanzig Millionen standen in einer Tasche auf dem Schreibtisch irgendeines Bullen.«

Er hielt inne.

»Und dann?«

»Dann hat dieser verdammte Bulle mich provoziert. Er hat versucht, mich zu Fehlern zu verleiten. Ich habe neun Briefe geschrieben, und der Bulle hat mir mit fünf Kleinanzeigen geantwortet. Erst dann habe ich begriffen, dass er mich einfach nur hinhalten wollte und zu keinem Zeitpunkt die Absicht hatte, mir auch nur eine verdammte Krone auszuzahlen. Sie wollten mich nur aus der Deckung locken. Da habe ich die Aktion abgebrochen.«

Felix hatte ihm mit unveränderter Miene zugehört.

»Okay. Dann frage ich dich noch einmal. Warum überfällst du Banken?«

»Warum *ich* Banken überfalle? Ich hatte den Eindruck, du wärest auch mit beteiligt gewesen? Oder irre ich mich, Felix? Warst du nicht auch dabei? Und wenn du auch mitgemacht hast, dann erklär du mir mal, warum!«

»Das hat Vincent dir doch gerade zu erklären versucht! Weil es einfacher ist, dabei zu sein, als sich rauszuhalten. Wenn alles zum Teufel gegangen wäre, hätte ich zumindest Bescheid gewusst. Solche Sorgen verstehst du nicht, aber ich spüre sie, und Vincent spürt sie. Der Einzige, der nicht so empfindet, bist du. Du denkst immer, dass nichts schiefgehen kann.«

Felix goss das Spaghettiwasser ab. Dampf hüllte sein angespanntes Gesicht ein.

»Weil es eben nicht schiefgeht.«

»Du hast erklärt, du würdest unseren Vater nie wieder aufsuchen. Das hat mich sehr beruhigt. Aber dann hast du es trotzdem getan. Und jetzt sehe ich, dass du genauso bist wie er! Für dich gibt es nur den nächsten Bankraub – sonst nichts. Du behandelst Vincent und mich genau so, wie Ivan dich behandelt hat, nachdem du mit ihm gebrochen hattest.«

»Was redest du da?«

»Du bist wie er. Und ich weiß genau, wann die Verwandlung stattgefunden hat. Damals, als er Mama beinahe umgebracht hätte. Als du dich an seinen Rücken geklammert hast und sie weggerannt ist und er aufgehört hat. Ich habe gesehen, wie ihr euch angeschaut habt … Du hast ganz einfach … seine Rolle übernommen.«

»Jetzt reg dich mal ab.«

»Und danach? Erinnerst du dich, was danach passiert ist? Schon vergessen, oder? Du hast gewartet, bis Papa wieder weg war, und hast dann das ganze Blut im Treppenhaus aufgewischt. Hinterher bist du in die Wohnung zurückgekehrt und hast uns angeschaut. Von da an hast du das Sagen gehabt.«

»Bist du jetzt fertig?«

»Nein! Erst, wenn du kapiert hast, was ich meine. Du hast von Unabhängigkeit gesprochen. Du hast am Fenster gestanden, hinausgestarrt und davon geredet, dass niemand über unser Leben bestimmen darf. Aber das Gegenteil ist eingetreten. Die Banküberfälle haben uns nur noch abhängiger voneinander gemacht. Und das ist für dich genauso wichtig wie für den alten Sack. Zusammenhalten. Zusammenhalten! Willst du mit uns ein paar Eisstiele zerbrechen?«

»Bist du endlich fertig?«

Leo betrachtete die beiden dampfenden Töpfe auf dem Tisch. Das Essen sah genauso billig aus wie der Wein. Minderwertiger Fraß.

»Nicht ich bin es, der Ivan ähnelt, sondern du, Felix. Ständig liegst du uns damit in den Ohren, wie sehr du ihn hasst. Du bist total besessen und steigerst dich in Dinge hinein – genau wie er. Was ich erreicht habe, wäre ihm niemals gelungen!«

Trotzdem verteilte Leo die weißen Spaghetti mit brauner Soße auf seinen eigenen Teller, auf den von Felix und den von Vincent.

»Nur noch ein Mal, Vincent. Und wenn es so ist, wie du gesagt hast…«

Leo legte seine Hand auf Vincents Arm.

»…dann solltest du mitmachen. Denn vermutlich ist es *einfacher*, als am Tag vor Weihnachten hier rumzusitzen und sich Sorgen zu machen.«

»Es reicht, Leo. Siehst du denn nicht, dass er nicht mitmachen will?«

»Was weißt du schon! Ich rede nicht mit dir, sondern mit Vincent.«

»Ich merke doch ganz deutlich, dass er das nicht will!«

»Ach, wirklich, Felix? *Merkst* du das?«

Zwischen ihnen stand der Topf mit der Hackfleischsoße, den Felix plötzlich packte und an die Wand warf. Der Inhalt spritzte durch die Küche.

»Ich habe meiner eigenen Mutter ins Gesicht gespuckt! Nie wieder werde ich gegen meinen Willen etwas für jemand anderen tun, nie wieder!«

Die Soße lief über die weiße Wand und über Leos weißes Hemd.

»Du redest von dir, Felix. *Ich* rede von Vincent.«

Vincent hatte auf seinen Teller gestarrt. Jetzt hob er den Kopf.

»Können wir nicht einfach aufhören?«

Jetzt war er es, der Leo eine Hand auf den Arm legte.

»Kannst *du* nicht einfach aufhören?«

Auf dem Küchentisch standen Servietten in einem hässlichen kleinen Holzhalter. Leo nahm sie alle, knüllte sie zusammen und wischte die Hackfleischsoße von seinem Hemd.

»Und dann? Soll ich womöglich die Schulbank drücken und so tun, als wären wir normal?«

Sie hatten einander nie um etwas bitten müssen. Leo tat es trotzdem.

»Ich bitte euch. Habe ich euch je um Hilfe gebeten? Nein. Aber jetzt tue ich es. Ich bitte euch. Ich brauche euch. Nur noch ein Mal. Ein letztes Mal.«

Er betrachtete den Bruder mit dem unerwartet langen Haar und dann den Bruder, der plötzlich erwachsen wurde.

»Felix?«

Keine Antwort.

»Vincent?«

Keine Antwort.

»Ich *bitte* euch.«

Felix erwiderte seinen Blick. Vincent schaute wieder auf den Tisch und seinen Teller.

Stille.

»In Ordnung. Ich mache es allein. Wenn ich keine Familie habe, dann mache ich es eben selbst.«

78

Manchmal nahmen die Nächte kein Ende. Manchmal schwitzte und fror er abwechselnd und erwachte alle zehn Minuten, nur um sofort in einen wirren Traum zu versinken, der nirgendwohin führte.

Es war wieder eine dieser Nächte, die ihn nun schon die ganze

Woche quälten, seit ihn die beiden Menschen, die ihm am nächsten standen, abgewiesen hatten. Sechs Nächte zusammen mit der Einsamkeit, die neben ihm und zwischen ihm und Anneli lag. Wären seine Brüder tot gewesen, hätte er zumindest begriffen, warum sie nicht zusammen sein konnten. Oder wenn sie gesagt hätten, dass sie ihn hassten. Aber sie lebten. Und sie liebten ihn immer noch so, wie er sie liebte. Und trotzdem wollten sie nicht weitermachen. Seine Brüder waren auf einmal weit weg.

Leo schälte sich aus den verschwitzten Laken, ging in die Küche hinunter und riss das Fenster auf, obwohl es acht Grad minus waren. Er hielt sein Gesicht in die eisige Luft und atmete tief durch.

In den letzten Tagen war er die drei Bestandteile eines Banküberfalls noch einmal genau durchgegangen: Planung, Ausführung und, am allerwichtigsten, die Flucht, die Verwandlung vom Bankräuber zum Alltagsmenschen.

Ein Bestandteil hatte sich nie verändert: die Ausführung. Nie hatten sie ein Objekt mit der erwarteten Beute verlassen. Der Überfall auf den Geldtransporter hatte nur eine statt zehn Millionen eingebracht, und auch in den Tresorräumen der Banken war viel Geld zurückgeblieben. Der doppelte Bankraub hatte drei statt acht Millionen, der dreifache zwei statt fünfzehn Millionen eingebracht, noch dazu überwiegend rot verfärbt.

Er formte den frischen Schnee auf der Fensterbank zu einem Ball und genoss die angenehme Kälte, als er in seinen Händen schmolz.

Dann schloss er das Fenster, wischte sich die Hände an einem Küchenhandtuch ab, ging durch die Diele und betrat das Gästezimmer. Nach neun Überfällen wusste dieser verdammte Bulle Broncks immer noch nicht, wer sie waren. Wenn er nur das richtige Datum wählte, weiterhin sorgfältig plante und hinterher spurlos entwischte, dann musste es irgendwann klappen, und ihm würde der Riesencoup gelingen.

Der zehnte.

Eine kleine Stadt, unweit von Stockholm.

Der Tag vor Heiligabend, der Tag, an dem die Gehälter auf den Konten eingingen.

Ein Überfall, den nicht die Militärliga begehen würde.

Denn die Militärliga existierte nicht mehr, die Presse würde keine Zeile mehr über diese Bande schreiben. Die Phantome verschwanden und nahmen neue Gestalt an. Genau das hatte er in der Bank in Rimbo geübt: einen Banküberfall, der sich von den anderen unterschied – Freizeitkleidung, schwarze Strümpfe über dem Kopf, keine Schüsse. Sie hatten für den Ernstfall geprobt, die Identität zu wechseln und das Muster zu durchbrechen. Jetzt war der Ernstfall eingetreten.

Er hob die Bodenfliesen an und öffnete die Tür des Safes. Die mit schwarzem Samt bezogene Rückwand verschwand in der Dunkelheit. Er kletterte nach unten und schaltete die Lampe über den aufgereihten automatischen Waffen ein.

Neben seiner schusssicheren Weste lag eine schwarze Sporttasche.

Der dreifache Bankraub hatte 2 137 000 Kronen eingebracht, davon gingen 227 000 für Unkosten ab. 195 000 waren unrettbar verfärbt gewesen. Den Rest hatten sie durch vier geteilt. 428 750 Kronen für jeden. Sein Anteil war schon beträchtlich geschrumpft. Es waren nur noch 75 000 Kronen übrig, die kaum noch den Boden der Tasche bedeckten.

Er öffnete den Reißverschluss und nahm zehntausend in gemischten Scheinen heraus, die er Anneli aushändigen wollte – für Weihnachtsgeschenke, fürs Essen an Heiligabend, für den Christbaum und eine Lichterkette, wie sie die Nachbarn in ihren Apfelbäumen hängen hatten. Dann nahm er noch zehntausend für sich selbst heraus. Es blieben nur noch 55 000 Kronen übrig. Er schloss die Tasche wieder und setzte sich im grellen Schein der Lampe auf den Betonsockel und lauschte dem Brummen der Unterwasserpumpe.

Wenn er durch die Falltür kletterte, den Safe schloss und nie wieder öffnete, würde nie jemand etwas erfahren.

Füße auf dem kalten, schwarz-weißen PVC-Boden. Schritte. Ihre Schritte. Dann stand sie über ihm, und er konnte nur ihre von unten angestrahlten Beine erkennen.

»Leo?«

»Ja?«

»Was machst du?«

Anneli ging in die Hocke. Sie fror in ihrem dünnen Nachthemd.

»Komm rauf. Wir gehen wieder ins Bett. Versuch zu schlafen.«

»Fünfzehn Millionen hätte uns der dreifache Bankraub einbringen sollen.«

Sie beugte sich vor und balancierte barfuß auf den schmalen Sprossen nach unten. Dann strich sie ihm mit ihrer warmen Hand über die Wange.

»Leo?«

Sie waren umgeben von ordentlich aufgereihten Waffen, die an riesige Fossilien erinnerten. Er hatte zwar immer angekündigt, diese Sammlung den schwedischen Berufskriminellen zu stiften, aber da sie ihm genauso gleichgültig waren wie der Bulle, mit dem er verhandelt hatte, war es bei einer leeren Drohung geblieben.

»Leo, ich liebe dich. Ich bin die Einzige, die alles über dich und über diese Dinge weiß.«

Frierend saß sie auf seinem Schoß und rieb ihre nackten Zehen, die den Boden nicht berührten, gegeneinander.

»Ich weiß, wie viel dir Felix und Vincent bedeuten. Aber ich habe deinetwegen meinen Sohn verlassen. Und du musst dich von deinen Brüdern lösen. Unseretwegen.«

Sie sah ihm in die Augen, die den ihren so nahe waren. Sie hatte sich damals in sein Leuchten verliebt. Jetzt war sein Licht erloschen.

»Ich weiß, dass du dich um sie gekümmert hast, aber ein Bruder sollte nicht der Vater seiner Geschwister sein.«

Sie küsste ihn, und er sah sie an. Vielleicht flackerte in diesem Moment etwas in seinem Blick auf. Es war so lange her, aber sie war sich beinahe sicher.

»Was ist?«

»Anneli?«

»Ja?«

»Könntest du das Fluchtauto fahren?«

Erst glaubte sie, sich verhört zu haben.

»Was meinst du?«

»Ich?«

»Du.«

Sie hatte ihnen bei der Vermummung geholfen und sie zu den Tatorten gebracht. Dann hatte sie immer nach Hause fahren müssen, um zu warten, ohne weiter teilzunehmen.

Jetzt wollte Leo, dass sie mitmachte.

Sie würde wie Felix den Fluchtwagen fahren.

Sie küsste ihn.

»Ich?«

»Ja. Du. Es ist mein Ernst. Du fährst verdammt gut Auto.«

Sie kuschelte sich in seine Arme, Haut an Haut, lachte und küsste ihn.

79

Früher Morgen, es war noch dunkel, das Licht der Laternen auf dem Gehsteig vor den dreistöckigen Fünfzigerjahrehäusern in Bagarmossen. Nach drei Stunden Schlaf in Annelis Armen fühlte sich Leo wieder vollkommen ausgeruht. Er hatte mit Absicht in einiger Entfernung geparkt und ging jetzt an einigen kahlen Büschen vorbei zur Rückseite des Hauses. Er wollte nicht von Jasper entdeckt werden, denn er wusste, dass dieser aus dem Küchenfenster spähte, sobald ein Auto vor dem Haus hielt, um fliehen zu können, falls die Bullen auftauchen sollten.

Leo tippte vier Zahlen in das Schloss an der Hintertür und hoffte, dass sich der Code nicht geändert hatte. Ein leises Klicken, dann ließ sich die Tür öffnen. Er trat ins Treppenhaus und schloss sie behutsam hinter sich.

Leo wusste, dass Jasper einen detaillierten Fluchtplan besaß. Jenseits des Parkplatzes begann das Naturschutzgebiet Nacka. Irgendwo in der Nähe des Waldrandes hatte Jasper zwischen zwei Felsblöcken einen Plastikbehälter mit Kleidern, einem Messer, Bargeld und einer Beretta vergraben, die er vor drei Jahren in den USA erstanden und in Kleinteilen nach Schweden geschickt hatte. Leo würde ihm nicht erlauben, zu entwischen oder sich zu verstecken. Vermutlich war auch bei Jasper die Erinnerung an den Schlag, der ihn zu Boden gestreckt hatte, allzu frisch. Voller Hass, Enttäuschung, Verwirrung und Trauer hatte er Leo angeschaut.

Die Wände des Treppenhauses waren in einem Grün gehalten, das bei Leo Brechreiz auslöste. Vorsichtig näherte er sich der Wohnungstür und klingelte.

Von innen drangen keine Geräusche nach außen. Leo war aber davon überzeugt, dass es hinter dem Spion dunkel wurde. Er klopfte immer weiter. Schließlich ging der Briefkastenschlitz auf.

»Was willst du?«

»Reden.«

»Über was?«

»Mach die Tür auf, verdammt noch mal.«

Eine geraume Weile blieb es still. Schließlich öffnete sich die Tür, bis die Sicherheitskette ganz gespannt war.

»Streck deine Hände aus«, sagte Jasper.

Seine Augen erschienen im Türspalt. Sie blickten unsicher. Leo hielt ihm die beiden Handflächen hin. Dann rasselte die Kette, und die Tür wurde ganz geöffnet.

Jasper trug eine braune Hose mit Bügelfalte und ein beiges Hemd. Er war frisch rasiert und hatte eine neue Frisur. Es war halb sieben. Um diese Zeit sah Jasper für gewöhnlich so zerknittert aus wie ein ungemachtes Bett. Leo hatte einen gebrochenen, einsamen Menschen erwartet, keinen Jasper mit rosigen Wangen.

Aber Jaspers Unsicherheit war geblieben. Er hielt seine rechte Hand demonstrativ nach hinten gestreckt, als wollte er zeigen, dass er etwas an seinem Unterarm verbarg.

Er schien bereit zum Angriff.

Als Leo eintrat, wich Jasper zurück. Dabei achtete er darauf, einen konstanten Abstand einzuhalten. Nahe genug, um angreifen zu können, weit genug entfernt, um sich rechtzeitig wehren zu können.

»Du brauchst keine Angst vor mir zu haben.«

Jasper antwortete mit einem Kopfschütteln.

»Jasper – nimm das Scheißding hinter deinem Rücken weg.«

»Wieso? Leo, du und ich …« Jasper schluckte. »… wir wissen viel zu viel voneinander.«

»Aber deswegen brauchst du doch keine Angst vor mir zu haben.«

»Nicht? Ein Waffenlager? Neun Überfälle? Der Hauptbahnhof?«

Leo trat einen Schritt vor, und Jasper wich ebenso weit zurück.

»Vielleicht bist du ja hier … um aufzuräumen. Deine Brüder und du, ihr könntet beschlossen haben, die ganze Angelegenheit abzuwickeln. Glaubst du etwa, mir ist nicht klar … dass ich mich im Verlauf einfach in Rauch auflösen könnte wie ein Paar Stiefel?«

Als Leo noch einen Schritt machen wollte, hob Jasper den linken Arm.

»Keinen Schritt näher.«

»Du brauchst dieses Messer nicht – steck es weg.«

»Zieh deine Jacke aus.«

Leo legte seine Lederjacke ab, hielt sie hoch und kehrte sie von innen nach außen, um zu zeigen, dass nichts in den Taschen versteckt war.

»Und jetzt noch die Schuhe.«

Leo beugte sich vor, öffnete die Schnürsenkel, hielt sie hoch und stellte sie auf das Schuhregal neben ein Paar glänzende Stiefel, die neu wirkten. Kampfstiefel. Wie die alten, die Leo verbrannt hatte, nur ein neueres Modell.

»Kann ich jetzt vielleicht eine Tasse Kaffee bekommen?«

»Erst wenn du deine Hosenbeine hochkrempelst.«

Leo befolgte die Anweisung und breitete dann die Arme aus.

»Schau, nur Socken und behaarte Waden. Was ist jetzt mit dem Kaffee?«

Jasper, der sich immer noch unsicher fühlte, betrachtete ihn schweigend und schien unentschlossen, was er als Nächstes tun sollte.

»Verdammt, Jasper … wenn ich dich loswerden wollte, dann würde ich dich nicht in deiner Wohnung aufsuchen, oder?«

Eine kurze Pause. Dann nickte Jasper und zeigte, was sich hinter seinem rechten Unterarm verbarg: ein langes, scharfes Küchenmesser.

Sie gingen durch die kleine Diele in die Küche. Leo warf einen schnellen Blick ins Wohnzimmer: Der Hausaltar war verschwunden, das grüne Barett, das Foto von Jasper beim letzten Manöver der Gebirgsjäger, die Lehrbücher und das Bajonett. Alles, was ihm wichtig gewesen war, fehlte. Nur der Tisch stand noch da mit einer Vase ohne Blumen und einem Kerzenhalter ohne Kerze.

In der Küche füllte Jasper Kaffee in einen Filter, und Leo nahm Platz.

»Okay. Warum bist du hier?«

»Ich wollte nur sehen, wie es dir geht.«

»Wie es mir geht?«

Jasper lächelte geradezu höhnisch. Und da entdeckte Leo die Uniformjacke, die auf der anderen Seite des Tisches über einer Stuhllehne hing. Derselbe braune Stoff wie die Hose. Ein Abzeichen auf dem rechten Ärmel, das nur zur Hälfte zu sehen war.

»Was hast du da eigentlich an? Und was hängt da über dem Stuhl?«

Leo deutete auf die Uniformjacke. Sie stammte von Securitas, Schwedens größter Sicherheitsfirma, aber Leo konnte sich keinen Reim darauf machen, was sie auf Jaspers Küchenstuhl zu suchen hatte.

»Das ist meine.«

Leo schaute erst die Jacke, dann Jasper an.

»Deine?«

»Ja. Ich bin bei meiner vorigen Arbeit ja gefeuert worden. Du erinnerst dich?«

»Und was machst du bei Securitas?«

»Und was machst du *hier*?«

Jasper kehrte ihm den Rücken zu und machte sich an der Kaffeemaschine zu schaffen, die zischte und rumorte. Seine Unsicherheit fiel allmählich von ihm ab.

»Ich bin hier, weil ich dich brauche«, sagte Leo.

Etwas zu rasch drehte sich Jasper wieder um.

»Du brauchst mich?«

»Ja. Für den zehnten Überfall.«

Jaspers Haltung entspannte sich vollkommen. Die unterschwellige Bedrohung war verschwunden, und damit auch Feindseligkeit und Misstrauen.

Sieben Monate Sehnsucht. Und jetzt standen sie hier. Zusammen.

»Den zehnten?«

»Den zehnten.«

»Ich hatte schon befürchtet, dass du mich nie fragen würdest«, sagte Jasper mit einem breiten Grinsen.

Er goss zwei Tassen starken Kaffee ein.

»Jetzt sag schon, was machst du bei Securitas?«, fragte Leo.

»Ich schalte den Alarm ab, wenn er irgendwo losgeht, kümmere mich um eingeschlagene Fenster in Schulen und um Einbrüche in Kellerabteilen … sowas halt.«

Jasper nahm eine Milchpackung aus dem Kühlschrank und goss ein wenig in Leos Tasse.

»Im Büro wird dauernd über uns geredet«, sagte Jasper mit einem sehnsüchtigen Lächeln. »Über die Militärliga. *Was nehmen die sich wohl als Nächstes vor? Eine Bank? Oder wieder einen Geldtransporter? Ein Gelddepot?* Und ich sitze da und höre zu.«

Er sah stolz aus. Man konnte ihn sich in diesem Pausenraum vorstellen, wie er beinahe platzte, weil er niemandem etwas erzählen durfte.

»In ein paar Monaten fahre ich selbst mit einem Geldtransporter durch die Gegend. Ich habe mir überlegt, was ich wohl tun würde, wenn man mich überfallen würde.«

Er fingerte an der Uniformjacke.

»Es gibt zwei Möglichkeiten. Entweder befolge ich die Anweisungen der Täter, wenn ich den Eindruck habe, dass sie wissen, was sie tun. Oder aber ich überwältige sie – wenn sie Amateure sind. Ich könnte ein paar Räuber überwältigen, Leo, und mich in den Zeitungen als Held feiern lassen, und niemand würde ahnen, dass ich ebenso gut der Täter hätte sein können!«

»Es gibt noch eine dritte Möglichkeit.«

»Und zwar?«

»Was würdest du tun, wenn ich der Täter wäre?«

»Du?«

»Wenn ich den Geldtransporter überfallen würde?«

»Ich … ich würde mich platt hinlegen. Und deine Anweisungen genauestens befolgen.«

Ein Lachen. Aber vermutlich war es die Wahrheit.

»Aber dazu ist es noch zu früh«, fuhr Jasper fort. »Ich muss erst ihr Vertrauen gewinnen, mich hocharbeiten, ins System reinkommen. Erst dann werde ich Geldtransporter fahren.«

Leo leerte seine Tasse. Das hatte er noch nie getan, wenn er bei Jasper zu Besuch war.

»Gut. Aber erst reden wir über den zehnten Überfall. Dann planen wir die andere Aktion. Du und ich.«

Noch vor wenigen Stunden hatte er allein in seiner Waffenkammer gesessen. Jetzt hatte er eine Fahrerin und einen Komplizen, der mit ihm die Bank betreten würde.

»Und deine Brüder? Was sagen die dazu?«

»Sie haben nicht mitzureden. Sie sind nicht dabei.«

»Wir sind also nur zu zweit?«

»Nein. Einen Fahrer gibt es auch.«

»Wen?«

»Darüber sprechen wir später.«

»Nur wir drei?«

»Nein, da ist noch einer.«

80

Sie trennten sich als Freunde mit einem gemeinsamen Ziel. Erst ein kleiner Überfall vor den Feiertagen, um das nächste Jahr zu finanzieren, und dann ein viel größerer Überfall, der für die Weihnachtstage des folgenden Jahres geplant war. Das Zielobjekt sollte die Zentrale der Reichsbank sein. Die Höhe der potenziellen Beute schätzte Leo auf vierzig bis fünfzig Millionen, denn so viel wurde kurz vor Weihnachten täglich geliefert und anschließend wieder auf die Geldautomaten verteilt. Das pochende Herz des Handels würde einen Infarkt erleiden. Mit Jasper als Insider war das Unmögliche auf einmal möglich geworden. Und bei solchen Summen würde er vielleicht sogar seine Brüder davon überzeugen können, dass es sich lohnte, noch ein letztes Mal teilzunehmen.

Der größte Überfall in der schwedischen Geschichte. Und dann für immer verschwinden.

Leo hielt vor dem Tor. Letztes Mal hatte noch Laub im Garten gelegen, jetzt knirschten die gefrorenen Grashalme unter seinen Sohlen. Eiskristalle brannten auf seinen Wangen, wirbelten um ihn herum und funkelten in der Morgensonne. Er nickte dem Mann zu, der mit einer Zeitung unter dem Arm im Schnee kniete und den Zaun untersuchte.

»Hallo, Steve. Ist mein Vater drinnen?«

»Leo?«

Der Mann stand auf und nahm seine Brille ab.

»Das ist aber lange her. Du besuchst deinen Vater wirklich nicht oft.«

Steve war der Hausbesitzer, der in der etwas größeren Wohnung im Obergeschoss lebte. Sie gaben sich die Hand, und jetzt sah Leo, was Steve gerade untersucht hatte. Mehrere grüne Zaunlatten waren abgebrochen.

»Ist er im Haus?«

»Ich glaube schon. Sein Wagen steht jedenfalls da drüben.«

Derselbe gelbe Saab-Kombi wie früher, allerdings in schlechterem Zustand. Er stand an derselben Stelle wie letztes Mal, nur etwas schräger. Steve schüttelte den Kopf.

»Er ist in den Zaun gefahren.«

Steve warf einen vielsagenden Blick auf Ivans Wagen und seufzte, dann betrachtete er den Zaun und seufzte erneut. Er deutete auf die Reifenspuren im Rasen neben den zerbrochenen Zaunlatten.

»Geradewegs in den Zaun.«

»Aber jetzt ist er also zu Hause?«

»Er ist da drin, aber er reagiert nicht auf mein Klopfen.«

»Na, dann werd ich mal dafür sorgen, dass er merkt, dass ich jetzt klopfe.«

Aber Steve hörte nicht zu, denn er war damit beschäftigt, an einer der Zaunlatten zu wackeln wie ein Kind an einem losen Zahn.

»Dein Vater kann manchmal … recht schwierig sein. Aber so schlimm war es noch nie. Er schottet sich vollkommen ab. Bis vor Kurzem hat er wenigstens seine Miete pünktlich bezahlt, aber das tut er jetzt auch nicht mehr.«

Er zog etwas fester an der Latte, die sich daraufhin löste.

»Außerdem hat er sich Geld von mir geliehen.«

Leo betrachtete die verrammelten Fenster im Erdgeschoss. Wolldecken hingen wie Kriegsverdunkelung von den Gardinenstangen.

»Wann hast du ihn zuletzt gesehen?«

»Gestern, als er aus dem Spirituosenladen zurückkam. Ich wollte mit ihm reden, aber er hat mir die Tür vor der Nase zugeknallt. Er ist betrunken Auto gefahren … Ich habe wirklich versucht, mit ihm zu reden.«

»Hat er dir irgendetwas Ungewöhnliches erzählt?«

»Ungewöhnliches?«

»Irgendwas Wichtiges, was ihm zu schaffen macht. Ihr unterhaltet euch doch sonst immer?«

Steve zuckte mit den Achseln.

»Nein. Nichts. Er hat nichts gesagt. Nur eine Sache, ich zitiere ihn jetzt wörtlich, nämlich dass ich verschwinden und einen Kaktus ficken soll, sonst könnte er mir auch einen Fuchsschwanz in den Arsch rammen. Ich habe zwar einen Schlüssel, wage es aber nicht, seine Wohnung zu betreten. Du darfst mich nicht missverstehen, ich mag Ivan, auch wenn er manchmal schwierig ist und ein verdammtes Temperament hat. Weißt du, er ist clever, und man kann durchaus seinen Spaß mit ihm haben. Aber im Augenblick, Leo, ist er mir sehr fremd. Ehrlich. Ich mache mir wirklich Sorgen um ihn und fürchte mich gleichzeitig vor ihm. So war er noch nie, jedenfalls nicht mir gegenüber. Ich verstehe nicht, was los ist.«

Leo nickte. Sein Vater löste seine Probleme wie gewöhnlich, indem er trank, rumpöbelte und nicht redete.

»Ich kümmer mich drum. Wie viel ist er dir schuldig?«

Endlich entspannte sich Steve ein wenig.

»Die Miete plus die Schulden, insgesamt achttausend.«

Leo zog ein Portemonnaie aus der Gesäßtasche und nahm sechstausend in Fünfhundertern heraus.

»Die restlichen zweitausend bekommst du im Laufe der Woche, dann repariere ich auch den Zaun. Okay?«

Steve wollte gerade das Geld entgegennehmen, als Leo seine Hand wegzog.

»Außerdem bräuchte ich den Reserveschlüssel.«

Leo schloss auf. Dunkelheit. Der Gestank von Ewig-nicht-gelüftet und dazu der Geruch seines Vaters. Er machte Licht. Auf dem Fußboden zerschnittene Zeitungen. Der Tisch bedeckt mit zerknitterten Lottoscheinen, zusammengeknüllten Essensverpackungen und rohen Zwiebeln, deren Geruch den Raum dominierte, sobald sie geschält worden waren. Außerdem eine Schere, Zeitungsausschnitte, ein Klebestift und viele leere Weinflaschen. Auf der Couch lag etwas Schwarzes – ein dicker Ordner, der fast in dem schmuddeligen Lederbezug versank.

Leo nahm Platz und begann, darin zu blättern. Seitenweise Ausschnitte von Artikeln über die Militärliga. Fotos von Glasscherben, von seinem eigenen vermummten Gesicht und von den acht Einschüssen in der Trennscheibe einer Kasse.

Ein ganzes Album mit Zeitungsausschnitten.

Sein Vater war bei seiner Recherche gründlich vorgegangen. Er hatte nicht nur Mutmaßungen angestellt, sondern Bescheid gewusst. Ein Vater, der alles über seine Söhne sammelte, um es immer wieder lesen zu können. Als wäre er … stolz auf sie.

Leo bezweifelte, dass sein Vater dieses Gefühl schon einmal verspürt hatte. Dieser Umstand erfüllte ihn mit einem Unbehagen, das bis in seinen Magen drang. Er klappte den Ordner mit einem Knall zu und ging auf eine der beiden geschlossenen Türen zu.

Ivan Duvnjac lag vollkommen reglos in der Dunkelheit. Leo lief zu seinem Bett und legte ihm einen Finger auf die Lippen, bis er so etwas wie einen schwachen Atem spüren konnte. Dann legte er seine Hand über Nase und Mund. Das leise Pfeifen in der Kehle seines Vaters verwandelte sich in ein wütendes Schnarchen. Ivan stöhnte und warf seinen Arm herum wie einen auf Abwege geratenen Vorschlaghammer.

»Papa.«

Leo packte seine Schultern und schüttelte ihn vorsichtig.

»Papa!«

Sein riesiger Körper drehte sich zur Seite, aber die Augen blieben geschlossen.

»Schau mich an, Papa!«

Ivan öffnete die Augen, zumindest halb.

»Leo …?«

Er packte Leos ausgestreckten Arm und setzte sich mühsam auf, bis seine nackten Füße den Boden berührten.

»Wie zum Teufel bist du hier reingekommen?«

»Was machst du für Sachen, Papa? Mit dem Vermieter streiten, betrunken in seinen Zaun fahren und ihn auch noch bedrohen? Was, wenn er jetzt die Polizei gerufen hätte? Wenn die verdammten Bullen hier reingekommen wären? Du liegst hier wie ein gestrandetes Walross, während Steve Reserveschlüssel verteilt. Stell dir vor, sie wären hier reingekommen und hätten … zum Beispiel das hier gefunden.«

Er warf Ivan den schwarzen Ordner auf die Knie.

»Der Gedankensprung von dir zu mir ist dann nicht mehr so fern. Wenn sie diesen Ordner bei dir gefunden hätten, einem Vater von drei Söhnen, dann hätte es gleich geheißen, die überprüfen wir mal.«

Ivan betrachtete den Ordner mit den Zeitungsausschnitten und legte ihn dann behutsam aufs Bett.

»Du hättest ihnen deine eigenen Söhne ausgeliefert! Deine verdammte Sauferei hätte wieder alles verdorben!«

Er zog die Decken herunter und öffnete die Gardinen. Mehr Licht. Ivan zog den Kopf ein, als wollte er entkommen.

»Schau mich an, Papa, und hör zu. Ich will dir einen Job anbieten.«

»Ich habe schon einen Job.«

»Unsinn. Ich habe Steve da draußen gerade sechstausend Kronen in die Hand gedrückt. Er sagt, du schuldest ihm noch mehr.«

Leo wartete, bis die müden Augen nicht mehr blinzelten und das Tageslicht akzeptierten.

»Ein Jobangebot. Weil ein Mann fehlt.«

Ivan erhob sich mit immer noch zusammengekniffenen Augen, bevor er das Zimmer auf unsicheren Beinen verließ.

»Du bist also zu feige. Du hast nicht das Zeug dazu.«

Leo folgte ihm.

»Du musst dich mit Wein abfüllen, um einen Molotowcocktail auf Omas Haus zu werfen.«

»Kann schon sein, aber ein Verräter bin ich noch lange nicht.«

»Ich habe dich nicht verraten.«

»Du ...«

»Ich war zehn Jahre alt. Und deine ... alte Masche funktioniert nicht mehr. Also, reiß dich zusammen.«

Zeitungsstapel auf dem Boden. Essensreste auf dem Tisch.

Das Bild eines Vaters.

Ivan fuhr sich mit der Hand durch sein wirres Haar und betrachtete seinen Sohn.

»Wenn du so weitermachst, Leo, werden sie dich jagen wie ein Tier. Sie lassen dich nicht ewig so weitermachen! Es gibt Bullen, die nur in ihren Streifenwagen herumsitzen, es gibt aber auch andere, die mit denselben Waffen kämpfen wie du. Sie warten nur darauf, dass du einen Fehler machst, und dann ... dann knallen sie dich ab. Du kannst sie nicht besiegen, das ist einfach unmöglich.«

»Ich mache auch ohne dich weiter.«

Sein Vater setzte sich auf sein verschlissenes Sofa und wirkte fast klein.

»Du brauchst mich also?«

»Machst du mit?«

»Brauchst du mich oder nicht?«

»*Wir* brauchen dich.«

Wir brauchen dich. Leo hatte es ausgesprochen. Seine drei Söhne brauchten ihn.

»Dann mache ich mit.«

Leo nickte und zog dann die dicke Decke herunter, die vor dem Küchenfenster hing. Staub tanzte in dem grellen Licht.

»Und noch eins: Von jetzt an keinen Tropfen mehr.«

81

Er konnte sich nicht erinnern, wann er zuletzt Weihnachtsgeschenke eingepackt hatte. Dafür war Britt-Marie zuständig gewesen. Sie hatte das Einpacken der Geschenke immer spätabends erledigt, wenn ihre drei erwartungsvollen Söhne endlich schliefen.

Ivan wog das große, in rot glänzendes Papier eingepackte Geschenk in der Hand. Wie er es bei Britt-Marie gesehen hatte, zog er das goldfarbene Geschenkband über eine Scherenklinge, um die Kräuselung anschließend zu einer Rhododendronblüte zu formen. Doch sosehr er sich auch bemühte, wollte es ihm nicht recht gelingen. Das Resultat war und blieb ein stachliges Gestrüpp.

Er drückte den Aufkleber mit dem Weihnachtsmotiv neben das gekräuselte Band und nahm einen blauen Kugelschreiber zur Hand, die Schrift wollte jedoch nicht auf dem Papier haften. Also schnappte er sich einen schwarzen Filzstift, der besser funktionierte.

»Fröhliche Weihnachten wünscht Ivan«, schrieb er.

Dann trug er das Paket vom Küchentisch in die Diele und legte es zu den anderen neben die Haustür.

Ein leeres Paket neben anderen leeren Paketen.

Eigentlich wollte er zurückgehen und den nächsten Karton einpacken, doch er musste innehalten, weil er wieder zitterte. Ein Zittern, das durch seine trockene Haut drang. Er wartete ab, bis es sich ein wenig gelegt hatte, damit die anderen nichts merkten.

Am Abend würde es noch schlimmer werden und am nächsten Morgen erst recht. Der Alkohol war wie ein Untermieter, der sich in seinem Körper eingenistet hatte und sich auf gar keinen Fall vertreiben lassen wollte. Am Morgen, als er in seinem Badezimmer stand und sich mit der Hand über die frisch rasierte Wange fuhr, hatte er weniger gezittert. Seine Augen hatten so wässrig und klein gewirkt, als wollten sie sich verstecken, um nicht das krause, an den Seiten schon ergraute Haar und die Nase sehen zu müssen, die seit seiner Übersiedlung nach Schweden noch größer geworden war.

Ein unablässiges Stechen quälte ihn, im Magen und dort, wo er seine Leber und die Nieren vermutete. Jeden Tag und jede Nacht hatte er Wein getrunken, er wusste gar nicht mehr, wie lange das schon so ging, aber er zweifelte nicht daran, dass es mindestens drei Tage dauern würde, bis sich der Zustand seiner Nerven wieder halbwegs normalisiert hatte. Mit diesen verdammten Stichen konnte er leben. Aber eine Bank auszurauben, während das Gift seinen Körper verließ und seine Nerven sich dabei einen Weg durch die trockene Haut bahnten – davor fürchtete er sich.

Es gab einen Ausweg. Trinken. Keine großen Mengen, nur gerade so viel, dass sich der innere Dämon etwas langsamer verabschiedete und dabei etwas weniger Lärm verursachte. Und um die Panik zu betäuben. Ein Glas Wein alle zwei Stunden würde niemandem auffallen.

Aber er hatte seinem ältesten Sohn versprochen, keinen Tropfen zu trinken. Also hatte er das Badezimmer verlassen, ohne einen Zwischenstopp bei der halb vollen Flasche in der Küche einzulegen, und war direkt ins Schlafzimmer gegangen, wo er zwei Jeans, zwei neue Unterhosen, zwei Paar Socken, zwei Hemden und einen hellgrauen Anzug in einen ramponierten braunen Lederkoffer gepackt hatte. Er wusste nicht recht, ob er bei Leo bleiben und dort Weihnachten feiern durfte. Vielleicht würden sie ja auch bei ihm feiern. Ivan, Leo, Felix und Vincent. Erst zusammen eine Bank ausrauben, dann Weihnachten feiern.

Er streckte die Hände aus, um zu prüfen, ob sie noch zitterten, und schob das leere Paket zurecht, das zuoberst auf den anderen lag. Dann kehrte er wieder zum Küchentisch mit dem Geschenkpapier, dem Geschenkband, dem Tesafilm und den Aufklebern zurück.

»Rate mal, für wen das hier ist?«, fragte Leo, der Anneli gegenübersaß. Auch sie hatten Pakete vor sich liegen.

»Frohe Weihnachten, Papa…«, las er laut vor, während er schrieb, »… wünscht Dir Dein Sohn Leo.«

Dieses leere Paket war wesentlich kleiner als jene, die Ivan bereits in die Diele getragen hatte. Leo schob es mit den übrigen Paketen auf dem Tisch in einen Jutesack.

»Eine glückliche Familie, Papa«, sagte Leo, »die Dinge unternimmt, die glückliche Familien nun einmal unternehmen. Geschenke einpacken und mit den Verwandten Weihnachten feiern. Das überrascht dich, nicht wahr?«

Ivans Hände zitterten, was aber niemandem auffiel. Er griff nach einem Glas mit kaltem Wasser und trank, ohne etwas zu verschütten. Am Tisch standen zwei leere Stühle. Noch waren nicht alle eingetroffen.

Er hatte seine Erdgeschosswohnung in Ösmo verlassen, war zu diesem Haus in Tumba gefahren und hatte an die mit bimmelnden Glöckchen dekorierte Tür geklopft. Leo hatte geöffnet, und Ivan hatte seinen Koffer in die Diele gestellt und seinen schwarzen Mantel aufgehängt. Leo hatte ihm als eine Art Willkommensgeste eine Hand auf die Schulter gelegt. Einen Moment lang hatte Ivan erwogen, seinen Sohn zu umarmen, es dann aber unterlassen. Eine Frau kam auf ihn zu, die gerade ein Weihnachtslied mitsummte, das aus Lautsprechern an der Wand drang. Ivan hatte gar nicht gewusst, dass sein Ältester mit jemandem zusammenlebte. Er reichte ihr die Hand, und Anneli hieß ihn herzlich willkommen. Sie zeigte ihm das weihnachtlich geschmückte Haus, und erst beim Betreten des Gästezimmers wurde ihm klar, dass sie mit von der Partie sein würde. Leo erwartete sie vor dem Bettsofa und führte ihm dann zusammen mit Anneli die Geheimkammer unter dem Fußboden vor. Er durfte zu den Waffen hinunterklettern, die er bislang nur aus dem Fernsehen kannte. Besonders beeindruckte ihn der geniale Entwurf des Verstecks. Einen Moment lang war die Stimmung geradezu unbeschwert. Vater und Sohn – wieder vereint. Beinahe hätte er die Frage gestellt, die ihm auf der Zunge lag: *Wann kommen eigentlich Felix und Vincent?*

Nach Einbruch der Dunkelheit hatten sie mit dem Einpacken der Kartons begonnen, während das Scheinwerferlicht des Berufsverkehrs vorbeigehuscht war. Inzwischen unterbrach nur noch gelegentlich ein Auto die Stille.

Sie räumten den Tisch frei, dann zog Leo die Rollos herunter und breitete eine große Landkarte aus. Ivan versuchte sie zu deuten, um herauszufinden, wo sie morgen zuschlagen würden. Ein Ort in der Mitte hieß Heby, ein weiterer Sala. Kleinstädte, deren Namen er zwar schon gehört, die er aber nie besucht hatte. Sie lagen etwa hundertzwanzig Kilometer nordwestlich von Stockholm.

Es klopfte an der Haustür.

Plötzlich merkte Ivan, dass er angespannt war und kaum noch atmen konnte. Sein Herz begann zu rasen, als hätte er sich nach all den Jahren eines Besseren besonnen und wollte seine Söhne jetzt doch nicht sehen.

Während Leo ihnen entgegenging, hörte Ivan die Türklinke und das leise Klingeln der Glöckchen, genau wie bei seinem Eintreffen vor einigen Stunden. Es folgten Lachen und Schulterklopfen.

Sie umarmen sich. Meine Söhne.

O Gott, jetzt brauch ich wirklich was zu trinken.

Die Stimme eines etwa Zwanzigjährigen, etwas heller als erwartet. Ivan spitzte die Ohren. Felix? Oder Vincent, der ja schon ziemlich groß sein musste?

Er ging in die Diele. War das wirklich Felix? Der hatte doch dunklere Haare und sah ihm selbst ähnlich. Dieser Typ ähnelte aber auch nicht Vincent, von dem er annahm, dass er ihn trotz allem wiedererkennen würde.

»Hallo. Ich bin Jasper.«

Nicht einmal die Hände stimmten. Die seiner Jungs waren kräftiger. Diese hier waren zarter, und Jaspers Rechte verschwand ganz in seiner.

»Ivan.«

»Ich weiß. Ich bin in Skogås aufgewachsen und war oft bei euch zu Hause, erinnerst du dich nicht?«

Ivan schüttelte den Kopf.

»Aber ich erinnere mich an dich. Du hast einem Mann in der Pizzeria die Haare abgeschnitten und dann alle Anwesenden nacheinander verprügelt.«

Der junge Mann ging in die Küche. Es war ihm anzumerken, dass er nicht zum ersten Mal hier war. Gut gelaunt sagte Jasper: »Hallo, Anneli, guck mal, wer da ist!« Diese antwortete pflichtschuldigst mit einem etwas gekünstelten Lachen.

Ivan blieb in der Diele stehen, die er noch nicht verlassen wollte. Vielleicht kam ja doch noch jemand? Er warf einen Blick auf die Tür, dann schaute er aus dem schmalen Fenster. Nein. Sonst kam niemand.

»Der macht also auch mit?«

»Jasper war von Anfang an dabei.«

Die Landkarte lag noch auf dem Küchentisch. Leo zog zwei Zehnkronenmünzen aus der Tasche und legte sie an die Stelle, wo ein Ort namens Heby eingezeichnet war.

»Hier ist die Bank. Und hier, etwa zwei Kilometer entfernt, liegt die Polizeiwache, die aber nur die halbe Woche von einem oder zwei Bullen besetzt ist. Am Tag vor Heiligabend machen sie etwa zu diesem Zeitpunkt Feierabend.«

Leo tippte eine der Münzen auf der Karte an.

»Papa? Kannst du folgen? Du stehst hier, vor der Bank, gut sichtbar. Jeder, der näher kommt, soll wissen, dass wir bewaffnet sind.«

Er schob die goldene Münze, die die Polizeiwache repräsentierte, Richtung Bank.

»Bullen sollten eigentlich keine auftauchen. Aber wenn doch, dann ist es deine Aufgabe, Papa, sie auf andere Gedanken zu bringen. Ein Schuss in die Luft. Und wenn das nicht genügt, ein Schuss über ihre Köpfe. Und wenn das immer noch nicht reicht, dann feuerst du beliebig viele Schüsse auf die Kühlerhaube des Streifenwagens ab. Und wenn sie dann immer noch nicht kehrtmachen, dann musst du dich und Anneli verteidigen, die währenddessen im Auto sitzt. Papa, schau mich an! Wenn du schießen musst, dann ziel auf den Körper.«

Zu den beiden Münzen gesellte sich jetzt eine etwas größere

Fünfkronenmünze, die Leo zwei Kilometer nördlich der anderen beiden neben einer Straße platzierte, die sich durch ein grün schraffiertes Waldgebiet zog.

»Wir verlassen die Bank und fahren mit dem ersten Fluchtfahrzeug hierher.«

Ivan betrachtete die Karte und Leos Hände, die die Münzen hin- und herschoben. Aber er hörte nicht zu. Zwei freie Stühle. Sie waren nicht gekommen.

»Hörst du mir auch zu, Papa? Wir decken das erste Fahrzeug mit Zweigen zu und gehen dann durch den Wald … von hier … zweihundert Meter … nach hier. Dort steht das zweite Fluchtfahrzeug auf einem Parkplatz, in dem die Weihnachtsgeschenke und das Weihnachtsessen liegen. Wir tauschen also ein gestohlenes Auto gegen ein gemietetes. Bevor wir dort einsteigen, ziehen wir unsere Festtagskleider an und mimen die glückliche Familie, die nach Hause fährt, um Weihnachten zu feiern.«

»Nur wir? Wir … vier?«

»Es ist nur eine Bank. Mehr Leute brauchen wir nicht.«

»Felix? Und Vincent? Wo sind die?«

Mehrmals schaute er zwischen den leeren Stühlen und Leo hin und her. Dieser schwieg. Dann warf er Jasper und Anneli einen fragenden Blick zu. Niemand antwortete.

»Schau her, Papa.«

Aus einer Tasche auf dem Fußboden nahm er das in ein Badelaken gewickelte Gewehr. Während seines dreißig Jahre zurückliegenden Militärdienstes hatte Ivan andere Waffen verwendet, aber das Prinzip war noch dasselbe. Leo zerlegte das Gewehr in vier Teile.

»Der Kolben, der Lauf und hier, Papa, der Verschluss und darin der Schlagbolzen. Man dreht ihn eine Viertelumdrehung und zieht ihn heraus. Jetzt bist du dran. Setz es wieder zusammen, und dann schauen wir uns an, wie man es handhabt.«

Vier Teile vor ihm auf dem Tisch. Ivan wollte sie weder anfassen noch zusammensetzen. Denn dann würden sie sich in eine tödliche Waffe verwandeln. Er hatte gewusst, womit sich seine Söhne beschäftigten, ohne sich eingehender damit auseinanderzusetzen. Er selbst war doch immer derjenige, der andere Menschen verletzte.

»Papa? Du musst das selbst im Schlaf beherrschen. Genau wie damals, als du mir beigebracht hast, mit dem ganzen Körper zuzuschlagen, erinnerst du dich?«

Ivan klammerte sich mit den Händen an seiner Jeans fest. Wenn er losließ, würden alle sehen, dass sie zitterten. Er betrachtete die Einzelteile des Gewehrs, ergriff nach einer Weile den Verschluss, schob ihn zurück und drehte, ohne dass es einrastete. Dabei spürte er, wie ihn alle am Tisch beobachteten. Er schob das Metallteil noch einmal in die Halterung und drehte es wie angewiesen. Er suchte nach einer Befestigungsmöglichkeit, und plötzlich befielen ihn Zweifel. Nicht die Zweifel der anderen, sondern innere Zweifel, die ihn aufforderten, die Waffe fallen zu lassen und sich diesem Irrsinn zu entziehen.

»Papa, ein Waffenteil nach dem anderen«, sagte Leo und legte seine Hand auf Ivans Hand. So hatten sie sich schon seit Ewigkeiten nicht mehr berührt.

Ivan drehte. Ein Mal. Zwei Mal. Ein drittes Mal … Es rastete ein! Seine Hände zitterten zwar, aber er konnte es einigermaßen verbergen.

»Gut. Jetzt der Rest.«

Der Lauf. Der Kolben. Der Verschluss. Ein Teil nach dem anderen, bis die Waffe komplett war.

»Hör mir gut zu, Papa, denn jetzt kommt etwas Wichtiges. Morgen musst du diese Handgriffe ganz allein beherrschen. Ich will nicht, dass du versehentlich abdrückst und jemanden triffst.«

Leo nahm Ivan die Waffe aus der Hand.

»Das ist die Sicherung, die immer auf S stehen muss – bis die Bullen kommen. Dann legst du den Hebel nämlich auf P wie Punktfeuer um, nicht auf A, denn das bedeutet Automatik mit zwanzig Schuss in zwei Sekunden. Und wo die einschlagen, hat man nicht im Griff.«

Jasper hatte ein wenig abseits gestanden. Jetzt trat er vor, packte das Gewehr, nahm zwischen Küchentisch und Herd die Schussstellung ein und zielte auf das herabgelassene Rollo.

»Hör zu, Ivan. Sieh mich an. Du zielst und atmest aus, während du abdrückst. Achte darauf, dass du dein ganzes Gewicht gegen den Kolben stemmst, um den Rückstoß abzufangen. Schließlich wollen wir nicht, dass du Schulterschmerzen kriegst.«

Jasper sicherte das Gewehr und neigte den Kopf zur Seite.

»Kannst du das? Zeig es mir.«

Auf Ivans Knien lag eine automatische Waffe, weil irgendein Rotzbengel, der statt seiner beiden jüngeren Söhne hier war, sie dorthin gelegt hatte. Und jetzt wagte er es auch noch, ihm Befehle zu erteilen, damit er sich wie ein Idiot hinstellte und zielen übte.

»Wie heißt du noch gleich?«

»Jasper, und ich ...«

»Hast du gesehen, wie ich damals in der Pizzeria einen anderen Versager verprügelt habe, der zu viel gequatscht hat?«

»Ja, ich habe vor dem Fenster gestanden, als du ...«

»Auch dieser Typ wollte mir erzählen, was ich zu tun und zu lassen hätte.«

Schon als Jasper mit seinen Erklärungen begann, hatte Leo geahnt, wie sein Vater reagieren würde. Aber er war sich nicht ganz sicher, ob Ivan wirklich begriffen hatte, was sie am nächsten Tag erwartete.

»Papa?«

»Ja?«

»Zieh deinen Mantel an. Ich will, dass du mitkommst.«

»Wohin?«

»Wir klauen ein Auto.«

Ivan stand wieder in der Diele bei den Geschenken. Er war sich nicht sicher, was ihn am meisten irritierte. Seine Nervosität, die ihn von innen her schüttelte, oder die nicht enden wollende Weihnachtsmusik.

Er hatte bereits eine Minute in seinem ungefütterten Mantel und den zu dünnen Schuhen gewartet, als Anneli ihm zuwinkte.

»Könntest du kurz raufkommen?«, rief sie.

Anneli stand auf einer Trittleiter vor dem Weihnachtsbaum im Wohnzimmer. In der Hand hielt sie eine Lichterkette, die sie vorsichtig in den Zweigen befestigte.

»Ich habe schon die Schuhe an.«

»Macht nichts.«

Ivan stellte sich neben Anneli, die den Baum mit kritischem Blick musterte. Ganz offensichtlich sahen sie verschiedene Dinge. Anneli wirkte zufrieden, summte wieder und begann, die Silberkugeln neu zu arrangieren. Ivan hingegen sah nur einen armen Baum, den man aus seiner natürlichen Umgebung gerissen hatte.

»Die hier sind echt«, sagte sie und zeigte auf ein paar Geschenke, die unter dem Christbaum lagen. »Die meisten sind für Sebastian. Das ist mein Sohn. Er kommt an Heiligabend und feiert mit uns.«

Der Christbaumstern lag auf der Fensterbank. Sie reichte ihn Ivan.

»Ich komme da nicht hoch, schaffst du das?«

Die Weihnachtslieder lösten bei ihm Brechreiz aus. Er nahm den Stern und befestigte ihn an der Spitze des Christbaums.

»Perfekt. Wunderbar!«

Der fertig geschmückte Baum schien sie glücklich zu machen. Ivan fand ihn einfach nur überladen.

»Danke, Ivan. Könntest du mir jetzt noch mit den Geschenken helfen?«, fragte sie und deutete auf die Säcke mit den leeren Paketen.

Er trug die beiden leichten Jutesäcke zum Mietwagen, und Anneli öffnete den Kofferraum.

»Die Hälfte sollte hier liegen. Wenn jemand den Kofferraum öffnet, fällt der Blick als Erstes auf die Geschenke. Es wird etwa drei Uhr nachmittags sein und gerade noch hell. Wenn sie hier liegen, auf dem Rücksitz und auf der Hutablage, dann sieht man sie von oben. Das war meine Idee.«

Dieser Umstand schien sie mit ebenso viel Stolz zu erfüllen wie der Christbaum. Fröstelnd wartete er ab, während sie sich überlegte, ob ein grünes oder ein blaues Paket besser zu dem goldenen passte. Sie legte sie vom Rücksitz auf die Hutablage und von der Hutablage in den Kofferraum.

»Was soll das?«, fragte Ivan.

»Es soll hübsch aussehen.«

»Es *sieht* hübsch aus.«

Leo erschien mit einer Tasche über der Schulter.

»Wir nehmen deinen Wagen, Papa, und lassen ihn stehen, wenn wir einen anderen gefunden haben.«

Ivan folgte Leo durch das Tor zu seinem Wagen, der zur Hälfte mit Werkzeug und Pinseln gefüllt war.

»Dieser Jasper …«, begann Ivan.

»Ja?«

»Was ist das eigentlich für ein Typ?«

»Einer meiner ältesten Freunde. Hast du ihn nicht erkannt?«

Ivan zog die Autoschlüssel aus der Innentasche seines schwarzen Mantels.

»Vertraust du ihm?«

»Wie bitte?«

»Vertraust du diesem Möchtegernsoldaten?«

Er öffnete den Wagen, sie stiegen ein, und er schob den Schlüssel ins Zündschloss.

»Hör zu. Jasper gehört zu den Leuten, die nie zögern«, sagte Leo. »Er tut, was ich ihm sage. Sollte morgen etwas Unerwartetes geschehen, sollten sie uns anhalten, uns zu nahe kommen … dann wird er nicht klein beigeben.«

Anneli stand am Küchenfenster und betrachtete Leos und Ivans Rücken. Vergeblich wartete sie darauf, dass Leo sich umdrehen und dass sich ihre Blicke wie gewohnt kreuzen würden. Kurz vor einem Überfall zog er sich stets in eine Welt zurück, die er mit niemandem teilte. Dieses Mal bot sich ihr allerdings ein neuer Anblick: der eines Vaters und seines Sohnes. Sie hatte sie noch nie zusammen erlebt, und wie sie so Schulter an Schulter nebeneinander hergingen, war die Nähe zwischen ihnen deutlich zu erkennen, die den Betroffenen selbst sicher nicht bewusst war.

Im Wohnzimmer war es zu dunkel. Anneli schaltete die Christbaumbeleuchtung an. Dann kniete sie sich vor den Baum und schob zwei der Pakete unter dem größten Ast zurecht, während sie sich fragte, ob Sebastian sich wohl freuen würde. Beim Auspacken seiner Geschenke wirkte er immer so konzentriert, so erwartungsvoll. Es war lange her, dass sie zusammen Weihnachten gefeiert hatten. Aber dieses Jahr würde sie ihn abholen, nachdem sie das Fluchtauto und das Geld versteckt hatten. Vielleicht blieb sogar noch Zeit, um einen Schinken in den Ofen zu schieben und den Hering in Essig und Limettensaft mit frischem Koriander und Petersilie einzulegen. Sie würden Weihnachten wie eine ganz normale Familie feiern, nur Leo, Sebastian und sie.

Anneli hatte ihrem Sohn eine Hupe für sein Fahrrad und einen flammenverzierten Eishockeyhelm gekauft. Genau so einen hatte er sich gewünscht. Sie packte die letzten beiden Geschenke auf dem niedrigen Couchtisch ein.

»Und was wünschst du dir zu Weihnachten?«

Jasper. Sie hatte ihn nicht gehört. Er schlich sich gerne an.

»Wieso?«

»Ich dachte nur … Ich würde es noch zu Åhléns schaffen. So kurz vor Weihnachten haben die Warenhäuser sicher bis neun auf. Ich kann schließlich nicht mit euch feiern, ohne euch was zu schenken.«

»Was hast du gesagt?«

»Wenn ich schon hier bin, dann will ich euch …«

»Du bist aber nicht hier. Wir rauben zusammen eine Bank aus. Dann feiert jeder für sich Weihnachten.«

»Leo hat mich gefragt, und ich habe zugesagt. Also feiern wir. Die Familie wächst.«

Er saß in Felix' Sessel und wippte ein wenig darin, genau wie Felix.

»Nein. Du feierst nicht hier.«

»Ich dachte, das wäre so etwas wie ein Neuanfang?«

»Hast du mich nicht gehört? Du wirst *nicht* mit uns feiern.«

»Wenn ich mich nicht irre, können wir über eine Million erbeuten. Und danach … machen wir einfach weiter.«

Sie antwortete nicht.

»Anneli, was hältst du davon?«

Sie sah ihn nicht an, sondern konzentrierte sich darauf, das Geschenk zuzukleben. Das Resultat war ein wenig schief.

»Was ich davon halte? Dass du nicht das Geringste kapiert hast. Dass du nicht mit uns feiern wirst, weil du nicht zur Familie gehörst. Dass du … dass du einfach nicht begreifst, dass du bloß ein simpler Fußsoldat bist! Ein Hund, der einem Stöckchen hinterherläuft, das ihm sein Herrchen zuwirft.«

Sie nahm das Geschenkpapier wieder ab und fing von vorn an.

»Begreifst du denn nicht, dass du nicht sein Bruder bist? Du sitzt zwar auf Felix' Platz, aber du bist deswegen noch lange nicht sein Bruder!«

Herausfordernd sah sie den Mann an, von dem sie wusste, dass er Menschen verletzte, um seinen Willen durchzusetzen. Aber Jasper wippte einfach nur weiter.

»Anneli, ich kenne Leo schon viel länger als du. Er wird nie zulassen, dass ihm jemand wie du in die Quere kommt. Leo hat seine Brüder. Das weißt du ganz genau.«

Er trommelte sich mit den Fäusten ein paarmal auf die Brust.

»Leo hat seine Brüder.«

Dann stand er auf und ging Richtung Treppe. Auf halbem Weg hielt er inne.

»Stimmt, ich bin Soldat. Ein verdammt guter sogar. Ein guter Soldat weiß immer, was zu tun ist. Ich weiß also durchaus, was ich morgen zu tun habe. Und wie sieht es bei dir aus?«

Er salutierte.

»*Ich* bin nicht das schwache Glied in der Kette«, fuhr er fort. »Du fährst das Fluchtauto. Aber wie viele Banken hast du bisher ausgeraubt? Und wenn uns die Bullen anhalten, und du musst das Fenster runterkurbeln, um zu fragen: ›Muss ich etwa blasen?‹ Wenn du in der Situation am Steuer sitzt … na dann, gute Nacht!«

Nach diesen Worten ging er die Treppe hinunter zur Waffenkammer, die Leo ihm anvertraut hatte.

Jasper wischte eine Patrone nach der anderen ab und schob sie ins Magazin, das er ebenfalls abwischte. Vor ihm lagen sechzehn Magazine ohne Fingerabdrücke. Er selbst hatte immer acht dabei, Leo wollte sechs, und Ivan würde zwei bekommen.

Der Gedanke an den nächsten Überfall, den großen, der ihnen fünfzig Millionen einbringen würde, beruhigte ihn ein wenig. Aber der Ärger war geblieben. *Ein simpler Fußsoldat*. Anneli hatte keine Ahnung, was sie alles vorhatten! *Nicht sein Bruder*. Sie war eine tickende Zeitbombe, das spürte er ganz deutlich. Am liebsten hätte er Leo gewarnt, doch das ging nicht, denn es könnte falsch ankommen. Am liebsten hätte er ihr einen Gewehrlauf an die Stirn gedrückt und ihr verklickert, dass sie auf immer verschwinden werde, sobald sie nur das Geringste ausplauderte. Aber diesen Fehler würde er nicht noch einmal begehen, nicht nach der Sache mit Vincent. Wer nichts lernen will, dem kann man nichts beibringen. Aber er hatte recht behalten. Darum saß er jetzt auch hier und wischte anstelle von Vincent die Fingerabdrücke ab. Vermutlich würde er auch recht behalten, was Anneli betraf.

Er schaute auf die Uhr. Bald würden sie sich melden.

Reihenweise automatische Waffen und der noch unbenutzte Inhalt einer graugrünen Holzkiste auf dem obersten Regal. Er klappte den Deckel auf. Handgranaten. Sie hatten sie während des letzten Manövers entwendet. Morgen würde er drei davon mitnehmen. Nur zur Sicherheit. Leo brauchte nichts davon zu erfahren.

Schweigend fuhren Leo und Ivan in einem Ford Scorpio, den sie auf einem menschenleeren Parkplatz in Södertälje gestohlen hatten, durch die Winternacht. Sie passierten Strängnäs und bogen auf die Landstraße ab.

»Bist du dir sicher, dass du es schaffst?«, fragte Leo und sah zu seinem Vater hinüber.

»Was denn?«

»Nichts zu trinken.«

Leo hätte gerne wieder die grenzenlose Kraft seines Vaters erlebt, mit der er aufgewachsen war. Er kannte diesen Mann neben sich nicht mehr so gut, konnte sein Verhalten nicht mehr so mühelos deuten wie früher. Leo musste herausfinden, ob es den Mann noch gab, der ihm damals beigebracht hatte, bei seinen Schlägen vollen Körpereinsatz zu zeigen.

»Wenn die Bullen kommen, dann bist du der Erste, der ihnen gegenübersteht. Schaffst du das?«

»Ich schieße, wenn es sein muss.«

»Zielen und schießen?«

»Ich werde doch wohl noch wissen, wie ein Gewehr funktioniert, verdammt!«

Schweigend fuhren sie durch die alte schwedische Kulturlandschaft, die an jeder Kreuzung mit Runensteinen und Gräbern aus der Bronzezeit aufwartete. Vorbei an der Abzweigung zur Insel Arnö, auf der sie einige Sommer lang ein Ferienhaus gemietet hatten – damals, als sie noch eine Familie waren. Dann ging es über eine Brücke, in einen Kreisverkehr und ein Stück auf der E 18. Die letzten Kilometer fuhren sie wieder auf der Landstraße. Sein Vater hatte seine Stimme erhoben, ein gutes Zeichen, aber nicht ausreichend. Er musste noch ein wenig nachhaken.

»Ich muss heute Abend also keine Flaschen verstecken.«

Leo sah, wie Ivan die Hände zu Fäusten ballte.

»Verdammt, Leo, willst du mich etwa herumkommandieren? Ist das deine Absicht? Wie ein richtiger Anführer?«

»Du hast nicht geantwortet, Papa. Die Flaschen! Antworte mir. Hast du vor, dich zu betrinken?«

»Wenn du so ein toller Anführer bist, wo zum Teufel sind dann deine Brüder?«

Auf diese Art der Aggressivität hatte er gehofft. Sie steckte noch in ihm und kam instinktiv zum Vorschein. Wichtig war, dass sein Vater sie kontrollieren und zielgerichtet einsetzen konnte.

»Machst du deswegen mit? Weil du geglaubt hast, dass wir das Ding wie eine große Familie zusammen drehen? Kapierst du denn nicht, dass ich niemals jemanden wie dich anheuern würde, wenn Felix und Vincent dabei wären?«

Die Augen, die sich eben noch hinter düsteren Gedanken versteckt hatten, blickten plötzlich klar und schwarz. Ein Blick, der sich jederzeit in Gewalt verwandeln konnte. Ivans Hände zitterten nicht mehr.

»Und warum sind sie nicht hier? Bei ihrem Anführer?«

»Weil sie keine Lust haben. Ganz einfach, Papa.«

»Habt ihr euch zerstritten? Meine Söhne? Ich habe euch doch beigebracht, dass ihr zusammenhalten müsst.«

Es steckte immer noch in ihm, und er war fähig, es zu kontrollieren. Und wenn er sich selbst im Griff hatte, wurde auch Leo mit ihm fertig.

»Sie haben einfach keine Lust. Und wenn Leute absolut nicht wollen, dann ist es sinnlos, sie zu zwingen. Das habe ich vor langer Zeit gelernt, und ich zwinge auch dich nicht. Wenn du dir diesen Überfall nicht zutraust, Papa, dann sag es mir jetzt.«

Die letzte Abfahrt. Die Straße wurde schmaler, und die Kurven begrenzten die Sicht. Ackerland ging in formlose Dunkelheit über.

»Du willst die Sache also wirklich durchziehen, Leo?«

Vor ihnen tauchten die ersten Lichter der kleinen Einfamilienhäuser und vereinzelten Mietblocks auf, die die Ortschaft Heby ausmachten.

»Ich meine, mit diesen Leuten? Dem Möchtegernsoldaten? Einem Irren, der der Meinung ist, dass wir Russland angreifen sollten? Und mit einer Frau, die sich den Kopf über die richtige Anordnung der leeren Weihnachtspäckchen zerbricht? Kann sie überhaupt Auto fahren? Hör zu, Leo. Hast du dir das gründlich überlegt?«

»Ich habe alles genauestens durchdacht. Das einzige Risiko bist du.«

»Das ist Irrsinn, Leo.«

»Neun Banküberfälle. Ich weiß verdammt gut, was ich tue.«

Jetzt hatte Ivan es begriffen. Er hatte immer das Sagen gehabt. Aber in diesem verdammten Auto, das nicht einmal ihnen gehörte und in dem der eisige Wind durch das offene Seitenfenster pfiff, hatte sein ältester Sohn das letzte Wort.

Heby war noch kleiner als der Ort, in dem er wohnte. Um diese Tageszeit war es so gut wie ausgestorben – mit Ausnahme eines Pizza- und Kebabrestaurants und eines Videoverleihs. Dort lag sie – in einem verputzten niedrigen Gebäude zwischen einem Tabakladen und einem Zahnarzt. Die Bank.

»Hier wirst du morgen stehen, neben den braunen Holzlamellen, die den Eingang flankieren«, sagte Leo.

Langsam fuhren sie vorbei.

»Oder hältst du das für Irrsinn?«

Dann waren sie auch schon am Ortsende angelangt. Heby bestand eigentlich nur aus einer Straße und einer hübschen weißen Kirche auf einem Hügel.

Einige Kilometer nördlich gelangten sie in einen dichten Wald, dann machte die Landstraße einen Knick, und weiter ging es zwei Kilometer in westlicher Richtung. Leo verlangsamte und bog zwischen zwei großen Scheunen und einem Traktor auf eine unbefestigte Straße ein. Hier würden sie auch morgen halten – inmitten dichter Vegetation. Leo stieg aus, ging in den Wald und kehrte mit einem vorbereiteten Reisigbündel zurück. Rasch deckten sie den Wagen mit Ästen und Zweigen zu und traten dann den Rückweg durch den dunklen Wald an.

»Morgen nehmen wir denselben Weg. Nach etwa zweihundert Metern erreichen wir den nächsten Wagen.«

Hoch über den Bäumen machten vereinzelte Sterne um einen leuchtenden Halbmond gruppiert die einzige Lichtquelle aus. Leo versuchte seinen Vater anzusehen, hörte aber nur dessen schwere Atemzüge, wenn sich sein untrainierter Körper unter die unnachgiebigen Äste duckte.

»Papa. Sprich es aus.«

»Was?«

Sie blieben nur eine Armlänge voneinander entfernt in der schwarzen Nacht stehen.

»Damit ich die Planung ändern kann. Sag es jetzt. Hier. Unter vier Augen. Sag, dass du es nicht schaffst. Ich kann damit umgehen, will es aber jetzt wissen und nicht erst morgen beim Frühstück.«

Ehe Ivan antworten konnte, hörten sie Reifen, die sich auf dem Kies näherten. Scheinwerferlicht blitzte zwischen den Baumstämmen auf. Es war der Mietwagen, der vor dem Haus in Tumba gestanden hatte und in dem die bunt verpackten leeren Schachteln lagen. Jasper saß am Steuer. Leo ging auf den Wagen zu.

»Leo?«

Er schob gerade ein paar Äste beiseite, als Ivan ihn von hinten packte.

»Leo, schau mich an.«

Ein schwerer Ast mit Nadeln zwischen ihren Gesichtern.

»He, schau mich an.«

Ivan drückte den Ast nach unten und brach ihn ab.

»Ich bin dein Vater, ich schaffe das.«

82

Ein vorsichtiges Klopfen an der Haustür, kaum zu hören.

Anneli stand am Küchentisch und schnitt dicke Scheiben Brot ab. Ivan stand neben ihr und bereitete einen Gurken- und Tomatensalat zu, einen Mitternachtssnack, Energie für Bankräuber. Jasper saß in der geöffneten Waffenkammer und ölte die Waffen, die sie am nächsten Tag verwenden würden. Leo saß über die Landkarte gebeugt im Wohnzimmer und dachte sich Fluchtwege aus.

Alle hielten erschrocken inne. Einen halben Tag vor dem Überfall war hier niemand erwünscht.

Leo schlich ins Schlafzimmer und öffnete das Rollo einen Spalt weit, konnte jedoch unter dem Vordach nichts erkennen. Also ging er die Treppe hinunter zur Haustür und versuchte durch den Spion zu spähen, doch jemand hielt die Öffnung von außen zu.

Ein weiteres Klopfen.

Jasper holte zwei Gewehre aus der Waffenkammer und reichte eines davon Leo, der es auf ein Regal im Flur legte und mit einer Jacke zudeckte. Dann schlichen sie in die Küche.

»Geh rauf und nimm Anneli mit«, flüsterte Leo seinem Vater zu. Er wartete, bis sie im Obergeschoss verschwunden waren, dann öffnete er die Tür.

»Gibt es hier brave Kinder?«

Felix und Vincent. Leo entspannte sich und lächelte.

»Kommt rein.«

Er umarmte die beiden. Seine Brüder waren wieder da.

»Los, rein mit euch!«

Jasper näherte sich mit einem Gewehr in der Hand.

»Da ist ja die ganze Familie wieder vereint!«

»Du gehörst aber nicht zur Familie«, fauchte Vincent.

Anneli kam die Treppe herunter, während Ivan hinter ihr auf halber Höhe stehen blieb. Sein Anblick erfüllte Felix mit plötzlicher Wut.

»Was hat der denn hier zu suchen?«

»Das liegt doch auf der Hand«, erwiderte Leo.

»Wieso?«

»Ihr habt euch dünnegemacht. Da musste doch jemand euren Platz einnehmen.«

Ivan ging die letzten Stufen herunter.

»Meine Jungs«, sagte er, und sein Lächeln wurde mit jedem Schritt breiter. »Vincent, wie groß du geworden bist. Und Felix … Siehst du, Leo, jetzt sind sie doch gekommen!«

In der engen Diele waren nun so viele Leute versammelt, dass sich Leo von allen Seiten bedrängt fühlte. Hinter ihm sein ungeduldiger Vater, der seine Söhne begrüßen wollte, vor ihm seine beiden jüngeren Brüder, die der Begrüßung auszuweichen versuchten.

»Vincent und ich wollen mit dir reden, und zwar allein«, sagte Felix zu Leo.

Dieser machte eine einladende Geste zum Zimmer mit der Waffenkammer. Die drei Brüder traten ein und schlossen die Tür hinter sich.

»Ich weiß, was du denkst«, sagte Felix, als sie endlich unter sich waren. »Aber wir sind nicht gekommen, weil wir es uns anders überlegt hätten.«

Er zog einen Umschlag aus seiner Tasche.

»Hier. Siebzigtausend. So viel haben wir noch übrig. Falls du das alles nur machst, weil du Geld brauchst, dann nimm sie, Leo. Und vergiss die blöde Bank!«

Erst starrte Leo den Umschlag an, dann begriff er.

»Willst du dich hier etwa als Weihnachtsmann aufspielen und

Geschenke verteilen, Felix? Und dann? Siebzigtausend? Das reicht gerade mal für zwei Monate.«

»Und dann kommen wir wieder, wenn du möchtest. Schließlich haben wir noch die Firma. Eine richtige Baufirma. Wir können weiter Häuser zusammen bauen, wie gehabt.«

Er hielt seinem Bruder immer noch den Umschlag hin.

»Vincent, bist du auch noch seiner Meinung?«

»Ich weiß es nicht.«

»Ach nein?«

»Ich weiß es nicht!«

Leo neigte seinen Kopf zur Seite und lächelte.

»Du weißt aber, dass du keinesfalls zu Hause rumsitzen und dir Sorgen machen willst. Also musst du dich jetzt entscheiden. Morgen geht's los.«

Felix ließ den Umschlag fallen, für den sich niemand interessierte.

»Ihr wollt also eine Bank überfallen? Ganz im Ernst? Ihr … vier?«

»Ja.«

»Leo, dieser Umschlag gehört dir. Ich gehe jetzt. Ich bin nicht gekommen, um eine Bank auszurauben, sondern um dich davon abzuhalten. Du wirst uns nie wieder mit solchen Vorschlägen behelligen, weder Vincent noch mich.«

Er ging zur Tür, öffnete sie und drehte sich noch einmal um.

»Vincent? Ich fahre morgen früh nach Hause. Die Fahrkarten sind schon gebucht. Du weißt ja, wie du mich erreichen kannst.«

Ivan erhob sich wie auf Kommando.

»Warte.«

Felix ignorierte ihn.

»Warte, ich will mit dir reden!«

Es gelang ihm gerade noch, Felix' Ärmel zu erhaschen.

»Lass mich los, verdammt noch mal!«

»Hör zu, wir haben uns jetzt schon so lange nicht mehr gesehen …«

»Ich soll dir zuhören? Dir? Dem Mann, der mit seinem eigenen Sohn eine Bank überfallen will?«

Ivan ließ den Arm sinken.

»Felix, mein Junge, ich bin gekommen, weil ich euch sehen wollte. Dich, Leo und Vincent. Ich dachte, wir würden … zusammenarbeiten. Alle gemeinsam.«

»Wie bitte?«

Sie standen einige Meter voneinander entfernt, aber doch nahe genug, dass Felix den veränderten Atem zur Kenntnis nehmen konnte. Sein Vater stank nicht mehr nach Alkohol.

»Glaubst du wirklich, dass ich mit dir zusammen eine Bank überfallen würde? Glaubst du wirklich, ich will mich mit dir zusammen in einem Zimmer aufhalten? Nach allem, was ich meiner Mutter deinetwegen angetan habe? Glaubst du das wirklich? Fahr zur Hölle!«

»Irgendwann musst du darüber hinwegkommen, Felix. Du bist nicht wütend auf mich, sondern auf den Mann, den du kanntest, als du klein warst, der nicht viel älter war als Leo jetzt. Vergiss endlich, was damals war. Schau mich jetzt an. Ich habe mich verändert. Vergiss die Vergangenheit.«

»Ach wirklich? Kannst du mir dann mal eine Frage beantworten? Wer hat diese verdammte Tür aufgemacht, als du gekommen bist, um unserer Mutter das Gesicht einzuschlagen? War ich das? Oder Vincent? War es Leo? Erinnerst du dich? Oder soll ich das auch vergessen?«

Er trat einen Schritt auf seinen Vater zu und räusperte sich.

Dann spuckte er.

Dieses Mal traf er etwas höher, nicht auf Wange und Hals wie bei seiner Mutter damals.

»Ihr zwei habt sie wohl nicht mehr alle!«

Leo rannte aus dem Gästezimmer und schob seinen Vater und seinen Bruder auseinander.

»Geh jetzt, Felix.«

Vincent blieb stehen. Allein. Er sah, wie sich sein Vater die Spucke mit dem Ärmel aus dem Gesicht wischte und wie Felix die Haustür öffnete.

»Warte, Felix!«

Er rannte an seinem Vater und Leo vorbei in die Diele.

»Ich komme mit.«

83

Ivan hatte schon eine, vielleicht auch zwei Stunden im Bett gelegen, als ihm plötzlich aufging, warum er nicht einschlafen konnte. Der Geruch machte ihm zu schaffen. Er setzte sich auf und drückte das Kissen an die Nase. Ja. Das war es. Dieser durchdringende Geruch, der so vertraut war. Das Kissen roch nach Britt-Marie.

Hatte sie hier übernachtet?

Er fühlte sich zurückversetzt in die Vergangenheit. *Verräter*. Sie schwirrte um ihn herum, und er saß auf einem ganz anderen Bett, auf einer Pritsche in einer Zelle, nachdem der Molotowcocktail geworfen worden war, nachdem ihn jemand verraten hatte. *Der Verräter*. Ein Polizeibeamter hatte mit seiner bandagierten rechten Hand die Zellentür geöffnet und war unaufgefordert eingetreten, um sich mit ihm zu unterhalten.

Er hatte nicht mit ihm sprechen wollen.

Trotzdem war dieser verdammte Bulle einfach geblieben und hatte Antworten gefordert.

»Warum hatten Sie Ihren Sohn dabei?«

»Wovon reden Sie eigentlich?«

»Ich rede davon, dass Sie Ihren zehnjährigen Sohn dabeihatten, als Sie einen Brandanschlag auf Ihre Frau verübt haben, auf seine Mutter.«

»Ich will jetzt nicht mit Ihnen reden.«

»Hören Sie, Ihr Sohn Leo scheint ein guter Junge zu sein, er …«

»Ich will jetzt nicht mit Ihnen reden, niemand kann mich dazu zwingen. Ich sitze in einer Zelle, aber ich entscheide selbst, wann ich rede. Also raus hier!«

»Das ist auch gar nicht nötig, das hat Ihr Sohn schon erledigt. Leo hat uns alles erzählt. Wie Sie die Bombe gebastelt haben. Wie Sie ihn

im Auto mitgenommen haben, wie Sie auf der Straße geparkt haben, wie Sie zwischen den Himbeerbüschen hindurchgegangen sind und herumkrakeelt haben, ehe Sie den Molotowcocktail ins Kellerfenster geworfen haben.«

»Ich habe keinen Molotowcocktail geworfen. Und mein Sohn würde nie ein Wort sagen.«

»Doch, das war gar kein Problem. Er hat uns alles aus freien Stücken erzählt. Seine Mutter war bei ihm. Ich habe über eine Stunde lang mit Ihrem Sohn an Ihrem Küchentisch gesessen.«

»Ein verdammter Bulle hat meinen Sohn dazu gebracht, mich eine Stunde lang anzuschwärzen?«

»Allerdings.«

»Und wenn das alles gar kein Problem war – was ist dann mit Ihrer Hand passiert? Mein Sohn würde mich nie verpfeifen. In meiner Familie wird niemand verraten.«

»Er hat geredet, weil ihm das ein Bedürfnis war, verstehen Sie das denn nicht? Sie sind sein Vater. Erzählen Sie mir, was passiert ist – seinetwegen. Damit er das Geschehene nicht allein mit sich herumtragen muss.«

»Verschwinden Sie endlich, verdammt noch mal!«

Dieser verdammte Geruch. Er wurde ihn einfach nicht los, obwohl er den Kissenbezug zerrissen und aus dem Fenster geworfen hatte. Dann ging er in die kalte und dunkle Diele. Wie ein Kind schlich er durch das Haus seines Sohnes. Sie schwirrte um ihn herum, bis ihm schwindlig wurde. Er rutschte aus und knallte mit der Hüfte an die Spüle und mit dem Fuß an den Küchentisch. Er wollte nicht in diese Zeit zurückkehren.

Das einzige Risiko bist du. Leo und er hatten das Fluchtauto aufgebrochen und waren zu der Stelle gefahren, wo der Fahrzeugwechsel stattfinden sollte. Sein Sohn hatte ihn angesehen und ihm Vorwürfe gemacht, bevor das Ganze überhaupt begonnen hatte. Er ein Risiko? Das Schwirren in seinem Kopf war ein verdammtes Risiko. Verrat war ein verdammtes Risiko.

Kein Tropfen seit achtundvierzig Stunden, seine Hände zitterten, mehrmals hatte er sich beinahe übergeben, und er wusste, dass im Eckschrank eine Flasche Whisky stand. Das Fieber schüttelte ihn, obwohl es im Haus nicht mehr kalt war. Er nahm am Küchentisch Platz und fror jetzt auch von innen heraus. Womöglich stand neben dem Whisky eine Flasche Wein? Er legte sich wieder hin und schlug in die Luft nach dem, was da schwirrte, schwirrte, schwirrte.

84

Jasper setzte sich verärgert auf. Es lag nicht nur an den unbequemen Sofakissen oder den zu dicken Laken. Oder dem Licht, das durch das undichte Rollo fiel. Es war der Gedanke an Anneli, der ihn wach hielt. Sie war das schwache Glied in der Kette. Und er war der Einzige, dem dieses Risiko klar war. Eine Schwachstelle war erst zu erkennen, wenn man Druck ausübte. Und Anneli würde unter Druck wie ein Porzellanei zerbersten. Zehn Minuten in einem Vernehmungsraum, und sie würde plappern wie ein kleines Kind.

Leo tat ihm wirklich leid. Er würde Anneli nie loswerden. Sie würde ihn immer in der Hand haben. Sie konnte zur Polizei gehen oder einfach zu viel erzählen – einer Freundin oder jemandem in einer Bar. Dann würden ihnen Leute in Uniform die Tür eintreten. Und dann bestand kein Zweifel, was ihn erwartete. Lebenslänglich. Wegen der Bombe. Der Staatsanwalt würde darauf bestehen, sie wegen einer allgemein gefährlichen Straftat zu verurteilen.

Wenn sie redete, bedeutete das lebenslänglich.

Anneli würde ihn als Erstes ans Messer liefern, weil sie ihn von Anfang an nicht hatte leiden können. Das war ihm schon bei ihrer ersten Begegnung in dem illegalen Club in Handen klar gewesen. Sie war allein gewesen, hatte roséfarbenen Schaumwein getrunken und richtig sexy ausgesehen. Eine natürliche Schönheit. Sie hatten sich an der Bar unterhalten, Anneli, Leo und er. Anneli hatte gelacht, und mit jedem Glas hatten sich ihre Lippen Leos Ohr weiter genähert. Jasper hatte sie keines Blickes gewürdigt.

85

Leo spürte ihr waches Schweigen schon seit ein paar Stunden, ihre nackte Haut an seiner. Sie hatte sich unruhig hin und her gewälzt und in den Laken verfangen. Er wusste, warum. Sie versuchte, sich den Handlungsablauf des noch nie zuvor Erlebten vorzustellen. Doch sie besaß nicht Felix' selbstverständliche Gelassenheit, die nötig war, um drei Minuten im Auto zu warten, während ein Tresorraum geleert wurde, und um anschließend den Tatort so rasch zu verlassen, dass niemand etwas sah und niemand ihnen folgte, und gleichzeitig so gemächlich zu fahren, dass der Wagen niemandem auffiel und niemand reagierte.

Ohne Felix brauchten sie dieses Mal zwei Leute vor der Bank. Seine Freundin würde fahren, und sein Vater würde sich eventuellen Angreifern entgegenstellen. In der Bank würden Jasper und er die Rollen tauschen. Er würde sich hinter das Sicherheitsglas begeben und die Kassen und den Safe leeren. Jasper würde die auf dem Boden liegenden Kunden und Angestellten im Auge behalten.

Er spürte den spitzen Ellbogen ihres schlaftrunken herumfuchtelnden Armes zwischen seinen Rippen. Behutsam hielt er ihn fest und strich mit seinen Fingerspitzen über ihre weiche Haut.

»Anneli? Hörst du mich? Mach dir keine unnötigen Gedanken.«

Sie drehte sich um, und ihre Augen leuchteten in der Dunkelheit. Er küsste sie auf Stirn und Wangen.

»Ich bin nicht nervös, falls du das denken solltest.«

»Doch, genau das denke ich. Versuch jetzt zu schlafen.«

»*Leo wird nie zulassen, dass ihm jemand wie du in die Quere kommt. Er hat seine Brüder.* Das waren Jaspers Worte. Und er bildet sich ein, dass er anschließend noch mit uns feiern darf. Ich kann ihn nicht ausstehen.«

»Aber es geht doch gar nicht um ihn, Anneli, oder? Du kannst wegen morgen nicht schlafen, hab ich recht? Ich kann gut verstehen, dass du Angst hast.«

Sie richtete sich auf und stützte sich mit dem Ellbogen ab.

»Kapierst du nicht, Leo? Ich habe keine Angst. Ich bin sogar froh, dass ich mitmachen darf. Denn dann muss ich nicht zu Hause herumsitzen und aus dem Radio erfahren, ob du noch lebst oder nicht. Und ich freue mich schon darauf, anschließend Zeit mit dir zu verbringen – ohne deine Brüder und ohne Jasper!«

Sie stieß ihm wieder den Ellbogen in die Rippen, nicht sehr fest, aber dieses Mal absichtlich.

»Mir gefällt nur nicht, dass du diesem Psychopathen auf dem Sofa da draußen vertraust.«

»Hör mal, Anneli, wir ziehen das morgen zusammen durch. Ich habe mich entschieden, Jasper zu vertrauen. Genauso wie ich mich entschieden habe, dir und meinem Vater zu vertrauen. Weil ich das tun muss. Okay? Schlaf jetzt.«

Leo drehte sich um, setzte sich auf die Bettkante und stellte die Füße auf den kalten Fußboden. Er brauchte etwas Ruhe, und die konnte er hier nicht finden. Deshalb wartete er, bis Anneli eingeschlafen war, schloss dann behutsam die Schlafzimmertür und schlich leise die Treppe hinunter.

Jasper saß auf dem Sofa. Er war wach. Vier automatische Gewehre lagen vor ihm auf dem Couchtisch.

»Jasper, bist du verrückt? Was machst du denn da?«

»Ich reinige die Waffen.«

»Du hast sie schon gereinigt. Alles ist vorbereitet. Du musst jetzt schlafen.«

»Für morgen ist starker Schneefall vorhergesagt.«

»Das habe ich gesehen. Aber erst am Nachmittag, wenn wir wieder auf dem Heimweg sind. Schlaf jetzt.«

Jasper legte das Gewehr hin, das er schon zum zweiten Mal geölt hatte.

»Und wenn wir angehalten werden, Leo? Wenn die Bullen plötzlich dastehen? Hast du daran gedacht? Kommt sie damit klar?«

»Womit?«

»Ich vertraue ihr nicht. Wenn …«

»Jasper? Wir ziehen das morgen zusammen durch. Ich habe mich entschieden, ihr zu vertrauen. Genauso wie ich mich entschieden habe, dir und meinem Vater zu vertrauen. Weil ich das tun muss. Okay? Schlaf jetzt.«

Er war derjenige, der alles zusammenhielt. Das war auch früher so gewesen, als Felix und Vincent beteiligt waren, aber jetzt war es offensichtlicher. Er ging die Treppe hinunter und übersprang dabei die knarrende Stufe in der Mitte. Im Gästezimmer regte sich nichts, aber er schloss vorsichtshalber die Tür. Dann ging er in die Küche und trank ein halbes Glas Wasser aus dem Wasserhahn, der immer erst fauchte, bevor er Flüssigkeit ausspuckte.

Anneli, Jasper und er. Alle waren wach. Nur sein Vater, über den er sich die größten Sorgen gemacht hatte, schlief.

Er trank noch ein halbes Glas Wasser, kehrte in die Diele zurück und wollte gerade wieder die Treppe hinaufgehen, als er hinter sich die Stimme seines Vaters hörte.

»Leo? Kannst du einen Augenblick reinkommen?«

Seine Stimme hatte einen ungewohnten Klang. Sie flüsterte nicht, sie war auch nicht heiser oder leise, nein, sie klang flehentlich. Sein Vater, der noch nie um etwas gebeten hatte, der klare Anweisungen erteilte und erwartete, dass sie befolgt wurden, dieser Vater hatte Felix an der Haustür angefleht und dafür Spucke geerntet. Jetzt flehte er seinen ältesten Sohn an, was diesem Unbehagen bereitete.

»Papa, was machst du hier? Du musst schlafen.«

Er hatte in der Dunkelheit übersehen, dass sein Vater in Unterhose auf der Küchenbank lag. Leo konnte selbst von der Schwelle aus erkennen, wie sehr er zitterte.

»Setz dich einen Augenblick zu mir. Ich will dir etwas erzählen.«

Also kehrte Leo in die Küche zurück und nahm auf der Kante der Küchenbank Platz, während sich Ivan aufrichtete. Da saßen sie nun, zwei winterbleiche Oberkörper. Leo, der in den Zwanzigern war und auf dem Weg hinaus ins Leben, und Ivan, mehr als doppelt so alt, dessen Weg nirgends mehr hinführen würde.

»Ich … vielleicht habe ich nicht immer das Richtige getan, als ihr klein wart.«

»Du hast getan, was du getan hast, nicht mehr und nicht weniger.«

»Aber das war nicht richtig.«

»Hör auf.«

»Ich hätte …«

»Mir ist das mittlerweile vollkommen egal. Ich will darüber nichts mehr hören.«

»Es ist mir aber wichtig. Du warst damals ein Kind.«

»Ja, und?«

»Du warst noch ein Kind, Leo. Und ich weiß, dass du es nicht absichtlich getan hast.«

»Was?«

»Du hast mich nicht absichtlich verraten.«

»Dich verraten? Fängt das schon wieder an?«

»Nein, aber …«

»Hör mir zu! Ein für alle Mal! Ich habe dich nicht verraten! Das ist nicht unsere Art! Im Gegenteil! Selbst als du in die Wohnung gekommen bist, um Mama umzubringen, haben wir alle die Schuld auf uns genommen. Deshalb behaupte ich bis heute, die Tür geöffnet zu haben, während Felix behauptet, er sei es gewesen, genau wie Vincent. Wir sind einfach keine Verräter!«

»Leo … ich … ich mache dir daraus keinen Vorwurf. Weißt du, vorhin, als Felix … ich habe nichts unternommen. Felix hat mir ins Gesicht gespuckt, und ich habe nicht einmal die Hand gehoben. Jemandem ins Gesicht zu spucken ist die allergrößte Beleidigung. Wenn es jemand anderes gewesen wäre, dann hätte ich … dann hätte das Schwein Prügel bezogen. Aber nicht mein Sohn.«

Unbewusst strich er sich während dieser Worte über die Knöchel seiner rechten Hand, die im Lauf der Jahre flacher geworden waren.

So wie sie aussehen, wenn man häufig zugeschlagen hat.

»Schluss jetzt mit dem Gerede über meine Kindheit.«

»Leo, warum willst du denn nicht … ich wollte …«

Leo erhob sich und ging weg. Ihm fehlte einfach die Kraft für solche Gespräche.

»Sie war offen!«

Auf einmal herrschte vollkommene Stille. Eine Art Frieden.

Während er sich der Treppe näherte, begriff Leo, was sein Vater gerade gesagt hatte.

»Als ich … und deine Mutter … damals in Falun. Die Tür war nicht abgeschlossen. Ich habe einfach die Klinke runtergedrückt und bin reingegangen. An Felix, Vincent und dir vorbei.«

Leo ließ sich auf die unterste Stufe sinken.

»Hörst du, Leo? Keiner von euch hat die Tür geöffnet.«

86

Er bewachte eine von braunen Holzlamellen flankierte Tür mit einer großen Glasscheibe in der Mitte. Die Tür einer Bank, die gerade ausgeraubt wurde. Und er war einer der Bankräuber.

Ivan hatte keine Angst. Solche Gefühle gestattete er sich nicht, denn er konnte sie sich nicht leisten, wenn sein Sohn schwarz vermummt und mit einem automatischen Gewehr zur Tat schritt. Aber er empfand durchaus etwas. Scham. Eine schreckliche Scham, die sich an ihn klammerte, wie das kleine Kind damals an seinen Rücken. Kleine Finger zwischen seinen Schulterblättern, die ihn daran hinderten, ihr noch einmal ins Gesicht zu schlagen. Die schreckliche Scham, als sich dieses andere, kleinere Gesicht ihm in den Weg stellte, ihn dazu zwang, von ihr abzulassen, und ihr so ermöglichte, über den blutigen, glatten Fußboden zu entkommen. Den ganzen Tag kratzten diese Finger schon an seinem Rücken, während die Zeit stillstand. Bald würde die Welt erkennen, dass eine Bank ausgeraubt wurde und dass sein Sohn dort drinnen war.

Zehn vor drei. Weißer Pulverschnee bedeckte die Erde, der alle Geräusche außerhalb seiner Sturmhaube dämpfte. Noch vor einer halben Stunde waren die Straßen vollkommen trocken und die Landschaft grau gewesen. Jetzt sahen sie ihre Fußabdrücke im Schnee, drei Paare vom Auto zur Bank, Leos, seine eigenen und Jaspers. Drei Minuten würden sie sich im Gebäudeinneren aufhalten. Zweieinhalb waren noch übrig. Wenn es weiter so schneite, würden ihre Fußabdrücke verschwunden sein, bevor sie zum Auto zurückgekehrt waren.

Er hielt das Gewehr auf die Straße und die wenigen Läden gerichtet. Wenn er über die Schulter blickte, sah er Jaspers Rücken in der Mitte des Schalterraums, während sein ältester Sohn an einer großen Topfpflanze vorbei hinter die Kassen ging. Vor ihm am Lenkrad des Autos saß Anneli, die ebenfalls eine Sturmhaube über den Kopf gezogen hatte.

Er sah wieder auf die Uhr. Fünfundvierzig Sekunden waren vergangen. Das Verlangen, diesen Ort zu verlassen, einen großen Schluck Rotwein zu trinken und seinen Söhnen nie wieder in die Augen schauen zu müssen, war beinahe unerträglich.

Leo schaute rasch über die Schulter. Sein Vater stand immer noch mit dem Gewehr vor der Tür. Er harrte aus. Ihm sein Vertrauen zu schenken war die richtige Entscheidung gewesen.

Noch sechzig Sekunden.

Leo wartete vor dem verschlossenen Tresorraum, während der Filialleiter mit zitternden Händen versuchte, den Schlüssel ins Schloss zu schieben. Der Mann war im Alter seines Vaters, etwas hagerer, und hatte auffällig lange Finger. Leo wollte ihm gerade beruhigend zureden, als er hörte, wie sich das Sicherheitsschloss öffnete, ein Geräusch wie ein schweres Seufzen, als die Bolzen aus dem schweren Stahlrahmen geschoben wurden und die Tür aufglitt.

Er hatte fast vergessen, wie es sich anfühlte.

Den Schalterraum zu betreten. Die Kunden und Angestellten zu zwingen, sich auf den Boden zu legen. Drei Minuten lang Herr über die Bank zu sein. Und dann nach der langen Vorbereitungszeit endlich vor einem offenen Tresorraum zu stehen und zu begreifen, dass alles geklappt hatte.

Nur ein einziges Mal hatte er sich in Gegenwart seines Vaters so gut gefühlt, und zwar damals, als sie gemeinsam einen Plan geschmiedet und dafür geübt hatten. Hasse niederzuschlagen, während sein Vater vom Balkon aus zusah, war genauso einfach gewesen, wie jetzt eine Bank zu überfallen, während Ivan draußen vor der Tür Wache schob.

Das Geld stapelte sich bündelweise im Tresor, es war sogar mehr, als sie erwartet hatten. Hunderter in Bündeln zu Zehntausend, Fünfhunderter in Bündeln zu Fünfzigtausend, Tausender in Bündeln zu Hunderttausend.

Alles war da, nichts lag im Nachtsafe.

Als Leo dem Filialleiter befahl, sich mit dem Rücken zur Wand in den Tresorraum zu setzen, konnte er die Erregung in seiner eigenen Stimme hören. Es war kaum zu fassen, dass in einer kleinen Bank so viel Bargeld aufbewahrt wurde.

Er öffnete seine Umhängetasche wie einen riesigen Schlund, der jedes hineingeschobene Bündel verschlang – und zwar ohne Farbpatrone. Er zählte rasch mit. Mindestens dreieinhalb Millionen! Das war mehr, als der doppelte Bankraub eingebracht hatte, ja, sogar mehr, als sie beim dreifachen Bankraub erbeutet hatten. In einer kleinen, beschissenen Bank in einem kleinen, beschissenen Ort, zusammen mit Papa, der Wache schob, und Anneli, die am Steuer saß.

Eine weibliche Stimme berichtete über Polizeifunk von einem Bankraub in Heby. Eine andere weibliche Stimme teilte mit, ein Streifenwagen aus Sala sei unterwegs. Anneli konnte der Wortwechsel egal sein: Sie würde zurückfahren, wie sie es in der vergangenen Woche wiederholte Male mit Leo auf dem Beifahrersitz eingeübt hatte. Nicht einmal der Schnee, der die Straße bedeckte und vom Scheibenwischer beiseitegeschoben wurde, spielte eine Rolle. Die Menschen da draußen, die sie aus ihren Verstecken beobachteten und später aussagen würden, ohne je zu erfahren, dass eine Frau am Steuer gesessen hatte, existierten für sie nicht. Einzig und allein das vorherbestimmte Muster, das Leo und sie zusammen und ohne Beteiligung anderer ersonnen hatten, war von Belang.

Obwohl alle drei jetzt die Bank verließen, fiel ihr Blick als Erstes auf Leo, der eine Tasche über der Schulter trug, die beinahe überzuquellen schien.

Dann gingen die Autotüren auf und zu, und sie trat wie geplant in Aktion, sie fuhr im zweiten Gang an, fuhr über den breiten Bürgersteig auf die Straße und beschleunigte bei der Kirche mit dem schwarzen Turm. Dann rechts und gleich noch mal rechts, aus dem Ort und auf die Landstraße. Der sanfte Schneefall hatte sich innerhalb von Minuten in einen Schneesturm verwandelt, der die weichen Flocken mit Nadelspitzen versah. Aber Anneli blieb gelassen. Sie kannte jede Kurve und wusste, welche Geschwindigkeit zu halten war.

»Drei Millionen!«

Er hatte das jetzt schon mehrmals ausgerufen.

»*Über* drei Millionen!«

Noch nie hatte Anneli Leos Stimme so gehört. Explodierend, geradezu heiser vor Glück. Selbst Jaspers Gelächter auf dem Rücksitz fühlte sich gut an. Es war ihr gleichgültig, dass sich die Sicht zusehends verschlechterte, denn sie wusste immer noch, wie sie fahren musste. Dort vorne musste sie links abbiegen. Sie betätigte sogar den Blinker und kicherte. Ein gestohlenes Auto, das eben bei einem Bankraub eingesetzt worden war – und sie betätigte den Blinker. Sie kicherte noch lauter, als sie auf den schneebedeckten Kiesweg einbogen. Und dann, weil es sich so gut anfühlte und weil Leo so glücklich wirkte, blinkte sie noch einmal, als sie auf den Forstweg abzweigten, auf dem einem höchstens Rehe und Hasen begegneten. Ein letztes Mal blinkte sie, während sie zwischen den Fichten einparkte.

Als sie aus dem gestohlenen Scorpio stiegen, empfing sie ein wütender Schneesturm. Sie tauschten ihre Bankräubermontur gegen festliche Weihnachtskleidung. Jetzt hatten sie es geschafft. *Sie* hatte es geschafft. Bald würden sie in einen Mietwagen steigen, in dem lauter elegant verpackte Geschenke lagen. Sie ergriff Leos Hand und hielt sie fest umklammert, während sie durch den Wald rannten.

87

Im Pausenraum der Kriminalpolizei roch es nach Glögg, Kaffee und Weihnachtstorte, und irgendjemand hatte sogar einen hässlichen kleinen Plastikchristbaum zwischen die Kaffeemaschine und den Warenautomaten gestellt.

John Broncks war in seinem Büro geblieben. Er hatte beschlossen, nicht an der Weihnachtsfeier teilzunehmen. Tatsache war, dass er sich der nahenden Weihnacht mit den dazugehörenden familiären Gepflogenheiten verweigerte und noch nie an einer Weihnachtsfeier teilgenommen hatte. Auch damals hatten sie kaum gefeiert. Einige Male in ferner Vergangenheit hatte er an Heiligabend zu einem vorher vereinbarten Termin in einem Besucherzimmer gesessen. Wie alle Lebenslänglichen hatte Sam vor dem Besuch gebacken und Kaffee gekocht, und ohne ein Wort darüber zu verlieren, hatten sie beide auf dem weichen, noch ofenwarmen Marmorkuchen herumgekaut, als wäre es das Normalste der Welt.

Er starrte auf den Bildschirm. Vor wenigen Minuten war ein Alarm aus einem kleinen, hundertzehn Kilometer entfernten Ort eingegangen. Streifen aus Sala und aus Uppsala waren unterwegs und hatten somit einen triftigen Grund, auf den Glögg zu verzichten.

Broncks seufzte.

Vor ihm auf dem Tisch türmten sich die Akten der laufenden Ermittlungen.

Launische Schneeflocken jagten einander auf dem Hof des Polizeipräsidiums.

Zu jeder Tages- und Nachtzeit gab es Menschen, die bereit waren, Gewalt anzuwenden, um ihren Willen durchzusetzen, und dieser Umstand rechtfertigte an einem Tag wie diesem seine Anwesenheit. Er würde ein wenig länger bleiben müssen.

Er rief Karlström an. Als dieser abhob, drang das Dröhnen von Spikereifen auf Asphalt aus dem Hörer.

»Hast du schon von dem Alarm in Heby gelesen?«, fragte er ungeduldig.

Sein Chef dürfte fast zu Hause sein, war aber dennoch ans Telefon gegangen.

»John?«

»Ja?«

»Morgen ist Heiligabend.«

Ein etwas zu langes und verärgertes Hupen ertönte. John vermutete, dass es der Fahrer hinter Karlström war.

»Ich weiß nicht mal, wo Heby liegt«, fuhr sein Chef fort. »Irgendwo im Polizeibezirk Uppsala. Ich weiß schon, was du vorhast. Aber das ist kein akzeptabler Vorwand, um im Büro zu bleiben. Der Fall betrifft uns nicht.«

Jetzt wurde vielstimmig gehupt. Alle waren wie Karlström auf dem Heimweg, um sich einen abendlichen Gin Tonic zu genehmigen.

»Und allen Ernstes, John, wer raubt schon am Tag vor Heiligabend eine Bank aus? Nur jemand ohne jegliches Traditionsbewusstsein.«

Es knisterte. Das Handy wurde weitergereicht oder hingelegt.

»Warte. Ich muss mir nur rasch meine Brille aufsetzen.«

Ein weiteres Knistern. John Broncks fragte sich, ob sein Chef wohl angehalten hatte oder langsam freihändig weiterfuhr, während er den Bildschirm des Polizeifunks in seinem Auto betrachtete.

Es wurde noch lauter gehupt, was auf Letzteres schließen ließ.

»Zwei Streifen sind bereits vor Ort. Eine weitere ist unterwegs, wie auch du auf deinem Bildschirm sehen dürftest. Hundertzehn Kilometer, John. Misch dich nicht in ihre Probleme ein.«

88

Die Dezemberdunkelheit verwandelte sich in etwas Wildes, Aggressives. Eine massive weiße Schneewand hüllte sie ein, eine ganz andere Art der Dunkelheit. Die Scheibenwischer kämpften sich verzweifelt über die Windschutzscheibe, und Anneli drosselte die Geschwindigkeit. Neunzig Stundenkilometer waren vorgesehen, und jetzt fuhren sie kaum fünfzig.

Nach Leos Planung hätten sie schon gute zehn Kilometer hinter sich haben müssen. Bislang hatten sie allerdings höchstens zwei Kilometer auf der Straße zurückgelegt, die von hohen Schneewällen gesäumt wurde.

Anneli musste noch langsamer fahren. Vor ihnen krochen andere

Fahrzeuge dahin. Überholen war unmöglich. Sie scherte zwei Mal aus, musste aber aufgeben und auf die rechte Spur zurückkehren. Da die Sicht nur wenige Meter betrug, sah man den Gegenverkehr erst, wenn er an den Seitenscheiben vorbeizog.

Einstweilen schien Anneli alles im Griff zu haben. Sie reagierte, sobald die Reifen ihren Halt verloren. Ihre Bewegungen waren flüssig, ein perfektes Zusammenspiel von Gas, Bremse und Kupplung. Leo strich ihr mit der Hand über die Wange, und sie lächelte.

Er verstellte den Rückspiegel. Jasper saß über die Waffenkiste gebeugt da und zählte Magazine und Patronen. Ivan hielt seine linke Hand mit der rechten so fest umklammert, dass die Knöchel weiß hervortraten. Der Schweiß lief ihm über das bleiche Gesicht, das er sich ständig mit einem schmutzigen Taschentuch abwischte.

Entzug.

Sein Vater hatte solche Entzugserscheinungen schon des Öfteren gemeistert – jedes Mal, wenn er vorübergehend aufgehört hatte zu trinken. Aber noch nie war es so wie jetzt gewesen. Noch nie hatten ihn die Entzugssymptome auf der Flucht vor der Polizei heimgesucht.

»Versuch zu schlafen, Papa, dann geht es dir besser. Lehn dich zurück. Wir kommen langsamer vorwärts als geplant, aber in einer halben Stunde müssten wir zu Hause sein.«

Auf einmal kam ihnen das Fahrzeug entgegen.

Er hatte es schon in der Ferne gesehen. Zwei Scheinwerfer, die durch den Schneesturm brachen. Erst als es sich auf gleicher Höhe befand, erkannten sie, worum es sich handelte.

Am Steuer saß ein uniformierter Mann, der geradeaus starrte. An der Seite des Wagens die Großbuchstaben, die wegen des Schnees kaum zu sehen waren.

POLIZEI.

»Jasper?«

»Ich hab ihn schon gesehen.«

»Halt die Waffe bereit. Jasper und Papa, ihr duckt euch unter die Geschenke.«

Der Wagen fuhr vorbei, ohne dass sie dem Beamten aufzufallen schienen. Leo spürte das Gewicht der prallen Tasche auf seinen Füßen.

»Lächeln«, sagte er zu Anneli. »Fahren und lächeln. Wir sind eine glückliche Familie.«

Es war ein einzelner Bulle gewesen. Bart, kurze Haare, Anfang fünfzig. Er hatte geradeaus geschaut und war Richtung Heby gefahren. Dann hatte ihn das Schneegestöber verschluckt.

Jasper und Ivan richteten sich wieder auf und schoben die Geschenke zurück auf die Hutablage und auf den Boden. Ivan schloss die Augen. Jasper saß dicht neben ihm auf der Rückbank. Er öffnete die Munitionskiste und ließ das Gewehr von den Knien gleiten. Dann hielt er inne.

»Ivan? Bist du wach?«, fragte Jasper.

»Ja.«

»Wo zum Teufel sind deine Magazine?«

»Die brauchen wir doch nicht mehr.«

»Die Magazine! Ich will nur sicherstellen, dass alles da ist, wo es hingehört! Das ist meine Aufgabe.«

Ivan konnte den Mann neben sich auf der Rückbank überhaupt nicht leiden. Aber er schwitzte äußerlich und zitterte innerlich. Darum tat er, worum er gebeten wurde, und tastete nach der kleinen Tasche, die er sich um den Bauch geschnallt hatte.

Sie war nicht mehr da.

»Sie sind … weg.«

»Was meinst du mit weg?«

»Sie müssen noch im anderen Wagen liegen.«

»Im Fluchtauto?«

»Ja.«

Leo hatte nur mit halbem Ohr zugehört. Jetzt drehte er sich um.

»Mensch, Papa, verdammt. Hast du sie angefasst?«

»Ja.«

»Ohne Handschuhe?«

»Ich … glaube schon. Als ich nach dem Umziehen alles eingepackt habe.«

»Kehr um, Anneli, los!«

Jasper beugte sich vor und senkte die Stimme, als dürften Ivan und Anneli seine Worte nicht hören.

»Leo? Wir können jetzt nicht umkehren. Das muss dir doch klar sein! Wir können nicht zurück, weil die Bullen schon dort sind!«

»Soll ich umkehren oder nicht?«, fragte Anneli mit Verzweiflung in der Stimme. Sie hatte immer noch alles im Griff, aber ihre Bewegungen waren fahriger geworden.

»Leo, hör zu«, flüsterte Jasper. »Ich verstehe, dass du keine Spuren hinterlassen willst, aber das ist es nicht wert. Wir stehen in keinem Polizeiregister.«

»Kehr um, Anneli«, beantwortete Leo ihre Frage.

»Keiner von uns ...«

»Mein Vater schon«, fiel ihm Leo ins Wort. »Da sind seine Fingerabdrücke drauf. Und er ist vorbestraft.«

89

Leo rannte geradewegs in die weiße Wand hinein, durch den Wald und den tiefen Schnee zu dem Auto, das sie vorhin versteckt hatten. Er riss die Fichtenzweige beiseite und öffnete die Hintertür. Dort hatte sein Vater gesessen. Er suchte auf dem Sitz, im Türfach, auf der Hutablage. Nichts. Dann kroch er im Auto herum und tastete Fahrer- und Beifahrersitz, das Armaturenbrett und schließlich den Fußboden ab. Seine Finger, die in dünnen Lederhandschuhen steckten, erforschten die Gummimatten – ohne Erfolg.

Es blieb nur eine Möglichkeit. Unter den Sitzen. Er kroch tiefer.

Unter dem Beifahrersitz wurde er fündig. Dort lag sie. Die Tasche. Leo zog sie hervor und öffnete sie. Zwei Magazine mit den Fingerabdrücken seines Vaters.

Dann rannte er zurück. Tiefe Atemzüge und ein Herz, das fast explodierte.

Als er wieder im Auto saß, schwiegen alle. Natürlich wussten sie, dass sich die Polizei bereits in der Nähe befand. Noch mal den Forstweg entlang, an den Scheunen vorbei auf die Landstraße.

Sie hatten gerade die richtige Richtung eingeschlagen. Vielleicht hatte der Wind etwas nachgelassen, vielleicht konnte er ihn deswegen im Rückspiegel erkennen. Es war derselbe Streifenwagen. Mit demselben Bullen, dem bald auffallen würde, dass er an diesem Auto vor wenigen Minuten schon einmal vorbeigefahren war. An einem Wagen, der mitten im Schneesturm und kurz nach einem Banküberfall eine sehr seltsame Route zu verfolgen schien.

Leo legte Anneli die Hand auf den Arm.

»Er ist direkt hinter uns. Fahr einfach ganz normal weiter.«

Leo sah wieder in den Rückspiegel. Zwischen ihnen lagen höchstens fünfundzwanzig Meter.

»Gleiches Tempo, gleicher Abstand. Er sollte eigentlich nicht näher kommen.«

Er sah, dass Anneli jetzt ebenfalls in den Rückspiegel schaute.

»Konzentrier dich auf die Straße, Anneli. Jasper, gib mir mein Gewehr.«

Jasper nahm die Waffe aus der Kiste und reichte sie nach vorne. Seit Jasper die fehlenden Magazine bemerkt hatte, schwieg Ivan. Jetzt beugte er sich vor, bis sein Mund beinahe Leos Ohr berührte.

»Leo, mein Sohn? Was hast du vor?«

»Ich werde versuchen, deinen Fehler auszugleichen.«

Leo entsicherte das Gewehr auf seinen Knien.

»Anneli, nach zweihundert Metern geht rechts eine ziemlich große asphaltierte Straße ab. Wenn uns das Bullenschwein dorthin folgt, hältst du an, sobald ich dir Bescheid sage.«

»Was zum Teufel …«, begann Ivan.

»Wenn er einfach weiterfährt, wird nichts geschehen.«

Anneli blinkte, verlangsamte und bog ab.

Leo atmete tief durch, um sich zu wappnen. Die Abzweigung lag zehn, fünfzehn Meter hinter ihnen. Jetzt bog auch der Streifenwagen ab, der in dem dichten Schneegestöber kaum zu sehen war. Ein Raubtier, das sie verfolgte.

»Stopp!«

Anneli stieg auf die Bremse, und das Auto geriet auf der eisigen Fahrbahn ins Schleudern. Sie trat die Kupplung durch, und mit behutsamen Lenkradbewegungen hielt sie den Wagen in der Spur. Dann brachte sie ihn zum Stehen.

Leo öffnete die Tür und stieg mit dem Gewehr in der Hand aus.

John Broncks saß immer noch in seinem Büro und verfolgte den hundertzehn Kilometer entfernten Bankraub mithilfe des Bildschirms und des Funkgeräts. Die letzten Kollegen waren angeheitert an seinem Zimmer vorbeigegangen und hatten ihm Frohe Weihnachten gewünscht. Er hatte ihnen zugelächelt und sich dann wieder über die Akten gebeugt, um beschäftigt zu wirken.

Drei Streifen waren jetzt vor Ort. Eine vierte war aus Uppsala unterwegs. Laut Zeugenaussagen waren die vier Täter in einem Pkw entkommen, der soeben in nordwestlicher Richtung vom Tatort auf einer Nebenstraße gesichtet worden war, die durch ein Gebiet mit Ferienhäusern zwischen Heby und Sala führte.

Broncks massierte sein schmerzendes Kreuz, drehte seine engen Runden zwischen Fenster und Schreibtisch und gähnte.

Eine Tasse heißes Wasser mit Milch würde seine Lebensgeister wecken. Da die Weihnachtsfeier im Pausenraum endlich zu Ende war, lenkte er seine Schritte dorthin, um sich eine frische Tasse aufzugießen, hielt aber abrupt auf der Schwelle inne. Erst piepste der Polizeifunk durchdringend, dann hörte er die eifrige Stimme eines Kollegen:

»Ich sehe sie. Einen Pkw mit mehreren Personen.«

Eine Streife aus Uppsala. Ein Beamter, der ohne Begleitung unterwegs war.

»Ich nehme die Verfolgung auf.«

John Broncks kehrte zu seinem Schreibtisch und dem Polizeifunkempfänger zurück. Der Wagen war nur wenige Meter von dem Kollegen, aber hundertzehn Kilometer von Broncks entfernt.

Man hörte, wie der Streifenwagen langsamer wurde.

»Da steigt jemand aus. Der Beifahrer. Er hält etwas in der Hand. Ein Gewehr! Er zielt… auf mich!«

Trotz des Schneegestöbers konnte Leo die Uniform deutlich erkennen. Er hob das Gewehr und wartete. Die Fahrertür wurde geöffnet.

Der Finger auf dem Abzug.

Er wartete, aber niemand stieg aus. Der Uniformierte blieb einfach sitzen.

Also schoss er.

Einen Schuss auf den Motor, dann einen zweiten und einen dritten.

Bis sich der einsame Polizist aus dem Auto in den Schnee warf und in den Straßengraben abrollte.

Vier weitere Schüsse in den Motor. Dieses Fahrzeug würde sie nicht mehr verfolgen. Leo behielt den Straßengraben im Auge, während er wieder neben Anneli Platz nahm.

»Fahr weiter.«

Die Lage hatte sich verändert. Sie konnten unmöglich wenden, am Streifenwagen vorbeifahren und den ursprünglichen Fluchtweg einschlagen.

»Wohin?«

»Geradeaus.«

Leo wusste zwar, wo sie sich befanden, nämlich mitten in einer Sommerhaussiedlung, aber nicht, wie sie je wieder hinausfinden sollten. Aber es gab immer einen Ausweg.

Der Kollege war verstummt, doch selbst über Funk hatten sich die Ereignisse mühelos mitverfolgen lassen.

Eine Autotür war geöffnet worden, und der Polizist war ausgestiegen. Schritte im Schnee: Er versuchte zu fliehen. Ein dumpfes Geräusch: Er suchte Deckung.

Dann: Vier weitere Schüsse. Im Einzelschussmodus.

Dann nur noch das Pfeifen des Windes.

»Sie sind weitergefahren.«

Er lebte. Dem Klang seiner Stimme nach zu urteilen war er nicht einmal verletzt. Aber er schien noch immer im Straßengraben zu liegen, und während er sprach, war ihm anzuhören, dass er allmählich begriff, was geschehen war.

»Er ist einfach ausgestiegen. Zielstrebig. Unerschrocken. Ich war mir sicher, dass ich sterben würde.«

Es hätte auch durchaus geschehen können.

»Er hat mit einem Sturmgewehr den Motor zerschossen.«

Als Broncks die Schüsse gehört hatte, war seine Unruhe wie weggeblasen. Er eilte auf den Gang und dann die Treppe hinunter in die Tiefgarage. Über sechs Monate ohne das geringste Lebenszeichen. Ein nächtliches Telefongespräch hätte sie aus der Deckung locken sollen. Ohne Erfolg. Einige Briefe und Anzeigen später war der Kontakt vollständig abgebrochen, und Broncks war von Zweifeln heimgesucht worden. Vielleicht hatte er Big Brother falsch eingeschätzt und die falsche Entscheidung getroffen. Trotz vielfältiger Hinweise aus der Bevölkerung und eines Ermittlerteams, das um einen Profiler erweitert worden war, hatte es keinen Durchbruch gegeben. Während die Monate ins Land gingen, hatte Broncks den Blick seines Chefs gespürt: Das in den vergangenen zehn Jahren aufgebaute Vertrauen war allmählich geschwunden.

Wenige Minuten später fuhr Broncks mit hoher Geschwindigkeit in Richtung E 18.

»Hier ist Broncks.«

Ich hatte recht. Ich habe Big Brother nicht falsch eingeschätzt.

»Ich hatte dir doch gesagt, dass du nach Hause gehen sollst«, erwiderte Karlström, umhüllt von Weihnachtsliedern und Kinderstimmen. Broncks erinnerte sich an seinen letzten Besuch in dem wunderschönen Haus in dem wunderschönen Wohnviertel. Das war in der Adventszeit vor einem Jahr gewesen, und er fahndete immer noch nach den Tätern.

»Ich bin auf dem Weg nach Heby.«

»John, verdammt ...«

»Sie sind's.«

Er erreichte das Kreuz in Rotebro und fuhr über eine rote Ampel. Karlström wartete schweigend ab. Dann hielt er sein Handy ins Zimmer, und die Weihnachtsmusik wurde lauter.

»Hörst du das, John?«

Ein altmodischer Plattenspieler, eine kratzende Nadel. *I'm Dreaming of a White Christmas.*

»Weihnachtslieder, John. Schinken und Glögg.«

»Ich brauche die Einsatztruppe.«

»John?«

»Ich weiß, dass sie es sind.«

»Laut einem Augenzeugen war der Mann, der vor der Bank Wache gehalten hat, bedeutend älter als die anderen. Seine Bewegungen waren langsamer und steifer als die seiner Mittäter.«

»Sie sind es aber.«

»Bislang war kein alter Mann beteiligt, stimmt's?«

»Lennart?«

In all den Jahren hatte er Karlström noch nie mit Vornamen angesprochen.

»Ja?«

»Wir waren ihnen noch nie so nahe. Aber die Kollegen in Heby brauchen Verstärkung. Die Täter haben schon auf einen Streifenwagen geschossen.«

White Christmas war endlich vorbei. Jetzt kam *Frosty the Snowman*, ein fröhlicher Weihnachtsschlager, gesungen von einem ebenso fröhlichen Kinderchor.

»John, ich kann die Polizeichefin unmöglich heute Abend anrufen und sie um die Einsatztruppe bitten, nicht am Tag vor Heiligabend. Und auch an keinem anderen Tag, sofern es nicht um ihren Bezirk geht und zweifelsfrei feststeht, dass es sich wirklich um die Militärliga handelt.«

»Schneller, Anneli!«

»Wir sind hier noch nie entlanggefahren. Das haben wir nicht geübt …«

»Schneller! Wir müssen hier weg, bevor sie die Straßen sperren!«

Schneeflocken tanzten im Licht ihrer Scheinwerfer mitten im dunklen Wald.

Leo hatte die Landkarte ausgebreitet und auf seine Knie und das Gewehr gelegt. Sein Zeigefinger folgte der Straße, auf der sie sich gerade befanden. Das Auto wurde kräftig hin- und hergeworfen, und er stieß mit Kopf und Schulter ans Seitenfenster.

»Ich weiß nicht, wo wir sind, Leo, ich …«

»Fahr einfach weiter!«

Sie fuhr, aber ihre Gedanken blieben bei den sieben Schüssen auf den Streifenwagen. Sie hatten das Feuer eröffnet. Wer schießt, kann auch beschossen werden.

»Wenn wir an der Sommerhaussiedlung vorbei sind, kommen wir nach vier Kilometern wieder auf die große Landstraße. Fahr einfach weiter.«

Natürlich hatte sie gewusst, dass mit diesen Gewehren auch geschossen werden konnte, aber sie hatte sich nie erlaubt, darüber nachzudenken.

»Anneli?«

Jetzt musste sie sich mit diesem Gedanken auseinandersetzen, denn jetzt war das Gewehr zum Einsatz gekommen.

»Anneli, stopp!«

Diese Waffen konnten töten.

»Stopp! Ich übernehme das Steuer!«

Hier anhalten? Mitten im Wald? Warum? Sie suchte im Rückspiegel nach dem Streifenwagen, den Leo mit Schüssen durchlöchert hatte. Die Kurve näherte sich, und das Lenkrad glitt ihr aus den Händen.

»Achtung, Kurve!«

Alle drei Männer schrien gleichzeitig auf.

Zu spät. Sie stieg mit ihrem ganzen Gewicht auf die Bremse, doch der Wagen schlingerte und rutschte unausweichlich auf den Graben zu. Dann kippte er über die Kante. Der Aufprall war im Auto kaum zu spüren.

Die Stille war ohrenbetäubend. Sie bestätigte, dass das Undenkbare geschehen war. Es gab für ihre Flucht kein Fluchtfahrzeug mehr.

Leo versuchte die Tür aufzudrücken. Sie wurde von einer Schneewehe blockiert, und er stemmte sich mit dem Rücken gegen das Armaturenbrett. Mit jedem Tritt öffnete sich die Tür ein wenig mehr.

Dann kroch er ins Freie und stand im Schnee, der ihm bis über die Knie reichte.

»Jasper, du nimmst die Waffen. Papa, du nimmst das Geld. Alle raus jetzt!«

Einer nach dem anderen kroch in den Schneesturm hinaus. Jasper hatte sich die Griffe der Waffenkiste wie die Träger eines Rucksacks über die Arme gestreift. Ivan hielt die Sporttasche mit den dreieinhalb Millionen Kronen in seinen Armen. Anneli lief das Blut aus der Nase.

»Hier. Nimm das«, sagte Ivan und reichte ihr sein Taschentuch. Mit Hilfe von Schnee wischte sie sich das Blut aus dem Gesicht.

»Leo, was ist mit Sebastian?«

»Komm jetzt.«

»Was wird er sagen? Er soll doch morgen zu uns nach Hause kommen.«

»Anneli? Schau mich an. Wir gehen nach Hause, und zwar jetzt.«

»Er kommt morgen, um mit uns Weihnachten zu feiern. Und wir haben mit einem Gewehr auf einen … Menschen geschossen.«

Sie zog ihren dünnen Mantel enger um sich und kletterte aus dem Graben auf die Straße. Leo öffnete den Kofferraum, warf die sorgfältig verpackten Kartons in den Schnee und hob die Tasche mit der Bankräubermontur heraus.

»Es wird kalt werden.«

Eine Jacke für Anneli, die sie nicht einmal auffing, eine für Jasper, der sie über seine eigene Jacke streifte, und eine für Ivan, der sie entgegennahm, aber dann in den Schnee fallen ließ. Er fror nicht.

»Bis zur Landstraße auf der anderen Seite sind es drei Kilometer. Wenn wir es durch den Wald schaffen, kommt keiner der örtlichen Bullen gegen unsere Waffen an. Es dauert bestimmt neunzig Minuten, bis Verstärkung eintrifft. Wir müssen zusehen, dass der Abstand nicht kleiner wird.«

Es schneite immer noch, aber es war keine weiße Wand mehr, eher ein weicher Vorhang, der langsam hin- und herwogte. Sie hatten bessere Sicht, waren aber auch leichtere Beute. Sie marschierten über eine Weide und auf den Waldrand zu. Da blieb Anneli abrupt stehen und ließ sich in den Schnee sinken.

»Ich will nicht mehr«, sagte sie.

»Verdammt, Anneli!«

»Ich will nicht. Ich wollte das nie. Ich will … nach Hause.«

»Steh sofort auf!«

Sie saß im Schnee und weinte.

»Ich hab auf eine Frage, die du mir nie gestellt hast, mit Ja geantwortet! Und jetzt bin ich … hier.«

Er packte ihre Hand und versuchte sie hochzuziehen, aber sie wehrte sich, und er ließ sie los.

»Anneli!«

»Ich will nicht.«

»Wir können nicht länger hierbleiben!«

Aber ihr Beschluss war gefasst. Sie würde bleiben. Diese Entscheidung war so unumstößlich wie ihr Wille aufzugeben. Jasper drehte sich um.

»Ich hab es dir gesagt, Leo!«, zischte er. »Ich habe dir gesagt, dass sie das schwache Glied in der Kette ist! Sie wird reden! Wir können sie hier nicht zurücklassen, Leo, zumindest nicht lebend!«

Leo packte ihn und zog ihn zu sich heran.

»Und was schlägst du vor?«

»Wenn sie festgenommen wird, dann wird sie einen nach dem anderen ans Messer liefern. Und zwar uns alle! Auch deine Brüder!«

Jasper hatte recht. Der Schneesturm hatte Anneli binnen weniger Minuten aller ihrer Kräfte beraubt, und nur in ihren verwirrten Augen, mit denen sie weder Leo noch die Realität zur Kenntnis nehmen wollte, die sie einholen würde, sobald sie in einem warmen Streifenwagen saß, schimmerte noch ein wenig Leben.

»Willst du etwa … dass ich sie erschieße? Na?«

»Ja.«

Jasper nahm das Gewehr von seiner Schulter und entsicherte es. Leo überlegte, wie lange Anneli wohl einer Vernehmung standhalten würde – eine, drei oder fünf Stunden? – und wie weit er kommen würde, wenn er sie am Leben ließ.

Plötzlich klärte sich sein Kopf, und er warf sich zwischen Jaspers erhobene Waffe und die Frau, mit der er alles teilen wollte.

»Anneli!«

Er kauerte neben ihr und sorgte dafür, dass sich sein Rücken stets zwischen ihr und dem Lauf des Gewehrs befand.

»Hör mir zu!«, brüllte er.

Sie sah ihn kaum an.

»Weißt du noch, Anneli? Wenn man zusammen eine Bank ausraubt, dann hält man zusammen!«

Er zog seine Lederhandschuhe aus und wischte ihr die kalten Tränen von den Wangen. Dann nahm er ihr schmales Gesicht in seine Hände und versuchte ihren Blick aufzufangen.

»Steh jetzt auf, du schaffst das, verdammt noch mal! Mach schon!«

Aber sie blieb liegen und versank immer tiefer in der Schneewehe. Diese Frau da vor ihm war nicht seine Anneli, auf die er sich immer hatte verlassen können.

»Sie wird uns anzeigen!«, brüllte Jasper, während er seinen linken Arm durch die Lederschlaufe schob, um die Mündung der Waffe zu stabilisieren.

»Leo, ich warte! Gib mir den Befehl, und ich schieße!«

Leo sah, wie sich Jasper in einem Halbkreis langsam um ihn herumbewegte, um eine günstige Schusslinie zu erhalten, dann begann er seinen Vater zu umkreisen, der die ganze Zeit reglos dagestanden hatte, ohne Leo auch nur den geringsten Fingerzeig zu geben. Ohne ein einziges Wort zu äußern. Ivan war eine dunkle, reglose Gestalt, um die Tausende Schneeflocken herumtanzten.

»Nein!«

Er hatte den Überfall geplant. Er war der Anführer, er musste die Entscheidung fällen.

»Sichere die verdammte Waffe, Jasper!«

Er packte die Mündung und schob sie zur Seite.

»Verstehst du nicht, Leo? Sie wird dich anzeigen!«

»Sie wird nicht sterben.«

So war es nun einmal. Sie befanden sich in dieser Lage, weil er sich ebenso sehr auf seinen Vater wie auf Anneli verlassen hatte.

»Wenn hier jemand stirbt, dann sind das Ivan und ich, weil wir noch nicht fertig miteinander sind.«

Weil wieder einmal jemand seine Spur an einem Tatort hinterlassen hatte.

»Wir gehen jetzt, hörst du mich? Sie bleibt hier, und wir gehen weiter.«

Er gab ihr einen Kuss, den sie nicht erwiderte. Er spürte ihren warmen Atem im kalten Wind.

Manchmal wusste man einfach, wann es das letzte Mal war.

90

Felix schob einen Dessertteller, ein halb leeres Bierglas und eines der langweiligen Mathebücher beiseite, die Vincent überall herumliegen ließ, und stellte den winzigen Plastikchristbaum auf den Küchentisch. Künstliche Weihnachtsstimmung, die Illusion, dass hier alles so war wie bei allen anderen auch. So war es gewesen, seit er denken konnte. Immer zu viel, immer gekünstelt, angespannt, ein weiteres Gebrüll, ein weiterer Irrsinn seines Vaters. Die Plastiktanne auf dem Küchentisch war so mickrig wie alle Heiligabende, die er bisher erlebt hatte.

Eigentlich hätte er gelassen sein können. Diese Weihnachtsfeiertage waren Teil seines neuen Lebens ohne Vergangenheit. Sein kleiner Bruder saß kaum einen Meter entfernt vor dem Fernseher und zappte von einem Sender zum nächsten.

Aber Gelassenheit war genau das, was ihm fehlte.

»Schalt den Fernseher aus.«

»Ich muss es wissen.«

»Und ich will gar nichts wissen. Schalt ihn aus, verdammt noch mal!«

Vincent sah sich nun schon sechs Stunden lang die Nachrichten an, während ihm die Angst aus jeder Pore drang.

Die Männer, die die Sparbanken in Heby überfallen haben, sind immer noch auf freiem Fuß.

»Mach schon aus!«

»Nein.«

»Ich will es nicht wissen. Ich bin hier in Göteborg! Und nicht dort, verdammt!«

Die Polizei soll die mutmaßlichen Täter aufgespürt und das Wäldchen umzingelt haben, in dem sie sich angeblich aufhalten.

Felix setzte sich vor die Plastiktanne und leerte sein Glas. Das Bier war lauwarm. Er spürte die Angst, die aus Vincents Poren drang, und erinnerte sich an das eine Mal, als er mit dem Geruch des Todes konfrontiert worden war – einer der Nachbarn hatte lange tot hinter einer verschlossenen Tür gelegen. Es war genau dieser Geruch gewesen.

Die Polizei fordert alle Anwohner auf, ihre Häuser nicht zu verlassen.

Felix konnte es nicht länger ertragen. Er stürmte ins Wohnzimmer, riss Vincent die Fernbedienung aus der Hand und stellte den Fernseher ab. Vincent sah ihn überrascht an, schnappte sich das Handy auf dem Couchtisch und wählte eine der wenigen gespeicherten Nummern.

»Ruf nicht an!«

Zu spät. Er hatte bereits gewählt. Felix sah es Vincent an. Die wahnwitzige Hoffnung. Dass es jemand anders gewesen sein könnte. Andere Bankräuber, die sich an diesem Tag für die Bankfiliale in Heby entschieden hatten. Sie wussten es schließlich nicht, sie konnten sich nicht vollkommen sicher sein, vielleicht …

»*Hallo, hier sind Leo und Anneli. Wir sind gerade nicht zu Hause, aber …*« Dann der lange Piepton. Vincent legte auf.

Jetzt wussten sie es.

Felix packte das Handy und warf es an die Wand. Es fiel auseinander.

»Er konnte es nicht bleiben lassen, er musste weitermachen, obwohl wir hierhergezogen sind … Verdammte Scheiße, Vincent!«

Er trat auf die Plastikteile des Handys und hämmerte mit den Fäusten gegen Wände und Türrahmen. Vincent roch jetzt noch schlimmer. Er rannte in die Küche, in der unter einem Hocker in der Ecke vier Weihnachtsgeschenke lagen, zwei für jeden. Davon wählte er das längliche Paket aus, das er selbst eingepackt hatte.

»Das hier ist für dich.«

Er reichte es Vincent, der es öffnete und dabei Papier und Geschenkband zu Boden fallen ließ. Eine Schachtel, darin eine Flasche Whisky. Single Malt. Felix holte zwei frische Gläser und schenkte bis zum Rand ein. Sie tranken, bis die Gläser leer waren.

»Er wird nie aufgeben«, sagte Vincent und goss nach. Sie tranken.

»Verstehst du, Felix? Ich hätte dort sein müssen!«

Er weinte, erst leise, dann heftig.

»Ich hätte dort sein müssen, Felix … Verdammte Scheiße!«

Der unangenehme Angstgeruch hatte sich verflüchtigt, der nicht versiegende Tränenstrom schien eine reinigende Wirkung zu haben.

»Das ist dir doch klar, oder? Er wird sich nie ergeben, zumindest nicht lebend.«

Der Schnee reichte Leo bis zu den Knien. Die Winterkälte drang durch Schuhe, Jacken, Haut. Der Wind war wieder zum Sturm geworden, peitschte, jagte und forderte sie heraus.

Ich gehe einfach hindurch.

Diese Schweine würden ihm nie wieder nahe kommen und ihm nie wieder Fragen stellen.

Geradewegs hindurch.

Leo an der Spitze, Jasper am Schluss, Ivan zwischen ihnen. Er folgte Leos Spuren mit angestrengtem Atem, die Hände in den Taschen zu Fäusten geballt, die Sturmhaube über das graue Haar gestreift. Zwanzig Minuten, die halbe Strecke. Der Wald öffnete sich zu einer größeren Lichtung, auf der sie besser vorankamen. Sie überquerten sie in zügigem Tempo und ließen ihre Verfolger immer weiter hinter sich.

Leo begann in den Schnee einzusinken. Rasch. Bis zur Taille, dann bis zur Brust. Es war keine Lichtung, sondern dünnes Eis auf einem Sumpf. Eiskaltes Wasser strömte in seine Hose und Jacke. Die Schuhe steckten im Morast fest.

»Leo!«

Ivan näherte sich ihm mit kurzen Schritten, dann streckte er ihm seine Hand entgegen. Sein Sohn saß fest. Er kauerte sich auf die glatte Oberfläche, bohrte seine Absätze ins Eis und zog. Das Eis barst. Ein Bein im schwarzen Wasser, ein Bein immer noch auf der brüchigen Kante, zog er Leo unter Aufbietung seiner letzten Kräfte hoch. Dann löste der Morast, ebenso schnell, wie er zugepackt hatte, seine Umklammerung.

Gemeinsam robbten sie zum festen Boden. Dort blieben sie liegen, bis der Husten, der aus den Tiefen von Ivans Lunge gestiegen war, langsam verebbte.

»Leo, du kannst jetzt nicht weiter. Nicht in diesem Zustand. Du wirst sonst erfrieren.«

Die Temperatur lag unter dem Gefrierpunkt, der Wind heulte. Die sumpfige Nässe, die seinem Sohn bis an die Brust reichte, würde sich bald in Eis verwandeln.

»Sie sind uns auf den Fersen! Wir müssen den Abstand beibehalten!«

Er schaute weder seinen Vater noch Jasper an, als er mit klappernden Zähnen losmarschierte. Ivan holte ihn ein und packte seine Jacke.

»Hast du mich gehört, Leo? Verstehst du nicht? Du musst dich abtrocknen! Sonst ist es scheißegal, wie weit du kommst!«

Leo schüttelte ihn ab und setzte seinen Weg fort.

Durch sie hindurch.

Ivan holte ihn ein weiteres Mal ein.

»Dort drüben hinter der Lichtung liegen ein paar Sommerhäuser. Siehst du sie?«

Das rote Holzhaus mit weißen Ecken war nicht sonderlich groß. Es lag geschützt zwischen ein paar Bäumen und glich allen anderen schwedischen Sommerhäusern.

»Weiter geht's, verdammt noch mal!«, sagte Leo und schob ihn beiseite.

»Wir gehen da rein, damit du dich abtrocknen kannst.«

Ivan deutete in den Wald.

»*Danach* gehen wir weiter. Wenn du dich in diesem Wetter nicht abtrocknest, ist das dein sicherer Tod.«

John Broncks parkte an dem kleinen Platz neben dem Supermarkt. Im Nachbarhaus lag die Bank. Der kleine Ort hätte Ösmo, Ullared, Rimbo oder Kungsör sein können, ein paar Tausend Einwohner und ein Zentrum mit Läden, der Bank und der Bücherei dicht an dicht. Sie hatten ihre Objekte sorgfältig ausgesucht. Sie lagen stets in Gegenden mit geringer Polizeipräsenz und guten Zufahrtswegen und Fluchtmöglichkeiten.

Auch der Rest kam ihm vertraut vor.

Das im Wind flatternde Absperrband schuf eine Schneise vor den beiden Schaufenstern, um die Schaulustigen auf Abstand zu halten. Je näher er kam, desto mehr verwirrten, verängstigten und weinenden Leuten begegnete er. Im Inneren des Bankgebäudes fand er zerschossene Überwachungskameras, eine geöffnete Tresortür und einen leeren Safe vor. Ein Polizist in Uniform, der gerade eine Vernehmung beendet hatte, deutete auf die Tür.

»Ich muss Sie bitten …«

»Ich bin John Broncks von der Kripo Stockholm.«

Der Kollege betrachtete Johns Dienstmarke, die wie seine eigene aussah.

»Broncks?«

»Ja.«

»Ich heiße Rydén, von der Polizei Heby. Sie sind ja ganz schön weit weg von Stockholm.«

»Ich weiß.«

»Wir haben schon Leute aus Heby, Sala und Uppsala hier.«

»Auch das ist mir bekannt. Aber ich glaube einiges über die Täter zu wissen.«

Broncks verbrachte eine Viertelstunde damit, sich mit den Kunden und den Kassiererinnen zu unterhalten, die sich in der Bank aufgehalten hatten, als die zwei Vermummten hereingestürmt waren und ihnen befohlen hatten, sich auf den Fußboden zu legen. Er hob eine Patronenhülse vom Boden auf, die für eine automatische Waffe des schwedischen Militärs hergestellt worden war. Dann sah er sich die acht Sekunden dauernde Filmsequenz der Überwachungskamera an mit dem Anführer und dem Schützen, die er Big Brother und den Soldaten zu nennen pflegte.

Sie waren es. Ohne schwarze Overalls und nur zu zweit im Bankgebäude. Aber es bestand kein Zweifel.

Er jagte sie jetzt schon über ein Jahr und war ihnen noch nie so nahe gekommen.

Die Polizeiwache lag am Ortseingang von Heby. Ein bescheidenes Ziegelgebäude, das genau wie das bedeutend größere Präsidium in Stockholm mit Weihnachtsmännern und Lichterketten geschmückt war. Auch hier stand eine halbe Torte auf dem Kaffeetisch neben halb geleerten Tassen. Die Weihnachtsfeier war vom Bankraub abrupt unterbrochen worden.

Broncks folgte Rydén durch die Flure. Sie kamen am Vernehmungszimmer vorbei, wo eine blonde Frau Anfang dreißig mit einer Decke über den Schultern und einer Tasse Tee in der Hand dasaß und ins Leere starrte, während sie sich die Fragen einer Beamtin anhörte. Erst antwortete sie nicht, dann waren ihre Antworten so vage und konfus, als stünde sie unter Schock.

»Wie haben sie ausgesehen?«

»Weiß nicht.«

»Wirklich nicht?«

»Sie waren maskiert.«

»Wer ist das?«, erkundigte sich Broncks leise bei Rydén.

»Wir haben sie an einer unbefestigten Straße in der Nähe einer Sommerhaussiedlung bei Sala aufgelesen«, antwortete er ebenso leise. »Die Täter haben ihren Mietwagen entführt, und sie ist mitten im Schneesturm herumgeirrt. Wir hätten sie beinahe überfahren.«

Sollten die Bankräuber im Auto dieser jungen Frau geflohen sein? Die Mitglieder der Militärliga verwendeten nur Fluchtfahrzeuge, die sie selbst bereitgestellt hatten. Sie wählten sie mit Sorgfalt aus und parkten sie an Orten, an denen eventuelle Verfolger niemals suchen würden. Broncks beschloss, sich später selbst mit der Frau zu unterhalten.

Sie gingen in Rydéns Büro. Eine Landkarte mit Heby in der Mitte nahm den größten Teil der Wand ein. Rydén deutete mit seiner Hand auf das Zentrum mit der Bank, fuhr dann mit dem Zeigefinger eine Straße entlang Richtung Norden und bog an einer Kreuzung auf einen kleineren Weg ab, der westlich verlief.

»Hier haben wir sie am Waldrand aufgegabelt. Die Täter haben sie gezwungen anzuhalten, dann sind sie eingestiegen, und sie musste weiterfahren. Sie hatte Angst, und die Straße war sehr glatt. Wir haben das Auto später im Straßengraben gefunden. Es war voller Weihnachtsgeschenke. Vom Wagen führten deutliche Spuren in den Wald hinein. Die Verfolgung dürfte kein Problem sein.«

»Und das erste Fluchtfahrzeug?«

»Nach dem suchen wir noch.«

Broncks wäre zu gern nach nebenan gegangen, um sich mit der Frau zu unterhalten.

»Sie haben sie gezwungen weiterzufahren?«

»Ja.«

»In einem Mietwagen? Voller Weihnachtsgeschenke?«

»Sie war auf dem Weg zu ihrer Familie.«

»Wer hatte den Wagen gemietet? Und was waren das für Geschenke?«

Rydén öffnete die Tür zu einem weiteren Zimmer, in dem ein Kollege zwei ältere Eheleute befragte, die gerade mit ihren Einkäufen über den Hauptplatz gegangen waren, als das Täterfahrzeug im Rückwärtsgang über den Gehsteig vor die Bank gefahren war. Er unterbrach die Befragung und kehrte kurz darauf zu Broncks zurück.

»In zehn Minuten wissen wir Genaueres.«

Broncks zeigte auf das Vernehmungszimmer, in dem die blonde Frau saß.

»Ist es in Ordnung, wenn ich zuhöre?«

Leo zerschlug mit dem Gewehrkolben die kleine Fensterscheibe in der Tür. Dann schob er seine Hand und seinen Arm zwischen den scharfen Scherben hindurch zum Schloss auf der Innenseite. Mit einem lauten Knall flog die Tür auf, als der Wind sie zu fassen kriegte.

Eine kalte Diele. Kein Wind. Und kein Schnee.

Der Hauptschalter befand sich an der Wand unter der Hutablage. Trotzdem ging das Deckenlicht nicht an.

»Papa? Schaust du mal nach dem Sicherungskasten?«

Eine einfache Küche. Eine Bank, ein Esstisch, zwei Stühle. Eng, aber genug Platz für vier. Ein gusseiserner Herd, daneben ein Korb aus Birkenrinde mit alten Zeitungen, Holzscheiten und Streichholzschachteln.

»Jasper, da draußen war eine Telefonleitung. Such nach dem Telefon.«

Neben der Küche zwei kleine Zimmer, ein Wohnzimmer und ein Schlafzimmer. Jasper durchsuchte die Schränke, Schubladen und Körbe auf dem Fußboden, während Leo die Feuerungstür öffnete und Zeitungen, Späne und zwei Holzscheite hineinlegte.

In der Diele knallte es. Sein Vater hatte den Sicherungskasten gefunden. Elektrizität floss durch die alten Kabel, und die Deckenlampe ging an.

Zeitungen flammten auf, Späne knisterten.

Sein Vater reichte ihm eine Arbeitshose und einen Trainingsanzug, die er in der Diele gefunden hatte, und setzte sich an den Holztisch. Er schob eine Schale mit mumifizierten Herbstbirnen beiseite und legte eine Packung Blättchen und seinen letzten Tabak vor sich auf die Tischplatte. Zwei Selbstgedrehte würde das ergeben, mehr nicht. Normalerweise rauchte er zwanzig am Tag, und jetzt brauchte er sie mehr denn je, um den Flaschen widerstehen zu können, die auf der Ablage zwischen Herd und Spüle standen. Schwedischer

Wodka, kanadischer Whisky, südafrikanischer Wein und ein Dessertwein aus Griechenland.

»Leo, du musst die Stiefel ausziehen und trocknen, bevor wir weitermarschieren.«

»Wir hatten nur neunzig Minuten. Insgesamt. Wir können nur die Hälfte der Zeit hier verbringen.«

»Dir bleibt genug Zeit, um sie zu trocknen. Sonst ziehst du dir Erfrierungen zu! Und dann muss amputiert werden. Ich habe zugesehen, als ich noch … dort unten gelebt habe. Es beginnt in den Zehen, dann wird der ganze Fuß schwarz und verfault. Und wenn du ihn nicht abtrennst, breitet sich der Tod im Körper aus, Leo.«

Er befolgte den Rat seines Vaters, schnürte beide Stiefel auf und stellte sie auf den gusseisernen Herd, der sich allmählich erwärmte. Dann zog er die Hosen aus der Diele über, beide waren zu kurz und zu eng.

Ivan stellte seine Schuhe neben Leos und zündete sich die frisch gedrehte Zigarette an. Er inhalierte tief und ließ den Rauch langsam entweichen, während er eine der noch ungeöffneten Flaschen in die Hand nahm.

»Mensch, Papa! Hältst du das für eine gute Idee?«

Doch dieser reichte sie an seinen Sohn weiter.

»Wodka. Trink einen Schluck. Das ist gut für dich, er bringt das Blut in Bewegung.«

Leo trank direkt aus der Flasche und spürte, wie ihn sein Vater die ganze Zeit über beobachtete. So war es schon den ganzen Abend gewesen, und es fühlte sich an, als würde er beurteilt, als wäre er noch ein Kind, das der Billigung eines Erwachsenen bedurfte.

»Was soll das?«, fragte Leo.

»Was?«

»Na, dass du mich so anschaust!«

»Wie?«

»So.«

Ivan schaute weg und an seinem Sohn vorbei, um ihm weiteres Unbehagen zu ersparen.

»Leo, wir … du … vielleicht solltest du umdisponieren.«

»Umdisponieren?«

»Manchmal muss man sich einfach mit Dingen abfinden.«

Leo hatte die Flasche abgesetzt und zugeschraubt. Jetzt öffnete er sie erneut und stellte sie zwischen die Tabakkrümel und die zitternden Hände seines Vaters.

»Was soll das heißen? Ich gebe nie auf! Im Gegensatz zu dir, Papa! Was führst du im Schilde? Wolltest du deswegen in diese Scheißhütte? Dann trink eben, verdammt! Trink!«

Jasper erschien mit einem Telefon unter dem Arm in der Tür.

»Ich habe es gefunden«, unterbrach er sie. »Es stand auf einem Bord im Badezimmer. Die Telefondose ist in der Ecke beim Radio.«

Die Stiefel auf dem Herd waren noch nicht ganz trocken, aber immerhin trockener als vorher. Die Flasche stand geöffnet vor seinem Vater, bis seine rauen, zitternden Hände sie zuschraubten.

Leo ging währenddessen ins Wohnzimmer mit der Telefonsteckdose.

Broncks saß im Vernehmungszimmer und hörte zu, wie sich die Frau mit der Decke über den Schultern mit der Beantwortung der Fragen abmühte. Bereits nach wenigen Minuten war deutlich, dass sie nicht verwirrt war, sondern nur verwirrt spielte, und das nicht einmal sonderlich gut.

»Dürfte ich auch ein paar Fragen stellen?«, erkundigte sich Broncks.

Sein jüngerer Kollege zuckte mit den Achseln, und Broncks vermutete, dass er damit sagen wollte: Mach, was du willst, ich will nach Hause und Weihnachtsschinken essen. Er nahm auf dem einzigen freien Stuhl Platz und stellte sich vor.

»Broncks. Von der Kripo Stockholm.«

Ihre Hand war kalt und schmal.

»Anneli.«

»Ich habe eine Weile zugehört. Sie sagten, Sie seien zu Verwandten unterwegs gewesen. Und dann standen sie plötzlich vor Ihnen auf der Straße. Die maskierten Räuber wollten Ihr Auto haben. Ist das korrekt?«

»Ja.«

»Und sie haben Sie bedroht?«

Sie benutzen keine unbekannten Fluchtfahrzeuge.

»Ja.«

»Mit Waffen?«

Sie wählen sie mit Sorgfalt aus und bringen sie im Voraus in Position.

»Ja.«

»Sie wollten, dass Sie sie mitnehmen?«

Sie würden einer derart verängstigten, zarten und gestressten Fahrerin nie die Hauptrolle in ihrem Fluchtplan zubilligen. Außer es wäre mir gelungen, Big Brother zu einer unüberlegten Handlung zu zwingen und ihn dazu zu verleiten, Risiken einzugehen und Fehler zu begehen.

»Ja.«

John Broncks ergriff ihre kalte und leblose Hand ein zweites Mal, dann verließ er den Raum und suchte nach einem freien Zimmer. Aber die Polizeiwache, die von außen klein wirkte, war von innen noch kleiner. In den beiden provisorischen Vernehmungszimmern saßen Augenzeugen, in den wenigen Büros waren die zur Verstärkung angeforderten Kollegen untergebracht. Es blieb nur die Teeküche. Broncks schloss die Tür hinter sich, um ungestört telefonieren zu können. Während er darauf wartete, dass jemand abhob, nahm er sich ein paar übrig gebliebene Kekse.

Er hörte die fröhlichen Weihnachtslieder schon, ehe sein Chef etwas gesagt hatte.

»John?«

»Ja.«

»Morgen ist immer noch Heiligabend.«

»Ich bin in Heby.«

»Weißt du, wie man ein richtiges Weihnachtsbier braut, John? Ein klassisches Weihnachtsbier? Na?«

»Drei Minuten. Kurz vor Feierabend. Armeewaffen. Schüsse.«

»Man nimmt gekühlte Weihnachtslimonade und ...«

»Mehr wusste ich nicht, als ich mich auf den Weg gemacht habe.«

»… zwei Flaschen Pils und …«

»Jetzt habe ich mir die zerschossenen Überwachungskameras und die Patronenhülsen angesehen und mit den Zeugen gesprochen …«

»… eine Flasche Porter. Dann mischst du alles.«

»Und ich habe sie gesehen. Auf dem Überwachungsvideo. Die beiden Täter in der Bank. Big Brother und den Soldaten.«

»Ich finde, du solltest jetzt nach Hause gehen und das mal ausprobieren, John. Wenn du nicht weißt, wo du hingehörst, und ein Bedürfnis nach Zugehörigkeit verspürst, dann kann ich daran nichts ändern. Aber ich kann dir die dienstliche Anweisung erteilen, den Polizeidienst jetzt nicht auszuüben.«

Broncks konnte sich nicht erinnern, jemals seinem Chef gegenüber laut geworden zu sein. Das war einfach nicht seine Art, ebenso wenig wie die von Karlström. Als er also plötzlich in der winzigen Teeküche zu schreien begann, waren sie beide gleichermaßen überrascht.

»Wir beide haben nebeneinandergesessen und uns die Videos von ihren neun anderen Überfällen angeschaut! Ich beschäftige mich jetzt seit über einem Jahr mit ihnen! Ich weiß, dass sie es sind! Und jetzt, Karlström, haben sie sogar auf uns geschossen, auf die Polizei. Zum ersten Mal – und zwar weil sie gestresst sind. Wir sind ihnen dicht auf den Fersen. Und wie ich schon sagte, diese Leute setzen Sturmgewehre ein. Wenn wir uns ihnen ohne Verstärkung weiter nähern, dann wird die Hölle losbrechen!«

Er schrie so laut, dass seine Kehle schmerzte. Seine letzten Worte waren ein heiseres Krächzen. Er hatte ganz vergessen, dass er so empfinden konnte.

»Warte einen Augenblick.«

Broncks hörte, wie Karlström das Telefon hinlegte, über den Teppich auf die Musik zuging, die kurz lauter wurde und dann vollkommen erstarb. Dann verfolgte er den Klang der Schritte auf ihrem Weg hinauf ins Büro mit dem Blick auf den Mälarsee.

»Bist du dir ganz sicher?«

»Ich bin mir sicher. Es ist diese Bande. Ausgerüstet mit automatischen Waffen, die sie einsetzen werden und bereits eingesetzt haben. Ich will nicht, dass die Beamten aus Heby und Sala ihnen ins Messer laufen. Ich will keine toten Kollegen sehen. Ich brauche das Anti-Terror-Einsatzkommando.«

Es wurde still. Nur Karlströms Atem war zu hören.

»Ich trage der Polizeichefin deine Bitte vor.«

»Das habe ich schon getan.«

»Wie bitte?«

»Auf meinem Weg hierher. Jede Minute, die verstreicht, kann den Unterschied zwischen Leben und Tod bedeuten. Sie sind also schon unterwegs. Ich wollte nur, dass du zur selben Schlussfolgerung gelangst. Schließlich sieht es nicht gut aus, wenn ein Kriminalinspektor so einen Beschluss ohne die Erlaubnis seines Vorgesetzten fasst. Ich habe also behauptet, ich hätte die Erlaubnis schon vorliegen.«

Vincents Weihnachtsgeschenk war fast ausgetrunken. Einige höllische Minuten hatten sich in eine höllische halbe Stunde verwandelt.

Die Bankräuber, die heute Nachmittag das Feuer in einer Bank in Heby eröffneten, sind immer noch flüchtig.

Bedrückt saß Vincent mit zwei Fernbedienungen auf der Couch und zappte zwischen Fernseh- und Radionachrichten hin und her. Felix tigerte hinter herabgelassenen Rollos in der Wohnung herum. Aus den zwei Zimmern mit Küche war plötzlich eine sieben Quadratmeter große Zelle geworden.

Während der Verfolgung wurden Schüsse aus einer automatischen Waffe auf einen Beamten abgegeben. Das Anti-Terror-Einsatzkommando ist inzwischen vor Ort eingetroffen.

Schüsse auf die Polizei. Das Anti-Terror-Einsatzkommando.

Felix schenkte sich den Rest aus der Flasche ein. Eine fensterlose Zelle. Genauso fühlte es sich an.

Es gab noch eine Flasche. Vincents zweites Weihnachtsgeschenk. Dieses Mal bot Felix Vincent nicht einmal etwas an.

Dann klingelte das Telefon.

»Hallo.«

Seine Stimme. Du lebst. Leben die anderen auch noch?

»Felix, wie geht's?«

Sie jagen euch.

»Ich wollte mich nur kurz bei dir melden.«

»Ist er bei euch?«

»Wer?«

»Ivan.«

»Ja.«

Jemand bewegte sich im Hintergrund. Vielleicht Ivan. Oder Jasper.

»Wenn die ganze Sache den Bach runtergeht, Felix …«

»Sie sind schon vor Ort.«

»Wenn die Sache den Bach runtergeht, dann will ich, dass du mit Vincent verschwindest.«

»Das Anti-Terror-Einsatzkommando ist eingetroffen. Sie haben es in den Nachrichten gesagt.«

»Das kann nicht sein.«

»Das wird jedenfalls behauptet.«

»Das ist unmöglich. Die brauchen viel länger.«

»Tu nichts Unüberlegtes, Leo!«

»Ich sage es noch einmal, wenn das hier schiefgeht, Felix, dann müsst ihr die Wohnung verlassen und verschwinden, egal wohin.«

»Warum sollten wir?«

»Weil ich nicht will, dass ihr für meine Taten geradestehen müsst.«

»Nein.«

»Was heißt, nein?«

»Ich laufe nicht weg.«

Vincent schaltete Radio und Fernseher leiser.

»Warum musst du nur so verdammt stur sein, Felix! Dieses eine Mal. Tu, was ich sage, ohne Schwierigkeiten zu machen!«

»Ich raube keine Banken mehr aus. Und ich laufe auch nicht weg. Ich bleibe hier. *Wir* bleiben hier.«

Vincent stand inzwischen neben ihm und lauschte an der Hörmuschel mit.

»Willst du mit Vincent sprechen?«

Er hatte die Frage kaum ausgesprochen und noch keine Antwort erhalten, da schnappte sich Vincent schon den Hörer.

»Leo?«

»Ja?«

Der jüngste Bruder schwieg kurz, hielt den Hörer dicht vor den Mund und versuchte zu wiederholen, was er oft gehört hatte.

»Leo … du … wir gehen einfach durch sie hindurch.«

Fünfhundert Kilometer entfernt.

»Stimmt's, Leo?«

Und dennoch im selben Raum.

»Ja. Geradewegs durch sie hindurch, Vincent.«

Hinter der Tür, die sie selbst geschlossen hatten.

»Felix will nicht auf mich hören, Vincent, also musst du es tun. Wenn das hier ein schlechtes Ende nimmt, dann müsst ihr allein zurechtkommen. Verstehst du? Du musst das auf deine eigene Art zu Ende bringen. Wie immer du dich entscheidest, Vincent, es ist das Richtige. Hörst du? Was auch immer geschieht … was immer du tust, ist das Richtige, egal was.«

Auf dem Tisch stand ein kleiner Weihnachtsbaum, der ihm noch gar nicht aufgefallen war. Offenbar hatte Felix ihn gekauft.

Obwohl sein Bruder Weihnachten nicht leiden konnte.

»Leo?«

»Ja?«

»Ich hätte dabei sein müssen.«

»Nein, Brüderchen, auf gar keinen Fall.«

Broncks stand vor der Wand mit der riesigen Landkarte. Ein großes schwarzes Kreuz kennzeichnete die Stelle, an der das Fahrzeug im Graben lag. Inzwischen wusste er, dass das Auto von einer Anneli Eriksson angemietet worden war und Weihnachtsgeschenkattrappen transportiert hatte. Die flüchtigen Bankräuber hatten sich von dort zu Fuß in ein Waldgebiet mit halbmetertiefem Schnee begeben. Vermutlich kamen sie in einem Tempo von drei bis vier Kilometern pro Stunde vorwärts. Broncks schaute auf die Uhr, rechnete und zeichnete einen Kreis mit einem Radius von sechs Kilometern um das schwarze Kreuz. Das Suchgebiet war noch nicht sonderlich groß und würde sich mit der Verstärkung vor Ort bald wieder verkleinern.

»Ich rede noch mal mit ihr«, teilte er Rydén mit, »und wenn ich fertig bin, können Sie den Staatsanwalt verständigen. Anneli Eriksson soll festgenommen werden. Ich weiß zwar nicht, wie genau sie in diese Sache verwickelt ist, aber sie gehört zu den Tätern.«

Er betrat das Vernehmungszimmer mit der Frau, die immer noch verwirrt spielte.

»Anneli?«

Sie schaute auf den Tisch, auf den Fußboden.

»Anneli, sehen Sie mich an. Ich will, dass Sie mir alles erzählen, was Sie wissen. Wenn Sie das nicht tun, könnte die Sache richtig schlimm ausgehen.«

»Was soll ich Ihnen erzählen?«

»Alles, was Sie wissen. Über die Leute in dem Auto. Die Personen, die die Bank überfallen haben. Ich möchte wissen, wie sie heißen und ob Sie sich mit ihnen in Verbindung setzen können. Welche Waffen sie besitzen. Diese Dinge sind wichtig. Falls Sie sie jemals wiedersehen wollen.«

Zum ersten Mal erwiderte sie seinen Blick, ohne ihm etwas vormachen zu wollen.

»Anneli … über welche Waffen verfügen diese Leute?«

Nicht lange, aber lange genug. Sie wusste, wovon er sprach. Sie wusste, wozu die Männer, die dort im Wald herumrannten, fähig waren. Und sie hatte Angst.

»Verstehen Sie, Anneli? Wir benötigen diese Informationen. Damit sie den Zugriff überleben.«

»Zieh die Schuhe an.«

»Leo, verdammt …«

»Halt die Klappe, Papa! Wir haben einen Vorsprung, und den

werden wir behalten! Jasper, nimm, was du an Wasser und Lebensmitteln finden kannst!«

»Aber das Einsatzkommando, Leo, mein Sohn, hör mir zu, du musst …«

»Nein, jetzt hörst du *mir* zu! *Niemand wird mir je wieder zu nahe kommen. Niemand!*«

Sturm und Wind hatten nachgelassen. Schwach leuchteten die Sterne über den Bäumen. Es würde eine stille Nacht werden, womit sich ihre Spur leichter verfolgen lassen würde. Aber auch sie würden besser vom Fleck kommen.

Leo zog Stiefel, Jacke und schusssichere Weste an. Als er nach seinem Gewehr griff, fiel ihm etwas auf. Nicht deutlich, sondern eher wie ein Fragment, das er unterschwellig wahrnahm.

Damals, als alles begann, hatte er die Dunkelheit als Deckung genutzt. Jetzt lauerten andere im Dunkeln und beobachteten ihn.

Links neben dem Küchenfenster schien ein Schatten zum Leben zu erwachen und sich auf einen Baum zuzubewegen. Dann rechts, ein Schatten mit einem geschwärzten Gesicht, der ebenfalls von einem Baum zum nächsten huschte. Als er sich schließlich auf den Fußboden gelegt hatte und zum Fenster gekrochen war, sah er lauter Schatten mit Waffen, die den seinigen glichen. Sie bewegten sich in einem weiten Bogen um das Haus herum.

»Sie sind hier!«

Er drehte sich zu Ivan um, der im Wohnzimmer auf einem Sessel saß. Jasper durchsuchte die Küchenschränke nach Essbarem, das er in seinen Waffenkoffer packen konnte.

»Sie sind schon da!«

Ivan blieb wie gelähmt auf seinem Sessel sitzen, während Jasper zum Fenster rannte und das sah, was Leo schon bemerkt hatte. Im nächsten Moment holte er seine Jacke, trug sie in die Küche, zog die drei Handgranaten aus den Taschen und legte sie auf den Tisch, neben die Tasche mit den Magazinen.

»Diese Gruppe, alles, was wir geschaffen haben – es darf nicht so enden«, sagte Jasper. »Das lassen wir nicht zu.«

»Sag mal, Jasper, bist du vollkommen verrückt? Handgranaten?«

»Morgen, Leo, wenn wir auf den Titelseiten erscheinen, dann nur vermummt. Niemand soll sagen: *Aha, so sehen die also aus!* Sag mir, was ich tun soll, Leo, ich tue alles, was du willst. Das weißt du, alles! Wir können nicht als gescheiterte Bankräuber sterben oder in einer verdammten Scheißzelle in einem Scheißgefängnis landen! Dann gibt es keine Militärliga mehr!«

Er entsicherte sein Gewehr und zielte in die Nacht, bereit, auf die Schatten zu schießen.

»Jetzt reg dich ab, verdammt noch mal«, sagte Ivan, stand auf und trat auf das Waffenarsenal zu. »Wenn du sterben willst, dann wird dir das heute Nacht gelingen, das garantiere ich dir. Aber du bist nicht der Einzige hier, du verdammter Idiot! Also hör schon auf, mit dem Gewehr herumzufuchteln!«

»Schwing ruhig deine Reden, das kannst du ja so gut. So war es schon immer. Du kannst auch Leuten in die Fresse hauen. Aber deine Ausrüstung zusammenhalten, das schaffst du nicht. Es ist doch deine Schuld, dass wir hier sitzen!«

Er nahm neben den Granaten Platz und fühlte sich ebenso einsam wie in jenem Augenblick, als er sie aus der Waffenkammer genommen hatte. Schon damals war ihm bewusst gewesen, dass die beiden Zivilisten nicht genug Schneid besaßen.

»Sie gruppieren sich da draußen! Kapierst du das denn nicht? Sie tun genau das, was uns ein ganzes Jahr lang bestens gelungen ist, und zwar ohne deine Hilfe! Sie gruppieren sich, um anzugreifen. Es ist also vollkommen egal, wie sehr ich mit meinem Gewehr herumfuchtele, weil mich jemand schon im Visier hat! Ich spüre es. *Ich spüre es!*«

Leo kroch über den Fußboden auf sie zu und nahm zwischen ihnen Platz.

»Leo? Willst du dir von diesem Pseudosoldaten Ratschläge erteilen lassen? Was sollen wir tun?«

Die Stimme seines Vaters hatte wieder etwas Flehendes. Leo antwortete nicht. Er wandte sich dem Holzherd zu und wärmte sich das Gesicht. Die Tasche stand noch auf dem Küchenfußboden. Er öffnete sie und zog zwei Geldbündel heraus.

»Die bestehen zu fast dreißig Prozent aus Baumwolle, aus Stoff. Wusstest du das, Papa?«

Hunderter und Fünfhunderter.

»Das macht das Papier etwas fester. Reißfester. Woher ich das weiß? Ich habe die Scheine gewaschen. Mit Aceton und Wasser. Eine stattliche Anzahl, die eine Farbpatrone verfärbt hatte. Hinterher habe ich sie getrocknet.«

Er öffnete die kleine Feuerungstür des Holzherdes.

»Der verdammte Stoff ist im Trockner eingegangen. Die Scheine sind so klein geworden, dass man sie nicht einmal am Automaten an der Tankstelle verwenden konnte. Weil ich einfach nicht wusste, dass Geldscheine aus Baumwolle bestehen. Ich habe Tausende von Kronen vergeudet, bis mir aufging, dass man das Geld zum Trocknen aufhängen muss.«

Leo schob das erste Geldbündel in den Herd. Hunderter.

»Was soll denn der Scheiß?«, schrie Jasper – nicht vor Wut, sondern vor Erstaunen. »Sollen wir etwa aufgeben, Leo? Wir lassen uns nicht verhaften, verdammt noch mal!«

»Dann leg dich auf den Boden. Du hast es selbst gesagt, sie haben dich schon im Fadenkreuz.«

Er schob das zweite Bündel in den Herd, Fünfhunderter, und es flammte ebenfalls auf.

»Es ist gut, dass du jede einzelne Krone verbrennst«, sagte Ivan, der neben seinem Sohn auf dem Boden lag und ins Feuer schaute. »Manchmal muss man sich einfach mit der Lage abfinden, Leo.«

Leo spürte die gewaltsame und intensive Hitze wie eine dünne Haut auf seinem Gesicht.

»Abfinden? Dieses verdammte Geld überlasse ich ihnen nicht.«

Leo schob beide Hände tief in die Tasche. Sechs Bündel. Nur Fünfhunderter.

»Sie kriegen weder das Geld noch mich.«

Das Feuer verschlang ein Bündel nach dem anderen. Leo schob wieder den Riegel vor die kleine Luke.

»Mich kriegen sie nicht. Verstehst du, Papa? *Mich* nicht. Also entweder schnappst du dir jetzt dein Gewehr oder kriechst zur Tür hinaus. Sie werden sich dann schon um dich kümmern, du kennst das ja, nicht wahr? Wie sie es immer tun. Von jetzt an, Papa, bist du dir selbst überlassen.«

Die Hitze, die Hunderttausende von Kronen abstrahlten, unterschied sich nicht von der eines Holzscheits, aber die Flammen erloschen rascher.

Plötzlich herrschte vollkommene Stille. Ivan saß am Ecktisch im Wohnzimmer im Schutz zweier Wände, und seine Hände zitterten, als er sich mit seinem letzten Tabak seine allerletzte Zigarette drehte. Leo schob noch mehr Geld in den Herd, das sich in Asche verwandelte. Jasper kroch durchs Haus und spähte aus allen Fenstern. Er folgte den Bewegungen der Schatten und schaltete sein Gewehr auf Automatik.

Von jetzt an traf jeder seine eigenen Entscheidungen.

John Broncks hatte solche Augen schon einmal gesehen.

Du. Oder ich.

Aber diese Augen gehörten einem seiner eigenen Leute und wurden von einer schwarzen Gesichtsmaske umrahmt.

Das Anti-Terror-Einsatzkommando. Sechzehn in den Schnee abkommandierte Polizeibeamte der Elitetruppe hatten mit ihren automatischen Waffen und Scharfschützengewehren hinter dicken Baumstämmen Stellung bezogen.

Endlich war der Suchradius auf ein Minimum geschrumpft.

Vier schwere Fahrzeuge hatten auf Broncks Bitte hin das Hauptquartier verlassen und waren siebenundfünfzig Minuten später nordwestlich von Heby die Landstraße entlanggerollt. Währenddessen war ein Hundeführer der Spur vom Fluchtfahrzeug zu dem umstellten Sommerhaus gefolgt. Die Spur führte geradewegs auf die Haustür zu. Sechs Füße, drei Männer. Inzwischen wussten sie, dass sie einem Vater, einem Sohn und dessen Kindheitsfreund gehörten, die mit AK-4-Sturmgewehren und einer Menge Munition bewaffnet waren. Die Frau mit der vorgetäuschten Verwirrung hatte sogar die genaue Anzahl der Magazine preisgegeben, die jeder von ihnen in seiner handgenähten Kampfmittelweste trug.

»Wie lange wird es wohl noch dauern?«, fragte Broncks den Einsatzleiter.

»Wir haben es nicht eilig.«

»Der Hundeführer schätzt, dass sie seit etwa dreißig Minuten hier sind.«

»Wir warten den richtigen Augenblick ab.«

Es hatte aufgehört zu schneien, und es war wärmer geworden. Der Anblick erinnerte an eine idyllische Weihnachtskarte. Alles wirkte so friedlich. Ein erleuchtetes Holzhaus, watteweicher Schnee auf dem Dach und den Obstbäumen. Der Schornstein rauchte.

Doch es war keine Weihnachtskarte.

Bewaffnete Männer, die ohne zu zögern auf Beamte schossen, hatten in dem Raum, der vermutlich die Küche war, Licht gemacht. Im Zuge ihrer zehn Raubüberfälle hatten sie mehr Schüsse abgegeben als jede schwedische Räuberbande zuvor.

Die Beamten vom Einsatzkommando hatten bereits versucht, sich mit den Männern in Verbindung zu setzen. Erneut wählten sie die Nummer des Festnetztelefons im Haus. Das Klingeln drang durch Risse und Fenster ins Freie. Sie wollten die Leute im Gebäudeinneren dazu überreden, sich zu ergeben. Es klingelte wiederholte Male, aber niemand hob ab.

Dennoch erhielten sie eine Antwort. Das Licht erlosch.

Sie würden nicht aufgeben.

91

Dreieinhalb Millionen sind weniger, als man denkt. Sie füllen nicht einmal eine Sporttasche. Und wenn man die Scheine bündelweise in die knisternden Flammen schiebt, verwandeln sie sich in ein winziges Häufchen Asche.

Ivan lag auf dem Wohnzimmerfußboden.

»Leo?«

Sein Sohn kroch an seinem Kopf vorbei zum Fenster. Er war ihm so nahe, dass er seine Stiefel hätte packen können. Leo beugte sich vor und schob vorsichtig das Fenster nach außen auf, bis der Schnee von der Fensterbank verschwunden war.

Ein zentimeterbreiter Spalt. Ihr Weg ins Freie.

»Ich weiß, was du vorhast.«

Ivan kniete sich neben seinen Sohn.

»Leo, lass es.«

Draußen nur das schwache Licht von vereinzelten Sternen und einem abnehmenden Halbmond. Im Fenster spiegelten sich ihre vier Augen wie einst im graffitibedeckten Spiegel des sich aufwärts bewegenden Fahrstuhls. Er war barfuß sieben Stockwerke nach unten gerannt und davon überzeugt gewesen, ihn verloren zu haben.

»Tu es nicht.«

Vier Augen, die sich in der Scheibe spiegelten. Leo sah sie ebenso deutlich. Und in zweien davon entdeckte er Zweifel.

»Sie werden Tränengas einsetzen, Papa. Damit fängt es immer an. Sie glauben, dass sie uns überraschen können. In diesem Moment entkommen wir. Hier. Durch dieses Fenster.«

Dieser Mann war älter und schwächer als jener, an dem Leo sich damals festgeklammert hatte, um ihn daran zu hindern, immer wieder zuzuschlagen. Dieses eine Mal hatte er ihn umarmt und dabei gespürt, wie viel Kraft in seinem Körper steckte.

»Das ist unsere Chance. Das ist wie nach den ersten Schüssen eines Banküberfalls, wenn nur wir wissen, was geschieht, und handeln können. Vielleicht wissen die Idioten von unseren Gewehren, aber dass wir Handgranaten haben, wissen sie nicht. Damit greifen wir sie an. Wenn wir nicht handeln, kommen wir nie hier raus.«

Leo sah die Zweifel in den Augen seines Vaters. Nur jemand, der keine Kraft mehr besaß, zweifelte.

»Wenn das Tränengas kommt, werfen wir sofort zwei Handgranaten ins Freie. Damit rechnen sie nicht. Du und ich verschwinden als Erste, während Jasper sie mit so vielen Magazinen wie nötig in Schach hält. Er gibt uns Deckung, und dann geben wir ihm Deckung, bis er draußen ist. Wir haben eine Menge Munition. Du schaffst das, Papa. Tanzen und zuschlagen. Um den Bären herumtänzeln. Er ist größer, aber wir können gewinnen, uns ihm stellen, wenn wir um ihn herumtänzeln und ihm dann einen Schlag verpassen. Habe ich recht?«

Ivan stand auf. Er wollte seinen Sohn an den Schultern packen, schütteln und ihn anschreien, bis er ihm zuhörte.

»Wenn wir um sie herumtänzeln, können wir gewinnen. Wenn wir zuschlagen, wenn sie glauben, dass sie die Oberhand haben. Zieh deine Sturmhaube über, Papa, und mach dich bereit!«

»Gewinnen?«

Ivan fasste ihn nicht an, das hätte nur entsetzliche Folgen gehabt. Er brüllte auch nicht. Aber endlich konnte er sprechen.

»Warum hast du dann das Geld verbrannt, wenn du glaubst, dass du entkommen kannst? Wenn wir unsere Waffen gebrauchen, geht alles zum Teufel. Alles wird schwarz, verfault, und der Tod breitet sich aus.«

Solange Leo ihm zuhörte, konnte er sich nicht auf den Einsatz vorbereiten. Und wenn er sich nicht vorbereitete, konnte er nicht zu den Leuten hinausstürmen, die sie umstellt hatten, und schießen.

»Der Typ da drüben, der sich als Soldat aufplustert und von Titelseiten redet – wie kannst du dir so einen Unsinn nur anhören, Leo? Willst du wirklich, dass Felix und Vincent morgen das Bild deiner Leiche auf den Titelseiten sehen?«

»Seit wann sind sie dir so wichtig? Jetzt zieh dir deine Maske über!«

Leo trug bereits die Sturmhaube. Der schwarze Stoff verbarg seine Gesichtszüge.

»Ich habe dir schon gesagt, dass ich nie wieder einem verdammten Bullen gegenübersitzen werde! *Nie wieder!* Streif dir deine verdammte Maske über, Papa! Sonst lasse ich dich hier zurück!«

Sein Sohn war schon auf dem Weg ins Freie. Er hörte nicht mehr zu.

Und seine Kraft, jener Rest, der ihm noch geblieben war, das Echo eines anderen Menschen aus einer anderen Zeit, diese Kraft verließ ihn gänzlich, und er tat das Einzige, was noch in seiner Macht stand.

»Leo, ich weiß, dass du mich nicht verraten hast.«

Verräter.

»Ich habe es immer gewusst.«

Verräter.

»Ehrlich, Leo. Du hast mich nicht verraten. Ich weiß, dass mich der Polizist angelogen hat. Dass du nicht geredet hast. Ich habe den Verband an seiner Hand gesehen.«

Eine schwarze Maske vor seinem Gesicht. Ein entsichertes Gewehr in den Händen. Aber das war ihm egal.

Denn es hatte funktioniert – Ivan hatte Leo dazu gebracht, seine Vorbereitungen zu unterbrechen und ihm zuzuhören. Und solange er ihm zuhörte, blieb er am Leben.

»Warum hast du dann immer das Gegenteil behauptet?«

»Weil ich es für besser hielt.«

»Du hast es für … besser gehalten?«

»Ja.«

»Was zum Teufel … Erst schlägst du alles kurz und klein, dann gibst du einfach auf und wartest auf die Polizei. Und zu guter Letzt schiebst du mir die ganze Schuld in die Schuhe!«

Jetzt hob sein Vater den Blick.

»Du hast mir damit das Leben zur Hölle gemacht«, fuhr Leo fort. »Zur Hölle! *Verräter.* Es hat mich nie losgelassen. Und du hast das für besser gehalten?«

Draußen in der Dunkelheit machten sich die anderen zum Angriff bereit.

Jasper kroch mit einer Handgranate hinter ihnen über den Fußboden und schob seinen Finger durch den Sicherungsring, während er sich dem anderen Wohnzimmerfenster näherte.

»Leo, wenn wir jetzt nicht abhauen, sterben wir!«, sagte er.

»Warte!«, zischte Leo.

Jasper schob die Vorhänge beiseite und schaute nach draußen.

»Ich sehe sie! Wir müssen hier raus!«

»Halt die Schnauze!«

»Jetzt, Leo! Bevor es zu spät ist.«

»Jasper? Schnauze! Ich rede mit meinem Vater, kapierst du das denn nicht!«

Er hatte sein Gewehr bereits entsichert.

»War es *besser* so? Papa? Besser?«

Jetzt hob er es.

»Dich sollte ich abknallen, verdammt noch mal! Nicht sie! Dich!«

Leo holte tief Luft, legte das Gewehr an und spürte diese Gelassenheit. Keiner von ihnen zitterte, weder er noch sein Vater.

92

Da zersplitterte das erste Fenster.

Sie hatten die Küche gewählt.

Die weiße Wolke einer hereintrudelnden Tränengasgranate breitete sich von der warmen Küche ins Wohnzimmer aus. Sie rannten alle drei ins Schlafzimmer. Die nächste Granate durchschlug das Wohnzimmerfenster, und als beide Wolken aufeinandertrafen, verwandelten sie sich in eine Lawine.

»Los, runter!«

Leo warf sich zu Boden, Ivan landete neben ihm, Jasper blieb in seiner schwarzen Maske stehen.

»Verdammt, Jasper, leg dich hin!«

Er konnte die letzten Worte nicht mehr hören, denn aus der weißen Wolke erfolgten drei Schüsse. Leo fiel noch auf, dass Jaspers Blut, das auf ihn herabregnete, in dem grellen Licht unerwartet rot aussah.

Im nächsten Moment begannen seine Augenlider zu zucken, Tränen strömten aus seinen Augen.

»Lassen Sie die Waffen fallen!«

Gedämpfte Stimmen aus den Gasmasken über ihnen brüllten ihn in der Tränengaslawine an.

»Bleiben Sie liegen, und fassen Sie die Waffen nicht an!«

Leo war blind. Seine Zunge brannte, und seine Brust, die sich wie ein Ballon anfühlte, wollte zerplatzen. Er übergab sich, dann wurde er zu Boden gedrückt, angeschrien und festgehalten. Seine Beine wurden zusammengebunden, und er erhielt mehrere Tritte in die Rippen. Jemand hielt seine Hand. Er konnte nicht atmen, nicht denken, aber die große Hand mit der Hornhaut an den gewohnten Stellen war ihm vertraut.

Sein Vater hatte unablässig geredet, ihn absichtlich aufgehalten, ihn aus dem Gleichgewicht gebracht, damit er nicht nach draußen rennen konnte.

Und plötzlich war das geschehen, was nicht hätte geschehen dürfen. Seine Festnahme war nie eine Alternative gewesen.

Jetzt blieb keine andere.

93

Heiligabend frühmorgens. Oder war noch Nacht? John Broncks wusste es nicht.

Draußen war es dunkel, und die Stadt schlief. Er saß allein in seinem Büro und starrte auf einen zugeklebten Pappkarton. Das erwartete Gefühl wollte sich nicht einfinden. Obwohl die vierzehn Monate währende Ermittlung mit Grübelei, Frust, Jagdfieber, Mutlosigkeit, Wut und hin und wieder sogar Hass nun endlich vorüber war. Big Brother saß nur wenige Hundert Meter entfernt in einer Zelle, und der Soldat war auf die Intensivstation des Karolinska Sjukhuset gebracht worden. Little Brother und der Fahrer waren in einer Wohnung im Zentrum von Göteborg aufgespürt worden, und schon bald würde der Zugriff der Kollegen erfolgen. Der alte Mann saß in Uppsala in Untersuchungshaft und die Frau ein Stockwerk unter Big Brother in der Frauenabteilung.

Eine ganze Familie war in die Sache involviert gewesen.

Drei Brüder, ein Kindheitsfreund, eine Freundin und der Vater.

Eigentlich müsste er feiern, lachen, jubeln. Aber die Freude blieb aus. Vierzehn Monate und dann – nichts.

Vielleicht war es ja ein Fehler gewesen, sie anzurufen. Vielleicht war das ja der Grund.

Dabei hatte er so ein gutes Gefühl gehabt.

Er war zu dem Auto vor der kleinen Hebyer Polizeiwache gegangen und hatte es vollkommen schneebedeckt vorgefunden. Also hatte er in der Polizeiwache eine Schaufel geholt und den Weg zur Straße freigeräumt, dann hatte er den Schnee mit seinen Armen von Dach, Scheiben und Kühlerhaube geschoben und mühsam das Eis von der Windschutzscheibe gekratzt. Im Schneechaos war es nur langsam vorangegangen. Er hatte es gerade mal bis Enköping geschafft, als er zum ersten Mal ihre Nummer wählte. Sie hatten schon lange nicht mehr miteinander gesprochen und waren sich in den letzten Monaten nur im Beisein von Kollegen in Besprechungsräumen oder auf dem Korridor begegnet. Nach dem ersten Klingeln hatte er sofort wieder aufgelegt. Zehn oder zwanzig Minuten später versuchte er es dann nochmals, legte aber auf, als sie abhob. Zwanzig oder dreißig Kilometer weiter, in der Nähe von Jakobsberg, ließ er es vier Mal klingeln. Ihre Stimme war scharf. Er schwieg.

»John? Ich sehe, dass du das bist.«

Er hielt das Handy an sein linkes Ohr.

»John, was soll das?«

Er umklammerte es krampfhaft.

»John, du, es …«

»Es ist vorbei.«

»Es ist vorbei?« Sannas Stimme klang plötzlich nicht mehr so scharf. »Das versuche ich dir schon lange zu erklären. Ich bin so froh und erleichtert, dass du das eingesehen hast, John. Ich …«

»Nein, ich meinte, dass es mit *ihnen* vorbei ist.«

»Wie bitte?«

»Wir haben sie erwischt. Heute Nacht. In Heby. Die Militärliga. Drei Brüder und ihr Kindheitsfreund. Der Jüngste ist gerade mal achtzehn. Keine Vorstrafen. Wir haben eine Gruppe Rotznasen gejagt, die Schweden auf den Kopf gestellt haben. Vierzehn Monate, und jetzt ist es vorbei, Sanna.«

Danach blieb es eine Weile still, weil beide nicht recht wussten, was sie sagen sollten. Die Geräusche zweier Wirklichkeiten im Hörer. Sie hörte einen Mann in einem fahrenden Auto, er vernahm Stimmengewirr in einem Zuhause.

Kinderstimmen. Eines schrie, ein anderes rief nach seiner Mama.

»John?«

»Hast du … sind das etwa Kinder?«

»Du hast uns geweckt.«

»Du hast Kinder?«

»Eine Vierjährige und einen fast Zweijährigen.«

»Du hast sie nie erwähnt.«

»Warum auch?«

Die Geräusche waren jetzt deutlicher zu hören, als hielte sie den Hörer in den Raum.

»John?«

Sie hatte sich einen klaren Schlussstrich gewünscht. So hatte er ihn sich nicht vorgestellt.

»Es ist Heiligabend. In ein paar Stunden muss ich …«

»Frohe Weihnachten.«

»Weißt du, John …«

»Das war's. Frohe Weihnachten.«

Dann war er in die Stadt gefahren. Dabei hatte er einen Umweg gemacht, der zum Nordfriedhof und einem schneebedeckten Grab führte.

Zum Grab eines Menschen, an den er jetzt, da er tot war, häufiger dachte als damals, als er noch am Leben gewesen war.

Er fuhr durch eine Stadt, die bald erwachen und sich auf Familienglück und Weihnachtsgeschenke besinnen würde. Er war zu einem Präsidium gefahren, das noch immer genauso leer war wie vor einer Stunde, als er hier eingetroffen war.

Eine ganze Familie. Und ein Schlussstrich.

Er war in sein Büro gegangen und hatte die Ordner beiseitegeräumt. In Kürze würden die Akten sein Büro verlassen und der Staatsanwaltschaft als Beweismaterial dienen. Viertausend Seiten über neun Banküberfälle, einen Überfall auf einen Geldtransporter, den Diebstahl von 221 automatischen Waffen, versuchte schwere räuberische Erpressung der Polizei und einen Bombenanschlag auf den Stockholmer Hauptbahnhof. John Broncks würde sich einer anderen Ermittlung zuwenden, die schon so lange in einem zugeklebten Karton in seinem Büro gelegen hatte, dass dieser schon ewig als Besucherstuhl diente.

Er schnitt das mehrmals um den Karton gewickelte Klebeband auf. Dann ging er durch den menschenleeren Korridor in den Pausenraum, wo ihn noch ein letzter Rest Glögg und ein paar Pfefferkuchen erwarteten.

Anschließend kehrte er in sein Büro zurück.

Ruhelos umkreiste er den geöffneten Karton.

Eine ganze Familie. Und ein Schlussstrich.

Vor seinem inneren Auge sah er Sam, der zwischen zwei Wärtern die Besucherzelle verließ, sich umdrehte und flüsterte: »Ich will dich nie wieder sehen.«

John Broncks gab sich einen Ruck und näherte sich dem Karton. Der dicke Papierstapel versteckte sich unter leeren Ordnern und alten Kalendern. Eine andere Ermittlung, die achtzehn Jahre zuvor einen Prozess und eine lebenslängliche Verurteilung zur Folge gehabt hatte.

Der Anruf bei Sanna war bereits erledigt. Sie hatte zwei Kinder. Wo seine Mutter lebte, wusste er schon lange nicht mehr. Und Sam anzurufen kam auch nicht infrage, schließlich ging es bei dieser Sache um ihn.

Er griff zum Deckblatt. *Polizeibezirk: Stockholm. Straftat: Mord.*

In all diesen Jahren hatte er diese Papiere nie angeschaut.

Die ersten Seiten glichen allen anderen Ermittlungen, die er im Lauf seines Berufslebens in der Hand gehalten hatte. Der vorläufige Bericht. Die Liste der Strafverteidiger. Ein weiterer Bericht. Eine Übersicht über die beteiligten Personen. Die Abschrift des Notrufs einer verzweifelten und schockierten Frau um 2.32 Uhr.

Doch fünfundzwanzig Seiten später bekam der Fall mit der Befragung des sechzehnjährigen John Broncks plötzlich einen ganz eigenen Charakter.

Er selbst konnte sich nicht daran erinnern, mit jemandem gesprochen zu haben.

VERNEHMUNGSLEITER: Wussten Sie Bescheid? Wussten Sie, was Ihr Bruder vorhatte?
JOHN BRONCKS: Was hatte er denn vor?
VL: Hat er Ihnen erzählt, dass er Ihren Vater umbringen würde?

Es war schon seltsam. Er erinnerte sich erst, als er seine eigenen Antworten las. Er selbst hätte jener Vernehmungsleiter sein können. Vielleicht hatte er sich ja bei seinen eigenen Ermittlungen ähnlich verhalten. Und würde es morgen wieder tun, wenn die Vernehmungen eines Vaters und seiner drei Söhne ihren Anfang nahmen.

VL: Das Messer, John?

Er wusste genau, wie die nächste Frage lautete, noch ehe er sie gelesen hatte. Es war die Aufgabe des Beamten, die Wahrheit zu finden und die Abfolge der Ereignisse zu ordnen.

VL: Sie wissen doch, dass wir es unter Ihrem *Bett gefunden haben?*

Er kannte die Fragen, aber die Antworten wusste er nie im Voraus. *Normalerweise tut sie so, als wäre sie ohnmächtig.* Jeder hatte eine Antwort parat. *Sie müssen doch verstehen, dass er es nicht anders verdient hat.* Ihre Erklärung der Gewalt. *Hätte ich sie töten wollen, dann hätte ich es getan.* Er kannte die Fragen, aber nie die Antworten, damals nicht und jetzt nicht.

VL: Ich frage mich, John, ob Sie das Messer vielleicht auch in der Hand gehalten haben?

Er würde später weiterlesen. Die Vernehmung seiner Mutter. Die Vernehmung von Sam. Den Bericht der Spurensicherung mit den Fotos von einem Bett mit blutigen Laken und von einem scharfzackigen Messer, wie man es zum Schuppen von Fischen verwendet. Dann den Obduktionsbericht eines Mannes mit drei Löchern in der Herzregion. Aber vorher musste er jemandem einen Besuch abstatten.

94

Es war nicht weit, er musste nicht einmal das Gebäude verlassen. Im westlichen Teil des Komplexes waren die Sicherheitspolizei, das Reichspolizeiamt, die Überwachungsabteilung und das Untersuchungsgefängnis Kronoberg untergebracht. Seit letztem Frühjahr, als er zwei nächtliche Telefongespräche hatte analysieren lassen, war er nicht mehr hier gewesen. Je eindringlicher die Zusammenarbeit verschiedener Abteilungen angepriesen wurde, desto seltener schien sie stattzufinden.

Dieses Mal fuhr Broncks mit dem Fahrstuhl in den achten Stock und klopfte an der Tür des diensthabenden Gefängniswärters. Obwohl es mitten in der Nacht war und er sein Erscheinen nicht angekündigt hatte, forderte ihn der junge Beamte auf der anderen Seite der Glasscheibe freundlich auf, Platz zu nehmen und kurz zu warten. Er dürfe den Verdächtigen, der wenige Stunden zuvor eingetroffen sei und sich jetzt in einer Zelle im westlichen Korridor befinde, in Kürze sehen.

Broncks setzte sich und wartete.

Vor ihm lag der Besuch einer Gefängniszelle, hinter ihm die achtzehn Jahre alte Ermittlung.

Er war unterwegs von der einen Familie zu einer anderen.

Was bedeutete eigentlich Familie? Er wusste es nicht mehr.

Vielleicht waren manche Familien so stark und solidarisch, dass sie zum Schauplatz reiner und brutaler Gewalt wurden. Dann kehrte sich die Gewalt nach innen, wandte sich gegen die eigenen Mitglieder, gegen jene, die der Zusammenhalt hätte schützen müssen.

»Herr Broncks?«

Niemand zum Reden. Niemand, mit dem man sich austauschen konnte, bevor es zu spät war. Manchmal endete es auf einem Friedhof. Manchmal endete es hier.

»Herr Broncks? Hallo?«

»Ja?«

»Sie können jetzt reingehen.«

Er folgte dem Gefängniswärter durch den langen Korridor.

Vor Zelle 7 blieben sie stehen.

»Sie sind sicher, dass Sie allein mit ihm sprechen wollen?«

»Ja.«

»Ich kann Sie mit einem Alarm ausstatten. Er ist klein und passt in Ihre Hosentasche. Sicherheitshalber.«

»Danke, das ist nicht nötig. Ich bleibe nicht lang.«

Der Schlüssel des Wärters drehte sich rasselnd zwei Mal im Schloss. Die schwere Metalltür öffnete sich.

Ein großer, athletischer, blonder Mann, der viel jünger aussah, als Broncks erwartet hatte, saß auf der Pritsche und starrte an die Wand.

»Ich heiße John Broncks. Ich habe die Ermittlung gegen Sie geleitet.«

Der Blonde starrte unverwandt auf den grauen Beton.

»Und was haben Sie ermittelt?«

»Viele Banküberfälle, einen recht ansehnlichen Waffendiebstahl und einen Bombenanschlag.«

»Ich weiß nicht, wovon Sie reden.«

»Ich denke schon … Anna-Karin. Aber darüber können wir morgen diskutieren.«

»Morgen wird gar nicht diskutiert.«

»Sie haben sich schon einige Male mit mir unterhalten. Leute wie Sie reden gelegentlich, um damit ihren jüngeren Brüdern zu helfen.«

Der Gefangene trug ein weißes Sweatshirt und eine braune Hose mit dem Logo der Gefängnisverwaltung. Kleidung, die schon sein Vorgänger getragen hatte.

Jetzt drehte er sich um. Blaue Augen. Schmale Lippen.

Jetzt war er anwesend.

»Ich verrate niemanden. Wir verraten niemanden. Das ist nicht unsere Art.«

Dann wandte er sich wieder ab und starrte an die Wand.

»Gehen Sie. Ich will und muss nicht mit Ihnen reden.«

John Broncks verharrte ein wenig in der stickigen Luft und atmete den Anstaltsstaub ein.

»Ich will auch gar nicht reden. Das ist nicht der Grund meines Kommens.«

Er öffnete die Tür und blieb auf der Schwelle stehen, bis der Wärter mit seinem großen Schlüsselbund erschien.

»Ich wollte nur wissen, wie Sie unter Ihrer Maske aussehen, Big Brother.«

95

Zeit.

Er wusste immer genau, wie viel ihm noch blieb.

Die Armbanduhr mit den roten Zeigern und dem hellbraunen Lederarmband hatte er nicht mehr. Papa hatte sie getragen. Aber er brauchte sie nicht, hatte sie eigentlich nie gebraucht, denn die Uhr tickte immer in seinem Inneren und maß die Zeit, die ihm noch blieb.

Tick. Weniger übrig vom Leben. Tick. Weniger übrig vom Leben. Tick. Weniger übrig vom Leben.

Das stabile Metallgitter vor dem Zellenfenster. Von jetzt an konnte und durfte er nicht mehr tun, was er immer getan hatte – in Kategorien von Zeit denken. Er war eingeschlossen. Und hier drinnen würde ein Mensch, der genau wusste, wie viele Sekunden, wie viele Atemzüge vergangen waren, überhaupt nicht mehr atmen können.

Ohne Tage und Jahreszeiten würden ihm die Schweine nichts anhaben können.

Er hatte es schon einmal probiert. Und es hatte funktioniert. Wenn er nicht mitmachte, sondern sich weigerte, an der Existenz der anderen teilzuhaben, dann war die geschlossene Tür eine Tür, durch die er einfach hindurchgehen konnte.

Auch damals hatten die Uniformierten vor der Tür gestanden. Zu Hause. In der Wohnung. Papa hatte einen Molotowcocktail geworfen, es hatte in einem anderen Haus gebrannt, und Mama und die Polizisten hatten vor der Tür gewartet, die er selbst von innen abgeschlossen hatte.

Felix neben ihm auf dem Bett, Vincent in seinen Armen.

Wir gehen durch sie hindurch. Geradewegs hindurch.

Auch hier würde er einfach hindurchgehen. Durch die Tür. Durch die Polizei. Durch die Vernehmungen. Er musste nur reden, wenn er selber wollte. Er war zwar eingeschlossen, entschied aber selbst, ob er den Mund aufmachen wollte.

Jeder saß hinter seiner eigenen verschlossenen Tür. Sie waren nicht zusammen. Aber sie würden wieder zusammenkommen. So war es doch immer gewesen.

Wenn sie nicht nachdachten und die Zeit nicht zählten.

Wenn jetzt damals und damals jetzt war.

Der Hintergrund

Anders Roslund: ***Wer einen Roman schreibt, der auf wahren Begebenheiten basiert, muss die Wirklichkeit erst zertrümmern und dann wieder neu zusammensetzen. Das kann nur gelingen, wenn als Erstes der Puls des Romans ertastet wird: der zentrale Konflikt, der das unausweichliche Ende herbeiführt. Also, Stefan, was ist der Puls dieser Geschichte?***

Stefan Thunberg: Ein Vorfall, der mir über zwanzig Jahre lang zu schaffen gemacht hat. Es war der 23. Dezember, der Tag vor den Feiertagen, und drei Bankräuber wurden von der Polizei durch einen tobenden Schneesturm verfolgt, nachdem sie mit ihrem Fluchtwagen in einen Graben gefahren waren. Als ich die Nachrichten sah, wusste ich sofort, dass zwei davon mein ältester Bruder und sein langjähriger Freund waren. Nach einer Weile dämmerte mir, dass der dritte Täter mein Vater sein musste. Es war mir ein Rätsel, wie mein Bruder und mein Vater nach jahrelangen Auseinandersetzungen gemeinsam einen Bankraub begehen konnten, den letzten der Militärliga überhaupt. In dieser Nacht flohen sie im Schneesturm in einen Wald, und als sich die Schlinge immer weiter zusammenzog, versteckten sie sich vollkommen erschöpft in einem leer stehenden Sommerhaus. Umzingelt von einer Einsatztruppe der Polizei und ohne jede Möglichkeit zu entkommen mussten sich Vater und Sohn dem Konflikt stellen, der sie ihr und auch *mein* gesamtes Leben begleitet hatte. Ich frage mich, worüber sie in den Stunden gesprochen haben mögen, ehe die Polizei das Sommerhaus mit Tränengas einnebelte und schließlich stürmte.

AR: ***Wann hast du herausgefunden, womit sich deine Brüder beschäftigten?***

ST: Ich habe mitbekommen, wie sie die Plünderung des Waffenlagers planten. Ich besuchte meinen ältesten Bruder in seiner Wohnung, wo man gerade Pizza aß und darüber diskutierte, wie man am besten einen Betonfußboden aufbrechen könnte. Bei meinem Erscheinen wechselten sie das Thema, aber wenig später redeten sie einfach weiter, als wäre auch ich an der ganzen Sache beteiligt. Schließlich gehörte ich zur Familie, und wir Brüder hatten nie Geheimnisse voreinander. Nach ihrem ersten bewaffneten Raubüberfall saß ich bei ihnen auf der Couch, während sie im Adrenalinrausch feierten, die Polizeijagd im Fernsehen verfolgten und eine Kiste Kronenbourg-Bier leerten. Es mag seltsam klingen, aber so waren meine Brüder und ich von unserem strengen Vater erzogen worden: Verrate niemals ein Familienmitglied!

AR: ***Welche Hauptfiguren sind erfunden und welche von der Wirklichkeit inspiriert?***

ST: Die drei Brüder und die Eltern sind sehr nahe an der Wirklichkeit. Jasper ist eine fiktive Figur mit Charakterzügen zweier Freunde, die an einigen, aber nicht allen Raubüberfällen teilnahmen. Anders als im Roman waren sie nicht schon so früh in meiner Kindheit präsent. Jasper wird im Text eine bedeutendere Rolle zugeschrieben, als diese beiden wirklichen Freunde hatten. Jaspers Figur repräsentiert das Fremde, er wird nie wirklich akzeptiert und ist nie Teil der brüderlichen Gemeinschaft. Deswegen überträgt Leo ihm die Aufgaben, die er seinen jüngeren Brüdern nicht geben will. Jaspers Rolle im Roman verdeutlicht, dass die Bande zwischen den Brüdern stärker sind als alles andere – im Guten wie im Bösen. Diese Tatsache erklärt auch, warum die Entzweiung so stark ist, als diese Bande reißen. Anneli ist stark fiktionalisiert, insbesondere ihre Familienverhältnisse vor ihrer Begegnung mit Leo. Ihr Sohn Sebastian ist aus verschiedenen Kindern zusammengesetzt. Auch die Figuren John und Sam Broncks sind rein fiktiv. Durch sie soll nicht nur die Arbeit der Polizei, sondern auch Leos Situation noch einmal aus anderer Sicht dargestellt werden.

AR: ***Und wie sieht es mit Zeit und Ort aus?***

ST: Die Schauplätze sind authentisch – sowohl was die Orte der Kindheit als auch die in der Gegenwartshandlung betrifft. Auf einige Schauplätze haben wir verzichtet, um das Geschehen zu verdichten. Die Überfälle im Roman spielen sich innerhalb von vierzehn Monaten ab, in Wirklichkeit waren es sechsundzwanzig.

AR: ***Ist es dir schwergefallen, über deine Kindheit zu schreiben?***

ST: Ganz im Gegenteil. Es ermöglichte mir, an der Geschichte teilzuhaben, ohne einer der Akteure sein zu müssen. Meine Erfahrungen finden sich im Text in den Figuren der Brüder wieder, besonders in Felix, da ich in der Reihenfolge nach »Leo« komme und deswegen viele der Dinge erlebt habe, die Felix im Buch erlebt. Ich lag auf dem Fußboden und sah meinem Vater und meinem Bruder bei der Herstellung von Molotowcocktails zu, die anschließend in das Haus geworfen wurden, wo sich unsere Mutter versteckte. Die Kindheitsszenen des Romans sind dadurch nicht weniger wahr, nein, der Konflikt zwischen Vater und Sohn, den ich so deutlich in der Wirklichkeit beobachtet habe, bildet den wahren Kern der Auflösung, die sich Jahre später im Schneesturm ereignete.

AR: ***Welches sind die bedeutendsten Abweichungen vom tatsächlichen Geschehen?***

ST: Wir haben uns eigentlich nie in vollkommen gegensätzliche Richtungen bewegt, aber es gibt natürlich Modifizierungen, zum Beispiel wie und warum das Smiley ins Sicherheitsglas der Bank geschossen wurde. Anders als Anneli hat die Person, die als Vorlage gedient hat, den Fluchtwagen mehr als einmal gefahren. Vor allem was die Bombe angeht, sind wir von der Wirklichkeit abgewichen. Das betrifft sowohl die Zuordnung zu einem bestimmten Bankraub als auch den Umstand, dass Jasper sie vorsätzlich explodieren ließ, was einen der Anklagepunkte vor Gericht darstellte. Der Angeklagte wurde in diesem Punkt jedoch freigesprochen.

AR: ***Wie du weißt, haben wir sehr gründlich recherchiert. Wie viel hast du eigentlich aus deiner eigenen Erinnerung beigetragen?***

ST: Anfänglich habe ich schriftliche Dokumente möglichst gemieden und stattdessen versucht, mit dir zusammen die Situationen zu rekonstruieren, und zwar auf der Basis meiner eigenen gefühlsmäßigen Erinnerungen. Aber natürlich ist es unmöglich, ausschließlich darauf zurückzugreifen, wenn man das beste Resultat erzielen will und noch dazu mit einem weiteren Schriftsteller zusammenarbeitet. Schließlich sahen wir uns gezwungen, uns in die Akten einer der größten polizeilichen Ermittlungen Schwedens zu vertiefen, das Voruntersuchungsprotokoll und die Vernehmungen meiner Familie, die ich, ehe wir diesen Roman zu schreiben begannen, nie gelesen hatte. Das hatte allerdings Folgen. Eine Zeit lang litt ich an schweren Angstzuständen. Ich rannte vor dem Schreiben davon – sowohl im buchstäblichen als auch im psychologischen Sinn –, kehrte aber zurück, nachdem ich beschlossen hatte, die Wirklichkeit zu zerstören, um sie als Fiktion wiederauferstehen zu lassen.

AR: ***Und was wurde aus den wirklichen Räubern?***

ST: Sie wurden festgenommen und erhielten für ihre Taten Höchststrafen – ein für damalige Zeiten ungewöhnliches Urteil, wenn man bedenkt, dass sie keine Morde begangen hatten. Die Vernehmungen ergaben zweifelsfrei, dass ich an den Taten nicht beteiligt war. Gemäß schwedischem Gesetz darf man Aussagen gegen die eigene Familie verweigern. Meine Mutter und ich erhielten während vieler Besuche in verschiedenen Gefängnissen über Jahre hinweg einen einzigartigen Einblick in den schwedischen Strafvollzug.

AR: ***Wie haben deine Brüder auf das Buch reagiert?***

ST: Unterschiedlich. Einer von ihnen (der als Vorlage für Felix diente) rief mich nach beendeter Lektüre an und sagte: »Stefan, ich hasse dich, aber ich liebe dieses verdammte Buch, das ihr beide geschrieben habt!« Dann legte er auf und brach jeden Kontakt ab. Wir haben seither nicht mehr miteinander gesprochen. Der Bruder, der mich zu Vincent inspirierte, hüllte sich anfänglich in Schweigen, obwohl er das Buch mehrere Male gelesen hatte, nach dem fünften Durchgang sagte er jedoch mit leiser Stimme: »Jetzt kapiere ich endlich, was du getan hast. Du hast mein damaliges Ich, also mich als Siebzehnjährigen dargestellt und nicht den Mann, der ich heute bin.« Mein dritter Bruder, das Vorbild für Leo, war sehr gerührt und schrieb mir einen fantastischen Brief, in dem er erklärte, nun endlich verstanden zu haben, was für einem Irrsinn er sich selbst und die Leute in seinem Umfeld ausgeliefert habe.